아틀라스 2

ATLAS SHRUGGED by AYN RAND
Copyright © 1957 by Ayn Rand
All rights reserved

This Korean edition was published by Humanist Publishing Group in 2013 by arrangement with Curtis Brown Ltd., New York through KCC(Korea Copyright Center Inc.), Seoul.

이 책은 ㈜한국저작권센터(KCC)를 통한 저작권자와의 독점계약으로 휴머니스트 출판그룹에서 출간되었습니다. 저작권법에 의해 한국 내에서 보호를 받는 저작물이므로 무단전재와 복제를 금합니다.

아틀라스 2

에인 랜드 지음 **민승남** 옮김

Humanist

차례

2부

양자택일

세상에 어울리는 남자 9

연줄에 의한 귀족 100

선의의 협박 200

당하는 자의 허용 285

계좌 한도 초과 363

기적의 금속 443

두뇌에 내려진 정지 명령 519

사랑하기 때문에 606

고통도, 두려움도, 죄책감도 없는 얼굴 661

달러 표시 710

아틀라스 1
1부 비(非)모순

주제
사슬
꼭대기와 밑바닥
부동의 동자들
단코니아 가(家)의 정점
비영리적인 사람들
착취하는 사람들과 착취당하는 사람들
존 골트 노선
신성한 것과 세속적인 것
와이엇의 횃불

아틀라스 3
3부 A는 A다

아틀란티스
탐욕의 유토피아
반(反)탐욕
반(反)생명
형제들의 보호자
해방의 협주곡
"내가 존 골트입니다"
이기주의자
발전기
우리가 지닌 가장 고귀한 것의 이름으로

옮긴이의 말

2부

양자택일

세상에 어울리는 남자

로버트 스태들러 박사는 추위를 잊으려고 사무실 안을 서성거렸다.

봄이 더디 오고 있었다. 창밖으로 보이는 언덕의 칙칙한 잿빛은 하늘의 지저분한 흰색에서 강의 검은 납빛으로 변해가는 중간 단계 같았다. 이따금씩 먼 언덕 비탈에 은빛과 노랑이 어우러진 초록에 가까운 햇살이 비쳤다가 이내 사라졌다. 하늘의 구름들은 햇살 한 줄기가 비집고 나올 정도로 갈라졌다가 다시 합쳐지기를 반복하고 있었다. 스태들러 박사는 사무실 안이 추운 것이 아니라 바깥 풍경이 연구소를 꽁꽁 얼어붙게 한 것이라고 생각했다.

오늘은 추운 날씨가 아니었다. 겨우내 추위에 떨어 뼛속까지 한기가 든 것이었다. 지난겨울, 연구소에 난방이 제대로 되지 않아서 연구에 몰두하기 어려웠고, 사람들은 연료를 아껴야 한다고 떠들어댔다. 스태들러 박사는 인간이 자연의 힘에 점점 더 휘둘리고 있는 현실을 도무지 받아들일 수가 없었다. 예전에는 이렇지 않았다. 겨울에 혹한이 닥치거나 홍수로 철도 일부가 유실되어도 2주일씩이나 야채 통조림으로 연명해야 했던 적은 없었다. 또 발전소가 전기 폭풍의 피해를 입어도 국립과학연구소 같은 기관에 닷새씩이나 전기가 끊긴 적도 없었다. 지난겨울 닷새 동안 정전이 되면서 연구소의 거대한 모터가 모두 멈추었고 시간들이 지워져 돌이킬 수 없게 되었다. 우주의 핵심과 관련된 문제들을 연구하는 연구소에서 이런 일이 벌어진 것이다. 스태들러 박사는 화가 나 창가에서 휙 돌아섰다가 다시 창을 향해 몸을 돌렸다. 책상 위에 놓여 있는 책을 보고 싶지 않았기 때문이다.

그는 페리스 박사가 빨리 왔으면 좋겠다고 생각했다. 손목시계를 흘끗 보니 약속 시간이 지나 있었다. 그는 놀라지 않을 수 없었다. '과학의 시종 플로이드 페리스 박사가, 내 앞에서는 벗을 모자가 하나뿐인 것이 송구해서 쩔쩔매던 그가 **나와의** 약속에 늦다니!'

스태들러 박사는 강을 내려다보며 5월치고는 아주 고약한 날씨라고 생각했다. 그의 기분을 저조하게 만드는 것은 책이 아니라 날씨임에 분명했다. 그는 그 책을 보기가 꺼려지는 것이 단순한 반감을 넘어서는, 결코 인정할 수 없는 감정 때문임을 깨닫고 일부러 책상 위 잘 보이는 곳에 책을 올려놓았다. 그리고 책상에서 일어난 것은 그 책 때문이 아니라 몸을 움직여 추위를 이기고 싶어서였다고 스스로에게 말했다. 그는 책상과 창문 사이에 갇혀 하릴없이 서성였다. 페리스 박사와 이야기가 끝나면 바로 그 책을 쓰레기통에 던져버릴 작정이었다. 쓰레기통에나 어울리는 책이니까.

스태들러 박사는 멀리 보이는 언덕이 햇살을 받아 초록으로 빛나는 광경을 지켜보았다. 이제 다시는 풀이나 새싹이 돋아날 것 같지 않은 세상에서 그 초록빛은 봄의 약속과도 같았다. 그는 열띤 미소를 짓다가 햇살과 함께 그 초록빛이 사라지자 자신의 열성에, 필사적으로 그 초록빛에 매달린 자신의 태도에 지독한 모멸감을 느꼈다. 지난겨울, 어느 유명 소설가와 한 인터뷰가 떠올랐다. 그 소설가는 로버트 스태들러 박사에 대한 인터뷰 기사를 쓰기 위해 유럽에서 건너왔다. 한때 인터뷰 자체를 경멸했던 스태들러 박사는 그 소설가의 얼굴에서 지성을 발견하고 이해받고 싶은 맹목적이고 절실한 욕구에 이끌려 열성적으로, 장황하게, 지나치도록 장황하게 떠들어댔다. 하지만 기사가 실린 잡지를 받아보니 터무니없는 찬사만 가득했고, 그가 한 말들이 모두 왜곡되어 있었다. 그때 스태들러 박사는 잡지를 덮으며 조금 전 햇살이 사라질 때 느낀 지독한 모멸감에 사로잡혔었다.

스태들러 박사는 창가에서 돌아서며 생각했다. '좋아. 내가 가끔 발작적인 외로움에 시달리기 시작했다는 사실은 인정하겠어. 하지만 난 외로움을 느낄 자격이 있어. 살아 있는, 사고하는 정신과 교류하고 싶은 갈증에서 비롯된 외로움이니까.' 그는 쓰디쓴 경멸감에 차서 이제 사람들 대하는 것도 아주 신물이 난다고 생각했다. 우주 광선을 다루는 사람이 전기 폭풍도 처리하지 못하는 인간들과 어울려야 하니까.

그의 입에 갑작스런 경련이 일었다. 그에겐 그런 생각을 할 권리가 없다는 경고 같았다. 그는 책상 위의 책을 바라보았다. 2주 전에 나온, 표지가 요란하게 반들거리는 새 책이었다. '난 저 책과 아무 관련 없어!' 그가 속으로 외쳤다. 하지만 그 외침은 무자비한 정적 속에서 허망하게 사라졌다. 아무런 응답도, 용서의 메아리도 없었다. 책표지에 "왜 당신은 생각한다고 생각하는가?"라는 제목이 박혀 있었다.

그의 마음속에 법정과도 같은 정적이 흐르고 있었다. 동정도, 변호의 목소리도 없었고 그의 뛰어난 기억력이 뇌에 각인시킨 구절들만 떠올랐다.

"생각이란 원시적 미신이다. 이성은 불합리한 관념이다. 우리가 생각할 수 있다는 유치한 관념은 인류가 가장 비싼 대가를 치러온 착오이다."

"자신이 생각한다고 생각하는 것은 우리의 분비기관과 감정, 그리고 결국 위장 속의 내용물에 의해 만들어진 착각이다."

"우리가 그토록 자랑스러워하는 두뇌라는 회색물질은 놀이공원의 요술거울처럼 우리가 영원히 닿을 수 없는 곳으로부터 왜곡된 신호만을 보낸다."

"자신의 이성적 결론에 대한 확신이 강할수록 틀릴 가능성도 크다. 두뇌는 왜곡의 도구이며, 두뇌가 활발하게 움직일수록 왜곡도 더 심해지기 때문이다."

"우리가 그토록 찬양하는 지성의 거장들은 한때 지구는 평평하고 원자가 물질의 최소 입자라고 가르쳤다. 과학의 역사는 성취가 아니라 타파된 오류들로 이루어져 있다."

"우리는 알면 알수록 자신이 아는 것이 없음을 깨닫게 된다."

"우둔하기 짝이 없는 무지한 사람만이 '보는 것이 믿는 것이다'라는 구식 생각을 고수한다. 어떤 것을 보는 순간 우리는 그것을 믿지 못하게 된다."

"과학자는 돌이 결코 돌이 아님을 알고 있다. 사실 돌은 깃베개와 같은 것이다. 둘 다 눈에 보이지 않는 동일한 입자들의 소용돌이로 이루어져 있기 때문이다. 하지만 돌을 베개로 사용할 수는 없다고? 그것은 진짜 현실 앞에서 우리가 얼마나 무력한지를 증명해줄 뿐이다."

"최근의 과학적 발견들은(이를테면 로버트 스태들러 박사의 위대한 업적 같은) 우리의 이성이 우주의 본질을 다룰 수 없음을 확실하게 증명해준다. 그런 발견들을 통해 과학자들은 인간의 정신으로는 이해가 불가능하지만 현실 속에 엄연히 존재하는 모순들에 이르게 되었다. 나의 친애하는 구식 친구들이여, 그대들은 아직 듣지 못했는지 모르지만 합리적인 것은 미친 것임이 이미 증명되었다."

"일관성을 기대하지 말라. 모든 것은 다른 모든 것과 모순된다. 존재하는 것은 모순뿐이다."

"'상식'을 찾지 말라. '상식'을 요구하는 것은 몰상식의 증표이다. 자연은 상식적이지 않다. 세상에 상식적인 것은 없다. '상식'을 추구하는 사람은 남자친구를 사귈 수 없는 학구적이고 미숙한 노처녀요, 우주가 자신의 잘 정리된 재고 목록이나 사랑스런 금전등록기처럼 단순한 것이라고 생각하는 구식 상점의 주인이다."

"논리라고 불리는 편견의 고리를 끊자. 삼단논법에 얽매이려고 하는가?"

"자신의 의견에 확신을 갖고 있다고? 우리는 그 어느 것에도 확신을 가질 수 없다. 환상을 위해 자신이 속한 공동체의 조화, 이웃 간의 우애, 자신의 지위, 명예, 좋은 평판, 경제적 안정을 위태롭게 하려는가? 자신이 생각한다고 생각하는 망상을 위해? 지금 같은 위태로운 시기에 확신이라는 가상 개념의 이름으로 기존의 사회질서에 대항해 위험을 무릅쓰고 재난을 자초하려는가? 자신이 옳다는 것을 확신한다고? 아무도 옳지 않고 옳을 수도 없다. 주위 세상이 잘못되어 있다고 느끼는가? 그것을 알 수 있는 방법은 없다. 인간의 눈에는 모든 것이 잘못되어 있다. 그런데 왜 싸우는가? 싸우지 말라. 받아들여라. 적응하라. 복종하라."

그 책은 플로이드 페리스 박사가 쓰고 국립과학연구소에서 발간했다.

"난 이 책과 무관하다고!"

책상 옆에 멈추어 선 로버트 스태들러 박사는 그 말을 하게 만든 대상을 향한 증오와 비웃음이 담긴 목소리로 말했다. 하지만 그 말을 하기 전 조금 주저한 것 때문에(얼마나 오래 주저했는지는 모르지만) 기분이 께름칙했다.

그는 어깨를 으쓱했다. 자기 조롱을 미덕으로 여기는 그에게 어깨를 으쓱하는 동작은 '넌 로버트 스태들러야. 노이로제에 걸린 고등학생처럼 굴지 마'라는 뜻과 같았다. 그는 책상에 앉아 손등으로 책을 밀어냈다.

플로이드 페리스 박사는 30분이나 늦게 도착했다.

"죄송합니다. 워싱턴에서 돌아오는 길에 자동차가 또 고장이 났는데 고칠 사람을 찾을 수가 있어야죠. 도로에 다니는 차들이 별로 없어서 주유소가 반은 문을 닫았어요."

미안함보다 짜증이 더 강하게 느껴지는 목소리였다. 그

는 스태들러 박사가 자리를 권하기도 전에 의자에 털썩 앉았다.

플로이드 페리스 박사는 다른 직업에서였다면 특별히 미남 대접을 받지 못했겠지만 그가 선택한 직업에서는 늘 '잘생긴 과학자'로 불렸다. 그는 182센티미터의 키에 나이는 마흔다섯 살이었지만 실제보다 더 크고 젊어 보였다. 그는 흠잡을 데 없이 세련되고 우아했지만 옷차림은 엄격해서 검정이나 진청색 정장을 즐겨 입었다. 콧수염은 늘 공들여 다듬었고 검은 머리는 윤기가 흘러서 연구원들이 "그는 머리끝과 발끝에 같은 구두약을 바른다"는 우스갯소리를 하고는 했다. 그는 자조적인 말투로 어느 영화 제작자에게 '유럽의 귀족 지골로' 역을 맡지 않겠느냐는 제안을 받은 적이 있다고 몇 번이나 이야기했다. 그는 원래 생물학자였지만 그 직함은 오래전에 잊혔고 이제 국립과학연구소 최고 조정관으로 널리 알려져 있었다.

스태들러 박사는 그가 전에 없이 사과를 하는 둥 마는 둥 하는 것에 놀라 흘낏 쳐다보며 냉담하게 말했다.

"자넨 워싱턴에서 보내는 시간이 아주 많은 것 같군."

"하지만 스태들러 박사님, 한때 저를 국립과학연구소의 파수꾼이라고 부르며 칭찬하셨던 분이 박사님 아니신가요? 그것이 저의 가장 중요한 직무 아닙니까?" 페리스 박사가 쾌활하게 말했다.

"지금 여기에는 자네가 처리해야 할 일들이 쌓여 있네. 잊기 전에 묻겠는데, 석유 부족 사태와 관련해서 연구소가 엉망으로 돌아가고 있는 것에 대해 설명해줄 수 있겠나?"

스태들러 박사는 페리스 박사가 상처받은 듯 표정이 굳어지는 이유를 알 수 없었다. 페리스 박사는 고통을 감추고 순교정신을 드러내는 공식적인 말투로 답했다.

"그건 전혀 예상하지 못한 부당한 말씀이시네요. 정부 당국에선 그 문제에 대해 아무도 비난하는 사람이 없는데. 경제기획 국가자원국에 현재까지의 진척 상황에 대한 자세한 보고서를 제출하고 오는 길인데 웨슬리 마우치 씨도 만족을 표하셨습니다. 우리는 그 프로젝트에 최선을 다하고 있습니다. 엉망이라는 말은 처음 듣는군요. 지형적인 어려움과 화재 위험, 그리고 프로젝트를 시작한 지 6개월밖에 안 됐다는 점을 고려하면……."

"자네 지금 무슨 이야기를 하는 건가?" 스태들러 박사가 물었다.

"와이엇 복구사업이요. 그것에 대해 질문하신 게 아니었나요?"

"아니, 아닐세. 난…… 잠깐, 확실히 알고 넘어가야겠군. 우리 연구소에서 무슨 복구사업을 맡았다는 이야기를 들어보기는 한 것 같은데, 자네가 복구하고 있는 게 뭔가?"

"와이엇 유전요." 페리스 박사가 대답했다.

"화재가 있었지, 응? 콜로라도에서. 그러니까…… 가만있자…… 자기 유정에 불을 질렀다지."

"그건 집단적 히스테리가 만들어낸 헛소문일 겁니다. 결코 바람직하지 못한 비애국적 암시를 담은 소문. 저라면 그런 신문기사는 신뢰하지 않을 겁니다. 제가 보기에 그건 사고였고, 엘리스 와이엇은 불에 타 죽었어요." 페리스 박사가 냉담하게 말했다.

"지금 그 유전은 누구 소유인가?"

"현재로선 주인이 없습니다. 유서도, 상속인도 없으니까요. 공공의 필요에 따라 정부에서 7년간 유전 운영을 맡게 됐죠. 만일 엘리스 와이엇이 그 기간 안에 돌아오지 않는다면 공식적인 사망으로 간주될 겁니다."

"그런데 정부에서 그걸 왜 자네, 아니 우리에게 맡긴 건가? 석유 생산은 우리 연구소와는 별로 관련이 없는데."

"최고의 과학자들이 매달려야 하는 고난도 기술이 필요한 일이니까요. 와이엇이 이용하던 특별한 원유 추출방식을 재구축해야 하거든요. 그의 정유설비들이 아직 남아 있어요. 불에 타서 끔찍한 상태가 되긴 했지만요. 와이엇의 방식은 부분적으로는 알려져 있어도 전체 공정이나 기본 원리에 관한 기록은 남아 있지 않아요. 우리가 그걸 다시 알아내야 하고요."

"그래서 어떻게 되어가고 있나?"

"아주 만족스럽게 진행되고 있습니다. 정부에서 더 많은 지원금을 약속했고요. 웨슬리 마우치 씨도 우리의 성과에 만족하고 있어요. 비상위원회의 발치 씨와 생필품 담당 앤더슨 씨, 소비자보호 담당 페티본 씨도 마찬가지이고요. 우린 기대 이상의 성과를 거두고 있습니다. 대단히 성공적이에요."

"석유는 생산했나?"

"아니요. 하지만 유정 하나에서 25리터 정도를 뽑아내는 데는 성공했습니다. 물론 그 정도로는 실험적인 의미밖에 되지 않지만 불을 끄는 데만도 석 달이 걸렸다는 사실을 감안해야 합니다. 불은 이제 완전히, 거의 완전히 껐어요. 우린 와이엇보다 훨씬 불리한 입장이에요. 와이엇은 무의 상태에서 시작했지만 우린 사악하고 반사회적인 생산 방해 행위가 남긴 끔찍한 잔해를 처리해야…… 그러니까 제 말은, 어려운 일이라는 거죠. 하지만 우리는 기필코 해내고 말 겁니다."

"사실 아까 내가 한 질문은 이곳, 연구소 내의 석유 부족 문제였네. 겨우내 연구소 실내온도가 얼마나 낮았는지 알고 있나? 석유를 아껴야 하기 때문에 난방을 제대로 가동할 수 없다고 하더군. 연구소에 연료 공급이 효율적으로 이루어지도록 자네가 신경을 썼어야지."

"아, 그 말씀이셨어요? 어이구, 죄송합니다!" 페리스 박사가 환한 안도의 미소를 지으며 말했다.

그는 어느새 다시 배려하는 태도로 돌아와 있었다.

"연구소 실내온도가 박사님께 불편을 끼칠 정도로 낮았다는 말씀이신가요?"

"얼어 죽을 뻔했네."

"그건 용서할 수 없는 일이죠! 관리부에서 왜 제게 그런 말을 안 했을까요? 스태들러 박사님, 저의 사죄를 받아주십시오. 다시는 그런 일이 없도록 하겠습니다. 관리부 입장을 옹호하자면 연료 부족은 그들의 근무 태만 때문이 아니었습니다. 아, 박사님은 모르고 계셨겠군요. 하기야 박사님 같은 고귀한 분이 그런 문제에 신경 써선 안 되죠. 사실 지난겨울의 석유 부족 사태는 전국적인 문제였습니다."

"왜? 그 와이엇 유전이 이 나라의 유일한 석유 공급원이었다는 말은 제발 말아주게!"

"그건 아니지만 주요 공급원이 갑자기 사라지는 바람에 석유 시장 전체가 엄청난 혼란에 빠졌어요. 그래서 정부가 나서서 전국적인 석유 배급제를 실시하게 된 겁니다. 주요 기업들을 보호하려고요. 사실 우리 연구소는 이례적으로 많은 몫을 할당받았는데 저의 특별한 연줄 덕이었죠. 그런데도 연료가 부족했다니 송구스러울 뿐이네요. 다시는 그런 일이 없도록 하겠습니다. 어차피 일시적인 사태이기도 하고요. 내년 겨울까지는 와이엇 유전을 복구해 정상 상태로 되돌릴 수 있을 겁니다. 게다가 우리 연구소는 석탄 보일러로 바꾸기 위한 모든 준비가 끝났고 내달이면 교체작업에 들어갈 겁니다. 그런데 콜로라도의 스톡턴 주물공장이 예고도 없이 갑자기 문을 닫아버리는 바람에 일이 꼬이고 말았어요. 그곳에서 보일러 부품들을 만들고 있었거든요. 앤드루 스톡턴이 갑자기 은퇴해 그의 조카가 공장 문을 다시 열 때까지 기다려야 합니다."

"알겠네. 여러 가지 일로 바쁘겠지만 그 문제를 잘 처리해주리라 믿네."

스태들러 박사는 짜증스럽게 어깨를 으쓱하며 말을 이었다. "세상 꼴이 좀 우스워지고 있어. 과학연구소가 정부를 위해 그렇게 많은 기술적인 사업을 벌여야 하다니."

"스태들러 박사님, 그건······."

"알아, 알아, 불가피한 상황이라는 거. 그건 그렇고, 프로젝트 X가 뭔가?"

페리스 박사의 시선이 그에게 날카롭게 꽂혔다. 그 밝고 묘한 눈빛에는 놀라움이 들어 있었지만 두려움은 없었다.

"스태들러 박사님, 프로젝트 X에 대해서는 어디서 들으셨습니까?"

"젊은 연구원 두어 명이 아마추어 탐정이라도 된 양 은밀하게 이야기하는 걸 들었네. 내게는 일급 기밀이라고 하더군."

"스태들러 박사님, 맞습니다. 정부가 우리에게 맡긴 극비 연구 프로젝트죠. 언론에 새어나가지 않도록 철저한 보안 유지가 필요합니다."

"X가 뭐지?"

"실로폰(Xylophone). 실로폰 프로젝트죠. 물론 암호명이고요. 소리와 관련된 연구입니다. 하지만 박사님은 흥미 없으실 겁니다. 순전히 기술적인 일이니까요."

"그래, 그럼 그 이야긴 하지 말게. 난 기술적인 일들에 대해서는 신경 쓸 시간이 없으니까."

"스태들러 박사님, '프로젝트 X'에 대해서는 비밀을 지켜주실 것을 부탁드려도 되겠습니까?"

"알았네, 알았어. 난 그런 이야기 좋아하지도 않네."

"그러시겠죠! 저도 그런 문제로 박사님의 시간을 빼앗는 무례는 범하지 않겠습니다. 그 일은 그냥 저에게 맡겨두세요." 그는 일어서려고 몸을 움직였다. "그 일로 찾으신 거라면 전 이만……"

"아니, 그 일로 보자고 한 게 아니네." 스태들러 박사가 천천히 말했다.

페리스 박사는 아무런 질문도, 입에 발린 말도 없이 잠자코 기다렸다.

스태들러 박사는 책상 귀퉁이에 있던 책을 경멸 어린 손짓으로 툭 쳐서 가운데로 보냈다.

"이 상스러운 물건이 뭔지 말해주겠나?"

페리스 박사는 책에 눈길을 보내지 않고 스태들러 박사를 계속 응시하다가 야릇한 미소를 지으며 의자 뒤로 기대앉았다.

"박사님께선 인기 있는 책은 읽지 않으시는 분인데 저를 위해 이 책을 읽어주시다니 정말 영광입니다. 저의 졸작은 2주 만에 2만 부가 팔렸죠."

"책을 읽었네."

"그런데요?"

"설명이 필요해."

"내용이 이해가 잘 안 되셨습니까?"

스태들러 박사는 당황한 표정으로 그를 쳐다보았다.

"자네가 어떤 주제를 어떤 방식으로 다뤘는지 알고 있나? 글의 스타일만 해도 그래. 아주 천박해. 그런 주제를 그런 식으로 다루다니!"

"그럼 이 책의 내용이 보다 품위 있는 방식으로 제시될 가치가 있다고 생각하시는 건가요?"

너무나 순진한 목소리라 조롱인지 아닌지 판단할 수가 없었다.

"자네가 이 책에서 무엇을 주장하고 있는지 아나?"

"박사님께서 저의 책을 마땅치 않게 여기시는 듯하니 제가 아무 생각 없이 썼다고 생각하시도록 하는 게 낫겠군요."

세상에 어울리는 남자

스태들러 박사는 바로 이것이라고, 지금 페리스의 태도에서 이해할 수 없는 게 바로 이것이라고 생각했다. 자신이 못마땅한 기색을 보이면 그가 바로 움츠러들 줄 알았는데 아무렇지도 않은 듯했다.

"주정뱅이 무식꾼이 종이에 자신을 표현할 힘을 갖는다면, 그의 본질인 영원한 야만성에 목소리를 부여하고 인간 정신에 대한 증오심을 내보일 기회를 갖는다면 바로 이런 책을 쓰겠지. 그런데 과학자가 이런 책을 쓰고 그걸 우리 연구소에서 출간하다니!" 스태들러 박사가 말했다.

"스태들러 박사님, 이 책은 과학자들을 대상으로 쓴 것이 아닙니다. 바로 주정뱅이 무식꾼을 위한 책이죠."

"그게 무슨 뜻인가?"

"일반 대중을 위한 책이라는 겁니다."

"세상에! 아무리 바보 천치라도 이 책 속의 모든 주장에 명백한 모순이 들어 있다는 걸 알 수 있어."

"스태들러 박사님, 그럼 이렇게 표현하도록 하죠. 그걸 알아채지 못하는 사람은 그 주장들에 속아 마땅하다."

"하지만 자넨 저 고약한 책에 과학이라는 명예를 부여했어! 사이먼 프리쳇 같은 평판 나쁜 평범한 인간이 몽롱한 신비주의를 찬양하고 다니는 건 괜찮아. 아무도 그 인간 이야긴 귀담아 듣지 않으니까. 하지만 자넨 과학을 매도했어. **과학을!** 정신이 성취해낸 것들을 가지고 정신을 파괴했어. 자네 도대체 무슨 권리로 **내** 연구를 다른 분야에 부당하고 터무니없는 방식으로 전용한 건가? 자넨 순수하게 수학적인 문제에서 말도 안 되는 은유와 해괴한 일반화를 도출해냈어. 자네 도대체 무슨 권리로 내가…… **내가!**…… 이 책을 지지한 것처럼 꾸민 건가?"

페리스 박사는 아무 말도 하지 않았다. 그저 차분히 스태들러 박사를 응시하고만 있었다. 마치 선심이라도 쓰는 듯한 태도였다.

"스태들러 박사님, 마치 이 책이 생각하는 독자를 겨냥하고 있는 것처럼 말씀하시는군요. 만일 그렇다면 정확성과 타당성, 논리성, 그리고 과학의 명예 같은 것들에 신경을 써야겠죠. 하지만 그렇지 않습니다. 이 책은 대중을 위해 쓰였다고요. 박사님께선 대중은 생각이란 걸 하지 않는다는 믿음이 확고하신 분이죠."

그가 잠시 말을 끊었으나 스태들러 박사는 조용히 침묵을 지켰다.

"이 책이 철학적 가치는 없을지 모르지만 심리적 가치는 매우 큽니다."

"어떤 면에서?"

"스태들러 박사님, 아시다시피 사람들은 생각하고 싶어 하지 않습니다. 문제가 심각해질수록 더 생각을 기피하죠. 하지만 생각을 해야만 한다는 본능적인 의무감에 죄의식을 느끼게 됩니다. 그래서 생각하지 않는 걸 정당화시켜주는 사람을 찬양하고 따를 수밖에 없죠. 스스로 결함이며 죄라고 여겼던 걸 미덕으로, 그것도 대단히 지적인 미덕으로 만들어주니까요."

"자넨 그걸 조장하고?"

"그게 인기를 얻는 길이죠."

"자넨 왜 인기를 얻으려고 하나?"

페리스 박사의 시선이 순전히 우연인 것처럼 자연스럽게 스태들러 박사의 얼굴로 움직였다.

"우리 연구소는 공공기금의 지원을 받는 공공기관입니다." 그가 냉정하게 대답했다.

"그래서 자넨 사람들에게 과학은 세상에서 없어져야 할 시시한 사기극이라고 말하는 건가?"

"저의 책을 읽으면 마땅히 그런 결론을 내려야 하죠. 하지만 사람들은 그런 결론을 내리지 않을 겁니다."

"지성인들 눈에 우리 연구소가 얼마나 한심하게 보이겠는가? 이젠 지성인들이 얼마 남아 있지도 않지만."

"우리가 왜 그들을 걱정해야 하죠?"

페리스가 증오나 시샘, 악의를 드러내며 그 말을 뱉었다면 이해가 되겠지만 페리스의 목소리에는 그런 감정들이 담겨 있지 않았다. 속으로 킬킬대는 듯한 태평한 목소리였다. 그 순간 스태들러 박사는 결코 현실의 일부라고 할 수 없는 세계를 얼핏 보았고 차가운 공포가 엄습하는 것을 느꼈다.

"스태들러 박사님, 저의 책에 대한 반응을 지켜보셨나요? 반응이 대단히 호의적인데."

"그래. 바로 **그 점이** 믿기질 않네."

스태들러는 말을 해야만 했다. 지금 이 대화가 교양 있는 토론인 것처럼 말을 이어가야 했다. 그건 방금 순간적으로 느낀 것의 정체를 외면하려는 몸부림이었다.

"자네가 모든 명망 있는 학술지로부터 주목받고 있는 걸 이해할 수가 없어. 그런 학술지들에서 어떻게 자네 책을 그렇게 진지하게 논할 수 있는지 납득이 안 돼. 휴 액스턴이 있었다면 그 어떤 학술지도 이런 책을 철학의 영역에서 다룰 생각을 감히 하지 못했을 거야."

"그는 지금 없죠."

스태들러 박사는 지금 자신이 해야 할 말이 있다는 것을 알고 있었지만 그게 무슨 말인지 생각나기 전에 대화를 끝내고 싶었다.

"게다가 저의 책 광고에 웨슬리 마우치 씨가 제게 보낸 찬사의 편지를 인용해놓았죠. 아, 물론 박사님께선 광고 같은 건 거들떠도 안 보시겠지만 말입니다."

"도대체 그 웨슬리 마우치라는 사람이 누군가?"

페리스 박사는 미소지으며 대답했다. "앞으로 1년만 있으면 아무리 박사님이라고 해도 그런 질문을 하시지 않게 될 겁니다. 이렇게 설명드리죠. 마우치 씨는 석유를 배급하고 있는 분입니다. 현재로서는."

"그럼 조정관이라는 자네 임무에나 신경 쓰게. 마우치 씨와 협상해서 석유난로의 영역은 그에게 맡기고, 관념의 영역은 내게 맡겨두게."

그러자 페리스가 한가로이 학문을 논하는 듯한 목소리로 대꾸했다. "굳이 경계를 짓는 건 이상하지만, 제 책에 대해 이야기하는 건 홍보의 영역이죠."

그는 걱정스럽게 몸을 돌려 칠판에 적힌 수학 공식들을 가리켰다.

"스태들러 박사님, 만일 홍보의 영역이 지상에서 박사님만이 할 수 있는 일에 끼어든다면 낭패겠죠."

비굴할 정도로 공손한 목소리여서 스태들러 박사는 그 말이 왜 "네 칠판에나 신경 써!"라는 뜻으로 들린 것인지 알 수 없었다. 그는 매서운 분노를 느꼈지만 자신에게 그런 터무니없는 의심을 품어서는 안 된다고 스스로를 매몰차게 꾸짖었다.

스태들러 박사가 경멸 어린 목소리로 말했다. "홍보? 난 자네 책에서 실용적인 목적 같은 건 발견하지 못했네. 무슨 목적으로 쓴 책인지 모르겠어."

"모르신다고요?"

페리스 박사가 흘낏 쳐다보았다. 그의 눈빛에 오만불손함이 어린 듯했지만 너무 짧은 순간의 일이라 확신하기가 어려웠다.

"문명사회에서는 결코 가능할 수 없는 일들을 받아들이는 건 내 자신이 용납할 수 없네." 스태들러 박사가 준엄하게 선언했다.

"감탄스러울 정도로 정확한 말씀이시네요. 용납 못 하시죠." 페리스 박사가 쾌활하게 말했다.

페리스 박사가 먼저 자리에서 일어나 면담이 끝났음을 알렸다.

"스태들러 박사님, 이 연구소 내에서 불편한 일이 생기면 언제든 불러주십시오. 박사님을 편안히 모시는 게 저에겐 큰 영광이니까요." 그가 말했다.

스태들러 박사는 자신의 권위를 행사해야만 한다는 것을 알고 있었기에 굴욕적인 현실에 대한 깨달음을 거부하고 냉소적이고 무례한 어조로 거만하게 말했다.

"다음에 내가 부르면 또 차 때문에 늦는 일이 없도록 신경 쓰게."

"네, 스태들러 박사님. 다시는 늦지 않도록 하겠습니다. 다시 한 번 용서를 빕니다." 페리스 박사는 대본에 따라 연기하듯 말했다.

그는 스태들러 박사가 마침내 현대적인 소통방식을 배

운 것이 기쁜 모양이었다.

"제 차가 말썽이 하도 많아서 얼마 전에 새 차를 주문했습니다. 최고의 차인 해먼드 컨버터블로요. 그런데 로렌스 해먼드가 지난주에 아무런 이유도, 예고도 없이 갑자기 은퇴해버려 아주 난처하게 됐습니다. 그 빌어먹을 인간들이 어딘가로 사라지고 있어요. 뭔가 대책을 세워야겠어요."

페리스가 나가자 스태들러 박사는 어깨를 움츠렸다. 아무도 만나고 싶지 않은 마음이 간절했다. 그는 고통의 안개 속에서 아무도, 자신이 가치 있게 여기는 사람들은 아무도 자신을 만나고 싶어하지 않으리란 절망감을 느꼈다.

그는 자신이 페리스 앞에서 하지 못한 말이 무엇인지 알고 있었다. 그 책을 공개적으로 비난하고 국립과학연구소는 그 책과 아무 관련이 없음을 밝히겠다는 말이었다. 하지만 그런 위협에도 페리스가 눈 하나 깜짝하지 않고, 자신이 이제 종이호랑이에 지나지 않음을 확인하게 될까 봐 차마 그 말을 입 밖에 낼 수가 없었다. 그는 그 문제는 나중에 다시 생각해보겠노라고 다짐했지만 결국 자신이 그 책을 공개적으로 비난하지는 못할 것임을 알고 있었다.

그는 책을 집어서 쓰레기통에 던졌다.

갑자기 얼굴 하나가 선명하게 떠올랐다. 오랫동안 억지로 잊고 살아온 젊은 얼굴. '아니, 그는 이 책을 읽지 않았어. 앞으로도 읽지 않을 것이고. 그는 죽었어. 오래전에 죽은 게 분명해.' 스태들러 박사는 그 청년이 세상에서 제일 그립고 만나고 싶으면서도 그가 죽었기를 바라야만 하는 자신의 처지가 기막히고 가슴이 찢어질 듯 아팠다.

전화벨이 울렸고, 비서가 대그니 태거트의 전화임을 알렸다. 스태들러 박사는 반가워서 어쩔 줄 몰라 하며 떨리는 손으로 수화기를 잡았는데, 그 이유는 자신도 알지 못했다. 지난 1년 동안 그는 대그니가 다시는 자신을 만나고 싶어하지 않을 것이라고 생각했다. 대그니가 분명하고 냉정한 목소리로 만남을 청했다.

"그래요, 태거트 양, 아 그럼요, 좋아요……. 월요일 아침? 그래요. 가만 있자…… 내가 오늘 뉴욕에서 약속이 있어 오후에 태거트 양 사무실에 잠깐 들를 수 있는데, 괜찮다면…… 아니, 아니, 번거롭긴요, 천만에요……. 오늘 오후 2시, 아니 4시경에."

그는 뉴욕에서 약속이 없었다. 그는 자신이 왜 그런 거짓말을 했는지 굳이 알고 싶지 않았다. 그는 저 멀리 한 줄기 햇살이 비친 언덕을 바라보며 열띤 미소를 지었다.

◆

대그니는 운행 일정표의 93번 열차에 검은 사선을 그으며 자신이 차분히 그 일을 할 수 있었던 것에 잠시 쓸쓸한 만족감을 느꼈다. 지난 6개월 동안 숱하게 해오던 일이었다. 처음에는 힘들었지만 점차 쉬워졌다. 언젠가는 아무렇지도 않게 죽음의 선을 그을 수 있게 될 터였다. 93번 열차는 콜로라도 해먼즈빌에 물자를 운송하던 화물열차였다.

대그니는 다음에 어떤 단계들이 닥쳐올지 알고 있었다. 먼저 특별 화물열차가 없어지고…… 그 다음에는 다른 도시로 가는 화물열차 꼬리에 가난한 친척처럼 붙어 달리는 해먼즈빌행 유개화물차들의 수가 줄어들고…… 그 다음에는 여객열차들이 해먼즈빌 역에서 정차하는 횟수가 점점 줄어들고…… 그 다음에는 운행 지도에서 콜로라도 해먼즈빌이 사라지는 날이 오게 될 것이다. 와이엇 환승역도, 스톡턴 시도 똑같은 과정을 거쳤다.

로렌스 해먼드의 은퇴 소식이 전해졌을 때 대그니는 그의 사촌이나 변호사 혹은 그 지역 주민들로 이루어진 위원회에서 공장을 재가동하지는 않을까 하는 희망을 품고 기다리는 일이 부질없는 짓임을 알고 있었다.

엘리스 와이엇이 떠난 후 한 칼럼니스트가 환희에 차서 '작은 업체들의 전성시대'라고 불렀던 시기는 6개월을 가지 못했다. 엘리스 와이엇이 기회를 독점하고 있다고 징징대던 소규모(유정 세 개 정도를 보유한) 정유업자들이 와이엇이 남기고 간 거대한 구멍을 메우려고 앞다투어 몰려들었다. 그들은 동맹, 협동조합, 연합을 조직하고 자원과 이름을 공유했다. '전성시대'를 선언했던 칼럼니스트는 "작은 업체들의 삶에 해가 떴다"고 말했다. 그 해는 바로 와이엇 정유 유정탑에서 솟구치는 불꽃이었다. 그 눈부신 빛 속에서 그들은 늘 꿈꾸어온 행운을, 경쟁이나 노력이 필요하지 않는 행운을 거머쥐었다. 그런데 석유를 열차째 들이마시고 인간의 나약함에 대한 배려는 전혀 하지 않는 전력회사 같은 큰 고객들이 석탄으로 갈아타기 시작했다. 그들보다 배려 깊은 작은 고객들은 하나둘 망해갔다. 워싱턴의 정치인들이 석유 배급제를 실시하고, 실직한 유전 노동자들을 지원하기 위해 고용주들에게 임시세를 물리자 몇몇 대형 정유회사들은 문을 닫았다. 전성시대를 구가하던 작은 업체들은 100달러였던 드릴 날의 가격이 500달러로 오른 것을 깨닫게 되었다. 유전장비 시장이 죽어가면서 공급업자들은 다섯 개를 팔아 남기던 이윤을 한 개를 팔아 남기지 않으면 망할 위기에 처한 것이다. 또한 유지비를 감당하지 못하는 송유관들을 폐쇄하기 시작했다. 그 다음에는 철도회사들이 화물 운송료를 올렸다. 운송할 석유가 거의 없어 유조차 운행비용을 감당하기 힘들어 작은 철도회사 두 곳이 파산하는 지경에까지 이르게 된 것이다. 이윽고 작은 업체들의 해가 졌을 때 그들은 과거에 자신들이 비효율적인 비용으로 소규모 유전을 운영하면서도 죽지 않고 버틸 수 있었던 것은 불꽃 속으로 사라진 거대한 와이엇 유전 덕분이었음을 깨닫게 되었다. 그들은 행운이 사라지고 펌프가 멈춘 후에야 비로소 이 나라에는 생산비가 반영된 가격으로 자신들의 석유를 사줄 업체가 없음을 깨닫게 되었다. 워싱턴의 정치인들이 정유업체에 지원금을 지급하기로 결정했지만 모든 정유업자가 워싱턴에 인맥이 있는 것은 아니었으며, 아무도 자세히 알거나 이야기하려고 하지 않았다.

앤드루 스톡턴은 대부분의 사업가들이 부러워할 만한 위치에 있었다. 너도나도 연료를 석유에서 석탄으로 바꾸면서 석탄용 난로와 보일러 부품 주문이 쏟아져 들어왔고, 그는 다가올 겨울의 눈보라와 경주하듯 공장을 풀가동했다. 그는 믿을 만한 주물공장이 많지 않은 상황에서 온 나라의 지하실과 부엌을 지켜주는 큰 기둥과 같은 존재였다. 그런데 이 기둥이 예고도 없이 갑자기 무너졌다. 앤드루 스톡턴이 은퇴를 선언하고 공장 문을 닫은 뒤 사라져버린 것이다. 그는 공장을 어떻게 처리하라는 지시도 남기지 않았고 친척에게 공장을 다시 열 수 있는 권리도 주지 않았다.

도로에는 아직 자동차들이 다니고 있었다. 그러나 운전자들은 사막의 여행자가 허옇게 말라비틀어진 말의 뼈다귀를 지나치듯 길에서 운명을 다해 길가 도랑에 버려진 자동차의 잔해를 보아야만 했다. 사람들은 더 이상 자동차를 사지 않았고 자동차공장들은 문을 닫았다. 하지만 인맥을 통해 아직 자동차 연료를 구할 수 있는 사람들이 있었다. 그들은 가격이 아무리 비싸더라도 자동차를 샀다. 해먼드 자동차공장의 대형 창문에서 흘러나온 불빛이 콜로라도 산지를 환히 밝혔고, 공장 조립 라인에서는 트럭과 승용차들이 쏟아져 나와 태거트 대륙횡단철도로 옮겨졌다. 그런데 로렌스 해먼드의 은퇴 소식은 무거운 정적을 깨는 종소리처럼 갑작스러웠다. 지역 주민들로 구성된 위원회는 로렌스 해먼드에게 보내는 호소문을 라디오 방송을 통해 전했다. 자신들이 공장을 다시 열 수 있도록 허락해달라는 내용이었다. 그러나 로렌스 해먼드에게서는 아무런 소식이 없었다.

대그니는 엘리스 와이엇이 떠났을 때는 절규했고, 앤드루 스톡턴이 갑자기 은퇴를 발표했을 때는 놀라서 숨이 멎는 것 같았다. 하지만 로렌스 해먼드가 사라졌다는 소식을 들었을 때는 "다음은 누구지?"라고 무심히 중얼거렸다.

그녀가 두 달 전 콜로라도에 갔을 때 앤드루 스톡턴의 누이는 이렇게 말했다. "아니요, 태거트 양, 나도 몰라요. 앤드루는 내게 아무 말도 하지 않고 떠났고 지금은 생사도 몰라요. 엘리스 와이엇처럼 말이에요. 아니요, 앤드루가 떠나기 전날 특별한 일은 없었어요. 그날 밤에 어떤 남자가 찾아온 것만 기억나요. 처음 보는 얼굴이었어요. 두 사람은 밤늦도록 이야기를 나눴어요. 내가 잠자리에 들 때까지도 앤드루의 서재에는 여전히 불이 켜져 있었어요."

콜로라도 사람들은 침묵했다. 대그니는 그들이 작은 약국과 철물점, 식료품점이 있는 거리를 지나는 모습을 바라보았다. 그들은 차마 미래를 볼 수 없어서 묵묵히 눈앞의 현실에만 집중하는 듯했다. 그녀도 콜로라도의 거리를 걸으며 고개를 들어 숯덩이가 된 바위와 뒤틀린 강철만 남은 와이엇 유전의 잔해를 보지 않으려고 안간힘을 썼다. 콜로라도의 여러 도시에서 고개를 들면 멀리서 그것들이 보였다.

언덕 꼭대기에 있는 유정 하나는 아직도 불타고 있었다. 아무도 그 불을 끌 수 없었다. 대그니는 콜로라도의 여러 거리에서 하늘을 향해 격렬히 몸부림치며 타오르는 그 불길을 보았다. 그 불길은 밤중에 아득히 먼 곳에서 기차의 차창을 통해 바라보면 작고 맹렬한 불꽃이 바람에 일렁이는 듯했다. 사람들은 그 불길을 와이엇의 횃불이라고 불렀다.

이제 존 골트 노선의 가장 긴 열차는 40량짜리였고, 최고 속도는 시속 80킬로미터였다. 석탄을 때서 움직이는 기관차들은 폐차 시기를 오래전에 넘긴 고물들이었다. 혜성 특급과 대륙횡단 화물열차 몇 대는 디젤기관차로 운행했는데, 제임스가 그 정도의 석유 연료는 확보할 수 있었다. 대그니가 믿고 거래할 수 있는 연료 공급원은 펜실베이니아 대너거 석탄회사의 켄 대너거뿐이었다.

이웃이랍시고 콜로라도의 목에 매달린 네 개의 주를 텅 빈 열차들이 덜컹거리며 지나다녔다. 그 열차들의 몇 개 칸에는 양들이 실려 있었고, 옥수수와 멜론도 조금씩 실려 있었으며, 이따금 지나치게 멋을 부린 가족을 거느린 농부도 타고 있었다. 물론 그는 워싱턴에 인맥이 있는 농부였다. 제임스는 운행 중인 모든 열차에 대해 정부 보조금을 받아냈는데, 그 열차들이 이윤을 내기 위한 목적이 아니라 '평등'한 서비스를 제공하기 위해 운행된다는 이유에서였다.

대그니는 아직 열차가 필요한 곳에, 아직 생산이 이루어지고 있는 지역에 열차를 계속 운행하기 위해 안간힘을 썼다. 하지만 태거트 대륙횡단철도 대차대조표를 보면 제임스가 텅 빈 열차들을 운행하면서 정부로부터 받은 돈이 가장 바쁘게 움직이는 산업 지역의 최고 화물열차가 벌어들이는 수익보다 더 많았다.

제임스는 태거트 역사상 수익이 가장 많이 난 6개월이라고 자랑을 해댔다. 그가 주주들에게 제출한 그럴싸한 보고서에 수익금으로 표시된 돈은 그가 정직하게 번 것이 아니었다. 빈 열차들 앞으로 나온 정부 보조금과 웨슬리 마우치의 비호 아래 지불하지 않은 태거트 채권 회수금 및 그 이자였다. 제임스는 애리조나와 미네소타에서 태거트 철도의 화물 운송량이 증가한 것에 대해서도 자랑했다. 하지만 애리조나는 댄 콘웨이가 피닉스-두랑고 노선을 폐쇄한 후 은퇴한 지역이었고, 미네소타는 폴 라킨이 철광석을 철도로 운송하는 바람에 오대호의 철광석 수송선들이 모두 사라진 곳이었다.

제임스가 그녀에게 묘한 미소를 보내며 말했다. "넌 돈 버는 걸 대단한 미덕으로 여기지. 그런데 돈 버는 재주는 너보다 내가 더 뛰어난 것 같은데."

철도 채권 동결 문제에 대해서 이해한다고 공언하는 사람은 아무도 없었다. 그것은 아마 모두가 그 문제에 대해 너무 잘 알고 있기 때문인지도 몰랐다. 처음에 채권 보유자들은 패닉 상태에 빠졌고, 일반 대중들 사이에서는 위험한 분노의 물결이 일었다. 그러자 웨슬리 마우치는 또 다른 법령을 발표했다. '절대적인 필요'가 인정되는 경우에는 채권 동결을 '해제'해주고 정부가 그 채권을 사주겠다는 내용이었다. 그러나 그 문제에는 아무도 묻거나 대답하지 않는 세 가지 의문이 있었다. '절대적인 필요를 어떻게 증명할 것인가?', '필요란 어떤 것을 의미하는가?', '누구의 절대적인 필요인가?'

왜 어떤 사람은 해제 혜택을 받는데 어떤 사람은 받지 못하는지에 대해 떠드는 것은 비난받을 일이 되었다. 누가 '왜?'라는 의문을 던지면 사람들은 입을 꼭 다물고 고개를 돌려버렸다. 그 문제에 대해서는 평가하거나 설명하지 말고 사실만을 나열해야 했다. "스미스 씨는 해제 혜택을 받았고, 존스 씨는 받지 못했다"라고만 하면 되었다. 해제 혜택을 받지 못한 존스 씨가 자살하자 사람들은 이렇게 말했다.

"글쎄, 나도 모르겠어. 그가 진짜로 돈이 필요했다면 정부가 채권을 사줬겠지. 세상에는 탐욕스러운 인간들이 있잖아."

해제 신청이 받아들여지지 않아 다른 사람에게 3분의 1 가격으로 채권을 매도했는데, 매수인이 '절대적인 필요'를 인정받아 33센트를 1달러로 늘리는 기적을 일구어낸 사례가 심심찮게 발생했다. 대학을 갓 졸업한 영리한 청년들이 워싱턴의 인맥을 등에 업고 '해제인'이라는 신종 직업에 뛰어들어 '적절한 현대식 용어로 해제 신청서를 작성하도록 도와주는' 서비스를 제공하기도 했다. 하지만 그런 일들에 대해서는 입을 다물어야 했다.

대그니는 어느 시골역 플랫폼에서 태거트 선로를 바라보며 예전의 빛나던 자부심이 아닌 죄스러운 굴욕감을 느꼈다. 선로에 녹이 잔뜩 슬기라도 한 것처럼, 그 녹이 핏빛을 띠기라도 한 것처럼. 하지만 그녀는 태거트 터미널에서 냇 태거트의 동상을 바라보며 생각했다. '**당신의** 철도예요. 당신이 만드셨고 지켜내셨어요. 당신은 두려움에도, 혐오에도 굴복하지 않으셨어요. 전 피와 녹 같은 자들에게 철도를 넘겨주지 않겠어요. 이제 당신의 철도를 지켜낼 사람은 저뿐이에요.'

대그니는 모터를 발명한 사람을 찾는 일도 포기하지 않았다. 그 일은 모든 고난을 견딜 수 있게 해주었다. 그녀의 투쟁에 의미를 부여해주는 눈에 보이는 단 하나의 목표였다. 자신이 왜 그 모터를 다시 만들고 싶어하는지 의구심이 고개를 들 때도 있었다. 마음속에서 "왜?"라는 의문이 떠오르면 그녀는 이렇게 대답했다. "난 아직 살아 있으니까." 하지만 그녀의 노력은 아무런 성과도 거두지 못하고 있었다. 위스콘신으로 보낸 두 명의 엔지니어는 아무것도 알아내지 못했다. 대그니는 그들에게 전국을 다 뒤져서라도 20세기 모터에서 일했던 사람들을 찾아내 모터 발명자 이름을 알아오라고 지시했다. 하지만 아무런 성과도 없었다. 특허청 서류를 다 뒤져보게도 했지만 그 모터에 대한 기록은 어디에도 없었다.

이제 마지막 남은 단서는 달러 표시가 있는 담배꽁초뿐이었다. 대그니는 그 담배꽁초를 까맣게 잊고 있다가 어느 날 저녁 책상 서랍에서 그것을 우연히 발견하고는 태거트 터미널 신문 가판대의 담배 수집가에게 보여주었다. 노인은 매우 놀란 얼굴로 담배꽁초를 자세히 살펴보더니 이런 상표는 처음 본다며 어떻게 자신이 모르는 담배가 있는지 이해할 수 없다고 했다.

"태거트 양, 이 담배, 질이 좋던가요?" 그가 물었다.

"지금껏 피워본 담배 중에서 최고였어요."

노인은 당황하며 고개를 저었다. 그러면서 어디서 만든 담배인지 알아보고 한 줄을 구해주겠다고 약속했다.

한편, 대그니는 그 모터를 다시 만들 수 있는 과학자를 물색했다. 그녀는 그 분야의 최고 전문가들을 만나보았다. 처음 만난 과학자는 모터 잔해와 설명서를 살펴보더니 훈련 교관 같은 목소리로 이 모터는 작동할 수가 없다고, 처음부터 작동한 적도 없었다고, 이런 모터는 절대로 작동할 수 없음을 자신이 증명할 수 있다고 선언했다. 두 번째 과학자는 따분한 과제물을 받은 듯한 태도로 자신은 이 모터를 다시 만드는 게 가능한지 모르겠고 알고 싶지도 않다고 했다. 세 번째 과학자는 도전적이고 거만한 말투로 10년 계약으로 연간 2만 5,000달러를 주면 일을 맡겠다고 하면서 이렇게 말했다. "이 모터로 막대한 수익을 얻을 생각이라면 내가 이 연구에 들이는 시간에 대한 보상은 해주셔야죠."

네 번째 과학자는 나이가 가장 어렸는데, 잠시 말없이 대그니를 바라보더니 멍한 얼굴로 경멸하듯 말했다.

"이런 모터는 절대로 만들어져서는 안 됩니다. 설령 누군가 만들어낼 수 있다고 해도요. 이건 기존의 그 어떤 모터보다 월등히 뛰어나서 무능력한 과학자들이 더 이상 도전과 성취의 기회를 갖지 못하도록 만들 테니까요. 나는 강자라고 해서 약자의 자존심을 짓밟을 권리는 없다고 생각합니다."

대그니는 그에게 당장 나가라고 명령했다. 그녀는 그런 사악하기 짝이 없는 말을 도덕적 정의감에 차서 당당히 뱉어낼 수 있는 것에 끔찍한 공포를 느꼈다.

대그니는 마지막 방법으로 로버트 스태들러 박사에게 부탁해보기로 했다.

그녀는 로버트 스태들러 박사에게 마음의 문을 완전히 닫은 상태였지만 그에게 억지로 전화를 걸며 자신을 달랬다. '난 제임스나 오런 보일 같은 사람들과도 상대하고 있어. 스태들러 박사는 그들보다는 죄가 가벼운데 상대하지 못할 이유가 뭐야?' 하지만 세상 사람들 모두를 상대해도 로버트 스태들러 박사만은 멀리해야 할 것 같은 강한 거부감은 쉽게 사라지지 않았다.

대그니는 존 골트 노선 운행 일정표를 앞에 놓고 책상에 앉아 스태들러 박사를 기다리며 '왜 요즘은 과학 분야에서 뛰어난 인재가 나오지 않는 것일까'라는 의문에 빠져들었다. 도무지 그 이유를 알 수 없었다. 그녀는 운행 일정표의 검은 사선을, 93번 열차의 시체를 바라보았다.

그녀는 생각했다. '기차는 생명의 위대한 속성 두 가지를 지니고 있다. 움직임과 목적성. 이 93번 열차는 살아 있는 실체와도 같았다. 하지만 이제 죽은 화물열차들과 기관차에 지나지 않는다. 그러므로 감상에 젖지 말고 되도록 빨리 시체를 분해하자. 기관차는 모든 지역에서 필요하다. 펜실베이니아의 켄 대너거에게는 더 많은 열차가 필요하니…….'

"로버트 스태들러 박사님 오셨습니다."

책상 위의 인터폰에서 비서 목소리가 흘러나왔다.

스태들러 박사가 웃는 얼굴로 방으로 들어섰다. 그 미소가 그의 말을 더욱 힘있게 해주었다.

"태거트 양, 이렇게 다시 만나게 되어 얼마나 기쁜지 말로 다 표현할 수가 없군요."

대그니는 웃지 않고 엄숙하고 정중한 표정으로 대답했다. "이렇게 와주셔서 감사합니다."

그녀는 날씬한 몸을 꼿꼿이 세우고 고개만 천천히 숙여 인사했다.

"사실 여기 오고 싶어서 뉴욕에서 약속이 있다는 핑계를 댔어요. 놀라운가요?"

"앞으로 무리한 부탁은 드리지 않도록 하겠습니다. 앉으세요." 대그니가 웃음기 없는 얼굴로 말했다.

스태들러 박사는 밝은 표정으로 주위를 둘러보았다.

"철도회사 중역실은 처음이에요. 이렇게…… 엄숙한 분

위기인 줄은 몰랐어요. 직업적인 특성 때문인가요?"

"스태들러 박사님, 제가 박사님의 조언을 구하고자 하는 문제는 박사님의 관심 분야와는 거리가 멉니다. 그런데 제가 왜 박사님께 연락을 드렸는지 궁금하실 거예요. 그 이유를 설명해드리죠."

"이유 같은 건 설명 안 해도 돼요. 난 태거트 양에게 도움을 줄 수 있다는 사실만으로도 기쁨을 주체할 수가 없으니까."

스태들러 박사의 미소는 매력적이었다. 진심을 감추기 위한 가식적인 미소가 아닌 솔직한 감정의 표현이기 때문이었다.

대그니가 어려운 과제에 대해 설명하는 젊은 기술자 같은 분명하고 표정 없는 목소리로 말했다. "기술적인 문제예요. 박사님께선 과학 기술 쪽 분야를 경멸하신다는 걸 잘 알고 있습니다. 박사님께서 저의 문제를 해결해주시리란 기대는 하지 않아요. 박사님의 전공 분야도, 관심 분야도 아니니까요. 저의 문제를 말씀드리고 두 가지만 질문하고 싶어요. 제가 박사님께 연락을 드려야만 했던 이유는 한 인간의 정신, 아주 위대한 정신과 관련된 문제이기 때문입니다."

그녀는 정확한 판결을 내리듯 냉정하게 덧붙였다. "박사님은 과학계에 유일하게 남아 있는 위대한 정신이시니까요."

그 말이 스태들러 박사에게 어떤 충격을 주었는지는 알 수 없지만 갑자기 그의 눈빛이 진지해졌다. 진지하다 못해 간절하기까지 한 눈빛이었다.

"태거트 양, 그 문제가 뭔가요?"

그는 간결하고 겸허한 목소리를 낼 수밖에 없는 감정에 젖어 있는 듯했다.

대그니는 그 모터와 모터를 어디서 발견했는지에 대해 이야기했다. 또 모터 발명자를 찾으려고 애썼지만 결국 실패했다는 사실도(자세한 이야기는 빼고) 밝혔다. 그리고 모터 사진과 설명서를 건넸다.

대그니는 스태들러 박사가 설명서를 읽는 모습을 지켜보았다. 박사는 전문가다운 자신 있는 태도로 설명서를 빠르게 훑어보다가 멈칫하더니 점점 더 열중했고 휘파람을 불거나 신음을 토해내듯 입술을 움직였다. 대그니는 그가 설명서에서 눈을 떼고 한참이나 허공을 응시하는 모습을 바라보았다. 복잡한 생각들이 꼬리에 꼬리를 무는 듯했다. 그는 다시 설명서를 읽다가 멈추더니 애써 다시 읽기 시작했다. 계속 읽고 싶은 열망과 그의 앞에 펼쳐진 모든 가능성을 붙잡고 싶은 충동 사이에서 갈등하는 듯했다. 대그니는 그의 조용한 흥분을 지켜보았고 그가 위대한 발명품에 심취해 그녀의 사무실도, 그녀의 존재도 까마득히 잊고 있다는 것을 알 수 있었다. 그녀는 그런 반응을 보일 수 있는 로버트 스태들러 박사에게 경의를 가지며 그를 좋아할 수 있었으면 좋겠다고 생각했다.

그렇게 1시간 넘게 정적이 흐른 후 스태들러 박사가 설명서를 다 읽고 고개를 들었다.

"정말 대단해요!"

대그니에게 뜻밖의 희소식이라도 전하듯 기쁨과 놀라움에 찬 목소리였다.

대그니는 그에게 미소를 보내며 기쁨을 함께 나누고 싶었지만 고개만 끄덕이며 차갑게 말했다. "그래요."

"태거트 양, 이건 어마어마한 발명이에요!"

"그렇죠."

"이게 기술의 문제라고요? 아니, 그 이상의 것이에요. 변환기에 대한 설명을 봐요. 무엇을 전제로 설명하고 있는지 알 수 있을 거예요. 그는 에너지의 새로운 개념을 발견했어요. 기존의 모든 가정을 버렸어요. 기존의 가정에 따르면 이런 모터는 불가능하죠. 그는 새로운 전제를 만들었고, 정적 에너지를 동적 에너지로 바꾸는 비밀을 풀었어요. **그게** 무엇을 의미하는지 알아요? 그 모터를 만들려면 순수과학, 추상과학적 재능이 얼마나 뛰어나야 하는지 알아요?"

"누구죠?" 대그니가 조용히 물었다.

"뭐라고요?"

"제가 박사님께 묻고 싶은 첫 번째 질문이에요. 박사님, 10년 전에 그런 일을 해냈을 만한 젊은 과학자를 알고 계시나요?"

스태들러 박사는 놀라서 멈칫했다. 그런 생각을 해볼 시간이 없었던 것이다. 그가 이맛살을 찡그리며 천천히 말했다.

"아니, 모르겠어요. 이상해…… 이 정도의 재능을 가진 사람이 눈에 띄지 않을 수가 없는데…… 누군가 내게 이야기해줬을 텐데…… 촉망받는 젊은 물리학자라면 다 나를 찾아오는데……. 모터를 발견한 곳이 평범한 상업용 모터 공장 연구소라고 했던가요?"

"네."

"그것 참 이상하군. 그런 인재가 그곳에서 뭘 하고 있었을까?"

"모터를 설계하고 있었겠죠."

"그 점이 의문이에요. 위대한 천재 과학자가 상업적인 발명가의 길을 택했다? 그건 말도 안 돼요. 그는 모터를 원했고, 그저 하나의 목적을 위한 수단으로서 조용히 에너지 과학 분야에 대대적인 혁명을 일으킨 후 자신이 발견한 걸 세상에 발표하지도 않고 곧장 자신의 모터를 만들었어요. 도대체 왜 실용적인 것에 그 고귀한 정신을 허비한 거지?"

"이 세상에 사는 게 좋아서였는지도 모르죠." 대그니가 무의식중에 중얼거렸다.

"뭐라고요?"

"아니에요, 전…… 스태들러 박사님, 죄송해요. 제가 엉뚱한 소리를 했네요."

스태들러 박사는 시선을 돌리고 생각에 잠겨 중얼거렸다. "그는 왜 나를 찾아오지 않았을까? 충분한 자격을 갖췄으면서도 왜 훌륭한 과학기관에 들어가지 않았을까? 이런 일을 할 수 있는 두뇌를 가졌다면 자신이 해낸 일의 중요성을 알았을 텐데. 왜 자신의 에너지 이론을 신문에 발표하지 않았을까? 설명서를 보면 대략적인 방향은 알겠는데 빌어먹을, 제일 중요한 부분이 사라지고 없어! 그의 주변 사람들이 그 과학적인 중요성을 알고 세상에 알렸을 법도 한데, 왜 그러지 않았을까? 어떻게 이런 걸 그냥 포기할 수 있었을까?"

"저도 그런 의문들에 대한 답을 찾을 수가 없었어요."

"게다가 순전히 실리적인 면으로만 보더라도 왜 이 모터가 쓰레기더미에 버려져 있었을까요? 멍청한 사업가라도 탐욕스럽게 챙겼을 텐데. 무식쟁이도 이것의 상업적 가치를 알아볼 수 있는데."

대그니는 처음으로 미소를 지었다. 하지만 쓰디쓴 미소였다. 그녀는 아무 말도 하지 않았다.

"모터를 발명한 사람을 찾는 게 불가능하다고요?" 스태들러 박사가 물었다.

"완전히 불가능해요. 현재로서는."

"그가 아직 살아 있다고 생각해요?"

"그럴 거라고 생각하지만 확신은 없어요."

"내가 그를 찾는 광고를 내볼까요?"

"아니요. 그러지 마세요."

"과학 잡지에 광고를 내고 페리스 박사에게……."

그는 말을 멈추었다. 그는 대그니를 흘낏 쳐다보았고 두 사람의 시선이 마주쳤다. 대그니는 아무 말도 하지 않았지만 시선을 피하지 않았다. 그가 먼저 시선을 돌리며 냉정하고 단호하게 말을 맺었다.

"페리스 박사에게 라디오 방송을 통해 알려달라고 하면 그가 나를 찾아오지 않을까요?"

"네, 박사님. 찾아오지 않을 거예요."

스태들러 박사는 대그니를 보고 있지 않았다. 그의 얼굴 근육들이 약간 팽팽해지는가 싶더니 이내 맥이 풀린 표정이 되었다. 대그니는 그의 마음속에서 어떤 빛이 죽어가고 있는지, 왜 자신이 빛의 죽음을 생각하게 되었는지 알 수 없었다.

스태들러 박사는 태연하고 경멸적인 손놀림으로 설명서를 책상에 툭 던졌다.

"돈에 자신의 두뇌를 팔 정도로 실리적인 사람들은 실리적인 것의 실체를 알아야 하지."

그는 대그니가 화를 내기를 기다리듯 도전적인 눈길로 그녀를 쳐다보았다. 하지만 대그니는 분노 이상의 반응을 보였다. 그의 신념이 옳건 그르건 이제 아무 상관 없다는 듯한 무표정한 얼굴이었다.

그녀가 정중히 말했다. "두 번째 질문을 드리죠. 혹시 이 모터를 다시 만들 수 있는 능력을 가진 물리학자를 추천해 주실 수 있으세요?"

스태들러는 대그니를 보며 쿡쿡 웃었다. 고통스런 웃음이었다.

"태거트 양도 그런 고통을 겪어봤나요? 인재를 찾을 수 없는 고통."

"최고의 물리학자라는 사람들을 몇 명 만나봤지만 모두 가망 없는 사람들이었어요."

스태들러 박사는 대그니를 향해 몸을 기울이며 열성적으로 물었다. "태거트 양, 그러니까 내 과학적 판단을 신뢰해서 나에게 연락한 건가요?"

그것은 노골적인 애원이었다.

"네, 전 박사님의 과학적 판단을 신뢰해요." 대그니가 차분히 대답했다.

스태들러 박사는 뒤로 기대앉았다. 숨겨진 미소가 그의 얼굴을 어루만져 긴장을 풀어주는 듯했다.

그가 동지를 대하듯 말했다. "나도 태거트 양을 도울 수 있었으면 좋겠어요. 내 자신을 위해서라도. 사실 나도 재능 있는 연구원을 발굴하는 일이 제일 힘드니까. 재능? 쳇! 재능은 고사하고 가능성 비슷한 거라도 있으면 내가 말을 안 해요. 쓸 만한 자동차 정비공도 되기 힘든 인간들만 찾아오니. 내가 늙어서 까다로워진 건지 아니면 인류가 퇴보하고 있는 건지 모르겠지만, 내가 젊었을 때만 해도 이렇게까지 인재가 귀하진 않았어요. 요즘 연구소에 들어오고 싶다고 찾아오는 인간들을 보면……."

그가 갑자기 말을 뚝 끊었다. 무언가 퍼뜩 떠오르는 것이 있는 모양이었다. 하지만 그것을 대그니에게 말해주고 싶지는 않은 듯 침묵을 지키며 혼자 궁리했다. 그러다 뭔가 감추는 게 있는 것처럼 짐짓 성난 목소리로 무뚝뚝하게 결론지었다.

"아니, 태거트 양에게 추천해줄 만한 사람이 없어요."

"스태들러 박사님, 제 용건은 다 끝났습니다. 시간 내주셔서 감사합니다." 대그니가 말했다.

스태들러는 자리를 뜰 생각이 없는지 그대로 앉아 있었다.

"태거트 양, 모터 실물을 볼 수 있을까요?" 그가 물었다.

대그니는 놀라서 그를 쳐다보았다.

"물론이죠…… 원하신다면요. 하지만 지하 창고에 있어

요. 터미널 터널에요."

"난 상관없어요. 태거트 양만 괜찮다면. 특별한 목적은 없어요. 그냥 개인적인 호기심 때문이죠. 실물을 보고 싶어요. 그뿐이에요."

두 사람은 화강암으로 둘러싸인 지하 창고로 내려갔다. 스태들러 박사는 파손된 쇳덩이가 든 유리상자 앞에 서자 넋이 나간 듯한 얼굴로 천천히 모자를 벗었다. 대그니는 그가 숙녀와 함께 있다는 사실을 뒤늦게 깨닫고 예의를 차리는 것인지, 아니면 관 앞에서 조의를 표하는 것인지 알 수 없었다.

그들은 유리상자에서 반사된 한 줄기 눈부신 빛을 받으며 조용히 서 있었다. 멀리서 기차들이 덜컹거리며 지나갔고, 이따금 갑작스럽고 날카로운 진동음이 유리상자 속의 시체를 흔들어 깨우는 듯했다.

스태들러 박사가 나직한 목소리로 말했다. "내 것이 아닌 위대하고 새롭고 귀중한 아이디어를 보게 되다니, 참으로 가슴 벅찬 일이에요!"

대그니는 자신이 그의 말을 정확하게 이해한 것이기를 바라며 그를 바라보았다. 스태들러 박사는 관습에 얽매이지 않고, 그녀에게 자신의 고통을 고백하는 것이 적절한 행동인지 고민하는 짓 따윈 하지 않고 그녀가 자신의 말을 이해할 수 있다는 사실에만 주목하며 열과 성을 다해 말했다.

"태거트 양, 이류 인생의 특징이 뭔지 알아요? 다른 사람의 성취에 분노하는 거예요. 그 예민한 무능력자들은 다른 사람이 자신보다 더 훌륭한 일을 해낼까 봐 벌벌 떨죠. 그들은 정상에 오른 자의 고독을 전혀 알지 못해요. 존경할 만한 정신의 소유자와 감탄할 만한 성취에 대한 갈증에서 오는 고독을. 그들은 쥐구멍에 숨어서 능력자의 눈부신 광채가 그들을 가린다고 으르렁거리며 분노하죠. 눈을 씻고 찾아봐도 재능이라고는 눈곱만큼도 없는 인간들이 말이에요. 그들은 성취를 시샘하고, 모든 사람이 자신들처럼 열등해지는 세상을 꿈꾸죠. 그런 꿈을 꾸는 건 무능력함의 결정적인 증거인 줄도 모르고서. 능력자들은 그런 세상을 견딜 수 없으니까. 그들은 열등한 자들에 둘러싸여 사는 기분이 어떤 건지 짐작조차 하지 못해요. 증오? 아니, 증오가 아니라 권태예요. 지독하고 절망적인 권태. 사람을 무력화시키고 마비시키는 권태. 존경하지 않는 사람들에게서 받는 칭찬과 아첨이 무슨 가치가 있겠어요? 존경하고 감탄을 보낼 수 있는 대상에 대한 갈망을 느껴본 적 있어요? 경멸이 아닌 찬탄을 보낼 수 있는 대상."

"평생 느껴왔죠." 대그니가 대답했다.

거부할 수 없는 대답이었다.

"알아요." 그의 담담하고 부드러운 목소리가 아름답게 들렸다. "태거트 양과 처음 대화를 나눈 순간부터 알았어요. 그래서 오늘 내가 이렇게 온 거예요."

그는 잠시 말을 끊고 기다렸지만 대그니가 아무 반응도 보이지 않자 조용하고 부드러운 목소리로 말을 맺었다.

"그래서 모터를 보고 싶어한 거고."

"그랬군요." 대그니가 부드럽게 말했다.

그 부드러운 목소리는 그녀가 스태들러 박사를 인정한다는 유일한 표시였다.

스태들러 박사가 유리상자를 내려다보며 말했다. "태거트 양, 사실은 이 모터를 다시 만들 수 있을지도 모르는 사람을 알고 있어요. 그는 내 밑으로는 들어오지 않겠다고 했죠. 어쩌면 당신이 찾는 그런 사람일 수도 있어요."

대그니가 경탄의 눈길로, 그가 그토록 갈구하던 열린 마음과 용서를 담은 눈길로 그를 바라보았다. 그러나 스태들러 박사는 고개를 들어 그녀의 그런 눈길을 보기 전에 빈정거리는 목소리로 말했다.

"사회를 위해, 과학을 위해 일할 생각이 없는 청년이에요. 정부 일은 하지 않겠다고 하더군요. 사기업에 들어가 월급을 더 많이 받고 싶은 모양이에요."

그 말이 감동과 용서의 순간을 망쳐버렸다.

스태들러 박사는 대그니의 얼굴 표정이 바뀌는 것을 보지 않기 위해, 그 의미를 알고 싶지 않아서 시선을 돌려버렸다.

대그니가 딱딱한 목소리로 대꾸했다. "네, 제가 찾는 그런 사람일 수도 있겠네요."

스태들러 박사가 냉담하게 말했다. "유타 기술연구소 출신의 젊은 물리학자예요. 이름은 쿠엔틴 대니얼스. 몇 달 전에 내 친구 소개로 왔더군요. 그런데 내가 제안하는 일자리를 거절했어요. 내 밑에서 일해주길 바랐는데. 과학자의 정신을 지닌 청년이에요. 모터 제작에 성공할 수 있을지는 모르겠지만 도전해볼 능력은 있을 거예요. 유타 기술연구소로 연락하면 될 겁니다. 지금 거기서 뭘 하고 있는지 모르겠어요. 그 연구소는 1년 전에 문을 닫았거든요."

"스태들러 박사님, 감사합니다. 연락해보겠습니다."

"저…… 태거트 양이 원한다면 내가 이론적인 도움을 주고 싶군요. 나도 설명서에서 얻은 단서들을 가지고 연구해볼 생각이에요. 모터 발명자가 발견한 에너지의 근본적인 비밀을 밝혀내고 싶어요. 우리가 알아내야 하는 건 그의 기본 원리예요. 그걸 알아내면 대니얼스가 모터를 다시 만들 수 있을 거예요."

"박사님께서 도와주신다면 저야 감사하죠."

그들은 푸른 불빛 아래 녹슨 선로가 이어진 죽은 터널을 걸어 멀리서 빛나는 플랫폼으로 향했다.

터널 입구에서 한 남자가 선로에 엎드려 전철기에 서툰 망치질을 하고 있었다. 또 한 남자가 옆에 서서 초조하게 지켜보고 있었다.

"그 망할 놈의 전철기가 왜 고장난 건가?" 지켜보던 남자가 물었다.

"모르겠어요."

"1시간이나 거기 매달려 있었잖아."

"네."

"얼마나 걸릴 것 같은가?"

"존 골트가 누구죠?"

스태들러 박사가 움찔했다. 두 남자를 지나친 후 그가 물었다.

"난 저 말이 마음에 안 들어."

"저도요." 대그니가 대꾸했다.

"저런 말이 어디서 나왔을까요?"

"아무도 몰라요."

잠시 침묵이 흐른 후 스태들러 박사가 말했다. "내가 아는 사람 중에 존 골트라는 사람이 있었어요. 그는 오래전에 죽었지만."

"어떤 사람이었는데요?"

"난 그가 살아 있을 거라고 생각했어요. 하지만 죽은 게 확실해요. 워낙 비범한 인물이라 아직 살아 있다면 온 세상 사람들 입에 오르내렸을 테니까."

"온 세상 사람들 입에 오르내리고 **있잖아요**."

스태들러 박사는 우뚝 멈추었다.

"그렇군요……." 그는 미처 깨닫지 못한 일이었던 듯 천천히 말했다. "그래…… 그런데 왜?"

공포에 젖은 무거운 목소리였다.

"스태들러 박사님, 그는 어떤 사람이었죠?"

"사람들이 왜 그의 이름을 들먹이는 걸까요?"

"어떤 사람이었는데요?"

스태들러 박사는 몸서리를 치며 날카롭게 말했다. "우연의 일치일 뿐이야. 희귀한 이름은 아니니까. 아무 의미 없는 우연의 일치일 뿐이야. 내가 알던 존 골트와는 아무 상관 없을 거야. 그는 죽었어."

그러고는 이렇게 덧붙였다. "죽었어야만 해."

하지만 그 말의 숨은 의미는 애써 외면했다.

◆

그의 책상 위에 놓인 명령서에는 "기밀…… 긴급…… 최고 조정관이 보증한 절대적인 필요…… 프로젝트 X 관련" 등의 용어가 쓰여 있었다. 국립과학연구소에 리어든 금속 1만 톤을 팔라는 명령이었다.

리어든은 명령서를 읽은 후 그의 책상 앞에 꼼짝 않고 서 있는 공장장을 흘끗 올려다보았다. 공장장은 조금 전에 명령서를 들고 들어와 말없이 리어든의 책상에 올려놓았다.

"사장님께서 보셔야 할 것 같아서요." 리어든의 시선에 대한 그의 대답이었다.

리어든은 책상 위의 버튼을 눌러 비서 아이브스를 불렀다. 그러고는 비서에게 명령서를 건네며 말했다.

"어디서 온 건지는 몰라도 반송시켜. 국립과학연구소에 리어든 금속을 팔지 않겠다고 말하고."

그웬 아이브스와 공장장은 리어든을 보았다가 둘이 마주보더니 다시 리어든을 보았다. 축하의 눈빛이었다.

"네, 사장님."

그웬 아이브스는 그 명령서를 다른 평범한 서류처럼 받아들며 공손히 말했다. 그녀가 고개를 숙여 인사한 다음 밖으로 나갔다. 공장장도 그 뒤를 따랐다.

리어든은 그들의 마음에 답해 희미한 미소를 지었다. 그 명령을 거부함으로써 맞이할 결과에 대해서는 신경 쓰지 않았다.

6개월 전, 리어든은 과감히 플러그를 뽑아 감정의 전류를 끊어버리며 다짐했다. '우선 행동하자. 제철소를 계속 가동시키자. 감정 문제는 나중으로 미루자.' 그래서 공정분배법이 시행되는 과정을 냉정하게 지켜볼 수 있었다.

그 법을 어떻게 준수해야 하는지 아무도 몰랐다. 처음에는 오런 보일이 생산하는 강철이 아닌 최고의 특수 합금의 양보다 리어든 금속을 더 많이 만들어서는 안 된다는 지시가 내려왔다. 하지만 오런 보일이 생산하는 최고의 특수 합금은 질이 떨어져서 아무도 사려고 하지 않았다. 그러자 만일 오런 보일이 특수 합금을 생산할 수 있었다면 그 생산량이 어느 정도였을지를 계산해서 **그만큼만** 리어든 금속을 만들라는 지시가 내려왔다. 하지만 그 생산량을 정하는 방법은 아무도 알지 못했다. 워싱턴의 누군가가 연간 생산량을 결정해서 발표했는데, 산출 근거도 내놓지 않았다. 모두가 그 결정을 그대로 받아들였다.

리어든 금속을 원하는 모든 고객에게 동등하게 분배하는 것도 문제였다. 제철소를 최대로 가동해도 3년 안에 대기 명단의 주문을 다 소화할 수가 없었다. 그리고 날마다 새로운 주문이 밀려들었다. 이제는 전통적인 올바른 거래에서의 주문이 아니라 요구였다. 리어든 금속을 공정하게 배분하지 않으면 고객은 법에 따라 그에게 소송을 걸 수 있었다.

분배량을 어떻게 결정할 것인지 아는 사람도 없었다. 정부는 대학을 갓 졸업한 똑똑한 청년을 배급 담당 부국장으로 파견했다. 그 청년은 여러 차례 워싱턴과 전화로 의논한 후 주문 신청 날짜순으로 모든 고객에게 500톤씩 공급하라고 지시했다. 아무도 그 결정에 이의를 제기하지 않았다. 분배량이 500그램으로 정해지건 100만 톤으로 정해지건 이의를 제기할 방법이 없었다. 청년은 리어든 제철소에 사무실을 차리고 여직원 네 명을 고용해 주문을 받게 했다. 현재의 생산량으로는 주문 대기 기간이 다음 세기로 넘어갈 수밖에 없었다.

리어든 금속 500톤으로는 태거트 대륙횡단철도 레일 5킬로미터도 깔지 못하고, 켄 대너거 탄광 한 곳의 버팀대도 세우지 못했다. 그래서 리어든의 가장 중요한 고객들은 리어든 금속을 사용할 수가 없었다. 한편, 리어든 금속으로 만든 골프채, 커피포트, 정원용 장비, 화장실 수도꼭지가 출시되었다. 일찍부터 리어든 금속의 가치를 알아보고 여론의 맹비난을 무릅쓰고 리어든 금속을 주문했던 켄 대너거는 새로운 법에 따라 원하는 만큼 물건을 공급받을 수 없게 되었다. 또 가장 위태로운 시기에 태거트 대륙횡단철도를 배신한 모언은 리어든 금속으로 전철기를 만들어 애틀랜틱 서던에 팔고 있었다. 리어든은 감정의 플러그를 뺀 상태에서 이 모든 것을 구경만 하고 있었다.

리어든 금속으로 쉽게 돈을 벌어들이고 있는 사람들에 대한 이야기가 나오면 그는 말없이 외면했다. 그 사실에 대해서는 모르는 이가 없었고, 사교계에서는 이렇게들 이야기했다. "아니, 그걸 암시장이라고 부르면 안 돼요. 그건 사실이 아니니까. **리어든 금속**을 불법적으로 판매하는 사람은 없어요. 그것에 대한 **권리를** 파는 것일 뿐이죠. 아니,

파는 게 아니라 공유하는 거라고 해야죠."

리어든은 그 복잡한 내막을 알고 싶지 않았다. 버지니아 주의 어느 기업가가 두 달 동안 리어든 금속 5,000톤 분량의 주물을 생산해냈다는 이야기를 들었지만 어떻게 그것이 가능할 수 있었는지 알려고 하지 않았다. 그 기업가의 숨겨진 동업자가 워싱턴에 있다는 소문이 돌았지만 그가 누구인지도 알려고 하지 않았다. 리어든은 그들이 리어든 금속으로 자신보다 5배의 수익을 올리고 있다는 사실을 알고 있었다. 하지만 아무 말도 하지 않았다. 모든 사람이 리어든 금속에 대한 권리를 가지고 있었다. 리어든 자신만 빼고.

리어든 철강의 노동자들로부터 '유모'라는 별명으로 불리는 워싱턴에서 파견된 청년은 원시적이고 놀라움에 찬 호기심을 품고 리어든 주위에서 얼쩡거렸다. 그가 리어든에게 느끼는 감정은 감탄이었다. 한편, 리어든은 그를 혐오하면서도 흥미롭게 지켜보았다. 청년에게는 도덕이라는 개념조차 없었다. 대학이 그렇게 만든 것이다. 그 결과 야만인처럼 고지식하면서도 냉소적인 이상한 솔직성을 보였다.

한번은 느닷없이 이렇게 선언했다. "사장님은 저를 경멸하시는데 그건 실리적이지 못한 태도예요."

전혀 화난 목소리가 아니었다.

"왜 실리적이지 못하지?" 리어든이 물었다.

청년은 당혹스러운 표정으로 대답을 하지 못했다. 그는 "왜?"라는 질문에 대답해본 적이 없었던 것이다. 그는 단언하는 버릇이 있었다. 사람들에 대해서도 아무 망설임도, 설명도 없이 구식이라거나 시대에 맞게 개조가 안 되었다는 식으로 말했다. 야금학 전공자라는 사람이 "쇠를 제련하려면 온도가 아주 높아야 할 것 같아요"라고 문외한 같은 소리를 하기도 했다. 그는 물리적인 성질에 대해서는 불확실한 이야기만 하면서 사람에 대해서는 절대적인 진리를 주장하듯 단호한 의견을 내세웠다.

또 한번은 리어든에게 이렇게 말했다. "친구분들에게 리어든 금속을 더 많이 공급해주고 싶으시면 방법이 있어요. 절대적인 필요를 근거로 정부에 특별 허가를 신청하시면 돼요. 제가 워싱턴에 친구들이 좀 있어요. 사장님 친구분들은 거물급 기업가들이라 절대적인 필요를 증명하기가 그리 어렵지 않을 겁니다. 물론 비용은 좀 들 거예요. 워싱턴에 손을 쓰려면 말이에요. 아시다시피 그런 일에는 비용이 들게 마련이니까요."

"그런 일이라니?"

"다 알면서 그러세요."

"아니, 모르겠네. 그러니까 설명을 좀 해주게."

청년은 확신 없는 눈으로 리어든을 바라보며 고민하는 듯하더니 이렇게 말했다. "그건 나쁜 심리예요."

"뭐가?"

"사장님, 꼭 그렇게 말씀하실 필요는 없잖아요."

"어떤 말?"

"말은 상대적인 것이죠. 그저 상징일 뿐이고요. 우리가 추한 상징들을 쓰지 않는다면 우린 추해지지 않지요. 사장님께선 왜 제가 다른 방식으로 말하기를 원하시죠? 이미 제 방식으로 말했는데."

"내가 어떤 방식으로 말하기를 원한다는 거지?"

"왜 그걸 원하시는지 물었습니다."

"자네가 그걸 원하지 않는 이유와 같지."

청년은 잠시 침묵하더니 말했다. "사장님, 절대적인 기준이란 건 없습니다. 엄격한 원칙에 따라 살 수는 없는 거라고요. 융통성을 가져야죠. 그 시대의 현실에 순응하고 그때그때의 편의에 따라 행동해야죠."

"그러게, 애송이. 엄격한 원칙 없이, 그때그때의 편의에 따라 강철을 만들어보게."

리어든은 자신의 취향에 맞지 않는 그 청년을 경멸했지만 분노를 느끼지는 않았다. 청년은 시대의 정신에 잘 맞는 듯했다. 리어든은 마치 세상 전체가 수백 년 전 과거로 돌아간 듯한 기분을 느꼈다. 그는 새 용광로를 만드는 대신 기존의 용광로들을 계속 가동시키기 위한 가망 없는 노력을 이어가고 있었다. 리어든 금속을 이용해 새로운 연구와 실험을 하고 새로운 사업을 시작하는 대신 철광석을 확보하는 데 온 힘을 쏟고 있었다. 마치 철기시대가 시작될 무렵의 인간들처럼. 아니, 그들보다 더 희망 없는 상태로.

리어든은 그런 생각들을 하지 않으려고 애썼다. 그는 자신의 감정을 감시하는 파수꾼 노릇을 해야만 했다. 마치 그의 일부가 따로 떨어져나가 타인처럼 존재하고, 그것이 마비 상태를 유지하도록 그의 의지가 독한 마취제 역할을 해야 하는 것 같았다. 리어든은 그것의 근원을 보려 하거나 그것에 목소리를 부여해서는 절대 안 된다는 사실만을 알고 있을 뿐 그것의 정체에 대해서는 전혀 알지 못했다. 그는 다시는 허용할 수 없는 위험한 순간을 경험한 적이 있었다.

어느 겨울 저녁, 사무실에 홀로 앉아 1면에 정부의 법령들이 가득 실린 신문을 펴놓고 얼이 빠져 있을 때였다. 라디오에서 엘리스 와이엇의 유전이 화염에 휩싸였다는 소식이 흘러나왔다. 그는 미래에 대한 걱정이나 충격, 공포, 반항심에 앞서 웃음이 터져 나왔다. 그것은 승리와 해방의 웃음, 살아 솟구치는 환희의 웃음이었다. 그 순간 그는 마음으로 이렇게 외치고 있었다. '엘리스, 당신이 지금 무슨 일을 벌이고 있든 신의 은총이 있기를!'

리어든은 그 웃음의 의미를 깨닫는 순간 이제부터 자신을 철저히 감시해야겠다고 결심했다. 심장마비를 경험하고 살아난 환자처럼 언제라도 자신을 쓰러뜨릴 수 있는 위험을 안고 살아가야만 한다는 것을 알게 된 것이다.

그 후로 리어든은 위험에 잘 대처해왔다. 철저히 감정을 관리해왔다. 하지만 다시 감정의 고삐가 풀리기 직전까지 가는 사태가 발생했다. 책상 위에 놓인 국립과학연구소의 명령서를 보면서 종이 위에서 어른거리는 빛이 창밖 용광로들이 아니라 불타는 유전에서 나오고 있는 듯한 기분을 느꼈던 것이다.

리어든이 그 명령서를 그대로 돌려보냈다는 소식을 들은 '유모'가 말했다. "사장님, 그러시면 안 됩니다."

"왜?"

"말썽이 생길 거예요."

"무슨 말썽?"

"그건 정부의 명령이에요. 정부의 명령은 거부하시면 안 돼요."

"왜 안 되지?"

"절대적인 필요에 의한 프로젝트이고 기밀사항이에요. 아주 중요한 거라고요."

"무슨 프로젝트인데?"

"저도 몰라요. 기밀사항이라."

"그런데 중요하다는 걸 어떻게 알지?"

"그렇다고 하니까요."

"누가?"

"사장님, 그런 건 의심하시면 안 됩니다!"

"왜 안 되는데?"

"아무튼 안 돼요."

"그렇다면 절대적인 거라는 이야기인데, 자네가 절대적인 건 존재하지 않는다고 했잖아."

"그건 다르죠."

"어떻게 다른데?"

"정부 일이잖아요."

"그러니까 자네 말은 정부 일 이외에는 절대적인 게 없다는 뜻인가?"

"제 말은 그들이 중요하다고 하면 중요한 일이라는 겁니다."

"왜?"

"사장님, 전 사장님이 곤경에 빠지시는 걸 원치 않아요. 하지만 사장님은 곤경에 빠지시게 될 게 뻔해요. '왜'라는 질문을 너무 많이 하시니까. 도대체 왜 그러시는 겁니까?"

리어든은 그를 흘낏 보며 나직이 웃었다. 청년도 자신의 말이 우스운지 수줍은 미소를 보였지만 불행한 표정이었다.

일주일 후 리어든을 찾아온 남자는 젊고 마른 편이었는데, 실제보다 더 젊고 말라 보이려고 애쓰는 듯했다. 그는 민간인 복장에 교통경찰이 입는 가죽바지를 입고 있었다.

리어든은 그가 국립과학연구소에서 나왔는지, 아니면 워싱턴에서 왔는지 알 수 없었다.

"리어든 씨, 국립과학연구소에 리어든 금속을 팔지 않겠다고 하셨다고요." 그가 부드럽고 은밀한 목소리로 말했다.

"그렇소." 리어든이 대답했다.

"하지만 그건 의도적으로 법에 불복종하는 행위가 아닐까요?"

"마음대로 해석해요."

"이유를 여쭤봐도 될까요?"

"내 이유에 관심 없을 텐데요."

"당연히 관심 있습니다! 리어든 씨, 우린 당신의 적이 아닙니다. 우린 당신에게 공정하고 싶습니다. 당신은 자신이 거물급 기업가라는 사실을 두려워할 필요가 없습니다. 우린 그것 때문에 당신을 나쁘게 생각하지는 않으니까요. 사실 우리는 당신을 비천한 날품팔이 노동자와 똑같이 공정하게 대하고 싶습니다. 이유를 말씀해주시죠."

"내가 거절했다는 기사를 신문에 내고 아무나 붙잡고 물어봐요. 어느 누구라도 그 이유에 대해 말해줄 수 있을 테니까. 1년 전쯤에도 모든 신문에 실렸는데."

"아니, 아니, 아니, 아니에요! 신문 이야긴 왜 하십니까? 사적으로 그리고 우호적으로 해결할 수 없을까요?"

"그건 당신에게 달렸소."

"우린 신문에 내는 것을 원하지 않습니다."

"그래요?"

"네. 우린 당신을 다치게 하고 싶지 않아요."

리어든은 그를 흘낏 쳐다보고 물었다. "왜 국립과학연구소에 리어든 금속 1만 톤이 필요한 겁니까? 프로젝트 X는 뭐요?"

"아, 그거요? 매우 중요한 과학 연구 프로젝트죠. 공익에 이바지할 어마어마한 사회적 가치를 지닌 사업입니다. 하지만 유감스럽게도 극비에 부쳐야 할 최고 정책이라 자세한 내용은 알려드릴 수 없어요."

"용도를 말해주지 않으면 내 금속을 팔 수 없소. 그것을 이유로 들 수 있겠군요. 난 리어든 금속을 만든 사람으로서 용도를 확인하고 팔아야 할 도덕적 의무가 있소."

"아, 그런 걱정은 하실 필요 없습니다! 그 의무는 면하게 해드릴 테니까."

"내가 그 의무를 면하고 싶지 않다면요?"

"하지만…… 하지만 그건 구시대적이고…… 이론에 얽매인 태도입니다."

"그것을 이유로 들 수도 있겠다고 했지만 그러지 않겠소. 이 경우는 또 다른 포괄적인 이유가 있으니까. 나는 국립과학연구소에 리어든 금속을 팔지 않겠소. 좋은 용도건 나쁜 용도건. 그게 비밀이건 아니건."

"아니, 왜요?"

리어든이 천천히 말했다. "잘 들어요. 야만적인 사회에서 언제 적의 손에 죽을지 몰라 최선을 다해 자신을 방어하는 건 정당화될 수 있소. 하지만 어떤 사회에서든 자신을 죽일 적을 위해 무기를 만들라고 하는 건 정당화될 수 없소."

"리어든 씨, 그런 말씀을 하시는 건 바람직하지 않습니다. 그런 식의 사고는 실리적이지 못해요. 정부는 국가를 위한 중요한 정책을 추진하면서 어느 특정 기관에 대한 당신의 개인적인 반감을 인정해드릴 수가 없습니다."

"그럼 인정하지 마시오."

"그게 무슨 뜻이죠?"

"나한테 이유를 물으러 오지 말라고요."

"하지만 리어든 씨, 우린 법의 명령을 무시하는 행위를 그냥 묵과할 수 없습니다. 우리가 어떻게 하기를 기대하시는 겁니까?"

"당신들 마음대로 해요."

"하지만 이건 전례가 없는 일이에요. 정부에 필수품 판매를 거부한 사람은 지금까지 단 한 명도 없었어요. 정부는 물론이고 그 어떤 고객에게도 리어든 금속의 판매를 거부하시는 것은 불법이에요."

"그럼 나를 체포하지 그래요?"

"리어든 씨, 우린 우호적인 대화를 나누고 있습니다. 왜 체포라는 말을 하십니까?"

"당신이 결국 나에게 하려는 말이 그것 아니오?"

"왜 그 말을 꺼내신 거죠?"

"어차피 당신도 줄곧 그것을 암시하지 않았소?"

"왜 노골적으로 그 말을 꺼내셨느냐는 겁니다."

"그래선 안 되는 이유가 뭐요?"

대답이 없었다.

"당신이 그 비장의 카드를 쥐고 있지 않았다면 내가 당신을 여기에 들이지도 않았을 거란 사실을 내게 감추려는 거요?"

"나는 체포라는 말은 하지 않았습니다."

"내가 했지."

"리어든 씨, 당신을 이해할 수가 없군요."

"지금 우리가 우호적인 대화를 나누고 있는 것처럼 구는 당신에게 동조하지 않는 거요. 이건 우호적인 대화가 아니니까. 당신들 원하는 대로 해요."

남자의 얼굴에 묘한 표정이 떠올랐다. 리어든이 제기한 문제를 도무지 이해할 수 없어서 당혹스러운 듯도 하고, 예전부터 그것에 대해 잘 알고 있었고 그것이 드러나는 것을 두려워하며 살아온 듯하기도 했다.

리어든은 묘한 흥분을 느꼈다. 베일에 가려져 도무지

정체를 알 수 없고, 다만 엄청나게 중요한 것이라는 짐작만 할 수 있었던 수수께끼의 작은 실마리를 손에 쥔 기분이었다.

남자가 말했다. "리어든 씨, 정부는 당신의 금속이 필요합니다. 당신은 우리에게 금속을 파셔야 해요. 정부 계획이 당신의 허락을 받느라 지연될 수 없는 입장이니까요."

그러자 리어든이 천천히 말했다. "매매에는 판매자의 동의가 필요하오." 그는 자리에서 일어나 창가로 걸어갔다. "당신이 어떻게 하면 되는지 알려주겠소."

그는 리어든 금속이 화물열차에 실리고 있는 곳을 가리켰다.

"저기 리어든 금속이 있소. 트럭들을 동원해 약탈자처럼 당신이 원하는 만큼 실어가시오. 당신은 다른 약탈자들처럼 총에 맞을 위험은 없을 거요. 알다시피 나는 당신에게 총을 쏠 수 없으니까. 돈은 보내지 마시오. 받지 않을 테니까. 수표도 보내지 마시오. 현금화시키지 않을 테니까. 리어든 금속을 원하면 얼마든지 가져가시오. 당신에겐 그럴 힘이 있으니까."

"맙소사, 리어든 씨. 그럼 세상 사람들이 어떻게 생각하겠습니까!"

그것은 무의식중에 나온 본능적인 외침이었다. 리어든의 얼굴 근육이 움직이며 소리 없는 웃음을 만들어냈다.

두 사람 다 그 외침의 의미를 알고 있었다.

리어든이 단호한 목소리로 냉정하게 말했다. "당신은 세상 사람들 눈에 그게 안전하고 공정하고 도덕적인 거래처럼 보이기를 원하겠지. 난 그걸 거들 수 없소."

남자는 더 이상 말씨름을 하지 않고 일어서며 말했다. "리어든 씨, 당신의 선택을 후회하시게 될 겁니다."

"난 그렇게 생각하지 않소." 리어든이 대꾸했다.

리어든은 그 일이 끝난 것이 아님을 알고 있었다. 그들이 그 일이 세상에 알려지는 것을 두려워하는 이유는 프로젝트 X를 비밀에 부쳐야 하기 때문이 아니었다. 리어든은 즐겁고 유쾌한 자신감에 젖었다. 아까 발견한 실마리를 따라 수수께끼에 접근하고 있는 듯한 기분이 들었던 것이다.

◆

대그니는 눈을 감고 거실 안락의자에 늘어져 누워 있었다. 힘든 하루였지만 오늘 밤 행크 리어든을 만나게 될 터였다. 그 생각을 하자 추악한 시간들의 끔찍한 무게에서 벗어날 수 있었다.

대그니는 현관 열쇠 소리가 나기만을 기다리며 조용히 휴식을 즐기고 있었다. 리어든에게서 연락이 있었던 것은 아니지만 그가 구리 생산업자 회의 참석차 오늘 뉴욕에 왔다는 소식을 들었고, 그는 뉴욕에 올 때면 어김없이 그녀와 밤을 보냈던 것이다. 대그니는 그를 기다리는 게 좋았다. 낮 시간과 그와의 밤을 잇는 다리 역할을 할 시간이 필요했다.

낮에 일터에서 보낸 시간도 그와 보낸 모든 밤과 마찬가지로 인생의 저금통장에 자랑스러운 순간으로 간직될 터였다. 그 시간이 자랑스러운 것은 용케 잘 버텨냈다는 사실 때문이지만. 자신의 삶의 한 부분에 대해 그런 식으로밖에 이야기할 수 없다는 것은 정말이지 슬프고 한심한 노릇이었다. 하지만 지금 대그니는 그런 생각에 매달릴 수가 없었다. 그녀는 리어든에 대해, 지난 몇 개월 동안 그가 벌여온 사투에 대해 생각하고 있었다. 그녀는 그가 승리하도록 도울 수는 있으되 말이 아닌 방법이어야 한다는 것을 알고 있었다.

대그니는 지난겨울의 어느 저녁을 떠올렸다. 리어든이 들어오더니 주머니에서 작은 상자를 꺼내 그녀에게 내밀며 말했다.

"당신이 이걸 가졌으면 좋겠소."

상자를 연 대그니는 서양배 모양의 루비 목걸이가 흰 새틴 위에서 격렬한 불꽃같은 광채를 내뿜고 있는 광경을 보고 놀라움과 당혹감에 빠졌다. 그것은 세상에서 단 몇 명만 살 수 있는 유명한 보석이었고, 리어든은 그런 엄청난 고가의 보석을 살 정도로 부자가 아니었다.

"행크…… 왜죠?"

"특별한 이유는 없소. 당신이 이 목걸이를 하고 있는 모습을 보고 싶었을 뿐이오."

"오, 아니에요! 나에게는 낭비예요. 차려입고 나가야 하는 자리에는 거의 가지 않는데 이런 걸 언제 하겠어요?"

리어든의 시선이 그녀의 다리에서 얼굴까지 천천히 움직였다.

"내가 알려주지." 그가 말했다.

리어든은 그녀를 침실로 데려가 그녀의 주인인 것처럼 동의도 구하지 않고 말없이 옷을 벗겼다. 그리고 목걸이를 걸어주었다. 알몸이 된 대그니의 가슴골에서 루비가 한 방울의 피처럼 반짝거렸다.

"남자가 자기 여자에게 보석을 선물할 때 자신의 즐거움 외에 다른 목적이 있다고 생각하오? 난 당신이 이렇게 목걸이를 하길 원하오. 오직 나만을 위해서. 보기 좋군. 아름다워."

대그니가 낮고 부드러우면서도 숨찬 웃음소리를 냈다. 그녀는 말을 할 수도, 움직일 수도 없었다. 그저 수락과 복종의 의미로 말없이 고개만 끄덕였다. 그렇게 머리카락을 출렁이며 몇 차례 고개를 끄덕인 뒤 리어든에게 절을 하듯 고개를 숙였다.

대그니는 침대에 쓰러졌다. 그녀는 편안히 몸을 누이고는 고개를 뒤로 젖힌 채 팔은 아래로 늘어뜨리고 손바닥은 촉감이 거친 침대 시트에 붙였다. 그리고 한쪽 다리는 구부리고 다른 쪽 다리는 암청색 리넨 시트 위로 쭉 뻗었다. 어둑어둑한 방 안에서 붉은 상처처럼 빛나는 보석이 마치 별빛 같았다.

그녀의 눈은 리어든의 찬사를 의식하며 조롱 섞인 승리감에 반쯤 감겨져 있었지만 입은 애원에 찬 기대감으로 벌어져 있었다. 리어든은 멀찌감치 떨어져서 그녀를 응시했다. 그녀가 숨을 들이쉴 때마다 납작한 배가 안으로 들어가는 모습을, 그 섬세한 의식을 지닌 섬세한 몸을 바라보았다. 이윽고 그가 낮고 조용하면서도 열정적인 목소리로 말했다.

"대그니, 만일 화가가 지금의 당신 모습을 그린다면 남자들은 그 그림을 보면서 평생 그 무엇을 통해서도 느낄 수 없는 감동을 얻게 될 거요. 그들은 그 그림을 위대한 예술품이라고 부르겠지. 그들은 자신들이 느낀 감정의 실체를 알지 못하겠지만, 그 그림은 그들에게 모든 걸 보여줄 거요. 당신이 신화 속 비너스가 아니라 철도회사 부사장이라는 것까지도. 그것도 그 진실의 일부이니까. 내가 어떤 사람인지도. 그 또한 진실의 일부이니까. 대그니, 그들은 그것을 느낀 뒤 가장 먼저 눈에 띈 술집 여자와 잘 것이고, 그림을 보면서 느꼈던 감동에 도달하려는 노력 같은 건 결코 하지 않을 거요. **난** 그 감동을 그림을 통해 얻고 싶지 않소. 실물을 원하지. 난 가망 없는 동경에 자부심을 갖지 않소. 난 이룰 수 없는 갈망은 품지 않소. 난 원하는 걸 성취하고 누릴 거요. 내 말 이해하겠소?"

"오, 그럼요, 행크. **난** 이해해요!"

대그니가 말하며 마음속으로 물었다. '내 사랑, **당신은요**? 당신은 그걸 완전히 이해하나요?'

어느 눈보라 치던 날 저녁, 집에 돌아온 대그니는 눈발이 검은 유리창을 연신 두드려대고 있는 거실 창가에 열대꽃이 한 아름 놓여 있는 것을 보았다. 키가 1미터 가까이 되는 하와이 토치진저라는 꽃으로, 원뿔 모양의 거대한 꽃송이에 부드러운 가죽처럼 관능적인 촉감을 지닌 핏빛 꽃잎들이 달려 있었다.

그날 밤 리어든이 말했다. "꽃집 창가에 있는 걸 봤지. 눈보라 속에서 보니 근사하더군. 하지만 아무나 볼 수 있는 창가에 놓아두기엔 너무 아까웠어."

그 후로 대그니는 예기치 않게 자신의 아파트에서 꽃을 발견했다. 카드도 없이 배달된 꽃이었지만 환상적인 생김새와 강렬한 색, 엄청난 가격이 보낸 이의 서명 역할을 대신했다. 리어든은 기사들의 갑옷 깃처럼 목과 어깨를 덮는 네모진 작은 고리로 이루어진 순금 목걸이를 선물하며 명령하듯 말했다.

"검은 드레스를 입고 이걸 걸어요."

그는 유명 보석 세공사가 만든 가늘고 긴 사각 커팅 크리스털 잔 한 쌍을 가져오기도 했다. 대그니는 그 잔에 술을 따라주고 리어든이 잔을 들고 있는 모습을 지켜보았다. 마치 손으로 전해지는 크리스털의 감촉과 술맛, 그리고 그녀의 얼굴이 하나로 어우러져 즐거움을 선사하는 듯했다.

"난 마음에 드는 물건들을 보기만 하고 사지는 않았었지. 사야 할 의미를 느끼지 못했거든. 하지만 이제 그 의미를 발견했소." 리어든이 말했다.

어느 겨울날 아침에는 대그니의 사무실로 전화를 걸어 초대가 아니라 명령하는 목소리로 말했다. "오늘 당신과 저녁을 먹겠소. 드레스를 입어요. 푸른색 드레스 있소? 그걸 입어요."

대그니는 회색빛이 도는 푸른색 튜닉 드레스를 입었다. 그 모습은 마치 여름 정원의 푸른 그늘 속 조각상처럼 단순하고 보호받지 못하는 느낌을 주었다. 리어든이 청여우털 망토를 가져와 그녀의 어깨에 둘러주었는데, 망토가 그녀의 턱에서부터 구두 위까지 온몸을 감쌌다.

대그니가 웃으며 말했다. "행크, 너무 우스꽝스러워요! 나에게 어울리지 않아요."

"그럴까?"

리어든은 그녀를 거울 앞으로 끌어당겼다.

커다란 털 망토를 두른 그녀는 눈보라 속에서 추위를 피하려고 옷을 잔뜩 껴입은 어린아이 같았다. 하지만 호화로운 모피가 어린아이 같은 순수함을 우아함과 관능미로 바꾸어놓았다. 망토는 푸른빛이 도는 연갈색으로, 눈에 보이지는 않고 몸을 휘감는 느낌으로 그 존재를 알 수 있는 안개 같았다. 그 은은한 색은 눈이 아니라 손으로, 직접 만지지 않아도 보드라운 털 속으로 손이 푹 빠지는 느낌으로 감지할 수 있었다. 대그니는 온통 망토에 감싸여 갈색 머리카락과 청회색 눈동자, 입술만 보였다.

그녀는 어리둥절한 미소를 지으며 그에게 돌아섰다.

"난…… 이런 모습일 줄 몰랐어요."

"난 알았소."

리어든은 차를 몰고 도시의 어두운 거리를 달렸고 대그니는 그 옆에 앉아 있었다. 이따금 길모퉁이 가로등을 지나칠 때마다 반짝이는 그물 모양을 이룬 눈발들이 보였다. 대그니는 어디로 가는지 묻지 않았다. 그녀는 좌석에 몸을 편안히 기대고 눈송이를 바라보았다. 모피 망토가 그녀를 단단히 감싸고 있었다. 망토 속 드레스는 잠옷처럼 가벼웠고 망토의 감촉은 포옹 같았다.

대그니는 눈발 사이로 층층이 솟은 건물 불빛들을 바라

보다가 리어든을 힐끗 쳐다보았다. 운전대를 잡은 장갑 긴 손과 검정 코트와 흰 목도리 차림의 엄격하고 깐깐한 우아함을 지닌 몸이 보였다. 그녀는 리어든이 깔끔한 보도와 조각된 돌로 이루어진 대도시에 어울린다는 생각이 들었다.

자동차는 강 아래로 뚫린, 자동차 소리가 메아리치는 타일로 된 터널을 통과해 검은 하늘 아래에서 똬리를 튼 고속도로로 올라갔다. 이제 불빛들이 그들 아래에 있었다. 푸르스름한 창문과 공장 굴뚝, 기울어진 크레인, 분출하는 불길, 공업지대의 일그러진 형체를 비추는 희미한 긴 광선들이 보였다. 대그니는 언젠가 제철소에서 본, 산성물질에 녹은 작업복을 입고 이마에는 검댕을 묻힌 그의 모습이 떠올랐다. 그에겐 그 작업복이 정장처럼 자연스럽게 어울렸다. 대그니는 평평한 뉴저지 지역을 내려다보며 생각했다. '그는 이곳에도, 크레인과 불길과 덜컹거리는 기계들로 이루어진 공업지대에도 너무 잘 어울려.'

이제 그들은 적막한 시골길을 달리고 있었다. 눈발이 전조등 불빛에 비쳐 반짝였다. 대그니는 여름에 함께 휴가를 떠났을 때 편안한 바지 차림으로 한적한 골짜기 풀밭에 누워 맨팔에 햇볕을 받고 있던 그의 모습이 떠올랐다. 그는 시골에도 잘 어울렸다. 그는 모든 곳에 잘 어울렸다. 그는 세상에 어울리는 남자였다. 아니, 더 정확하게 말하면 세상이 그에게 어울렸다. 그는 편안하고 자신감에 차 있었다. 그런 그가 왜 비극의 짐을 짊어지고 조용히 견뎌야만 하는 걸까? 그는 그 짐을 운명처럼 받아들여 자신이 그 짐을 지고 있는 것도 거의 의식하지 못하고 있었다. 대그니는 그 답의 일부를 알고 있었다. 그리고 나머지도 곧 알게 될 것 같은 기분을 느꼈다. 하지만 지금은 그것에 대해 생각하고 싶지 않았다. 지금 그와 함께 그 짐에서 벗어나 있으니까. 지금 달리는 차 안에서 완전한 행복을 맛보고 있으니까. 대그니는 고개를 살짝 움직여 잠시 그의 어깨에 머리를 기댔다.

자동차는 고속도로를 벗어나 멀리 격자무늬를 이룬 나뭇가지들 너머의 불 켜진 창들을 향해 달려갔다. 얼마 후 그들은 부드럽고 약한 조명이 밝혀진 창가 테이블에 앉아 있었다. 창밖에는 어둠과 나무들이 있었다. 숲 속 작은 언덕 위에 있는 그 여관은 고급스러움과 프라이버시를 추구하는 아름다운 취향의 소유자들을 위한 곳이었으며, 화려하게 주목받기를 좋아하는 사람들에게는 맞지 않았다. 대그니는 그곳이 너무나 편안해 식당에 와 있는 느낌이 거의 들지 않았다. 그녀의 시선을 끄는 장식이라곤 창문 너머에서 반짝이는 언 나뭇가지들뿐이었다.

그녀는 푸른 망토가 어깨와 팔에서 반쯤 흘러내린 채 밖을 내다보고 있었다. 리어든은 눈을 가늘게 뜨고 그녀를 지켜보고 있었는데, 자신의 작품을 감상하는 예술가의 만족감이 느껴졌다.

리어든이 말했다. "난 당신에게 선물을 주는 게 좋소. 당신은 그것을 필요로 하지 않으니까."

"필요로 하지 않으니까?"

"난 당신이 필요에 의해서가 아니라 **내가 준 것이기 때문에** 내 선물을 받길 원하오."

"행크, 당신이 준 것이라 내게 필요해진 거예요."

"내가 당신에게 선물을 주는 건 사악한 자기탐닉에 불과하다는 걸 알고 있소? 난 당신의 기쁨을 위해서가 아니라 내 기쁨을 위해 선물을 주는 거요."

"행크!"

대그니가 자신도 모르게 외쳤다. 그 외침에는 즐거움, 절망, 분노, 연민이 담겨 있었다.

"만일 당신이 오직 **나의** 기쁨만을 위해 선물을 줬다면 난 그걸 당신 얼굴에 던졌을 거예요."

"그래…… 그랬을 거요. 그래야 하지."

"그걸 당신의 사악한 자기탐닉이라고 했나요?"

"사람들이 그렇게 말하니까."

"오, 그래요! 사람들은 그렇게 말하죠. 행크, 당신은 어떻게 생각해요?"

"모르겠소." 리어든은 무심히 대답했다.

그러고는 열성적으로 말을 이었다. "그게 사악한 짓이라면 벌을 받아도 좋지만, 그게 내가 세상에서 제일 하고 싶은 일이오."

대그니는 아무 대꾸도 하지 않았다. 자신이 한 말의 의미를 잘 되새겨보라는 듯한 엷은 미소를 지으며 그를 똑바로 바라보고만 있었다.

"난 늘 나의 부를 즐기고 싶었지만 그 방법을 몰랐소. 내가 부를 즐길 수 있기를 얼마나 간절히 원하는지 깨달을 시간조차 없었지. 하지만 내가 만든 철강이 액체 금의 상태로 내게 돌아오고, 그걸 내가 원하는 형태로 굳힐 수 있다는 건 알고 있었소. 그 부를 즐겨야 하는 사람은 바로 나라는 것도 알았고. 다만, 그럴 수가 없었지. 의미를 찾지 못했으니까. 하지만 이제 찾았소. 내가 이룬 부이니 그것으로 내가 원하는 즐거움을 얻어야. 그 즐거움에는 내가 얼마나 큰돈을 지불할 수 있는지 지켜보는 것, **당신을** 사치품으로 변화시키는 묘기를 부리는 것도 포함되오."

"하지만 난 이미 오래전에 당신이 대가를 지불하고 소유한 사치품인걸요." 대그니가 웃음기 없는 얼굴로 말했다.

"어떻게?"

"당신이 제철소에 공을 들인 것처럼요."

대그니는 그가 그 말을 완벽하게 이해했는지 알 수 없었지만 그의 눈이 보이지 않는 미소로 빛나는 것을 느꼈다.

"나는 사치 자체는 경멸한 적이 없지만, 사치를 즐기는 사람들은 늘 경멸했지. 그들이 즐거움이라고 부르는 것을 보며 무의미하다는 생각밖에 안 들었소. 내가 제철소에서 느끼는 것에 비하면 말이오. 나는 제철소에서 수천 톤의 쇳물이 내 뜻대로 움직이는 것을 지켜보았소. 그러다 파티에 가면 사람들이 금 접시와 레이스 테이블보 앞에서 경외감에 떨고 있는 모습을 보았소. 마치 파티장이 그들의 주인이고, 그들은 파티장을 위해 존재하는 와이셔츠의 다이아몬드 장식 단추와 목걸이로 만들어진 물건들에 불과한 것처럼. 그래서 내가 일터로 달려가면 사람들은 내가 사업밖에 모르는 인간이라 인생을 즐기는 법을 모른다고 비난했지."

리어든은 희미한 조명 속의 단아한 실내와 다른 테이블의 손님들을 바라보았다. 모두 고가의 옷과 공들인 몸단장이 자신을 화려하게 빛낼 것이라 여기고 자의식에 젖어 과시하는 태도로 앉아 있었지만 얼굴에는 악의에 찬 불안감이 어려 있었다.

"대그니, 저 사람들을 봐요. 저 사람들은 쾌락을 추구하고 사치를 즐기는 바람둥이들이야. 저들은 여기 앉아서 이 장소가 자신들에게 의미를 부여해주기를 기다리고 있소. 자신들이 이 장소에 의미를 부여할 생각은 하지 않고. 저들은 물질적인 쾌락을 즐기는 사람들로 여겨져왔고, 우리는 물질적 쾌락을 즐기는 것이 사악한 일이라고 배웠소. 그런데 저들은 진짜로 즐기고 있는 걸까? 우리가 배운 것에 어떤 왜곡이, 사악하고 중대한 오류가 있는 것은 아닐까?"

"그래요, 행크. 아주 사악하고 아주, 아주 중요한 오류가 있어요."

"저들은 바람둥이들이고 우리, 당신과 나는 그저 거래인들이지. 우린 이곳에서 저들이 상상도 하지 못할 만큼 멋지게 즐길 수 있다는 걸 아오?"

"알아요."

리어든이 다른 사람의 말을 인용하는 투로 천천히 말했다. "우리가 왜 바보들에게 모든 걸 맡겨버린 거지? 우리 것이어야 하는데."

대그니가 깜짝 놀라서 리어든을 쳐다보았다.

리어든이 미소지으며 말을 이었다. "나는 그 파티에서 당신이 한 말을 모두 기억하고 있소. 그때 나는 당신에게 대답하지 않았지. 당신의 말을 듣고 내가 할 수 있었던 유일한 대답은 '당신을 원한다'는 것이었으니까. 그 대답을 했더라면 당신이 날 증오했을 테니까."

그는 대그니를 똑바로 응시했다.

"대그니, 그때 당신은 그런 의도로 한 말이 아니었지만 결국 그 말의 의미는 나와 자고 싶다는 것이었지. 안 그렇소?"

"그래요, 행크. 물론이에요."

리어든은 그녀를 바라보다가 시선을 돌렸다. 두 사람 사이에 긴 침묵이 흘렀다. 리어든은 주위의 희미한 빛을, 그리고 테이블 위에 놓인 두 개의 와인 잔이 반짝거리는 것을 보았다.

"대그니, 미네소타의 철광에서 일하던 시절 난 이런 밤을 꿈꿨소. 아니, 이런 꿈을 위해 일한 건 아니었고, 그 생각도 자주 하지는 않았소. 하지만 이따금 별이 반짝이는 추운 겨울밤, 2교대 근무를 하느라 몸이 녹초가 되어 광산 바위 위에 쓰러져 자고 싶은 마음뿐일 때 언젠가는 이런 곳에 앉아서 내 하루 일당보다 비싼 와인을 마시게 되리라 생각했소. 내 손으로 번 돈으로 멋진 테이블에 앉아 오직 나만의 즐거움을 누리리라 다짐했소."

"당신의 내연녀와 함께요?" 대그니가 웃으며 물었다.

그녀는 리어든의 눈에 격렬한 고통이 어리는 것을 보자 방금 한 말이 몹시 후회되었다.

"한 여자와 함께." 그가 대답했다.

대그니는 그가 하지 않은 말을 알아들을 수 있었다. 리어든이 부드럽고 침착한 목소리로 말을 이었다.

"나중에 부자가 되어서 부자들이 어떤 것들을 즐기는지 알게 되었을 때 내가 꿈꿨던 장소는 존재하지 않는다고 생각하게 됐소. 사실 그 꿈은 막연했지. 그 장소가 어떻게 생긴 곳인지도 몰랐으니까. 그저 그곳에서 느낄 기분만 알고 있을 뿐. 그래서 오래전에 그 꿈을 접었소. 하지만 오늘 그 꿈이 이루어졌소."

그는 대그니를 바라보며 잔을 들었다.

"행크, 난…… 다른 건 다 포기할 수 있어도…… 당신에게 즐거움을 주는 사치품이 되는 건 포기하지 못해요."

리어든은 잔을 든 대그니의 손이 떨리고 있는 것을 보았다. 그가 침착하게 말했다.

"알고 있소. 내 사랑."

대그니는 충격을 받아 그대로 굳어버렸다. 리어든은 그런 표현을 쓴 적이 없었다. 리어든은 고개를 뒤로 젖히고 지금까지 볼 수 없었던 눈부시게 환한 미소를 지었다.

"대그니, 당신의 약한 모습은 처음 보는군." 그가 말했다.

대그니는 웃으며 고개를 저었다. 리어든은 테이블 너머로 팔을 뻗어 마치 부축이라도 해주듯 그녀의 어깨를 잡았다. 대그니는 부드럽게 웃으며 마치 우연인 것처럼 그의 손가락에 입술을 댔다. 그렇게 그녀는 잠시 고개를 숙여 눈에 이슬이 맺혀 반짝이는 것을 리어든에게 들키지 않을 수 있었다.

다시 고개를 들었을 때 그녀는 리어든처럼 환하게 미소 짓고 있었다. 그리고 그날 밤 두 사람은, 리어든이 광산 바위에서 꿈꾸었던 그리고 대그니가 첫 무도회에서 기대했던 멋진 시간을 보냈다.

대그니는 음울한 봄 저녁, 거실 안락의자에 누워 리어든을 기다리며 그의 말을 떠올렸다. "우리가 배운 것에⋯⋯ 사악하고 중대한 오류가 있는 것은 아닐까?" 그녀는 마음속으로 이렇게 말했다. '내 사랑, 조금만 더, 조금만 더 멀리 봐요. 그럼 당신은 그 오류에서, 애초에 느낄 필요가 없었던 무의미한 고통에서 해방될 수 있을 거예요.' 하지만 자신도 아직 진실을 다 보지 못한다는 것을 알았고, 앞으로 무엇을 발견하게 될 것인지 궁금했다.

리어든은 코트 주머니에 손을 찌른 채 양팔을 옆구리에 바싹 붙이고 대그니의 아파트를 향해 어두운 거리를 걷고 있었다. 그 무엇에도 몸이 닿거나 스치는 것이 싫어서였다. 난생처음 느껴보는 이 격렬한 혐오감은 특정한 대상이 아니라 주위의 모든 것, 도시 전체를 향해 있었다. 어떤 한 가지 대상에 대한 혐오라면 그것이 이 세상에 존재해선 안 된다는 건전한 분노로 그것과 싸울 수 있었지만 이런 경우는 처음이었다. 세상 전체가 혐오스러워서 세상 어디에도 속해 있고 싶지가 않았다.

그는 정부에서 내린 법령들 때문에 앞으로 1년도 버티지 못할 위기에 처한 구리 생산업자들과 회의를 가졌다. 그는 그들에게 아무런 조언도, 해결책도 내놓지 못했다. 어떤 상황에서도 생산을 이어갈 방법을 찾아내는 뛰어난 재주를 지닌 행크 리어든이 그들을 구하는 데 실패한 것이다. 하지만 그들 모두가 방법이 없다는 것을 알고 있었다. 재주는 정신의 능력인데 그들이 직면한 문제에서는 정신이 쓸모없어진 지 오래였던 것이다.

그들 중 하나가 말했다. "워싱턴의 정치인들과 구리 수입업자들, 특히 단코니아 구리회사가 짜고 벌인 일이에요."

리어든은 이건 사소하고 외부적인 고통이라고, 기대해서는 안 되는 것을 기대했기 때문에 느끼는 실망이라고 생각했다. 프란시스코 단코니아는 그런 짓을 저지를 만한 인간이니까. 그런데도 어두운 세상의 어딘가에서 환하게 타오르던 불길 하나가 사라져버린 듯한 기분이 들었고 리어든은 그런 자신에게 부아가 치밀었다.

그는 행동이 불가능해서 그런 혐오감을 느끼는 것인지, 아니면 혐오감 때문에 행동하고자 하는 욕구를 잃게 된 것인지 알 수 없었다. 그는 둘 다라고 생각했다. 욕구는 무언가의 성취를 위한 행동의 가능성을 전제로 하며 행동은 성취할 가치가 있는 목표를 전제로 한다. 총을 든 사람의 환심을 사서 위기를 모면하려는 목적밖에 없다면 더 이상 행동도, 욕구도 존재할 수 없다.

'그렇다면 삶은?' 리어든은 자신에게 무관심하게 물었다. '삶은 움직임으로 정의되어왔다. 인간의 삶은 목적을 지닌 움직임이다. 목적과 움직임을 잃은 존재의 상태는 어떨까? 쇠사슬에 묶인 채 숨만 쉬며 자신이 충분히 이룰 수 있는 가능성들을 지켜만 보면서 "왜?"라고 절규하지만 그 대답이 총부리뿐이라면?' 리어든은 어깨를 으쓱하고 계속 걸었다. 그 대답을 알고 싶지도 않았다.

그는 자신의 무관심이 초래한 황폐함을 무심히 지켜보았다. 그는 삶이 아무리 힘겨워도 행동의지를 버리는 극도의 추악함에 이른 적이 없었다. 고통에 굴복해 기쁨에 대한 욕구를 잃은 적이 없었다. 세상을 움직이는 원동력이자 세상의 핵심인 인간의 위대성을 의심한 적도 없었다. 그는 인간이 사악한 우주에 갇힌 존재이며, 인간을 고통에 빠뜨리는 것이 유일한 목적인 악이 우주를 지배한다고 믿는 역사의 어두운 구석에서 나타난 광신교도들을 도무지 이해하지 못했다. 그런데 오늘은 그들의 심정을 알 것 같았다. 지금 그의 눈에 보이는 것이 그가 살고 있는 세상이라면 만지고 싶지도, 맞서 싸우고 싶지도 않았다. 그는 이 세상에 관심도 없고 오래 머물고 싶지도 않은 이방인이었다.

남은 것은 대그니를 향한 마음뿐이었다. 그는 대그니가 보고 싶었다. 하지만 오늘 밤 그녀와 자고 싶다는 욕망이 생기지 않는다는 충격적인 사실을 깨달았다. 단 한순간도 식지 않았던, 스스로의 만족감을 먹고 자랐던 욕망이 깨끗이 사라져버린 것이다. 그것은 정신적인 것도, 육체적인 것도 아닌 기묘한 성불능이었다. 대그니가 세상에서 가장 매력적인 여자라는 사실에는 변함이 없었지만 지금은 그녀를 간절히 원하는 갈망밖에 없었다. 그녀에 대한 욕망이 아니라 그 욕망에 대한 갈망. 그 무감함은 개인적인 것이 아니어서 그 자신에게도, 그녀에게도 뿌리를 두고 있지 않은 듯했다. 섹스라는 행위 자체가 그가 떠나온 세계에 속해 있는 듯했다.

"일어나지 말고 그대로 있어요. 나를 기다리는 그 모습을 좀더 오래 보고 싶으니까."

리어든은 아파트 현관에서 거실 안락의자에 누워 있던 대그니가 일어나려고 어깨를 움찔하는 것을 보고 웃으며 말했다.

마치 그의 일부가 초연히 자신의 반응을 지켜보고 있는 듯, 그는 자신의 미소와 갑작스런 쾌활함이 진실임을 알 수 있었다. 그는 늘 느끼고 있었으되 무조건적이고 즉각적이라 그 실체를 알 수 없었던 감정을, 고통 속에서 대그니를 대하지 않으려는 감정을 깨달았다. 그것은 자신의 고통을 숨기고 싶어하는 자존심 이상의 것, 대그니 앞에서는 고통이 허용되어서는 안 되며 그녀와의 사이에서는 고통에서 비롯된 연민이 존재할 수 없다는 감정이었다. 연민은 그가 이곳에 온 이유도, 목적도 될 수 없었다.

"내가 늘 당신을 기다리고 있다는 증거가 아직도 필요해요?"

대그니가 순순히 다시 의자에 누우며 물었다. 부드럽거

나 애원하는 목소리가 아니라 밝고 조롱하는 목소리였다.

"대그니, 여자들은 대개 그걸 인정하지 않으려고 하는데 당신은 왜 그렇게 솔직한 거지?"

"그들은 상대가 자신을 원한다는 확신이 없고, 난 있으니까요."

"자신감은 멋진 것이지."

"행크, 자신감은 내가 말한 것의 일부에 지나지 않아요."

"그럼 그 나머지는 뭐지?"

"내 가치, 그리고 당신의 가치에 대한 확신."

리어든은 문득 떠오르는 생각이 있는 듯 그녀를 흘낏 보았고, 대그니는 웃으며 덧붙였다. "오런 보일 같은 남자에게는 확신을 가질 수 없어요. 그는 절대 나를 원하지 않을 테니까요. 하지만 당신은 달라요."

리어든이 천천히 물었다. "그러니까 내가 당신을 원한다는 것을 알았을 때 당신은 나를 높게 평가하게 되었다는 말이오?"

"물론이죠."

"그건 상대가 자신을 원하는 것을 알았을 때 일반적으로 사람들이 보이는 반응과는 다른데."

"그래요."

"대부분의 사람들은 상대가 자신을 원하면 자신의 가치가 올라간다고 생각하지."

세상에 어울리는 남자

"나를 원하는 사람은 내 기대에 부응하는 사람이에요. 행크, 당신도 그렇게 생각할 거예요. 당신이 인정하건 안 하건."

'그건 내가 그때, 그 첫날 아침에 당신에게 한 말이 아니지.' 리어든은 그렇게 생각하며 대그니를 내려다보았다. 대그니는 멍한 얼굴로 늘어져 누워 있었지만 두 눈만은 즐거움으로 반짝였다. 그녀도 그 생각을 하고 있고, 그 역시 그렇다는 것을 아는 게 분명했다. 리어든은 미소지었지만 아무 말도 하지 않았다.

리어든은 대그니와 멀찌감치 떨어져서 소파에 반쯤 누운 자세로 그녀를 바라보며 평화로움을 느꼈다. 지금의 그와 아까 이곳으로 걸어오면서 느꼈던 감정들 사이에 일시적인 벽이 생긴 듯했다. 그는 대그니에게 국립과학연구소에서 나온 사람과 만난 이야기를 들려주었다. 그 사건에 위험이 도사리고 있다는 것을 알았지만 그때 느꼈던 묘한 만족감이 아직 남아 있었다.

대그니가 분개하는 것을 보고 그는 웃으며 말했다. "화낼 필요 없소. 그들이 늘 하는 짓거리이니까."

"행크, 내가 스태들러 박사를 만나서 이야기해볼까요?"

"절대 그러지 말아요!"

"스태들러 박사가 그 일을 막아야 해요. 스태들러 박사는 적어도 그 정도는 할 수 있어요."

"차라리 그냥 감옥에 가는 게 낫지. 스태들러 박사? 당신 혹시 그와 무슨 관계가 있는 건 아니겠지?"

"며칠 전에 만났어요."

"왜?"

"모터 문제로요."

"모터……?"

리어든은 모터 이야기가 나오자 잠시 잊고 있던 세계로 되돌아간 듯 천천히 말했다. "대그니…… 모터를 발명한 사람 말이오…… 이 세상에 분명 존재했지, 그렇지?"

"그야…… 물론이죠. 그런데 그게 무슨 뜻이죠?"

"무슨 뜻이냐 하면…… 생각만 해도 기쁜 일 아니오? 비록 죽었다고 해도 그가 한때 살아 있었다는 것이…… 살아서 그 모터를 발명했다는 것이…….'

"행크, 무슨 일 있어요?"

"아니. 모터 이야기나 해봐요."

대그니는 스태들러 박사와 만난 이야기를 들려주었다. 그녀는 가만히 누워 있을 수가 없어서 벌떡 일어나 거실을 서성이며 이야기했다. 모터 문제에 대해 이야기할 때면 희망과 행동에 대한 열정이 솟구쳤다.

리어든이 맨 처음 발견한 것은 창문 너머 도시의 불빛들이었다. 마치 불이 하나씩 켜지면서 그가 사랑하는 멋진 스카이라인을 만들어가는 듯했다. 불빛들은 늘 그렇게 켜져 있었다는 것을 알면서도 그런 기분이 들었다. 다음 순간, 그는 하나씩 켜진 것이 자신의 마음속 불빛들임을, 도시에 대한 애정이 조금씩 되살아난 것임을 깨달았다. 그가 도시를 다시 사랑할 수 있게 된 것은 먼 곳을 바라보며 날갯짓하듯 고개를 빼 들고 초조히 서성이고 있는 꼿꼿하고 가녀린 여자의 몸 너머로 도시를 보고 있었기 때문이다. 리어든은 낯선 사람을 보듯 대그니를 응시했다. 그녀가 여자라는 의식조차 거의 들지 않았다. 하지만 그 순간의 느낌을 말로 표현하면 이렇다. '**저것이** 세상이고 세상의 핵심이다. 도시를 만든 것이다. 저 존재와 도시는 함께한다. 빌딩들의 각진 형태와 저 얼굴의 각진 선은 모든 것을 버리고 목적만을 품고 있다.…… 하늘을 향해 솟은 철제 계단과 오로지 목표에만 열중한 존재의 걸음……. 일찍이 빛과 강철, 용광로, 모터를 만들어낸 사람들은 모두 그렇게 살았다.…… **그들이** 세상이다. **그들이**. 어두운 구석에 웅크리고 앉아 아픈 상처가 인생의 유일한 주장이고 미덕인 양 자랑스럽게 내보이며 애원 반, 협박 반으로 징징대는 인간들이 아니라…… 새로운 생각을 할 줄 아는 빛나는 용기를 지닌 사람이 단 한 명이라도 세상에 존재한다는 것을 안다면 그런 인간들에게 세상을 넘길 수 있을까?…… 생명의 주사와도 같은 경탄스런 광경을 단 한 번이라도 볼 수 있다면 세상이 상처와 신음, 총의 것이라고 믿을 수 있을까?…… 모터를 만들어낸 사람들은 분명 존재했다. 나는 그들의 실체를 부정할 수 없다. 그들이 있기에 그 반대되는 인간들을 견딜 수 있는 것이다. 아까 혐오감에 젖었던 것도 그들에 대한, 그리고 그들과 자신의 것인 세상에 대한 충성심 때문이었다.'

"내 사랑…… 내 사랑……."

대그니가 말을 멈춘 것을 깨닫고 갑자기 깨어나는 사람처럼 그가 말했다.

"행크, 무슨 일 있어요?" 대그니가 부드럽게 물었다.

"아무것도 아니오. 그런데 당신, 스태들러에게 연락하지 말았어야 했어."

확신에 찬 그의 얼굴이 빛났고 목소리는 유쾌하고 다정했다. 평소의 모습과 다를 게 없었다. 다만, 그 다정함이 새롭고 이상할 뿐이었다.

"나도 계속 그런 생각이 드는데 이유를 모르겠어요." 대그니가 말했다.

리어든이 앞으로 몸을 숙이며 말했다. "내가 그 이유를 말해주지. 그가 당신에게 원한 것은 자신이 예전의 로버트 스태들러 박사라는 것을 인정해주는 것이었소. 하지만 그는 예전의 스태들러가 아니고 자신도 그걸 알고 있지. 그는 당신에게 존경받기를 원한 거요. 그럴 자격도 없으면서. 또 그는 당신이 현실을 날조해주길 원한 거요. 그의 위

세상에 어울리는 남자

대함이 아직 남아 있고 국립과학연구소는 마치 존재하지도 않았던 것처럼 말이오. 그걸 해줄 수 있는 사람은 당신뿐이지."

"왜죠?"

"당신은 희생자이니까."

대그니가 놀란 눈으로 그를 바라보았다. 리어든은 갑자기 머리가 맑아지면서 흐릿하고 모호하던 생각이 또렷한 형체를 갖춘 듯한 기분을 느끼며 열성적으로 말했다.

"대그니, 저들은 우리가 알지 못하는 일을 꾸미고 있소. 저들은 우리가 모르는, 하지만 꼭 알아내야 하는 뭔가를 알고 있소. 나는 저들의 속셈을 조금은 알 것 같아. 나를 찾아왔던 국립과학연구소의 그 약탈자는 내 금속의 정직한 구매자인 것처럼 꾸미고 싶어했고, 내가 협조해주지 않자 겁을 먹었소. 아주 심하게. 무엇 때문에? 모르겠소. 여론의 핑계를 댔지만 그게 다는 아니었소. 그자가 왜 겁을 먹은 것일까? 총과 감옥, 법을 무기로 갖고 있는데. 원한다면 내 제철소를 통째로 빼앗을 수도 있는데. 그리고 아무도 내 편을 들어줄 사람이 없다는 것을 알고 있을 텐데. 그런데 왜 그렇게 겁을 먹었을까? 그건 내가 그를 약탈자가 아닌 내 고객이자 친구라고 말해주길 바랐기 때문이오. 그가 내게 바란 건 그것이었소. 스태들러 박사 역시 그런 이유로 당신이 필요했던 거요. 당신이 그를 위대한 인물로,

당신의 철도와 내 금속을 파괴하려고 한 적이 없는 사람으로 대접해주길 바란 거지. 그들이 무엇을 이루려는 것인지는 모르지만 우리의 동조를 원하는 것은 분명하오. 우리에게서 일종의 승인을 얻으려는 거지. 대그니, 우리가 자신의 삶을 가치 있게 여긴다면 그들이 원하는 것을 주어서는 안 돼요. 그들이 당신을 고문대에 묶어놓는다고 해도 절대 굴복하지 말아요. 그들이 당신의 철도와 내 제철소를 파괴해도 그들이 요구하는 것을 주지 맙시다. 왜냐하면 그게 우리에게 남은 유일한 기회이니까."

대그니는 그의 앞에 조용히 서 있었다. 그녀 역시 보일 듯 말 듯한 진실의 희미한 형체를 뚫어지게 바라보고 있었다.

"그래요……. 당신이 그들에게서 무엇을 보았는지 알아요…… 나도 그것을 느꼈으니까. 하지만 그것은 순식간에 스쳐 지나가서 내가 그것을 보았다는 걸 깨닫기도 전에 사라져버리죠. 마치 한 줄기 차가운 바람처럼. 그래서 늘 그것을 막았어야 했다는 아쉬움만 남고……. 당신이 옳다는 거 알아요. 나는 그들이 무슨 게임을 벌이고 있는지 모르지만, 우리가 그들이 원하는 대로 세상을 보아선 안 된다는 건 알아요. 그건 일종의 기만이죠. 아주 오래되고 세상에 만연한. 그걸 깨부수려면 그들이 우리에게 가르치는 모든 전제를 다시 확인하고, 그들의 모든 법령에 의문을 품고……."

대그니는 갑자기 어떤 생각이 떠올라 리어든에게로 휙 돌아서며 말과 동작을 동시에 멈추었다. 그 다음 말은 하고 싶지 않았다. 그녀는 호기심 어린 환한 미소를 머금고 그를 바라보았다.

리어든은 그녀가 말하지 않으려는 생각이 무엇인지 알 것 같았지만 그것은 미래에나 말로 표현할 수 있는 탄생 전의 형태를 취하고 있었다. 리어든은 굳이 그것에 대해 묻지 않았다. 빛이 홍수를 이룬 환한 머릿속에서 그것보다 앞선 다른 생각이 아까부터 그를 사로잡고 있었다. 그는 일어나서 대그니에게 다가가 그녀를 안았다.

그는 온몸을 그녀에게 밀착시켰다. 그들의 몸은 하나의 지점을 향해 함께 솟구치는 두 개의 흐름 같았다. 두 사람 다 입술의 만남에 의식을 집중하고 있었다.

대그니는 도시의 불빛 위에 있는 높은 방 한가운데 서서 자신을 안고 있는 남자의 자세가 아름답다는 것을 느꼈다. 하지만 그것은 그 순간이 지닌 의미의 일부에 지나지 않았다.

리어든이 오늘 밤 깨달은 것은 자신이 대그니에 대한 욕망을 되찾아서 다시금 이 세상에서의 삶을 사랑하게 된 것이 아니라 세상의 가치와 의미를 되찾은 후에야 그녀를 다시 갈망하게 되었다는 사실이었다. 그리고 그 욕망은 그녀의 육체에 대한 반응이 아니라 자신의 존재에 대한, 삶의 의지에 대한 찬양이라는 사실이었다.

그는 대그니의 몸이 반응하는 것을 느끼며 존재의 기쁨을 즐기는 그녀의 능력을 언젠가 자신이 타락이라고 불렀던 적도 있었지만, 사실 그것은 그녀의 가장 고귀한 미덕임을 깨달았다. 하지만 이미 그는 말이 필요한 영역에서 벗어나 있었기에 그것에 대해 생각하지도, 의식에 새겨두지도 않았다.

연줄에 의한 귀족

 그녀의 사무실 창밖 하늘에 걸린 달력이 9월 2일을 가리키고 있었다. 대그니는 피곤에 젖어 책상 위에 엎드려 있었다. 동이 트면서 새벽빛이 처음 닿는 곳은 언제나 그 달력이었다. 하얗게 빛나는 달력이 빌딩 옥상 위로 나타나면 어둠이 서둘러 물러나고 도시가 흐릿한 형체를 드러냈다.

 대그니는 지난 몇 달 동안 저녁마다 그 먼 달력을 바라보았다. 달력이 "당신도 얼마 남지 않았다"고 말하는 듯했다. 달력은 그녀가 모르는 무언가를 향해 나아가고 있는 듯했다. 그녀가 존 골트 노선 건설이라는 경주를 벌일 때 기록을 재던 그 달력은 이제 그녀가 미지의 파괴자와 벌이는 경주의 기록을 재고 있었다.

 콜로라도에 새로운 도시를 건설했던 사람들은 한 사람씩 미지의 장소로 떠나갔고 그들로부터는 아무 소식도 들려오지 않았다. 돌아온 사람도 없었다. 그들이 버린 도시는 죽어가고 있었다. 그들이 세운 공장 중 일부는 주인 없는 상태로 잠겨 있었고, 나머지는 지방 정부에 압수당했지만 모두 가동은 되지 않고 있었다.

대그니는 콜로라도 산지에 불빛 몇 개만 드문드문 밝혀져 있는 검은 지도를 들여다보고 있는 듯한 기분이었다. 콜로라도의 불빛은 하나씩 꺼져갔다. 사람들도 한 사람씩 사라져갔다. 거기에는 하나의 패턴이 있었다. 이제 대그니는 다음에 누가 언제 사라질지 거의 확실하게 예언할 수 있을 정도였지만 여전히 "왜?"라는 물음에는 대답할 수 없었다.

대그니가 와이엇 환승역 플랫폼에 내렸을 때 그녀를 환영해주던 사람 중에 테드 닐슨만이 남아서 닐슨 모터공장을 운영하고 있었다.

"테드, 다음에는 당신이 떠나는 건 아니겠죠?"

지난번 그가 뉴욕에 왔을 때 대그니가 물었다. 그녀는 애써 미소짓고 있었다.

"나도 아니기를 바라고 있어요." 테드 닐슨이 엄숙하게 대답했다.

"바란다니, 그게 무슨 뜻이에요? 당신도 확신할 수 없다는 건가요?"

그러자 테드 닐슨이 무거운 목소리로 천천히 말했다.

"대그니, 나는 일을 그만두느니 차라리 죽는 게 낫다는 생각으로 살아온 사람이에요. 하지만 떠난 사람들이 다 그랬죠. 난 스스로 일을 그만둔다는 생각은 절대 하지 않을 것 같아요. 하지만 1년 전 그들도 마찬가지였을 겁니다. 그들은 모두 내 친구였어요. 그들은 자신이 떠나면 남은 사람들이 어떤 타격을 입을지 알고 있었어요. 그들은 엄청나게 중요한 이유가 있지 않고서는 그렇게 말없이, 우리에게 공포만 남기고 떠날 사람들이 아니에요. 한 달 전에 마시전자의 로저 마시가 내게 말했어요. 그 어떤 유혹이 있어도 회사를 떠날 수 없도록 책상에 자신을 쇠사슬로 꽁꽁 묶어 놓겠다고. 그는 떠난 사람들에게 몹시 분개하고 있었거든요. 자신은 절대 떠나지 않을 거라고 내게 맹세하며 이렇게 말했어요. '그래도 떠날 수밖에 없다면 자네에게 꼭 편지를 남겨 무슨 사정인지 암시라도 해주겠네. 지금 우리 둘이 느끼는 공포가 더 이상 자네를 괴롭히지 않도록.' 그는 2주 전에 떠났죠. 편지도 남기지 않고……. 대그니, 그들을 떠나게 만든 것이 무엇인지는 몰라도 그것이 내 앞에 닥쳤을 때 내가 어떻게 할지 나도 몰라요."

대그니는 정체 모를 파괴자가 소리 없이 전국을 누비며 불을 하나씩 끄고 있는 듯한 기분이 들었다. 20세기 모터의 원리를 거꾸로 뒤집어 동적 에너지를 다시 정적 에너지로 바꾸고 있는 파괴자.

동이 터오는 가운데 그녀는 책상에 앉아 생각했다. '바로 그 파괴자가 지금 나와 경주를 벌이고 있는 적이야.' 쿠엔틴 대니얼스가 보내온 월간 보고서가 책상에 놓여 있었다. 대그니는 대니얼스가 모터의 비밀을 풀어낼 수 있을지 아직 확신할 수 없는 데 반해 파괴자는 점점 속도를 높이며 신속 정확하게 움직이고 있었다. 설령 모터를 다시 만든다고 해도 그것을 사용할 세상이 남아 있을지가 의문이었다.

대그니는 쿠엔틴 대니얼스가 처음 사무실에 들어선 순간부터 그가 마음에 들었다. 대니얼스는 삼십 대 초반의 마르고 키가 큰 남자로, 각이 진 수수한 얼굴에 매력적인 미소를 머금고 있었다. 그는 늘 웃는 얼굴이었고, 다른 사람의 말을 들을 때도 사람 좋은 미소를 짓고 있어서 말하는 사람보다 한 발 앞서 요지를 파악하고 참을성 있게 들어주는 듯한 인상을 주었다.

"스태들러 박사 밑에서 일하는 건 왜 거절했죠?" 대그니가 물었다.

그의 얼굴의 웃음기가 더 진해졌다. 그것은 감정을 나타내기 직전의 얼굴이었고 그 감정은 분노였다. 하지만 그는 특유의 담담하고 차분한 말투로 대답했다.

"아시다시피 스태들러 박사님은 '자유로운 과학 연구'에서 '자유로운'이란 말은 굳이 붙일 필요가 없다고 말씀하신 적이 있었죠. 과학 연구 자체가 자유로운 것이니까. 그런데 그 말을 잊으신 것 같더군요. 나는 '정부 소속의 과학 연구'라는 말 자체가 모순이라고 생각합니다."

대그니가 유타 기술연구소에서 어떤 직책을 맡고 있는지 묻자 그는 '야간 경비원'이라고 대답했다.

"뭐라고요?" 대그니가 놀라서 다시 물었다.

"야간 경비원요."

대그니가 잘 알아듣지 못해 물은 것처럼 전혀 놀랄 일이 아니라는 듯 그가 공손히 다시 말했다.

대그니의 질문에 그는 현재 남아 있는 과학재단에서는 일하고 싶지 않지만 큰 기업체 연구소에는 들어가고 싶다며 말했다.

"하지만 요즘 같은 때 어느 기업이 장기적인 연구에 투자할 여력이 있고, 또 왜 하겠습니까?"

유타 기술연구소가 자금 부족으로 문을 닫자 그는 야간 경비원으로 그곳에 홀로 남게 되었다고 했다. 야간 경비원 월급만으로도 충분하고 또 연구시설을 혼자 마음껏 이용할 수 있기 때문이라는 것이었다.

"그럼 혼자 연구를 하고 있는 건가요?"

"그렇습니다."

"무슨 목적으로요?"

"그냥 좋아서요."

"과학적 중요성이나 상업적 가치가 있는 성과를 얻는다면 어떻게 할 생각이에요? 공공을 위해 쓰이도록 할 건가요?"

"모르겠어요. 그러지 않을 것 같군요."

"인류를 위해 봉사하고 싶은 생각은 없나요?"

"나는 그런 말은 하지 않습니다. 당신도 마찬가지일 거라고 생각합니다."

대그니는 웃음을 터뜨렸다.

"우린 잘 지낼 수 있을 것 같네요."

"그럴 겁니다."

대그니가 모터 이야기를 들려주고 설명서를 보여주자 대니얼스는 별다른 말 없이 그녀가 원하는 조건대로 일을 맡겠다고만 했다.

대그니는 먼저 그에게 조건을 제시해달라고 했고, 대니얼스가 너무 낮은 월급을 요구하자 놀란 그녀는 그럴 순 없다고 했다. 그러자 대니얼스가 말했다.

"나는 무엇이든 거저 얻는 것은 질색입니다. 앞으로 당신이 얼마나 오랫동안 연구비를 대야 할지, 내 연구가 성과가 있긴 할지 지금으로서는 알 수 없습니다. 나는 내 정신에 도박을 걸 작정입니다. 다른 사람이 대신 도박을 걸게 할 수는 없어요. 나는 연구 의사만 갖고 돈을 요구하지 않습니다. 하지만 물론 결과물이 나오면 돈을 요구할 겁니다. 만약 성공하면 당신에게 엄청난 요구를 할 겁니다. 내가 원하는 것은 지분이니까요. 내가 많은 지분을 요구하더라도 결코 당신에게도 손해는 아닐 겁니다."

대니얼스가 몇 퍼센트 지분을 원하는지 말하자 대그니는 웃으며 대답했다.

"**엄청난** 요구이지만 내게도 손해는 **아니겠네요. 좋아요.**"

대그니가 개인적으로 대니얼스를 고용하는 것으로 합의가 이루어졌다. 태거트 연구소가 중간에 끼어드는 것은 둘 다 원치 않기 때문이다. 대니얼스는 혼자 마음껏 연구시설을 이용할 수 있는 유타 연구소에 남아 야간 경비원 일을 계속하면서 연구를 진행하고 싶다고 했다. 그리고 연구가 성공할 때까지 그 일은 두 사람만의 비밀로 간직하기로 했다.

대니얼스가 결론적으로 말했다. "모터의 비밀을 풀 수 있다고 해도 몇 년이 걸릴지 모릅니다. 하지만 내 남은 인생을 다 바친다고 해도 성공만 할 수 있다면 기쁘게 죽을 수 있을 것 같군요. 모터의 비밀을 푸는 것보다 더 간절한 소원이 하나 있다면 모터의 발명자를 만나보는 것입니다."

대니얼스가 유타로 돌아간 후 대그니는 매월 그에게 수표를 보냈고 그는 대그니에게 연구 보고서를 보내왔다. 아직 희망을 품기에는 일렀지만 그의 보고서들은 안개가 자욱이 낀 듯 답답하기만 한 그녀의 일상에 유일한 빛이 되었다.

대그니는 보고서를 다 읽고 고개를 들었다. 멀리서 달력이 9월 2일을 가리키고 있었다. 그 아래로 빛이 퍼지며 반짝이는 도시가 모습을 서서히 드러냈다. 대그니는 리어든 생각이 났다. 그가 이 도시에 있었으면 좋겠다는 생각이 들었다. 오늘 밤 그를 만나고 싶었다.

대그니는 오늘이 무슨 날인지 퍼뜩 깨닫고 서둘러 집으로 달려가 옷을 갈아입어야겠다고 생각했다. 오늘 밤 제임스의 결혼식에 참석해야 했던 것이다. 그녀는 벌써 1년 넘게 회사 밖에서는 오빠를 만난 적이 없었다. 오빠의 약혼자도 직접 만나보지는 못했지만 신문에 기사가 떠들썩하게 나서 약혼 사실은 알고 있었다. 대그니는 지친 몸을 억지로 일으켰다. 나중에 불참 이유를 설명하는 것보다 차라리 결혼식에 참석하는 게 나았다.

태거트 터미널 중앙 홀을 부지런히 가로질러 걸어가고 있는데 뒤에서 부르는 소리가 들렸다.

"태거트 양!"

긴박하면서도 내키지 않는 듯한 이상한 목소리였다. 걸음을 멈춘 대그니는 몇 초가 지나서야 신문 가판대의 노인이 부른 것임을 깨달았다.

"당신을 만나려고 며칠을 기다렸어요. 꼭 할 말이 있어서요."

노인의 얼굴 표정이 이상했다. 두려움을 애써 감추려는 표정이었다.

"일주일 내내 바쁘게 뛰어다니느라 들를 시간이 없었네요." 대그니가 웃으며 말했다.

노인은 마주 웃지 않았다.

"태거트 양, 몇 달 전에 준 달러 표시가 있는 담배, 그거 어디서 났어요?"

대그니는 잠시 가만히 서 있다가 대답했다. "이야기하자면 너무 길고 복잡해요."

"당신에게 그 담배를 준 사람과 연락할 수 있어요?"

"아마 그럴 거예요. 확신할 수는 없지만. 왜요?"

"담배를 어디서 구했는지 그 사람이 이야기해줄까요?"

"모르겠어요. 그가 이야기해주지 않을 수도 있다고 생각하는 이유가 뭐죠?"

노인은 잠시 주저하더니 물었다. "태거트 양, 도저히 있을 수 없는 일에 대해 누군가에게 이야기해야만 한다면 어떻게 하겠어요?"

대그니는 조용히 웃었다.

"그 담배를 준 사람이 그랬어요. 그런 경우에는 자신의 전제들을 다시 확인해봐야 한다고."

"그래요? 담배에 대해서?"

"아뇨, 그건 아니었어요. 왜요? 나한테 이야기해야 하는 일이 뭐죠?"

"태거트 양, 전 세계에 수소문을 했어요. 담배산업과 관련된 정보는 모두 확인해봤어요. 그 담배꽁초를 전문기관에 맡겨 화학 분석까지 해봤어요. 그런 담배 종이를 제조하는 공장은 어디에도 없더군요. 담배 성분도 기존의 어떤 담배에도 쓰이지 않은 것들이었고요. 분명 기계로 만든 담배인데 내가 아는 공장에서 만든 게 아니었어요. 내가 모르는 담배공장이 없는데. 태거트 양, 내가 알기로 그 담배는 이 세상에서 만들어진 게 아니에요."

◆

리어든은 웨이터가 호텔 방에서 바퀴 달린 디너 테이블을 밀고 나가는 모습을 멍하니 지켜보며 서 있었다. 켄 대너거가 떠난 뒤였다. 두 사람은 리어든의 호텔 방에서 저녁식사를 했는데, 웨이터가 대너거를 알아보지 못하도록 암묵적인 동의 아래 조명을 어둡게 해놓았다.

그들은 함께 있는 모습을 들켜서는 안 되는 범죄자들처럼 은밀히 만났다. 서로의 사무실이나 집이 아닌 익명성이 보장되는 혼잡한 도시에서만, 웨인 포클랜드 호텔 객실 같은 곳에서만 만날 수 있었다. 리어든이 대너거에게 리어든 금속 4,000톤을 공급하기로 한 사실이 알려지면 두 사람은

1만 달러의 벌금과 10년 징역형에 처해질 수 있었다.

 그들은 저녁을 먹으며 그 법이나 자신들이 그런 모험을 해야만 하는 이유에 대해서는 이야기하지 않았다. 오로지 사업 이야기만 했다. 대녀거는 회의석상에서 이야기하듯 분명하고 냉정한 목소리로 원래 주문량의 절반 정도면 함몰 위험이 있는 갱도들을 받치고, 컨페더레이티드 석탄회사 광산을 복구시킬 수 있을 것이라고 설명했다. 컨페더레이티드 석탄회사는 도산한 회사를 그가 3주일 전에 사들인 것이었다.

 "훌륭한 광산인데 상태가 엉망이에요. 지난달에 끔찍한 사고가 있었죠. 함몰에다 가스 폭발까지 일어나 40명이 죽었어요."

 그는 통계자료를 읽듯 단조로운 목소리로 덧붙였다. "신문들은 이제 석탄이 미국에서 가장 중요한 자원이라고 외치고 있어요. 그리고 석탄업자들이 석유 부족 사태를 이용해 폭리를 취하고 있다는 주장도 펼치고 있고요. 워싱턴의 한 정치 집단은 내가 사업을 지나치게 확장하고 있다고, 독점의 우려가 있으니 막아야 한다고 외치고 있고요. 또 한 집단은 내가 사업을 충분히 확장하고 있지 않다며 정부에서 내 광산을 압수해야 한다고 주장하고 있어요. 내가 수익을 내는 데만 혈안이 되어 대중의 연료 수요를 충족시키는 일에 무관심하다고. 현재 수익률로 보면 내가 컨페더

레이티드 석탄회사에 투자한 돈을 회수하려면 47년이 걸려요. 나에게는 자식이 없어요. 내가 그 회사를 사들인 이유는 석탄 없이는 버틸 수 없는 한 고객 때문이에요. 태거트 대륙횡단철도. 철도가 붕괴되면 어떤 일이 일어날지 걱정하지 않을 수가 없어요."

그는 잠시 말을 멈추었다가 덧붙였다. "내가 왜 그런 걱정을 하고 있는지 모르겠지만 아무튼 난 걱정이 돼요. 워싱턴의 정치인들은 철도가 붕괴되면 어떤 사태가 초래될지 그 심각성을 잘 모르는 것 같아요. 하지만 나는 알아요."

그러자 리어든이 말했다. "금속을 보내죠. 주문량의 나머지 반도 필요하면 연락주세요. 그것도 보낼 테니까."

저녁식사가 끝날 무렵 대녀거가 분명하고 냉정한 목소리로 말했다. 자신의 말의 의미를 정확히 알고 있는 사람의 목소리였다.

"당신 회사나 우리 회사 직원 중에서 이 일을 알아내고 돈을 요구하는 사람이 있으면 무리가 되지 않는 선에서 돈을 쥐어주겠어요. 하지만 그가 워싱턴에 친구를 두고 있는 자라면 절대 안 줄 겁니다. 감옥에 가는 한이 있어도."

"그럼 우리 함께 갑시다." 리어든이 말했다.

리어든은 어둑한 방에 홀로 서서 자신이 감옥에 갈 수도 있다는 생각을 하면서도 무덤덤하기만 했다. 그는 열네 살 때 배고픔에 쓰러질 것 같아도 노점에서 과일 하나 훔치지 않았던 기억이 떠올랐다. 지금 그에게 대너거와의 저녁 식사가 중죄로 밝혀져 감옥에 가는 것은 트럭에 깔려 죽는 것처럼 아무런 도덕적 의미도 없는 흉악한 사고일 뿐이었다.

그는 1년 만에 즐긴 유일한 사업적 거래를 죄스러운 비밀처럼 숨겨야 하는 자신의 처지가 한심했다. 그를 살아 있게 하는 유일한 시간인 대그니와의 밤도 죄스러운 비밀처럼 숨겨야만 했다. 리어든은 이 두 비밀 사이에는 자신이 꼭 밝혀내야만 할 중요한 연관성이 있다는 생각이 들었다. 그 연관성이 무엇인지 아직은 알지 못하지만 그것을 밝혀내는 날 인생의 모든 의문에 답할 수 있을 것 같았다.

리어든은 벽에 기대서서 고개를 뒤로 젖히고 눈을 감은 채 대그니를 생각했다. 그러자 다른 문제들은 모두 잊혔다. 그는 오늘 밤 대그니를 만나는 것이 기쁘면서도 괴로웠다. 그녀를 떠나야만 하는 내일 아침이 너무 가깝게 느껴졌기 때문이다. 그는 내일 뉴욕에 남아 있을까, 아니면 대그니를 만나지 말고 지금 떠날까 고민했다. 그러면 그녀의 어깨를 감싸안고 그녀의 얼굴을 내려다보는 순간을 늘 앞에 두고 살 수 있을 테니까. 리어든은 '내가 미쳐가는구나'라고 생각하면서도 대그니를 곁에 두고 매일 만날 수 있다 해도 마찬가지일 것이라고, 그래도 늘 아쉬움이 남을 것이고 쓸데없는 고민거리를 만들어 자신을 괴롭게 될 것이라고 결론지었다. 그는 오늘 밤 자신이 대그니를 만날 것임을 알았다. 그녀를 보지 않고 그냥 떠난다는 생각은, 그 순간적인 고통은 몇 시간 후의 만남을 더 확실하게 해주고 그 기쁨을 배가시키는 역할을 했다. 그는 행복한 상상에 빠졌다. '대그니의 집 거실에 불을 켜놓은 채 그녀를 안고 침실로 가리라. 거실에서 들어오는 한 줄기 빛이 어둠 속에서 그녀의 허리부터 발목까지를 비추며 그녀의 길고 날씬한 몸을 강조해주겠지. 그녀의 머리를 불빛 속으로 끌어당겨 얼굴을 들여다보리라. 갈망에 젖어 뒤로 젖혀진 얼굴, 내 팔에 흘러내린 머리카락, 감긴 눈, 고통스럽게 일그러진 표정, 나를 향해 열린 입술.'

그는 벽에 기대서서 낮 동안의 모든 일에서 벗어나 자신만의 행복한 시간을 맞이할 마음의 준비가 끝나기를 기다렸다.

갑자기 문이 벌컥 열렸을 때 그는 자신의 귀와 눈을 의심했다. 여자의 실루엣이 보였고 벨보이가 여행 가방을 내려놓고 사라졌다. 릴리언의 목소리가 들려왔다.

"어머, 헨리! 어둠 속에 홀로 있었어요?"

그녀가 문가의 전등 스위치를 켰다. 공들여 단장하고 연베이지색 정장을 차려입은 그녀는 유리상자에 담긴 채 여행한 듯한 인상을 주었다. 그녀는 미소를 지으며 마치 집에 돌아온 사람처럼 장갑을 벗었다.

"오늘 밤 여기서 묵을 건가요, 아니면 나가려던 참이었나요?" 릴리언이 물었다.

"어떻게 된 거요?"

얼마 동안의 침묵이 흐른 뒤 나온 말이었는지 그 자신도 몰랐다.

"제임스 태거트가 결혼식에 우리를 초대한 거 기억 안 나요? 바로 오늘 밤이에요."

"난 그의 결혼식에 갈 생각 없소."

"난 갈 거예요!"

"그럼 왜 아침에 말해주지 않은 거요?"

"당신을 놀래주려고요."

릴리언이 쾌활하게 웃으며 말을 이었다. "당신을 사교 모임에 끌고 가는 건 불가능에 가까운 일이잖아요. 하지만 이렇게 즉흥적으로 나가서 즐거운 시간을 보내는 건 당신도 좋아할지도 모른다고 생각했죠. 다른 부부들처럼 말이에요. 나는 당신이 싫어하진 않을 거라고 생각했어요. 어차피 당신은 뉴욕에서 자고 올 때가 많잖아요!"

리어든은 그녀가 멋지게 기울여 쓴 모자 챙 아래에서 자신을 흘끗 쳐다보는 것을 놓치지 않았다. 그는 침묵을 지켰다.

"물론 그건 모험이었죠. 당신이 누군가와 저녁을 먹으러 나갔을 수도 있으니까."

리어든은 계속 침묵했다.

"아니면 혹시 오늘 밤 집으로 돌아갈 작정이었나요?"

"아니요."

"오늘 저녁에 약속 있어요?"

"없소."

"좋아요."

릴리언은 자신의 여행 가방을 가리켰다.

"파티 드레스를 가져왔어요. 누가 먼저 옷을 갈아입는지 난초 코르사주를 걸고 내기할까요?"

대그니가 오빠의 결혼식에 참석할 것이라는 생각이 들자 그에게 그 밤은 무의미해졌다.

"원한다면 함께 나갑시다. 결혼식에는 가지 말고."

"오, 하지만 난 가고 싶은걸요! 이번 시즌 최고의 구경거리라고요. 모두 몇 주 전부터 손꼽아 기다려온 날이죠. 나는 죽어도 포기 못 해요. 그보다 나은 구경거리는 없어요. 홍보도 얼마나 잘됐는데. 우스꽝스럽기 짝이 없는 결혼이지만 제임스 태거트에게는 딱 어울리죠."

그녀는 낯선 장소에라도 온 것처럼 방 안을 돌아다니며 둘러보았다.

"몇 년 동안 뉴욕에 못 와봤어요. 당신과 함께는요. 그리고 공식적인 행사에는요."

정처 없이 배회하던 그녀의 눈길이 담배꽁초가 수북이

쌓인 재떨이에 잠시 머물더니 다시 움직였다. 리어든은 그 모습을 보고 혐오감을 느꼈다.

릴리언이 그의 표정을 보더니 쾌활하게 웃었다.

"어머, 여보, 난 안도한 게 아니에요! 실망한 거지. 립스틱 묻은 담배꽁초를 발견하길 바랐거든요."

리어든은 릴리언이 스파이 노릇을 하는 것은 묵인할 수 있었다. 그것을 농담으로 무마하는 것도 참아줄 수 있었다. 하지만 그녀의 지나친 솔직함은 그녀가 농담처럼 한 말이 사실은 진심이 아니었을까 의심하게 만들었다. 그러나 그 말이 진심이라는 것은 그로서는 상상할 수조차 없는 일이라 그는 그 순간적인 의심을 애써 떨쳐버렸다.

"나는 당신이 영영 인간이 못 될 것 같거든요. 그래서 내게는 연적이 생길 수 없다고 확신해요. 만일 생긴다고 해도, 그럴 리는 없지만 여보, 걱정할 필요는 없어요. 미리 약속도 없이 언제라도 만날 수 있는 여자라면…… **어떤 부류**의 여자인지 뻔하니까요."

리어든은 그녀의 뺨을 갈기기 직전까지 갔고 조심해야겠다고 생각했다.

"릴리언, 그런 농담은 못 참아. 당신도 잘 알 텐데."

릴리언이 웃으며 대꾸했다. "어머, 당신은 너무 진지해서 탈이에요! 내가 그걸 자꾸 잊는다니까. 당신은 매사에 지나치게 진지해요. 특히 당신 자신에 대해서."

그녀는 리어든을 향해 홱 돌아섰다. 그녀의 얼굴에는 웃음기가 없었다. 그녀는 남편에게 가끔 보이는 애원하는 듯한 묘한 표정을 짓고 있었다. 진실과 용기가 담긴 듯한 표정이었다.

"헨리, 당신은 진지한 걸 좋아하죠? 좋아요. 당신은 내가 얼마나 더 당신 인생의 밑바닥에 존재하기를 원하는 거죠? 내가 얼마나 더 외로워지길 원하는 거예요? 나는 당신에게 아무것도 요구하지 않았어요. 당신이 원하는 대로 살게 내버려뒀죠. 그런 나에게 하룻밤도 내줄 수 없나요? 오, 당신이 파티를 싫어하고 그곳에 가면 지루해할 거라는 거 알아요? 하지만 나는 그곳에 가는 게 너무나 중요해요. 골빈 허영이라고 해도 상관없지만, 나도 한 번쯤은 남편과 함께 파티에 가고 싶어요. 당신은 중요한 인물이에요. 당신 자신은 그렇게 생각하지 않겠지만요. 당신은 부러움과 증오, 존경과 두려움의 대상이고, 어떤 여자라도 남편으로 둔 걸 자랑할 만한 남자예요. 당신은 그걸 여자들의 천박한 과시라고 생각할지 몰라도 그게 여자들의 행복이에요. 당신은 그런 기준들에 얽매어 살지 않지만 난 그렇게 살아요. 나를 위해 몇 시간만 지루함을 참아줄 수 없어요? 남편의 의무를 다하는 강한 모습을 보여줄 수 없나요? 당신을 위해서가 아니라 나를 위해서, **당신이** 원해서가 아니라 **내가** 원한다는 이유만으로 가줄 수 없어요?"

리어든은 절망했다. '대그니, 나의 가정생활에 대해선 한 마디도 한 적 없고 그 어떤 요구도, 질책도, 질문도 한 적 없는 대그니…… 그런 그녀 앞에 아내를 데리고 나타나 아내가 자랑스러워하는 남편의 모습을 보일 수는 없어……. 그런 짓을 하느니 차라리 이 자리에서 고꾸라져 죽어버렸으면…… 결국 그런 짓을 할 수밖에 없으니까.'

'그건 내가 그녀와의 비밀을 죄로 여기고 그 벌을 달게 받겠노라고 스스로 다짐했기 때문이지…… 정의는 릴리언 편이고 나는 그 어떤 비난도 견딜 수 있다고 생각하기 때문이지…… 내가 그곳에 가기 싫은 이유는 정당하지 못한 것이라고 믿기 때문이지…… 릴리언에게 제발 그 파티만은 가지 말자고 애원하고 싶지만 그럴 수 없다는 것을 알기 때문이지.'

리어든은 생기 없는 목소리로 담담하게 말했다. "좋소, 릴리언. 가지."

◆

장미무늬 레이스 면사포가 그녀의 셋방 마룻바닥 갈라진 틈에 걸렸다. 셰릴 브룩스는 마룻바닥 틈에서 조심스럽게 면사포를 뺀 다음 벽에 비뚜름하게 걸린 거울 앞에 섰다. 그녀는 오늘 하루 종일 이곳에서 사진을 찍었다. 지난

두 달 동안 이미 여러 차례 겪은 일이었다. 그녀는 아직도 신문기자들이 사진을 찍으러 오면 황송한 미소를 지었지만 이제는 그들이 너무 자주 오지 말았으면 하는 생각이 들었다.

감상적인 연애 칼럼을 써서 먹고살지만 실제로는 경찰 뺨치게 냉철한 늙은 여기자가 몇 주 전부터 셰릴을 보호해주고 있었다. 셰릴이 고기 다지는 기계에라도 들어간 것처럼 기자들 손에서 난도질당하는 것을 본 뒤부터였다. 오늘도 여기자는 다른 기자들을 몰아내며 "됐어요, 됐어. 그만 꺼져요!" 하고 외친 후 문을 쾅 닫고 셰릴이 옷 입는 것을 도왔다. 그녀는 셰릴을 결혼식장까지 데려다줄 사람이 없다는 것을 알고 자기 자동차로 데려다주겠다고 했다.

면사포와 흰 새틴 웨딩드레스, 우아한 구두, 진주목걸이의 값은 셰릴의 방에 있는 물건들을 다 합친 가격의 500배쯤 되었다. 그녀의 방 살림이라곤 공간의 대부분을 차지하는 침대와 서랍장, 의자, 낡은 커튼 뒤에 걸린 옷 몇 벌이 전부였다. 그녀가 움직일 때마다 속에 둥근 테를 넣은 웨딩드레스 자락이 벽에 스쳤고, 그녀의 가녀린 몸이 엄격한 느낌의 긴소매 상의와 극적인 대조를 이루며 이리저리 흔들렸다. 웨딩드레스는 뉴욕 최고의 디자이너 작품이었다.

셰릴이 여기자에게 변명하듯 말했다. "사실 잡화점에 취직했을 때 더 좋은 방으로 옮길 수도 있었어요. 하지만 어차피 잠만 자는 곳인데 좋은 방이 무슨 필요가 있나 싶더라고요. 그래서 나중에 더 중요한 일에 쓰려고 저축했죠."

그녀는 말을 끊고 고개를 저으며 웃었다.

"그 돈이 필요할 줄 알았거든요."

"예뻐. 거울이 후져서 잘 안 보이겠지만 그 정도면 괜찮아." 여기자가 말했다.

"모든 일이 너무나 순식간에 일어나서…… 정신이 없었어요. 하지만 제임스는 멋진 분이죠. 그이는 내가 싸구려 잡화점 직원이고 이런 곳에 사는 걸 싫어하지 않아요."

"그래." 여기자가 엄숙한 표정으로 말했다.

셰릴은 제임스 태거트가 처음 자신의 방에 찾아온 날의 감격을 생생히 기억하고 있었다. 처음 만난 지 한 달이 지나고 다시 볼 수 있으리란 희망을 접었는데, 어느 날 저녁 그가 예고도 없이 나타났다. 셰릴은 당황해서 몸 둘 바를 몰랐다. 마치 진흙 구덩이에서 눈부신 태양을 맞이한 기분이었다. 하지만 제임스는 미소지은 얼굴로 그녀의 하나뿐인 의자에 앉아 그녀의 빨개진 얼굴과 방 안을 둘러보았다. 그는 그녀에게 외투를 입으라고 하더니 뉴욕에서 제일 비싼 레스토랑으로 데려가 저녁을 사주었다. 그녀가 불안감과 어색함을 숨기지 못하고, 포크 사용법이 틀릴까 봐 두려워하고, 황홀한 눈빛을 하고 있는 것을 보며 그는 미소를 지었다. 셰릴은 그가 무슨 생각을 하는지 알 수가 없었다. 하지만 제임스는 그녀가 그 레스토랑 자체가 아니라 그가 그곳에 데려와주었다는 사실에 감동받았으며, 그녀가 비싼 음식에 거의 손을 대지 않았고, 그 저녁식사를 다른 여자들처럼 돈 많은 남자를 정복해서 빼앗은 전리품이 아니라 자신에게는 과분하기만 한 빛나는 상으로 여긴다는 것을 알았다.

제임스는 2주일 후 다시 그녀를 찾아왔고, 그 후 그들의 데이트는 점점 잦아졌다. 제임스는 잡화점이 끝나는 시간에 맞추어 그녀를 데리러 왔고, 셰릴의 동료들은 번쩍거리는 리무진의 제복 입은 운전기사가 셰릴에게 자동차 문을 열어주는 모습을 보면서 입을 다물지 못했다. 제임스는 셰릴을 뉴욕 최고의 나이트클럽에 데려갔다. 그리고 친구들에게 그녀를 소개했다.

"매디슨 광장에 있는 싸구려 잡화점에서 일하는 브룩스 양이야."

그럴 때면 제임스의 친구들은 묘한 표정을 지었고 제임스는 조롱 어린 눈으로 그들을 지켜보았다. 셰릴은 자신이 신분을 감추려고 애쓰거나 당황할 필요 없도록 배려해주는 제임스가 고마웠다. 다른 사람들의 시선을 의식하지 않고 정직할 수 있는 그가 존경스러웠다. 하지만 어느 날 밤 옆 테이블에 앉은 지식인 대상 정치 잡지사에서 일하는 여자가 동료에게 "제임스는 정말 관대한 사람이야!"라고 말하는 것을 들었을 때 난생처음 느끼는 강렬한 고통을 맛보았다.

그가 원한다면 셰릴은 자신이 그에게 줄 수 있는 유일한 것을 주었을 터였다. 하지만 그는 그것을 요구하지 않았고 셰릴은 그런 그가 고마웠다. 하지만 한편으로는 그에게 빚만 지는 것 같아 마음이 편치 않았다. 그녀로서는 조용한 숭배 말고는 그 빚을 갚을 길이 없는데 그는 숭배마저 필요치 않은 듯했다.

제임스는 어떤 날은 그녀를 밖으로 데리고 나가지 않고 그녀의 방에서 이런저런 이야기를 했고 셰릴은 조용히 들어주었다. 그는 미리 작정하고 와서 이야기하는 게 아니라 돌연 감정이 폭발해 말을 하지 않고는 견딜 수 없는 것처럼 느닷없이 떠들었다. 그녀의 침대에 구부정하게 앉아서 주위 환경도, 그녀의 존재도 의식하지 않고 입에서 나오는 대로 떠들어대다가 이따금 자신의 말을 들어주는 사람이 있는 것을 확인하려는 듯 그녀에게 시선을 던졌다.

"⋯⋯그건 나를 위해서 한 일이 아니었어. 결코 나를 위해서 한 일이 아니었다고. 그런데 왜 그들은 나를 믿으려고 하지 않는 걸까? 나는 열차 운행을 감축하라는 노조의 요구를 들어줘야만 했어⋯⋯. 그리고 채권에 대한 지급유예밖에는 방법이 없었어. 그래서 웨슬리가 그걸 허락해준 거지. 나를 위해서가 아니라 노동자들을 위해서. 모든 신문이 날 모든 사업가의 귀감이라고 칭찬했어. 사회적 책임 의식을 지닌 사업가라고. 그건 사실이지, 안 그래?…… 그 지급유예가 뭐가 문제라는 거야? 몇 가지 절차를 건너뛴 게 뭐가 어때서? 훌륭한 목적을 위해서 그런 것인데. 자기 이익을 위해서 하는 일이 아니라면 다 좋은 일이지……. 그런데 내 동생은 내가 훌륭한 목적을 가지고 있다는 걸 인정을 안 해. 저만 잘난 줄 알지. 내 동생은 자기 생각만 내세우는 무자비하고 오만한 년이야……. 왜 그들은 나를 그런 식으로만 보는 거지? 대그니와 리어든과 그 패거리들 말이야. 자신들이 옳다고 확신하는 이유가 뭐지?…… 나는 그들이 물질적인 영역에서 우월하다는 걸 인정해주는데 왜 그들은 정신적인 영역에서 내가 우월하다는 걸 인정하지 않지? 그들에게 머리가 있다면 나에게는 가슴이 있어. 그들이 부를 산출하는 능력을 가졌다면 나는 사랑할 줄 아는 능력을 가졌어. 내 능력이 더 위대한 것 아니야? 지난 수백 년 동안 그것이 가장 위대한 능력이라고 인정받지 않았나? 그런데 왜 **그들**은 그것을 인정하려 들지 않지?…… 자신들이 위대하다는 확신에 차 있는 이유가 도대체 뭐야?…… 그리고 만일 그들이 위대하고 나는 위대하지 않다면 바로 그 이유 때문에 내게 고개를 숙여야지. 그것이 진정한 인간애가 아니겠어? 존경받을 자격이 있는 사람을 존경하는 것은 친절이 아니지. 마땅히 주어야 할 것을 주는 거니까. 존경받을 자격이 없는 사람을 존경하는 것, 그것이야말로 최고의 자선 행위이지……. 그들은 자선을 베풀 줄 몰라. 그들은 인간이 아니라고. 다른 사람의 필요나…… 약점에 무관심하니까. 관심도…… 연민도 없으니까……."

셰릴은 그의 말을 거의 이해하지 못했지만 그가 불행하고 누군가가 그에게 상처를 주었다는 건 알 수 있었다. 제임스는 그녀의 얼굴에서 고통을 보았다. 그에 대한 애정과 그의 적들에 대한 분노로 인한 고통이었다. 그는 셰릴이 자신을 영웅처럼 숭배하고 있음을 느낄 수 있었.

셰릴은 그가 고통을 고백할 수 있는 사람은 자신뿐이라는 확신이 들었다. 그리고 그것을 특별한 영광으로, 또 하나의 선물로 여겼다.

그녀는 그의 사랑을 받을 가치가 있는 존재가 되는 길은 그에게 아무것도 요구하지 않는 것뿐이라고 생각했다. 그래서 그가 돈을 주겠다고 하자 눈에 고통스런 분노의 불길이 일었고 완강히 거절했다. 그 후로 제임스는 두 번 다시 그런 말을 하지 않았다. 그 분노는 그녀 자신을 향한 것이었다. 그가 자신을 그런 여자로 생각하도록 만든 것은 바로 자신이라는 자책 때문이었다. 하지만 그녀는 제임스의 배려가 고마웠고 자신의 추악한 가난으로 그를 곤혹스럽게 만들고 싶지 않았다. 그녀는 어떻게든 가난의 굴레에서 벗어나 그에게 어울리는 여자가 되고 싶은 열망을 그에게 보여주고 싶어서 자신을 도와주고 싶으면 더 나은 일자리를 얻게 해달라고 말했다. 제임스는 아무 대답도 하지 않았다. 그 말을 꺼낸 지 몇 주가 지나도록 그는 그 문제에 대해서는 일언반구도 없었다. 셰릴은 다시 자책하기 시작했다. 그를 이용하려 한다는 인상을 주어서 그에게 마음의 상처를 입혔다는 생각에서였다.

셰릴은 제임스가 에메랄드 팔찌를 선물하자 충격에 빠졌다. 그녀는 제임스의 기분을 상하게 하지 않으려고 애쓰며 팔찌를 받을 수 없다고 호소했다.

"왜? 넌 선물의 대가로 몸을 주는 나쁜 여자도 아닌데. 내가 어떤 대가를 요구할까 봐 두려운 거야? 나를 못 믿어?"

제임스는 그렇게 묻고는 셰릴이 당혹감을 감추지 못하며 더듬거리자 웃음을 터뜨렸다. 그리고 초라한 검정 원피스에 그 팔찌를 한 셰릴을 나이트클럽으로 데려가서 저녁 내 뭐가 즐거운지 미소를 잃지 않았다.

제임스는 코넬리우스 포프 부인이 여는 큰 파티에 셰릴을 데려갈 때도 그 팔찌를 하라고 했다. 셰릴은 그가 친구의 집에까지 데려갈 정도로 자신을 소중하게 여긴다면 낡은 드레스를 입고 나타나 그를 망신시킬 수는 없다고 생각했다. 그의 친구들은 그녀가 오르지 못할 높은 산의 정상과도 같은 신문 사교계란에 이름이 오르내리는 유명인사들이 아니던가! 셰릴은 1년 동안 모은 저금을 털어 노란 장미와 인조 다이아몬드 버클로 장식된 허리띠가 달리고 목선이 깊이 파인 밝은 초록색 시폰 드레스를 장만했다. 하지만 차가운 느낌의 휘황찬란한 조명이 밝혀져 있고 고층 빌딩들이 내려다보이는 테라스가 있는 웅장한 저택에 들어선 순간, 왠지 자신의 드레스가 그 자리에 어울리지 않는 듯한 기분을 느꼈다. 하지만 그녀는 당당하고 꼿꼿한 자세를 유지하며 미소를 머금었다. 사람이 놀자고 손을 내밀 때 새끼 고양이가 용기를 내어 그 사람을 신뢰하는 것처럼 그녀도 즐기기 위해 파티에 온 사람들은 아무 해코지도 하지 않을 거라고 생각했다.

1시간쯤 지나자 그녀의 미소는 무력하고 당혹스런 애원이 되어버렸다. 그리고 주위 사람들을 지켜보면서 그 미소마저 사라졌다. 셰릴은 당당하고 세련된 여자들이 제임스와 대화할 때 그를 존경하지 않는 것처럼, 그를 존경한 적이 없는 것처럼 오만불손한 태도를 보이는 것을 목격했다. 특히 그 집 딸 베티 포프는 셰릴이 도통 알아들을 수 없는 (똑바로 알아들었다고 믿기 어려운) 소리들을 해댔다.

처음에는 아무도 셰릴에게 주목하지 않았고 놀란 눈으로 그녀의 드레스를 흘깃거리는 사람만 몇 명 있었다. 하지만 얼마 후 셰릴은 사람들의 시선을 느끼기 시작했다. 한 노부인이 자신이 모르는 명문가가 있었나 싶어서 잔뜩 긴장한 목소리로 제임스에게 물었다.

"매디슨 광장의 브룩스 양이라고 했나요?"

그러자 제임스는 묘한 미소를 지으며 유난히 또렷한 목소리로 대답했다. "네. 롤리 잡화점 화장품 코너에서 일하고 있죠."

그 후 몇몇 사람들은 셰릴에게 지나칠 정도로 정중한 태도를 보였고, 나머지 사람들은 매서운 태도로 그녀를 피했다. 대부분의 사람들은 당황해서 어색함을 감추지 못했고 제임스는 묘한 미소를 지으며 조용히 그들을 지켜보았다.

셰릴은 사람들의 시선에서 벗어나고 싶었다. 그래서 벽을 따라 살그머니 빠져나가고 있는데 한 남자가 어깨를 으쓱하며 말하는 소리가 들렸다.

"제임스 태거트는 현재 워싱턴에서 제일 힘있는 사람 중 하나이지."

존경 어린 목소리는 아니었다.

실내보다 어두운 테라스로 나가자 두 남자가 이야기하고 있는 모습이 보였다. 셰릴은 왠지 그들이 자신의 이야기를 하고 있는 것 같았다.

"태거트는 그럴 만한 능력이 있지."

한 남자가 그렇게 말하자 다른 남자가 칼리굴라라는 로마 황제 이야기를 했다(폭군으로 유명한 칼리굴라 황제는 자신이 아끼는 말에게 대리석 마구간과 상아 여물통을 선물하고 집정관에 임명하기까지 했다—옮긴이).

셰릴은 멀리 우뚝 솟아 있는 태거트 빌딩을 바라보며 생각했다. '사람들은 제임스가 부러워서 그를 미워하고 있어. 그들은 아무리 돈이 많고 유명해도 제임스처럼 위대한 업적을 이루지 못했으니까. 제임스는 모두가 불가능하다고 여기며 반대한 철도를 건설했어.' 셰릴은 자신이 제임스에게 줄 것이 있다는 사실을 깨달았다. 제임스의 친구라는 사람들은 버펄로에 있는 그녀의 가족처럼 비열하고 옹졸했다. 그녀가 예전에 늘 그랬듯이 제임스도 외로운 존재였다. 그를 진정으로 존경하는 사람은 그녀뿐이었다.

셰릴은 다시 안으로 들어가 사람들을 헤치고 당당히 걸었다. 그녀가 테라스의 어둠 속에서 애써 참았던 눈물은 이제 반짝이는 눈빛이 되어 있었다. 제임스가 잡화점 판매원에 불과한 그녀를 사람들 앞에 자랑스럽게 내보이고 친구들의 분노를 사면서까지 이런 파티에 데려와준 것은 사람들의 편견에 당당히 맞서는 용감한 행동이었고, 그녀는 허수아비 노릇을 해 그의 용기에 보답하고 싶었다.

하지만 파티가 끝나자 기쁘고 다행스러웠다. 셰릴은 어둠 속을 달리는 제임스의 자동차 안 그의 옆자리에 앉아 있었다. 쓸쓸한 안도감이 들었다. 맹렬한 반항심이 사그라지면서 황량한 기분이 그 자리를 대신 차지했다. 셰릴은 그런 기분을 떨쳐버리려고 안간힘을 썼다. 제임스는 거의 말이 없었다. 그는 침울한 표정으로 차창 밖만 내다보고 있었다. 셰릴은 자신이 그를 실망시킨 것은 아닌지 걱정스러웠다.

셋집 현관 앞에서 셰릴이 절망적인 목소리로 말했다. "당신을 실망시켰다면 미안해요……."

제임스는 잠시 침묵하더니 이렇게 말했다. "내가 결혼해달라고 하면 뭐라고 대답하겠어?"

셰릴은 그를 바라보다가 주위를 둘러보았다. 누군가의 방 창틀에 더러운 매트리스가 걸려 있었고, 길 건너에는 전당포가, 현관 옆에는 쓰레기통이 있었다. 그런 곳에서 그런 것을 묻는 사람은 없기에 그녀는 제임스가 무슨 뜻으로 한 말인지 알 수 없었다.

"전…… 유머 감각이 없어요."

"내 사랑, 지금 청혼하는 거야."

그렇게 그들은 첫 키스를 했다. 셰릴의 얼굴에 눈물이 하염없이 흘렀다. 파티에서는 애써 참았던 충격과 행복의 눈물이었다. 그녀는 지금 느끼는 것이 행복이어야 한다고 생각했지만 마음속의 작고 쓸쓸한 목소리가 이건 내가 원했던 방식이 아니라고 말하고 있었다.

셰릴은 어느 날 제임스의 부름을 받고 그의 아파트에 갔다가 수첩과 카메라를 든 기자들이 잔뜩 와 있는 것을 볼 때까지 신문에 대해서는 전혀 생각지 못하고 있었다. 그녀는 신문에 실린 자신의 사진을 처음 보았을 때(제임스가 그녀의 어깨를 안고 있는 사진이었다) 기뻐서 킥킥거리며 뉴욕 사람들 모두가 이것을 보았을까 생각했다. 하지만 얼마 후 그 기쁨은 사라졌다.

그녀는 잡화점 카운터에서, 지하철에서, 셋집 현관에서, 초라한 셋방에서 카메라 플래시를 받았다. 제임스가 돈을 준다면 약혼 기간 몇 주 동안 호텔에서 숨어 지내고 싶었지만 제임스는 그런 제안을 하지 않았다. 그녀가 셋방에 그대로 머물기를 바라는 듯했다. 그는 사무실 책상이나 태거트 터미널 중앙 홀, 전용 객차 계단, 워싱턴의 공식 파티에서 사진이 찍혔다. 신문, 잡지, 라디오, 뉴스영화 할 것 없이 모두 한목소리로 '신데렐라 아가씨'와 '민주적인 사업가'에 대해 지칠 줄 모르고 떠들어댔다.

셰릴은 불안할 때면 의심하지 말자고 다짐했다. 마음이 상할 때는 고마움을 잊어서는 안 된다고 스스로를 타일렀다. 그런 괴로움의 순간은 아주 가끔, 한밤중에 잠 못 이루고 뒤척일 때만 찾아왔다. 그녀는 모든 것을 극복하고 믿고 이해하려면 몇 년의 세월이 걸릴 것임을 알았다. 그녀는 처음 만난 날 보았던 위대한 승리자 제임스 태거트의 모습만을 가슴에 품고 일사병 걸린 사람처럼 휘청거리며 하루하루를 보냈다.

그녀는 지금 마지막으로 자신의 방에 서 있었다. 그녀의 머리에서부터 지저분한 마룻바닥까지 흘러내린 면사포가 마치 크리스털 거품 같았다.

늙은 여기자가 말했다. "셰릴, 우리는 살면서 상처를 받으면 자기 죄 때문이라고 여기지. 그게 사실이긴 해. 하지만 세상에는 우리가 지닌 선을 이용해 우리에게 상처를 주려는 사람들이 있어. 그들은 그게 선이고 자신에게 그 선이 필요하다는 걸 알면서도 바로 그것 때문에 우리를 벌하려 들지. 혹시 그런 일을 당하게 되더라도 너무 상심하지 마."

"난 두렵지 않아요."

셰릴은 앞을 똑바로 응시하며 말했다. 그 진지한 눈빛이 환한 미소에 녹아들었다.

"두려워할 자격이 없으니까요. 난 너무 행복해요. 난 인생은 오직 고통뿐이라는 말을 믿지 않아요. 난 절대 고통에 무릎 꿇지 않을 거예요. 세상에는 아름답고 위대한 일들도 일어난다는 것을 알고는 있었지만 내게 그런 일이 일어나리라곤 생각지도 못했어요. 이토록 엄청난 일이, 이렇게 빨리 일어날 줄은 몰랐어요. 하지만 난 새로운 운명을 받아들이고 그것에 맞추어 열심히 살 거예요."

◆

"돈은 모든 악의 근원입니다. 돈으론 행복을 살 수 없어요. 사랑은 그 어떤 장벽도, 신분 차이도 뛰어넘을 수 있죠. 식상한 말인지는 몰라도 그게 내 생각입니다." 제임스 태거트가 말했다.

그는 웨인 포클랜드 호텔 연회장에서 기자들에 둘러싸여 있었다. 결혼식이 끝나자마자 기자들이 몰려들었던 것이다. 그는 하객들이 기자들 뒤에서 파도치듯 움직이며 웅성거리는 소리를 들었다. 셰릴은 그의 곁에 서서 흰 장갑 낀 손을 그의 검은 소매 위에 올려놓고 있었다. 그녀는 아직도 결혼식을 치른 게 실감이 나지 않아 결혼식 장면을 떠올리고 있었다.

"**태거트 부인**, 소감이 어떠세요?"

기자들 무리 속에서 누군가 외쳤다. 그 질문이 모든 것을 실감나게 해주었다. 셰릴은 미소지으며 목이 멘 소리로 속삭였다.

"정말…… 행복해요……."

연회장 반대편 구석에서는 너무 비대해서 정장이 어울리지 않는 오런 보일과 너무 빈약해서 옷 태가 나지 않는 버트럼 스커더가 똑같은 생각을 하며 하객들을 둘러보고 있었다. 하지만 둘 다 그런 생각을 하고 있다는 것을 인정하지 않고 오런 보일은 친구들을, 버트럼 스커더는 기삿거리를 찾고 있다고 자신을 속였다. 하지만 그들은 하객들을 '특혜파'와 '두려움파'로 분류하고 있었다. '특혜파'는 제임스 태거트가 특혜받는 인물임을 증명해주기 위해 참석한 하객들이었고, '두려움파'는 제임스 태거트의 미움을 살까 봐 두려워서 온 하객들이었다. 그러니까 전자는 제임스를 위로 끌어올려주는 손이었고, 후자는 그가 올라탈 수 있도록 구부린 등이었다. 모든 하객이 전자 또는 후자로서 초대되고 그 초대를 받아들인 사람들이었다. 전자에 속하는 하객들은 대부분 젊었고 워싱턴에서 온 사람들이었다. 반면 후자에 속하는 하객들은 나이 든 사업가들이었다.

오런 보일과 버트럼 스커더에게 언어는 외적인 의사소통의 수단일 뿐 마음속에서는 언어를 사용하지 않았다. 언어는 그들이 회피하고 싶어하는 의미를 담고 있기 때문이었다. 그들이 마음속으로 하고 있는 분류작업에는 굳이 언어가 필요치 않았다. 물리적인 동작이 언어를 대치할 수 있었다. 전자에 속하는 하객을 보고 정중히 눈썹을 움직이는 것은 '오호!'라는 감탄을, 후자에 속하는 하객을 향해 입술을 비죽거리는 것은 '이런, 이런!'이라는 비아냥거림을 대신했다. 그런데 그 기계적인 분류의 리듬을 깨는 얼굴이 하나 있었다. 행크 리어든의 차가운 푸른 눈과 금발이 보이자 그들은 그를 후자로 분류하면서도 '어이쿠!'에 해당하는 근육의 움직임을 보였다. 하객들의 명단은 제임스 태거트의 권력을 상징적으로 나타내고 있었고 그 총합은 놀라웠다.

그들은 하객들 사이를 누비고 다니는 제임스 태거트를 바라보며 그가 그런 사실을 잘 알고 있음을 느낄 수 있었다. 제임스는 모스 부호처럼 짧은 전진과 멈춤을 반복하며 활기차게 돌아다녔다. 그는 자신이 불쾌한 기색을 보이면 걱정할 많은 사람을 의식한 듯 살짝 짜증스런 표정을 내비쳤다. 그리고 그의 결혼식을 축하하러 온 것이 하객들에겐 치욕이라는 것을 알고 있는 듯, 그런 사실을 알고 내심 즐기는 듯 고소해하는 미소를 흘렸다.

제임스 태거트의 뒤를 졸졸 따라다니는 무리가 있었는데, 그가 그들을 무시하는 즐거움을 누릴 수 있도록 해주는 것이 그들의 역할이라도 되는 듯했다. 그 무리는 계속 바뀌었고 모언과 프리쳇 박사, 밸프 유뱅크가 잠시 그 무리에 끼어 있었다. 그 무리에서 가장 오래 버틴 사람은 폴 라킨이었다. 그는 간절한 미소를 머금고 어쩌다 한 번이라도 제임스 태거트의 시선을 받고 싶은 듯 계속 그의 주위를 맴돌았다.

태거트의 시선이 도둑의 손전등 불빛처럼 이따금씩 빠르고 은밀하게 하객들을 살폈다. 언어를 대신하는 동작을 해독하는 능력이 있는 오런 보일은 그 모습을 보고 제임스 태거트가 몰래 누군가를 찾고 있음을 간파했다. 제임스의 그런 은밀한 동작은 유진 로슨이 다가와 악수를 청했을 때 종지부를 찍었다.

"제임스, 웨슬리 마우치 씨는 오지 못했소. 여기 오려고 특별 전세기까지 빌려놓았는데 출발 직전에 중대한 사태가 터지는 바람에. 마우치 씨가 정말 미안해하고 있소."

제임스는 꼼짝도 하지 않고 서서 아무 대꾸도 하지 않은 채 얼굴을 찌푸렸다.

오런 보일이 웃음을 터뜨렸다. 제임스가 홱 돌아섰고 그를 따르던 무리가 그 기세에 놀라 사라지라는 명령 없이도 슬그머니 모습을 감추었다.

"지금 뭐 하는 겁니까?" 제임스가 따졌다.

"난 이 자리를 즐기고 있을 뿐이네. 제임스, 웨슬리는 **자네** 사람이었지, 안 그런가?" 오런 보일이 대꾸했다.

"지금 여기에 자신이 내 사람이라는 걸 잊어서는 안 되는 사람이 하나 있죠."

"누구? 라킨? 아니, 라킨은 아닐 거야. 자네가 말한 그 사람이 라킨이 아니라면 소유대명사를 함부로 사용하지 않는 게 좋아. 나이대접을 안 해주는 건 괜찮아. 내가 나이보다 어려 보인다는 건 나도 아니까. 하지만 난 대명사 알레르기가 있거든."

"대단히 똑똑하군요. 하지만 똑똑한 것도 지나치면 화가 되죠."

"그래서 내가 화를 입게 되면 그 기회를 잘 이용해보게. **만약** 그렇게 된다면."

"제 꾀에 제가 넘어가는 사람들의 문제는 기억력이 좋지 않다는 거죠. 당신을 위해 리어든 금속의 숨통을 조인 게 누군지 기억하는 게 좋을 거예요."

"그러기로 약속한 사람이 누구인지는 알지. 그런데 갑자기 그 사람의 태도가 돌변해서 정부가 리어든 금속을 죽이는 법령을 내리지 못하게 하려고 온갖 수단을 동원했지. 장차 리어든 금속으로 만든 레일이 필요할지도 모른다는 계산 아래에 말일세."

"그건 **당신이** 채권 지불 유예 허가를 막으려고 정치가들에게 술을 퍼먹이는 데 1만 달러 이상을 썼기 때문이었어요!"

"맞아, 그랬지. 내겐 철도 채권을 가진 친구들이 있었으니까. 워싱턴에도 친구들이 있고. 그 지불 유예 건에 대해선 자네 친구들이 내 친구들을 이겼지만 리어든 금속 건에 대해선 그 반대였지. 난 그걸 절대 잊지 않을 걸세. 하지만 아무렴 어때! 그런 식으로 나누어가지며 사는 거지. 단, **나를** 속일 생각은 말게. 난 그렇게 호락호락한 사람이 아니니까."

"내가 늘 당신을 위해 최선을 다해왔다는 걸 믿어주지 않는다면……."

"물론 자네 나름으로는 최선을 다했겠지. 내가 자네에게 필요한 연줄을 쥐고 있는 한은 앞으로도 계속 그럴 거고.

그래서 나도 워싱턴에 친구들이 있다는 사실을 자네에게 상기시켜주는 거네. 자네 친구들처럼 돈으로 산 친구들이 아니지."

"그게 무슨 뜻이죠?"

"자네가 생각하는 그대로지. 자네가 돈으로 산 친구들은 사실 아무 가치도 없어. 더 큰돈을 주는 사람이 나타나면 그리로 붙을 테니까. 늘 그래왔던 것처럼 말일세. 하지만 어떤 사람의 약점을 잡아서 내 사람으로 만들면 더 큰돈을 주겠다는 경쟁자가 나타날 수가 없고 그 사람의 우정을 믿을 수 있지. 그래, 자네도 친구들이 있고 나도 있네. 자네 친구들을 내가 이용할 수도 있고 그 반대의 경우도 가능하지. 아무렴 어때! 어차피 그것도 거래인데. 돈으로 거래하는 시대는 지났고 우린 사람으로 거래하는 거지."

"도대체 하고 싶은 말이 뭐죠?"

"자네가 기억해둬야 할 몇 가지 사항을 이야기해주고 있는 것뿐이네. 웨슬리를 예로 들어보지. 자넨 웨슬리에게 리어든을 배신하고 기회균등법안을 통과시키면 국가기획국 부조정관 자리에 앉혀주겠다고 약속했지. 자넨 그렇게 할 수 있는 연줄이 있었고 난 과열경쟁방지 규정을 통과시켜주는 조건으로 자네에게 그걸 부탁했네. 난 그쪽으로 연줄이 있었으니까. 웨슬리는 자네의 요구를 들어줬고 자넨 그 모든 걸 기록으로 남겼지. 웨슬리는 기회균등법이 통과

되지 못하도록 막겠다고 리어든에게 돈을 받아서 리어든을 안심시킨 뒤 뒷구멍으로 그 법안이 통과되도록 검은 거래를 했고 자넨 그것에 대한 서면 증거를 확보했지. 웨슬리 마우치가 그런 더러운 짓을 한 것이 대중들에게 공개되면 그는 입장이 매우 곤란해질 거야. 어쨌든 자넨 약속대로 그를 부조정관 자리에 앉혀주었지. 그가 자네 손아귀에 들어왔다고 생각했으니까. 사실이 그랬고. 그동안 웨슬리는 자네에게 제대로 신세를 갚았지, 안 그래? 하지만 그는 영원히 자네 손아귀에 있진 않을 거야. 웨슬리 마우치가 더 높은 자리로 올라가고 그의 비리도 케케묵은 옛날 일이 되면 그가 어떻게 권력을 잡게 되었고 누굴 배신했는지 따위에 신경 쓰는 사람은 아무도 없을 테니까. 세상에 영원한 건 없어. 웨슬리는 리어든의 사람이었다가 자네 사람이 되었고, 내일은 다른 누군가의 사람이 될 수도 있지."

"지금 힌트라도 주고 있는 건가요?"

"아니, 우정 어린 경고를 해주는 거지. 제임스, 우린 오랜 친구이고 앞으로도 그래야만 해. 자네가 우정에 대해 잘못된 생각만 품지 않는다면 우린 서로에게 매우 쓸모 있는 존재로 남을 수 있을 걸세. 난…… 힘의 균형을 중요시하는 사람이지."

"그럼 **당신이** 오늘 밤 마우치를 여기 못 오게 한 건가요?"

"그럴 수도 있고 아닐 수도 있지. 고민 좀 해보게. 내가 그랬다고 해도 내겐 좋은 거고 안 그랬다면 더 좋은 거지."
 셰릴의 시선은 하객들 사이를 누비고 다니는 제임스를 좇고 있었다. 그녀 주위로 계속해서 모여드는 얼굴들은 너무나 다정했고 목소리에도 따스함이 넘쳤다. 그래서 그녀는 이곳에는 악의가 존재하지 않는다고 확신했다. 몇몇 사람들이 그녀에게 다가와 기대에 찬 은밀한 목소리로 워싱턴 이야기를 꺼냈다. 그녀에게 은밀한 청탁이라도 하는 듯했는데 그녀도 다 아는 비밀이라는 듯 애매하게 암시만 주어 도무지 무슨 소리인지 알아들을 수가 없었다. 그녀는 뭐라고 대답해야 할지 몰랐지만 미소를 지으며 자신이 대답하고 싶은 대로 대답했다. 두려움 때문에 '태거트 부인'의 명예를 떨어뜨릴 수는 없었다.
 셰릴은 적을 발견했다. 회색 드레스를 입은 키 크고 날씬한 여자, 바로 시누이였다. 셰릴의 마음속에 쌓인 가득한 분노는 그동안 제임스의 말을 들으며 조금씩 생긴 것이었다. 지금까지 소홀히해온 의무감이 그녀를 들쑤셨다. 그녀는 자꾸만 적에게 눈길이 갔고 적을 자세히 살펴보게 되었다. 신문에서 본 대그니 태거트는 바지 차림이거나 모자를 비스듬히 쓰고 코트 깃을 올린 모습이었다. 지금 회색 드레스를 입은 대그니는 점잖지 못하게 보였다. 회색 드레스가 너무 수수해서 거의 눈에 띄지 않았고 그것이 덮으려 한 날씬한 몸을 노골적으로 드러내주었기 때문이다. 회색

천에 푸른빛이 감돌아 그녀의 눈동자 색과 잘 어울렸다. 그녀는 보석은 달지 않고 팔에 초록빛이 도는 푸른색 금속 팔찌만 하고 있었다.

셰릴은 대그니가 혼자가 되기를 기다렸다가 결연히 다가갔다. 차갑고 강렬한 느낌을 주는 대그니의 청회색 눈이 정중하고 냉정한 관심을 보이며 그녀를 똑바로 응시했다.

셰릴이 엄격한 목소리로 말했다. "미리 말해두겠는데, 난 마음에도 없는 착한 가족 노릇은 안 해요. 그건 연극이니까. 당신이 그동안 제임스를 얼마나 불행하게 만들었는지 다 알아요. 난 당신으로부터 그이를 보호할 거예요. 당신을 제자리로 돌려놓을 거예요. **난** 태거트 부인이에요. 이제 태거트 가문의 안주인이라고요."

"상관없어요. 난 바깥주인이니까." 대그니가 응수했다.

셰릴은 그녀가 멀어져가는 모습을 지켜보며 제임스의 말이 옳았음을 깨달았다. 제임스의 여동생은 반응도, 인정도 할 줄 모르고 감정이라곤 없는, 놀란 듯하면서도 무관심한 표정밖에 지을 줄 모르는 냉혹한 악마의 자식이었다.

리어든은 릴리언 곁에서 그녀를 따라다녔다. 남편과 함께 있는 모습을 사람들에게 보여주고 싶다는 릴리언의 뜻에 따르고 있었다. 그는 누가 자신을 보는지 알지 못했다. 주위 사람들에게 관심도 없었다. 그의 관심은 오로지 단 한 사람, 차마 얼굴을 마주할 수 없는 한 사람에게 쏠려 있었다.

 그는 릴리언과 함께 연회장에 들어섰을 때 보았던 대그니의 얼굴이 뇌리에서 떠나지 않았다. 그는 대그니가 어떤 시선을 보내도 달게 받을 각오로 그녀를 똑바로 응시했다. 대그니의 시선을 피하거나, 겁쟁이처럼 멍한 표정 뒤에 숨거나, 아내를 대동하고 나타난 자신의 행동이 얼마나 잔인한 것인지 모르는 척하는 짐승만도 못한 짓을 저지르느니 차라리 그 자리에서 그녀와의 내연관계를 고백하는 게 나았다.

 하지만 대그니는 비난의 눈길을 보내지 않았다. 대그니의 얼굴 표정만 보고도 그녀의 속마음을 훤히 아는 그는 그녀가 아무런 충격도 받지 않았음을 알 수 있었다. 그녀는 평온하기만 했다. 대그니는 이 만남의 의미를 아는 듯 그를 바라보았지만 그녀의 시선은 그의 사무실이나 그녀의 침실에서 만났을 때와 다르지 않았다. 그녀는 리어든 부부와 몇 발짝 거리를 두고 서서 회색 드레스가 그녀의 몸을 그대로 드러내듯 그들에게 솔직하게 자신을 드러내고 있었다.

 대그니가 두 사람을 향해 정중히 고개를 숙였다. 리어든도 마주 고개를 숙였다. 그는 릴리언이 고개를 까딱하고 다른 데로 걸어가는 것을 보고서야 자신이 너무 오래 고개를 숙이고 있었음을 깨달았다.

리어든은 릴리언의 친구들이 자신에게 무슨 말을 하는지, 자신이 뭐라고 대답하고 있는지 알지 못했다. 먼 길을 아무 생각 없이 터벅터벅 걸어가듯 그는 아무것도 의식하지 못한 채 순간순간을 흘려보냈다. 그는 릴리언의 기분 좋은 웃음소리와 만족스런 목소리를 들었다.

얼마 후 주위의 여자들이 눈에 들어왔다. 그들 모두가 릴리언처럼 정적(靜的)인 모습이었다. 가늘게 다듬은 눈썹을 정적으로 올리고 정적인 즐거움을 담은 눈빛을 하고 있었다. 리어든은 그들이 자신에게 추파를 보내고 릴리언이 그들의 가망 없는 노력을 즐기며 구경하고 있음을 알 수 있었다. 이게 바로 릴리언이 원하던 여자의 허영이고 행복이구나 하는 생각이 들었다. 그는 그런 기준에 따라 살지는 않지만 무시해버릴 수도 없었다. 그는 도망치듯 남자들의 무리로 향했다.

남자들의 대화에서는 제대로 된 의견을 들을 수가 없었다. 그들은 무엇에 대해 이야기하든 실제로 그것에 대해 이야기하고 있는 것 같지가 않았다. 리어든은 몇 개의 단어는 알아들을 수 있지만 그것들로 문장은 만들지 못하는 외국인이 된 기분이었다. 술기운에 무례해진 한 청년이 비틀거리며 지나치다가 킬킬대며 말했다.

"리어든, 교훈을 좀 얻으셨나?"

리어든은 그 말이 무슨 뜻인지 몰랐지만 다른 사람들은

모두 아는 듯 충격적인 표정을 지으면서도 통쾌함을 숨기지 못했다.

릴리언은 그가 꼭 옆에 붙어 있어야만 하는 건 아니라는 듯 그를 놓아주었다. 리어든은 사람들의 눈에 띄지 않는 구석으로 가 마음놓고 대그니를 바라보았다.

그는 대그니가 걸을 때 그녀의 회색 드레스가 움직이는 모습을, 드레스 천과 빛과 그림자가 빚어내는 형상을 지켜보았다. 마치 푸른빛이 도는 회색 연기가 그녀의 몸을 감싸고 꿈틀거리며 앞으로 기울어졌다가 뒤로 펴지는 움직임을 되풀이하고 있는 것 같았다. 리어든은 그 연기가 걷히면 빛 속에 드러날 몸을 낱낱이 알고 있었다.

리어든은 가슴을 쥐어짜는 듯한 고통을 느꼈다. 대그니와 이야기하는 모든 남자를 향한 질투였다. 질투라는 감정을 느껴본 적이 없는 그였지만 자신을 제외한 모든 남자가 그녀에게 다가갈 수 있는 이 자리에서 처음 그것을 느꼈다.

다음 순간 그는 머리에 갑작스런 충격을 받아 인생관이 바뀌기라도 한 듯 소스라치게 놀라며 내가 지금 여기서 무엇을 하고 있는 걸까 하고 생각했다. 그 순간 그의 과거 인생과 신조들이 모두 사라졌다. 과거의 관념과 문제, 아픔들이 깨끗이 사라지고 인간은 자신의 욕망을 이루기 위해 존재한다는 생각만 남았다. 그는 자신이 왜 여기 서 있는지, 자신의 유일한 욕망은 저 회색 드레스를 입은 날씬한 여자에게 달려가 남은 평생 그녀를 안고 사는 것인데 그 누가 자신에게 이 귀중한 시간을 낭비하도록 요구할 수 있는지 의문에 잠겼다.

하지만 이내 진저리치듯 몸을 떨며 현실로 돌아왔다. 그는 경멸적으로 입을 꾹 다물며 속으로 외쳤다. '넌 계약을 했으니 그걸 지켜.' 그러나 사업 거래에서 상대방에게 대가가 주어지지 않는 계약은 법적으로 유효할 수 없다는 생각이 퍼뜩 들었다. 그는 왜 그런 생각이 들었는지 의아했다. 지금의 상황과 아무 관련도 없는 것 같아서였다. 그는 그 생각에 더 이상 매달리지 않았다.

제임스 태거트는 자신이 야자수 화분과 창문 사이의 후미진 구석에 홀로 남겨지자 릴리언 리어든이 자연스럽게 다가오는 것을 보았다. 그는 그 자리에 서서 그녀를 기다렸다. 그는 릴리언이 왜 다가오는지 알 수 없었지만 그녀의 말을 들어보는 게 좋을 거라는 판단이 섰다.

"제임스, 내 결혼 선물 마음에 들어요?"

릴리언은 그렇게 묻고는 제임스가 당황하는 모습을 보더니 깔깔 웃었다.

"아니, 아니, 당신 아파트에 있는 선물 중에서 내가 보낸 게 도대체 뭘까 고민할 필요 없어요. 내 선물은 당신 아파트가 아니라 바로 여기에 있으니까요. 그건 비물질적인 선물이죠."

제임스는 그녀의 얼굴에 미소가 어리는 것을 보았다. 그의 친구들 사이에서 그런 표정은 은밀한 승리를 함께 나누고 싶다는 뜻으로 해석되었다. 그건 자신이 상대보다 한 수 위라는 것을 나타내는 표정이었다.

제임스는 안전을 기하기 위해 미소를 보이며 조심스럽게 말했다. "당신이 줄 수 있는 최고의 선물은 이렇게 참석해주는 거죠."

"**내가** 참석해주는 거라고요?"

제임스는 잠시 충격을 감추지 못했다. 그녀의 말뜻을 알아듣기는 했지만 그녀가 그런 뜻의 말을 하리라곤 상상도 하지 못했던 것이다.

릴리언이 노골적으로 미소를 지었다.

"이 자리에 누가 참석한 게 당신에게 더할 나위 없이 소중한, 그리고 뜻밖의 선물인지 당신도 알고 나도 알아요. 정말로 내 공을 인정해주지 않을 생각이었나요? 놀랍네요. 난 당신이 친구가 될 사람을 알아보는 천재성을 지닌 줄 알았는데."

제임스는 조심스럽게 감정을 자제하는 목소리로 말했다. "릴리언, 내가 당신의 우정을 몰라주기라도 했나요?"

"내 말이 무슨 뜻인지 알면서 그래요. 당신은 **그가** 올거라고 기대하지 않았어요. **그가** 당신을 두려워하지 않는다는 걸 당신도 아니까요. 안 그래요? 하지만 다른 사람들이

연줄에 의한 귀족

그가 당신을 두려워한다고 생각하게 만들 수 있다면……
당신에겐 엄청난 이득이 되겠죠. 안 그래요?"

"릴리언, 정말…… 놀라워요."

"그보단 '감동받았다'고 해야 하지 않을까요? 당신의 하객들은 꽤 감동받은 것 같은데. 그들의 생각이 다 들릴 정도라니까요. 그들 대부분이 이렇게 생각하고 있죠. '**그가** 제임스 태거트와 잘 지내려고 한다면 우리도 마땅히 그래야지.' 몇몇은 이렇게 생각하기도 하고요. '**그도** 두려워한다면 우리에겐 더 잘된 거지.' 물론 그건 당신이 원하던 바이고……. 당신의 승리를 망치고 싶진 않지만…… 당신이 그것을 혼자 이룬 게 아니란 사실은 우리 둘만이 알죠."

제임스는 웃지 않았다. 그는 무표정한 얼굴로 부드러우면서도 계산된 엄격함이 담긴 목소리로 물었다.

"원하는 게 뭐죠?"

릴리언은 웃음을 터뜨렸다.

"본질적으로…… 당신이 원하는 것과 같죠. 하지만 실제적으론…… 아무것도 없어요. 당신에게 호의를 베푼 것일 뿐 보답할 필요는 없어요. 나는 지금 당신을 상대로 로비를 하고 있는 게 아니니까 걱정 말아요. 마우치 씨에게 어떤 법령을 내리도록 청을 넣어달라는 것도 아니고 다이아몬드 박힌 관을 씌워달라는 것도 아니에요. 당신의 인정이라는 비물질적인 관이라면 상관없지만."

제임스는 처음으로 그녀를 똑바로 바라보았다. 그는 눈을 가늘게 뜨고 그녀처럼 엷은 미소를 머금었는데 그 경멸 어린 표정은 릴리언과 마음이 통했다는 의미였다.

"릴리언, 내가 늘 당신을 진정으로 우월한 여성으로 여기며 존경해온 걸 당신도 알잖아요."

"알아요."

릴리언의 매끄러운 목소리에 조롱이 니스처럼 얇게 입혀져 있었다.

제임스는 무례하리만치 노골적으로 그녀를 쳐다보았다.

"친구지간에도 호기심이 존재할 수 있다고 생각하는 나를 용서해줘요." 하지만 사죄하는 목소리는 아니었다. "당신의 사적인 이익에 불리한 영향을 미치는 경제적 부담(혹은 손실)의 가능성에 대해 어떻게 생각하는지 알고 싶군요."

릴리언은 어깨를 으쓱했다.

"말 주인처럼 생각해요. 세상에서 제일 빠르고 힘센 말이라도 주인에게 가장 편안한 속도로 달리는 게 최선이죠. 말의 능력이 아깝다고 해도 말이에요. 만일 말이 최고 속도로 질주하도록 놓아두면 주인은 금방 말에서 떨어질 테니까……. 하지만 경제적인 문제는 내 주 관심사가 아니에요. 당신도 마찬가지겠지만."

"당신을 과소평가했군요." 제임스가 천천히 말했다.

"오, 그러면 안 되죠. 난 **그가** 당신에게 골칫덩어리라는 걸 알아요. 당신이 왜 그를 두려워하는지도 알고. 두려워할 만하죠. 하지만…… 당신은 사업뿐 아니라 정치에도 몸담고 있으니 그쪽 용어로 이야기하죠. 사업가는 물건을 대주겠다고 말하지만 정치가는 표를 주겠다고 하죠. 맞나요? 난 당신에게 **그를** 주겠어요. 언제든지. 그러니까 당신은 거기에 맞춰 행동하면 돼요."

제임스의 친구들은 자신의 진심을 내보이는 것은 적의 손에 무기를 쥐어주는 짓이라고 여겼지만 그는 릴리언의 고백에 보답하기 위해 이렇게 말했다.

"나도 내 동생을 그렇게 마음대로 다룰 수 있었으면 좋겠네요."

릴리언은 놀라는 눈빛이 아니었다. 뚱딴지같은 소리라고 생각하지 않는 듯했다.

"그래요, 다루기 힘든 사람도 **있죠**. 약점이 하나도 없나요?"

"없어요."

"남자 문제도?"

"전혀!"

릴리언은 화제를 돌리겠다는 표시로 어깨를 으쓱했다. 대그니 태거트에 대해서는 길게 이야기하고 싶지 않았던 것이다.

"이제 당신을 놓아줘야겠네요. 밸프 유뱅크와도 담소를

나눌 수 있도록 말이에요. 당신이 저녁 내내 아는 체를 안 해줘서 이러다 문학이 사교계의 관심 밖으로 밀려나는 건 아닌지 걱정하고 있는 것 같은데."

"릴리언, 당신은 정말 멋져요!"

마음에서 우러난 찬사였다.

릴리언이 웃으며 말했다. "그런 게 바로 내가 원하는 비물질적인 관이죠!"

그녀는 아직 미소가 가시지 않은 얼굴로 하객들 사이를 돌아다녔고 그녀의 미소가 주위 사람들의 긴장되거나 따분한 얼굴로 자연스럽게 흘러들었다. 그녀는 자신에게 집중되는 시선을 즐기며 이리저리 돌아다녔다. 그녀의 담황색 새틴 드레스가 늘씬한 몸의 움직임에 맞추어 크림처럼 반짝거렸다.

초록빛이 도는 푸른 섬광이 그녀의 시선을 끌었다. 가느다란 팔목에서 나오는 섬광이었다. 이어서 날씬한 몸과 회색 드레스, 가녀린 어깨가 보였다. 릴리언은 걸음을 멈추었다. 그리고 얼굴을 찡그린 채 그 팔찌를 바라보았다.

그녀가 다가가자 대그니가 그녀를 향해 돌아섰다. 릴리언은 대그니의 냉정하고 정중한 표정만큼 화나는 게 없었다.

"태거트 양, 오빠의 결혼에 대해 어떻게 생각해요?" 릴리언이 미소를 보내며 자연스럽게 물었다.

"아무 생각 없어요."

연줄에 의한 귀족

"그러니까, 생각할 가치조차 없는 일이라는 뜻인가요?"
"정확한 대답을 원한다면…… 맞아요, 그런 뜻이에요."
"오, 이 결혼의 인간적 의미를 모르겠어요?"
"네."
"당신 오빠의 신부 같은 사람이 관심받을 자격이 있다고 생각하지 않아요?"
"네."
"태거트 양, 정말 부럽네요. 올림포스 신 같은 그 초연함이 부러워요. 다른 사람들이 사업 분야에서 당신을 따라잡을 엄두도 못 내는 이유를 알 것 같네요. 그들은 다른 곳에도 눈을 돌리니까요. 다른 분야에서의 성취도 인정해주니까요."
"무슨 성취를 말하는 건가요?"
"사업이 아닌 인간적인 영역에서 놀라운 정복을 이루어낸 여자들은 전혀 인정해주지 않는 건가요?"
"난 인간적인 영역에 '정복'이란 말이 존재한다고 생각지 않아요."
"오, 하지만 오늘의 신부가 당신 오빠라는 사람을 통해 성취한 걸 오직 일을 통해서만 얻을 수 있다면 얼마나 열심히 일해야 하는지 생각해봐요."
"난 그녀가 자신이 성취한 것의 정확한 본질을 알고 있다고 생각지 않아요."

리어든은 그들이 함께 있는 모습을 보고 다가갔다. 어떤 결과를 맞게 되건 그들이 하는 말을 듣지 않고서는 견딜 수 없었다. 그는 조용히 그들 곁에 섰다. 릴리언은 그가 와 있는 것을 눈치챘는지 모르겠지만 대그니는 분명 아는 것 같았다.

"태거트 양, 그녀에게 조금이라도 관용을 베풀어봐요. 최소한 관심이라도 보이라고요. 당신처럼 뛰어난 능력은 갖추지 못했지만 나름의 재능을 발휘해서 원하는 걸 얻은 여자들을 경멸해선 안 돼요. 자연은 모든 인간에게 공평하죠. 안 그래요?"

"무슨 말인지 모르겠군요."

"설마 더 구체적으로 말해달라는 건 아니겠죠?"

"그래 줘요."

릴리언은 화가 나서 어깨를 으쓱했다. 그녀의 친구들이었다면 벌써 알아듣고 더 이상 이야기하지 말라고 했을 터였다. 하지만 대그니 태거트는 강적이었다. 그녀의 교묘한 공격에 끄떡도 하지 않았다. 그녀는 더 구체적으로 말하고 싶지 않았지만 리어든이 지켜보고 있었다. 그래서 미소지으며 말했다.

"태거트 양, 당신 새언니에 대해 생각해봐요. 그녀가 당신 오빠를 만나지 못했어도 출세할 수 있었을까요? 당신의 엄격한 기준에 따르면 불가능했겠죠. 그녀는 사업을 통해 성공할 수 없었을 거예요. 당신처럼 특별한 능력을 갖지 못했으니까. 게다가 남자들이 그녀의 성공을 가로막았을 거예요. 너무 매력적인 여자이니까. 그래서 그녀는 남자들이 불행히도 당신처럼 높은 기준을 갖고 있지 않은 걸 이용했죠. 당신이 경멸하는 재능을 발휘한 거죠. 우리같이 잘나지 못한 여자들은 남자를 지배하는 것에만 야심을 불태우며 사는데 잘난 당신은 그런 것에는 관심이 없죠."

"리어든 부인, 그걸 지배라고 한다면…… 맞아요, 관심 없어요."

대그니는 그 자리를 뜨려고 돌아섰지만 릴리언의 목소리가 발목을 잡았다.

"태거트 양, 난 당신이 인간적인 나약함이라곤 전혀 없는 사람이라고 믿고 싶어요. 누구에게 아부하거나 상처주고 싶은 마음을 품어본 적이 한 번도 없는 사람이라고 믿고 싶어요. 하지만 당신은 오늘 밤 헨리와 내가 이 자리에 참석할 걸 알고 있었어요."

"아뇨, 난 하객 명단을 본 적도 없어요."

"그런데 왜 그 팔찌를 차고 있는 거죠?"

대그니는 일부러 릴리언을 똑바로 응시했다.

"늘 차고 다니니까요."

"장난이 너무 심한 거 아니에요."

"리어든 부인, 처음부터 장난이 아니었어요."

"그럼 내가 그 팔찌를 돌려달라고 해도 이해하겠네요."
"이해해요. 하지만 돌려주지 않겠어요."
릴리언은 잠시 침묵을 지켰다. 자신과 대그니에게 그 침묵의 의미를 인정할 시간이라도 주는 듯했다. 그녀가 처음으로 웃음기 없는 얼굴로 대그니를 보면서 물었다.
"태거트 양, 그걸 내가 어떻게 생각해야 할까요?"
"마음대로 생각하세요."
"이유가 뭐죠?"
"그 팔찌를 내게 줄 때 그 이유를 이미 알았을 텐데요."
릴리언은 리어든을 흘낏 쳐다보았다. 그는 무표정한 얼굴이었다. 아무런 반응도, 그녀를 돕거나 말리려는 기색도 없이 너무 열심히 지켜보고 있어서 릴리언은 스포트라이트를 받으며 서 있는 기분이 들었다.
릴리언의 얼굴에 다시 방패 같은 미소가 떠올랐다. 그 선심 쓰는 듯한 미소는 다시 저속한 이야기를 하기 위한 포석이었다.
"태거트 양, 이게 얼마나 경우에 어긋나는 일인지 알 거예요."
"아뇨."
"자신이 위험하고 추잡한 모험을 걸고 있다는 건 알 거예요."
"아뇨."

연줄에 의한 귀족

"그럼 오해를 살 수도 있다는 생각은 안 드나요?"
"네."
릴리언은 질책하는 미소를 지으며 고개를 저었다.
"태거트 양, 이건 추상적인 이론에 탐닉할 문제가 아니라 현실을 고려해야 한다는 생각이 안 들어요?"
대그니는 웃지 않았다.
"난 그런 식으로 말하면 못 알아들어요."
"당신의 태도가 매우 관념적이라는 건 알겠는데, 불행히도 대부분의 사람들은 당신처럼 고상하지 못해서 당신의 행동에 대해 혐오스럽기 짝이 없는 오해를 할 거예요."
"그럼, 책임이나 모험은 내가 아니라 그들이 걸어야죠."
"그 '순진함'이, 아니 '순수함'이 대단히 존경스럽네요. 인생은 그렇게…… 철도처럼 곧고 논리적이지 않아요. 안타까운 일이지만 당신의 고상한 의도가…… 불결하고 수치스러운 의심을 살 수도 있어요."
대그니는 그녀를 똑바로 쳐다보며 대답했다. "난 그렇게 생각하지 않아요."
"하지만 그런 가능성을 배제할 수는 없어요."
"난 그럴 수 있어요."
대그니는 그렇게 말하고 돌아섰다.
"아무것도 감출 게 없다면 이야기를 피할 이유가 없겠죠?"

릴리언의 그 말에 대그니는 걸음을 멈추었다.

"그 대단하고 무모한 용기로 자신의 명성을 건 도박을 벌이는 것까진 좋은데 그렇다고 리어든 씨까지 위험에 빠뜨릴 순 없지 않을까요?"

대그니가 천천히 물었다. "리어든 씨가 왜 위험한데요?"

"그건 당신도 잘 알 텐데요."

"몰라요."

"그런 건 구체적으로 설명할 필요가 없죠."

"있어요. 이 대화를 계속 이어가려면요."

릴리언의 시선은 리어든에게로 향했다. 말씨름을 계속할지, 아니면 이쯤에서 끝낼지 결정하는 데 그의 표정이 도움이 될까 해서였다. 하지만 아무 도움도 되지 않았다.

"태거트 양, 난 당신처럼 철학적인 수준이 높지 못해요. 난 그저 평범한 주부일 뿐이니까요. 제발 그 팔찌를 내게 줘요. 내가 아주 끔찍한, 입에 올리기조차 싫은 오해를 하기 바라지 않는다면요."

"리어든 부인, 지금 내가 남편분과 잤다는 이야기를 하는 건가요?"

"물론 아니에요!"

릴리언이 재빠르게 외쳤다. 소매치기를 하다가 들켜서 얼른 손을 빼듯 반사적이고 공포에 찬 목소리였다. 그녀는 분노와 초조감이 섞인 웃음소리를 내며 빈정거림과 진심이 담긴 목소리로 자신의 진짜 의견을 마지못해 고백했다.

"그럴 가능성은 없다고 생각해요."

"그럼 태거트 양에게 사과하는 게 좋겠소." 리어든이 말했다.

대그니는 헉하는 신음이 터져 나오는 걸 애써 억눌렀다. 두 여자는 리어든을 향해 돌아섰다. 릴리언은 그의 표정에서 아무것도 보지 못했고 대그니는 고통을 보았다.

"행크, 그럴 필요 없어요." 대그니가 말했다.

"있어요. 나한테는." 리어든은 그녀를 보지 않고 냉랭하게 말했다.

그는 거역할 수 없는 명령을 내리는 듯한 태도로 릴리언을 보고 있었다.

릴리언은 좀 놀라서 그의 얼굴을 살폈지만 별로 중요하지 않은 수수께끼에 직면한 사람처럼 불안이나 분노는 나타내지 않았다. 그녀가 다시 자신감을 되찾은 목소리로 상냥하게 말했다.

"물론이죠. 태거트 양, 당신도 그럴 사람이 아닌 것 같고 내 남편의 취향을 고려하면 절대 불가능한 일인데 내가 그런 오해를 품은 것 같은 인상을 줬다면 사과하겠어요."

릴리언은 자신의 말을 증명하려는 듯 두 사람만 남겨두고 무심히 자리를 떴다.

대그니는 눈을 감고 서서 릴리언이 팔찌를 준 날 밤의

기억을 떠올렸다. 리어든은 그때는 아내 편을 들었지만 지금은 그녀 편에 섰다. 셋 중에서 그것의 의미를 완전하게 아는 사람은 그녀뿐이었다.

"당신이 뭐라고 비난해도 달게 받아들이겠소."

대그니는 리어든의 목소리를 듣고 눈을 떴다. 리어든은 용서를 바라지 않는 듯 고통스럽거나 미안한 내색 없이 냉혹한 얼굴로 그녀를 바라보았다.

"내 사랑, 그런 식으로 자학하지 말아요. 난 당신이 결혼한 몸이란 걸 처음부터 알고 있었어요. 그리고 그런 사실을 회피하려고 한 적도 없어요. 오늘도 그것 때문에 상처받지 않았어요."

그녀의 첫마디가 리어든에게는 큰 충격으로 다가왔다. 그녀는 지금껏 그런 호칭을 쓴 적이 없었다. 그에게 그렇게 애정 어린 목소리를 들려준 적이 없었다. 그녀는 둘만 있는 자리에서도 그의 결혼에 대해 단 한 번도 언급한 적이 없었는데 지금 너무나 쉽고 간단하게 그 이야기를 하고 있었다.

대그니는 리어든의 얼굴에서 연민을 거부하는 분노를 보았다. 자신은 고통을 내보이지 않았고 도움 같은 건 필요치 않다고 말하는 듯한 표정이었다. 하지만 다음 순간 자신이 그녀의 얼굴만 보아도 그녀의 속마음을 훤히 알 수 있듯이 그녀도 그러하리란 것을 깨달은 듯했다. 그는 눈을 감고 고개를 숙이며 아주 조용한 목소리로 말했다.

"고맙소."

대그니는 미소를 보내고 그에게서 돌아섰다.

제임스 태거트는 빈 샴페인 잔을 손에 들고 있었다. 밸프 유뱅크가 지나가는 웨이터에게 급히 손을 흔들었는데 대화가 끊긴 것이 웨이터 탓이라도 되는 듯했다. 그러고는 하던 이야기를 마무리지었다.

"……하지만 태거트 씨, **당신은** 수준 높은 사람들이 이해받지도, 진가를 인정받지도 못한다는 걸 알 겁니다. 사업가들이 지배하는 세상에서 문학에 대한 지원을 이끌어내려고 애쓰는 건 참으로 가망 없는 짓이죠. 사업가들은 하나같이 거만한 중산층 속물들이거나 리어든 같은 탐욕스러운 야만인들이니까요."

그러자 버트럼 스커더가 제임스의 어깨를 툭 치며 말했다. "제임스, 내가 자네에게 바칠 수 있는 최고의 찬사는 자넨 진짜 사업가가 **아니라는** 거지!"

"제임스, 자네는 문화인이야. 리어든 같은 광부 출신이 아니지. 고등교육에 대한 정부의 지원이 절실하다는 걸 자네에게 굳이 설명할 필요도 없겠지." 프리쳇 박사가 말했다.

"태거트 씨, 내 최근작이 정말 마음에 듭니까? **정말** 그 소설이 마음에 들어요?" 밸프 유뱅크가 끈질기게 물었다.

오런 보일은 지나가다가 그들을 흘끗 보았지만 걸음을 멈추지는 않았다. 그들이 무슨 대화를 나누는지 척 보면 알 수 있었다. 그는 거래란 사람 사이에서 꼭 필요한 것이라고 생각했다. 그는 그들이 무엇을 거래하고 있는지 알았지만 굳이 그것에 이름을 붙이고 싶지는 않았다.

제임스 태거트가 샴페인 잔을 들고 말했다. "바야흐로 새 시대가 밝아오고 있어요. 우린 지금 경제의 사악한 독재를 타파하고 있다고요. 우린 사람들을 달러의 법칙에서 해방시켜줄 거예요. 우리의 정신은 물질적인 수단을 장악한 인간들에게 더 이상 의존하지 않게 될 거라고요. 우린 이윤을 추구하는 자들의 손아귀에서 문화를 해방시킬 거예요. 더 높은 이념을 추구하는 사회를 건설하고, 돈에 의한 귀족제도를 없애고……"

"……연줄에 의한 귀족제도를 만들겠지."

그들의 무리 밖에서 누군가가 말했다. 모두 그쪽으로 고개를 돌렸다. 프란시스코 단코니아가 서 있었다.

그는 여름 태양 아래에서 일광욕을 한 듯 멋지게 그을려 있었고 눈동자는 일광욕을 즐길 수 있는 날씨의 하늘 색깔과 같았다. 그의 미소에서는 여름 아침이 느껴졌다. 또한 정장을 입은 그의 모습은 다른 하객들이 빌린 의상을 입고 가면무도회에 온 것처럼 보이게 만들었다.

모두 침묵을 지키자 그가 물었다. "왜들 그래요? 내가 여기 있는 사람들이 모르는 말이라도 했나요?"

"**자네가** 여기 어떻게 왔지?" 제임스 태거트가 겨우 입을 열었다.

"뉴어크까지 비행기로 왔고 그 다음엔 택시를 탔지. 그리고 53층에 있는 내 스위트룸에서 엘리베이터를 타고 내려왔고."

"그런 뜻이 아니라…… 내 말은……."

"제임스, 그렇게 놀란 표정 짓지 말게. 난 뉴욕에 머물 때 파티가 열린다는 소식을 들으면 절대 빠지지 않는 사람이잖나. 자네도 그런 나를 늘 파티광이라고 불렀고."

그 무리의 모든 사람이 둘을 지켜보고 있었다.

"물론 자네를 만나서 기쁘지."

제임스는 조심스럽게 말하고는 균형이라도 맞추듯 호전적으로 덧붙였다. "하지만 만일 딴생각이 있어서 온 거라면……."

프란시스코는 그 위협적인 목소리에 위축되지 않고 말허리를 자르며 정중히 물었다. "딴생각이라니?"

"내 말이 무슨 뜻인지 잘 알 텐데."

"그래. 잘 알지. 그 생각을 말해볼까?"

"지금은 그런 이야기를 할 때가……."

"제임스, 내게 신부를 소개해줘야지. 자넨 예의를 잘 차리는 편이 못 돼. 위급할 땐 꼭 예의를 잊어버리지. 사실 그런 때 예의가 제일 필요한데."

제임스 태거트는 프란시스코를 셰릴에게 데려가기 위해 돌아서다가 버트럼 스커더가 내는 작은 소리를 들었다. 목구멍에서 울리는 킬킬거림이었다. 그는 조금 전 자신의 발아래 엎드려 기었던 사람들이, 프란시스코 단코니아에 대한 증오가 자신보다 더 클지도 모르는 그 사람들이 그 구경거리를 즐기고 있음을 깨달았다. 하지만 그것의 의미 또한 그가 모른 척하고 싶은 일 중 하나였다.

프란시스코는 셰릴이 황태자의 신부라도 되는 듯 정중하게 인사를 하며 축복해주었다. 제임스는 옆에서 그 모습을 초조히 지켜보며 안도감을 느끼면서도 왠지 부아가 치밀었다. 자신의 결혼이 지금 프란시스코가 찬양하는 것만큼 그렇게 멋지고 훌륭하지 못한 것에 대한 분노였다.

그는 프란시스코 곁에 있기도, 그를 하객들 틈에 풀어놓기도 겁이 났다. 그가 주저하면서 몇 걸음 물러서자 프란시스코가 빙글거리며 따라왔다.

"제임스, 내가 자네 결혼식에 오지 않을 거라고 생각하진 않았겠지? 자넨 내 어릴 적 친구이자 최고의 주주인데."

"뭐라고?"

제임스는 신음처럼 그 말을 내뱉고 바로 후회했다. 그것은 공포의 고백이나 마찬가지이기 때문이었다.

프란시스코는 눈치채지 못한 듯 순진한 목소리로 쾌활

하게 말했다. "아, 당연히 난 알고 있지. 난 단코니아 구리 회사 주주 명단에서 누가 누구의 꼭두각시의 꼭두각시인지 다 알거든. 세계 최고 부자 회사인 단코니아 구리회사의 주식을 왕창 사들일 만큼 돈이 많은 사람들 중에 스미스와 고메즈라는 이름을 가진 이들이 그렇게 많다는 건 놀라운 일이야. 그래서 난 우리 회사 소액주주들 중에 저명인사가 누구누구인지 알아봤네. 내가 전 세계 공인들 사이에서 꽤나 인기가 좋은 모양이야. 돈의 씨가 말랐을 것 같은 인민국에서도 투자한 사람들이 많더라고."

제임스는 얼굴을 찌푸리며 냉담하게 말했다. "사업적인 이유로 직접 투자를 피할 수도 있는 거지."

"그건 부자인 게 세상에 알려지길 원치 않기 때문이겠지. 자신이 어떻게 돈을 벌었는지 숨기고 싶기 때문이기도 하고."

"무슨 말인지 모르겠군. 자네가 못마땅해하는 이유도 모르겠고."

"못마땅해하다니, 얼마나 고마워하는데. 산세바스티안 광산 사건 이후로 투자자들이 썰물처럼 빠져나갔거든. 구식 투자자들이 겁을 먹고 빠진 거지. 하지만 신식 투자자들은 나를 더 신뢰하게 되었지. 얼마나 고마운지 말로 다 표현할 수가 없는걸."

제임스는 프란시스코가 목소리를 좀 낮추어주기를 간절

히 바랐다. 사람들이 몰려들까 봐 두려워서였다.

"자넨 사업을 아주 잘 해오고 있어."

그가 칭찬 작전을 폈다.

"그렇지? 지난 한 해 동안 단코니아 구리 주가가 엄청나게 치솟았잖아. 하지만 지나치게 자만할 일은 아니지. 경쟁 자체가 거의 없었고, 돈을 투자할 데가 없으니까. 갑자기 부자가 된 사람들은 단코니아 구리회사에 눈을 돌릴 수밖에 없지. 세상에서 제일 오래된 회사, 지난 수백 년 동안 가장 안전한 투자처가 되어온 회사. 단코니아 구리가 어떤 세월을 견뎌왔는지 생각해보라고. 자네 같은 사람들이 숨겨둔 돈을 맡길 최고의 투자처로 선택한 회사는 절대 망할 수 없지. 어마어마한 능력을 가진 사람이 아니고서는 단코니아 구리를 망하게 할 수 없다고. 자네의 판단이 옳았어."

"드디어 자네가 책임을 진지하게 받아들이고 사업에 관심을 쏟기 시작했다는 이야기 들었네. 요사이 아주 열심히 일하고 있다면서?"

"아니, 그걸 눈치챈 사람이 있었나? 구식 투자자들이나 회사 사장이 뭘 하는지 유심히 지켜보지 신식 투자자들은 그런 것에 관심 없잖아. 난 투자자들이 내 활동을 주시하고 있는 줄은 몰랐네."

제임스는 미소를 보였다.

"그들은 자네의 활동이 아니라 주가를 지켜보지. 주가가 모든 걸 말해주니까. 안 그래?"

"그래. 결국 그렇지."

"지난 1년 동안은 자네가 파티광의 모습을 보이지 않아 기쁘네. 그 결과가 자네의 사업에서 나타났고."

"그런가? 아니, 아직은 아니지."

제임스가 간접 질문을 던지듯 조심스럽게 말했다. "자네가 내 결혼식 피로연에 와준 걸 영광으로 여겨야겠지."

"아, 오지 않을 수 없었지. 난 자네가 내가 오기를 기대할 거라고 생각했네."

"아니, 난 기대하지…… 그러니까, 내 말은……."

"제임스, 당연히 기대했어야지. 공식적으로 머릿수를 세는 자리인데. 희생자들은 굴복의 뜻을 나타내기 위해 오고, 파괴자들은 영원한 우정을 약속하러 오고. 기껏해야 석 달도 못 가는 우정이지만. 난 어떤 그룹에 속하는지 모르겠지만 그래도 와서 머릿수를 채워야 한다고 생각했지. 안 그런가?"

"지금 도대체 무슨 소리를 하고 있는 거야?"

제임스는 주위 사람들의 얼굴에 긴장이 어리는 것을 보며 벌컥 화를 냈다.

"제임스, 조심하게. 내 말을 이해하지 못하는 것처럼 굴면 더 노골적으로 이야기할 수도 있으니까."

"그런 소리를 지껄이는 게 예의에 맞는다고 생각한다

면……."

"재미있다고 생각하지. 세상 사람들이 모르는 자신의 비밀을 누가 떠벌릴까 봐 두려워하던 시대가 있었지. 그런데 요즘은 세상이 다 아는 걸 누가 노골적으로 말할까 봐 두려워한다니까. 실리를 내세우며 법과 총으로 무장한 자네 같은 사람들이 똘똘 뭉쳐서 이룬 그 거대하고 복잡한 구조는 누가 그 정확한 본질에 대해 말하는 순간 와해될 수밖에 없지."

"결혼 피로연에 와서 주인공을 모욕하는 것이 예의에 맞는 일이라고 생각한다면……."

"제임스, 난 자네에게 고맙다는 말을 하러 온 거네."

"고맙다고?"

"물론. 자넨 내게 큰 특혜를 베풀었어. 자네와 워싱턴 사람들과 산티아고 사람들. 그런 특혜를 베풀면서도 내게 왜 귀띔해준 사람이 없었는지 이해가 안 되긴 하지만. 몇 개월 전 정부에서 몇 가지 법령을 내려 미국 구리산업의 목을 졸랐지. 그 결과 미국은 급하게 구리 수입량을 늘려야 했고. 이 세상에 남아 있는 구리회사가 단코니아 말고 어디 있나? 그러니 내가 자네한테 고마워할 수밖에 없지."

제임스가 황급히 말했다. "난 그 일과 무관할뿐더러 이 나라의 중요한 경제정책들은 자네가 암시한 그런 방식으로 결정되는 게 아니라……."

"제임스, 그런 정책들이 어떻게 결정되는지 나도 알고 있네. 구리 관련 거래는 산티아고의 정치가들이 시작했지. 그들은 지난 수백 년 동안 단코니아 구리회사 급여 명부에 올라 있었네. 아니, '급여 명부'는 명예로운 단어고 단코니아 구리회사가 그들에게 보호금을 지불해왔다고 말하는 게 더 정확하지. 자네 패거리들은 그걸 그렇게 부르지? 산티아고 친구들은 세금이라고 부른다네. 그들은 단코니아 구리 판매수익에서 일정한 몫을 떼고 있지. 그런데 전 세계 국가들이 인민국으로 바뀌면서 국민들이 산에 들어가 나무뿌리를 캐먹으며 연명하는 처지가 되지 않은 나라는 미국밖에 없게 되었고, 구리 시장도 미국밖에 안 남았지. 산티아고 정치가들은 그 시장을 독점하고 싶었고. 그들이 워싱턴 정치가들에게 어떤 제안을 했고 누가 무엇을 거래했는지는 나도 모르네. 하지만 자네가 중간에 끼어들었다는 건 알고 있지. 자네가 단코니아 구리 주식을 잔뜩 갖고 있는 걸 보면 알 수 있으니까. 4개월 전 정부 법령이 발표되고 그 다음 날 아침 주식 시장에서 단코니아 구리 주가가 급등하는 것을 보고 자넨 흡족했을 거야. 그날 단코니아 구리 주가는 주식시세표에서 튀어나올 기세로 치솟았으니까."

"도대체 누구한테 무슨 소리를 듣고 와서 그런 말도 안 되는 이야기를 지어내는 건가?"

"아니, 난 아무것도 들은 게 없어. 그 일에 대해 아는 것도 없고. 그날 아침 주가가 급등하는 걸 보았을 뿐이지. 그것으로 모든 걸 알 수 있지 않나? 그리고 그 다음 주에 산티아고의 정치가들이 구리에 새 세금을 붙이면서 주가가 급등했으니 불만 갖지 말라고 하더군. 자신들은 내 이익을 위해 애쓰고 있다고. 세금이 늘었다고 해도 주가가 치솟아서 더 부자가 되었으니 나쁠 것 없지 않느냐고. 옳은 말이었어. 그럼."

"나한테 왜 그런 이야길 하는 거지?"

"제임스, 왜 자신의 공을 인정하지 않는 건가? 자네답지 않게. 그건 자네의 능수능란한 처세술에도 어긋나지. 능력이 아닌 특혜로 사는 시대인데 고마워하는 사람을 이용해야지. 자네가 쳐놓은 '고마움'이라는 함정에 되도록 많은 사람을 빠뜨려야지. 내가 의무감에 자네 사람이 되는 걸 원치 않나?"

"무슨 이야기를 하고 있는 건지 모르겠군."

"내가 아무 노력 없이 얼마나 큰 특혜를 받았는지 생각해보게. 아무도 내게 그 일에 대해 의논하거나 알려주지 않아서 난 머리를 쓸 필요조차 없었네. 나 모르게 모든 일이 진행되었고 이제 난 구리만 생산하면 되지. 제임스, 그건 대단한 특혜이고 난 그 빚을 갚고 싶네."

프란시스코는 제임스의 대답도 기다리지 않고 홱 돌아

서서 그 자리를 떠났다. 제임스는 그를 따라가지 않았다. 프란시스코와 더 이상 대화를 나누고 싶은 마음이 눈곱만큼도 없었다.

프란시스코는 대그니 앞에서 걸음을 멈추었다. 그는 인사도 없이 말없이 대그니를 응시했다. 그는 자신이 연회장에 들어서며 처음 본 사람이 대그니이고, 그를 처음 본 사람도 그녀임을 인정하는 미소를 짓고 있었다.

대그니는 의혹과 경계심을 느껴야 마땅한데도 왠지 마음이 편안해졌다. 하객들 속의 프란시스코 존재가 너무나 든든하게 느껴졌다. 하지만 그녀가 반가운 미소를 보내려는 찰나 그가 이렇게 물었다.

"존 골트 노선이 결국 얼마나 눈부신 성취가 되었는지 내게 자랑하고 싶지 않아?"

대그니는 자신의 입술이 경련을 일으키는 것을 느끼며 대답했다. "내가 아직도 너에게 상처받을 거라고 생각했다면 오산이야. 네가 성취를 경멸하는 단계에 이르렀다고 해도 난 충격받지 않을 거야."

"그래. 난 그 철도를 경멸해서 그 결과를 보고 싶지도 않았지."

프란시스코는 대그니가 골똘히 생각에 잠기는 모습을 보았다. 새로운 방향으로 생각의 물꼬를 돌려 집중하는 듯한 표정이었다. 그는 대그니가 그 새로운 방향에서 발견하게 될 단계들을 모두 아는 것처럼 그녀를 지켜보다가 웃으며 말했다.

"지금 나한테 이렇게 묻고 싶지 않아? 존 골트가 누구지?"

"왜 내가 지금 그렇게 묻고 싶을 거라고 생각하지?"

"넌 그가 와서 철도의 소유권을 주장해도 상관없다고 했어. 기억 안 나?

프란시스코는 대그니의 눈에 나타난 표정을 보지 않고 그 자리를 떴다. 대그니의 눈에는 분노와 당혹감, 그리고 처음 느낀 막연한 의문이 어려 있었다.

리어든은 자신의 얼굴 근육의 움직임을 통해 프란시스코가 온 것에 대한 자신의 반응을 깨달았다. 그는 하객들 틈의 프란시스코 단코니아를 지켜보며 아까부터 엷은 미소를 머금고 있었다.

리어든은 그동안 프란시스코 단코니아가 생각날 때마다 자신이 그를 얼마나 보고 싶어하는지 깨닫기 전에 그 생각을 떨쳐냈지만 지금 처음으로 스스로 그것을 인정했다. 갑자기 녹초가 된 기분을 느낄 때…… 황혼 속에서 제철소 용광로 불빛이 약해져갈 때 책상에 앉아서…… 어둠 속에서 인적 없는 시골길을 걸어 집으로 돌아갈 때…… 잠 못 이루는 밤의 정적 속에서…… 그는 한때 자신의 대변인 같았던 한 남자를 생각했다. 그럴 때면 그는 그 생각을 밀어

내며 이렇게 다짐했다. '하지만 그는 다른 사람들보다 더 나빠!' 그러면서도 그건 사실이 아니라고 확신했지만 그 이유는 설명할 수가 없었다. 그는 혹시 프란시스코 단코니아가 뉴욕으로 돌아왔다는 소식이 있나 보려고 신문을 뒤지는 자신을 발견하고 신문을 밀어내며 자책하기도 했다. '그가 돌아왔다면 어쩌려고?…… 나이트클럽으로, 칵테일 파티로 그를 쫓아다니려고?…… 도대체 그에게 뭘 원하는 거야?'

'그에게 원한 건 바로 이것이었어.' 리어든은 하객들 틈의 프란시스코를 보며 미소짓는 자신의 모습을 발견하고 생각했다. 호기심과 즐거움, 희망이 담긴 묘한 기대감, 그가 프란시스코에게 원한 것은 바로 이것이었다.

프란시스코는 그를 보지 못한 모양이었다. 리어든은 그에게 다가가고 싶은 욕망과 싸우며 잠자코 기다렸다. '그와 마지막으로 만났을 때 그런 대화를 나눴는데 그에게 무슨 말을 하려고?' 하지만 그를 미소짓게 만든 그 들뜬 기분으로, 그것이 옳을 것이란 확신으로 그는 연회장을 가로질러 프란시스코 단코니아를 둘러싼 무리로 다가갔다.

리어든은 사람들이 왜 프란시스코 주위에 모여 있는지 이해하기 힘들었다. 그들은 프란시스코에 대한 분노를 미소로 애써 감추면서도 왜 집요할 정도로 그의 곁을 맴돌고 있는 것일까? 그들은 죄책감을 감추려고 오히려 화를 내는 비겁자의 표정을 짓고 있었다. 프란시스코는 그들에게 포위된 채 대리석 계단에 반쯤 누운 자세로 앉아 있었다. 그의 편안한 자세가 격식을 갖춘 엄격한 정장 차림과 조화를 이루어 극도의 우아함을 연출해냈다. 파티에 어울리는 편안한 표정과 눈부신 미소를 보이고 있는 사람은 그뿐이었다. 하지만 그의 눈은 무표정했고 마치 경고 신호처럼 날카로운 통찰력만을 보이고 있었다.

사람들 눈에 띄지 않고 가장자리에 서 있던 리어든은 커다란 다이아몬드 귀고리를 한, 얼굴이 늘어진 여자가 긴장된 목소리로 묻는 소리를 들었다.

"세뇨르 단코니아, 앞으로 세상이 어떻게 될 것 같아요?"

"뿌린 대로 거두겠죠."

"어머, 너무 잔인해요!"

"부인, 도덕률을 믿지 않으시나요? 전 믿습니다." 프란시스코가 엄숙하게 말했다.

리어든은 무리 밖에서 버트럼 스커더가 분노한 여자에게 말하는 소리를 들었다.

"그의 말에 신경 쓰지 말아요. 알다시피 돈은 모든 악의 근원이고…… 그는 돈의 전형적인 산물이니까요."

리어든은 프란시스코가 그 말을 듣지 못했으리라 생각했지만 프란시스코가 그들을 향해 정중한 미소를 보내며 대꾸했다.

"돈이 모든 악의 근원이라고요? 그럼 돈의 근원은 뭘까요? 돈은 교환의 수단이며 생산자와 생산물 없이는 존재할 수 없죠. 거래는 가치의 교환이라는 원칙의 상징물, 그게 바로 돈입니다. 돈은 눈물로 구걸하는 거지나 힘으로 빼앗는 약탈자들의 수단이 아니죠. 돈은 오직 생산하는 사람들에 의해 존재할 수 있어요. 그런데 그게 악인가요?

당신들이 노력의 대가로 돈을 받는 건 그 돈으로 다른 사람들의 노력의 산물을 살 수 있기 때문이죠. 돈에 가치를 부여하는 사람은 거지나 약탈자가 아닙니다. 바다를 이룰 만큼 눈물을 흘려도, 이 세상의 모든 총을 동원해도 당신들 지갑 속의 종잇조각들을 내일 먹을 빵으로 바꿀 수는 없어요. 원래 금이어야 하는 그 종잇조각들은 생산자들이 피땀 흘려 만든 물건들을 요구할 수 있도록 해주는 명예로운 교환권이죠. 당신들의 지갑은 당신들 주위에 돈의 근원이 되는 도덕적 원칙을 저버리지 않는 사람들이 존재한다는 희망의 증거이고요. 그게 악인가요?

생산물의 근원이 무엇인지 생각해본 적이 있나요? 발전기를 보고 무식한 야만인들의 육체노동의 결과라고 말할 수 있으면 그렇게 해봐요. 밀알의 싹을 틔우는 법을 처음 발견한 사람이 남겨준 지식에 의존하지 말고 밀을 키워봐요. 오로지 육체적인 힘으로만 식량을 구하려고 해봐요. 그럼 세상의 모든 생산물과 부의 근원은 인간의 정신이란 것을 깨닫게 될 겁니다.

 강자가 약자를 희생시켜서 만드는 것이 돈이라고요? 그렇다면 강자란 어떤 힘을 가진 사람을 말하는 걸까요? 총이나 육체적인 힘은 아닙니다. 부는 인간의 생각하는 능력의 산물입니다. 그렇다면 모터를 발명한 사람이 그걸 발명하지 못한 사람들을 희생시켜서 돈을 만드는 걸까요? 지식인이 바보들을 희생시켜서, 능력자가 무능력자들을 희생시켜서 돈을 벌까요? 야심에 찬 사람이 게으른 사람들을 희생시켜서? 돈은 구걸이나 약탈의 대상이 되기 전에 정직한 사람들이 능력껏 일해서 **만든** 겁니다. 정직한 사람이란 자신이 생산한 것 이상을 소비할 수 없음을 아는 사람이고요.

 돈에 의한 거래, 그것은 선의를 가진 사람들의 규약이죠. 돈이란 모든 인간이 자신의 정신과 노력의 주인이라는 원칙에 근거한 것입니다. 당신들의 노력의 가치를 결정하는 건 그걸 자신의 노력과 기꺼이 교환하고자 하는 사람의 자발적인 선택뿐이죠. 그 사람에게 당신들의 노력이 얼마만큼의 가치를 지니느냐에 따라 당신들이 받는 대가가 정해집니다. 돈은 쌍방의 자발적인 판단에 따른 상호 이익을 위한 거래만을 허용합니다. 돈은 다음과 같은 인식들을 요구합니다. 모든 인간은 손해 보기 위해서가 아니라 자신의 이익을 위해서, 잃기 위해서가 아니라 얻기 위해서 일해야 한다는 인식…… 모든 인간은 남의 불행을 짊어지기 위해 태어난 말이나 소 같은 존재가 아니므로 서로에게 가치를 제공해야지 상처를 주어서는 안 된다는 인식…… 인간과 인간은 고통이 아닌 **상품을** 교환해야 한다는 인식. 돈은 상대의 어리석음을 이용해 자신의 약점을 팔지 말고 상대의 이성에 호소해 자신의 재능을 팔 것을 요구합니다. 상대가 제안하는 가장 싸구려 상품이 아니라 자신의 돈으로 살 수 있는 최고의 상품을 살 것을 요구합니다. 사람들이 강제가 아닌 이성에 의한 거래를 하며 산다면 최고의 생산품이, 최고의 판단력과 능력을 지닌 이가 승리할 것이며 생산력에 비례하는 보상이 주어질 겁니다. 그것이 돈을 수단으로 한, 돈이 상징하는 존재방식이죠. 그게 악인가요?

하지만 돈은 수단에 지나지 않습니다. 돈은 당신들의 욕망을 만족시키는 수단을 제공할 수는 있어도 욕망 자체를 제공하지는 못하니까요. 인과의 법칙을 거스르고 정신의 산물을 빼앗아 그것이 정신을 대신하게 하려는 자들에게 돈은 재앙의 씨앗이 됩니다.

자신이 무엇을 원하는지 모르는 사람은 돈으로 행복을 살 수 없어요. 무엇을 가치로 여겨야 할지 알고 싶어하지 않는 사람은 돈으로 가치의 기준을 살 수 없고, 무엇을 추구할 것인지 선택하려고 하지 않는 사람은 돈으로 목적을 살 수 없죠. 돈이 아무리 많아도 바보가 지성을, 겁쟁이가 감탄을, 무능력자가 존경을 사는 것은 불가능합니다. 돈으로 자신보다 우수한 사람의 두뇌를 사서 모든 판단을 맡기려고 한다면 결국 자신보다 열등한 자들의 희생물이 되고 말죠. 그의 곁에는 돈 냄새를 맡고 찾아온 사기꾼들만 우글거리게 될 테니까요. 돈이 인간보다 위대할 수는 없다는 진실을 깨닫지 못한 탓이죠. 그래서 돈을 악이라고 부르는 건가요?

부를 상속받을 자격이 있는 사람은 굳이 부를 상속받지 않아도, 어떤 위치에서 시작해도 부자가 될 수 있죠. 부를 상속받을 자격이 있는 사람에게는 물려받은 부가 득이 되지만 그렇지 못한 사람은 그 부로 인해 파멸합니다. 그런데 사람들은 그것을 보고 돈이 그를 타락시켰다고 외칩니다. 정말 그럴까요? 아니면 오히려 그가 돈을 타락시킨 걸까요? 자격 없는 상속자를 부러워하지 말아요. 그의 돈은 당신들 것이 아니고, 당신들이 그 돈을 물려받았다고 해도 그보다 낫지는 못할 테니까요. 그 돈을 당신들에게 나눠줘야 한다는 생각도 하지 말아요. 기생충 한 마리를 쉰 마리로 늘린다고 해서 이미 죽은 부를 되살릴 수는 없으니까요. 돈은 뿌리가 없으면 죽어버리는 생명체와도 같습니다. 돈은 자격 없는 사람에게는 무용지물일 뿐이죠. 그게 돈을 악이라고 부르는 이유인가요?

돈은 생존의 수단입니다. 생존의 수단은 곧 그 사람의

인생이고요. 생존수단이 썩었다면 그 사람의 인생도 썩은 것이죠. 당신들은 어떻게 돈을 벌었나요? 사기를 쳐서? 인간의 악이나 어리석음을 이용해서? 자신의 능력 이상으로 벌기 위해 바보들의 비위를 맞춰서? 자신의 기준을 떨어뜨려서? 당신들이 멸시하는 사람들에게 당신들이 경멸하는 일을 해줘서? 그렇다면 당신들의 돈은 당신들에게 단 한순간도, 눈곱만큼도 기쁨을 주지 못할 겁니다. 당신들이 돈으로 사는 모든 것은 당신들에게 찬사가 아닌 질책, 성취가 아닌 굴욕의 상징이 될 겁니다. 그럼 당신들은 돈은 사악한 것이라고 부르짖겠죠. 당신들에게 필요한 자존감을 주지 않을 테니까. 당신들이 타락을 즐기도록 도와주지 않을 테니까. 그래서 돈을 증오하는 건가요?

돈은 결과로서만 존재할 뿐 이유가 되어주지는 않죠. 돈은 미덕의 산물이지만 당신들에게 미덕을 주거나 당신들의 악을 덮어주지는 못합니다. 돈은 물질적인 것이든 정신적인 것이든 거저 주는 법이 없죠. 그래서 돈을 증오하는 건가요?

아니면 돈에 대한 **사랑이** 모든 악의 근원이라는 건가요? 뭔가를 사랑한다는 것은 그것의 본질을 알고 사랑하는 것이죠. 따라서 돈을 사랑한다는 것은 돈이 당신들이 지닌 최고의 힘의 창조물이고, 당신들의 능력을 최고의 인간의 능력과 교환하는 열쇠라는 사실을 알고 사랑하는 겁니다.

푼돈에 자기 영혼을 파는 사람이 돈을 증오한다는 말을 제일 요란하게 외치죠. 그런 사람은 돈을 증오할 만합니다. 돈을 사랑하는 사람들은 돈을 벌기 위해 기꺼이 일하려는 이들이죠. 자신이 돈을 지닐 능력이 있다는 것을 아는 이들이기도 하고요.

사람의 인격을 알 수 있는 요령을 하나 알려드리죠. 돈을 저주하는 사람은 정당하지 못한 방법으로 돈을 번 것이고, 돈을 존중하는 사람은 떳떳하게 번 것입니다.

돈이 사악한 것이라고 말하는 사람은 무조건 피해요. 그 말은 약탈자의 표시이니까요. 사람들이 이 세상에서 함께 어울려 살고 거래의 수단이 필요한 한, 돈을 대체할 수 있는 것은 총뿐이니까요.

돈을 벌거나 소유하려면 최고의 미덕을 갖춰야만 합니다. 용기와 자부심이 없는 사람, 자신의 돈에 대한 권리의식이 없거나 그것을 목숨처럼 지킬 의지가 없는 사람, 부자인 것을 죄스러워하는 사람은 오랫동안 부를 누릴 수가 없어요. 그들은 부자가 된 죄를 용서해달라고 비는 사람의 냄새를 맡고 수백 년 동안 바위 밑에 숨어 있다가 슬금슬금 기어 나오는 약탈자들의 먹잇감이 되기 십상이니까요. 약탈자들은 서둘러 부자의 죄를 용서해주고 목숨을 앗아갈 겁니다.

세상에는 이중적인 기준을 가진 인간들도 있습니다. 정

직한 거래를 하는 사람들이 이룬 것을 강제로 빼앗는, 미덕에 편승해서 사는 자들. 도덕적인 사회에서는 그런 자들을 범죄자로 여기고 그들로부터 선량한 사람들을 보호하는 법을 만들죠. 하지만 그런 자들이 권력을 잡고 정직한 사람들의 부를 빼앗기 시작하면 피땀 흘려 번 돈이 오히려 독이 되고 맙니다. 약탈자들은 정직하고 선량한 사람들을 **무방비 상태**로 만드는 법을 통과시키고 나면 그들을 약탈하는 것이 안전하다고 믿게 되죠. 하지만 그들의 약탈물은 다른 약탈자들을 끌어모으는 자석 역할을 합니다. 그러면 지독한 경주가 시작되는 거죠. 최고의 생산자가 아닌 가장 잔혹한 약탈자가 되기 위한 경주. 힘이 기준이 되면 살인자들이 소매치기들을 누르게 되고 파괴와 학살이 만연하면서 그 사회는 사라지고 맙니다.

 그런 날이 오고 있는지 알고 싶은가요? 그럼 돈을 지켜봐요. 돈은 그 사회가 지닌 도덕성의 척도이니까요. 동의가 아닌 강압에 의해 거래가 이루어지거나, 아무것도 생산하지 않는 사람들이 허가를 내줘야 생산 활동을 할 수 있거나, 상품이 아닌 특혜를 거래하는 사람들에게 돈이 흘러가거나, 사람들이 일이 아니라 연줄을 통해 부자가 되고 법이 그런 사람들을 보호하거나, 부패는 보상을 받고 정직은 자기희생이 된다면 그 사회는 멸망할 수밖에 없습니다. 돈은 너무나도 고귀한 매개체라 총과 경쟁하지 않고 잔학

한 만행과 타협하지 않습니다. 한 나라가 반은 소유물이고 반은 약탈물인 상태로 생존하도록 허락하지도 않고요.

파괴자들이 등장하면 우선 돈부터 파괴합니다. 돈은 인간을 보호해주고 도덕적 존재의 토대가 되니까요. 파괴자들은 금을 빼앗고 대신 가짜 종잇조각을 주죠. 그 결과 객관적인 기준들이 모두 사라지고 독단적으로 가치를 결정하는 전제권력이 사회를 지배하게 됩니다. 금은 생산된 부와 동등한 객관적인 가치예요. 종잇조각은 부를 생산하는 사람들에게 겨누어진 총구에 의존하는 존재하지도 않는 부를 담보로 한 것이고요. 합법적인 약탈자들이 정직한 생산자들의 계좌를 빼앗아 끊은 수표라고도 할 수 있죠. 그게 부도수표가 되어 돌아오는 날 세상은 끝나는 겁니다.

생존의 수단인 돈을 악으로 여긴다면, 사람들이 선한 상태로 남아 있을 거라는 기대는 하지 말아요. 그들이 도덕적인 존재로 남아 부도덕함의 먹이가 될 거라는 기대도 하지 말고요. 생산자는 벌을 받고 약탈자는 보상을 받는데 그들이 생산을 할 거라는 기대도 하지 말아요. '누가 세상을 파괴하고 있는 거지?'라는 질문은 하지 말아요. 당신들이 바로 파괴자이니까.

당신들은 지금 역사상 가장 생산적인 문명의 최고의 성취들 한가운데 서서 왜 주위 세상이 무너져가고 있는 걸까 의아해하고 있어요. 그 문명에 생명을 주는 피인 돈을 저주하면서요. 옛날 야만인들의 시각으로 돈을 보면서 왜 정글이 도시 가까이로 다시 숨어들고 있는지 이해를 하지 못하고 있어요. 인류의 역사를 살펴보면 약탈자들은 늘 이런저런 명목으로 돈을 장악해왔죠. 그때마다 명목은 달라도 방법은 같았어요. 강제로 부를 빼앗고 생산자들을 파렴치하고 불명예스러운 존재로 만드는 것이었죠. 아까 당신들이 정의감에 차서 경솔하게 내뱉었던 돈이 악이라는 말은 노예들의 노동으로 부가 생산되었던 시대에 나온 겁니다. 노예들의 노동은 수백 년 동안 개선 없이 똑같은 방식으로 이루어졌죠. 생산이 강제로 이루어지고 부가 정복에 의해 얻어지는 한 도전할 것이 별로 없었어요. 그 정체와 기아의 시기에 약탈자들은 귀족으로 추앙받고 생산자들은 노예로, 상인으로, 수공업자로 멸시당했죠.

그러다 영광스럽게도 역사상 최초이자 유일무이한 **돈의 국가**가 탄생했어요. 그것이 내가 미국에 바칠 수 있는 최고의 찬사죠. 이성과 정의, 자유, 생산, 성취의 나라. 역사상 최초로 인간의 정신과 돈이 자유를 얻었고, 정복을 통한 부는 사라지고 일을 통한 부가 그 자리를 대신하게 되었어요. 귀족과 노예 대신 부의 진정한 생산자이며 위대한 노동자이고 가장 고귀한 인간 형태인 자수성가한 사람, 바로 미국식 기업가가 탄생한 것이지요.

내게 미국인들의 가장 자랑스러운 특징을 꼽으라면 돈

을 버는 것을 '**메이크** 머니(make money)'라고 표현했다는 점이라고 당당히 말하겠어요. 그것에 다른 모든 특징이 함축되어 있으니까요. 역사상 그 어느 나라에서도 그런 표현을 사용한 적이 없었어요. 부는 그저 압수하고, 구걸하고, 물려받고, 나누고, 약탈하고, 베푸는…… 고정된 양으로 여겨져왔죠. 그런데 미국인들은 부가 창출되어야 한다는 것을 최초로 깨달았어요. '메이크 머니'라는 말은 인간 도덕성의 본질을 담고 있죠.

그런데 바로 그 말 때문에 미국인들은 썩어빠진 약탈자들의 대륙들로부터 비난받고 있어요. 당신들은 그 약탈자들에게 세뇌되어 미국의 가장 자랑스러운 성취들을 굴욕의 상징으로, 미국의 번영을 죄스러운 것으로, 미국의 가장 위대한 인물들인 기업가들을 악당으로, 미국의 훌륭한 공장들을 육체노동의 산물로, 노예들이 채찍을 맞아가며 건설한 이집트의 피라미드와 같은 것으로 전락시켜버렸어요. 달러의 힘과 채찍의 힘의 차이점을 모르겠다고 능글대는 인간은 그 차이점을 직접 느껴봐야 합니다. 결국 그렇게 될 거고요.

돈이 모든 선의 근원임을 깨닫지 못한다면 당신들은 스스로 파멸을 초래할 수밖에 없어요. 돈이 사람들 사이의 거래수단이 되지 못하면 사람이 도구가 되고 말 테니까요. 피와 채찍과 총이냐…… 아니면 달러냐. 둘 중에 하나를 선택해요. 다른 선택의 여지는 없고 시간이 얼마 남지 않았으니까요."

프란시스코는 이야기하는 동안 한 번도 리어든에게 눈길을 주지 않았지만 이야기를 마치는 순간 그를 똑바로 응시했다. 리어든은 성난 목소리로 웅성대는 사람들 너머로 프란시스코 단코니아만을 바라보며 꼼짝도 하지 않고 서 있었다.

프란시스코의 말을 끝까지 경청한 사람들이 서둘러 자리를 뜨며 말했다.

"끔찍해!"

"그건 사실이 아니야!"

"너무나도 사악하고 이기적이야!"

친구들이 자신의 말을 들어주기를 바라면서도 프란시스코의 귀에는 들리지 않기를 바라듯 요란하면서도 조심스러운 목소리였다.

"세뇨르 단코니아, 난 그렇게 생각하지 않아요!" 다이아몬드 귀고리를 한 여자가 선언하듯 말했다.

"부인, 제 말을 단 한 마디라도 반박할 수 있다면 기꺼이 들어드리죠."

"오, 난 당신 말에 대답은 하지 못해요. 난 그렇게 이성적으로 따지는 사람이 아니니까. 하지만 당신 말이 옳다는 **느낌이** 들지 않아요. 그래서 당신 말이 틀리다는 걸 알 수 있어요."

"그걸 어떻게 아시지요?"

"**느낌으로요**. 난 머리가 아니라 가슴으로 사는 사람이에요. 당신은 논리에는 강할지 몰라도 심장이 없는 사람 같아요."

"부인, 주위에서 사람들이 굶주림으로 죽어갈 때 심장으로는 그들을 구할 수가 없습니다. 이런 말을 하면 또 심장이 없다는 비난을 듣겠지만, 그때 가서 부인이 '하지만 난 몰랐어요!'라고 외친다고 해도 부인은 용서받을 수 없을 겁니다."

그녀가 홱 돌아서며 말했다. "파티에서 그런 소릴 하다니 정말 우습군요!"

분노에 찬 목소리에 그녀의 두 뺨이 경련을 일으켰다.

상대를 똑바로 쳐다보지 않고 시선을 피하는 버릇이 있는 뚱뚱한 남자가 끼어들며 큰 소리로 말했다.

"세뇨르, 당신이 돈에 대해 그런 생각을 갖고 있다니 단코니아 구리 주식을 꽤 많이 갖고 있는 게 다행스럽군요."

이야기가 불쾌한 방향으로 흐르는 것을 막는 데만 관심이 있는 듯 지나치게 쾌활한 목소리였다.

프란시스코가 엄숙하게 대답했다. "다시 생각해보시는 게 좋겠습니다."

리어든이 다가가자 다른 쪽을 보고 있는 듯하던 프란시

스코가 마치 다른 사람들은 그곳에 존재하지도 않았던 것처럼 리어든 쪽으로 다가왔다.

"안녕하시오."

리어든이 미소지으며 어릴 적 친구를 대하듯 편하게 인사를 건넸다.

그는 프란시스코의 얼굴에 비친 자신의 미소를 보았다.

"안녕하세요." 프란시스코가 인사했다.

"이야기 좀 하고 싶어서요."

"지난 15분 동안 내가 누구를 향해 이야기했다고 생각하나요?"

리어든은 한 방 먹었음을 인정하며 껄껄 웃었다.

"나를 못 본 줄 알았소."

"이곳에 처음 들어선 순간, 나를 반기는 사람은 당신을 포함해서 두 명뿐이란 걸 알았죠."

"그건 좀 주제넘은 것 아닌가요?"

"아니요…… 고마워하는 거죠."

"당신을 반긴 또 한 사람은 누군가요?"

프란시스코는 어깨를 으쓱하며 가볍게 말했다. "어떤 여자요."

프란시스코는 아무도 눈치채지 못하도록 자연스럽게 리어든을 사람들에게서 떨어진 곳으로 이끌었다.

"당신을 여기서 만날 줄은 몰랐습니다. 당신은 여기 오지 말았어야 했어요." 프란시스코가 말했다.

"왜요?"

"여기 왜 왔는지 물어도 될까요?"

"아내가 초대를 꼭 받아들이고 싶어했어요."

"이런 표현 미안하지만, 차라리 부인과 매춘굴 순례를 나서는 게 더 온당하고 덜 위험했을 겁니다."

"여기 온 게 뭐가 위험하다는 거죠?"

"리어든 씨, 당신은 여기 모인 사람들이 어떤 식으로 사업을 하는지, 당신이 이 자리에 참석한 걸 그들이 어떻게 해석하는지 모릅니다. 당신 기준으로는 초대를 받아들이는 것이 선의의 표시이고, 당신을 초대한 사람과 예의 있는 관계를 유지하고 있다는 뜻이겠죠. 그들을 그런 식으로 인정해줘서는 안 됩니다."

"그럼 **당신은** 왜 온 거죠?"

프란시스코는 어깨를 으쓱하며 쾌활하게 말했다. "아, 나야 어떻게 행동하든 상관없죠. 파티광에 지나지 않으니까요."

"이 파티에서 뭘 하고 있는 건가요?"

"정복할 만한 대상을 찾고 있죠."

"찾았나요?"

프란시스코는 갑자기 진지한 표정을 지으며 엄숙히 말했다. "네…… 최고의 대상을 찾은 것 같습니다."

리어든은 자신도 모르게 화를 내며 외쳤다. 그건 질책이 아닌 절망의 외침이었다.

"왜 그렇게 자신을 낭비하시오?"

프란시스코의 눈에 아득한 빛 같은 희미한 미소가 어렸다.

"지금 마음 쓰인다는 걸 인정하는 건가요?"

"원한다면 몇 가지 더 인정해주지요. 난 당신을 만나기 전까지 그런 재산을 어떻게 그렇게 낭비할 수 있는지 이해할 수 없었어요. 그런데 이제 예전처럼 당신을 경멸하지는 않지만 훨씬 더 심각한 의문을 품게 됐어요. 그런 정신을 어떻게 그렇게 낭비할 수 있죠?"

"지금은 낭비하고 있는 것 같지 않은데요."

"당신에게 중요한 것이 단 한 가지라도 있었는지 모르겠군요. 지금까지 그 누구에게도 한 적 없는 말을 하겠어요. 우리가 처음 만났을 때 당신이 내게 감사를 전하고 싶다고 말한 것 기억해요?"

프란시스코의 눈빛에는 웃음기가 전혀 없었다. 리어든은 그토록 엄숙한 존경의 표정을 본 적이 없었다.

"네, 리어든 씨." 프란시스코가 조용히 대답했다.

"그때 난 당신의 감사는 필요 없다면서 당신에게 모욕을 줬죠. 좋아요, 당신이 이겼어요. 오늘 밤 당신이 한 연설은…… 그건 나를 위한 것이었어요. 안 그래요?"

"그렇습니다, 리어든 씨."

"그건 단순한 감사 이상이었고 난 그런 감사가 필요했어요. 그건 단순한 찬사 이상이었고 난 그것도 필요했어요. 난 지금 당신의 연설에 걸맞는 이름을 찾을 수가 없고, 며칠이 걸려야 그 의미를 완전히 이해할 수 있을 거예요. 하지만 한 가지 확실한 건 내게 그것이 필요했다는 사실이에요. 난 이런 식의 고백을 해본 적이 없어요. 난 다른 사람에게 도움을 청한 적이 없으니까. 내가 당신을 반기는 것을 보고 재미났던 모양인데 이런 내 고백을 마음껏 비웃어도 좋아요."

"내가 비웃지 않는다는 사실을 꼭 증명해 보이죠. 그걸 증명하려면 몇 년이 걸리겠지만."

"지금 증명해봐요. 내 질문에 대답해서. 당신은 왜 자신이 전도하는 걸 실천에 옮기지 않는 거죠?"

"내가 실천하지 않고 있다고 확신해요?"

"당신이 한 말들이 진실이라면, 당신이 그것을 알 만큼 위대한 인물이라면 당신은 지금쯤 세계 최고의 기업가가 되어 있어야 해요."

프란시스코는 아까 뚱뚱한 남자에게 했던 것처럼 엄숙하게 말했다. 하지만 묘하게 부드러운 목소리였다.

"리어든 씨, 다시 생각해보는 게 좋겠습니다."

"난 고백하기 힘들 정도로 당신 생각을 많이 했어요. 하지만 답을 찾지 못했지요."

"힌트를 하나 주죠. 내가 한 말들이 진실이라면 오늘 밤 이곳에서 가장 죄가 많은 사람은 누구일까요?"

"제임스 태거트 아닐까요?"

"아니요, 리어든 씨. 제임스 태거트는 아닙니다. 그 죄가 무엇인지, 그 사람이 누구인지 알아내는 건 당신 몫입니다."

"몇 년 전이었다면 난 그 사람이 당신이라고 했을 거예요. 지금도 그렇게 말해야 한다고 생각하고. 하지만 아까 당신과 이야기한 그 멍청한 여자처럼 머리로는 당신이 죄인이라는 걸 알면서도 그렇게 느껴지지가 않아요."

"리어든 씨, 그 여자와 같은 실수를 범하고 있군요. 더 고귀한 형태이기는 하지만."

"그게 무슨 뜻이죠?"

"나에 대한 당신의 판단 이상의 것을 말하고 있는 겁니다. 그 여자와 그 부류의 사람들은 좋은 생각을 계속 피하죠. 당신은 악한 생각을 계속 밀어내고요. 그 사람들은 노력을 피하고 싶어서 그러는 것이고, 당신은 매사에 책임감이 너무 강하기 때문이죠. 그들은 무조건 자기감정에 탐닉해요. 당신은 자기감정부터 죽이고요. 그들은 책임을 회피하고 당신은 떠맡죠. 하지만 그들이나 당신이 결국 같은 실수를 저지르고 있다는 것을 모르겠어요? 어떤 이유에서든 진실을 회피하면 비참한 결과를 맞게 되지요. 악한 생각은 없어요. 생각하기를 거부하는 게 악한 거죠. 리어든 씨, 자신의 욕망을 무시하지 말아요. 그것을 희생시키지 말아요. 그 근원을 들여다봐요. 참고 견디는 데도 한계가 있는 법이니까요."

"내가 그렇다는 걸 어떻게 알지요?"

"나도 한때 같은 실수를 저질렀으니까요. 오랫동안은 아니지만."

"내가 바라는 건……."

리어든이 말을 하려다가 갑자기 멈추었다.

프란시스코가 웃으며 물었다. "리어든 씨, 바라는 게 두려운가요?"

"당신을 좋아하는 마음을 나 스스로에게 허락할 수 있었으면 좋겠어요."

"그렇다면……."

프란시스코는 말을 멈추었다. 리어든은 그의 얼굴에서 알 수 없는 감정을 보았고 그것이 고통일 것이라고 확신했다. 프란시스코가 잠시 망설이다가 물었다.

"리어든 씨, 혹시 단코니아 구리 주식을 갖고 있나요?"

리어든은 어리둥절한 표정으로 그를 보았다.

"아니요."

"내가 지금 이런 말을 하는 게 얼마나 심각한 반역 행위인지 당신도 언젠가는 알게 될 겁니다. 어쨌든…… 절대 단코니아 구리 주식은 사지 말아요. 단코니아 구리회사와 어떤 방식으로도 거래하지 말고요."

"왜죠?"

"당신이 나중에 그 이유를 알게 되면 정말 내겐 그 무엇도, 그 누구도 아무 의미가 없는 것인지, 아니면 그렇지 않은지 알게 될 겁니다……. 그가 얼마나 중요한 의미인지도."

리어든은 기억나는 것이 있어서 얼굴을 찌푸렸다.

"난 당신 회사와 거래할 생각 없어요. 아까 당신 입으로 이중적인 기준을 가진 인간들에 대해 이야기했는데, 당신도 정부 법령을 이용해서 돈을 벌고 있는 약탈자 중 한 사람이 아닌가요?"

무슨 이유에서인지 프란시스코는 그 말을 모욕으로 받아들이지 않는 듯했고 다시 자신감에 찬 표정이 되었다.

"내가 정부라는 이름의 강도단을 조종해서 그 법령을 내리게 했다고 생각하나요?"

"그럼 누가 그랬겠소?"

"내게 편승하려는 자들이죠."

"당신 허락도 없이?"

"내게 알리지도 않고요."

"인정하기는 싫지만 난 당신을 믿고 싶은 마음이 간절해요. 하지만 당신은 지금 그걸 증명할 방법이 없어요."

"없다고요? 앞으로 15분 안에 증명하죠."

"어떻게요? 그 법령으로 가장 큰 이득을 본 사람이 당신이라는 건 부인할 수 없는 사실인데."

"맞아요. 난 그 법령 덕에 마우치와 그 일당이 생각한 것보다 훨씬 더 많은 이득을 봤어요. 몇 년의 세월을 투자해서 결국 기회를 손에 쥔 셈이죠."

"지금 자랑하는 건가요?"

"그럼요!"

리어든은 프란시스코의 눈이 단호히 빛나고 있는 것을 도무지 믿을 수가 없었다. 그것은 파티광이 아닌 행동가의 눈빛이었다.

"리어든 씨, 신흥 귀족들이 돈을 어디에 숨기는지 알고 있나요? 공정한 분배를 외치는 대머리수리 같은 인간들이 리어든 금속을 통해 벌어들인 돈을 어디에 투자하는지 알아요?"

"그건 모르지만……."

"단코니아 구리 주식이에요. 안전하게 해외로 빼돌리는 거죠. 단코니아 구리…… 앞으로 3대는 더 약탈을 견딜 수 있을 정도로 돈이 많은 탄탄하고 전통 있는 회사. 게다가 그 회사 주인은 아무 생각 없는 타락한 바람둥이라 그들이 자기 재산을 멋대로 이용하도록 방치하고 그들을 위해 계속 돈을 벌겠죠. 그의 조상들이 그랬던 것처럼 자동적으로. 리어든 씨, 약탈자들에게는 완벽한 투자처가 아닌가요? 그들이 간과한 게 딱 하나 있는데, 그게 무엇일까요?"

"지금 무슨 이야기를 하려는 겁니까?" 리어든이 뚫어지게 쳐다보며 물었다.

프란시스코가 갑자기 웃음을 터뜨렸다.

"리어든 금속으로 부당 이득을 챙긴 자들이 불쌍하게 됐어요. 리어든 씨, 당신이 벌어준 돈이니 당신으로선 그 돈이 없어지기를 바라진 않겠죠? 하지만 사고란 피할 수 없죠. 인간은 자연재해 앞에서 한낱 장난감 같은 존재라는 말도 있지 않습니까. 예를 들어 내일 아침에 칠레 발파라이소에 있는 단코니아 광석 부두에 불이 나서 전부 잿더미가 되고 말았어요. 리어든 씨, 지금 몇 시죠? 아, 내가 시제를 잘못 사용했나요? 내일 오후에 오라노의 단코니아 광산들에 돌사태가 일어날 겁니다. 인명 피해는 없겠지만 그 광산들은 끝장날 겁니다. 몇 개월 동안 엉뚱한 데만 파서 돌사태를 일으키는 바람에 막대한 양의 구리가 산속 깊이 묻혀버리게 될 테니까요. 바람둥이가 경영하는 회사에 무엇을 바라겠어요? 그 구리는 세바스티안 단코니아라도 3년 안에는 캐낼 수 없고, 인민국은 영원히 그 구리를 손에 넣을 수 없을 겁니다. 주주들이 조사에 나서면 캄푸스, 산펠릭스, 라스헤라스에 있는 광산들도 마찬가지이고, 1년 넘게 적자 운영되고 있었음을 밝혀내겠죠. 바람둥이가 그동안 회계장부를 조작하고 언론에 새어나가지 않게 막아왔다는 것도요. 주주들이 단코니아 주물공장에 대해서는 어떤 사실을 밝혀내게 될지 알려줄까요? 단코니아 광석 수송선에 대해서도요? 하지만 주주들이 그런 사실들을 밝혀낸다 한들 아무 소용도 없을 겁니다. 내일 아침이면 단코니아 구리 주가가 폭락할 테니까요. 콘크리트 바닥에 떨어진 전구처럼 박살이 날 거예요. 단코니아 구리 주가가 고속 엘리베이터처럼 추락하면 편승자들은 시궁창에 처박히겠죠!"

프란시스코의 승리감에 찬 목소리가 리어든의 웃음소리와 합쳐졌다.

리어든은 그 순간이 얼마나 오래 지속되었으며 자신이 무엇을 느꼈는지 알지 못했다. 충격을 받아 다른 의식 세계에 빠져 있다가 또 한 번의 충격으로 자신의 의식으로 돌아온 듯했다. 마취에서 깨어난 것처럼 아무 기억도 없고 현실에서는 불가능한 엄청난 자유를 맛본 듯한 기분만 남아 있었다. 와이엇 유전의 화재 때와 같은 경험이었고, 그건 그의 위험한 비밀이었다.

리어든은 자신이 프란시스코 단코니아에게서 물러서고 있음을 깨달았다. 프란시스코는 그를 유심히 지켜보고 있었는데 아까부터 줄곧 그렇게 보고 있었던 듯했다.

"리어든 씨, 악한 생각은 없습니다. 생각을 거부하는 게 악한 것이죠." 프란시스코가 부드럽게 말했다.

"아니…… 당신에게 그 방법밖에 없다고 해도 난 당신을 응원해줄 수 없어요…… 당신은 그들과 싸울 힘이 없어요……. 그래서 가장 쉽고 사악한 방법을 택한 거예요……. 고의적 파괴라는…… 당신이 이루어내지도 않았고 감당할 수도 없는 성취의 파괴……."

리어든은 속삭임에 가까운 소리로 말했다. 자신도 모르게 고함을 지를까 봐 두려워서 억지로 목소리를 낮춘 것이었다.

"내일 신문에는 그렇게 나지 않을 겁니다. 고의적 파괴의 증거가 없을 테니까. 그 모든 것이 무능에 따른 정상적이고 납득 가능하며 정당화될 수 있는 일이 될 테니까. 이 시대에는 무능이 처벌의 대상이 아니죠. 안 그런가요? 부에노스아이레스와 산티아고의 정치가들은 위로금이나 보상금 조로 내게 지원금을 주고 싶어할걸요. 단코니아 구리 회사의 많은 부분이 영원히 사라졌지만 아직 많은 부분이 남아 있기도 하죠. 내가 고의로 그런 짓을 벌였다고 말하는 사람은 아무도 없을 겁니다. 당신은 원하는 대로 생각하면 되고요."

"여기서 가장 죄가 많은 사람은 당신인 것 같소." 리어든이 지친 목소리로 조용히 말했다.

분노의 불길마저 꺼져버리고 커다란 희망이 사라진 후의 공허감만이 남아 있었다.

"당신은 내가 생각했던 것보다 더 심각하고……."

프란시스코는 묘한 미소를 머금고 리어든을 바라보았

다. 그것은 고통을 이겨낸 평온한 미소였다.

둘 사이에 침묵이 흐르는 동안 몇 발짝 떨어진 곳에 서 있는 두 남자의 목소리가 들려왔다. 프란시스코와 리어든은 그쪽으로 시선을 돌렸다.

늙고 땅딸한 남자는 평범하고 양심적인 사업가로 보였다. 그의 양복은 고급이기는 했지만 20년 전에 유행한 스타일이었고, 솔기 부분에 살짝 초록빛이 돌았다. 그 옷을 입을 기회가 별로 없었던 모양이었다. 와이셔츠 장식 단추는 눈에 띄게 컸는데 복잡한 구식 디자인으로 보아 그의 사업처럼 4대째 물려 내려온 듯했다. 그는 요즘 시대에는 정직한 사람의 표시가 되어버린 어리둥절한 표정을 짓고 있었다. 상대가 하는 말을 이해하려고 애쓰는 모습이 애처로울 정도였다.

그의 대화 상대는 그보다 젊고 키도 더 작았다. 살은 울퉁불퉁했고, 가슴은 앞으로 쑥 내밀고 있었으며, 끝이 뾰족한 콧수염은 위를 향하고 있었다. 그가 선심 쓰는 듯한 권태로운 목소리로 말했다.

"글쎄, 모르겠어요. 당신네 사업가들은 다들 원가 상승 때문에 죽겠다고 아우성이죠. 요즘은 수익이 조금이라도 나면 다들 그렇게 우는소리를 해요. 모르겠어요. 우리 입장에서는 두고 보다가 당신들이 이윤을 남길 수 있게 해줄지 말지 결정해야죠."

프란시스코에게 시선을 던진 리어든은 철저한 목적의식이 인간의 얼굴 표정을 어떻게 만들 수 있는지 깨달았다. 인간에게서 볼 수 있는 가장 무자비한 표정을 목격한 것이다. 그 자신도 무자비한 사람이었지만 정의를 제외한 모든 감정에 무감각한 그 노골적인 무자비함은 따라갈 수가 없었다. 리어든은 나머지 면모야 어떻든 그런 경지에 이를 수 있는 사람이라면 위대한 인물이라는 생각이 들었다.

하지만 그것은 한순간이었다. 프란시스코가 그에게 얼굴을 돌리며 정상적인 표정으로 아주 조용히 말했다.

"리어든 씨, 아까 당신에게 이 파티에 오지 말았어야 했다고 했는데 그 말 취소해야겠군요. 잘 오셨습니다. 당신에게 이 장면을 꼭 보여주고 싶거든요."

그러더니 책임감이라고는 모르는 망나니의 경박한 목소리로 돌변해 요란하게 떠들었다.

"리어든 씨, 돈을 안 빌려주겠다고요? 이거 야단났네. 그 돈이 꼭 필요한데. 오늘 밤 안에, 내일 주식 시장이 열리기 전에 돈을 마련하지 못하면 큰일나는데······."

프란시스코는 더 이상 말할 필요가 없었다. 콧수염을 기른 작은 남자가 그의 팔을 잡고 매달렸던 것이다.

리어든은 사람의 몸이 순식간에 변할 수 있다는 게 믿기지 않았지만, 그 작은 남자의 울퉁불퉁한 살덩어리에서 공기가 빠진 듯 몸이 줄어들면서 거만한 지배자가 그 누구에게도 위협이 될 수 없는 쓰레기로 돌변하는 것을 똑똑히 보았다.

"호, 혹시…… 뭐가 잘못됐나요, 세뇨르 단코니아? 그, 그러니까…… 주식 시장에서요."

프란시스코는 흠칫 놀라 손가락을 입술에 갖다대며 속삭였다. "조용! 제발 조용히 해요!"

작은 남자는 와들와들 떨고 있었다.

"뭐가…… 잘못됐어요?"

"혹시 단코니아 구리 주식을 갖고 있어요?"

작은 남자는 말은 못 하고 고개만 끄덕였다.

"이런, 정말 안됐네요! 좋아요, 아무한테도 발설하지 않겠다고 약속하면 말해주겠어요. 공연히 소문내서 사람들을 공포에 떨게 만들고 싶진 않겠죠?"

"약속하겠어요……." 작은 남자가 헐떡거리며 말했다.

"지금 당장 주식 중개인한테 달려가서 최대한 빨리 주식을 파는 게 좋아요. 단코니아 구리회사 사정이 좋지 않으니까. 내가 지금 돈을 마련하려고 애쓰고 있지만 만약 실패할 경우 내일 아침에 당신이 투자한 돈의 10분의 1만 건져도 운이 좋을 거예요. 아차! 내일 아침이 되기 전까지는 주식 중개인을 만날 수 없다는 걸 깜빡 잊었네요. 그렇다면 정말 안됐지만……."

작은 남자는 어느새 사람들을 밀치고 달리기 시작했는

데 그 모습이 마치 바다의 어뢰 같았다.

"봐요."

프란시스코가 리어든을 향해 돌아서며 엄숙하게 말했다.

작은 남자는 하객들 속으로 사라져 보이지 않았다. 리어든과 프란시스코는 그가 누구에게 비밀을 팔고 있는지, 과연 그가 영리하게 거래 대상을 잘 골랐는지 확인할 수 없었다. 하지만 그가 지나간 흔적이 연회장 전체로 퍼져나가는 것이 보였다. 벽이 무너질 때 금이 점점 빠른 속도로 가지를 뻗어나가듯 하객들 사이로 갈라진 틈이 생겨났고 그것은 인간의 손길이 아닌 공포의 숨결이 갈라놓은 것이었다.

갑자기 목소리들이 잠기며 침묵이 번져나가더니 새로운 형태의 소리들이 터져 나왔다. 똑같은 질문을 반복하는 히스테릭한 목소리, 부자연스러운 속닥거림, 여자의 비명소리, 아무 일도 없는 것처럼 위장하려고 애쓰는 억지 웃음소리.

마비가 점점이 번져나가듯 하객들의 움직임이 몇 곳에서 멈추었다. 모터가 꺼진 듯 갑작스러운 정적이 흐르더니 사람들이 절벽에서 우당탕 퉁탕 굴러 떨어지듯 혼비백산해서 움직이기 시작했다. 일부는 밖으로 뛰쳐나가고 일부는 전화기로 달려갔는데, 서로 부딪치기도 하고 주위 사람들을 닥치는 대로 붙잡거나 밀치기도 했다. 미국 최고의 권력자라는 사람들이, 막강한 권력을 휘두르며 국민들의 삶을 좌지우지하던 사람들이 기둥이 잘려나가면서 무참히 무너진 건물의 파편더미가 되어 공포의 회오리 속에서 덜거덕거리고 있었다.

인간이라면 마땅히 감추어야 할 감정들이 모두 드러나 추악한 얼굴이 된 제임스 태거트가 프란시스코에게 달려와 외쳤다.

"사실이야?"

"아니, 제임스, 왜 그러나? 왜 그렇게 충격을 받나? 돈은 모든 악의 근원이고…… 난 악마 노릇을 하는 게 지겨워졌을 뿐인데." 프란시스코가 빙글거리며 말했다.

제임스는 정문을 향해 달려가며 오런 보일에게 뭐라고 소리쳤다. 보일은 멍청한 하인처럼 열심히 고개만 끄덕이다가 다른 방향으로 뛰어갔다. 셰릴은 면사포를 크리스털 구름처럼 휘날리며 남편을 쫓아 달려가 문간에서 그를 잡았다.

"제임스, 무슨 일이에요?"

제임스는 그녀를 밀쳐내고 밖으로 달려나갔고 그녀는 폴 라킨의 배에 쓰러졌다.

세 사람만이 마치 세 개의 기둥처럼 움직임 없이 서 있었다. 그들의 시선이 난장판이 된 연회장을 가로질러 대그니는 프란시스코를, 프란시스코와 리어든은 서로를 바라보고 있었다.

선의의 협박

"몇 시죠?"

리어든은 시간이 다 되어간다는 생각을 하며 대답했다. "모르겠소. 아직 자정은 안 됐을 거요."

그러다 자신이 손목시계를 차고 있다는 것을 떠올리고 시간을 확인했다.

"20분 전이군."

"기차 타고 집에 갈래요." 릴리언이 말했다.

리어든은 그 말을 듣기는 했지만 머릿속이 복잡해서 잠시 뒤에야 그 뜻을 이해했다. 그는 연회장에서 엘리베이터로 몇 분 거리에 있는 자신의 스위트룸 거실을 멍하니 바라보고 있었다. 잠시 후 그가 기계적으로 말했다.

"이 시간에?"

"아직 이른 시간이에요. 지금도 기차는 많아요."

"여기서 묵어도 되는데."

"아니요, 집에 가고 싶어요."

리어든은 더 이상 잡지 않았다.

"헨리, 당신은요? 당신도 오늘 밤 집에 갈 건가요?"

"아니. 내일 여기서 사업 문제로 약속이 있소."

"좋을 대로 해요."

릴리언은 어깨를 감싼 숄을 팔로 내리고 자신의 침실을 향해 걸어가다 멈추어 섰다.

"프란시스코 단코니아, 정말 마음에 안 들어요. 도대체 파티엔 왜 나타난 거죠? 그리고 그런 이야기는 내일 아침까지 참았어야죠."

리어든은 아무 대꾸도 하지 않았다.

"회사를 그 꼴로 만들다니. 아무리 타락한 바람둥이라도 그렇지…… 그런 막대한 재산을 가졌으면 책임감이 있어야지. 사람이 어떻게 그렇게까지 무책임할 수가 있지?"

리어든은 그녀의 얼굴을 흘끗 살펴보았다. 이상할 정도로 날카롭게 긴장된 표정을 하고 있어 나이가 들어 보였다.

"그는 주주들에 대한 의무가 있어요. 안 그래요?…… 안 그래요, 헨리?"

"그 이야기는 하고 싶지 않은데."

릴리언은 입술을 옆으로 씰룩거려 어깨를 으쓱하는 것과 같은 의사 표시를 하고는 침실로 들어갔다.

리어든은 창가에 서서 도로 위를 지나는 자동차 지붕들을 내려다보았다. 하지만 시선만 거기 두었을 뿐 실제로는 보고 있지 않았다. 아직도 마음은 온통 연회장의 하객들에게, 하객들 속의 두 사람에게 가 있었던 것이다. 하지만 시야 가장자리에 스위트룸 거실이 걸려 있어서 의식의 가장자리에 지금 해야 할 행동에 대한 인식이 남아 있었다. 그 행동이란 파티복을 벗는 것이었고 잠시 거기에 생각이 미쳤지만 침실의 낯선 여자 앞에서 옷을 벗는 게 내키지 않았다. 그리고 다음 순간 그 생각은 잊었다.

릴리언은 아까 호텔 방에 들어왔을 때처럼 완벽하게 단장한 모습으로 침실에서 나왔다. 베이지색 정장이 그녀의 몸매를 효과적으로 드러내주었고 비스듬히 쓴 모자가 우아하게 웨이브 진 머리의 반을 덮고 있었다. 그녀는 혼자서도 여행 가방을 들 수 있다는 것을 과시하듯 여행 가방을 흔들며 걸었다.

리어든은 기계적으로 그녀의 손에서 여행 가방을 빼앗았다.

"뭐 하는 거예요?" 릴리언이 물었다.

"역까지 바래다주려고."

"이 차림으로요? 옷도 안 갈아입었잖아요."

"상관없소."

"바래다줄 필요 없어요. 나 혼자서도 얼마든지 잘 갈 수 있으니까. 내일 약속 있다면서요. 일찍 자야죠."

리어든은 말없이 문으로 걸어가 그녀에게 문을 열어주고 그녀를 따라 엘리베이터로 걸어갔다.

그들은 택시를 타고 기차역으로 가는 동안 침묵을 지켰다. 리어든이 가끔 그녀의 존재를 의식하고 돌아보면 그녀는 완벽한 자세를 과시하듯 꼿꼿이 앉아 있었다. 그녀는 희망에 찬 새벽 여행을 떠나듯 기민하고 만족스러운 모습이었다.

택시가 태거트 터미널 입구에 멈추어 섰다. 거대한 유리문을 물들이고 있는 환한 불빛이 늦은 밤에도 활기와 안전함을 느끼게 했다. 릴리언이 택시에서 가볍게 뛰어내리며 말했다.

"아니, 아니, 당신은 내릴 필요 없어요. 그냥 타고 가요. 내일 저녁은 집에서 먹을 건가요? 아니면 다음 달에나?"

"전화하겠소." 리어든이 대답했다.

릴리언은 장갑 낀 손을 흔들어 보이고 터미널 입구의 불빛 속으로 사라졌다. 택시가 다시 출발하자 리어든은 대그니의 아파트 주소를 댔다.

대그니의 아파트는 캄캄했지만 침실 문이 반쯤 열려 있었고 그녀의 목소리가 들렸다.

"행크, 어서 와요."

그가 들어가며 물었다. "자고 있었소?"

"아니요."

리어든이 불을 켰다. 대그니는 침대에 누워 베개에 머리를 받치고 있었다. 오랫동안 그 자세로 움직이지 않고 있었던 듯했지만 얼굴은 편안해 보였다. 연푸른색 잠옷의 테일러칼라가 엄격한 느낌을 줄 정도로 목 위로 높이 올라온 모습이 마치 여학생처럼 보였지만 잠옷 앞자락에는 사치스럽고 여성적인 연푸른색 자수 장식이 있어서 그 엄격함과 대조를 이루었다.

리어든이 침대 가장자리에 앉았다. 대그니는 그가 엄격한 느낌을 주는 정장 차림이라 오히려 그의 행동이 더 친근하게 느껴져서 미소를 지었다. 그도 마주 미소지었다. 그는 아까 파티에서 그녀가 해준 용서를 거부할 각오로 찾아온 것이었다. 지나치게 관대한 적이 베푸는 호의를 거절하듯이. 하지만 그는 거부의 말 대신 그녀의 이마로 손을 가져가 머리선을 따라 쓰다듬어 내려갔다. 갑자기 그녀가 너무나도 가냘픈 어린아이처럼 느껴져서 보호심과 애정이 가득한 행동을 보이게 된 것이다. 그녀는 줄곧 그의 힘의 도전을 견뎌낸 적이었지만 그의 보호가 필요한 존재이기도 했다.

"당신은 너무 무거운 짐을 지고 있어. 내가 당신을 더 힘들게 하고 있고……." 리어든이 말했다.

"아니요, 행크. 당신은 날 힘들게 하고 있지 않아요. 당신 자신도 그걸 알고 있고."

"당신은 그런 것에 상처받지 않을 힘이 있다는 것을 알고 있소. 하지만 난 당신에게 힘을 내라고 요구할 자격이 없소. 그런데도 난 문제를 해결할 수도, 당신에게 보상을 해줄 수도 없소. 당신에게 용서받을 자격이 없다는 것만 인정할 수 있을 뿐이오."

"용서하고 말고 할 것도 없는걸요."

"난 당신 앞에 그녀를 데려갈 자격이 없었소."

"그건 내게 상처가 되지 않았어요. 다만……."

"뭐요?"

"……당신이 고통스러워하는 모습을 보기가…… 힘들었어요."

"난 고통이 무엇을 만회해줄 수 있다고는 생각하지 않소. 충분히 고통받지도 않았고. 내가 혐오하는 것이 하나 있다면 자신의 고통에 대해 이야기하는 거요. **그건** 나 자신만의 문제이지 다른 사람들이 신경 써야 할 게 아니니까. 하지만 당신이 이미 알고 있으니 솔직히 말하겠소. 그래요, 난 지옥 같은 고통을 맛보았소. 하지만 그 정도로는 부족하다고 생각하오. 난 응분의 대가를 치르고 싶소."

리어든이 자신에게 냉정한 판결이라도 내리듯 아무 감정 없이 엄격하게 말했다. 대그니는 슬픈 미소를 지으며 그의 손을 잡아 자신의 입술에 가져다 댔다. 그러고는 그의 손에 얼굴을 감춘 채 그 판결을 거부하듯 고개를 저었다.

"그게 무슨 뜻이오?" 리어든이 부드럽게 물었다.

"아무것도 아니에요……." 대그니는 고개를 들고 단호히 말했다. "행크, 난 당신이 결혼한 몸이란 걸 처음부터 알고 있었어요. 내가 무슨 짓을 하는 건지 알았다고요. 그건 내 선택이었어요. 그러니 당신은 내게 아무런 책임도 없어요."

리어든은 천천히 고개를 저었다.

"행크, 난 당신이 내게 주고 싶어하는 것 외에는 당신에게 아무것도 바라지 않아요. 언젠가 당신이 나를 거래자라고 했던 말 기억나요? 난 당신이 그저 즐기기 위해 나를 찾아오기를 원해요. 당신이 어떤 이유에서든 결혼을 유지하고 싶어하는 한 난 그것에 대해 화낼 권리가 없어요. 난 당신이 내게 주는 기쁨과 내가 당신에게 주는 기쁨을 거래하고 싶어요. 당신이나 내 고통이 아니라요. 난 스스로 희생하지도, 남의 희생을 원하지도 않아요. 당신이 내게 지나친 요구를 한다면 난 그 요구를 들어주지 않을 거예요. 당신이 내게 철도를 포기하라고 요구한다면 난 당신을 떠날 거예요. 한 사람의 기쁨이 상대의 고통에 의해 얻어지는 것이라면 그런 거래는 하지 않는 게 좋아요. 한 사람은 얻고 한 사람은 잃는 거래는 사기예요. 행크, 당신은 사업에서 그런 거래를 하지 않잖아요. 인생에서도 그런 거래는 하지 말아요."

대그니의 목소리 아래 깔린 희미한 배경 음악처럼 릴리언의 목소리가 들리는 듯했다. 그 두 목소리가 그에게서, 그리고 인생에서 추구하는 것의 차이가 극명하게 보였다.

"대그니, 내 결혼생활에 대해 어떻게 생각하오?"

"난 그것에 대해 생각할 권리가 없어요."

"그래도 궁금한 생각은 있었을 것 아니오."

"그랬죠…… 엘리스 와이엇의 집에 가기 전까지는. 그 후로는 아니에요."

"당신은 내 결혼생활에 대해 한 번도 묻지 않았지."

"앞으로도 그럴 거예요."

리어든은 잠시 침묵을 지키더니 대그니를 똑바로 바라보며 처음으로 결혼생활과 관련된 비밀을 털어놓았다.

"당신에게 말하고 싶은 것이 하나 있소. 엘리스 와이엇의 집에서 당신과 함께 밤을 보낸 후로…… 난 아내를 가까이한 적이 없소."

"기쁘네요."

"내가 그녀를 가까이할 수 있을 거라고 생각했소?"

"그런 생각은 안 해봤어요."

"대그니, 내가 그녀를 가까이했다고 해도 당신은…… 그걸 받아들였을 거란 뜻이오?"

"그래요."

"싫지 않았겠소?"

"말할 수 없을 정도로 싫었겠죠. 하지만 당신이 그걸 선택했다면 난 받아들였을 거예요. 행크, 난 당신을 원해요."

리어든은 대그니의 손을 잡아 자신의 입술에 댔다. 대그니는 그가 자신의 욕망과 싸우고 있음을 느낄 수 있었다. 그가 갑자기 무너지듯 그녀에게로 쓰러지며 그녀의 어깨에 입을 맞추었다. 그러고는 그녀를 끌어당겨 연푸른 잠옷을 입은 몸을 자신의 무릎 위에 눕히고 그녀의 말을 증오하면서도 한편으로는 자신이 가장 듣고 싶었던 말이었던 듯 웃음기 없는 얼굴로 그녀를 거칠게 안았다.

그는 고개를 숙여 그녀의 얼굴을 들여다보며 그동안 그녀가 수없이 들었던 질문을 던졌다. 무의식중에 나온 그 질문은 늘 그를 괴롭히는 은밀한 고민임을 드러냈다.

"당신의 첫 남자는 누구지?"

대그니는 그에게서 몸을 빼려고 했지만 그가 놓아주지 않았다.

"행크, 이러지 말아요." 그녀가 굳어진 얼굴로 말했다.

리어든의 입술에 긴장 어린 미소가 스쳐갔다.

"당신이 대답하지 않으리란 걸 알고 있소. 하지만 묻지 않을 수가 없어. 난 **그걸** 받아들일 수가 없으니까."

"왜 받아들일 수 없는지 스스로에게 물어봐요."

리어든은 그녀의 몸이 자신의 소유임을 강조하면서도

그런 사실을 증오하듯 천천히 그녀의 가슴부터 무릎까지 쓰다듬어 내려갔다.

"왜냐하면…… 당신이 내게 허락한 건…… 당신이 그 누구에게도, 내게조차도 허락하지 않을 것 같았던 것인데…… 당신이 다른 남자에게도 그걸 허락했고 또……."

"당신이 지금 무슨 말을 하고 있는지 알아요? 그건 내가 당신을 원한다는 걸 당신이 받아들이지 못하고 있다는 뜻이에요. 내가 과거에 그 남자를 원했던 것처럼 **지금** 당신을 원하는 걸 말이에요."

리어든이 작은 소리로 대답했다. "맞아."

대그니는 그를 뿌리치고 벌떡 일어섰다. 하지만 희미한 미소를 머금고 그를 내려다보며 부드럽게 말했다.

"당신의 유일한 진짜 죄가 뭔지 알아요? 즐기는 법을 배우지 못했다는 거예요. 뛰어난 자질을 갖추고 있으면서도요. 당신은 늘 자신의 즐거움을 너무 쉽게 포기해요. 너무 많은 책임을 지려 하고요."

"그도 그렇게 말했지."

"누가요?"

"프란시스코 단코니아."

왠지 대그니는 그 이름을 듣고 충격을 받은 듯한 표정이 되면서 한 박자 늦게 대꾸했다.

"그가 당신에게 그런 말을 했다고요?"

"전혀 다른 주제에 대해 이야기하는 중에 나온 말이었지."

잠시 후 대그니가 침착하게 말했다. "당신이 그와 이야기하는 걸 봤어요. 이번에는 누가 모욕을 줬죠?"

"모욕 같은 건 없었소. 대그니, 그를 어떻게 생각하오?"

"난 그가 고의로 그랬다고 생각해요. 내일 있을 그 재난 말이에요."

"나도 그가 고의로 그랬다는 걸 알고 있소. 아무튼 그가 인간적으로 어떤 것 같소?"

"모르겠어요. 세상에서 제일 타락한 인간이라고 생각해야 마땅하죠."

"마땅하다? 그런데 그렇게 생각하지 않는다는 거요?"

"그래요. 그런 확신이 안 들어요."

리어든은 미소지었다.

"그게 그의 이상한 점이지. 난 그가 거짓말쟁이에 건달, 천박한 바람둥이에 상상을 초월하는 무책임한 인간쓰레기란 걸 알고 있소. 그런데 그를 만날 때마다 내가 목숨을 맡길 수 있는 사람이 있다면 바로 그라는 생각이 들거든."

대그니가 놀라서 물었다. "행크, 그를 좋아한다는 말을 하고 있는 거예요?"

"그동안 난 사람을 좋아한다는 게 어떤 의미인지 모르고 살아왔다는 말을 하고 있는 거요. 난 그를 만나기 전까지는 그런 감정에 얼마나 목말라 있었는지 몰랐소."

"세상에, 행크, 그에게 완전히 빠졌군요!"

리어든이 미소지으며 말했다. "그래요. 그런 것 같소. 그런데 왜 그렇게 놀라는 거요?"

"왜냐하면…… 그가 당신에게 지독한 상처를 줄 것 같아서요……. 그를 많이 알수록 견디기 더 힘들 거예요……. 그리고 그 상처에서 회복될 수 있다고 해도 시간이 아주 많이 걸릴 거예요……. 그를 조심하라고 경고해줘야만 하는데 그럴 수가 없어요. 그에 대해서는 확신할 수 있는 게 없으니까요. 그가 세상에서 가장 위대한 인물인지 아니면 그 반대인지도 모르겠어요."

"나도 그에 대해 확신할 수 있는 게 없소. 내가 그를 좋아한다는 사실 외에는."

"하지만 그가 한 짓을 생각해봐요. 결국 그가 상처를 준 건 제임스나 보일이 아니라 우리예요. 당신과 나, 켄 대너거 같은 사람들. 제임스 일당은 결국 우리에게 보복할 테니까요. 그건 또 다른 재앙이 될 거예요. 와이엇 화재사건처럼."

"그래…… 와이엇 화재사건처럼. 하지만 난 그런 일에 크게 신경 쓰지 않아요. 재앙이 하나 더 닥친다 한들 무슨 대수겠소? 어차피 다 사라져버릴 거고 그 시기가 조금 더 빨라지느냐 늦어지느냐의 문제일 뿐인데. 우린 그저 배가 가라앉지 않도록 힘닿는 데까지 애써보다가 배와 함께 최후를 맞이해야지."

"그가 그런 핑계를 댔나요? 당신도 그렇게 세뇌시켰나요?"

"아니, 절대로! 사실 난 그와 이야기하면서 그런 마음이 사라졌소. 그는 내게 이상한 걸 느끼게 했지."

"뭘요?"

"희망."

대그니는 자신도 그것을 느꼈음을 깨닫고 놀라움을 감추지 못하며 고개를 끄덕였다.

"왠지 모르게 사람들을 보면 그들이 오직 고통으로만 이루어져 있는 듯한 느낌이 드는데 그는 그렇지가 않소. 당신도 마찬가지이고. 세상에 만연한 지독한 절망감, 하지만 그와 함께 있으면 그걸 잊게 돼. 여기서도 그렇고."

대그니는 그의 발치에 앉아 그의 무릎에 얼굴을 얹었다.

"행크, 우리의 앞날에는 아직 많은 게 남아 있어요······ 지금 이 순간에도······."

리어든은 자신의 검정 옷에 웅크려 기댄 연푸른색 실크 옷의 형상을 바라보다가 그녀에게로 몸을 굽히며 조그맣게 말했다.

"대그니······ 그날 아침 엘리스 와이엇의 집에서 내가 한 말은······ 나 자신에게 한 거짓말이었소."

"알아요."

◆

잿빛 가랑비 사이로 보이는 건물 위의 달력은 '9월 3일'을, 다른 곳에 있는 시계탑은 '10시 40분'을 가리키고 있었다. 리어든은 웨인 포클랜드 호텔로 돌아가는 중이었다. 택시 라디오가 단코니아 구리회사의 도산을 알리는 공포에 찬 날카로운 목소리를 뱉어내고 있었다.

리어든은 지친 표정으로 좌석에 등을 기댔다. 그 재앙은 오래전에 신문에서 읽은 뉴스와 다를 게 없었다. 그는 파티복 차림으로 아침 거리에 나선 것이 거북할 뿐 아무 감정도 없었다. 그는 지금 떠나온 세계에서 차창 밖 가랑비 사이로 보이는 세계로 돌아가고 싶지 않았다.

그는 주위 세상을 볼 필요가 없도록 어서 빨리 자신의 사무실 책상에 앉고 싶은 마음으로 호텔 방문 열쇠를 돌렸다.

아침식사가 차려진 테이블과 침실의 열린 문 사이로 보이는 흐트러진 침대와 "헨리, 좋은 아침이에요" 하고 말하는 릴리언의 목소리가 동시에 그의 의식 속으로 들어왔다.

그녀는 어제 입었던 옷차림 그대로 안락의자에 앉아 있었다. 재킷과 모자는 벗고 있었는데 깨끗한 흰 블라우스가 산뜻한 느낌을 주었다. 테이블 위에 먹다 남은 음식이 있었다. 그녀는 밤새 끈기 있게 불침번을 선 사람의 태도로 담배를 피우고 있었다.

리어든은 그 자리에 얼어붙은 듯 서 있었다. 릴리언이 다리를 꼬고 더 편한 자세를 취하며 입을 열었다.

"헨리, 아무 말 안 할 건가요?"

리어든은 감정을 보여서는 안 되는 공식적인 자리에서 군복 차림으로 서 있는 사람 같았다.

"당신이 말해야지."

"변명 안 해요?"

"안 해."

"나한테 용서를 빌 생각 없어요?"

"당신은 나를 용서할 이유가 없소. 난 더 덧붙일 게 없고. 당신은 진실을 잘 알고 있소. 이제 모든 게 당신에게 달렸소."

릴리언은 조용히 웃으며 몸을 쭉 펴고는 의자 등받이에 어깨를 비볐다.

"조만간 들킬 거라는 생각은 못 했나요? 당신 같은 남자가 1년 넘게 수도승처럼 구는데 내가 그 이유를 의심하지 않겠어요? 당신 같은 우수한 두뇌의 소유자가 이렇게 쉽게 들켜버리다니, 재미있네요."

그녀는 아침식사 테이블을 가리켰다.

"난 어젯밤 당신이 여기로 돌아오지 않을 거라고 확신했죠. 그리고 오늘 아침 호텔 직원에게서 당신이 지난 1년 동안 호텔에서 잔 적이 없다는 사실을 알아내는 데 큰돈이 들지도 않았어요."

리어든은 아무 말도 하지 않았다.

릴리언은 웃으며 말했다. "스테인리스 같은 남자! 우리와는 격이 다른 성취와 명예의 상징! 쇼걸인가요, 아니면 백만장자들이 다니는 고급 이발소에서 손톱을 다듬어주는 여자인가요?"

리어든은 아무 말도 하지 않았다.

"헨리, 누구예요?"

"대답하지 않겠소."

"난 알고 싶어요."

"알려줄 수 없소."

"여자를 보호하기 위해 이름을 밝히지 않는 신사 노릇을 하다니, 우습지 않아요? 당신은 이제부터 신사 노릇할 자격이 없어요. 그 여자가 누구죠?"

"대답하지 않겠다고 했소."

릴리언은 어깨를 으쓱했다.

"그래 봐야 달라질 건 없어요. 어떤 여자일지 뻔하니까. 당신은 금욕주의자의 가면을 쓴 천박한 호색한으로, 여자에게서 오로지 동물적 만족만을 추구하죠. 난 고상한 여자라 당신에게 그런 만족을 줄 수가 없고요. 언젠가는 당신이 그 잘난 명예를 내팽개치고 세상에서 제일 천박한 싸구려 여자와 어울리게 될 줄 알았어요. 바람피우는 남편들이

다 그런 것처럼."

그녀는 웃으며 덧붙였다. "당신을 우러러 찬양하는 대그니 태거트는 당신이 영원히 녹슬지 않는 리어든 금속 레일 같은 존재가 아닐지도 모른다는 나의 암시에 격노했죠. 하기야, 내가 자기를 남편의 내연녀로 오해할 수도 있다고 생각할 만큼 순진한 여자니까. 바람피우는 남편들이 매력을 느끼는 상대는 머리 좋은 여자가 아닌데. 난 당신의 취향을 알아요. 안 그런가요?"

리어든은 대답하지 않았다.

"지금 내가 당신을 어떻게 생각하는지 알아요?"

"뭐라고 비난해도 좋소."

릴리언은 웃음을 터뜨렸다.

"사업에서는 몸을 사리거나 중도에 포기하는 약골들을 경멸해 마지않는 철인인데, 기분이 어때요?"

"내 기분에 신경 쓸 필요 없소. 당신은 내게 무엇이든 요구할 권리가 있소. 무엇이든 다 들어주겠소. 그걸 포기하는 것만 빼고."

"오, 그걸 포기하란 말은 안 해요! 당신의 본성을 바꿀 수는 없으니까. 그게 당신의 진짜 수준이죠. 오직 천재성만으로 광산 노동자에서 흰 넥타이를 매고 파티에 다니는 자수성가한 산업계의 거물이 되긴 했지만! 그 흰 넥타이를 매고 아침 11시에 귀가하는 모습이 당신하고 아주 잘 어울려요! 당신은 광산을 벗어나지 못했어요. 그게 당신 수준이라고요. 당신네 자수성가한 졸부들에겐 토요일 밤 길모퉁이 술집에서 떠돌이 세일즈맨들이랑 쇼걸들과 어울리는 삶이 제격이죠!"

"이혼을 원하오?"

"오, 그래요! 그게 현명하겠죠! 당신이 결혼 한 달 뒤부터 이혼을 원했다는 걸 내가 모를 줄 알아요?"

"그렇게 생각하고 있었다면 왜 내 곁에 있었지?"

"당신은 이제 그런 걸 물을 자격이 없어요." 릴리언이 엄격하게 말했다.

"맞아."

리어든은 사랑 때문이었다는 대답만이 그녀의 말을 정당화할 수 있다고 생각했다.

"아니, 난 이혼 안 해요. 당신이 창녀 같은 여자와 벌인 로맨스 때문에 내 집과 이름, 사회적 지위를 포기할 순 없어요. 내 인생의 그런 부분들을 끝까지 지킬 거예요. 당신의 정절 같은 거짓된 토대 위에 있지 않은 건 다 지킬 거라고요. 분명히 이야기하는데, 이혼은 절대 못 해줘요. 좋든 싫든 당신은 유부남이고 앞으로도 그럴 거예요."

"원하는 대로 해요."

"그리고 난…… 좀 앉지 그래요?"

리어든은 그대로 서 있었다.

"하고 싶은 말 계속해요."

"별거 같은 비공식적인 이혼도 할 생각 없어요. 당신의 그 사랑 놀음은 계속 즐겨도 좋아요. 지하철이나 지하실 같은 데서. 하지만 세상 사람들이 지켜보는 데서는 내가 헨리 리어든 부인이란 점을 잊지 말아요. 그동안 당신은 정직을 부르짖으며 살아왔죠. 이제 위선자로 사는 모습을 보여줘 봐요. 그게 당신의 실체이니까. 당신은 앞으로도 계속 공식적으로는 당신 소유이지만 이제 내 것이 될 집에서 살아야 해요."

"당신이 원한다면."

릴리언은 흐트러진 자세로 다리를 벌리고 양팔을 의자 팔걸이에 올린 채 뒤로 기대앉았다. 그 모습은 마치 얼마든지 편안한 자세를 취할 수 있는 재판관 같았다.

그녀가 차갑게 웃으며 말했다. "이혼? 그렇게 쉽게 빠져나갈 수 있을 줄 알았어요? 위자료 몇 푼 던져주고 끝낼 수 있을 줄 알았어요? 당신은 돈이면 다 되는 줄 아는 사람이라 세상엔 거래나 흥정의 대상이 될 수 없는 것들도 존재한다는 걸 상상도 하지 못하겠죠. 돈에 초연한 사람도 존재한다는 걸 믿지 못하죠. 당신은 **그게** 무슨 의미인지 전혀 모르죠. 이제 알게 될 거예요. 오, 물론 이제부터 당신은 내 요구는 다 들어줘야 해요. 앞으로도 당신은 그 소중하고 자랑스러운 제철소에서 하루 18시간씩 일하는 영웅, 나라 전체를 이끌어가는 산업의 거장, 불평하고 거짓말하고 협잡질하는 평범한 무리들 위에 우뚝 선 천재 노릇을 계속할 거예요. 그러고는 집에 돌아와서 당신의 실체를, 당신의 말과 명예, 고결성, 그 대단한 자부심의 진짜 가치를 아는 유일한 사람과 대면해야 해요. 당신의 집에서 당신을 경멸할 자격을 가진 사람의 경멸을 견뎌야 해요. 당신은 새 용광로를 만들거나, 제철의 역사를 새로 쓰거나, 박수갈채와 찬사를 들을 때마다, 스스로가 자랑스럽고 깨끗하게 느껴지고 자신의 위대성에 취할 때마다 나를 봐야 해요. 누군가의 악행에 대해 듣거나, 인간의 부패에 분노를 느끼거나, 부정행위를 한 사람에게 경멸을 느끼거나, 정부에게 약탈당할 때도…… 나를 보면서 당신도 그들보다 나을 게 없는 인간이고 그들을 비난할 권리가 없다는 걸 깨달아야 해요. 당신은 나를 보면서 하늘에 이르는 탑을 쌓으려고 했던 사람이나 밀랍 날개를 달고 태양에 닿으려고 했던 사람의 운명을 배워야 해요. 완벽한 사람이 되고자 했던 당신의 운명을!"

리어든은 마치 다른 사람의 머리에 들어가 있는 것처럼 초연하게 릴리언이 내리는 벌에 문제가 있다고 생각했다. 타당성이나 정당성을 떠나서 그 자체 내에 결함이 있었고 그 결함이 드러나면 전체가 무너질 터였다. 하지만 지금 그 결함을 밝혀내고 싶지는 않았다. 그는 나중에 다시 생각해볼 요량으로 무심히 그것을 마음 한구석에 묻어놓았다. 지금은 아무것에도 관심이 없었다.

그는 머리에 쥐가 나도록 정의감을 쥐어짜내어 릴리언을 향한 걷잡을 수 없는 혐오감을 억누르고 있었다. 그는 릴리언이 인간으로 보이지 않았고 자신은 그런 감정을 느낄 자격이 없다는 것을 알았다. 그는 애써 자신을 나무랐다. '그녀의 모습이 혐오스럽다고? 그녀를 그렇게 만든 건 바로 너야. 그녀는 지금 고통을 견디고 있는 거야. 고통에 몸부림치는 사람을 혐오하는 건 인간의 도리가 아니야. 더구나 넌 고통의 원인을 제공했어.' 하지만 그녀의 태도에서는 고통을 찾아볼 수가 없었다. 어쩌면 고통을 숨기기 위해 그런 추한 모습을 보이고 있는 것인지도 몰랐다. 그는 오직 혐오감을 견디는 데만 집중했다.

릴리언이 말을 마치자 그가 물었다. "이야기 끝난 거요?"

"그럴 거예요."

"그럼 지금 집으로 돌아가는 게 좋겠소."

리어든은 파티복을 벗으며 종일 육체노동에 시달린 듯 몸이 뻐근함을 느꼈다. 빳빳이 풀 먹인 셔츠도 땀으로 젖어 축축했다. 아무런 생각도, 감정도 남아 있지 않았고 그 두 가지의 잔재가 합쳐진 것, 자신과의 힘겨운 싸움에서 승리를 거두었다는 만족감만 존재했다. 결국 릴리언이 살아서 호텔 방을 걸어나갈 수 있었으니까.

◆

플로이드 페리스 박사는 목적 달성을 확신하듯 인자한 미소를 머금고 리어든의 사무실로 들어섰다. 그는 확신에 찬 매끄럽고 쾌활한 목소리로 이야기했는데, 마치 피나는 노력 끝에 도박의 모든 것을 익힌 자신만만한 사기 도박사 같은 인상을 풍겼다.

그가 먼저 인사를 건넸다. "리어든 씨, 공적인 일로 유명인을 만나 악수하는 데 이골이 난 나 같은 사람도 저명한 인물과의 만남에 전율을 느낄 수 있군요. 믿거나 말거나, 내가 지금 그렇습니다."

"처음 뵙겠습니다." 리어든이 말했다.

페리스 박사는 자리에 앉아 리어든을 직접 만나기 위해 워싱턴에서 먼 길을 차를 타고 달려오면서 본 10월의 단풍 색깔에 대해 몇 마디 했다. 리어든은 침묵을 지켰다. 페리스 박사는 창밖을 내다보며 미국에서 가장 귀중한 생산업체 중 하나인 리어든 제철의 고무적인 모습에 대해 언급했다.

"1년 반 전만 해도 내 금속에 대해 그렇게 생각하지 않으셨죠." 리어든이 말했다.

페리스 박사는 예기치 못한 상황에 도박에서 질 위기에 처한 듯 얼굴을 찌푸렸지만 이내 다시 중심을 잡고 너털웃음을 터뜨렸다.

선의의 협박

"리어든 씨, 그건 1년 반 전의 이야기이죠. 시대는 변하고 사람도 시대에 따라 변해야죠. 현명한 사람들은 그렇지요. 기억해야 할 때와 잊어야 할 때를 아는 게 바로 지혜 아니겠습니까. 일관성을 지키는 건 현명한 일이 아니죠. 인간에게 일관성을 기대하는 것도요."

페리스 박사는 절대적인 것은 타협의 원칙밖에 없는 세상에서 일관성을 지키는 것의 어리석음에 대해 계속해서 이야기했다. 그는 열심히 떠들면서도 그 이야기는 본론이 아니라는 것을 리어든도 알고 자신도 안다는 듯 가벼운 태도를 보였다. 그런데 이상하게도 이미 본론은 끝난 듯 서론이 아닌 결론처럼 이야기하고 있었다.

리어든은 "그렇게 생각하지 않으십니까?"라는 질문이 나오기를 기다렸다가 대답했다.

"나를 만나자고 한 급한 용무가 무엇인지 말씀해주시죠."

페리스 박사는 놀라서 잠깐 멍해 있더니 쉽게 처리할 수 있는 사소한 문제를 거론하듯 밝게 이야기했다.

"아, 그거요? 국립과학연구소에서 주문한 리어든 금속의 납품 날짜 문제예요. 12월 1일까지 5,000톤을 보내주면 나머지는 내년 1월 1일 이후까지 기다려줄 수 있습니다."

리어든은 한참 동안 말없이 그를 바라보았다. 시간이 흐를수록 페리스 박사의 쾌활한 목소리가 우스꽝스럽게 느껴졌다. 이윽고 페리스 박사가 대답을 듣지 못할 것 같은 두려움을 느끼기 시작했을 때쯤 리어든이 대답했다.

"지난번에 보낸 가죽바지 입은 교통경찰이 내 의사를 전달하지 않았습니까?"

"아, 그 이야기는 들었지만, 리어든 씨……."

"무슨 말을 더 듣고 싶으신 거죠?"

"하지만 그건 5개월 전의 일입니다. 그 후에 한 가지 사건도 있었고 난 그로 인해 당신 마음이 바뀌어 우리를 곤란하게 하지 않을 거라고 생각했습니다. 우리도 당신을 곤란하게 하지 않을 거고."

"무슨 사건이요?"

"그 사건에 대해서는 당신이 나보다 훨씬 더 잘 알고 있을 텐데요. 물론 나도 알고 있어요. 당신은 내가 모르길 바라겠지만."

"무슨 사건이요?"

"리어든 씨, 그건 당신의 비밀인데 그냥 덮어두는 게 어떨까요? 요즘 비밀 없는 사람이 어디 있습니까? 예를 들어 프로젝트 X도 비밀이죠. 물론 우린 여러 정부기관을 통해 리어든 금속을 조금씩 사들일 수도 있고, 당신도 그건 막을 수 없어요. 하지만 그러려면 거지 같은 관료들에게……."

페리스 박사는 상대방이 경계심을 풀도록 유도하는 솔직한 미소를 보이며 말을 이었다. "아, 사실 우리 공직자들은 서로 사이가 안 좋아요. 일반인들과도 사이가 안 좋고.

아무튼 그런 방법을 동원하려면 많은 관료에게 프로젝트 X의 비밀을 공개해야만 하는데, 그건 결코 바람직한 일이 아니에요. 당신이 정부 명령을 어겼다고 법정에 세우면 그 프로젝트가 언론을 통해 알려질 수밖에 없으니까 그것도 곤란하고. 하지만 당신이 프로젝트 X나 국립과학연구소와 무관한 더 심각한 죄로 법정에 서서 원칙을 내세우지도, 여론의 동정을 사지도 못할 처지가 된다면 우린 손해볼 게 없겠지만 당신은 엄청난 타격을 입겠죠. 그러니까 지금 당신으로서는 우리가 비밀을 지킬 수 있도록 협조하는 방법밖에 없어요. 그래야 당신 비밀도 덮을 수 있으니까. 물론 잘 알고 있겠지만, 우린 정부에서 당신의 뒤를 캐지 못하도록 안전하게 막아줄 수 있어요."

"무슨 사건, 무슨 비밀을 말하시는 겁니까? 뒤를 캔다는 건 뭐죠?"

"아, 리어든 씨, 어린애처럼 굴지 말아요! 그야 당신이 켄 대너거에게 리어든 금속 4,000톤을 보낸 일이죠." 페리스 박사가 가볍게 말했다.

리어든은 대꾸하지 않았다.

페리스 박사가 빙글거리며 말했다. "원칙에 매달리면 골치 아파지고 서로 시간만 허비하게 돼요. 알아줄 사람도 없는데 원칙을 위해 희생하고 싶어요? 진실을 아는 사람은 당신과 나뿐이에요. 원칙을 지키겠다고 버텨봐야 당신은 그 원칙에 대해 입도 뻥끗할 수 없을 거예요. 영웅도 되지 못해요. 혁신적인 새로운 금속의 발명자로서 대중들의 눈에 좀 비열하게 보일 수도 있는 행동을 한 적들에게 당당히 맞서는 멋진 광경 같은 건 연출될 수가 없으니까요. 영웅은커녕 범죄자밖에 될 수 없죠. 자신의 이득을 위해 법을 어긴 탐욕스러운 기업가. 공공복지를 위해 제정된 법규를 무시한 암시장의 거래자. 영광도 대중도 없는 영웅. 기껏해야 신문 5면 한 귀퉁이에 반토막짜리 기사로 실리겠죠. 그런데도 원칙을 위해 희생하고 싶어요? 당신은 둘 중 하나를 선택해야만 합니다. 우리에게 금속을 보내느냐, 아니면 친구 대녀거와 함께 감옥에서 10년쯤 썩느냐."

생물학자인 페리스 박사는 동물들이 공포의 냄새를 맡는 능력이 있다는 이론에 매료되어 자신도 그런 능력을 키우려고 애써왔다. 페리스 박사는 리어든을 바라보며 그가 이미 오래전에 포기한 모양이라고 생각했다. 공포의 냄새가 나지 않았기 때문이다.

"제보자가 누군가요?" 리어든이 물었다.

"당신의 친구 중 한 사람이죠. 애리조나의 구리 광산주가 지난달에 당신이 법으로 정해진 리어든 금속의 월 생산량에 필요한 양보다 많은 구리를 사들였다고 보고했어요. 구리는 리어든 금속의 재료 중 하나죠, 안 그런가요? 우리에겐 그 정도의 정보면 충분했어요. 나머지는 쉽게 추적할 수 있었죠. 그 광산주를 너무 원망하지 말아요. 알다시피 요즘 구리 생산업자들 형편이 말이 아니라 그에겐 정부의 특혜가 절실했거든요. 그는 당신에 대한 제보를 한 덕에 '긴급한 필요'를 인정받아 정부의 몇 가지 법령에서 제외되어 숨 돌릴 여유를 갖게 됐죠. 그의 정보를 산 사람은 그 정보가 어디서 가장 큰 가치를 지니게 될지 알고 있었고 내게 그걸 팔아서 **자신에게** 필요한 특혜를 대가로 챙겼죠. 그래서 지금 난 모든 필요한 증거와 당신의 향후 10년간의 인생을 손에 쥐고 거래를 제안하는 거고요. 난 당신이 반대하지 않으리라 확신합니다. 거래는 당신의 전문 분야이니까요. 당신 젊었을 때와 거래의 형태가 좀 달라지기는 했지만 당신은 변화를 이용할 줄 아는 똑똑한 사람이죠. 이런 게 이 시대의 거래예요. 당신에게 유리한 선택을 하고 그에 따라 행동하기가 그리 어렵진 않을 겁니다."

리어든이 침착하게 말했다. "내가 젊었을 때는 이런 걸 협박이라고 불렀죠."

페리스 박사가 씩 웃었다.

"리어든 씨, 바로 그거예요. 우린 훨씬 현실적인 시대로 들어선 겁니다."

리어든은 페리스 박사가 단순한 협박자와는 다른 태도를 보이고 있다고 생각했다. 협박자는 대개 상대의 죄에 대해 흡족해하고 그 죄의 사악함을 인정한다. 상대를 위협하고 그 거래의 위험성을 암시한다. 그런데 페리스 박사는 그렇지가 않았다. 그는 정상적이고 자연스러우며 안전한 거래를 하는 듯한 태도를 보였으며 상대를 비난하기는커녕 동지애를 나타냈다. 쌍방의 자기경멸을 바탕으로 한 동지애. 리어든은 앞이 잘 보이지 않는 안개 속에서 한 걸음 더 나아갈 수 있을 듯한 희망에 차서 열성적인 태도로 페리스 박사를 향해 몸을 기울였다.

페리스 박사는 그런 리어든을 보며 성공을 자축하는 미소를 지었다. 일이 계획대로 술술 풀려가고 있었던 것이다. 어떤 사람들은 필사적으로 비밀을 덮으려고 하지만 리어든은 그의 예상대로 완고한 현실주의자라 솔직함을 원했다.

페리스 박사가 상냥하게 말했다. "리어든 씨, 당신은 실리적인 사람입니다. 그런 당신이 왜 시대에 뒤진 삶을 살려고 하는지 이해할 수가 없군요. 시대에 맞게 사는 게 낫지 않을까요? 당신은 대부분의 사람들보다 똑똑합니다. 당신은 귀중한 존재이고 우린 오래전부터 당신을 원했어요. 당신이 제임스 태거트와 손잡으려고 하는 것을 보고 난 당신을 우리 편으로 만들 수 있다는 걸 알았죠. 제임스 태거트는 신경 쓸 것 없어요. 아무것도 아니니까. 미끼에 불과하니까. 큰판에 들어와요. 우리는 당신을 이용하고 당신은 우리를 이용하는 겁니다. 우리가 오런 보일을 밟아주길 원해요? 그동안 그가 당신을 많이 괴롭혔는데 우리가 손 좀 봐줄까요? 얼마든지 가능합니다. 켄 대너거도 잘 봐줄까요? 당신이 그 문제에 대해 얼마나 실리적이지 못했는지 봐요. 난 당신이 그에게 왜 리어든 금속을 팔았는지 압니다. 그의 석탄이 필요해서였죠. 그러니까 당신은 켄 대너거와 우호적인 관계를 유지하기 위해 감옥에 가고 엄청난 벌금을 물 수도 있는 모험을 한 겁니다. 그게 훌륭한 거래일까요? 우리와 손잡고 대너거 씨에게 통보해요. 협조하지 않으면 **그는** 감옥에 갈 거라고. **당신은** 친구들이 있어서 감옥에 갈 염려가 없다고. 그럼 그때부터 석탄 공급에 대해서는 걱정할 필요가 없을 겁니다. **그게** 현대적인 사업방식이죠. 어느 쪽이 더 실리적인지 스스로에게 물어봐요. 당신에 대한 이런저런 말들이 많지만 당신이 위대한 사업가이자 냉철한 현실주의자란 사실은 아무도 부정하지 못할 겁니다."

"맞는 말입니다." 리어든이 대꾸했다.

"그럴 줄 알았어요. 당신은 대부분의 사람들이 파산하는 시대에 부자로 성공했어요. 모든 장애를 극복하면서 제철소를 지켜내고 돈을 벌었죠. 그런 당신이 이제 와서 비실리적이 될 순 없죠, 안 그런가요? 돈만 벌면 되는 거지 다른 걸 왜 신경 씁니까? 이론은 버트럼 스커더 같은 사람들에게, 이념은 밸프 유뱅크 같은 사람들에게 맡기고 당신답게 현실로 내려와요. 당신은 감상에 빠져서 사업을 망칠 사람이 아닙니다."

"그럼요. 절대 아니죠." 리어든이 천천히 말했다.

페리스 박사가 미소를 흘리며 공범에게 자신이 한 수 위임을 과시하듯 말했다. "우린 이렇게 될 걸 진작부터 알고 있었어요. 우린 당신이 걸려들기를 오랫동안 기다렸죠. 당신네 정직한 사람들은 아주 골치 아픈 존재들이에요. 하지만 우린 당신이 조만간 실수할 걸 알고 있었고 결국 우리가 원하는 대로 됐죠."

"흡족하신 모양입니다."

"흡족할 만하지 않나요?"

"하지만 나는 당신들의 법을 어겼어요."

"법이 무엇을 위해 존재한다고 생각하죠?"

페리스 박사는 리어든의 얼굴에 수수께끼의 실마리를 잡은 듯한 표정이 스치는 것을 보지 못했다. 그는 자신의 덫에 걸린 동물에게 마지막 일격을 가하는 데만 온통 정신이 쏠려 있었다.

페리스 박사가 말했다. "우리가 그 법들이 지켜지기를 바란다고 생각해요? 사실 우린 사람들이 그 법을 어기기를 바랍니다. 우린 보이스카우트 대원들이 아니에요. 지금은 훌륭한 행동을 요구하는 시대가 아니라고요. 우린 권력을 추구합니다. 진지하게. 우린 중요한 비법을 알고 있고 당신도 알아두는 게 좋을 거예요. 죄 없는 사람들은 다스릴 수가 없어요. 정부가 휘두를 수 있는 권력은 범죄자들을 탄압하는 것뿐이죠. 범죄자들이 부족하면 **만들어내면** 돼요. 많은 것을 범죄로 규정해놓으면 사람들이 법을 어기지 않고는 살 수가 없죠. 누가 법을 준수하는 국민만 있는 국가를 원한답니까? 그런 국가가 무슨 쓸모가 있어요? 지켜질 수도, 시행될 수도, 객관적으로 해석될 수도 없는 법들을 잔뜩 통과시키면 범법자들이 양산되고 우린 그들을 이용할 수 있게 되죠. 리어든 씨, 바로 그런 겁니다. 일단 그 원리를 알면 적응하기가 한결 쉬워질 겁니다."

리어든은 페리스 박사의 얼굴에 불안감이 경련처럼 스치는 것을 보았다. 그것은 공포에 선행하는 표정이었으며, 리어든이 그가 전혀 예상치 못했던 패를 던지기라도 한 듯한 표정이었다.

페리스 박사가 리어든의 얼굴에서 본 것은 해묵은 어둠의 수수께끼를 푼 듯한 빛나는 평온함이었다. 그것은 느긋하면서도 열성적인 표정이었다. 리어든의 두 눈에는 젊음에 찬 명쾌함이, 입가에는 희미한 경멸이 어려 있었다. 페리스 박사는 그 표정의 의미를 알 수는 없었지만 한 가지는 확신할 수 있었다. 리어든의 얼굴에는 죄의식이 없었다.

리어든이 조용하면서도 가볍게 말했다. "페리스 박사님, 당신의 방식에는 오류가 있군요. 켄 대너거에게 리어든 금속 4,000톤을 판 죄로 나를 법정에 세우면 그 오류가 무엇인지 깨닫게 되실 겁니다."

페리스 박사는 20초쯤 지나서야 리어든이 최종 결정을 통보했음을 깨달았다. 리어든은 그 20초가 천천히 지나가는 것을 느꼈다.

"우리가 공연한 허세를 부리고 있는 것 같아요?" 페리스 박사가 날카롭게 말했다.

그의 목소리는 그가 오랜 세월 연구해온 동물들을 닮아 있었다. 이빨을 드러내고 으르렁거리는 듯한 목소리였다.

"나야 모르죠. 허세든 아니든 상관없고." 리어든이 대꾸했다.

"이렇게 비실리적으로 나올 겁니까?"

"페리스 박사님, 행동의 '실리성'에 대한 평가는 실행하고자 하는 것이 무엇인가에 달려 있습니다."

"당신은 항상 자기이익을 최우선으로 하지 않았나요?"

"지금도 그렇게 하고 있는데요."

"우리가 이대로 물러날 거라고 생각한다면……."

"그만 나가주시죠."

페리스 박사가 목소리를 높였. "내가 누군 줄 알고 이러는 거요? 기업왕의 시대는 갔어! 당신은 물건을 가졌지만 우린 당신이 저지른 범죄 행위의 증거를 잡았고, 우리 방식에 따르지 않으면 당신은……."

리어든이 책상 위의 버튼을 누르자 비서인 아이브스가 들어왔다.

"아이브스 양, 페리스 박사님이 정신이 없으셔서 길을 혼동하시니 안내 좀 해드려요."

리어든은 페리스를 향해 덧붙였다. "아이브스 양은 몸무게가 45킬로그램밖에 안 되는 여자이고, 실리적인 자격 조건은 전혀 갖추지 못했죠. 지적으로는 매우 뛰어나지만요. 그녀는 술집 경비원 노릇은 절대 하지 못하고 비실리적인 곳에서나 일할 수 있죠. 공장 같은."

아이브스는 선적 송장 목록을 받아 적듯 아무 감정 없이 임무를 수행했다. 그녀는 냉랭하면서도 정중하게 문을 열고 꼿꼿이 서서 페리스 박사가 먼저 나갈 때까지 기다린 다음 따라나갔다.

그러고는 몇 분 후 다시 들어와서 배를 잡고 웃어댔다. 그녀는 후환이 두려운 마음을, 그 순간의 승리감을 방해하는 모든 것을 비웃으며 물었다.

"사장님, 지금 무슨 일을 벌이고 계신 거죠?"

리어든은 지금껏 단 한 번도 스스로에게 허용한 적이 없는 자세로 앉아 있었다. 기업가의 가장 천박한 상징이라고 분개했던 자세……. 의자에 몸을 묻고 두 발을 책상 위에 올려놓고 있었다. 아이브스의 눈에는 그 자세가 고귀해 보였고 거만한 중역이 아닌 젊은 투사의 모습 같았다.

"그웬, 난 지금 신대륙을 발견한 기분이야. 미국과 함께 발견되었어야 했지만 그러지 못했던 대륙." 그가 쾌활하게 말했다.

◆

에디 윌러스가 테이블 건너편의 철도 노동자에게 말했다. "**당신에게** 그 이야기를 해야겠어요. 왠지 모르게 당신과 이야기하면 마음이 편안해져요."

늦은 밤이었고 지하 식당 불빛은 어두웠지만 에디 윌러스는 자신을 응시하는 노동자의 눈을 볼 수 있었다.

에디 윌러스가 말했다. "마치…… 인간도, 인간의 언어도 남아 있지 않은 것 같아요. 내가 길 한복판에서 절규해도 아무도 알아듣지 못할 것 같아요…… 아니, 그건 정확한 표현이 아니고, 누군가 **지금** 길 한복판에서 절규하고 있는데 지나가는 사람들 귀에는 그 소리가 들리지 않는 것 같아요……. 지금 절규하고 있는 사람은 행크 리어든도, 켄 대너거도, 나도 아니지만 우리 셋 모두인 것 같아요……. 누군가 나서서 그들을 옹호해줘야 하는데 아무도 그러지 않았어요. 앞으로도 그럴 거고. 오늘 아침에 리어든과 대너거가 기소되었어요. 리어든 금속 불법 매매 혐의로. 다음 달에 재판이 열릴 거예요. 필라델피아 법정에서 기소장이 낭독되었는데 나도 그 자리에 있었어요. 리어든은 매우 침착했어요. 난 자꾸 그가 미소짓고 있다는 느낌을 받았는데 사실은 그렇지 않았어요. 대너거는 침착한 것보다 더 심각했어요. 그는 아무 말 없이 그냥 서 있었어요. 법정에 사람들이 아무도 없는 것처럼……. 신문들은 그 두 사람을 감옥에 보내야 한다고 떠들고 있어요……. 아니…… 아니, 난 지금 떨고 있는 게 아니에요. 난 괜찮아요. 금방 괜찮아질 거예요……. 그래서 그녀에겐 아무 말도 안 한 거예요. 이렇게 감정이 폭발할까 봐 두려워서. 그녀를 더 힘들게 하고 싶지는 않거든요. 난 그녀의 심정을 잘 알아요…… 그래요, **그녀는** 내게 그 문제에 대해 이야기했어요. 그녀는 떨지 않았어요. 하지만 더 심각했죠. 아무렇지도 않은 것처럼 행동하려고 애쓰는 듯한 딱딱한 태도를 보였고…… 잠깐, 내가 당신을 좋아한다는 말 했던가요? 난 당신이 정말 좋아요. 지금 이런 모습이. 내 말을 들어주고 이해해주니까……. 그녀가 뭐라고 말했느냐고요? 이상하죠. 그녀는 행크 리어든이 아니라 켄 대너거 때문에 두려워했어요. 리어든은 이 난관을 이겨낼 힘이 있지만 대너거는 그렇지 않다면서. 대너거는 힘이 없어서가 아니라 그렇게 하기를 거부할 거라면서. 그녀는…… 이제 켄 대너거가 사라질 차례라고 확신하고 있어요. 그도 엘리스 와이엇 같은 사람들처럼 사라질 거라고. 모든 것을 포기하고 종적을 감춰버릴 거라고……. 왜냐고요? 그녀는 그걸 과도한 중압감 때문이라고 여기고 있어요. 경제적·개인적 중압감. 과도한 중압감을 견디지 못해 사라지는 거라고. 1년 전 엘리스 와이엇을 잃은 건 최악의 손실이었죠. 그녀는 그 후로 이 나라가 무게중심을 잃고 좌초하는 화물선 꼴이 되었다고 했어요. 도미노처럼 회사와 기업가들이 차례로 무너지고 있다고. 한 사람이 무너지면 그 다음 사람이 그 짐을 다 짊어져야 하니 결국 그도 무너지고 마는 거죠. 만일 이 나라의 석탄 공급권이 보일이나 라킨 같은 사람들 손에 넘어간다면 그보다 더 큰 재앙이 어디 있겠어요? 지금 그걸 막을 수 있는 사람은 켄 대너거밖에 남지 않았죠. 그래서 그녀는 대너거가 과도한 중압감을 이기지 못해 사라질 거라고 거의 확신하고 있어요……. 왜 웃어요? 터무니없는 소리로 들릴 수도 있겠지만 난 그녀의 말이 옳다고 생각해요……. 뭐라고요?…… 아, 그럼요. 그녀는 똑똑한 여자죠!…… 그녀는 과도한 중압감 말고 다른 것도 있다고 했어요. 사람들이 사라지기 전에 어떤 정신적 단계에 이른다고요. 그것은 분노도 절망도 아닌 그것들보다 훨씬 더 심각한 거라고 했어요. 그녀는 그게 뭔지는 몰라도 와이엇 화재사건 훨씬 이전에 엘리스 와이엇이 그 단계에 이른 것을 보고 그에게 일이 벌어질 것을 알았다고 하더군요. 그녀는 오늘 법정에서 켄 대너거를 보고 그가 파괴자를 만날 준비가 된 것 같다고 말했어요…… 그래요, 그녀는 파괴자라는 말을 썼어요. 그가 파괴자를 만날 준비가 된 것 같다고 했어요. 그녀는 사람들이 사라지는 게 우연이나 사고라고 생각하지 않아요. 그 사건 뒤에는 모종의 음모가 있다고, 분명 누군가가 있다고 생각하죠. 파괴자가 세상을 무너뜨리기 위해 온 나라를 돌아다니며 기둥들을 잘라내고 있다고. 상상 불가능한 목적에 의해 움직이는 무자비한 존재가……. 그녀는 파괴자가 퀜 대너거를 데려가지 못하게 하겠대요. 그녀는 대너거를 막아야만 한다고 계속해서 다짐하고 있어요. 파괴자가 그에게 접근하기 전에 그를 만나 설득하고 애원하겠대요. 파괴자에게 당하지 않도록 무장시키겠대요. 그래서 대너거를 만나려고 애쓰고 있어요. 대너거는 아무도 만나주지 않고 있어요. 그는 피츠버그에 있는 자신의 광산으로 돌아갔죠. 하지만 그녀는 오늘 늦게 그에게 전화를 걸어 내일 오후에 만나기로 기어코 약속을 받아냈어요……. 그래요, 그녀는 내일 피츠버그로 갈 거예요…… 그래요, 그녀는 대너거 때문에 몹시 두려워하고 있어요……. 아니요. 그녀는 파괴자에 대해 아무것도 몰라요. 그의 정체를 알 수 있는 단서도 없고 그의 존재를 증명할 증거도 없어요…… 파괴의 흔적을 빼곤. 하지만 그녀는 파괴자가 존재한다고 확신해요……. 아니요, 그녀는 파괴자의 목적을 짐작도 하지 못하고 있어요. 그녀는 파괴자가 결코 정당화될 수 없는 존재라고 말하고 있어요. 가끔은 세상 누구보다, 모터 발명자보다 더 그자를 찾아내고 싶대요. 파괴자를 찾아내면 그 자리에서 쏘아죽이겠다고 했어요. 자기 손으로 그자를 잡을 수 있다면 목숨이라도 기꺼이 내놓겠대요. 파괴자는 세상의 두뇌들을 고갈시키는, 세상에서 가장 사악한 존재라면서……. 가끔은 그녀도 감당하기가 힘든 것 같아요. 그녀 같은 사람도. 그녀는 자신이 얼마나 지쳤는지 스스로 인정할 사람이 아니지만. 얼마 전에 아침 일찍 출근해보니 그녀가 자신의 사무실 소파에서 자고 있었어요. 책상 등을 켜놓은 채로. 사무실에서 밤을 샌 거죠. 난 우두커니 서서 그녀를 바라보기만 했어요. 철도가 전부 붕괴되어도 그녀를 깨우고 싶지 않았어요……. 그녀의 자는 모습이요? 어린 소녀 같았어요. 잠에서 깨면 아무도 그녀에게 해를 끼치지 않는 세상을 맞이할 것을 확신하는 것처럼, 아무것도 감추거나 두려워할 게 없는 것처럼 보였죠. 바로 그게 끔찍했어요. 그 해맑은 얼굴이. 몸은 지쳐 쓰러진 그대로 뒤틀려 있으면서…… 그녀의 모습은…… 그런데 그녀의 자는 모습이 어땠는지는 왜 묻는 거죠?…… 그래요, 당신 말이 맞아요. 내가 왜 그 이야기를 꺼낸 걸까요? 그런 이야기는 하지 말았어야 했는데. 왜 그런 생각을 하게 됐는지 모르겠어요…… 나한테 신경 쓰지 말아요. 내일이면 괜찮아질 겁니다. 법정에서 받은 충격 때문인 것 같아요. 계속 이런 생각이 들어요. 리어든과 대너거 같은 사람들이 감옥에 가야 한다면 이 세상이 도대체 어떤 세상이고 우린 무엇을 위해 일하는 것일까? 세상에 정의가 남아 있지 않은 걸까? 난 법정을 나서면서 바보같이 기자에게 그런 말을 했어요. 그 기자는 웃으며 말하더군요. '존 골트가 누구죠?'…… 도대체 우리에게 무슨 일이 벌어지고 있는 걸까요? 정의로운 사람이 단 한 명도 남아 있지 않은 걸까요? 그들을 옹호할 사람이 단 한 명도 없는 걸까요? 내 말 듣고 있어요? 그들을 옹호해줄 사람이 없는 걸까요?"

◆

"태거트 양, 잠시만 기다리시면 됩니다. 사장님 방에 손님이 와 계셔서요. 기다려주시겠습니까?" 대너거의 비서가 말했다.

대그니는 피츠버그로 비행기를 타고 오는 2시간 내내 알 수 없는 불안감에 시달렸다. 촌각을 다툴 이유가 없는데도 서둘러야 한다는 맹목적인 조급함을 떨쳐낼 수가 없었다. 켄 대너거의 방 앞에 있는 비서실로 들어서자 불안감은 사라졌다. 무사히 그에게 왔기 때문이다. 그녀는 안전함과 확신, 그리고 커다란 안도감을 느꼈다.

하지만 비서의 말이 그 모든 것을 허물어뜨렸다. 대그니는 비서의 별 뜻 없는 말에 다시금 이유 모를 공포의 나락으로 빠져드는 자신을 나무랐다. '넌 겁쟁이가 되어가고 있어.'

"태거트 양, 정말 죄송합니다."

대그니는 비서의 정중하고 걱정스러운 목소리를 듣고서야 자신이 대답도 없이 서 있었다는 사실을 깨달았다.

"잠시만 기다리시면 사장님을 만나실 수 있을 겁니다. 좀 앉으시겠습니까?"

대그니는 미소지으며 대답했다. "아, 괜찮아요."

대그니는 비서 맞은편에 있는 나무로 만든 안락의자에 앉았다. 그녀는 담배를 꺼내려다가 한 개비를 다 피울 시간이 없을지도 모른다는 생각에 주저했지만 얼른 불을 붙였다.

이 구식 건물이 대기업 대너거 석탄회사 본사였다. 창문 너머 산속 어딘가에 켄 대너거가 광부로 일하던 탄광이 있었다. 그는 탄광에서 멀리 떨어진 곳으로 사무실을 옮긴 적이 없었다.

대그니는 산비탈의 탄광 입구들을 볼 수 있었다. 금속 기둥들로 이루어진 그 작은 입구들은 거대한 지하 왕국으로 이어졌다. 오렌지빛과 붉은빛으로 물든 산속에서 탄광 입구들은 불안하리만큼 소박해 보였다……. 10월 하순의 시리도록 푸른 하늘 아래 단풍 든 산은 불바다 같았고……그 붉은 물결이 넘실대며 탄광 입구의 약한 기둥들을 삼켜 버릴 것만 같았다. 대그니는 몸서리를 치며 시선을 돌렸다. 위스콘신 스탄스빌로 가는 길에 보았던 산을 뒤덮은 불타는 듯한 단풍의 물결이 떠올랐기 때문이다.

그녀는 어느새 담배 한 개비를 다 피우고 꽁초만 남아 있는 것을 보았고 한 개비를 더 꺼내 불을 붙였다.

대그니는 비서실 벽시계를 흘끗 보다가 비서도 시계를 쳐다보고 있는 것을 보았다. 약속 시간은 3시였는데 벽시계는 3시 12분을 가리키고 있었다.

"태거트 양, 죄송합니다. 사장님께선 금방 용무가 끝나실 겁니다. 원래 약속 시간에 철저하신 분인데. 이런 일은 처음입니다." 비서가 말했다.

"알아요."

대그니는 켄 대너거가 스케줄을 열차 시간표만큼 철저하게 관리하고 방문객이 5분만 늦어도 만나주지 않는다는 사실을 알고 있었다.

비서는 가까이하기 어려운 인상을 주는 노처녀였다. 그녀의 새하얀 블라우스가 석탄재 가득한 공기의 영향을 전혀 받지 않듯 그녀의 차분하고 정중한 태도 역시 그 어떤 충격에도 흔들림이 없을 듯했다. 대그니는 그런 냉정하고 노련한 여자가 초조해하는 것이 이상했다. 비서는 대그니에게 말을 걸지 않고 조용히 앉아 책상 위의 서류를 들여다보고 있었는데, 대그니가 담배 반개비를 피울 때까지 같은 페이지를 보고 있었다.

그녀가 고개를 들어 벽시계를 보았을 때 시곗바늘은 3시 30분을 가리키고 있었다.

"태거트 양, 정말 죄송합니다. 무슨 일인지 모르겠네요."
이제 불안감을 숨기지 못하는 목소리였다.

"대너거 씨께 내가 왔다고 알려주시겠어요?"

"안 됩니다!"

그것은 외침에 가까웠다. 대그니가 놀란 눈으로 쳐다보자 비서는 상황 설명을 하지 않을 수 없었다.

"사장님께서 아까 인터폰으로 무슨 일이 있어도 절대 방해하지 말라고 지시하셨거든요."

"언제요?"

비서는 잠시 망설였고 그것이 충격을 흡수하는 작은 공기쿠션 역할을 했다.

"2시간 전에요."

대그니는 닫혀 있는 대너거의 사무실 문을 바라보았다. 안에서 목소리가 들리기는 했지만 너무 작아서 한 사람 목소리인지 둘이 대화하는 소리인지 구분조차 안 되었다. 대화 내용도 전혀 알아들을 수 없었고 어조도 알 수 없었다. 그저 낮고 고른 소리만 이어지는 것으로 보아 격앙되지 않은 정상적인 목소리 같았다.

"회의 시작한 지 얼마나 됐죠?" 대그니가 물었다.

"1시부터요."

비서는 엄격한 목소리로 대답하고는 사죄하듯 덧붙였다. "미리 약속하고 온 손님이 아니라서요. 사장님께선 이런 실례를 하실 분이 아닌데."

대그니는 문이 잠겨 있지는 않을 것이라고 생각했다. 그녀는 문을 열고 안으로 들어가고 싶은 비이성적인 충동을 느꼈다. 나무판자 몇 개와 황동 손잡이로 된 문이라 팔 근육에 조금만 힘을 주어도 열 수 있었다. 그녀는 교양인의 예의와 켄 대너거의 프라이버시가 그 어느 자물쇠보다 강한 장벽이라는 것을 알기에 고개를 돌렸다.

대그니는 옆에 있는 스탠드형 재떨이에 놓인 자신의 담배꽁초들을 바라보며 왜 그것들이 불안감을 가중시키는지 의아해하고 있었다. 그러다 휴 액스턴에게 생각이 미쳤다. 그녀는 와이오밍에 있는 그의 식당으로 달러 표시가 있는 담배를 어디서 구했는지 묻는 편지를 보냈다. 하지만 그 편지는 주소 불명 소인이 찍힌 채 반송되었다. 그가 주소를 남기지 않고 떠난 것이다.

대그니는 그 일은 지금 이 문제와 아무 상관 없다고, 초조해할 필요 없다고 자신을 나무랐다. 하지만 그녀는 신경질적으로 재떨이에 달린 버튼을 눌러 담배꽁초들을 아래로 떨어뜨렸다.

그녀는 고개를 들다가 자신을 지켜보고 있던 비서와 눈이 마주쳤다.

"태거트 양, 죄송합니다. 저도 어떻게 해야 좋을지 모르겠네요." 그녀의 말은 솔직하고 간절한 애원이었다. "불쑥 들어갈 수도 없고."

대그니는 그런 에티켓에 반발심을 느끼며 따지듯 천천히 물었다. "대너거 씨와 같이 있는 사람이 누구죠?"

"모릅니다. 처음 보는 분이었어요."

비서는 대그니의 표정이 굳어지는 것을 보고 얼른 덧붙였다. "사장님의 어릴 적 친구인 것 같습니다."

"아!"

대그니는 안도감을 감추지 못했다.

"약속도 없이 찾아와서 사장님과 40년 전에 약속한 일이라며 사장님을 만나게 해달라고 했어요."

"대너거 씨가 몇 살이죠?"

"쉰두 살이십니다." 비서가 대답했다.

그러고는 생각에 잠긴 목소리로 덧붙였다. "사장님은 열두 살 때부터 일을 하셨죠." 잠시 침묵했다가 그녀가 이어서 말했다. "이상한 건, 그 손님은 마흔 살도 안 되어 보였다는 점이에요. 삼십 대로 보였는데."

"그 사람이 이름을 말했나요?"

선의의 협박

"아니요."

"어떻게 생겼죠?"

비서는 열띤 찬사를 늘어놓으려는 듯 갑자기 얼굴에 생기가 돌며 미소를 지었지만 그 미소는 이내 사라졌다. 그녀가 불안하게 말했다.

"모르겠어요. 설명하기가 어려워요. 이상한 얼굴이라."

그 후로 오랫동안 침묵이 흘렀고 벽시계가 3시 50분을 가리킬 즈음 비서의 책상에 있는 벨이 울렸다. 대너거가 자신의 방에서 누른 것으로 들어와도 된다는 신호였다.

두 사람은 동시에 튕겨져 일어났다. 비서가 안도하는 미소를 지으며 황급히 달려가 문을 열었다.

대그니는 대너거의 방으로 들어서며 앞선 방문객이 비밀문으로 나가고 문이 닫히는 것을 보았다. 문이 문설주에 부딪히고 유리 흔들리는 소리가 들렸다.

대그니는 켄 대너거의 얼굴에서 방금 나간 남자를 볼 수 있었다. 그 얼굴은 그녀가 법정에서 본 얼굴이 아니었다. 그녀가 오랫동안 보아온 완고하고 강직한 얼굴이 아니었다. 스무 살 청년이 갖고 싶어하지만 결코 가질 수 없는 얼굴……. 긴장이 말끔히 사라지고 주름진 뺨과 이마, 희끗희끗한 머리가 마치 새로운 주제에 의해 재구성된 듯 희망과 열정, 결백한 평온을 나타냈다. 그리고 그 새로운 주제는 해방이었다.

대너거는 대그니가 들어오는 것을 보고도 일어서지 않았다. 그는 아직 현실로 완전히 돌아오지 않아서 일상적인 예의를 잊은 듯했다. 하지만 너무나 인자한 미소를 보내서 대그니도 미소짓지 않을 수 없었다. 그녀는 모든 인간이 마땅히 그렇게 서로를 맞아주어야 한다는 생각이 들었다. 그녀는 아무 일도 없다는 확신에 불안감을 잊을 수 있었다.

"태거트 양, 어서 오세요. 오래 기다리게 해서 미안합니다. 앉으세요."

대너거가 자신의 책상 앞에 있는 의자를 가리켰다.

"괜찮습니다. 시간 내주셔서 감사합니다. 아주 중요한 문제로 꼭 만나뵙고 싶었거든요."

대너거는 중요한 사업 이야기를 나눌 때면 늘 그랬던 것처럼 정중한 관심을 보이며 책상 너머로 몸을 기울였다. 하지만 그는 대그니가 알던 사람이 아니었다. 낯선 사람이었다. 대그니는 자신이 준비한 이야기가 그에게 설득력을 발휘할지 확신이 서지 않아 머뭇거렸다.

대너거가 조용히 그녀를 바라보더니 말했다. "태거트 양, 참으로 아름다운 날씨네요. 올해 이런 날씨는 오늘이 마지막이 될지도 모르겠군요. 난 늘 하고 싶었던 일이 있었어요. 시간이 나지 않아서 못 했지만. 우리 같이 뉴욕으로 가서 유람선을 타고 맨해튼 섬을 돌아봅시다. 세상에서 가장 위대한 도시를 마지막으로 구경합시다."

대그니는 사무실이 빙빙 도는 것 같아 정신을 차리려고 안간힘을 썼다. 켄 대너거는 친구도 없고, 결혼한 적도 없으며, 연극이나 영화를 보러 간 적도 없는 사람이었다. 누구든 사업 외의 일로 그의 시간을 빼앗는 것을 절대 용납하지 않는 사람이었다.

"대너거 씨, 전 오늘 당신과 제 사업의 장래가 걸린 아주 중요한 문제에 대해 이야기하러 왔어요. 당신의 기소와 관련된 이야기를 하러요."

"아, 그거? 그건 걱정 말아요. 상관없으니까. 난 은퇴할 거예요."

대그니는 무감각하게 조용히 앉아 있었다. 설마 했던 사형선고를 듣는 기분이 바로 이런 것일까 하는 생각이 어렴풋이 들었다.

그녀가 처음 보인 반응은 고개를 홱 돌려 비밀문을 바라본 것이었다. 그러고는 증오로 일그러진 입술로 조용히 물었다.

"누구죠?"

대너거는 웃음을 터뜨렸다.

"거기까지 짐작할 수 있었다면 내가 그 질문에 절대로 대답하지 않으리란 것도 알 텐데요."

"오, 세상에, 켄 대너거!" 대그니가 신음하듯 웅얼거렸다.

둘 사이에 이미 절망과 침묵, 대답 없는 질문들의 장벽이 버티고 있음을 깨달은 것이다. 그녀는 증오로 잠시 버틸 수 있었지만 이내 절망의 나락으로 떨어져 내렸다.

"오, 세상에!"

대너거가 부드럽게 말했다. "옳지 않아요. 지금 심정이 어떨지 아는데, 그건 옳지 않아요."

그러고는 두 세계 사이에서 중심을 잃지 않으려는 듯 예의를 갖추어 말했다. "태거트 양, 당신을 너무 빨리 만난 것 같군요."

"아니요, 제가 너무 늦게 왔어요. 어떻게든 막아보려고 왔는데. 전 이런 일이 일어날 걸 알고 있었어요."

"어떻게?"

"그가 누구든, 다음에는 당신을 노릴 거라고 확신했으니까요."

"그래요? 재미있군요. 난 몰랐는데."

"그에게 당하지 않도록 미리 경고해드리려고 했는데."

대너거는 미소지었다.

"태거트 양, 내 말 잘 들어요. 나를 너무 늦게 찾아왔다고 괴로워할 필요 없어요. 미리 경고했어도 소용없었을 테니까."

대그니는 시간이 흐를수록 대너거가 자신이 닿을 수 없는 먼 곳으로 사라져가는 것을 느꼈지만 아직 그와의 사이에 가느다란 다리 하나가 남아 있었기에 서둘러야만 했다.

선의의 협박

그녀는 앞으로 몸을 기울이고 아주 조용히 말했다. 과도하게 차분한 목소리에서 격한 감정이 느껴졌다.

"3시간 전에 당신이 어떤 사람이었는지, 어떤 생각과 감정을 갖고 있었는지 기억하세요? 당신의 광산이 당신에게 어떤 의미였는지 기억하세요? 태거트 대륙횡단철도나 리어든 철강을 기억하세요? 그렇다면 대답해주세요. 제가 이해할 수 있도록 도와주세요."

"대답할 수 있는 건 대답하겠어요."

"은퇴하시겠다고요? 사업을 포기하시겠다고요?"

"그래요."

"이제 당신에겐 사업이 아무 의미도 없나요?"

"그 어느 때보다 의미가 크죠."

"그런데도 포기하시겠다고요?"

"그래요."

"왜죠?"

"그건 대답할 수 없어요."

"당신은 자신의 일을 사랑하고, 오직 일만을 존중하고, 무목적과 수동성, 포기를 경멸하며 살아오셨는데…… 그런 삶을 포기하신 건가요?"

"아니, 난 내가 그런 삶을 얼마나 사랑하는지 방금 깨달았어요."

"하지만 일도, 목적도 없이 존재하려고 하시잖아요."

"왜 그렇게 생각해요?"

"그럼 어디 다른 곳에서 탄광업을 시작하실 건가요?"

"아니, 탄광업은 안 해요."

"그럼 뭘 하실 건가요?"

"아직 결정하지 못했어요."

"어디로 가실 건데요?"

"대답하지 않겠소."

대그니는 잠시 쉬면서 힘을 모으며 자신을 다독였다. '느끼지 마. 네가 뭔가를 느끼는 것을 그에게 보이지 마. 그것이 시야를 흐리고 다리를 무너뜨리게 해선 안 돼.' 그러고는 여전히 차분하고 조용한 목소리로 물었다.

"당신의 은퇴가 행크 리어든에게, 저에게, 남아 있는 모든 사람에게 어떤 영향을 미칠지 아세요?"

"알아요. 지금 당신보다 더 잘 알고 있어요."

"그게 당신에겐 아무 의미도 없나요?"

"당신이 생각하는 것 이상으로 의미가 크지요."

"그런데 왜 우릴 버리시는 거죠?"

"어차피 설명해봐야 믿지 않겠지만, 난 당신들을 버리는 게 아니에요."

"당신이 떠나면 우린 더 큰 짐을 지게 될 거예요. 당신은 우리가 약탈자들에게 파괴될 걸 알면서도 아무 관심도 없고요."

"그렇게 너무 확신하지 말아요."

"무엇에 대해서요? 당신의 무관심이요? 우리의 파괴요?"

"어느 것이든."

"하지만 우리가 약탈자들에 맞서 죽음의 전투를 치르고 있다는 것을 당신도 알고 계세요. 오늘 오전까지만 해도 알고 계셨어요."

"만일 내가 **나는** 그걸 알고 **당신은** 모른다고 대답하면 당신은 내가 의미 없는 말을 한다고 생각하겠죠. 그러니까 당신 원하는 대로 생각해요. 하지만 **그게** 내 대답이에요."

"그 의미를 말씀해주시겠어요?"

"아니. 그건 당신 스스로 알아내요."

"당신은 약탈자들에게 세상을 넘겨주시려 하고 있어요. 우린 아니고요."

"그것도 너무 확신하지 말아요."

대그니는 무력감에 입을 다물었다. 그의 태도에서 이상한 점은 단순함이었다. 그는 자신의 선택이 너무나 자연스러운 것처럼 말했고, 몇 가지 질문에는 대답조차 하지 않으면서 더 이상 비밀이 존재하지 않는 듯한 인상을 주었다.

대니거의 기쁨에 찬 평온함이 처음으로 깨지면서 갈등하는 기색이 보였다. 그가 주저하다가 어렵게 입을 열었다.

"행크 리어든에 관한 일인데…… 부탁 하나 해도 되겠어요?"

"물론이죠."

"그에게 이렇게 전해줘요······. 알다시피 난 원래 사람들에게 관심이 없는데 그만은 늘 존경해왔어요. 하지만 내가 유일하게 사랑한 사람이 그런 것을······ 오늘에서야 깨달았어요······. 그에게 그 말을 전해줘요. 그리고 또······ 아니, 그 이상은 말할 수 없지······. 그는 떠나간 나를 저주하겠지······ 어쩌면 그렇지 않을 수도 있고."

"전해드리죠."

대그니는 그의 목소리에 감추어져 있는 무뎌진 고통을 발견하자 그가 너무나 친근하게 느껴져서 그의 배신이 도무지 믿기지 않았다. 그래서 마지막으로 한 번 더 그를 붙잡아보려고 했다.

"대너거 씨, 제가 무릎 꿇고 애원하면, 제가 당신을 설득할 수 있는 말을 찾아낸다면······ 당신을 붙잡을 수 있을까요?"

"아니요."

잠시 후 그녀가 억양 없는 목소리로 물었다. "언제 떠나시죠?"

"오늘 밤."

대그니가 창문 너머 산을 가리키며 물었다. "대너거 석탄회사는 어떻게 하실 건가요? 누구에게 넘기실 건가요?"

"몰라요. 관심도 없고. 누구든 원하는 사람이 갖겠지."

"회사를 처분하거나 후계자를 임명할 생각도 없으신건 가요?"

"왜 그래야 하지요?"

"좋은 사람에게 넘기기 위해서요. 후계자는 지정하고 떠 나실 수 있잖아요."

"그런 건 내게 아무 상관 없어요. 당신에게 넘길까요?" 대너거는 종이 한 장을 집으며 말했다. "원한다면 당신에 게 모든 걸 넘겨준다는 편지를 써주겠어요."

대그니는 혐오감에 치를 떨며 고개를 저었다.

"전 약탈자가 아니에요!"

대너거는 종이를 옆으로 치우며 껄껄 웃었다.

"알겠어요? 당신은 정답을 말했어요. 스스로 그것을 알 든 모르든. 대너거 석탄에 대해서는 걱정하지 말아요. 내 가 세상에서 가장 훌륭한 후계자를 지명하든, 아니면 최악 의 후계자를 지명하든, 아무도 지명하지 않든 결국 달라질 것은 없어요. 지금 누가 회사를 맡든, 그게 사람이든 잡초 든 달라질 것은 없어요."

"하지만 기업을 그냥 그렇게 버리고 떠나시는 건······ 유랑민이나 정글의 야만인들의 시대에나 어울리는 짓이 에요!"

"지금이 그런 시대 아닌가요?"

대너거는 조롱과 동정이 반반씩 섞인 미소를 보냈다.

"증서나 유언장 같은 걸 왜 남겨요? 그래 봐야 사유재산이 아직 존재하는 것처럼 보이고 싶어하는 약탈자들만 도와주는 꼴인데. 난 그들이 만든 체제에 따르겠어요. 그들에게 나는 필요 없고 내 석탄만 필요하다니까 그들에게 줘버리겠어요."

"그럼 그들의 체제를 받아들이시는 건가요?"

"내가요?"

대그니는 비밀문을 보며 신음 소리를 냈다.

"그가 당신에게 무슨 짓을 한 거죠?"

"그는 내게 존재할 권리가 있다고 말했어요."

"3시간 만에 한 사람이 52년의 생애를 등지도록 만들 수 있다는 게 믿기지 않아요!"

"그가 내게 엄청난 비밀이라도 알려줘서 내 마음을 돌렸다고 생각한다면 황당할 수도 있어요. 하지만 그는 그러지 않았어요. 그는 내가 무엇으로 살아왔는지, 인간이 무엇으로 사는지에 대해서만 이야기해줬죠."

대그니는 더 이상의 질문과 설득이 무의미하다는 것을 깨달았다.

대너거가 고개를 숙이고 있는 그녀를 바라보며 부드럽게 말했다. "태거트 양, 당신은 용감한 사람이에요. 나는 당신이 지금 무얼 하고 있고, 그 일이 얼마나 힘든 것인지 알아요. 자신을 고문하지 말아요. 나를 보내줘요."

대그니는 의자에서 일어섰다. 그녀는 무슨 말을 하려다가 갑자기 책상 위의 재떨이를 움켜잡았다. 재떨이에 달러 표시가 있는 담배꽁초 하나가 놓여 있었다.

"태거트 양, 왜 그래요?"

"**그가**…… 이 담배를 피웠나요?"

"누구?"

"당신을 찾아왔던 사람 말이에요. 그가 이 담배를 피웠나요?"

"글쎄, 모르겠어요……. 아마 그럴 거예요…… 그래요, 그가 담배를 피웠어요……. 보자…… 이건 내 담배가 아니니 그의 것이 분명하군요."

"오늘 다른 방문객이 있었나요?"

"없었어요. 태거트 양, 왜 그래요? 무슨 일이에요?"

"이걸 가져가도 될까요?"

"담배꽁초를?"

대너거가 어리둥절한 눈으로 쳐다보았다.

"네."

"그럼요. 하지만 그걸 뭐 하려고?"

대그니는 손바닥 위의 담배꽁초를 보석이라도 되는 것처럼 바라보았다.

"모르겠어요……. 이게 무슨 도움이 될지. 어떤 비밀의 단서이기는 하지만." 그녀는 쓴웃음을 지으며 말했다.

대그니는 다시는 돌아올 수 없는 곳으로 떠나는 사람을 마지막으로 보듯 켄 대너거를 응시하며 발걸음을 떼지 못했다.

대너거가 그녀의 마음을 읽고 미소지으며 악수를 청했다.

"작별 인사는 하지 않겠어요. 머지않은 미래에 다시 만나게 될 테니까."

"그럼 다시 돌아오실 건가요?" 그녀가 그의 손을 잡으며 반갑게 물었다.

"아니. 당신이 내게 올 거예요."

◆

어둠 속의 제철소 건물 위로 희미한 붉은 기운이 감돌고 있었다. 제철소가 잠들어 있으면서도 살아 있는 듯 용광로들은 고른 숨을 쉬고 컨베이어벨트들은 희미한 심장박동 소리를 냈다. 리어든은 창가에 서서 유리창에 손을 대고 있었다. 그의 손이 800미터 정도에 걸쳐 늘어서 있는 제철소 건물들을 모두 움켜쥘 수 있을 듯했다.

리어든은 수직 띠 모양의 코크스로(爐)가 길게 늘어서 있는 것을 바라보았다. 좁은 문이 스르르 열리며 화염이 넘실거렸고, 시뻘건 코크스 판이 거대한 토스트 기계 옆구리에서 나오는 빵조각처럼 미끄러져 나왔다. 잠시 후 코크스 판은 금이 가면서 산산이 부서져 아래쪽 레일에서 기다리고 있는 무개화물차로 떨어져 내렸다.

대너거 석탄. 그의 마음속에는 이 말뿐이었다. 나머지는 외로움이 채우고 있었고 그 외로움은 너무 커서 고통까지도 삼켜버린 듯했다.

어제 대그니가 켄 대너거를 만난 이야기를 들려주며 대너거가 한 말을 전했다. 그리고 오늘 아침 대너거가 사라졌다는 소식이 들렸다. 뜬눈으로 지새운 지난밤 내내, 그리고 오늘 일에 열중하면서도 대너거의 말에 대한 대답이, 이제 영영 입 밖에 낼 수 없을 대답이 계속 머릿속에 맴돌았다.

'내가 사랑한 유일한 사람.' 켄 대너거가 그런 말을 했다고 했다. '이봐요, 리어든' 이상의 친근한 말은 한 적이 없는 켄 대너거가. 리어든은 생각에 잠겼다. '우리는 왜 그렇게 살았을까? 우리 둘 다 왜 따분한 인간들 틈에서 휴식 시간을 보낼 수밖에 없었을까? 진정한 휴식과 우정, 인간적인 목소리에 대한 갈망을 포기하게 만든 인간들 틈에서. 지금이라도 내 동생 필립의 이야기를 들어주며 낭비한 시간을 단 1시간이라도 되돌려 켄 대너거에게 할애할 수는 없을까? 우리가 피땀 흘려 일해서 얻은 보상이라고는 경멸밖에 느껴지지 않는 인간들을 사랑하는 척하는 고통스러운 의무뿐이었다. 우리는 바위와 쇠도 녹일 수 있는 능력

을 지녔으면서 사람에게서 얻고 싶은 것들은 왜 포기하고 살았을까?'

리어든은 이제 와서 후회해봐야 부질없다는 것을 알기에 그런 생각을 떨쳐내려고 애썼다. 하지만 죽은 사람에게 전하는 말과도 같은 그 생각은 그의 뇌리에서 떠나지 않았다. '아니, 난 떠나는 당신을 저주하지 않습니다. 그러니 마음 편히 가세요. 왜 내게 말할 기회를 주지 않았습니까?…… 그 말이 뭘까요? 당신의 선택에 동의한다는 말?…… 아니, 나는 당신을 비난할 수도, 당신을 따를 수도 없다는 말입니다.'

리어든은 눈을 감으며 자신도 모든 것을 포기하고 떠난다면 느끼게 될 엄청난 안도감을 맛보았다. 그는 소중한 친구를 잃은 충격 속에서 일말의 질투를 느꼈다. '그들이 누구인지는 몰라도 그들은 왜 내게 찾아와 내가 떠날 수밖에 없는 이유를 대지 않았을까?' 하지만 다음 순간 그는 분연히 몸서리를 치며 만일 자신을 제철소에서 떠나게 만들 사람이 접근하면 그가 입을 떼기도 전에 죽여버리겠노라고 다짐했다.

늦은 시각이라 직원들은 모두 퇴근했지만 그는 집으로 돌아가는 길과 공허한 밤이 두려웠다. 켄 대너거를 데려간 적이 제철소 불빛 너머의 어둠 속에서 자신을 노리고 있을 것만 같았다. 그는 이제 더 이상 무적의 존재가 아니었다.

하지만 그 적이 어떤 존재이고 어디에서 왔건 이곳에서는, 제철소 불빛이 악을 막아주는 이곳에서는 안전하다는 생각이 들었다.

리어든은 멀리 있는 건물의 검은 유리창에 비친 흰빛을 바라보았다. 마치 수면에서 일렁이는 햇살 같은 그 빛은 그의 머리 위 지붕에서 반짝이는 '리어든 철강'의 네온사인이 비친 것이었다. 자신의 과거에 '리어든 인생'이라는 네온사인 불빛을 밝히고 싶었던 밤이 떠올랐다. 왜 그것을 밝히고 싶었던 것일까? 누구에게 보이려고?

리어든은 자신이 지녔던 기쁨에 찬 긍지는 인간에 대한 존중에서, 사람들의 평가와 찬사를 가치 있게 여긴 것에서 나왔음을 깨닫고 씁쓸한 기분을 느꼈다. 이제 그에게는 그런 긍지가 없었다. 이제 이 세상에는 그 네온사인 불빛을 보여주고 싶은 사람이 없었다.

리어든은 창가에서 홱 돌아섰다. 다시 현실로 돌아가겠다는 결심으로 비장하게 외투를 집어 들었다. 외투를 몸에 걸치고 허리띠를 단단히 맨 후 사무실을 나서며 빠르게 손을 움직여 불을 껐다.

문을 활짝 열어젖힌 그는 우뚝 멈추어 섰다. 비서실 구석에 등 하나가 켜져 있었다. 책상에 걸터앉아 느긋하면서도 끈기 있게 기다리고 있는 사람은 프란시스코 단코니아였다.

리어든은 얼어붙은 듯 그 자리에 서서 프란시스코가 책상에 앉아 둘만의 비밀을 지닌 공모자에게 눈을 찡긋하듯 미소를 살짝 흘리는 것을 보았다. 그가 나오는 것을 보고 프란시스코도 바로 일어났으므로 그것은 아주 짧은 순간의 일이었다. 프란시스코는 무례하게 굴 의사가 없다는 걸 나타내려고 엄격한 격식을 갖춘 예의바른 태도를 보였지만 굳이 인사나 설명을 하지 않는 것으로 친근감을 표현했다.

리어든이 딱딱한 목소리로 물었다. "여기서 뭐 하는 겁니까?"

"오늘 당신이 나를 만나고 싶어할 것 같아서요."

"왜요?"

"당신이 늦게까지 사무실에 남아 있는 것과 같은 이유죠. 일도 하지 않으면서요."

"여기 얼마나 오래 앉아 있었어요?"

"한 2시간쯤."

"왜 노크하지 않았어요?"

"그럼 들어오게 했을까요?"

"그 질문은 너무 늦은 것 같군요."

"리어든 씨, 그냥 갈까요?"

리어든은 자신의 사무실 문을 가리키며 말했다. "들어와요."

리어든은 서두름 없이 사무실 불을 켜며 아무것도 느껴

서는 안 된다고 다짐했지만 정체를 알 수 없는 조용하면서도 뜨거운 감정에 삶의 활력이 되살아나는 기분을 느꼈다. 그는 자신에게 경고했다. '조심해.'

리어든은 책상에 걸터앉아 가슴에 팔짱을 끼고 프란시스코를 쳐다보았다. 프란시스코는 정중히 그의 앞에 서 있었다. 리어든이 차가운 미소를 보이며 물었다.

"여긴 왜 왔어요?"

"리어든 씨, 내 대답을 듣고 싶지 않을 텐데요. 오늘 밤 당신이 얼마나 외로운지 인정하고 싶지 않을 테니까요. 내게 그런 질문을 하지 않는다면 당신은 굳이 그걸 부인할 필요가 없겠죠. 하지만 그냥 받아들여요. 당신도 알고 나도 아는 일이니까요."

리어든은 그 오만함에 화가 나면서도 한편으로는 그 솔직함에 감탄해 팽팽히 당겨진 현처럼 긴장된 목소리로 대답했다.

"원한다면 인정하죠. 당신이 그걸 안다는 것이 내게 무슨 문제가 되겠어요?"

"리어든 씨, 나는 그걸 알고 신경도 쓰죠. 당신 주위에 그런 사람은 나뿐일 겁니다."

"당신이 왜 신경 써요? 그리고 오늘 밤 내가 왜 당신 도움이 필요하죠?"

"당신에게 가장 큰 의미를 지녔던 사람을 저주해야만 하는 건 쉬운 일이 아니니까요."

"당신이 나타나지 않았다면 당신을 저주하지 않았을 텐데요."

프란시스코의 눈이 조금 커지더니 씩 웃었다.

"나는 대너거 씨 이야기를 한 겁니다."

리어든은 자신의 뺨을 때리고 싶은 듯한 표정을 짓더니 부드럽게 웃었다.

"좋아요. 앉아요."

리어든은 프란시스코가 이제 어떤 태도를 보일지 지켜보았으나 프란시스코는 승리감과 감사가 담긴 소년 같은 미소를 지으며 조용히 그의 말에 따랐다.

"난 켄 대너거를 저주하지 않아요." 리어든이 말했다.

"그래요?" 프란시스코가 웃음기 없는 얼굴로 조심스러울 정도로 조용히 물었다.

"그래요. 누구나 인내력에 한계가 있는 법이니까요. 그가 무너졌다고 해서 내가 그를 심판할 수는 없죠."

"그가 무너졌다고요?"

"아닌가요?"

프란시스코는 뒤로 기대앉았다. 그가 다시 미소를 지었지만 행복한 미소는 아니었다.

"그가 사라진 것이 당신에게 어떤 영향을 미칠까요?"

"좀더 열심히 일해야겠죠."

프란시스코는 창문 너머 붉은 연기 속의 강철 다리를 가리키며 말했다. "저 다리의 들보들은 저마다 견딜 수 있는 하중의 한계가 있죠. 당신은 어떤가요?"

리어든은 웃음을 터뜨렸다.

"당신이 두려워하는 게 **그건가요**? 그래서 왔어요? 내가 무너질까 봐 두려워서? 대그니 태거트가 켄 대너거를 구하려고 했던 것처럼 나를 구하고 싶어서 왔어요? 그녀는 늦기 전에 그를 구해내려 했지만 결국 실패했죠."

"그녀가 그랬나요? 난 몰랐어요. 태거트 양은 여러 면에서 나와 의견이 다르군요."

"걱정 말아요. 난 사라지지 않을 테니까. 다들 포기하고 떠나라고 해요. 난 그러지 않을 테니까. 난 내 한계를 모르고 알고 싶지도 않아요. 난 멈춰지지 않을 거라는 사실만 알면 되니까."

"리어든 씨, 어떤 사람이라도 멈춰질 수 있어요."

"어떻게?"

"인간의 원동력만 알려주면 되죠."

"그게 뭔데요?"

"리어든 씨, 당신은 그걸 알아야 합니다. 당신은 이 세상에 마지막으로 남은 도덕적 인간들 중 하나이니까요."

리어든이 쓴웃음을 지었다.

"별의별 소리를 다 들어봤지만 그런 소리는 처음 듣는

군. 당신의 그 말은 틀렸어요. 얼마나 심하게 틀렸는지 당신은 몰라요."

"확실한가요?"

"내가 도덕적이라고? 도대체 무슨 이유로 그런 말을 한 건지 알아야겠소."

프란시스코는 창문 너머 제철소를 가리키며 말했다. "저것 때문이죠."

리어든은 한참 동안 프란시스코를 응시하다가 물었다. "무슨 뜻이죠?"

"물질적 형태에서 도덕적 행위 같은 추상적 원칙을 보고 싶다면 저것을 보면 됩니다. 리어든 씨, 봐요. 저기 있는 모든 들보와 파이프, 전선, 밸브는 '옳은가, 그른가?'라는 질문에 대한 답에 의해 선택된 것들이죠. 당신은 옳은 것을 선택해야만 했어요. 당신이 아는 한도 내에서 최선의 것, 강철을 만들기 위한 목적에 가장 잘 부합하는 것. 당신은 계속해서 노력하고 지식을 넓혀가며 발전을 거듭해왔어요. 당신은 자신의 판단에 따라 행동해야만 했고 그러기 위해서는 판단할 수 있는 능력, 그것을 주장할 수 있는 용기, 옳은 일, 최선의 일에 대한 무조건적인 헌신이 필요했어요. 그 무엇도 당신이 스스로의 판단에 반하는 행동을 하도록 만들 수 없었어요. 당신의 용광로를 데우는 가장 좋은 방법이 얼음을 가득 채우는 것이라고 조언하는 사람이 있었다면 당신은 그 조언을 그릇되고 사악한 것으로 여기고 단호히 거부했겠죠. 당신이 리어든 금속을 만들 때 나라 전체가 반기를 들고 나섰지만 당신을 막지 못했어요. 당신은 그것의 뛰어난 가치를 알고 있었고, 그 앎이 당신에게 엄청난 힘을 주었으니까요. 리어든 씨, 그런데 왜 당신은 자연을 대할 때와 인간을 대할 때 원칙이 다른 거죠?"

리어든은 뚫어질 듯 프란시스코를 응시하며 천천히 물었다. "그게 무슨 뜻이죠?"

"왜 당신의 인생 목적도 제철소의 목적처럼 그렇게 분명하고 엄격하지 못한 겁니까?"

"그게 무슨 뜻이냐고요."

"당신은 이 건물의 벽돌 한 장도 제철소의 목적에 따라 엄격하게 선택했어요. 당신의 일, 당신의 제품이 어떤 목적을 위해 쓰여야 하는지에 대해서도 그렇게 엄격하고 철저했나요? 제철사업에 인생을 바쳐서 무엇을 이루고 싶은가요? 당신의 하루하루의 가치는 어떤 기준에 의해 결정되죠? 예를 들어 당신은 왜 리어든 금속 개발을 위해 10년이라는 세월을 바쳤나요?"

리어든은 시선을 돌렸다. 해방감과 실망감의 한숨을 내쉬듯 그의 어깨가 살짝 처졌다.

"그런 질문하는 걸 보니 당신도 모르는 모양이군요."

"나는 알고 당신은 모른다고 말하면…… 나를 내쫓을

건가요?"

"어차피 내쫓았어야 했으니 어서 말해봐요. 그 말이 무슨 뜻인지."

"존 골트 노선 레일이 자랑스러운가요?"

"그래요."

"왜요?"

"최고의 레일이니까."

"그걸 왜 만들었죠?"

"돈을 벌기 위해서요."

"더 쉬운 방법으로도 돈은 얼마든지 벌 수 있어요. 그런데 왜 가장 어려운 방법을 택했죠?"

"당신이 제임스 태거트의 결혼식 날 이야기한 것처럼 내 최고의 노력을 다른 사람들의 최고의 노력과 교환하고 싶었어요."

"그게 당신의 목적이었다면 그 목적을 이루었나요?"

무거운 침묵이 흐른 뒤에야 리어든이 대답했다.

"아니요."

"돈은 벌었나요?"

"아니요."

"당신은 최고의 제품을 만들기 위해 최선의 노력을 기울이면서 그것에 대한 보상을 기대했나요, 아니면 벌을 받게 될 거라고 생각했나요?"

리어든은 대답하지 않았다.

"당신이 아는 모든 예의와 명예, 정의를 기준으로 판단할 때 당신은 보상을 받았어야만 했다고 확신하나요?"

"그래요." 리어든이 낮은 목소리로 대답했다.

"그런데 보상 대신 벌을 받는다면 어떤 기준에 의해서일까요?"

리어든은 대답하지 않았다.

"무인도에서 홀로 자연과 싸우며 사는 것보다 인간 세상에서 사는 게 훨씬 더 편하고 안전하다는 게 일반적인 상식이죠. 리어든 금속은 그것을 필요로 하거나 이용하는 모든 사람의 삶을 편리하게 해주었어요. 당신의 삶도 그렇게 해주었나요?"

"아니……."

리어든은 이어지는 생각을 억누르며 말끝을 흐렸다.

프란시스코가 채찍으로 후려치듯 명령했다.

"말해요!"

"내 삶을 더 힘들게 만들었어요." 리어든이 억양 없는 목소리로 대답했다.

"당신은 존 골트 노선 레일을 자랑스럽게 여길 때 어떤 사람들을 염두에 두고 있었죠? 당신과 대등한 존재들, 그러니까 엘리스 와이엇 같은 산업계의 거물들이 그것을 이용해 더 위대한 성취를 이루는 것을 보고 싶었나요?"

절제된 목소리가 말의 내용을 가혹하리만큼 분명하게 전달했다.

  "그래요." 리어든이 간절한 음성으로 대답했다.

  "당신만큼 뛰어난 능력을 지니지는 못했지만 도덕성만큼은 당신과 버금가는 에디 윌러스 같은 사람들…… 리어든 금속 같은 것은 만들어낼 수 없지만 늘 최선을 다하고, 당신만큼 열심히 일하고, 자신의 노력으로 사는 사람들…… 당신의 레일 위를 달리면서 인류에게 그런 멋진 선물을 해준 이에게 잠시나마 감사를 느낄 수 있는 사람들이 그 레일을 이용하는 것을 보고 싶었나요?"

  "그래요." 리어든이 부드럽게 말했다.

  "그럼 아무 노력 없이 우는소리만 해대는 쓸모없는 인간들이 그 레일을 이용하는 것은요? 사환 노릇도 해낼 능력이 없으면서 사장 월급을 바라고, 하는 일마다 실패하면서 남에게 빌붙어 살고, 보상은 피땀 흘려 일한 사람보다 필요한 사람에게 돌아가야 한다고 생각하는 사람들, 당신에게 무조건적인 봉사를 요구하는 사람들, 자기들을 위해 봉사하는 것이 당신의 삶의 목적이라고 주장하는 사람들, 유능한 당신은 무능한 자신들을 위해 아무 대가 없이 묵묵히 노예처럼 봉사해야 한다고, 당신은 천재성을 지니고 있기에 노예가 될 운명이고 자신들은 무능 덕에 당신 위에 군림할 수 있다고 믿는 사람들, 당신은 오로지 주기만 하는 존재이고 자신들은 받기만 하는 존재라고, 당신은 생산하고 자신들은 소비할 운명이라고 여기는 사람들, 당신은 물질적으로든 정신적으로든 보상받을 자격이 없다고, 부나 인정, 존경, 감사를 받을 자격이 없다고 생각하는 사람들, 당신의 레일 위를 달리면서도 모자를 벗어 경의를 표하기는커녕 당신을 비웃고 욕하는 사람들. 그런 사람들이 당신의 레일을 이용해도 당신은 그 레일이 자랑스러울까요?"

"내 손으로 레일을 폭파하고 싶을 거요." 리어든이 하얗게 질린 입술로 말했다.

"그럼 왜 그렇게 하지 않는 거죠? 세 부류의 사람들 중 지금 어떤 사람들이 파멸하고 있고, 어떤 사람들이 그 레일을 이용하고 있나요?"

긴 침묵이 흐르는 가운데 멀리서 제철소의 금속성 심장 박동 소리가 들려왔다.

"마지막 부류에는 남의 노력의 산물에 대해 조금이라도 권리를 주장하는 사람은 모두 포함되죠." 프란시스코가 말했다.

리어든은 대답하지 않았다. 그는 멀리 검은 창문에 비친 네온사인 불빛을 바라보고 있었다.

"리어든 씨, 당신은 자신의 인내력에 한계가 없음을 긍지로 삼고 있어요. 자신이 옳은 일을 하고 있다고 생각하니까요. 하지만 만일 그렇지 않다면요? 당신이 지금 악을 위해 봉사하고 있고, 당신이 사랑하고 존경하고 찬양하는 모든 것을 파괴하는 도구 역할을 하고 있다면서요? 왜 제철소에서 그렇듯 사람들 사이에서도 자신의 가치관에 따르지 않는 거죠? 금속 합금에 1퍼센트의 불순물도 허용하지 않는 당신이 자신의 도덕에는 무엇을 허용한 겁니까?"

리어든은 미동도 하지 않고 앉아 있었다. 마음속의 말이 그가 찾고 있는 길에서 울려 퍼지는 발소리 같았다. 그 말은 '당하는 자의 허용'이었다.

"자연의 고난에 굴하지 않고 자연을 정복해서 자신에게 기쁨과 편안함을 주도록 만들어놓는 당신이, 인간들의 손아귀에서 무엇에 굴복했죠? 잘못을 저질러야만 벌을 받는다는 것을 일을 통해 아는 당신이, 무슨 이유로 기꺼이 벌을 받으려고 한 거죠? 당신은 평생 결점 때문이 아니라 위대한 장점들 때문에 비난을 받아왔어요. 실수 때문이 아니라 위대한 성취 때문에 미움을 받아왔고요. 당신이 자랑스러워하는 성격은 냉소의 대상이 되어왔죠. 당신은 자신의 판단에 따라 행동하고, 자신의 인생을 책임질 수 있는 용기가 있다는 이유로 이기적이라고 불렸어요. 그 독립적인 정신 때문에 거만하다는 비난을 들었고요. 단호한 고결성 때문에 잔인하다는 말을 들었죠. 미지의 길에 도전할 수 있는 비전을 갖고 있어서 반사회적 인간이라고 불렸고요. 목적을 향해 나아가는 힘과 자제력 때문에 무자비하다는 말을 들었어요. 부를 창조하는 뛰어난 능력 때문에 탐욕스럽다는 비난을 들었죠. 엄청난 에너지를 쏟아내며 살아온 당신이 기생충 소리를 들었어요. 황무지와 무력하게 굶주리는 사람들만 존재했던 곳에 풍요를 가져다준 당신이 강도 소리를 들었고요. 그들 모두를 살려준 당신이 착취자로 매도당했어요. 가장 순수하고 도덕적인 사람인 당신이 '천박한 물질주의자'라는 냉소를 받아야 했고요. 당신은 그런 그들에게 '무슨 권리로?', '어떤 기준에서?'라고 따진 적이 있나요? 아니요. 당신은 그 모든 것을 묵묵히 견디며 침묵을 지켰어요. 그들의 기준에 따르고 당신의 기준은 내세우지 않았어요. 당신은 못 하나를 만드는 데도 얼마나 엄격한 도덕성이 요구되는지 알면서도 부도덕하다는 오명을 견뎠어요. 당신은 자연을 다루는 데는 엄격한 가치 기준이 필요하다는 것을 알면서도 사람을 다루는 데는 그런 기준이 필요치 않다고 생각했어요. 당신은 적들이 치명적인 무기를 쥐고 있게 했어요. 당신은 미처 생각지도, 이해하지도 못했던 무기. 그들의 도덕률이 그들의 무기였어요. 당신이 얼마나 깊이, 얼마나 많은 끔찍한 방식으로 그것을 받아들였는지 스스로에게 물어봐요. 도덕적 가치 기준이 한 인간의 삶에서 어떤 의미를 지니는지, 왜 인간은 그것 없이는 살 수 없는지, 악을 선으로 여기는 잘못된 기준을 받아들이면 어떻게 되는지 물어보라고요. 당신이 나를 경멸해야 한다고 생각하면서도 내게 끌린 이유를 말해볼까요? 세상이 당신에게 주어야만 하는 것, 당신이 처음부터 세상 사람들에게 요구했어야 했던 것을 처음으로 당신에게 준 사람이 바로 나였기 때문이죠. 그건 다름 아닌 도덕적 인정이에요."

리어든은 그를 향해 홱 돌아섰지만 꼼짝도 하지 않았다. 그 정지 동작에서 헐떡거림이 느껴졌다. 프란시스코는 위험한 비행기의 착륙을 맞이하듯 앞으로 몸을 기울였다. 그의 눈은 침착했으나 시선은 강렬했다.

"리어든 씨, 당신은 큰 죄를 지었어요. 사람들이 말하는 것보다 더 큰 죄. 세상에서 가장 큰 죄는 억울한 죄를 받아들이는 것인데 당신은 평생 그렇게 살아왔어요. 악이 아닌 선을 행하고도 갈취를 당했어요. 당신은 기꺼이 부당한 벌을 견뎠고 더 큰 선을 행할수록 벌이 더 커져가도록 방치했어요. 하지만 당신이 행한 선들이야말로 사람들을 살아있을 수 있게 해준 것이었죠. 당신의 도덕률은, 당신이 홀로 묵묵히 지킬 뿐 사람들에게 주장하지도 옹호하지도 않은 그 기준은, 인간의 존재를 가능하게 해주는 것이에요. 당신이 그것 때문에 벌을 받는다면 당신을 벌하는 자들의 정체는 무엇일까요? 당신의 것은 삶의 도덕률인데 그들의 것은 무엇일까요? 그 근원에 어떤 가치 기준이 있을까요? 궁극적인 목적은 무엇일까요? 지금 당신이 대면하고 있는 것이 단순히 당신의 부를 약탈하려는 음모일 뿐이라고 생각해요? 부의 근원을 아는 당신은 자신이 대면하고 있는 것이 얼마나 끔찍한 악인지 알아야만 합니다. 인간의 원동력이 무엇인지 물었나요? 인간의 원동력은 바로 자신의 도덕률입니다. 세상 사람들의 도덕률이 당신을 어디로 이끌고 있고 어떤 최종 목표를 제시하는지 스스로에게 물어봐요. 살인보다 더 나쁜 짓은 자살을 훌륭한 행동으로 여기도록 부추기는 겁니다. 사람을 희생의 용광로에 던지는 것보다 더 나쁜 짓은 자발적으로 뛰어들도록 충동질하는 것, 그리고 그 용광로를 만들게 하는 것이라고요. 사람들은 **당신이** 필요하다고, **자기들은** 당신에게 줄 것이 없다고 말하고 있어요. 자기들은 당신 없이는 생존할 수 없으니 당신이 꼭 도와줘야 한다고. 자기들의 무능과 필요를 내세워 당신의 고통을 정당화하다니, 그 얼마나 뻔뻔스러운 짓입니까! 당신은 그것을 받아들일 건가요? 엄청난 고통을 감내해가며 당신을 파괴하는 자들의 필요를 충족시켜주고 싶어요?"

"아니요!"

프란시스코가 엄숙하고 차분한 목소리로 말했다. "리어든 씨, 세상을 어깨에 지고 있는 거인 아틀라스를 본다면, 그가 가슴에서는 피를 흘리고 무릎은 잔뜩 구부리고 두 팔은 부들부들 떨면서도 사력을 다해 세상을 떠받치고 있는 모습을 본다면, 그가 사력을 다할수록 세상은 더 무겁게 그의 어깨를 찍어 누른다면…… 그에게 뭐라고 이야기하겠습니까?"

"난…… 모르겠어요. 그가 무엇을 할 수 있을까요? **당신은** 뭐라고 이야기할 건가요?"

"어깨의 짐을 벗으라고요."

덜컹거리는 금속음이 불규칙적으로 들려왔다. 갑자기 높아졌다가 기어의 희미한 신음 소리 속으로 흩어지는 그 소리는 기계적인 움직임이 아니라 의식적인 충동에 의한 행위의 산물인 듯했다. 이따금 유리창이 흔들렸다.

프란시스코는 자신이 쏜 총알들이 표적을 통과하는 경로를 추적하듯 리어든을 주시했다. 그 경로를 추적하기는 쉽지 않았다. 책상에 걸터앉은 수척한 몸은 꼿꼿했고 먼 곳을 골똘히 바라보고 있는 차가운 푸른 눈에는 아무 감정도 없었다. 다만, 단호한 입가에 고통의 주름이 져 있을 뿐이었다.

리어든이 힘겹게 말했다. "계속해요. 아직 끝나지 않았죠?"

"이제 시작인데요." 프란시스코가 딱딱하게 대꾸했.

"나에게 하고 싶은 말이 뭡니까?"

"이야기가 끝나기 전에 알게 될 겁니다. 하지만 먼저 한 가지 묻겠습니다. 자신이 어떤 짐을 지고 있는지 안다면 어떻게⋯⋯."

창밖에서 날카로운 사이렌 소리가 공기를 찢어발겼다. 사이렌 소리는 마치 로켓처럼 길고 가느다란 선을 그리며 하늘로 치솟더니 잠시 공중에 머물렀다가 떨어졌다. 그러고는 공포에 맞서 숨을 고른 후 더 크게 울부짖듯 소용돌이를 그리며 상승과 낙하를 반복했다. 그것은 고통의 비명, 도움을 청하는 외침이었다. 제철소가 부상당한 몸으로 영혼을 지키기 위해 울부짖는 소리였다.

리어든은 사이렌 소리가 의식에 닿는 순간 문을 향해 돌진했다고 생각했지만 자신이 한 박자 늦었음을 깨달았다. 어느새 프란시스코가 한발 앞서 있었다. 프란시스코는 복도를 나는 듯 달려가 엘리베이터 버튼을 누른 뒤 엘리베이터가 도착하기를 기다리지 않고 계단으로 달려 내려갔다. 리어든은 그를 따라 달리며 한 층씩 내려갈 때마다 엘리베이터가 몇 층에 있는지 확인했다. 그들은 건물 중간쯤 되는 층에서 엘리베이터를 만나 타고 내려갔다. 1층에서 멈춘 엘리베이터 문이 열리기가 무섭게 프란시스코는 사이렌 소리가 나는 곳을 향해 내달렸다. 리어든은 자신이 달리기를 잘하는 줄 알고 있었으나 시뻘건 불빛과 어둠을 가르며 질주하는 날랜 형상을 도저히 따라잡을 수가 없었다. 그 형상은 그가 호감을 느끼면서도 경멸해야만 한다고 생각했던 쓸모없는 바람둥이였다.

용광로 옆구리 아래쪽에 난 구멍에서 분출하는 액체는 불의 붉은빛이 아니라 햇빛의 흰 광채를 지니고 있었다. 그 액체는 바닥으로 쏟아져 내려 제멋대로 갈라져 흐르며 수증기가 안개처럼 자욱한 공간에 아침의 환한 빛을 비추었다. 그것은 쇳물이었고 사이렌 소리는 사고를 알리는 신호였다.

　용광로에 광석을 넣는 작업이 지체되면서 쇳물 구멍이 터져버린 것이었다. 용광로 감독은 의식을 잃고 쓰러져 있었고 흰 쇳물이 분출하면서 구멍은 점점 더 커져갔다. 펄펄 끓는 쇳물이 무섭게 퍼져나가며 모든 것을 집어삼켜 매캐한 연기로 만들었고 인부들은 모래, 호스, 내화점토를 동원해 그 흐름을 막으려고 안간힘을 쓰고 있었다.

　리어든이 사태 파악을 하기 위해 잠시 멈추어 서 있는 사이 용광로 아래쪽에서 갑자기 사람의 모습이 나타났다. 그 모습은 붉은빛으로 둘러싸여 있어서 마치 분출하는 쇳물 속에 서 있는 듯했다. 흰 셔츠의 팔이 검은 물체를 쇳물 구멍 속으로 던져 넣었다. 그 사람은 프란시스코 단코니아였고, 그가 시도하고 있는 방법은 이제는 쓰이지 않는 것이었다.

　여러 해 전 리어든은 미네소타에 있는 작은 제철소에서 용광로 쇳물을 뺀 후 쇳물 구멍에 내화점토를 던져 구멍 막는 일을 한 적이 있었다. 그것은 많은 목숨을 앗아간 위험한 작업이라 수압식 점토총(수압을 이용해 내화점토를 쏘는 기계—옮긴이)이 발명되면서 그 기계가 사람을 대신하게 되었지만, 망해가는 제철소에서는 낡아빠진 장비와 구시대적 방법을 쓰지 않을 수 없었다. 리어든은 그때 그 일을 했지만 그 후로는 그것을 할 줄 아는 사람을 본 적이 없었다. 그런데 지금 뜨거운 수증기를 뿜어대는 무너져가는 용광로 앞에서 키 크고 호리호리한 바람둥이가 노련한 솜씨로 그 일을 해내고 있었다.

리어든은 코트를 벗어 던지고 처음 눈에 띈 인부의 보안경을 빼앗아 쓰고는 프란시스코가 있는 용광로 입구로 달려갔다. 말을 하거나 감상에 젖을 시간이 없었다. 프란시스코가 흘끗 시선을 던졌고 리어든은 그의 시커멓게 얼룩진 얼굴과 검은 보안경, 환한 미소를 보았다.

그들은 흰 쇳물 가장자리의 뜨겁고 미끄러운 진흙더미 위에 서서 혀를 날름거리며 쇳물을 끓이는 불길 속으로 점토를 던지고 있었다. 리어든은 허리를 굽혀 점토를 집어 쇳물 구멍을 겨냥해서 던지고 그것이 보이지 않는 목적지에 도달하기도 전에 다시 허리를 굽히는 동작을 반복했다. 그는 목표물을 주시하고 용광로를 구하는 것, 위험한 자세로 서 있는 자신의 발, 자신을 구하는 것에만 의식을 집중하고 있었다. 그리고 그 의식의 총합은 의지에 따라 정확하게 움직이는 행위의 희열이었다. 그것을 알 여유조차 없었지만 정신의 검열을 통과한 감각들로 분명히 느낄 수 있었다. 리어든은 어깨와 팔꿈치, 각진 몸에 붉은빛을 받고 있는 검은 실루엣을 보았다. 붉은빛이 증기 속에서 마치 긴 스포트라이트처럼 움직이며 민첩하고 노련하고 자신만만한 형체의 움직임을 비추고 있었다. 연회장 불빛 아래에서 파티복을 입고 있는 모습밖에 보지 못했던 남자의 형체를.

생각하고 설명할 시간이 없었지만 리어든은 그것이 진짜 프란시스코 단코니아임을 알 수 있었다. 그가 처음부터 알아보고 사랑했던 진짜 프란시스코 단코니아. 그는 사랑이라는 단어에 충격을 받지 않았다. 그 순간 그에게 단어 같은 것은 중요하지 않았으니까. 그의 마음속에는 힘을 주는 기쁨만이 존재했으니까.

리어든은 얼굴에는 타는 듯한 열기를, 어깨에는 겨울밤의 한기를 느끼며 열심히 몸을 움직이다가 바로 이것이 자신의 우주의 본질임을 깨달았다. 재난에 굴하지 않고 이길 수 있다는 자신감으로 결연히 맞서 싸우는 것. 그는 프란시스코도 자신과 같은 마음일 것이며 자신과 같은 충동으로 움직였을 거라고, 그런 마음을 갖는 것은 옳은 일이라고 확신했다. 얼핏 보이는 프란시스코의 땀으로 얼룩진 얼굴은 세상에서 가장 기쁜 표정을 짓고 있었다.

그들 앞에는 시커먼 용광로가 코일관과 증기로 휘감긴 채 붉은 숨결을 토해내며 헐떡거리고 있었다. 그리고 두 사람은 용광로가 피를 흘리며 죽지 않도록 안간힘을 쓰고 있었다. 그들의 발치에 튄 불똥이 그들도 모르는 사이 그들의 옷과 손에 닿아 스러졌다. 이제 쇳물은 그들이 던진 점토가 이룬 둑 사이로 간헐적으로 분출하고 있었다.

그 사건은 너무나 순식간에 일어나서 리어든은 그 이전과 이후의 순간만 기억할 수 있었다. 프란시스코가 점토를 던지면서 몸을 앞쪽으로 홱 기울였다가 그만 중심을 잃고 버둥대기 시작했다. 리어든은 그의 실루엣이 앞으로 고꾸라지지 않으려고 팔을 퍼덕이며 안간힘을 쓰는 걸 본 순간 발아래 진흙 둑이 미끄럽고 약해서 자신이 그에게로 몸을 날리면 둘 다 쇳물에 빠져 죽을 수도 있다고 생각했다. 하지만 다음 순간 그는 프란시스코를 껴안고 있었다. 그는 쇳물 도랑 위 둑에서 프란시스코와 한 몸이 되어 위태롭게 휘청거리다가 가까스로 중심을 잡았다. 그러고는 안전해진 후에도 프란시스코가 하나뿐인 아들이라도 되는 듯 꽉 껴안고 있었다.

"조심해! 이런 바보 같으니!"

그 한마디에 그의 사랑과 공포, 안도감이 고스란히 담겨 있었다.

프란시스코는 다시 점토를 던지기 시작했다.

이윽고 구멍이 다 메워지자 리어든은 팔다리가 쑤시고 온몸에 힘이 하나도 없었다. 그런데도 의욕이 충만해서 아침에 출근하는 듯한 기분이 들었다. 그는 프란시스코를 보면서 그와 자신의 옷이 불에 타 구멍이 나 있고 손에서는 피가 흐르고 있다는 사실을 깨달았다. 프란시스코의 관자놀이는 살점이 뜯겨져나가고 뺨에는 긁힌 상처가 나 있었다. 프란시스코가 보안경을 밀어 올리며 그를 향해 씩 웃었다. 그것은 아침의 미소였다.

만성적인 상처를 안고 사는 듯한 건방진 인상의 청년이 리어든에게로 달려오며 외쳤다.

"사장님, 저도 어쩔 수가 없었어요!"

그러고는 구구한 변명을 늘어놓았다. 리어든은 말없이 등을 돌렸다. 청년은 용광로 압력계를 관리하는 조수로 대학 졸업자였다.

리어든은 요즘 이런 사고가 잦아진 것이 현재 사용하고 있는 철광석 탓이라는 생각이 들었다. 하지만 철광석 공급이 부족해 가려서 쓸 형편이 못 되었다. 그리고 예전 일꾼들은 문제의 징후가 보이면 바로 손을 써서 사고를 미연에 방지했는데 이제 그들은 얼마 남아 있지 않았다. 사람 구하기가 어려워 아무나 닥치는 대로 뽑아 써야 할 형편이었다. 리어든은 소용돌이치는 증기 속에서 줄지어 서서 응급 처치를 받고 있는 일꾼들을 바라보았다. 사이렌 소리를 듣고 제철소 여기저기서 일손을 팽개치고 달려와 쇳물과 싸운 이들은 모두 나이 든 사람들이었다. 리어든은 이 나라의 청년들이 도대체 어떻게 되어가고 있는 것인지 의구심이 들었다. 하지만 구구한 변명을 늘어놓는 대졸 청년의 얼굴을 보자 그 의구심은 사라졌다. 리어든은 그 얼굴을 도저히 보고 있을 수가 없었다. 청년이 경멸스러웠고, **저런 자가** 적이라면 두려워할 필요가 없다는 생각이 들었다. 하지만 어두운 바깥으로 나가자 그런 모든 생각은 깨끗이 사라졌다. 프란시스코 단코니아의 모습이 그런 생각들을 지워버린 것이다.

프란시스코가 주위 사람들에게 지시를 내리고 있었다. 일꾼들은 그가 누구이고 어디서 왔는지도 모르면서 잠자코 그의 지시를 듣고 있었다. 그가 그 일에 대해서 잘 알고 있다는 것을 느낄 수 있었기 때문이다. 프란시스코는 리어든이 다가오는 것을 보고 지시를 중단하고 웃었다.

"아, 미안합니다!" 그가 말했다.

"계속해요. 다 맞는 말이니까. 지금까지는." 리어든이 대답했다.

두 사람은 어둠 속을 걸어 사무실로 돌아가며 아무 말도 하지 않았다. 리어든은 가슴속에서 환희에 찬 웃음이 샘솟았고, 이번에는 자신이 공모자처럼 프란시스코를 보면서 눈을 찡긋하고 싶었다. 그는 이따금 프란시스코를 흘낏거렸지만 프란시스코는 그를 보지 않았다.

얼마 후 프란시스코가 말했다. "당신은 내 생명을 구해줬어요."

그 말 속에는 '감사'가 들어 있었다.

리어든이 웃으며 대꾸했다. "당신은 내 용광로를 구했고."

그들은 침묵 속에서 계속 걸었다. 리어든은 걸음을 옮길 때마다 몸이 점점 더 가벼워지는 느낌이었다. 그는 얼굴을 들어 차가운 공기를 맞으며 평화로운 밤하늘과 '리어든 철강'이라고 세로로 쓰인 굴뚝 위에서 반짝이는 별 하나를 바라보았다. 살아 있다는 사실이 너무나 기뻤다.

사무실의 빛 속에서 본 프란시스코는 얼굴이 변해 있었다. 용광로 불빛에서 보았던 표정은 찾아볼 수가 없었다. 사실 리어든은 의기양양한 표정을, 자신이 그에게 준 모욕들을 조롱하는 표정을, 자신이 기꺼이 하고 싶은 사과를 요구하는 표정을 기대했다. 그런데 프란시스코는 낙담해 기운이 하나도 없는 얼굴이었다.

"어디 다쳤어요?"

"아니…… 다친 데 없습니다."

"이리 와요."

리어든이 화장실 문을 열며 명령했다.

"당신이나 봐요."

"난 괜찮아요. 이리 와요."

리어든은 처음으로 연장자의 기분을 느꼈다. 프란시스

코를 보살펴주는 기쁨을 느꼈다. 그것은 자신만만하고 즐겁고 부성애적인 기분이었다. 그는 프란시스코의 얼굴에 묻은 얼룩을 닦아내고 관자놀이와 손, 팔꿈치의 상처에 소독약을 바른 후 반창고를 붙여주었다.

리어든이 최고의 경의를 담은 목소리로 말했다. "그렇게 일하는 건 어디서 배웠어요?"

프란시스코는 어깨를 으쓱했다.

"제련소에서 잔뼈가 굵었으니까요." 그가 무관심하게 대꾸했다.

리어든은 그의 표정을 이해할 수 없었다. 그는 자신만 볼 수 있는 것에 시선을 박고 쓸쓸하고 아프고 자조적인 표정을 짓고 있었다.

그들은 화장실에서 다시 사무실로 갈 때까지 아무 말도 하지 않았다.

"아까 당신이 여기서 했던 말들은 다 옳아요. 하지만 그것은 진실의 일부일 뿐이에요. 진실의 나머지 부분은 오늘 밤 우리가 한 일이고. 모르겠어요? 우린 행동할 수 있어요. 그들은 하지 못하고. 그러니 그들이 우리에게 무슨 짓을 하든 결국 우리가 이기게 될 거예요." 리어든이 말했다.

프란시스코는 대답하지 않았다.

"당신의 문제가 뭔지 알아요. 평생 진짜 일을 할 필요가 없었다는 거예요. 난 당신이 자만심에 차 있는 줄 알았는데 이제 보니 자신이 어떤 능력을 지니고 있는지 전혀 모르고 있어요. 당신의 재산은 잠시 잊고 내 밑에 와서 일해요. 언제든지 용광로 감독 자리를 줄 테니까. 그 일이 당신을 어떻게 만들어줄지 당신은 모르고 있어요. 당신은 몇 년 내로 기쁜 마음으로 단코니아 구리회사를 경영할 수 있을 거예요."

리어든은 프란시스코가 웃음을 터뜨릴 거라고 예상하고 반박할 준비를 했지만 프란시스코는 천천히 고개를 저었다. 말을 하면 그 제안을 받아들이게 될까 봐 두려운 듯 입을 열지 못했다. 그러다 잠시 후 입을 열었다.

"리어든 씨…… 당신 제철소에서 1년이라도 용광로 감독 노릇을 할 수 있다면 남은 생을 포기할 수도 있을 겁니다. 하지만 그럴 수가 없어요."

"왜죠?"

"묻지 말아요. 그건…… 사적인 문제이니까요."

리어든이 아는 프란시스코는, 그를 분노하게 만들면서도 저항할 수 없는 매력을 느끼게 하는 프란시스코는 고통을 모르는 인물이었다. 그런데 지금 프란시스코의 눈에는 철저히 통제하며 끈기 있게 견뎌온 소리 없는 고통이 담겨 있었다.

프란시스코가 말없이 자신의 코트를 집어 들었다.

"설마 지금 가려는 건 아니죠?" 리어든이 물었다.

"갑니다."
"내게 하려던 말을 마저 끝낼 생각이 아니었나요?"
"오늘 밤은 말고요."
"내게서 얻고 싶은 대답이 있었어요. 그게 뭐죠?"
프란시스코는 고개를 저었다.
"아까 나한테 물으려다 사이렌 소리 때문에 묻지 못했잖아요. 내가 어떤 짐을 지고 있는지 안다면 어떻게……까지 말했잖아요. 뭘 묻고 싶었죠?"
프란시스코의 미소는 고통의 신음과 같았다. 스스로에게 허용하는 단 하나의 신음.
"리어든 씨, 그건 묻지 않겠습니다. 이제 답을 **알았으니까요.**"

당하는 자의 허용

칠면조 구이는 30달러였다. 샴페인은 한 병에 25달러였다. 촛불 아래에서 무지개 빛깔로 보이는 포도덩굴무늬 레이스 테이블보는 2,000달러였다. 반투명 흰 도자기에 예술가가 디자인한 청색과 금색 무늬를 넣은 식기 세트는 2,500달러였다. 엠파이어풍의 월계관 속에 릴리언 리어든의 머리글자 LR가 새겨진 은식기 세트는 3,000달러였다. 하지만 이런 것을 돈으로 따지는 것은 비정신적인 행위로 간주되었다.

식탁 한가운데에는 금칠한 농부의 나막신이 놓여 있었는데 금잔화와 포도, 당근이 가득 담겨 있었다. 입에서 건포도, 땅콩, 사탕이 흘러나오는 호박 장식들에 초들이 꽂혀 있었다.

리어든은 추수감사절 저녁에 아내와 어머니, 동생과 함

께 식탁에 앉아 있었다.

"오늘 저녁은 하느님 은혜에 감사드리는 시간이지. 하느님은 우리에게 커다란 은혜를 베푸셨어. 이 나라에 오늘 같은 날에도 먹을 것이 없는 사람들이 얼마나 많은데. 집조차 없는 사람들도 있지. 날마다 일자리를 잃는 사람들이 부지기수고. 주위를 둘러보면 소름이 돋는다니까. 지난주만 해도 길에서 루시 저드슨과 마주쳤지 뭐야. 헨리, 루시 저드슨 기억하니? 네가 열 살 때부터 열두 살 때까지 미네소타의 이웃에 살았던. 네 또래 아들이 있었잖아. 그 집이 뉴욕으로 이사를 가면서 연락이 끊겼는데 그게 20년 전이었을 거야. 루시가 어떻게 변했는지 알아? 이가 다 빠진 노파가 되어 남자 코트를 둘러쓰고 길모퉁이에서 구걸을 하고 있더라니까. 루시를 보니까 이런 생각이 들더구나. 하느님의 은총이 없었다면 내가 저렇게 되었을 수도 있어." 리어든의 어머니가 말했다.

"감사를 하려면 새 요리사 거트루드도 빼놓을 수 없죠. 거트루드는 예술가예요." 릴리언이 쾌활하게 말했다.

"난 좀 구식이긴 하지만 세상에서 가장 다정하신 우리 어머니께 감사하고 싶어요." 필립이었다.

"그렇다면 릴리언에게도 고마워해야지. 이렇게 멋진 식탁을 차리느라 몇 시간씩 고생했으니까. 릴리언, 정말 고풍스럽고 색다르구나."

"나막신 때문이에요." 필립이 고개를 옆으로 기울이고 전문가처럼 나막신을 살펴보며 말했다.

"이게 진짜죠. 촛불이나 은식기 같은 건 아무나 가질 수 있어요. 돈으로 사면 되니까. 하지만 이 나막신 장식은…… 생각 없이는 존재할 수 없죠."

리어든은 아무 말도 하지 않았다. 촛불 불빛을 받은 그의 얼굴은 마치 초상화 같았고 그 초상화는 정중하면서도 냉정한 표정을 짓고 있었다.

"포도주에 손도 안 댔구나." 어머니가 그를 보며 말했다.

"너에게 너무나도 많은 걸 준 이 나라 사람들에게 감사하는 뜻으로 건배를 하는 게 도리이지."

"어머니, 헨리는 지금 그럴 기분이 아니에요. 추수감사절은 깨끗한 양심을 가진 사람들에게만 명절이 될 수 있어요."

릴리언은 포도주 잔을 들어 입으로 가져가다가 중간쯤에서 멈추고 리어든에게 물었다. "헨리, 내일 법정에서 당신의 입장 같은 걸 밝히진 않을 거죠?"

"밝힐 거요."

릴리언은 잔을 내려놓았다.

"어쩌려고요?"

"내일 보면 알겠지."

"설마 처벌을 면할 수 있다고 생각하는 건 아니겠죠!"

"무엇에 대한 처벌을 염두에 두고 하는 말인지 모르겠군."

"당신 죄가 아주 심각하다는 거 알고 있어요?"

"알고 있소."

"당신은 켄 대너거에게 리어든 금속을 팔았다고 시인했어요."

"그랬지."

"당신은 10년 형을 받을 수도 있어요."

"그럴 것 같지는 않지만 가능은 하지."

"형, 신문은 보고 사는 거야?" 필립이 묘한 미소를 지으며 말했다.

"아니."

"신문을 봐야지!"

"왜?"

"형이 어떤 비난을 받고 있는지 알아야지!"

"흥미롭군."

리어든이 말했다. 동생이 즐거운 미소를 짓고 있는 것에 대해 한 말이었다.

"이게 무슨 소리야? 릴리언, 10년 형이라니? 헨리, 네가 감옥에 간다는 말이냐?" 어머니가 물었다.

"그럴 수도 있어요."

"말도 안 돼! 손을 써야지."

"무슨 손을 써요?"

"난 모르지. 난 그런 쪽은 잘 모르니까. 하지만 지위 있는 사람들은 감옥에 가지 않아. 손을 써봐. 넌 사업 수완이 좋잖아."

"이런 사업에선 안 그래요."

"믿을 수가 없구나. 이 어미 걱정시키려고 일부러 그러는 거야."

겁에 질린 응석받이 어린애 같은 말투였다.

"어머니, 저이는 영웅 노릇을 하려는 거예요."

릴리언이 차가운 미소를 지으며 리어든에게 고개를 돌렸다.

"당신의 그런 태도가 아무 도움이 안 된다는 생각 안 들어요?"

"안 들어."

"이런 사건들은 원래…… 법정까지 가지도 않아요. 얼마든지 좋게 해결할 수 있다고요. 연줄만 있으면."

"난 연줄이 없소."

"오런 보일을 봐요. 그가 한 짓들에 비하면 당신이 암거래를 한 건 죄도 아니에요. 하지만 그는 법정에 서는 일이 없도록 영리하게 잘 처신하고 있잖아요."

"난 영리하지 못한 모양이지."

"당신도 이제 이 시대에 적응하려는 노력을 기울일 때가 됐다는 생각 안 들어요?"

"안 들어."

"그러면서 어떻게 희생자처럼 굴 수 있는지 이해가 안 되네요. 만일 당신이 감옥에 간다면 그건 당신 탓이에요."

"릴리언, 희생자처럼 굴다니?"

"오, 난 당신이 원칙을 위해 싸우고 있다고 생각한다는 걸 알아요. 하지만 그건 당신의 터무니없는 자만일 뿐이에요. 단지 자신이 옳다고 생각한다는 이유만으로 그러는 거라고요."

"그럼 당신은 그 사람들이 옳다고 생각하오?"

릴리언은 어깨를 으쓱했다.

"그런 게 바로 자만이에요. 누가 옳고 그른지가 중요하다고 생각하는 것. 항상 옳은 일을 고집하는 건 가장 참을 수 없는 허영이고요. 뭐가 옳은지 당신이 어떻게 알아요? 그걸 알 수 있는 사람이 어디 있어요? 그건 당신의 자아에 아부하고 당신의 우월함을 과시해서 다른 사람들에게 상처를 주게 만드는 망상일 뿐이에요."

리어든은 흥미롭게 그녀를 주목하고 있었다.

"그게 망상에 불과하다면 어떻게 다른 사람들에게 상처를 줄 수 있지?"

"**당신의** 경우 그것이 위선에 불과하다는 사실을 내 입으로 꼭 지적해줘야 하나요? 그래서 당신의 태도가 터무니없다는 거예요. 옳고 그름의 문제는 인간 존재와 아무 관련이 없어요. 헨리, 당신도 인간에 불과하잖아요, 안 그래요? 당신은 내일 법정에서 대면할 사람들보다 하등 나을 게 없어요. 당신은 원칙을 주장할 자격이 없는 사람이란 걸 잊지 말았으면 좋겠어요. 이번 일에서는 당신이 희생자이고 사람들의 비열한 속임수에 걸려든 것인지도 모르죠. 그들은 약한 존재이고 당신의 금속과 돈을 빼앗기 위해 이런 일을 벌인 것인지도 모르죠. 달리 부자가 될 방법이 없어서. 하지만 당신은 그들을 비난할 수 없어요. 당신 역시 그들처럼 욕망에 쉽게 굴복하는 인간이니까요. 당신은 돈의 유혹에는 넘어가지 않겠죠. 돈은 잘 버니까. 하지만 다른 유혹은 견디지 못하고 치욕스럽게 무너질걸요. 안 그래요? 그러니까 당신은 그들에게 의분을 느낄 권리가 없어요. 당신은 그들보다 도덕적으로 우월하지 못하니까. 그런 당신이 원칙을 지킨답시고 결국 이기지도 못할 싸움을 벌이는 게 무슨 의미가 있죠? 떳떳한 사람이라면 희생을 통한 만족감이라도 얻을 수 있겠지만. 당신이 그들에게 돌을 던질 자격이 있는 사람인가요?"

릴리언은 말을 멈추고 리어든의 반응을 살폈다. 리어든은 아무 감정도 내보이지 않고 그저 더 주의 깊게 경청하고만 있었다. 마치 객관적이고 과학적인 호기심에라도 사로잡힌 듯했다. 그것은 릴리언이 기대한 반응이 아니었다.

"내 말을 알아들었으리라 믿어요." 그녀가 말했다.

"아니. 무슨 말인지 모르겠소." 리어든이 조용히 대답했다.

"당신은 자신이 완벽한 존재라는 환상을 버려야 해요. 당신도 그게 환상이란 것을 잘 알잖아요. 당신은 다른 사람들과 더불어 사는 법을 배워야 해요. 영웅의 시대는 지나갔어요. 지금은 휴머니즘의 시대예요. 당신이 생각하는 것보다 더 심오한 의미에서의 휴머니즘. 이제 더 이상 인간에게서 성인의 모습을 기대하거나 죄를 지었다고 벌해서는 안 돼요. 옳거나 그른 사람이 따로 있는 것이 아니라 우리 모두가 양면성을 갖고 있어요. 우리 모두가 인간이고 인간은 완벽하지 못한 존재예요. 당신은 내일 법정에서 그들이 옳지 않다는 걸 증명해봐야 아무것도 얻을 게 없어요. 당신은 기꺼운 마음으로 굴복해야 해요. 그게 실리적이니까요. 당신은 침묵해야 해요. 그들이 옳지 않으니까요. 그럼 그들은 당신에게 고마워할 거예요. 당신이 먼저 양보하면 그들도 당신에게 양보할 거예요. 당신도 살고 그들도 살게 해요. 주고받으라고요. 굴복하고 수용해요. 그게 이 시대를 사는 방식이고 당신도 그것을 받아들일 때가 됐어요. 그러기에는 당신이 너무 훌륭한 사람이라는 말은 하지 말아요. 그렇지 않다는 것을 당신 스스로도 알고 있으니까요. 그것을 내가 안다는 것도 알고."

허공의 한 지점을 응시하고 있는 리어든의 눈은 릴리언의 말이 아닌 프란시스코의 말에 대한 반응을 보이고 있었다. "지금 당신이 대면하고 있는 것이 단순히 당신의 부를 약탈하려는 음모일 뿐이라고 생각해요? 부의 근원을 아는 당신은 자신이 대면하고 있는 것이 얼마나 끔찍한 악인지 알아야만 합니다."

그는 릴리언에게로 시선을 돌렸다. 그는 자신의 철저한 무관심에서 그녀의 실패를 똑똑히 볼 수 있었다. 그녀가 단조로운 목소리로 끊임없이 던지는 비난은 멀리서 들리는 기계음처럼 그에게 아무 영향도 미치지 못했다. 지난 석 달 동안 집에서 저녁 시간을 보낼 때면 그녀는 늘 그런 식으로 교묘하게 그의 죄책감을 들쑤셨다. 하지만 그는 도무지 죄책감을 느낄 수가 없었다. 릴리언이 그에게 주고자 한 것은 굴욕의 고통이었으나 실제로 그가 겪은 것은 지루함의 고통이었다.

리어든은 웨인 포클랜드 호텔에서의 그날 아침에 릴리언이 자신에게 내리는 벌에 결함이 있음을 알면서도 그냥 넘겼던 기억이 떠올랐다. 이제 그는 처음으로 그것에 대해 분명하게 짚어보았다. 릴리언은 그를 수치심에 괴로워하도록 만들고 싶어했지만 그것을 가능하게 하는 것은 그 자신의 명예심뿐이었다. 릴리언은 그가 도덕적 타락을 인정하도록 강요했지만 오직 그 자신의 도덕성만이 그런 판결을 내릴 수 있었다. 릴리언은 경멸을 통해 그에게 상처를 주려고 했지만 그 자신이 그녀의 판단력을 존중하지 않는 한 상처를 받을 수가 없었다. 릴리언은 그가 준 아픔을 무기삼아 그를 벌하려고 했지만, 그의 연민을 이용해서 고통을 가하려고 했지만 그의 선의와 그녀에 대한 염려, 동정심이 있어야 가능한 일이었다. 릴리언은 그의 미덕들을 이용해서만 그를 벌할 수 있었다. 만일 그가 그것을 허용하지 않는다면?

죄책감은 스스로가 죄를 인정해야만 생기는 것이다. 하지만 리어든은 자신의 행위를 죄로 규정한 정의의 기준을 받아들일 수 없었다. 릴리언이 그를 벌하기 위해 필요로 하는 그의 모든 미덕은 다른 기준에서 나온 것이었다. 리어든은 대그니와의 관계에 대해 죄책감도, 수치심도, 후회도, 굴욕도 느끼지 않았다. 릴리언이 내리는 판결 따위에는 관심조차 없었다. 그녀의 판단력을 존중하지 않게 된 지 이미 오래였다. 아직 그를 구속하고 있는 것은 마지막 남은 연민뿐이었다.

그런데 릴리언은 어떤 기준으로 행동하고 있는 것일까? 도대체 어떤 기준이기에 벌을 받는 대상의 미덕에 전적으로 의존하는 벌을 가할 생각을 한 것일까? 그 기준은 그것을 지키려고 애쓰는 사람들만 파괴할 것이다. 그 벌은 정직한 사람에게만 고통을 주고 부정직한 사람은 아무 상처도 없이 빠져나갈 것이다. 미덕을 고통과 동일시하고 악덕이 아닌 미덕을 고통의 근원이자 원동력으로 만드는 것보다 더 파렴치한 짓이 있을까? 만일 그가 그녀의 주장처럼 형편없는 인간쓰레기라면 명예나 도덕 따위에는 신경조차 쓰지 않을 터였다. 만일 그가 그런 인간이 아니라면 릴리언이 그에게 가하려는 벌의 본질은?

그의 미덕에 기대어 그것을 고문의 도구로 이용하는 것, 상대의 아량을 이용해 협박하는 것, 선의라는 선물을 받고 그것을 상대를 파괴하는 무기로 쓰는 것……. 리어든은 그런 사악한 기준이 존재할 수 있다는 사실이 도무지 믿기지 않아 석상처럼 앉아 있었다.

그는 석상처럼 앉아서 한 가지 의문에만 매달렸다. 릴리언은 처음부터 자신의 벌의 본질을 알고 있었을까? 그 의미를 정확하게 알면서 의식적으로 그런 벌을 의도한 것일까? 그는 몸서리를 쳤다. 그렇다고 믿을 정도로 그녀를 증오하지는 않았다.

리어든은 릴리언을 보았다. 그녀는 앞에 있는 은접시에 놓인 푸른 불꽃처럼 생긴 자두 푸딩을 자르는 데 열중하고 있었다. 푸딩의 푸른빛이 그녀의 웃고 있는 얼굴에서 춤추었고, 그녀는 노련하고 우아하게 팔을 움직여 은 나이프로 푸딩을 잘랐다. 그녀의 검정색 벨벳 드레스 한쪽 어깨에 금속 느낌의 붉은색, 금색, 갈색 낙엽들이 달려 있었는데 그것들이 촛불의 빛을 받아 반짝였다.

리어든은 지난 석 달 동안 그녀의 복수가 좌절의 한 형태가 아니라 그녀가 그것을 즐기고 있다는 인상을 받아왔고, 그건 말도 안 된다고 아무리 도리질을 쳐도 그런 인상을 떨쳐버릴 수가 없었다. 그녀에게서는 도무지 아픔이 보이지 않았다. 오히려 전에 없이 자신만만했다. 처음으로 집이 편안한 것 같았다. 전에는 자신의 취향에 맞게 집을 꾸며놓고 살면서도 고급 호텔의 똑똑하고 유능하면서도 분노에 찬 지배인처럼 주인보다 열등한 지위에 쓴웃음을 머금고 있는 듯한 모습을 보였던 그녀였다. 그런데 그 쓴웃음이 사라졌다. 몸무게가 는 것은 아닌데도 만족감 때문에 섬세하고 날카롭던 인상이 부드러워졌고 목소리까지도 풍성해진 듯했다.

리어든은 그녀의 말을 듣고 있지 않았다. 그녀가 자두 푸딩의 마지막 푸른빛을 받으며 웃고 있는 동안 그는 아직도 의문에 빠져 있었다. 그녀는 그것을 알고 있었을까? 리어든은 자신이 발견한 비밀이 단순히 자신의 결혼생활에만 국한된 것이 아니라 세상에 널리 퍼져 있는 처세술임을 확신했다. 하지만 인간에게 그런 낙인을 찍는 것은 돌이킬 수 없는 저주였기에 절대적인 확신이 들지 않는 한은 판결을 미루기로 했다.

그는 릴리언을 바라보며 마지막 남은 아량으로 결론지

었다. '아니, 릴리언이 그런 인간일 리 없어.' 그녀에게 남아 있는 우아함과 긍지, 그녀가 보여준 기쁨의 미소, 살아 있는 존재의 미소, 그가 한때 그녀에게 느꼈던 사랑의 그림자를 생각하면 그녀에게 완전한 악인이라는 판결을 내릴 수 없었다.

집사가 그의 앞에 자두 푸딩 접시를 내려놓았고 릴리언의 목소리가 들렸다.

"헨리, 지난 5분 동안 어디 갔다왔어요? 아니, 지난 세기 동안이라고 해야 하나? 당신은 내 질문에 대답하지 않았어요. 내 말을 전혀 듣지 않았다고요."

"들었소. 당신이 원하는 게 뭔지 모르겠소." 리어든이 조용히 대답했다.

"그걸 말이라고 해? 남자들은 다 저렇다니까! 너 감옥에 안 가게 하려고 애쓰는 거잖아. 릴리언이 원하는 건 그거야."

어머니가 나무랐다. 리어든은 그 말이 맞을 수도 있다고 생각했다. '나를 보호하기 위해서, 나를 타협이라는 안전지대에 주저앉히기 위해서 어린애처럼 겁을 내며 악의를 드러내는 것인지도 몰라. 그럴 수도 있어.' 하지만 그렇게 믿지는 않았다.

"당신은 늘 사람들에게 인기가 없었어요. 그리고 지금 문제가 되는 건 한 가지 사건이 아니라 당신의 뻣뻣하고 고집 센 태도예요. 당신을 재판할 사람들은 당신이 무슨 생각을 하고 있는지 알아요. 그래서 다른 사람은 봐줘도 당신은 엄격하게 심판하려는 거예요." 릴리언이 말했다.

"아니. 그들은 내 생각을 모르고 있소. 그래서 내일 그들에게 알려주려고."

"그들에게 기꺼이 굴복하고 협조하겠다는 의지를 보이지 않는 한 당신은 기회를 갖지 못할 거예요. 그동안 당신은 너무 다루기 힘든 사람이었으니까요."

"아니. 너무 쉬웠지."

"네가 감옥에 가면 가족은 어떻게 되겠어? 그 생각은 해봤니?" 어머니가 물었다.

"아니요. 안 해봤어요."

"너 때문에 우리가 얼마나 망신스러울지 생각해봤어?"

"어머니, 이 사건에 대해서 제대로 아시기는 하는 거예요?"

"모른다. 알고 싶지도 않고. 사업이고 정치고 다 더러운 거지. 사업은 전부 더러운 정치일 뿐이고, 정치는 전부 더러운 사업일 뿐이야. 난 그런 건 알고 싶지 않아. 누가 옳고 그른지도 관심 없고. 중요한 건 남자라면 가족을 제일 먼저 생각해야 한다는 사실이야. 이번 일로 우리가 어떻게 될지 모르겠니?"

"네, 어머니. 몰라요. 알고 싶지도 않고."

어머니가 기가 막히다는 듯 쳐다보았다. 필립이 나섰다.

"다들 너무 편협해요. 이번 사건을 보다 넓은 사회적 시각에서 보는 사람은 없는 것 같군요. 난 형수님 의견에도 동의하지 않아요. 형수님은 형이 옳고 더러운 속임수에 걸려든 거라고 말했는데 왜 그렇게 생각하는지 모르겠네요. 난 형의 죄가 아주 크다고 생각해요. 어머니, 이 사건에 대해 아주 간단하게 설명해드리죠. 특별할 것도 없는 사건이에요. 법정에는 이런 사건들이 수두룩하니까. 사업가들이 돈을 벌기 위해 국가 비상사태를 이용하고 있어요. 개인적인 이득을 챙기기 위해 공공복지를 위한 법규를 어기고 있다고요. 그들은 온 나라가 물자 부족으로 허덕이는 때에 가난한 사람들의 정당한 몫을 부당하게 빼앗아 자기 배를 불리는 암시장의 악덕업자들이에요. 그들은 순전히 이기적인 탐욕을 만족시키기 위해 무자비하고 집요하고 반사회적인 수법을 쓰고 있어요. 아닌 척해야 소용없어요. 우리 모두가 그 사실을 아니까. 그것은 경멸받아 마땅한 짓이에요."

그는 청소년들 앞에서 뻔한 사실을 설명하듯 건성으로 말했다. 자신의 도덕 기준에 의심의 여지가 없음을 확신하는 목소리였다.

리어든은 처음 보는 대상을 살펴보듯 필립을 응시하고 있었다. 그의 마음속 깊은 곳에서 하나의 목소리가 마치 멈출 줄 모르는 심장박동처럼 울렸다. '무슨 권리로?……

무슨 근거로?…… 어떤 기준에서?'

그가 목소리를 높이지 않고 말했다. "필립, 그런 소리 한 번만 더 하면 당장 거리로 쫓겨날 줄 알아. 지금 입고 있는 옷 그대로, 지금 주머니에 든 푼돈만 가지고."

아무 대꾸도, 소리도 들리지 않았고 아무 움직임도 없었다. 리어든 앞에 앉은 세 사람의 침묵에는 놀라움이 담겨 있지 않았다. 그들은 충격을 받았지만 자신들이 불붙은 도화선을 가지고 놀았다는 것을 알고 있었기에 갑자기 폭탄이 터진 것에 놀라지는 않았다. 그들은 비명을 지르거나 반발하거나 의문을 제기하지 않았다. 그들은 그의 말이 진심이라는 것을 알고 있었고 그 말이 무엇을 의미하는지도 알고 있었다. 리어든은 그들이 자신보다 훨씬 오래전부터 그 사실을 알고 있었다는 깨달음에 구역질이 났다.

"설마…… 동생을 거리로 내쫓진 않겠지?"

이윽고 그의 어머니가 말했다. 그것은 요구가 아니라 애원이었다.

"내쫓을 겁니다."

"네 동생이잖아…… 너한테는 그게 아무 의미도 없니?"

"네."

"네 동생이 가끔 말이 좀 지나칠 때가 있지만, 알지도 못하고 그냥 입에서 나오는 대로 떠드는 거야."

"그럼 알게 해야죠."

"동생한테 그렇게 가혹하게 굴지 마라. 너보다 어리고…… 약한 애야. 저 아인…… 헨리, 그런 눈으로 보지 마라! 네가 이러는 거 처음 본다. 네 동생 놀라게 하지 마. 저 아이에게는 네가 필요하다는 거 너도 알잖아."

"필립도 그걸 아나요?"

"너를 필요로 하는 사람에게 가혹하게 굴면 안 돼. 그럼 평생 양심에 걸릴 거야."

"아니요."

"헨리, 넌 친절해야 해."

"전 친절하지 않아요."

"넌 동정심을 가져야 해."

"전 동정심 없어요."

"훌륭한 사람은 용서할 줄 안다."

"전 몰라요."

"내가 널 이기적이라고 생각하길 바라진 않겠지."

"전 이기적이에요."

필립의 시선이 두 사람 사이를 분주히 오갔다. 그는 단단한 화강암 위에 서 있는 줄 알았다가 갈라져가는 얇은 얼음판에 서 있다는 것을 깨달은 듯한 표정이었다.

"하지만 나도……."

그는 입을 열었다가 다시 다물었다. 그의 목소리는 얼음이 깨지나 디뎌보는 발처럼 조심스러웠다.

"나도 말할 자유가 있는 거 아니야?"
"네 집에서는. 내 집 말고."
"나도 내 생각을 가질 권리가 있는 거 아니야?"
"네 돈으로 먹고산다면. 내 돈 말고."
"형은 의견 차이도 못 받아들여?"
"내가 돈을 낼 때는."
"돈이 전부야?"
"그래. **내** 돈이라는 사실이."
"더 높……." 필립은 '더 높은'이라고 말하려다가 마음을 바꾸었다. "다른 측면들은 고려하지 않아?"
"응."
"하지만 난 형의 노예가 아니야."
"나는 네 노예고?"
"도대체 무슨 말을 하는 건지……."

필립은 말끝을 흐렸다. 형이 무슨 말을 하는 것인지 알기 때문이었다.

"그래, 넌 내 노예가 아니야. 그러니까 원한다면 언제든지 이 집에서 나갈 수 있어."
"내, 내 말은 그런 뜻이 아니야."
"내 말은 그런 뜻이야."
"도무지 이해가 안 돼."
"그래?"

"형은 내⋯⋯ 내 정치적 견해를 알고 있잖아. 그동안 한 번도 반대한 적도 없었고."

리어든이 엄숙히 말했다. "그건 사실이지. 아무래도 설명을 해줘야겠구나. 지금까지 내가 너를 잘못 길들여온 것 같으니까. 네가 내 자선 덕에 살고 있다는 것을 난 네게 상기시켜준 적이 없었지. 네 스스로 기억하고 있어야 한다고 생각했으니까. 난 누구든 남의 도움을 받는 사람은 상대가 선의로 도와주는 것이니 선의로 갚아야 한다는 사실을 알 것이라고 생각했어. 그런데 그게 아니었어. 넌 아무 노력 없이 거저먹고 사니까 애정도 거저 얻을 수 있다고 생각하고 있어. 내가 감싸안아주니까 내게 침을 뱉어도 안전하다고 여기고 있어. 내가 그런 사실을 상기시키지 않을 거라고, 네게 마음의 상처를 줄까 봐 전전긍긍할 거라고 믿고 있어. 좋아. 분명히 말해주지. 넌 이미 오래전에 신용을 잃은 자선의 대상이야. 내가 한때 너에게 가졌던 애정은 이제 없어. 난 너에게, 너의 운명이나 미래에 아무 관심 없어. 난 너를 먹여 살리고 싶어할 이유가 없어. 네가 내 집을 떠나면 굶어 죽든 말든 신경도 안 쓸 거야. **그게** 네 처지이고 이 집에서 계속 살고 싶으면 그걸 기억해둬. 아니면 나가고."

필립은 고개를 조금 숙이는 것 말고는 아무 반응도 보이지 않았다. 이윽고 그가 생기 없고 새된 목소리로 말했다.

"나도 이 집에서 사는 게 행복하고 좋은 건 아니야. 여기서 나갈 수만 있다면 무슨 짓이든 할 수 있다고."

사뭇 반항적인 말이었지만 목소리는 이상하게도 조심스러웠다.

"형이 그렇게 생각한다면 내가 나가는 게 최선이겠군."

단정적인 말이었지만 말끝에 물음표가 붙은 듯한 느낌을 주었다. 필립은 형이 아무 대답도 하지 않자 말을 이었다.

"내 미래에 대해선 걱정할 필요 없어. 내 몸 하나쯤은 건사할 수 있으니까."

형에게 말하면서도 눈은 어머니를 향하고 있었다. 어머니는 아무 말도 하지 못하고 있었다.

"나도 늘 독립하고 싶었어. 뉴욕에 가서 살고 싶었다고. 거기 내 친구들이 다 있으니까."

그의 목소리가 늘어지며 혼잣말처럼 웅얼거렸다.

"물론 사회적 지위를 유지하기가 곤란하겠지…… 백만장자 형을 둬서 난처한 입장이 된 건 내 탓이 아니야……. 내 지위에 어울리는 생활을 하려면…… 앞으로 1, 2년은 돈이……."

"내 돈은 안 돼."

"누가 돈 달랬어? 나도 마음만 먹으면 그깟 돈 얼마든지 구할 수 있어! 내가 못 나갈 거라고 생각하지 마! 내 생각만 하면 당장이라도 나갈 수 있어. 어머니에게 내가 필요하니까, 내가 어머니를 버리고 떠나면……."

"변명하지 마."

"그리고 형은 내 말을 오해했어. 난 형을 모욕한 게 아니야. 그건 개인적인 이야기가 아니라 추상적인 사회학적 견해에 입각한 전반적인 정치 상황에 대한 논의……."

"변명하지 말라니까." 리어든이 말했다.

그는 필립의 얼굴을 쳐다보았다. 필립도 고개를 반쯤 숙인 채 그를 올려다보았다. 필립의 눈은 아무것도 보지 못하고 살아온 듯 생기가 없었다. 반짝이는 흥분도 없었고, 반항심이나 후회, 굴욕감이나 고통 같은 개인적인 감정도 없었다. 얇은 막으로 덮인 그 두 개의 타원체는 현실에 반응하지 않았다. 현실을 이해하거나 평가하려는 노력이 없었다. 그저 둔하고 정적이고 무분별한 증오만을 담고 있을 뿐이었다.

"변명하지 마. 입 닥치고 있어."

리어든은 혐오감에 고개를 돌렸지만 그 혐오감 속에는 연민이 담겨 있었다. 그는 동생의 어깨를 잡고 흔들며 이렇게 외치고 싶었다. '너 자신에게 어떻게 이럴 수 있어? 어떻게 이 지경까지 이르게 된 거야? 어쩌다 존재의 의미조차 잃어버린 거야?' 하지만 부질없는 짓이었다.

리어든은 세 식구가 침묵을 지키고 있는 것에 경멸감을 느꼈다. 지난 세월 묵묵히 가장 노릇을 해온 그에게 그들은 의분에 찬 비난만을 퍼부어댔다. 그런데 지금 그 의분은 어디로 갔을까? 지금이야말로 그 대단한 정의를 내세울 때가 아닌가? 그들은 평생 그에게 잔인하고 이기적인 인간이라는 비난을 해댔고, 그는 가족의 비난을 인생의 영원한 코러스로 받아들일 수밖에 없었다. 그들이 오랜 세월 그런 비난을 할 수 있도록 만든 것은 무엇이었을까? 마음의 소리가 그 답을 들려주었다. 당하는 자의 허용. 비난을 당하는 자신이 그것을 허용했기 때문이다.

"싸우지 말자. 오늘은 추수감사절이니까." 어머니가 활기 없고 모호한 목소리로 말했다.

문득 릴리언에게 시선을 돌린 리어든은 그녀가 아까부터 자신을 응시하고 있었음을 깨달았다. 그녀의 눈에는 공포와 당혹감이 어려 있었다.

리어든은 자리에서 일어나며 식구들에게 말했다. "먼저 일어나겠어요."

"어디 가려고요?" 릴리언이 날카롭게 물었다.

리어든은 자신의 대답에서 그녀가 짐작할 사실을 확인시켜주듯 잠시 그녀를 빤히 쳐다보았다.

"뉴욕."

릴리언이 벌떡 일어났다.

"오늘 밤에요?"

"지금."

"오늘 밤에는 뉴욕에 가면 안 돼요!"

릴리언의 목소리는 크지는 않았지만 비명과도 같은 절박함이 담겨 있었다.

"지금은 그럴 때가 아니에요. 가족을 저버릴 때가 아니라고요. 결백을 주장해야 하는데 타락한 짓을 저질러서는 안 되죠."

리어든은 생각했다. '무슨 기준으로?'

"왜 오늘 밤 뉴욕에 가고 싶어하는 거죠?"

"당신이 못 가게 막으려는 이유와 같을 거요."

"내일이 재판이에요."

"내 말이 그 말이오."

리어든이 돌아서려고 하자 릴리언이 목소리를 높였.
"가지 말아요!"

리어든은 미소지었다. 릴리언에게 석 달 만에 처음 보인 미소였지만 그녀가 원하던 미소는 아니었다.

"절대 못 가요!"

리어든은 돌아서서 나가버렸다.

그는 운전석에 앉아 유리알처럼 얼어붙은 도로를 시속 100킬로미터로 달리고 있었다. 가족들의 얼굴이 도로변의 벌거벗은 나무들과 외로운 건물들을 집어삼키는 속도의 심연 속으로 천천히 사라져갔다. 도로에는 차가 거의 없었고 멀리 보이는 마을들에도 불빛이 별로 없었다. 그 한적함만이 명절 기분을 느끼게 했다. 이따금 나타나는 공장 지붕에 서리 때문에 희미해진 불빛이 비치고 있었다. 찬바람이 그의 자동차 틈새에서 울부짖고 캔버스 천으로 된 차 지붕을 때렸다.

리어든은 자신의 가족과 사뭇 대조적인 태도를 보인, 워싱턴에서 제철소로 파견된 '유모'라는 별명을 가진 청년이 생각났다.

리어든은 검찰에 기소되었을 때 그 청년이 자신과 대너 거의 밀거래 사실을 알면서도 워싱턴에 보고하지 않았다는 것을 알게 되었다.

"왜 워싱턴의 친구들에게 밀거래 사실을 알리지 않았나?" 리어든이 청년에게 물었다.

청년은 시선을 외면하며 무뚝뚝하게 대답했다. "그러고 싶지 않았습니다."

"그런 일을 감시해서 보고하는 것도 자네 일 아닌가?"

"그렇죠."

"게다가 자네 친구들이 들으면 좋아할 소식이었는데."

"그렇죠."

"그게 얼마나 귀중한 정보인지 몰랐나? 그 정도의 정보면 언젠가 자네가 '비용이 좀 드는' 친구들이라고 말했던—기억하나?—그 워싱턴 친구들과 엄청난 거래를 할 수 있었을 텐데?"

청년은 대답하지 않았다.

"출세에도 큰 도움이 될 수 있었을 텐데. 그 일에 대해서 몰랐다는 말은 하지 말게."

"알고 있었습니다."

"그런데 왜 그것을 이용하지 않았나?"

"그러고 싶지 않아서요."

"왜?"

"모르겠습니다."

청년은 스스로도 이해할 수 없는 자신의 마음을 회피하고 싶은 듯 침울하게 리어든의 시선을 피했다. 리어든은 웃음을 터뜨렸다.

"이보게, 비(非)절대주의자. 자네는 지금 위험한 불장난을 하고 있어. 자네가 제보자가 되는 것을 막은 그 이유가 자네를 지배하기 전에 차라리 살인을 저지르는 게 나을 거야. 안 그러면 자넨 파멸하고 말 테니까."

청년은 대답하지 않았다.

오늘 아침, 휴일인데도 리어든은 여느 날과 다름없이 출근했다. 점심시간에 압연공장을 둘러보던 그는 '유모'가 구석에 혼자 서서 어린애처럼 즐겁게 작업 광경을 지켜보고 있는 것을 보고 깜짝 놀랐다.

"여기서 뭐 하고 있나? 오늘 휴일인 거 몰라?" 리어든이 물었다.

"아, 여직원들은 쉬게 했습니다. 전 처리할 일이 있어서 나왔고요."

"무슨 일인데?"

"아, 편지도 써야 하고…… 젠장, 편지 세 통에 서명하고 연필 깎았습니다. 오늘 꼭 해야 할 일들은 아니지만 집에 있어봐야 할 일도 없고 해서요. 여기 있으면 외로움을 잊거든요."

"가족은 없나?"

"네…… 가족다운 가족은. 사장님은요? 가족 없으세요?"

"그래…… 가족다운 가족은."

"전 이곳이 좋아요. 이곳에서 시간을 보내는 게……. 사장님도 아시다시피 전 야금학을 전공했거든요."

그곳을 떠나며 힐끗 돌아보니 유모가 마치 소년 시절에 제일 좋아하던 모험 이야기에 등장하는 영웅을 바라보듯 자신을 응시하고 있었다. '저 불쌍한 녀석에게 신의 가호가 있기를!' 리어든은 속으로 기원했다.

'모두에게 신의 가호가 있기를!' 리어든은 작은 도시의 어두운 거리를 달리며 기원했다. 경멸 어린 연민을 느끼며 믿지도 않는 종교의 표현을 빌려 그렇게 기원했다. 신문 가판대에 꽂혀 있는 신문들이 보였다. 검은 표제 글씨들이 빈 길모퉁이에 대고 외치고 있었다. '철도 참사.' 리어든은 오후에 라디오로 그 뉴스를 들었다. 와이오밍 록랜드 근처 태거트 대륙횡단철도 간선에서 사고가 발생했다. 철도 레일이 갈라지는 바람에 화물열차가 계곡 아래로 굴러떨어진 것이다. 태거트 대륙횡단철도 간선에서 사고가 잦아지고 있었다. 레일이 낡았기 때문이었다. 18개월 전에 대그니가 리어든 금속 레일로 교체하기로 계획했던 곳이었다.

그녀는 버려진 지선들의 낡은 레일을 뜯어다가 간선을 보수하는 데 1년을 보냈다. 그리고 이사들과 싸우느라 몇 개월을 허비했다. 이사들은 국가 비상사태는 일시적인 것이라고, 10년을 견뎌온 철도가 한 해 겨울을 더 못 버티겠느냐고, 봄이 되면 모든 상황이 나아질 거라고 웨슬리 마우치 씨가 약속했으니 그때까지 기다리자고 했다. 그러다 결국 3주 전에야 대그니의 성화에 못 이겨 새 레일 6만 톤을 구입하도록 허락해주었다. 그것은 최악의 상태에 이른 몇 개 구간에 깔 분량밖에 안 되었지만 대그니가 이사들을 설득해서 얻어낼 수 있었던 최대치였다. 그녀는 패닉 상태에 빠져 귀가 먼 이사들에게서 억지로 돈을 빼앗다시피 해야 했다. 제임스는 올해가 태거트 대륙횡단철도 역사상 가장 번창하는 해라고 했지만 화물 수입이 곤두박질치자 이사들은 두려움에 떨기 시작했다. 대그니는 리어든 금속 레일을 구매할 '절대적인 필요'를 인정받을 가망성도, 애걸할 시간도 없어서 강철 레일을 주문해야 했다.

리어든은 신문에서 시선을 들어 하늘 가장자리의 빛을 보았다. 멀리 앞쪽에 있는 뉴욕의 불빛이었다. 운전대를 잡은 그의 손에 힘이 들어갔다.

뉴욕에 도착하니 9시 30분이었다. 대그니의 아파트로 갔지만 캄캄한 아파트에는 아무도 없었다. 그는 대그니의 사무실로 전화를 걸었다. 대그니가 직접 전화를 받았다.

"태거트 대륙횡단철도입니다."

"오늘 휴일인 거 모르오?" 리어든이 물었다.

"안녕, 행크. 철도는 휴일이 없어요. 어디서 전화하는 거예요?"

"당신 집."

"30분 내로 일 끝나요."

"괜찮소. 거기 있어요. 내가 갈 테니까."

리어든이 도착했을 때 대그니의 사무실 밖 비서실은 캄캄했고 유리 칸막이로 된 에디 윌러스의 자리에만 불이 켜져 있었다. 에디는 퇴근 준비를 하고 있었다. 그가 리어든을 보자 놀라고 어리둥절한 표정을 지었다.

"에디, 잘 지냈어요? 뭐가 그렇게 바빠요? 록랜드 사고 때문에?"

에디는 한숨지으며 대답했다. "네, 리어든 씨."

"그 문제로 대그니를 만나러 왔어요. 레일 문제로."

"대그니는 아직 사무실에 있습니다."

리어든이 대그니의 방으로 향하는데 에디가 주저하며 불렀다. "리어든 씨……."

리어든은 걸음을 멈추었다.

"네?"

"내일 재판이잖아요……. 법정에서는 전 국민의 이름으로 판결이 내려지겠지만…… 저는 예외라는 것을 말씀드리고 싶어서요. 제가 도와드릴 수 있는 건 없지만…… 그 말씀만은 꼭 드리고 싶습니다. 아무 의미도 없다는 건 알지만요."

"당신이 생각하는 것보다 훨씬 큰 의미가 있어요. 어쩌면 누구도 상상할 수 없을 만큼의 의미가 있는지도 모르고. 고맙소, 에디."

리어든이 사무실 안으로 들어서자 대그니는 책상에 앉아 있다가 고개를 들었다. 리어든은 그녀에게 다가가면서 그녀의 눈에서 피로가 가시는 것을 보았다. 그는 책상에 걸터앉았다. 대그니는 뒤로 기대앉으며 얼굴에 흘러내린 머리카락을 쓸어 올렸다. 그녀의 얇은 흰 블라우스 속 어깨가 긴장을 풀고 있었다.

"대그니, 당신이 주문한 레일에 대해 할 말이 있소. 오늘 밤에 말해주고 싶소."

대그니가 그를 주의 깊게 응시했다. 그의 표정이 전염되어 그녀도 엄숙하고 긴장된 표정을 지었다.

"난 2월 15일 태거트 대륙횡단철도에 6만 톤의 레일을 납품하게 되어 있소. 철도 480킬로미터를 깔 수 있는 분량이지. 당신은 같은 금액으로 8만 톤의 레일을 받게 될 거요. 철도 800킬로미터를 깔 수 있는 분량이지. 당신은 강철보다 싸고 가벼운 재료가 뭔지 알고 있소. 난 당신에게 강철이 아닌 리어든 금속으로 만든 레일을 보낼 거요. 반대하지도, 동의하지도 말아요. 난 지금 당신의 동의를 구하고 있는 것이 아니니까. 당신은 이 일에 대해 모르는 거요. **나 혼자** 책임지겠소. 당신이 강철 레일을 주문한 사실을 아는 직원들이 리어든 금속 레일이 납품되었다는 것을 모르게 해야 하오. 당신이 리어든 금속 레일을 살 수 있는 허가를 받지 못한 것도 모르게 해야 하고. 회계장부를 복잡하게 조작해서 만일 이 일이 발각된다 해도 나 이외에는 아무에게도 책임이 돌아가지 않게 해야 하오. 내가 당신 직원 중에서 누군가를 매수했거나 당신이 가담했을지도 모른다는 의혹을 사도 아무 증거도 나오지 않도록. 대그니, 이 일을 알고 있었다는 것을 절대 인정하지 않겠다고 약속해줘요. **내** 금속이니까 모험을 걸 일이 있으면 내가 걸겠소. 당신에게 주문을 받던 날부터 혼자 계획해온 일이오. 나를 절대 배신하지 **않을** 구리업자에게 따로 구리도 주문해놓았소. 당신에게 나중에 말하려고 했지만 생각이 바뀌었소. 오늘 밤에 당신에게 알리고 싶었소. 내일 이것과 똑같은 죄로 재판을 받게 될 테니까."

대그니는 꼼짝도 하지 않고 듣고 있었다. 그의 마지막 말에 그녀의 뺨과 입술이 실룩거렸다. 미소는 아니었다. 그녀의 대답과 고통, 감탄과 이해가 담겨 있었다.

대그니의 눈빛이 부드러워지며 고통을 드러냈고 그것을 본 리어든은 그녀의 손목을 꽉 잡았다. 자신의 손아귀 힘과 준엄한 눈길이 그녀에게 힘이 되기를 바라는 마음에서였다. 그가 엄격하게 말했다.

"나한테 고마워하지 말아요. 당신에게 호의를 베푸는 게 아니니까. 내 일을 지탱하기 위한 거니까. 안 그러면 나도 켄 대너거처럼 무너질 테니까."

대그니가 속삭였다. "그래요, 행크. 당신에게 고마워하지 않을게요."

하지만 그녀의 목소리와 눈빛이 그것이 거짓임을 말해주었다.

"내가 부탁한 약속도 해줘야지." 리어든이 미소지으며 말했다.

대그니는 고개를 숙였다.

"약속할게요."

리어든이 그녀의 손목을 놓아주자 대그니가 고개를 숙인 채 덧붙였다. "내일 당신이 징역형을 선고받는다면, 난 일을 그만둘 거예요. 파괴자가 와서 설득할 때까지 기다리지 않고."

"당신은 그만두지 않을 거요. 나도 감옥에 가지 않을 거고. 가벼운 벌로 끝날 거요. 내가 가설을 하나 세워놨는데 나중에 설명해주겠소. 시험을 거친 후에."

"무슨 가설인데요?"

"존 골트가 누구지?"

리어든이 미소지으며 일어섰다.

"재판 이야기는 더 이상 하지 맙시다. 혹시 당신 사무실에 술 좀 있소?"

"아니요. 하지만 우리 운송 관리자가 서류 캐비닛 한 칸에 바를 꾸며놓았죠."

"그럼 술 좀 훔쳐다줄 수 있겠소? 그가 캐비닛을 잠가놓지 않았다면."

"해보죠."

리어든은 벽에 걸린 냇 태거트의 초상화를 바라보았다. 고개를 치켜든 젊은이의 모습을 한 초상화였다. 대그니가 브랜디 한 병과 잔 두 개를 들고 왔다. 리어든은 말없이 잔에 술을 따랐다.

"대그니, 본래 추수감사절은 생산적인 사람들이 자신의 일의 성공을 축하하기 위해 만든 명절이지."

그는 잔을 들어 초상화에, 대그니에게, 자신에게, 그리고 창문 너머 빌딩들에 건배했다.

♦

  법정을 가득 메운 사람들은 한 달 전부터 언론을 통해 탐욕스런 사회의 적을 만나게 될 것이라는 이야기를 들어 왔지만 그들은 리어든 금속을 발명한 사람을 만나기 위해 온 것이었다.

  판사의 명령에 따라 그가 자리에서 일어섰다. 그는 회색 정장 차림이었고 연푸른색 눈과 금빛 머리카락을 가지고 있었다. 하지만 그의 모습이 차갑고 준엄하게 보인 것은 그 색깔들 때문이 아니었다. 그의 정장이 요즘에는 보기 힘든 고급 옷이고, 그 옷은 거대 기업의 고급 사무실에나 어울리며, 그의 태도는 문명화된 시대의 산물로 그의 주변 환경과 전혀 맞지 않기 때문이었다.

  청중들은 신문기사를 통해 그가 냉혹한 부의 악을 상징한다는 것을 알고 있었다. 하지만 그들은 순결과 정조를 찬양하면서도 반라의 여인이 등장하는 영화 포스터를 보면 득달같이 극장으로 달려가듯 그를 보러 왔다. 적어도 악은, 아무도 믿지 않으면서 감히 반발은 하지 못하는 상투적인 것들의 진력나는 절망감은 지니고 있지 않으니까. 그들은 감탄 없이 그를 바라보았다. 그들은 이미 오래전에 감탄하는 능력을 상실했기에 그저 호기심과 그를 미워해야만 한다고 종용하는 사람들에 대한 막연한 반항심만을 가지고 그를 쳐다보았다.

 몇 년 전이었다면 그들은 당당히 부를 과시하는 그에게 야유를 보냈을 터였다. 하지만 오늘은 법정 창밖 잿빛 하늘이 길고 혹독한 겨울의 첫 폭설을 예고하고 있었고, 나라에 석유가 동이 난데다 탄광들은 겨울철 연료 부족 사태를 해결하기에는 역부족이었다. 청중들은 이 사건 때문에 켄 대너거가 사라졌다는 것을 알고 있었다. 대너거 석탄회사 생산량이 한 달 만에 급감했다는 소문이 돌았으나 신문들은 대너거의 사촌이 회사를 맡아 재정비하느라 일시적으로 그런 것이라고 보도했다. 지난주에는 주택단지 건설 현장에서 일어난 참사가 신문 1면을 요란하게 장식했다. 불량 강철 들보가 붕괴하면서 인부 네 명이 목숨을 잃었는데 신문들은 쉬쉬했지만 대중들은 그 들보가 오런 보일의 어소시에이티드 철강 제품이란 사실을 알고 있었다.

 청중들은 무거운 침묵 속에 앉아서 회색 정장을 입은 키 큰 남자를 희망이 아닌(그들은 희망을 느끼는 능력도 상실했으니까) 무감각한 중립성을 가지고 지켜보았다. 그 중립성은 그들이 지난 수년 간 들어온 경건한 슬로건들에 대한 막연한 의문에서 비롯된 것이었다.

 신문들은 이 사건을 통해 증명되었듯이 미국이 위기에 처한 것은 부유한 기업가들의 이기적인 탐욕 때문이라고 외쳐댔다. 국민들이 굶주리고 추위에 떨며 집들이 무너져가는 것은 행크 리어든 같은 사람들 탓이고, 법을 어기고 정부의 계획들을 방해하는 사람들만 아니었다면 미국은 오래전에 번영을 이루었을 것이며, 행크 리어든 같은 사람은 오직 영리 목적으로만 움직인다는 것이었다. '영리 목적'이 절대악을 상징하는 낙인이라도 되는 듯했다.

청중들은 바로 그 신문들이 불과 2년 전에 리어든 금속 생산을 금지시켜야 한다고, 리어든이 자신의 탐욕을 위해 국민들의 목숨을 위태롭게 하고 있다고 주장했던 것을 기억하고 있었다. 또 리어든이 자신의 금속으로 만든 레일이 깔린 철도를 달린 첫 열차에 탔던 것도 기억하고 있었다. 그런데 시장 출하 자체가 탐욕스런 죄로 여겨졌던 그 금속을 조금 빼돌렸다고 해서 지금 리어든은 탐욕스런 죄인이 되어 법정에 서 있었다.

정부 법령에 의하면 이런 종류의 사건은 배심원단이 아니라 경제기획 국가자원국에서 임명한 세 명의 판사가 판결을 내리도록 되어 있었고, 그 절차는 민주적이고 격식에 얽매이지 않아야 했다. 이 재판을 위해 필라델피아의 유서 깊은 법정에는 배심원석이 사라지고 연단 위에 테이블 하나가 설치되었다. 그래서 의장단이 우둔한 회원들을 모아놓고 사기를 치는 회의장 같은 분위기가 느껴졌다.

검사 역할을 맡은 판사가 기소장을 읽은 후 선언했다.

"피고에게 변론할 기회를 주겠습니다."

행크 리어든은 연단을 향해 억양 없는 또렷한 목소리로 말했다. "변론하지 않겠습니다."

"그럼……."

판사는 재판이 이렇게 쉽게 끝날 것이라 예상하지 못했기에 당황해서 더듬거렸다.

"본 법정의 판결에 맡기겠습니까?"

"나는 이 법정이 나를 심판할 권리가 있다는 것을 인정하지 않습니다."

"뭐라고요?"

"이 법정은 나를 심판할 권리가 없다고요."

"리어든 씨, 본 법정은 이런 종류의 범죄를 심판하기 위해 법으로 지정된 자리입니다."

"나는 내 행동을 범죄로 인정하지 않습니다."

"하지만 당신은 금속 판매에 관한 정부 법령을 어겼다고 시인하지 않았습니까."

"나는 당신들이 내 금속의 판매를 통제할 권리가 있다는 것을 인정하지 않습니다."

"당신의 인정 따윈 필요치 않다는 것을 꼭 말해줘야 합니까?"

"아니요. 나도 그건 잘 알고 있고 그에 따라 행동하는 겁니다."

법정에 정적이 감돌았다. 가식을 미덕으로 여기는 사람

들이라 그의 태도를 도저히 이해할 수 없을 텐데도, 법정 안이 놀라움과 조롱으로 술렁거려야 마땅한데도 모두 침묵을 지키고 있었다. 그를 이해한 것이었다.

"법에 불복하겠다는 겁니까?" 판사가 물었다.

"아니요. 엄밀한 의미의 법에 따르는 겁니다. 당신들의 법은 내 동의 없이도 내 인생, 내 일, 내 재산이 처분될 수 있도록 하고 있습니다. 좋습니다. 나를 마음대로 처리하세요. 단, 나는 거기 가담하지 않을 겁니다. 변호가 불가능하다는 것을 알면서도 자신을 변호하는 연극은 하지 않을 겁니다. 이곳이 정의의 법정인 것처럼 행동하지 않겠습니다."

"하지만 리어든 씨, 당신에게 변론의 기회가 주어지도록 법으로 정해져 있습니다."

"피고는 판사가 인정하는 객관적인 정의의 원칙이 존재해야만 스스로를 변호할 수 있습니다. 다른 사람들이 침범할 수 없는 그의 권리들을 지켜주는 원칙. 당신들이 나를 재판하는 법은 원칙이란 존재하지 않고, 내게는 아무 권리도 없으며, 당신들이 나를 마음대로 처리해도 된다고 규정하고 있습니다. 좋아요. 그렇게 하세요."

"리어든 씨, 지금 당신이 비난하고 있는 법은 최고의 원칙인 공공선의 원칙에 기초한 것입니다."

"공공이 뭡니까? 공공선은 뭡니까? '선'이란 도덕적 가치 기준에 의해 정의되어야 하는 개념이고, 인간은 타인의 권리를 침해하면서 자신의 선을 추구할 권리가 없다고 믿던 시대가 있었습니다. 하지만 지금은 사람들이 자신의 선으로 간주되는 것을 위해 나를 그들 마음대로 희생시킬 수 있다고 믿는다면, 자신들에게 필요하다는 이유만으로 내 재산을 강탈할 수 있다고 믿는다면…… 그것은 강도와 다르지 않습니다. 한 가지 차이점이 있다면 강도는 내게 자신의 행동을 인정해달라는 요구를 하지 않는다는 것이지요."

방청석 한쪽에는 뉴욕에서 재판을 보러 온 유명인사들의 자리가 마련되어 있었다. 대그니는 조용히 앉아서 엄숙하게 재판을 지켜보고 있었다. 리어든의 말이 자신의 인생 행로를 결정지을 것임을 알기에 그녀는 열심히 경청하고 있었다. 에디 윌러스가 그녀 옆에 앉아 있었다. 제임스 태거트는 오지 않았다. 폴 라킨은 웅크린 자세로 동물이 주둥이를 내밀듯 턱을 치켜들고 있었는데 얼굴의 공포가 이제 악의에 찬 증오로 바뀌어가고 있었다. 그의 옆에 앉은 모언은 라킨보다 무지하고 이해력이 떨어지는 인물로, 라킨보다 단순한 공포를 나타냈다. 그는 당혹감과 분노 속에서 리어든의 말을 듣고 있다가 라킨에게 속삭였다.

"맙소사, 드디어 일을 저질렀군! 기업가들은 전부 공공선의 적이라고 대놓고 떠들어대고 있으니!"

판사가 물었다. "그럼 당신은 공공의 이익보다 자신의 이익을 우선시하는 겁니까?"

"그런 질문은 식인종 사회에서나 할 수 있는 것입니다."

"아니…… 그게 무슨 뜻입니까?"

"거저 얻으려 하거나 인간을 제물로 삼는 사람들 사이에서나 이익의 충돌이 일어난다는 말입니다."

"대중이 당신의 수익을 줄이는 것이 필요하다고 판단한다고 해도 그들이 그것을 실행에 옮길 권리가 없다는 겁니까?"

"아, 그럴 권리는 있죠. 대중은 언제든 내 수익을 줄일 수 있습니다. 내 제품을 사지 않으면 되니까요."

"우린 지금…… 다른 방법들에 대해 이야기하고 있는 겁니다."

"수익을 줄이는 다른 방법은 약탈자들의 방법입니다."

"리어든 씨, 이건 변호가 될 수 없습니다."

"나는 변호를 하지 않겠다고 말했습니다."

"그건 있을 수 없는 일입니다! 당신의 혐의가 얼마나 중한지 알고 있어요?"

"관심 없습니다."

"당신의 태도가 어떤 결과를 낳을지 알고 있습니까?"

"잘 압니다."

"검찰 측에서 제시한 사실들을 고려한다면 선처가 어려운 사건입니다. 본 법정은 당신에게 아주 무거운 형을 내릴 수도 있어요."

"그러세요."

"뭐라고요?"

"형을 내리시라고요."

세 명의 판사는 서로를 쳐다보았다. 그들의 대변인 격인 판사가 리어든에게 고개를 돌리며 말했다.

"이건 전례가 없는 일입니다."

그러자 또 한 판사가 말했다. "이건 완전히 변칙입니다. 당신은 법에 따라 변론을 해야만 합니다. 변론을 거부하겠다면 남은 선택은 본 법정의 판결에 따르겠다고 공식적으로 진술하는 것뿐입니다."

"그러지 않겠습니다."

"그래야만 합니다."

"나의 자발적인 행동을 기대하는 겁니까?"

"그렇습니다."

"나는 자발적으로 아무것도 하지 않겠습니다."

"하지만 법에 따라 피고 측 변론이 반드시 있어야만 합니다."

"그러니까 이 재판이 합법성을 갖기 위해 내 협조가 필요하다는 건가요?"

"그건 아니고…… 그래요…… 맞습니다. 서류 양식을 채워야 하니까요."

"난 협조하지 않겠습니다."

검사 역할을 하던 가장 젊은 판사가 초조하게 내뱉었다.

"그게 말이 됩니까? 당신은 우리가 당신 같은 저명인사에게 누명을 씌운 것처럼 보이려고……."

그는 말을 끊었다. 그러자 방청석 뒤쪽에서 누군가가 긴 휘파람 소리를 냈다. 리어든이 엄숙하게 말했다.

"나는 이 재판이 있는 그대로의 모습으로 보여지기를 원합니다. 이 재판의 실체를 위장하는 데 내 협조가 필요하다면…… 절대 협조하지 않겠습니다."

"하지만 우리는 당신에게 변론의 기회를 줬어요. 그것을 거부하는 건 당신입니다."

"내게 변론의 기회가 주어진 것처럼 위장하고 싶어하는 당신들에게 협조할 생각 없습니다. 권리가 인정되지 않는 법정이 공정한 곳인 것처럼 보이고 싶어하는 당신들에게 절대 협조하지 않습니다. 결국 총으로 결정될 일인데 논쟁을 시작해서 합리적인 재판처럼 보이고 싶어하는 당신들을 돕고 싶지 않습니다. 당신들이 정의를 집행하는 것처럼 행세하는 것을 거들고 싶지 않다고요."

"하지만 당신은 법에 따라 변론을 해야만 합니다!"

방청석 뒤쪽에서 웃음소리가 들렸다. 리어든이 엄숙하게 말했다.

"**그것이** 당신들의 이론이 지닌 허점이고 나는 당신들을 도와주지 않을 겁니다. 강압적인 방법으로 사람들을 다루고 싶으면 그렇게 하세요. 하지만 당신들에게는 그들의 자발적인 협조가 필요하다는 것을 깨닫게 될 겁니다. 그들 또한 당신들이 강제할 수 없는 그들 자신의 의지가 얼마나 중요한지 깨닫게 될 거고요. 나는 일관성을 잃지 않고 당신들 방식대로 행동할 겁니다. 당신들이 내게 무엇을 요구하든 당신들이 총구를 겨눠야 움직일 겁니다. 만일 당신들이 내게 징역형을 선고한다면 경찰을 보내 억지로 끌고 가야만 할 겁니다. 자발적으로 가진 않을 테니까. 내게 벌금형을 내린다면 내 재산을 압수해서 벌금을 거둬야 할 겁니다. 자발적으로 벌금을 내진 않을 테니까. 내게 강제권을 행사할 권리가 있다고 생각한다면 공공연히 총을 쓰세요. 난 당신들의 가식에 협조할 생각이 없으니까."

제일 나이 많은 판사가 테이블 너머로 몸을 기울이며 조롱 어린 부드러운 목소리로 말했다. "리어든 씨, 당신은 대단한 원칙을 위해 싸우고 있는 것처럼 말하지만 결국 당신이 지키려고 하는 것은 재산이 아닌가요?"

"네, 물론입니다. 나는 재산을 지키기 위해 싸우고 있습니다. **그것이** 나타내는 원칙이 무엇인지 아십니까?"

"당신은 자유 투사처럼 행동하고 있지만 당신이 얻으려는 것은 돈을 벌기 위한 자유뿐이에요."

"네, 물론입니다. 내가 원하는 것은 오로지 돈을 벌기 위한 자유입니다. 그 자유가 무엇을 의미하는지 아십니까?"

"리어든 씨, 물론 당신은 자신의 태도가 곡해되기를 원치 않을 겁니다. 당신은 다른 사람들의 삶에는 아무 관심도 없고 자신의 이익만을 위해 일하는 사회적 양심이 결여된 인물로 세상 사람들에게 인식되고 있는데 그런 인식을 더 강화시키고 싶지는 않을 거예요."

"나는 내 이익만을 위해 일합니다. 내가 노력해서 이익을 얻고요."

리어든 뒤에 있는 청중들 사이에서는 분노가 아닌 놀라움의 헐떡거림이 들렸고, 그의 앞에 있는 판사들은 침묵했다. 리어든은 침착하게 말을 이었다.

"네, 나는 내 태도가 곡해되는 것을 원치 않습니다. 이 자리에서 공식적으로 내 입장을 말하겠습니다. 나는 신문에 실린 나에 대한 모든 사실에 전적으로 동의합니다. 하지만 어디까지나 사실들에만 동의할 뿐 평가에는 동의하지 않습니다. 나는 오직 내 이익을 위해 일합니다. 제품을 생산해서 그것을 기꺼이 사고자 하고, 살 능력이 있는 사람들에게 팔아 이익을 얻고요. 나는 그들의 이익을 위해 내 이익을 희생해가며 제품을 생산하지 않고, 그들 또한 내 이익을 위해 자신의 이익을 희생해가며 내 제품을 사지 않습니다. 나는 그들 때문에 내 이익을 희생하지 않고 그들도 나 때문에 자신들의 이익을 희생하지 않습니다. 우리는 상호 동의하에 상호 이익을 위해 동등하게 거래하며 나는 그런 식으로 번 내 돈이 자랑스럽습니다. 나는 부자이고 내가 가진 돈이 자랑스럽습니다. 나는 스스로 노력해서, 그리고 나와 거래하는 사람들의 자발적인 동의에 의한 자유로운 교환을 통해 돈을 벌었습니다. 내가 처음 일을 시작했을 때는 나를 고용한 사람들이, 지금은 내 밑에서 일하는 사람들과 내 제품을 사는 사람들이 나와의 거래에 자발적으로 동의했습니다. 당신들이 내게 공개적으로 묻기를 두려워하는 질문들에 대답하겠습니다. 내 직원들에게 그들의 노동이 지니는 가치 이상의 돈을 지불하고 싶냐고요? 아닙니다. 내 고객들이 기꺼이 지불하려는 가격보다 싸게 물건을 팔고 싶냐고요? 아닙니다. 손해 보고 팔거나 거저 주기를 원하냐고요? 아닙니다. 이런 내가 사악한 인간이라면 당신들 기준에 따라 나를 마음대로 처리하세요. 내 기준들은 이렇습니다. 정직한 사람이라면 누구나 그래야 하는 것처럼 나는 내 힘으로 벌어먹고 삽니다. 나는 존재를 유지하기 위해 일을 해야만 하는 사실을 죄로 받아들이기를 거부합니다. 내가 일을 할 수 있는 것을, 일을 잘할 수 있는 것을 죄로 받아들이기를 거부합니다. 내가 대부분의 다른 사람들보다 일을 잘하는 것, 내 생산품이 내 이웃들의 것보다 더 큰 가치를 지니고 더 많은 사람이 내 생산품을 사고자 하는 것 역시 죄로 받아들일 수 없습니다. 나는 내 능력에 대해, 내 성공에 대해, 내 돈에 대해 사죄하기를 거부합니다. 이런 내가 사악한 인간이라면 나를 벌하세요. 이런 내가 대중의 이익에 해를 끼치고 있다면 대중이 나를 파멸시키도록 놔두세요. 지금까지 말한 것이 내 원칙이고 나는 다른 원칙은 받아들이지 않습니다. 사실 인류의 삶에 기여한 공은 당신들보다 내가 훨씬 더 크지만 그런 말은 하지 않겠습니다. 나는 타인을 위한 봉사를 내 삶의 이유로 삼지 않으니까요. 다른 사람들의 이익을 위해 내 재산을 빼앗기고 내 삶이 파괴되는 것을 용납할 수 없으니까요. 나는 다른 사람들의 이익을 위해 일하지 않습니다. 내 이익을 위해 일하죠. 나는 자신의 이익을 희생하는 사람들을 경멸합니다. 나는 당신들에게 말할 수 있습니다. 당신들은 지금 공공선에 기여하고 있는 것이 아니라고요. 공공선은 인간을 제물로 바쳐서 이룰 수 있는 게 아니니까요. 한 사람의 권리를 침해하는 것은 곧 모든 인간의 권리를 침해하는 것이며, 권리 없는 존재들로 이루어진 대중은 파멸할 수밖에 없으니까요. 나는 당신들이 결국 세상의 파괴밖에 이룰 수 없을 것이라고 말할 수 있습니다. 그게 약탈자의 운명이니까요. 나는 그런 말을 할 수 있지만 하지 않겠습니다. 나는 당신들의 도덕적 전제 자체를 부정합니다. 공공선이란 것이 인간을 희생양으로 만들어야만 실현될 수 있다면, 내 피를 대가로 살아남기를 원하는 존재들을 위해 내가 희생해야 한다면, 내 이익과 동떨어져 있거나 내 이익보다 우위에 있거나 내 이익에 반하는 사회적 이익을 위해 봉사해야 한다면…… 나는 거부할 것입니다. 그것을 세상에서 가장 비열한 악으로 여기고 단호히 거부할 것입니다. 전 인류와 맞서야 한다고 해도 죽을힘을 다해 싸울 것입니다. 그들 손에 죽기 전 1분밖에 시간이 남아 있지 않다고 해도 내가 옳다는 신념과 살아 있는 존재의 생존권으로 마지막까지 싸울 것입니다. 자신들을 대중이라고 부르는 나의 동료 인간들이 공공선에 희생양이 필요하다고 믿는다면 나는 이렇게 이야기할 겁니다. '빌어먹을 공공선, 난 그런 것에 신경 쓰지 않는다!'"

박수갈채가 터져 나왔다.

리어든은 판사들보다 더 놀라서 홱 돌아섰다. 격하게 흥분해서 웃는 얼굴들, 도와달라고 애원하는 얼굴들이 보였다. 리어든은 그들의 조용한 절망이 분출하고 있는 것임을, 그들의 반항적인 환호에 자신과 같은 분노가 담겨 있음을 알 수 있었다. 그는 감탄의 표정들을, 희망의 표정들을 보았다. 입을 헤 벌린 젊은 남자들과 악의적으로 단정치 못한 차림새를 한 여자들도 보였는데, 뉴스릴에서 사업가가 등장하면 제일 먼저 야유를 시작하는 부류였다. 하지만 그들마저도 반기를 들지 않고 침묵을 지키고 있었다.

청중은 자신들을 향한 리어든의 얼굴에서 판사의 협박이 통하지 않았음을 확인했다. 그의 얼굴에는 아무 표정도 없었다.

판사가 분연히 의사봉을 두드리며 소리를 질렀지만 청중들은 중간부터 그 소리를 들을 수 있었다.

"……안 그러면 모두 퇴장시키겠습니다!"

리어든은 다시 테이블 쪽으로 고개를 돌리다가 뉴욕에서 온 사람들 자리에 시선이 닿았다. 그의 시선은 대그니에게 잠시 머물렀는데 오직 대그니만 느낄 수 있을 정도로 짧은 순간이었고, 그 시선은 이렇게 말하는 듯했다. '해냈어!' 대그니는 침착한 얼굴이었지만 눈이 지나칠 정도로 커져 있었다. 에디 윌러스는 남자의 눈물을 대신할 수 있는 미소를 보냈다. 모언 씨는 멍한 얼굴이었고, 폴 라킨은 바닥을 내려다보고 있었다. 버트럼 스커더나 릴리언의 얼굴에는 아무 표정이 없었다. 릴리언은 줄 맨 끝에 다리를 꼬고 앉아 있었다. 밍크 숄이 그녀의 오른쪽 어깨에서 왼쪽 엉덩이로 비스듬히 내려와 있었다. 그녀는 꼼짝하지 않고 리어든을 응시했다.

리어든은 격한 감정의 소용돌이 속에서도 일말의 아쉬움과 그리움을 느꼈다. 그가 누구보다 보고 싶었던 얼굴이, 재판이 시작될 때부터 줄곧 찾았던 얼굴이 보이지 않았다. 프란시스코 단코니아는 오지 않았던 것이다.

제일 나이 많은 판사가 양팔을 벌리고 다정하면서도 질책 어린 미소를 지으며 말했다. "리어든 씨, 우리를 그토록 철저히 오해했다니 참으로 유감입니다. 사업가들은 신뢰와 우정으로 우리에게 다가오기를 거부하는 게 문제예요. 그들은 우리를 적으로 여기죠. 인간 제물이라니, 그게 무슨 소리입니까? 왜 그렇게 극단적으로 생각하죠? 우린 당신의 재산을 압수하거나 당신 인생을 파멸시킬 의사가 없습니다. 당신 이익에 해를 끼치고 싶지도 않고요. 우리는 당신의 뛰어난 업적을 잘 알고 있습니다. 우리의 목적은 사회적 압력의 균형을 맞추고 모든 사람을 공정하게 대우하는 것입니다. 사실 이 자리는 재판이 아니라 상호 이해와 협력을 위한 우호적인 토론의 장입니다."

"나는 총으로 강요하는 협력은 하지 않습니다."

"왜 총을 들먹이는 겁니까? 그 정도로 심각한 사안도 아닌데. 이 사건은 켄 대너거 씨의 책임이 크다는 점을 우리도 잘 알고 있습니다. 그는 당신이 법을 위반하도록 부추기고 압력을 가했으며, 재판을 피하기 위해 종적을 감춤으로써 자신의 죄를 자백한 셈이 되었죠."

"아니요. 우리는 상호적이고 동등하고 자발적인 동의하에 그 일을 했습니다."

다른 판사가 말했다. "리어든 씨, 당신은 우리와 생각이 다른 부분도 있을 겁니다. 하지만 결국 우리 모두 같은 목표를 갖고 있죠. 공공의 선. 당신이 탄광들의 위기 상황과 연료가 공공복지에 미치는 영향력 때문에 법을 어길 수밖에 없었던 점, 잘 알고 있습니다."

"아니요, 나 자신의 이익을 위해 한 일입니다. 그 일이 탄광들과 공공복지에 미치는 영향에 대해서는 당신들이 신경 쓸 문제이고요. 그건 내 목표가 아니었습니다."

모언이 멍하니 주위를 둘러보더니 폴 라킨에게 속삭였다. "뭔가 잘못됐어."

"입 닥쳐요!" 라킨이 쏘아붙였다.

제일 나이 많은 판사가 말했다. "리어든 씨, 당신이나 대중이 우리가 당신을 희생양으로 삼으려 한다고 믿지는 않을 거라고 확신합니다. 만일 그렇게 오해하는 사람이 있다면 우리는 그것이 사실이 아님을 꼭 증명하고 싶습니다."

판사들이 판결을 논의하기 위해 퇴장했다. 그들은 오래 시간을 끌지 않았다. 그들은 험악한 침묵이 흐르는 법정으로 돌아와 헨리 리어든에게 5,000달러의 벌금형과 집행유예를 선고했다. 야유 섞인 웃음소리와 박수갈채가 법정을 뒤흔들었다. 박수갈채는 리어든을, 웃음은 판사들을 향한 것이었다.

리어든은 미동도 하지 않고 서 있었다. 그의 귀에는 박수갈채가 거의 들리지 않았다. 그는 판사들을 바라보고 있었다. 그의 얼굴에서는 승리감이나 의기양양함은 찾아볼 수 없었고 공포에 가까운 괴로운 놀라움만 어려 있었다. 그는 세상을 파괴하는 적들이 얼마나 작고 보잘것없는 존재들인지 깨달은 것이다. 지난 수년 간 폐허가 된 거대한 공장들과 쓰레기처럼 방치된 강력한 엔진들, 무참히 쓰러져간 용사들의 시체를 보며 살다가 마침내 약탈자와 마주쳤는데 엄청난 거인일 것이라고 예상했던 약탈자가 인간의 발소리에 놀라 황급히 달아나는 쥐새끼에 불과하다는 것을 알게 된 듯한 기분이었다. 그는 '우리를 무너뜨린 존재가 저것이라면 죄는 우리에게 있는 것이다'라고 생각했다.

그는 사람들이 몰려드는 것을 보고 깜짝 놀라 현실로 돌아왔다. 그는 사람들의 미소에, 그 광적이고 비극적인 열성에 미소를 보냈지만 슬픔이 깃든 미소였다.

머리에 너덜너덜한 숄을 쓴 노파가 말했다. "리어든 씨, 복 받으세요! 당신이 우리를 구해줄 수 없나요? 저들은 우리를 산 채로 잡아먹고 있어요. 저들은 부자들만 노린다고 우리를 속이지만…… 우리가 어떤 꼴이 되어가고 있는지 알아요?"

공장 노동자로 보이는 남자가 말했다. "이봐요, 리어든 씨. 우리를 더 비참하게 만드는 건 부자들이에요. 모든 것을 내주고 싶어 안달하는 빌어먹을 부자놈들에게 전하세요. 그들이 궁궐 같은 집을 포기하는 건 우리의 등껍질을 벗기는 짓이라고."

"압니다." 리어든이 말했다.

그는 '우리가 죄인이다. 세상을 움직이고 인류를 위해

베푸는 사람들인 우리가 악마의 낙인이 찍힌 채 형벌을 받는 것을 조용히 견디고만 있는데 이 세상에서 어떤 '선'이 승리할 수 있겠는가?'라고 결론지었다.

리어든은 주위 사람들을 둘러보았다. 그들은 오늘 그에게 박수갈채를 보낸 것처럼 존 골트 노선 철로변에 서서 그에게 환호를 보냈다. 하지만 내일 그들은 웨슬리 마우치의 새 법령에, 오런 보일의 무료 주택사업에 열광할 것이다. 오런 보일의 들보들이 그들의 머리 위로 무너지고 있는데도 말이다. 그들은 그렇게 할 것이다. 행크 리어든에게 환호한 마음은 사악한 것이니 떨쳐내야 한다고 세뇌당할 테니까.

그들은 어떻게 자신들의 최고의 순간을 사악한 것으로 여기고 포기할 수 있을까? 어떻게 자신들이 가진 최고의 것을 저버릴 수 있을까? 어째서 그들은 이 세상이 악의 영역이고 절망이 인간의 자연스러운 운명이라고 믿게 된 것일까? 리어든은 반드시 그 답을 찾아내야 한다는 것을 알고 있었다. 법정에 거대한 의문부호가 새겨져 있고 자신이 그 의문에 답해야만 할 것 같은 의무감이 들었다.

그는 생각했다. '이 재판에서 내게 내려진 진짜 선고는 인류가 자기파괴에 이르는 가치관을 받아들이도록 만든 것의 정체를 밝혀내는 것이다.'

◆

 그날 저녁 재판이 끝난 후 대그니가 말했다. "행크, 이제 다시는 절망적이라는 생각은 하지 않을 거예요. 포기하고 싶은 충동도 느끼지 않을 거고요. 당신은 정의는 항상 통하고, 언제나 승리한다는 것을 증명했어요."

 그녀는 말을 끊었다가 덧붙였다. "사람들이 정의가 무엇인지 안다면."

 이튿날 저녁식사 자리에서 릴리언이 말했다. "결국 당신이 이겼네요, 안 그래요?"

 애매한 목소리였다. 그녀는 다른 말은 하지 않고 남편이 수수께끼라도 되는 듯 골똘히 쳐다보았다.

 제철소에서 '유모'가 물었다. "사장님, 도덕적 전제가 뭡니까?"

 "자네에게 큰 골칫거리가 될 것이지."

 유모는 얼굴을 찌푸리더니 어깨를 으쓱하며 웃었다.

 "와, 대단한 구경거리였어요! 사장님이 제대로 한 방 먹이셨어요! 라디오 들으면서 얼마나 웃었는지 몰라요."

 "내가 한 방 먹였다는 것을 어떻게 알았지?"

 "한 방 먹인 거 맞잖아요."

 "그렇게 확신하나?"

 "물론 확신하죠."

"자네가 확신하도록 만들어주는 것이 바로 도덕적 전제이지."

신문들은 침묵했다. 재판 전에는 지나칠 정도로 요란하게 떠들어대더니 재판이 끝나자 관심 가질 가치도 없는 일인 것처럼 취급했다. 엉뚱한 면에 짤막한 기사가 실렸는데, 막연한 이야기만 늘어놓아서 도무지 재판 결과를 알 수가 없었다.

리어든이 만난 사업가들은 재판 이야기를 피하고 싶어 했다. 몇몇은 재판에 대해 아무 언급도 하지 않고 고개를 돌려버렸다. 리어든에게 시선을 주는 것만으로도 그에게 동조하는 것으로 비칠까 봐 두려운 모양이었다. 몇몇은 대담하게 의견을 내놓았다.

"리어든 씨, 내 생각에 그건 매우 현명하지 못한 행동이었어요……. 지금은 적을 만들 때가 아니라고 생각합니다…… 분노를 일으켜선 안 돼요."

"누구의 분노요?" 리어든이 물었다.

"정부가 좋아하지 않을 거예요."

"그 결과를 봤잖습니까."

"글쎄, 잘 모르겠어요……. 대중이 받아들이지 않을 거예요. 분노가 대단할 거라고요."

"대중이 어떻게 받아들이는지 봤잖습니까."

"글쎄, 잘 모르겠어요……. 우리 모두 이기적인 탐욕주의자라는 비난을 들을 빌미를 제공하지 않으려고 애써왔는데 당신이 적에게 무기를 쥐어줬어요."

"그럼 당신은 당신의 이익과 재산에 대한 권리가 없다는 적의 주장에 동의하는 겁니까?"

"아, 물론 그건 아니지만…… 그렇게 극단적으로 나갈 필요는 없잖아요. 타협점을 찾아야지."

"당신과 당신을 죽이려는 자들 사이의 타협점 말인가요?"

"왜 그런 표현을 씁니까?"

"내가 재판에서 한 말이 맞습니까, 틀립니까?"

"당신이 한 말은 잘못 인용되고 잘못 이해될 겁니다."

"내 말이 맞습니까, 틀립니까?"

"대중은 그런 문제들을 이해할 만큼 똑똑하질 못해요."

"내 말이 맞아요, 틀려요?"

"지금은 부를 과시할 때가 아닙니다. 대중이 굶주리고 있어요. 그것은 대중의 약탈 행위를 부추기는 짓입니다."

"그럼 당신의 부에 대한 권리가 당신이 아닌 **그들에게** 있다고 말하면 약탈을 막을 수 있을까요?"

"글쎄, 잘 모르겠어요……."

다른 사업가가 말했다. "난 당신이 재판에서 한 말이 마음에 안 들어요. 난 당신 의견에 전혀 동의하지 않아요. 나는 자신의 이익만을 위해서가 아니라 공공선을 위해 일하고 있다고 자부합니다. 나는 하루 세 끼 먹고, 해먼드 리무진 굴릴 돈을 버는 것보다 더 높은 목적을 갖고 있다고요."

또 다른 사업가가 말했다. "정부의 규제를 없애야 한다는 생각도 마음에 안 들어요. 물론 지금 정부의 규제가 지나치다는 것은 나도 인정합니다. 하지만 규제를 완전히 없앤다? 그건 아닙니다. **어느 정도의** 규제는 필요해요. 공공선을 위한 규제 말입니다."

"내가 당신들 목숨까지 구해줘야만 한다는 게 참 한심합니다." 리어든이 말했다.

모언이 이끄는 사업가 무리는 그 재판에 대해 아무 의견도 내지 않았다. 그러고는 일주일 후 실직 가정 자녀들을 위한 놀이터를 만들어주겠다고 대대적으로 홍보했다.

버트럼 스커더도 자신의 칼럼에 재판 이야기를 싣지 않았다. 하지만 열흘 후 잡다한 가십거리들과 함께 이렇게 썼다. "행크 리어든 씨의 공적 가치는 그가 모든 사회 집단 중 자신이 속한 사업가 집단에서 가장 인기가 없는 듯하다는 사실에서 짐작 가능하다. 그의 구시대적인 무자비함은 탐욕스러운 이윤 추구자들에게조차 지나친 것으로 여겨지고 있다."

12월의 어느 저녁, 리어든은 웨인 포클랜드 호텔 객실에 앉아 있었다. 창밖 거리는 크리스마스를 앞두고 자동차들이 늘어나 마치 꽉 막힌 목구멍 같았고, 경적 소리가 목에서 나는 기침 소리처럼 들렸다. 리어든은 권태나 두려움보다 위험한 적과 싸우고 있었는데, 그것은 인간들과의 교류에 대한 혐오감이었다.

그는 과감히 거리로 나서거나 움직일 생각을 하지 못하고 마치 의자에 쇠사슬로 묶인 듯 앉아 있었다. 그는 몇 시간 전부터 향수와도 같은 감정을 무시하려고 애쓰고 있었다. 그것은 꼭 만나고 싶은 유일한 남자가 바로 이 호텔에, 바로 몇 층 위에 있다는 생각이었다.

지난 몇 주 동안 그는 호텔을 드나들 때 로비에서 우편물 취급대나 신문 가판대 근처를 어슬렁거리며 바삐 움직이는 사람들의 물결 속에서 프란시스코 단코니아를 찾았다. 호텔 레스토랑에서 혼자 저녁을 먹으며 입구에서 시선을 떼지 못하기도 했다. 그리고 지금도 객실에 앉아서 프란시스코 단코니아와 겨우 몇 층밖에 떨어져 있지 않다는 생각을 하고 있었다.

리어든은 실소하며 벌떡 일어섰다. 자신이 마치 애인의 전화를 기다리는 여자처럼 행동하고 있다는 생각이 들었다. 그는 지금 자신이 먼저 움직여서 기다림의 고통을 끝내고 싶은 유혹과 싸우고 있었다. 그가 프란시스코 단코니아를 먼저 찾아가서는 안 될 이유는 없었다. 하지만 그를 찾아가야겠다고 마음먹으면 강한 안도감과 함께 굴복하는 기분이 들었다.

그는 프란시스코가 묵고 있는 스위트룸에 전화를 걸기 위해 전화기 쪽으로 걸어가다가 우뚝 멈추어 섰다. 이것은 그가 원하는 방법이 아니었다. 전에 프란시스코가 아무 연락 없이 사무실에 찾아왔던 것처럼 자신도 불쑥 나타나고 싶었다. 그것이 둘 사이의 권리를 나타내는 방법인 것 같았다.

리어든은 엘리베이터로 걸어가면서 생각했다. '그는 방에 없을 거야. 있다고 해도 여자와 즐기고 있겠지. 난 그런 꼴을 봐도 싸.' 하지만 그날 제철소 용광로 앞에서 본 프란시스코의 모습을 떠올리자 그런 생각이 비현실적으로 여겨졌다. 리어든은 엘리베이터 안에서 자신만만하게 위를 올려다보았다. 엘리베이터에서 내려 괴로움이 쾌활함으로 바뀌는 것을 느끼며 자신 있게 복도를 걸어 내려갔다. 그는 문을 두드렸다.

"들어와요!"

프란시스코의 목소리가 들려왔다. 무뚝뚝하고 아무 생각 없는 목소리였다.

리어든은 문을 열고 문간에 멈추어 섰다. 웨인 포클랜드 호텔에서 가장 비싼 새틴 갓을 씌운 램프가 바닥 한가운데에서 제도용지에 동그란 빛을 던지고 있었다. 프란시스코 단코니아는 와이셔츠 바람으로 바닥에 배를 깔고 엎드려 팔꿈치로 바닥을 짚고 머리카락이 앞으로 흘러내린 채 연필 꽁무니를 깨물며 앞에 놓인 복잡한 설계도를 들여다보고 있었다. 그는 노크 소리를 잊은 듯 고개를 들지 않았다. 리어든은 무슨 설계도인지 살펴보았다. 제련소 같았다. 그는 자신이 프란시스코 단코니아에 대한 이미지를 현실로 바꾸는 힘을 가지고 있는 것인가 싶어 놀라움과 경이감을 금할 수 없었다. 어려운 임무에 열중한 목적의식에 찬 젊은 일꾼, 그것이 그가 생각하는 프란시스코 단코니아의 참 모습이었다.

잠시 후 프란시스코가 고개를 들었다. 그는 번개처럼 몸을 일으켜 무릎을 꿇은 자세로 리어든을 바라보았다. 리어든은 놀라움과 기쁨의 미소를 짓고 있었다. 프란시스코는 얼른 고개를 숙이고 황급히 설계도를 옆으로 치웠다.

"뭐 하고 있었어요?" 리어든이 물었다.

"별거 아닙니다. 들어와요." 프란시스코가 행복한 미소를 지으며 말했다.

리어든은 프란시스코도 자신이 찾아오기를 기다렸음을, 이것이 그에게는 기대하지도 못했던 승리임을 확신했다.

"뭐 하고 있었어요?" 리어든이 다시 물었다.

"그냥 재미삼아 한 거예요."

"좀 봅시다."

"안 돼요."

프란시스코는 일어나 설계도를 옆으로 찼다.

리어든은 프란시스코가 제철소에 왔을 때 주인처럼 행동한 것에 화가 났다면 지금 자신의 태도에 죄책감이 들 것이라고 생각했다. 불쑥 찾아와서 용건도 말하지 않고 성큼성큼 방을 가로질러 걸어가 안락의자에 편안히 앉았으니까.

"왜 시작한 걸 끝맺으러 오지 않았소?" 리어든이 물었다.

"당신이 내 도움 없이도 멋지게 해냈으니까요."

"재판 말이오?"

"네."

"그걸 어떻게 알아요? 그 자리에 있지도 않았는데."

프란시스코는 빙그레 웃었다. 리어든의 목소리에 '당신이 올 줄 알고 찾았다'는 고백이 숨어 있었기 때문이다.

"내가 라디오로 다 들었을 거란 생각은 안 했나요?"

"그랬어요? 당신의 대사가 내 목소리를 빌려 전파를 타는 것을 듣고 기분이 어땠어요?"

"리어든 씨, 그건 내 대사가 아닙니다. 당신은 평생 그런 원칙에 따라 살아오지 않았나요?"

"맞아요."

"나는 당신이 그런 삶을 자랑스러워해야만 한다는 것을 깨닫도록 도왔을 뿐입니다."

"라디오로 들었다니 기쁘군요."

"리어든 씨, 아주 훌륭했습니다. 비록 3세대쯤 늦었지만."

"그게 무슨 뜻이죠?"

"3세대쯤 전에 단 한 명의 사업가라도 용기 있게 나서서 나는 내 이익만을 위해 일한다고 당당히 말할 수 있었다면 그는 세상을 구할 수 있었을 겁니다."

"난 세상이 끝났다고 생각하지 않아요."

"그렇습니다. 세상은 끝날 수가 없죠. 하지만 3세대쯤 전에 그런 사업가가 있었다면 우리는 이런 고통을 겪을 필요가 없었겠죠!"

"우리는 싸워야만 해요. 지금이 어떤 시대라고 해도."

"그렇죠……. 리어든 씨, 재판 기록을 구해서 읽어보기를 권합니다. 그럼 당신이 그 원칙에 늘 충실했는지 아닌지 알게 될 테니까요."

"아니라는 뜻인가요?"

"직접 확인해봐요."

"그날 밤 제철소에서 내게 할 말이 많았다는 거 알아요. 사고 때문에 중단되기는 했지만. 지금 다 말하지 그래요?"

"아니요. 아직 이릅니다."

프란시스코는 리어든의 방문이 아주 자연스러운 일인 것처럼 행동했다. 하지만 리어든은 그가 속마음을 숨긴 채 침착해 보이려고 애쓰고 있다는 것을 알 수 있었다. 그는 고백하고 싶은 것이 있는 듯 방 안을 서성였고, 바닥에 놓인 램프가 홀로 방 안을 비추고 있는 것도 의식하지 못하는 듯했다.

"당신은 그동안 지독한 뭇매를 맞아왔죠, 안 그런가요? 동료 사업가들의 행동에 대해 어떻게 생각하나요?" 프란시스코가 물었다.

"예상했던 것이었소."

프란시스코가 분노에 찬 긴장된 목소리로 말했다. "벌써 12년이 지났는데 달라진 게 없어요!"

감정을 억누르려다 무심코 해서는 안 될 말이 튀어나온 것 같았다.

"12년이 지났다니…… 언제부터요?" 리어든이 물었다.

프란시스코는 잠시 멈칫했지만 침착하게 대답했다. "그들이 무슨 짓을 하고 있는지 내가 알게 된 후부터요."

그러고는 이렇게 덧붙였다. "나는 당신이 지금 어떤 일을 겪고 있는지, 그리고 앞으로 어떤 일을 겪게 될지 알고 있습니다."

"고맙소." 리어든이 말했다.

"뭐가요?"

"지금 당신이 감추려고 애쓰는 그것이. 하지만 내 걱정은 하지 말아요. 아직은 견딜 수 있으니까……. 사실 난 내 자신이나 재판에 대한 이야기를 하러 당신을 찾아온 게 아니오."

"무슨 이야기든 좋습니다. 당신을 여기 오게 한 것이라면."

프란시스코는 정중한 농담처럼 말했지만 목소리에서 진심을 느낄 수 있었다.

"무슨 이야기를 하고 싶은 거죠?"

"당신에 대한 이야기."

프란시스코는 우뚝 멈추어 섰다. 그는 잠시 리어든을 바라보다가 조용히 대답했다.

"좋습니다."

리어든의 감정이 의지라는 벽을 넘어 말로 직접 표현될 수 있다면 이렇게 외쳤을 터였다. "나를 실망시키지 마시오…… 난 당신이 필요해요……. 나는 세상과 맞서 싸우고 있소. 지금까지 최선을 다해 싸워왔고 앞으로도 그래야만 할 운명이오……. 내게 유일한 무기는 내가 신뢰하고 존경하고 찬양할 수 있는 단 한 사람에 대해 아는 것이오."

하지만 그는 침착하고 단순하게 말했다. "인간이 다른 인간에게 저지를 수 있는 유일한 도덕적 범죄는 말이나 행동으로 상대에게 모순적이고 불가능하고 불합리한 인상을 심어주어 상대를 혼란에 빠뜨리는 거예요."

그 진실 어린 직선적이고 합리적인 말은 상대의 정직성에 대한 믿음을 담고 있었다.

"맞습니다."

"당신이 내게 그런 딜레마를 안겨주고 있다면, 개인적인 질문을 좀 해도 되겠소?"

"그렇게 해요."

"당신도 아는 것 같으니 굳이 말할 필요도 없겠지만, 당신은 지금까지 내가 만난 사람 중에서 가장 위대한 정신을 지녔소. 그런데 당신은 지금 세상에서 자신의 위대한 능력을 펼치기를 거부하고 있어요. 하지만 절망 속에서 나온 행동을 보고 그 사람의 인격을 평가할 수는 없는 일이오. 그가 즐겁게 하는 일을 보고 평가해야지. 내가 도저히 이해할 수 없는 것은 당신이 무엇을 포기했든 이 세상에 살아남기로 한 이상 어떻게 그 귀중한 인생을 천박한 여자들과 어울려 멍청한 짓을 하며 낭비할 수 있느냐는 것이오."

프란시스코는 재미있어하는 미소를 지었는데 그 미소는 이렇게 말하는 듯했다. "그래요? 당신에 대한 이야기를 하러 온 게 아니라고요? 지금 당신에겐 내 인격에 관한 질문이 다른 어떤 질문보다 중요하다는 건 당신의 처절한 외로움의 고백이 아닐까요?"

그 미소는 사람 좋은 웃음으로 변했다. 그 질문에 답하는 것이 전혀 곤란한 문제도, 고통스런 비밀을 드러내는 일도 아니라는 듯한 웃음이었다.

"리어든 씨, 그런 딜레마를 해결하는 방법이 하나 있죠. 당신의 전제들을 다시 한 번 확인해봐요."

그는 즐거운 대화를 이어가기 위해 바닥에 편안하게 앉았다.

"내가 위대한 정신의 소유자라는 것은 당신 스스로 내린 결론인가요?"

"그래요."

"그럼 내가 여자들 뒤꽁무니나 쫓아다니며 세월을 보내는 것을 직접 봤나요?"

"당신은 그걸 부인한 적이 없소."

"부인해요? 그런 소문을 내려고 얼마나 애썼는데."

"그럼 그게 사실이 아니라는 건가요?"

"내가 한심한 열등감을 갖고 있는 사람으로 보입니까?"

"절대 아니오!"

"그런 사람들만 여자들 뒤꽁무니를 쫓아다니며 세월을 보내죠."

"무슨 뜻이오?"

"내가 돈에 대해서, 그리고 인과법칙을 거스르려는 사람들에 대해서 한 말 기억하나요? 정신의 산물을 빼앗아 정신을 바꾸려고 하는 사람들 말이에요. 자신을 경멸하는 사람은 성적 모험을 통해 자존감을 얻으려고 하죠. 하지만 그것은 불가능합니다. 섹스는 원인이 아니라 결과이고 자신의 가치를 표현하는 행위이기 때문이죠."

"자세히 설명해봐요."

"돈과 섹스의 문제가 같다는 생각 안 드나요? 돈이 물질적 자원에서만 나오고 지적인 뿌리나 의미가 없다고 생각하는 사람들은 그와 똑같은 이유로 섹스가 인간의 정신이나 선택, 가치관과 무관한 육체적인 것이라고 여깁니다. 육체가 욕망을 일으키고 선택을 한다는 것이죠. 그건 철광석이 스스로의 의지에 의해 철도 레일로 변형된다고 말하는 것과 같죠. 그들은 사랑은 맹목적인 것이라고, 섹스는 이성의 영향을 받지 않고 모든 철학자의 힘을 조롱한다고 말합니다. 하지만 인간의 성적 선택은 근본적 신념들의 결과이자 총합입니다. 성적 취향은 그 사람의 인생철학을 나타냅니다. 남자가 어떤 여자와 자는지를 보면 자신을 어떻게 평가하는지 알 수 있어요. 비이기적인 것의 미덕에 대해 아무리 세뇌를 당했어도, 섹스는 인간의 행위 중 가장 이기적인 것입니다. 그저 자신의 즐거움만을 위해 할 수 있는 행위이니까요. 비이기적인 자선을 베풀기 위해 섹스를 한다고 생각해봐요! 섹스는 자기비하가 아닌 자기찬양의 행위이며, 자신이 욕망의 대상이고 그럴 만한 가치가 있다는 확신 속에서만 가능합니다. 육체뿐 아니라 정신도 벌거벗어야 하고 자신의 진짜 자아를 가치 기준으로 받아들여야 합니다. 남자는 자신의 가장 심오한 비전을 반영한 여자에게 끌리게 마련이며, 그런 여자를 굴복시킴으로써 자존감을 얻게 됩니다. 자신의 가치를 확신하는 남자는 자신이 찾을 수 있는 최고의 여자, 존경할 수 있는 여자, 가장 강한 여자, 정복하기 가장 어려운 여자를 원합니다. 골빈 창녀가 아닌 여자 영웅을 가져야만 성취감을 느낄 수 있으니까요. 또한…… 왜 그래요?"

프란시스코가 리어든의 얼굴을 보고 물었다. 리어든이 추상적인 토론에 어울리지 않는 강한 관심을 보였던 것이다.

"계속해요." 리어든이 긴장한 목소리로 말했다.

"자신의 가치를 확신하는 남자는 섹스를 통해 가치를 얻으려고 하지 않고 그것을 표현하려고 합니다. 정신의 기준들과 육체의 욕망들은 상충되지 않아요. 하지만 자신의 무가치함을 확신하는 남자는 자신이 경멸하는 여자에게 끌리게 되지요. 그 여자는 그의 은밀한 자아를 반영하니까요. 그 여자는 그를 객관적인 현실에서 벗어나게 해주고, 마치 가치 있는 존재인 듯한 일시적인 착각을 일으키게 할 테니까요. 그를 비난하는 도덕률에서 잠시 벗어날 수 있게 해줄 테니까요. 대부분 남자들의 성생활이 얼마나 엉망인지 봐요. 그들이 도덕철학이랍시고 갖고 있는 것이 얼마나 모순투성이인지 봐요. 그 둘은 불가분의 관계이죠. 사랑은 자신의 가장 높은 가치들에 대한 반응이며, 다른 것일 수가 없습니다. 어떤 사람이 타락한 가치관과 존재관으로 사랑은 자기향유가 아닌 자기부정이라고, 미덕은 자부심이 아닌 연민, 고통, 나약함, 희생이라고, 가장 고귀한 사랑은 상대의 **가치**에 대한 찬양이 아닌 **결점**에 대한 동정에서 나오는 것이라고 말한다면 그는 자신을 둘로 나누는 것입니다. 그의 육체는 그에게 복종하지도, 반응하지도 않을 것이며, 자신이 사랑하는 여자에게는 성적 욕구를 느끼지 못하고 가장 천박한 창녀에게만 끌리게 될 겁니다. 그의 육체는 그의 마음속 가장 깊은 곳에 있는 신념들의 논리를 따를 것이므로 그가 결점을 가치라고 믿는다면 존재를 악으로 여겨 오로지 악에만 이끌릴 겁니다. 그는 자신을 저주하므로 오직 타락만이 즐길 가치가 있는 것이라고 여길 겁니다. 그는 미덕을 고통과 동일시하므로 쾌락을 악으로만 여길 겁니다. 그리고 그는 자신의 육체가 사악한 욕망들을 지녔고 정신으로 그것들을 억누를 수 없다고, 섹스는 죄라고, 진정한 사랑은 정신의 순수한 감정이라고 부르짖을 겁니다. 그러면서 사랑은 왜 따분하기만 하고 섹스는 왜 수치만을 가져다주는지 의아해할 겁니다."

리어든은 시선을 돌리며 무의식중에 자신의 생각을 입 밖에 냈다. "난 적어도…… 다른 쪽에서는 그러지 않았지……. 돈을 버는 것에 대해서는 죄의식을 느끼지 않았어."

프란시스코는 '난 적어도……'의 의미를 알지 못했기에 미소를 보내며 열띠게 말했다.

"그 두 가지가 같은 문제라는 것을 알겠어요? 그래요, 당신은 그들의 사악한 생각을 받아들이지 않았죠. 당신은 결코 스스로에게 그런 생각을 강요할 수 없을 겁니다. 섹스를 사악한 것으로 여기려고 아무리 애써도 올바른 도덕적 전제에 따라 행동하는 자신을 발견하게 될 겁니다. 당신은 최고의 여자에게 매료될 겁니다. 늘 여자 영웅을 원할 겁니다. 당신은 자신을 경멸할 수 없을 겁니다. 존재는 악하며 자신은 도저히 견딜 수 없는 우주에 갇힌 무력한 생물체라고 믿을 수 없을 겁니다. 당신은 자신의 목적에 따라 세상을 바꾸며 살아온 인물이니까요. 육체적 행동으로 표현되지 않은 관념은 경멸받아 마땅한 위선이듯 플라토닉 러브도 마찬가지이고, 정신에 의해 인도되지 않은 육체적 행동은 바보의 자기기만이듯 자신의 가치관과 분리된 섹스도 마찬가지라는 것을 당신은 아니까요. 그것들이 같은 문제임을 당신은 알고 있을 겁니다. 당신의 더럽혀지지 않은 자존감은 그것을 알고 있을 겁니다. 당신은 경멸하는 여자에게 욕망을 느낄 수 없을 겁니다. 욕망 없는 사랑의 순수성을 찬양하는 사람만이 사랑 없는 욕망을 가질 수 있죠. 하지만 대부분의 사람들은 둘로 나뉘어 이쪽저쪽으로 흔들리며 살고 있어요. 반쪽은 돈, 공장, 고층 빌딩, 그리고 자신의 육체를 경멸합니다. 추상적인 주제들에 대한 막연한 감정들을 인생의 의미요, 미덕이라고 여기고요.

그들은 자신이 존경하는 여자에게는 아무 감정도 느낄 수 없어서 좌절해 울부짖지만 더러운 창녀에게 걷잡을 수 없이 끌립니다. 그런 사람들은 이상주의자로 불리죠. 나머지 반쪽은 실리주의자로 불리는 사람들로 원칙, 추상, 예술, 철학, 그리고 자신의 정신을 경멸합니다. 그들은 물질적인 것의 획득을 존재의 유일한 목표로 여기고 그것의 목적이나 근원에 대해 생각하는 것을 비웃죠. 그들은 물질적인 것이 자신에게 기쁨을 줄 것이라고 기대하며, 왜 많이 가질수록 마음이 가난해지는지 의아해합니다. 바로 그런 사람들이 여자들 꽁무니를 쫓아다니며 시간을 보냅니다. 그들은 자신을 삼중으로 기만합니다. 그들은 도덕적 가치 자체를 비웃기에 자신에게 자존감이 필요하다는 것을 인정하지 않습니다. 그러면서도 자신이 한낱 고깃덩어리에 지나지 않는다는 믿음으로 깊은 자기경멸에 빠집니다. 그들은 스스로 인정하려고 들지 않지만 섹스가 자신의 가치를 육체적으로 표현하는 행위임을 알고 있습니다. 그래서 결과를 통해 원인을 얻으려고 하지요. 자신에게 굴복하는 여자를 통해 자신의 가치를 느끼려고 합니다. 자신이 선택한 여자가 인격도, 판단력도, 가치 기준도 없다는 사실을 잊고서요. 그들은 섹스에서 육체적 쾌락만을 추구한다고 말하면서도 일주일 만에, 하룻밤 만에 여자에게 싫증을 냅니다. 직업적인 창녀들을 경멸하고 정숙한 여자를 유혹하는 상상을 즐깁니다. 하지만 정숙한 여자를 정복한다고 해도 성취감을 느낄 수는 없죠. 마음 없는 육체의 정복이 무슨 대단한 영광입니까? **그런** 것이 바로 바람둥이입니다. 내가 그런 사람인가요?"

"겁절대 아니오!"

"그럼 내 입으로 말하지 않아도 내가 정말 바람둥이였는지 판단할 수 있을 겁니다."

"그럼 지난 12년 동안 신문에 난 기사들은 뭔가요?"

"세상에서 제일 난잡한 파티를 열고 사람들의 오해를 살 만한 여자들과 어울리는 것처럼 보이느라 많은 돈과 시간을 투자했죠. 사실……."

그는 말을 멈추었다가 다시 이었다. "내 친구들 몇 명은 알고 있는 일이지만, 내 자신의 규칙을 깨고 고백하기는 이번이 처음입니다. 나는 그 여자들과 잔 적이 없습니다. 그 여자들에게 손도 대지 않았어요."

"그것보다 믿기지 않는 것은 내가 당신 말을 믿는다는 것이오."

프란시스코가 바닥에 앉은 채 앞으로 몸을 기울이자 그의 옆에 있던 램프 불빛이 조각조각 그의 얼굴을 비추었다. 프란시스코는 아무런 죄의식 없는 즐거운 표정을 짓고 있었다.

"그 신문기사들을 다시 읽어보면 나는 아무 말도 하지

않았음을 알게 될 겁니다. 여자들 쪽에서 나와 함께 레스토랑에 나타난 것을 대단한 로맨스인 양 암시하는 기사를 내려고 안달을 했죠. 그 여자들도 바람둥이 남자들과 마찬가지로 자신이 정복한 남자의 수와 명성에서 자신의 가치를 찾으려고 했으니까요. 그 여자들은 남자들보다 더 가식적이었던 것이, 실제 사실이 아닌 그럴듯한 인상과 다른 여자들의 질투를 이용했죠. 나는 그 여자들이 진짜 원하는 것을 줬어요. 당신은 그 여자들이 나와 혹은 다른 남자와 진짜로 자는 것을 원했다고 생각해요? 그 여자들은 그런 진실하고 정직한 욕망을 느끼지도 못합니다. 그 여자들은 허영을 만족시키고 싶어했고, 나는 그렇게 해줬죠. 친구들에게 과시하고 신문에 최고 유혹녀로 실릴 수 있는 기회를 준 것이죠. 하지만 그것이 당신이 법정에서 썼던 방법과 똑같다는 것을 알아요? 사악한 사기를 물리치는 방법은 그것에 그대로 따라주는 겁니다. 그 여자들은 그것을 알게 되었죠. 그들은 거짓 성공으로 다른 사람들의 부러움을 사는 것이 과연 만족감을 주는지 깨달았죠. 세상에 떠들썩하게 알려진 나와의 로맨스는 그들에게 자존감을 주기는커녕 오히려 열등감만 더 깊어지게 만들었죠. 그들은 실패를 깨닫게 되었어요. 나를 침대로 끌어들이는 것이 그들의 공적 가치의 기준이라고 해도 자신들이 그 기준에 맞추어 살 수 없다는 것을 알게 된 것이죠. 아마 그 여자들은 나를 이 세상 어떤 남자보다 증오할 겁니다. 하지만 내 비밀은 안전합니다. 그들은 자기만 실패했고, 다른 여자들은 모두 나를 정복한 줄 아니까요. 그래서 더 맹렬히 나와의 로맨스를 강조하고 절대 아무에게도 진실을 말하지 않을 테니까요."

"하지만 당신 자신의 명성은 어쩌고요?"

프란시스코는 어깨를 으쓱했다.

"내가 존경하는 사람들은 조만간 나에 대한 진실을 알게 될 겁니다. 나머지 사람들은……."

그의 얼굴이 굳어졌다.

"나머지 사람들은 나를 사악한 인간으로 여기겠죠. 그들은 나의 진실보다는 신문에 실렸던 내 모습을 더 좋아할 겁니다."

"하지만 무엇 때문에? 왜 그런 거요? 사람들에게 교훈을 주려고?"

"천만에요! 바람둥이로 보이고 싶어서였죠."

"왜요?"

"바람둥이는 재산을 탕진할 수밖에 없으니까요."

"왜 그런 추한 역할을 맡은 거요?"

"위장전술이죠."

"무엇을 위한?"

"내 목적을 위한 것이죠."

"무슨 목적?"

프란시스코는 고개를 저었다.

"그건 묻지 말아요. 이미 말해서는 안 될 것까지 말해버렸으니까요. 어차피 곧 다 알게 될 겁니다."

"말해선 안 될 것까지 말해준 이유가 뭔가요?"

"그건…… 당신 때문에 몇 년 만에 처음으로 조급증을 느꼈기 때문입니다."

프란시스코의 목소리에서 억제된 감정이 느껴졌다.

"당신에게 진실을 털어놓고 싶은 조급증. 당신이 바람둥이를 그 어떤 종류의 인간보다 경멸한다는 것을 아니까요. 나 또한 마찬가지이고요. 바람둥이라고요? 나는 평생 한 여자밖에 사랑하지 않았고, 지금도 그렇고 앞으로도 영원히 그럴 겁니다!"

자신도 모르게 목소리가 격앙되었던 그는 조용히 덧붙였다. "지금까지 누구에게도 고백한 적이 없는 말입니다. 그녀에게조차도."

"그녀를 잃었소?"

프란시스코는 멍하니 허공을 응시하다가 잠시 후 억양 없는 목소리로 대답했다. "그렇지 않았길 바랍니다."

불빛이 그의 얼굴 아래쪽을 비추고 있어서 눈은 보이지 않았다. 인내와 엄숙한 체념으로 굳게 다물어진 입만 볼 수 있었다. 리어든은 더 이상 상처를 건드려서는 안 되겠다고 생각했다.

프란시스코가 그답게 금세 기분을 바꾸어 웃으면서 "아, 그건 좀더 긴 이야기입니다!"라고 말하며 일어섰다.

"당신이 나를 믿어주니 내 비밀도 하나 털어놓겠소. 내가 여기 오기 전부터 당신을 얼마나 신뢰했는지 알려주고 싶어서 비밀을 말하는 거예요. 나중에 당신 도움이 필요할 수도 있고."

"당신은 내가 돕고 싶은 유일한 사람이죠."

"당신은 이해할 수 없는 점이 많은 사람이지만 그래도 난 이 한 가지만은 확신해요. 당신은 약탈자들의 친구가 아니라는 것."

"그렇습니다."

프란시스코의 얼굴에 즐거운 표정이 스쳤다.

"그래서 내가 기회가 날 때마다 리어든 금속을 내가 원하는 고객에게 내가 원하는 만큼 팔겠다는 말을 해도 당신이 배신하지 않을 것을 믿어요. 지금도 대너거 때보다 20배는 되는 양을 생산할 준비를 하고 있소."

프란시스코는 조금 떨어진 곳에 있는 의자 팔걸이에 앉아 몸을 앞으로 기울이고 얼굴을 찌푸리며 조용히 리어든을 응시했다.

"그런 식으로 그들과 싸우려는 겁니까?"

"당신이라면 그것을 뭐라고 부르겠소? 협력?"

"당신은 손해를 보며 친구들을 잃고 약탈자들의 배를 불려가면서도 기꺼이 리어든 금속을 생산해왔습니다. 이제 당신은 언제 범죄자로 몰려 감옥에 끌려갈지 모르는 위험까지도 감수하려고 하는군요. 오직 희생자들에 의해서만, 희생자들이 법을 어겨줘야 존속 가능한 체제를 위해서."

"그 체제를 위해서가 아니라 내 고객들을 그 체제의 지배하에 방치할 수 없기 때문이오. 나는 그 체제보다 오래 버틸 거요. 아무리 힘들어도 꺾이지 않을 거요. 나 혼자 남게 된다고 해도 이 세상을 약탈자들의 손아귀에 넘기지 않을 거요. 지금 그 불법적인 주문은 내 제철소 전체보다 더 중요해요."

프란시스코는 천천히 고개를 저으며 대꾸하지 않았다. 그러다 이렇게 물었다.

"이번에는 구리업계의 어떤 친구에게 당신을 밀고할 수 있는 귀중한 기회를 줄 건가요?"

리어든이 미소지었다.

"이번에는 아니에요. 이번에는 믿을 수 있는 사람과 거래할 거니까."

"그래요? 누군데요?"

"당신."

프란시스코가 똑바로 앉았다.

"뭐라고요?"

너무나도 작은 목소리여서 헐떡거림을 거의 감출 수 있

었다.

리어든이 계속 미소지으며 말했다. "내가 당신의 고객이 된 것을 몰랐소? 꼭두각시를 두어 명 내세워 가명을 써서 감쪽같이 처리했소. 하지만 당신 직원 중에서 그 일에 대해 자세히 캐고 드는 사람이 나오지 않도록 당신 도움이 필요해요. 내가 주문한 구리는 기한 내로 도착해야만 해요. 이번 일을 무사히 마칠 수 있다면 나는 체포되어도 상관없소. 당신이 태거트나 보일 같은 약탈자들과 거래하고 싶지 않아서 회사, 재산, 일에 대한 관심을 모두 끊었다는 것을 알고 있어요. 하지만 당신이 내게 가르쳐준 것이 모두 진실이라면, 이 세상에서 당신이 존경하는 사람이 나 하나뿐이라면 내가 살아남아서 그들을 물리칠 수 있게 도와줘요. 나는 그 누구에게도 도움을 청해본 적이 없소. 그런데 이렇게 당신에게 도움을 청하고 있소. 나는 당신이 필요해요. 당신을 믿고. 그리고 당신은 늘 나를 찬양한다고 말해왔소. 내 인생이 당신 손에 달려 있소. 내가 단코니아 구리회사에 주문한 구리가 지금 운송 중이오. 12월 5일에 산후안을 떠났소."

"뭐라고요?!"

그것은 충격의 비명이었다. 프란시스코는 자신도 모르게 벌떡 일어섰다.

"12월 5일이라고요?"

"그래요." 리어든이 놀라서 멍한 표정으로 대답했다.

프란시스코는 전화기를 향해 달려갔다.

"단코니아 구리회사와는 거래하지 말라고 **했잖아요!**"

절망과 분노에 찬 외침이었다.

프란시스코는 전화기를 잡으려다가 얼른 손을 치웠다. 그는 수화기를 들고 싶은 욕망과 싸우는 듯 테이블 가장자리를 움켜쥐고 고개를 숙인 채 서 있었다. 그렇게 얼마나 시간이 흘렀는지 그 자신도, 리어든도 알지 못했다. 리어든은 고뇌에 몸부림치는 프란시스코의 모습에 얼이 빠져 있었다. 그로서는 그 고뇌의 정체를 알 수 없었지만, 지금 프란시스코가 무언가를 막을 힘이 있는데 그 힘을 사용하지 않으리란 것을 알 수 있었다.

이윽고 프란시스코가 고개를 들었다. 그의 얼굴은 고통으로 잔뜩 일그러져서 비명 소리가 들리는 것 같은 착각을 일으켰다. 더 끔찍한 것은 결단을 내린 듯 단호함이 느껴졌고 고통은 그에 따른 대가인 듯했다.

"프란시스코…… 왜 그래요?"

"행크, 난……."

프란시스코는 고개를 저으며 말을 멈추더니 꼿꼿이 몸을 세웠다. 그러고는 가망 없는 애원과 절망을 담은 결연한 목소리로 말했다.

"리어든 씨, 당신이 나를 저주하고 내가 한 모든 말을 의심하게 될 때를 대비해서…… 미리 맹세합니다. 내가 사랑하는 여인의 이름을 걸고…… 나는 당신의 친구입니다."

사흘 후 리어든은 상실감과 증오에 눈이 먼 와중에도 그 순간의 프란시스코의 얼굴이 떠올랐다. 자신의 사무실 라디오 옆에 서서 이제 웨인 포클랜드 호텔에 가서는 안 된다고, 프란시스코 단코니아를 보면 살인 충동을 억누르지 못할 것이라고 생각하면서도 그의 얼굴이 떠올랐다. 산후안을 출발해 뉴욕으로 향하던 단코니아 구리회사 선박 세 척이 라그나르 다네스횔의 습격을 받아 침몰했다는 뉴스를 들으면서도 계속 그의 얼굴이 떠올랐다. 그 배들과 함께 바닷속으로 가라앉은 것은 단순히 구리만이 아니라는 생각을 하면서도 자꾸만 그의 얼굴이 떠올랐다.

계좌 한도 초과

그것은 리어든 철강 역사상 최초의 실패였다. 처음으로 납품 날짜를 맞추지 못한 것이다. 하지만 2월 15일, 마침내 리어든 금속으로 만든 레일이 준비되었을 때는 납품 날짜를 맞추었다고 해도 달라질 것이 없게 되었다.

겨울이 11월 말부터 일찌감치 찾아왔다. 사람들은 역사상 가장 견디기 힘든 겨울이라고, 하지만 유난히 혹독한 폭설은 인간의 탓은 아니라고 말했다. 폭설이 내려도 눈보라가 불 꺼진 도로들과 난방이 안 된 집들을 무참히 할퀴고 지나가거나, 열차 운행이 중단되거나, 수백 명이 목숨을 잃지 않았던 시절도 있었지만 사람들은 그런 사실을 기억하고 싶어하지 않았다.

12월 마지막 주에 대너거 석탄회사가 처음으로 태거트 대륙횡단철도에 연료용 석탄 공급 날짜를 맞추지 못했을 때 대너거의 사촌은 자신도 어쩔 수 없었다고 설명했다. 켄 대너거가 회사를 경영할 때보다 생산성이 떨어진 노동자들의 사기를 높여주기 위해 하루 작업 시간을 6시간으로 줄여야만 했다는 것이었다. 그는 켄 대너거가 그동안 노동자들을 혹사시켜서 모두 진이 빠져 무기력해졌다고 주장했다. 그리고 대너거 석탄회사에서 10년에서 20년 동안 일해온 일부 공장장들과 작업감독들이 이유도 없이 떠난 것이나, 노동자들과 새 관리자들 사이에 갈등이 생긴 것은 자신으로서도 어쩔 수 없는 일이었다고 말했다. 그는 노동자들을 노예처럼 부리던 옛 관리자들에 비하면 새 관리자들이 훨씬 민주적이라며 모든 것이 회사가 새롭게 거듭나는 과정의 문제일 뿐이라고 결론지었다. 그는 태거트 대륙횡단철도로 보낼 예정이었던 석탄이 납품일 하루 전에 세계구호위원회를 통해 영국 인민국으로 간 것에 대해서도 자신은 어쩔 수 없었다고 말했다. 영국의 국영 공장들이 모두 문을 닫아 그곳 국민들이 굶주리는 비상사태였기 때문이라는 것이었다. 그러고는 납품이 겨우 하루 늦어진 것을 가지고 흥분하는 태거트 양을 이해할 수 없다고 했다.

겨우 하루 늦어진 것은 사실이었다. 하지만 그로 인해 59량의 화물열차에 양상추와 오렌지를 싣고 캘리포니아에서 뉴욕으로 가는 386호 화물열차의 운행이 사흘이나 지연되었다. 386호 화물열차는 측선에서 석탄 공급소로부터 연료가 도착하기를 기다려야 했다. 그리고 열차가 뉴욕에 도착했을 때 양상추와 오렌지는 전부 이스트 강에 버려져야만 했다. 열차 운행 감축과 화물열차 수를 60량 이내로 제한한 정부의 법령 때문에 캘리포니아의 화물 창고에서 너무 오래 차례를 기다렸기 때문이다. 그 일로 캘리포니아의 오렌지 농장 세 곳과 임피리얼밸리 양상추 농장 두 곳이 파산했지만 가까운 친지들과 업계 사람들만 그 사실을 알았다. 뉴욕의 농산물 중개업체와 그곳에 돈이 물린 배관회사, 그리고 그 배관회사에 물건을 공급한 납 파이프 도매상이 줄도산 한 사실은 아무도 몰랐다. 신문에서는 국민들이 굶주리고 있는 시기라 사적인 이윤만을 추구하는 기업들의 파산에 관심을 가질 필요가 없다고 논평했다.

세계구호위원회에서 영국 인민국으로 보내는 석탄을 실은 배는 대서양을 건너다 라그나르 다네스쾰에게 나포되었다.

1월 중순, 대너거 석탄회사에서 태거트 대륙횡단철도에 공급하는 석탄 납품이 또다시 늦어지게 되었을 때 대너거의 사촌은 전화로 자신도 어쩔 수 없다고 큰소리쳤다. 기계 윤활유 부족으로 사흘 간 작업이 중단되었다는 것이다. 이번에는 납품이 나흘이나 지연되었다.

코네티컷에서 콜로라도로 옮긴 퀸 볼베어링 회사의 퀸 사장은 자신이 주문한 리어든 금속을 실은 화물열차를 일주일이나 기다렸다. 열차가 도착했을 때 퀸 볼베어링 회사의 공장 문은 닫혀 있었다.

미시간에서는 볼베어링이 도착하기를 기다리며 기계와 노동자들을 놀리던 모터회사가 문을 닫았다. 오리건에서는 새 모터가 도착하기를 학수고대하던 제재소가 문을 닫았고, 아이오와에서는 목재 저장소가 물건을 받지 못해 문을 닫았다. 일리노이의 한 건축업자는 제때 목재를 구하지 못해 파산했다. 그가 지은 집을 사려던 사람들은 엄동설한에 길거리에 나앉고 말았다.

1월 말에 내린 폭설이 로키 산맥을 지나는 태거트 대륙횡단철도 간선 위로 9미터 높이의 흰 장벽을 쌓았다. 제설 작업에 나선 인부들은 몇 시간 만에 포기할 수밖에 없었다. 회전 제설기가 차례로 고장나버린 것이다. 수명이 다한 것을 2년 넘게 위태위태하게 고쳐 써오고 있었으니 당연한 결과였다. 제설기 제조업자가 오런 보일에게서 강철을 공급받지 못해 공장 문을 닫는 바람에 새 제설기를 구할 수 없었던 것이다.

콜로라도 북서쪽을 가로지르는 태거트 대륙횡단철도 간선이 지나는 로키 산맥 고지대의 윈스턴 역에 열차 세 대가 고립되어 있었다. 서쪽으로 가던 이 열차들은 닷새 동안 구조가 불가능했는데 폭설 때문에 다른 열차들이 그곳에 접근할 수 없었기 때문이다. 로렌스 해먼드가 만든 마지막 트럭들도 산속 고속도로의 얼어붙은 비탈길에서 고장이 나 멈추어 섰다. 드와이트 샌더스가 만든 최고의 비행기들이 급파되었으나 윈스턴 역에 이르지는 못했다. 눈보라와 싸우기에는 너무 낡아 있었다.

열차에 갇힌 승객들은 휘몰아치는 눈발 사이로 윈스턴의 판잣집들에서 새어나오는 불빛만 바라보았다. 이틀째 밤에는 그 불빛마저 사라졌다. 셋째 날 저녁이 되자 열차 안의 조명과 난방, 음식이 동이 났다. 잠시 눈이 그치면서 창밖의 흰 장막이 사라지고 불빛 없는 땅과 별빛 없는 하늘이 이룬 검은 허공이 드러나면서 남쪽으로 수 킬로미터 떨어진 곳에서 바람에 흔들리는 작은 불길이 보였다. 그것은 와이엇의 횃불이었다.

엿새 째 아침에 다시 열차가 움직여 유타와 네바다, 캘리포니아의 비탈길을 내려갈 때 승무원들은 지난번 운행 때까지만 해도 가동 중이던 철로변 작은 공장들의 문이 닫혀 있고 굴뚝에서는 더 이상 연기가 피어오르지 않는 것을 발견했다.

버트럼 스커더는 "폭설은 천재지변이며 날씨로 인한 피해는 그 누구의 책임도 아니다"라고 썼다.

웨슬리 마우치가 만든 석탄 배급제에 따라 가정에서는 하루 3시간밖에 난방을 할 수 없었다. 연료로 쓸 나무도, 난로를 만들 금속도, 벽에 난방기구를 설치할 연장도 없었다. 그래서 벽돌과 기름깡통으로 임시 난로를 만들어 교수들은 서재의 책들을 태우고, 과수원 주인들은 과일나무를 태웠다. 버트럼 스커더는 이렇게 썼다. "궁핍은 인간의 정신력을 강화시키고 사회적 기강의 날을 벼린다. 희생은 인간이라는 벽돌로 사회라는 거대한 건축물을 쌓게 해주는 시멘트 역할을 한다."

"위대성은 생산에 의해 이루어진다는 믿음을 지녔던 나라가 이제 곤궁함이 위대성을 만든다고 말하고 있다." 프란시스코 단코니아가 신문 인터뷰에서 한 말이다. 하지만 이 말은 기사로 실리지 않았다.

그해 겨울 유일하게 호황을 구가한 분야는 오락산업이었다. 사람들은 턱없이 부족한 식비와 난방비를 쪼개서 굶주린 배를 안고 영화관으로 몰려갔다. 생존에 필요한 기본적인 욕구를 해결할 걱정만 하고 사는 짐승 같은 비참한 삶에서 단 몇 시간만이라도 벗어나기 위해서였다. 1월이 되자 웨슬리 마우치는 연료 절약을 명목으로 모든 영화관과 나이트클럽, 볼링장을 폐쇄했다. 버트럼 스커더는 "쾌락은 존재의 필수요소가 아니다"라고 썼다.

사이먼 프리쳇 박사의 강의 중에 한 여학생이 갑자기 히스테릭하게 흐느끼기 시작했다. 슈피리어 호수의 한 정착촌에 봉사 활동을 나갔다가 굶어죽은 장성한 아들의 시신을 안고 있는 어머니를 보고 충격을 받았기 때문이다. 그 여학생에게 프리쳇 박사는 이렇게 말했다.

"학생은 철학적 태도를 갖는 법을 배워야 해. 절대적인 것은 없어. 현실도 하나의 환상일 뿐이야. 그 여자가 아들이 죽었다는 것을 어떻게 알지? 아들이 존재했었다는 것을 어떻게 알지?"

사람들이 애원 어린 눈빛과 절박한 얼굴로 복음전도사의 텐트로 모여들었다. 복음전도사들은 흡족하고 의기양양한 미소를 지으며 인간은 자연과 대적할 수 없다고, 인간의 과학은 사기라고, 인간의 정신은 실패작이라고, 인간은 자신의 지적 능력을 믿은 교만한 죄로 벌을 받고 있다고, 신비한 비밀의 힘을 믿어야만 철길이 갈라지고 마지막 남은 트럭의 바퀴가 터지는 화를 막을 수 있다고 외쳐댔다. 사랑과 이타적인 희생이 그 신비한 비밀에 이르는 열쇠라고 부르짖었다.

오런 보일이 그 이타적인 희생의 본보기가 되었다. 그는 애틀랜틱 서던 철도회사에 공급하기로 한 구조용 강재 1만 톤을 세계구호위원회에 팔아 독일 인민국으로 보내게 했다. 그는 패닉에 빠진 애틀랜틱 서던 사장에게 정의감에 찬 축축하고 흐릿한 시선을 보내며 이렇게 말했다.

"결정을 내리기가 매우 어려웠지만, 애틀랜틱 서던은 부자 회사이고 독일 인민국은 말할 수 없이 비참한 지경에 이른 국가라는 사실에 무게를 두었습니다. 나는 필요가 우선이라는 원칙에 따라 행동한 것입니다. 확신이 서지 않을 때는 강자가 아닌 약자를 고려하는 게 도리이니까요."

애틀랜틱 서던 철도회사 사장은 워싱턴에 있는 오런 보일의 가장 소중한 친구가 독일 인민국 조달청에 친구를 두고 있다는 소문을 들었다. 하지만 보일의 결정이 그 친구 때문이었는지, 아니면 희생정신에 입각해서였는지는 아무도 몰랐고, 어느 쪽이라고 해도 달라질 것은 없었다. 애틀랜틱 서던 사장은 침묵할 수밖에 없었다. 자신에게는 독일 인민국보다 철도가 더 중요하다고 말할 수도, 희생정신에 반기를 들 수도 없기 때문이었다.

1월 한 달 내내 미시시피 강 수위가 올라가고 있었다. 폭설로 강물이 불어난데다 강풍에 물살이 거칠어진 탓이었다. 2월 첫째 주 진눈깨비가 휘몰아치던 어느 밤, 애틀랜틱 서던 철도회사의 미시시피 철교가 붕괴되었다. 마침 그때 승객을 실은 열차가 철교를 지나고 있었고 기관차와 맨 앞의 다섯 개 침대차가 철교 들보와 함께 25미터 아래 검은 소용돌이 속으로 떨어졌다. 철교의 세 번째 교각까지는 멀쩡해서 그 위에 있던 열차의 나머지 부분은 무사했다.

"실속도 챙기고 선심도 쓸 수는 없는 법이지." 프란시스코 단코니아의 말이었다. 공공의 목소리들은 미시시피 철교 참사에 대한 근심보다 프란시스코에 대한 비난에 더 열을 올렸다.

애틀랜틱 서던의 수석 엔지니어가 철교 보수공사에 필요한 강철을 확보할 수 없게 되자 6개월 전에 회사를 떠나며 철교가 안전하지 못하다는 보고를 했다는 소문이 은밀히 떠돌았다. 그는 뉴욕의 대형 신문사들에 편지를 보내 대중에게 그 사실을 알려달라고 했지만 신문사들은 그의 경고를 묵살했다는 것이다. 철교의 세 번째 교각까지는 멀쩡했던 것은 리어든 금속으로 보수공사를 했기 때문이라는 소문도 돌았다. 하지만 공정분배법에 따라 애틀랜틱 서던은 리어든 금속을 500톤밖에 공급받을 수 없었다는 것이다.

공식적인 조사 결과, 미시시피 강에 놓인 두 개의 철교가 사용 불능 판정을 받았다. 둘 다 작은 철도회사 소속이었다. 결국 한 회사는 문을 닫고, 나머지 회사는 지선 하나를 폐쇄한 뒤 선로를 뜯어내어 태거트 대륙횡단철도 미시시피 철교로 이어지는 철도를 깔았다. 애틀랜틱 서던도 그렇게 했다.

일리노이 주 베드퍼드에 있는 위대한 태거트 철교는 냇 태거트가 건설한 것이었다. 그는 그 철교를 지키기 위해 정부와 오랜 싸움을 벌여야 했다. 선박 운송과 파괴적 경쟁을 일으켜 공공복지를 위협한다는 선박업자들의 주장에 따라 법원에서 냇 태거트에게 철교를 철거하고 승객들을 바지선을 이용해 강을 건너도록 하라는 명령을 내렸기 때문이다. 결국 그는 대법원에서 승소했다. 그리고 그의 철교는 이제 대륙을 하나로 잇는 유일한 연결로가 되었다. 그의 마지막 후계자인 대그니는 다른 것은 몰라도 태거트 철교만은 늘 무결점 상태로 유지한다는 엄격한 원칙을 세워놓고 있었다.

세계구호위원회에서 독일 인민국으로 보낸 강철은 대서양에서 라그나르 다네스쾰의 손아귀에 들어갔다. 하지만 그 소식은 세계구호위원회 사람들만 알고 있었다. 신문들이 이미 오래전부터 라그나르 다네스쾰의 활동에 대해 함구하고 있었던 것이다.

대중들은 물자 부족이 갈수록 심각해지고 있는 시장에서 전기다리미, 토스터, 세탁기 같은 가전제품이 모두 사라진 다음에야 의문을 제기하고 은밀한 소문을 듣게 되었다. 그들은 단코니아 구리를 실은 배는 미국 항구에 도착하기 전에 모두 라그나르 다네스쾰에게 빼앗기고 있다는 소문을 들었다.

안개 자욱한 겨울밤 부둣가에서 선원들이 라그나르 다네스쾰은 구호물품은 모조리 강탈하지만 구리에는 손도 안 댄다고, 단코니아 구리를 실은 배들은 그대로 침몰시켜 버린다고, 승무원들은 구명보트로 탈출시키지만 구리는 바다에 수장시킨다고 쑥덕거렸다. 그들은 그 이야기를 인간의 힘으로는 설명할 수 없는 어둠의 전설처럼 생각했다.

다네스퀼이 구리를 가져가지 않는 이유를 아무도 설명할 수 없었기 때문이다.

2월 둘째 주, 구리선과 전력을 절약하기 위해 25층 이상은 엘리베이터 운행을 금지하는 정부 법령이 내려졌다. 빌딩의 고층은 비워졌고 페인트칠도 안 된 판자로 계단을 막았다. 단, '절대적인 필요'가 인정된 몇몇 대기업과 최고급 호텔들에는 예외가 적용되었다. 그렇게 도시의 꼭대기가 잘려나갔다.

뉴욕 시민들은 날씨를 의식하지 않고 살아왔다. 폭설이 내려보아야 차가 막히고 휘황찬란한 불이 밝혀진 상점들 앞에 물웅덩이가 생기는 작은 불편만 있을 뿐이었다. 사람들은 레인코트나 모피에 파티용 신발을 신고 바람 속을 걸으며 눈보라가 도시의 침입자라고 생각했다. 하지만 이제 좁은 거리를 휩쓸고 지나가는 거센 눈보라를 공포 어린 시선으로 바라보며 자신이 침입자이고 눈보라가 주인인 듯한 기분을 느꼈다.

"행크, 이제 아무 상관 없게 되었으니 신경 쓰지 말아요."

리어든이 구리를 구하지 못해 제 날짜에 레일을 납품할 수 없게 되었다고 말했을 때 대그니가 한 말이었다.

"행크, 그만 잊어요."

리어든은 대답하지 않았다. 리어든 철강의 첫 실패를 결코 잊을 수 없었던 것이다.

2월 15일 저녁, 콜로라도 윈스턴에서 800미터 떨어진 곳의 레일 연결부가 깨져 기관차 한 대가 선로를 이탈하는 사고가 발생했다. 새 레일을 깔았어야 했던 구간이었다. 윈스턴 역장은 한숨을 내쉰 뒤 역무원에게 크레인을 몰고 가보라고 지시했다. 그 지역에서는 하루 건너 한 번씩 발생하는 작은 사고라 이골이 나 있던 것이다.

그날 저녁, 리어든은 코트 깃을 세우고 모자는 눈이 가려질 정도로 깊숙하고 비스듬하게 눌러쓴 채 무릎까지 푹푹 빠지는 눈밭에 있었다. 그는 펜실베이니아의 외진 곳에 있는 버려진 노천 탄광에서 자신이 준비한 트럭에 훔친 석탄을 싣는 작업을 감독하고 있었다. 그곳은 주인이 없는 탄광이었다. 탄광 운영비용을 감당할 수 있는 사람이 없었던 것이다. 하지만 무뚝뚝한 목소리와 음울하고 분노에 찬 눈을 가진 빈민가 출신의 청년이 실직자 무리를 모아 리어든과 거래를 맺었다. 그들은 밤에만 석탄을 캐서 은밀한 장소에 숨겨놓았다가 현금과 교환했다. 그들은 아무것도 묻지도, 대답하지도 않았다. 그들은 격렬한 생존 욕구에 따라 마치 미개인들처럼 계약서도 없이 리어든과 거래했고, 서로에 대한 이해와 목에 칼이 들어와도 약속을 지키는 정신이 계약서를 대신했다. 리어든은 그 청년의 이름조차 몰랐다. 그는 청년이 트럭에 석탄을 싣는 모습을 바라보며 한 세대만 일찍 태어났어도 위대한 사업가가 되었을 인물인데 범죄자로 살다가 짧은 생을 마감할 것 같다는 생각에 애석함을 감추지 못했다.

그날 저녁 대그니는 태거트 대륙횡단철도 이사회에 참석했다.

그들은 난방이 잘 되지 않는 웅장한 회의실의 반들거리는 테이블에 둘러앉아 있었다. 지난 수십 년 동안 무표정한 얼굴과 애매한 말, 완벽한 옷차림으로 그 자리를 안전하게 지켜온 이사들은 예전과는 다르게 스웨터 차림에 목에는 목도리를 감고 있었고 기관총 소리 같은 기침 소리로 회의를 자주 방해했다.

대그니는 제임스가 평소의 여유 있는 모습이 아님을 간파했다. 그는 고개를 숙이고 앉아서 이 사람 저 사람의 눈치를 살피느라 분주했다.

워싱턴에서 온 사람이 테이블에 함께 앉아 있었다. 아무도 그의 정확한 직책을 몰랐지만 그것은 중요하지 않았다. 중요한 것은 그가 워싱턴에서 왔다는 사실이었다. 그의 이름은 웨더비였다. 옆머리는 희끗희끗했고, 얼굴은 길고 조붓했으며, 입은 얼굴 근육을 쭉 펴야 다물어질 것 같았다. 그것 때문에 무표정한 얼굴이 새침한 인상을 풍겼다. 이사들은 그가 손님으로 참석한 것인지, 아니면 고문이나 지배자 노릇을 하려는 것인지 알지 못했고 또 알고 싶어하지도 않았다.

의장이 말했다. "우리가 가장 우선적으로 고려해야 할 문제는 우리 철도의 간선이 위태로운 정도는 아니더라도 한심한 지경이라는 사실인 듯하며……."

그는 말을 끊었다가 조심스럽게 다시 이었다. "……멀쩡한 곳은 존 골트, 그러니까 리오 노르테 노선뿐이에요."

한 이사가 누군가 자신의 말을 받아 뜻을 전해주기를 기대하는 조심스러운 목소리로 말했다.

"우리 철도가 심각한 장비 부족으로 곤란에 처해 있는 상황에서 적자에 시달리는 노선에서 멀쩡한 레일이 놀고 있다는 점을 고려하면……."

그는 거기서 말을 끊고 자신의 의견을 내놓지 않았다. 콧수염을 멋지게 기른 마르고 창백한 남자가 말했다.

"내 생각에 리오 노르테 노선은 우리 회사가 더 이상 감당할 수 없는 짐이 되었고, 무슨 조처가 있어야……."

그 역시 말꼬리를 흐리며 웨더비를 흘끗 쳐다보았다. 웨더비는 못 본 체했다.

"제임스, 당신이 웨더비 씨에게 상황을 설명하는 게 좋겠소." 의장이 말했다.

제임스 태거트의 목소리는 아직 평온함을 유지하고 있었으나 깨진 유리를 천으로 덮어놓은 듯한 평온함이었고 이따금 뾰족한 부분들이 드러났다.

"이 나라의 철도에 가장 큰 타격을 입히고 있는 것은 기업들의 심각한 파산율임은 모두가 인정하는 사실입니다. 물론 모두 알다시피 그런 현상은 일시적인 것이지만 지금 철도의 상황은 절망적인 수준에 가깝습니다. 구체적으로 말하자면, 태거트 대륙횡단철도 운행 지역 내 폐업 공장 수가 너무 많아 우리 회사의 재정은 파탄 지경에 이르렀습니다. 그동안 꾸준한 수익을 안겨주던 구간들이 이제 손실을 기록하고 있습니다. 화물주가 일곱에서 셋으로 줄어든 마당에 기존의 운행 스케줄을 그대로 유지할 수는 없습니다. 기존의 서비스를 그대로 제공할 수는 없습니다. 적어도…… 현재 운송료로는요."

그는 웨더비를 흘끗 보았지만 웨더비는 못 본 체했다. 제임스는 뾰족한 부분들이 더 날카롭게 드러난 목소리로 말을 이었다.

"화물주들의 주장은 부당합니다. 그들 대부분이 경쟁자들을 비난하며 자신들의 분야에서 경쟁을 없애기 위해 갖가지 법안들을 통과시킨 이들입니다. 그래서 이제 실제적으로 시장을 독점한 상태이면서도 철도회사가 그 지역에 공장이 가득하던 시절에나 가능했던 운송료를 하나밖에 안 남은 공장에 그대로 적용하는 것은 불가능하다는 사실을 인정하려고 들지 않습니다. 지금 우리는 그들을 위해 적자 운행을 하고 있는데도 그들은…… 그 어떤 인상도 반대하고 있습니다."

"그 어떤 **인상도요?**" 웨더비가 놀라는 듯한 연기를 하며 부드럽게 물었다.

"그건 아닙니다."

"차마 믿을 수 없는 몇몇 소문들이 사실이라면……."

이렇게 말을 꺼낸 의장은 자신의 목소리가 공포에 질려 있음을 느끼고 얼른 입을 다물었다.

웨더비가 유쾌하게 말했다. "제임스, 운송료 인상에 대한 이야기는 꺼내지 않는 게 좋겠소."

제임스가 황급히 대답했다. "지금 당장 올려달라는 것이 아니라 상황 설명을 하다 보니 이야기가 나온 것입니다."

늙은 이사가 떨리는 목소리로 말했다. "제임스, 난 마우치 씨에 대한 당신의 영향력, 아니 친분이면 해결될 것이라고 생각했는데……."

그는 다른 이사들의 따가운 눈총에 입을 다물었다. 제임스의 막강한 친분의 수수께끼나 그것의 실패에 대해서는 언급하지 않는다는 불문율을 깬 것이었다.

웨더비가 편안하게 말했다. "사실 내가 마우치 씨 지시에 따라 이 자리에 참석한 것은 철도 노조의 임금 인상 요구와 화물주들의 운송료 인하 요구에 대해 협의하기 위해서입니다."

그의 목소리는 단호했다. 그 요구들은 지난 몇 달 동안 신문지상에서 떠들썩하게 논의되었기에 이 자리의 모든 사람이 이미 알고 있다는 확신이 있었던 것이다. 그는 이사들이 그 사실보다는 자신이 그 이야기를 꺼내는 것을 더 두려워하고 있음을 알고 있었다. 그 사실은 존재하지 않는데 그의 말이 그것을 존재하게 만드는 힘을 지니기라도 한 것처럼. 웨더비는 자신이 진짜 그 힘을 발휘할 것인지 이사들이 지켜보고 있음을 알고 있었고 그들 앞에서 그 힘을 발휘했다.

거센 반발이 터져 나와야 마땅한데도 아무 반응이 없었다. 이윽고 제임스 태거트가 날카롭고 초조한 목소리로 말했다. 분노를 전달할 의도였지만 불안감만 내보이고 말았다.

"나라면 전국화물주위원회 버지 와츠를 대단한 인물로 여기지 않을 겁니다. 그가 요즘 시끄럽게 굴면서 워싱턴에서 비싼 저녁을 많이 내고 있는 모양인데, 나라면 신경 쓰지 않을 겁니다."

"나는 모르는 일이오." 웨더비가 말했다.

"클렘, 나는 지난주에 웨슬리가 그와의 만남을 거부한 사실을 알고 있습니다."

"그건 사실이오. 웨슬리는 무척 바쁜 사람이니까."

"그리고 열흘 전 유진 로슨이 성대한 파티를 열었을 때 거의 모든 사람이 초대되었지만 버지 와츠는 거기 없었죠."

"그렇지." 웨더비가 태평하게 말했다.

계좌 한도 초과

"클렘, 그러니까 나라면 버지 와츠에게 기대를 걸지 않을 겁니다. 그래서 그 사람에 대해서는 걱정하지 않습니다."

"웨슬리는 공명정대한 인물이오. 공적 의무에 헌신하는 사람이고. 그가 가장 우선적으로 고려해야 할 것은 국가 전체의 이익이오."

제임스 태거트는 허리를 꼿꼿이 폈다. 그가 아는 위험 신호 중에서 그런 말이 가장 위험했던 것이다.

"제임스, 웨슬리가 당신을 생각이 깬 사업가이자 소중한 조언자, 가장 가까운 친구 중 하나로 높이 평가하고 있다는 사실은 아무도 부인할 수 없소."

제임스의 시선이 그에게 날아갔다. 그 말은 더 위험했던 것이다.

"하지만 웨슬리는 공공복지를 위해서라면 주저 없이 개인적인 감정이나 우정을 버릴 수 있는 인물이오."

제임스의 얼굴은 무표정한 상태로 남아 있었다. 그의 공포는 말이나 얼굴 근육으로 표현될 수 없는 것이기 때문이었다. 그의 공포는 결코 받아들일 수 없는 생각과의 사투였다. 오랫동안 많은 경우에서 자신의 것이었던 '공공'이라는 마법의 단어가, 아무도 대항할 수 없는 그 신성한 단어가 '복지'와 결합되어 버지 와츠에게 붙어버렸다는 생각.

하지만 그는 이렇게 묻고 있었다. "내가 공공복지보다 내 개인의 이익을 우선시한다는 의미는 아니죠, 그렇죠?"

"물론이오."

웨더비가 미소에 가까운 표정을 보이며 말했다. "당연히 그건 아니지. 제임스 당신이 그럴 리가 있소. 당신의 투철한 공공정신은 널리 알려져 있는데. 그래서 웨슬리가 당신은 모든 사람의 입장을 이해할 거라고 기대하는 것이오."

"그야 물론이죠." 덫에 걸린 제임스가 말했다.

"먼저 노조의 입장을 살펴봅시다. 어쩌면 당신은 임금을 올려줄 여력이 안 될지도 모르지만, 물가가 폭등했는데 노동자들은 어떻게 살아가겠소? 그들도 먹고살아야 하지 않겠소? 그게 우선이오. 철도는 그 다음 문제이고."

이사들 모두가 분명히 알고 있는 다른 의미를 전달하는 데 필요한 공식이라도 외듯 정의감에 찬 목소리였다. 그는 그 다른 의미를 강조하듯 제임스를 똑바로 응시했다.

"철도 노조원 수는 100만 명에 가깝소. 게다가 요즘 가난한 친척이 없는 사람이 어디 있소. 그들의 가족과 가난한 친척들까지 계산하면 500만 표요, 아니 500만 명. 웨슬리는 그걸 생각하지 않을 수 없소. 그는 그들의 심리를 고려해야만 하오. 그리고 대중을 생각해봅시다. 당신네 회사에서 받는 철도 요금은 모두 돈을 벌던 시절에 책정된 것이오. 따라서 현 상황에서는 교통비가 대중에게 큰 부담이 될 수밖에 없소. 온 국민이 교통비를 감당할 수 없다고 비명을 지르고 있소."

그는 제임스를 똑바로 응시하고 있었는데 마치 윙크를 하는 듯한 느낌을 주었다.

"제임스, 그들의 수는 엄청나오. 그리고 그들은 지금 엄청나게 많은 일에 대해 엄청난 불만을 품고 있소. 철도 요금을 내리는 정부는 수많은 국민의 감사를 얻을 것이오."

뒤이은 정적은 아주 깊은 구멍 같아서 그 아래로 무너져 내리는 것들의 소리가 전혀 들리지 않았다. 제임스와 이사들은 웨슬리 마우치가 어떤 사심 없는 목적을 위해 개인적인 친분을 버릴 수 있는지 알고 있었다.

그 정적 때문에, 그리고 이 자리에서 입을 다물고 있을 결심이었는데 도저히 참을 수 없어서 말을 하는 것이라 대그니의 목소리가 유난히 거칠게 들렸다.

"여러분이 그동안 무엇을 요구해왔는지 아시겠어요?"

이사들이 그녀에게 시선을 돌린 것은 뜻밖의 질문에 대한 무의식적인 대답이었고, 그들이 얼른 다시 그녀를 외면하고 테이블이나 벽 쪽을 본 것은 그 질문의 의미에 대한 의식적인 대답이었다.

대그니는 그들의 분노에 공기가 무겁게 가라앉는 것을 느꼈다. 그것은 웨더비가 아닌 그녀를 향한 분노였다. 대그니는 그들이 단순히 대답을 하지 않는 것은 참을 수 있었지만, 겉으로는 그녀의 질문을 무시하는 척하면서 자신들의 방식으로 대답하는 이중성에 토할 것 같은 기분을 느껐다.

 의장이 그녀를 외면한 채 애매하면서도 희미하게 목적 의식이 느껴지는 목소리로 말했다. "버지 와츠와 칙 모리슨 같은 나쁜 권력자들만 아니었다면 아무 문제 없었을 겁니다."

 "칙 모리슨에 대해서는 걱정할 필요 없습니다. 고위층에 연줄이 없으니까요. 팅키 할러웨이가 암적인 존재예요." 콧수염을 기른 창백한 남자가 말했다.

 이번에는 초록색 목도리를 두른 뚱뚱한 남자가 나섰다.

 "나는 상황을 절망적으로 보지 않아요. 조 던피와 버드 헤이즐턴이 웨슬리와 아주 가까우니까. 그들의 영향력이 더 크게 작용한다면 우리는 괜찮을 겁니다. 하지만 킵 차머스와 팅키 할러웨이는 위험해요."

 "킵 차머스는 내가 처리할 수 있습니다." 제임스가 말했다.

 그곳에서 대그니와 마주하기를 꺼려하지 않는 유일한 사람은 웨더비뿐이었다. 하지만 이따금 그녀에게 시선이 닿아도 그녀가 보이지 않는 것처럼 무관심했다.

 웨더비가 제임스를 보며 태연히 말했다. "당신이 웨슬리를 도울 수 있을 것 같소."

 "웨슬리는 언제든 나를 믿고 의지할 수 있다는 것을 알죠."

계좌 한도 초과

"만일 당신이 노조의 임금 인상 요구를 받아들인다면…… 우리도 당분간 철도 요금 인하를 보류할 수 있소."

"그건 안 됩니다!" 비명에 가까운 소리였다.

"전국철도연맹에서 임금 인상을 거부하기로 만장일치로 결정했어요."

그러자 웨더비가 부드럽게 말했다. "그래서 하는 말이오. 웨슬리에게는 철도연맹의 분열이 필요하오. 태거트 대륙횡단철도 같은 큰 회사가 백기를 들면 나머지는 쉬울 거요. 당신은 웨슬리에게 큰 도움이 될 것이고, 웨슬리는 고마움을 잊지 않을 거요."

"맙소사! 클렘, 그럼 나는 연맹 규정에 따라 법정에 서야 돼요!"

웨더비가 미소를 지으며 말했다. "무슨 법정? 그건 웨슬리가 처리해줄 거요."

"하지만 클렘, 우리가 노동자들의 임금을 올려줄 형편이 안 된다는 건 당신도 잘 알잖습니까!"

웨더비는 어깨를 으쓱했다.

"그건 당신이 알아서 할 일이지."

"아니, 어떻게요?"

"나는 몰라요. 그건 당신 일이지 내 일이 아니니까. 정부가 철도회사 경영에까지 훈수 두기를 원하는 건 아니겠죠?"

"그야 물론 아니죠! 하지만……."

"우리 일은 국민들이 적정한 임금과 교통서비스를 보장받을 수 있게 해주는 것이오. 그리고 그 일은 당신에게 달려 있소. 물론 당신이 그 일을 해줄 수 없다면······."

"해줄 수 없다는 말은 안 했습니다! 절대로!" 제임스가 황급히 외쳤다.

"좋소. 우리는 당신이 방법을 찾아낼 수 있다는 것을 알고 있소." 웨더비가 기분 좋게 말했다.

그는 제임스를 바라보고 있었고 제임스는 대그니를 바라보고 있었다.

웨더비가 의자에 깊숙이 몸을 파묻으며 겸손하게 뒤로 빠지는 태도를 보였다.

"그건 어디까지나 우리의 의견일 뿐이니까 잘 생각해봐요. 나는 여기 손님으로 와 있을 뿐이니 간섭하지 않겠소. 오늘 회의의 목적은······ 지선의 상황에 대해 논의하는 것인 듯한데, 안 그런가요?"

의장이 한숨지으며 대답했다. "네, 맞습니다. 건설적인 의견을 갖고 계신 분이 있으면······."

그는 말꼬리를 흐리고 기다렸으나 아무도 반응이 없었다.

"모두 상황을 잘 알고 계실 겁니다."

그는 다시 기다렸다가 말을 이었다. "일부 지선들······ 특히 리오 노르테 노선은 운행을 지속하기가 불가능한 형편이라······ 무슨 조치를 취해야······."

"태거트 양의 의견을 들어보는 게 좋겠습니다."

콧수염 기른 창백한 남자가 뜻밖의 확신에 찬 목소리로 말했다.

그는 기대에 찬 교활한 표정으로 앞으로 몸을 내밀었으나 대그니가 말없이 쳐다보기만 하자 이렇게 물었다.

"태거트 양, 할 말 없습니까?"

"없습니다."

"뭐라고요?"

"제가 드릴 말씀은 제임스가 여러분께 읽어드린 보고서에 다 들어 있습니다." 대그니가 분명한 목소리로 조용히 말했다.

"하지만 그 보고서에는 제안이 들어 있지 않았어요."

"제안할 것이 없으니까요."

"하지만 운행 담당 부사장으로서 우리 철도정책에 지대한 관심을 갖고 있을 것 아닙니까?"

"저는 태거트 대륙횡단철도의 정책들에 대해 아무 권한이 없습니다."

"하지만 우리는 당신의 의견을 듣고 싶어요."

"의견 없습니다."

그러자 그가 명령조로 말했다. "태거트 양, 우리 철도 지선들이 심각한 적자를 기록하고 있고…… 당신이 그 문제를 해결해야 한다는 것을 모르진 않을 텐데요."

"그 문제를 해결하다니, 어떻게요?"

"나야 모르죠. 그건 우리가 아니라 당신이 해야 할 일이니까."

"이제 그건 불가능하고, 그 이유들을 보고서에 다 담았습니다. 제가 간과한 사실이 있다면 말씀해주세요."

"내가 그런 걸 어떻게 압니까. 우리는 당신이 그걸 가능하게 만들 방법을 찾아내리라 기대하고 있어요. 우리의 일은 주주들이 정당한 이익을 얻을 수 있도록 해주는 것뿐이에요. 그리고 그 일은 당신에게 달려 있어요. 설마 당신이 그 일을 할 수 없다고……."

"네, 할 수 없습니다."

그는 입을 딱 벌렸지만 더 이상 할 말을 찾지 못했다. 그는 아까 웨더비에게는 통했던 방법이 자신에게는 왜 통하지 않는지 납득을 하지 못하며 대그니를 쳐다보았다.

초록색 목도리를 한 남자가 나섰다.

"태거트 양, 보고서에서 리오 노르테 노선이 심각한 상황이라는 점을 암시했나요?"

"절망적이라고 썼습니다."

"그럼 어떤 조치를 제안합니까?"

"아무것도요."

"책임을 회피하는 건가요?"

"당신들이 하고 있는 것은 뭐죠?" 대그니가 모두를 향해 차분히 물었다.

"책임은 당신들에게 있다고, 당신들의 빌어먹을 정책들이 우리를 이 지경까지 몰고 왔다고 내가 말하지 않을 거라고 믿고 이러시나요? 당신들 책임입니다."

의장이 애원과 질책 어린 목소리로 말했다. "태거트 양, 태거트 양, 지금 우리는 서로 반목해서는 안 됩니다. 이제 와서 누구 탓인지가 중요합니까? 우리는 과거의 실수를 놓고 싸우고 싶지 않아요. 우리 모두 단결해서 지금의 심각한 비상 상황에서 우리의 철도를 지켜야죠."

줄곧 침묵을 지키고 있던 백발의 귀족적인 남자가 이 모든 연극이 부질없음을 아는 듯한 씁쓸한 표정으로 대그니를 흘끗 보았다. 그가 아직 희망이 남아 있다고 느꼈다면 그것은 공감의 눈길이었을 터였다. 그가 억눌린 분노를 살짝 드러낼 정도로만 목소리를 높여 말했다.

"의장님, 지금 우리가 실제적인 해결책을 찾고 있는 것이라면, 우리 열차의 길이와 속도 제한 문제에 대해 논의할 것을 제안합니다. 사실 **그게** 가장 심각한 문제이니까요. 제한 철폐가 우리의 모든 문제를 해결해주지는 못하겠지만 큰 도움이 될 겁니다. 기관차와 연료 부족이 극심한 때에 화물열차 100량을 끌 수 있는 기관차에 60량만 연결하고 사흘이면 될 거리를 나흘씩 달리게 하는 것은 범죄에 가까운 미친 짓입니다. 그동안 우리의 서비스 지연과 부족, 실패로 파산한 화물주와 지역의 수를 계산해서……."

"그런 생각은 하지도 마시오." 웨더비가 퉁명스럽게 말을 잘랐다. "제한 철폐는 꿈도 꾸지 마시오. 그건 고려조차 하지 않을 테니까. 그 문제에 대한 이야기라면 듣지도 않을 거요."

"의장님, 계속 이야기해도 되겠습니까?" 백발의 남자가 조용히 물었다.

의장은 자신도 어쩔 수 없다는 듯 두 손을 펼쳐 보이며 미소지었다.

"비현실적인 이야기입니다."

"리오 노르테 노선 상황에 대해서만 논의하는 게 좋겠습니다." 제임스 태거트가 퉁명스럽게 말했다.

긴 침묵이 흘렀다.

초록색 목도리를 한 남자가 대그니를 보며 슬프고 조심스럽게 물었다. "태거트 양, 만약에 말이에요. 이건 그냥 가정인데, 현재 리오 노르테 노선에서 사용 중인 장비를 활용한다면 대륙횡단 간선의 장비 부족을 메울 수 있을까요?"

"어느 정도는요."

이번에는 콧수염을 기른 창백한 남자가 말했다. "리오 노르테 노선의 레일은 이 나라 어느 철도의 레일보다 훌륭하고, 지금은 어떤 가격으로도 구할 수가 없습니다. 리오 노르테 노선 길이가 480킬로미터이니 리어든 금속 레일이

640킬로미터 이상 된다는 뜻입니다. 태거트 양, 우리가 지금 한가한 지선에 그런 최고의 레일을 깔아놓고 놀릴 형편이 된다고 생각합니까?"

"그건 여러분이 판단할 문제입니다."

"그럼 이렇게 묻겠습니다. 현재 보수가 절실한 우리의 간선 철도에 그 레일을 사용할 수 있다면 도움이 되겠습니까?"

"도움이 될 겁니다."

떨리는 목소리의 남자가 물었다. "태거트 양, 리오 노르테 노선에 중요한 화물주가 남아 있나요?"

"닐슨 모터회사의 테드 닐슨밖에 없습니다."

"그럼 리오 노르테 노선 운행비를 나머지 구간의 재정 부담을 더는 데 사용할 수 있을까요?"

"그럴 겁니다."

"그럼 우리 철도의 운행 담당 부사장으로서……."

그는 말꼬리를 흐리더니 대그니가 빤히 쳐다보고만 있자 이렇게 말했다. "어때요?"

"질문이 뭐였죠?"

"그러니까 내 말은…… 뭐냐 하면, 운행 담당 부사장으로서 내린 결론이 있지 않느냐는 겁니다."

대그니는 자리에서 일어서 이사들을 둘러보며 말했다. "당신들이 원하는 결정을 내 입으로 내리게 하고 나 혼자 모든 책임을 지게 만들려는 당신들의 자기기만적 심리를 이해할 수가 없군요. 어쩌면 당신들은 내 목소리로 최후의 일격을 가하면 나도 살인의 공범자로 만들 수 있을 것이라고 믿고 있는지도 모르겠습니다. 이건 길게 끌어온 살인의 마무리임을 당신들도 알고 있으니까요. 나는 당신들이 이런 식의 연극으로 무엇을 얻을 수 있다고 생각하는지 알 수가 없으며, 당신들을 도와줄 생각이 없습니다. 최후의 일격도 당신들이 가하세요. 지금까지 가했던 다른 모든 공격처럼."

그녀가 회의장에서 나가려고 돌아서자 의장이 엉거주춤 일어서며 붙잡으려고 했다.

"하지만 태거트 양……."

"부탁이니 그대로 앉아 계세요. 회의를 계속하시고 투표로 결정하세요. 나는 기권하겠습니다. 원한다면 이 회사의 직원 자격으로 투표를 지켜보겠습니다. 그 이상의 자격을 가진 것처럼 행세하지는 않겠습니다."

대그니는 다시 돌아섰으나 이번에는 백발의 남자가 그녀를 멈추어 세웠다.

"태거트 양, 공적인 질문은 아니고 개인적으로 궁금해서 묻는 것인데, 태거트 대륙횡단철도의 미래에 대한 견해를 밝혀줄 수 있겠습니까?"

대그니는 그를 이해하는 시선으로 바라보며 한결 부드러

운 목소리로 대답했다. "저는 철도의 미래에 대한 생각은 더 이상 하지 않습니다. 그저 마지막 순간까지 열차들을 계속 운행할 작정입니다. 이제 얼마 남지 않은 것 같지만."

그녀는 창가로 걸어가서 구경꾼의 자세를 취했다.

그녀는 창밖 도시를 바라보았다. 제임스의 연줄 덕에 태거트 빌딩은 꼭대기 층까지 전기를 사용할 수 있었다. 높은 곳에서 내려다보니 도시는 터만 남은 유적지 같았고, 간간이 불 켜진 창들이 외로이 어둠 속에서 하늘을 향해 솟아 있을 뿐이었다.

대그니는 뒤에 있는 사람들의 목소리를 듣지 않았다. 그들이 자신은 뒤로 빠지며 다른 사람을 앞세우기 위해 서로 부추기는 소리, 자신의 뜻은 밝히지 않고 다른 사람이 마지못해 의사 표시를 하도록 애쓰는 소리가 간간이 들려왔지만 승자가 아닌 패자가 결정을 발표하게 되어 있는 그 싸움이 얼마나 오래 지속되었는지는 알 수 없었다.

"아마도…… 잘은 모르겠지만…… 만일 말이에요……. 내 제안은 단지…… 다른 뜻이 있어서 하는 말이 아니라…… 양쪽 입장을 다 고려하면…… 내 생각에는 아무래도…… 나는 그게 맞는 것도 같지만……."

이윽고 누구의 목소리인지 모르겠지만 그 목소리가 선언했다.

"……따라서 존 골트 노선을 폐쇄할 것을 제안합니다."

무슨 이유에서였는지 그는 그 노선을 올바른 이름으로 불렀다.

'오래전 당신도 이런 일을 견디셨죠…… 당신에게도 너무나 고통스럽고 힘든 일이었지만 당신은 그것 때문에 꺾이지 않았어요…… 정말 그것도 이렇게 추악했나요?…… 형태는 다르지만 고통은 마찬가지였죠. 그리고 당신은 고통에 꺾이지 않았어요. 그 어떤 고통에도…… 꺾이지 않았어요…… 굴복하지 않았어요…… 당당히 맞섰어요. 저도 그럴 거예요. 당신처럼 맞서 싸울 거예요…….' 대그니는 속으로 그렇게 다짐하고 있었다. 그녀는 한참이 지나서야 자신이 냇 태거트에게 이야기하고 있음을 깨달았다.

다음에는 웨더비의 목소리가 들려왔다.

"잠깐, 지선을 폐쇄하려면 허가를 받아야 한다는 건 기억하고들 있소?"

"맙소사, 클렘!" 제임스가 공포를 감추지 못하며 외쳤다. "설마 허가를 받는 데 무슨 문제가 있는 건……."

"나도 장담하지 못해요. 철도는 공공서비스이고 돈을 벌든 못 벌든 서비스를 제공해야 한다는 것을 잊지 마시오."

"하지만 그건 불가능하다는 걸 아시잖습니까!"

"당신들이야 그 지선을 폐쇄하면 문제가 해결되니 좋겠지만 그럼 우리는 어떻게 되는 거요? 콜로라도 같은 주에 운송수단이 사실상 없어지면 민심이 어떻게 되겠소? 물론 그 대가로 웨슬리의 요구를 들어준다면, 그러니까 노조의 임금 인상안에 합의한다면……."

"그건 안 돼요! 전국철도연맹에 약속을 했다고요!"

"약속? 마음대로 하시오. 우리도 연맹에 강요하고 싶지는 않으니까. 우리는 자발적인 것을 훨씬 선호하오. 하지만 지금은 어려운 시기이고 무슨 일이 일어날지 알 수 없소. 기업들은 다 망해 넘어지고 세수는 갈수록 줄고 있으니 태거트 채권을 50퍼센트 이상 갖고 있는 우리로서는 6개월 내로 철도 채권 상환을 요구할 수밖에 없을지도 몰라요."

"**뭐라고요?!**" 제임스가 외쳤다.

"기한이 더 앞당겨질 수도 있고."

"그럴 수는 없어요! 세상에, 그럴 수는 없다고요! 지불유예 기간은 5년으로 되어 있어요! 그렇게 계약을, 약정을 맺었다고요! 우리는 그걸 철석같이 믿었어요!"

"약정? 제임스, 그건 구식 아니오? 이제 약정 같은 것은 없소. 그때그때의 필요만 있지. 그 채권의 원래 주인들도 지불유예는 생각지도 못했었소."

대그니가 웃음을 터뜨렸다.

엘리스 와이엇과 앤드루 스톡턴, 로렌스 해먼드 같은 그 채권의 원래 주인들을 대신해 통쾌한 웃음이 터져 나오는 것을 억누를 수가 없었던 것이다. 그녀가 웃으며 말했다.

"고맙습니다, 웨더비 씨!"

웨더비가 놀란 눈으로 쳐다보며 "네?" 하고 냉랭하게 물었다.

"우리 회사가 그 채권에 대한 빚을 어떤 식으로든 갚게 되리란 건 알고 있었어요. 결국 이렇게 갚는군요."

의장이 엄격하게 말했다. "태거트 양, '내 그럴 줄 알았다'는 식의 태도는 부질없다는 걸 몰라요? 우리가 그때 어떻게 행동했다면 어떻게 됐을 것이라는 식의 말은 순전히 이론적 추측에 지나지 않습니다. 지금 이론에 탐닉할 때가 아니에요. 현실적인 문제를 처리해야지."

"맞는 말이오. 당신들은 현실적이 되어야 하오. 당신들에게 거래를 제안하겠소. 당신들이 우리에게 뭔가를 해주면 우리도 당신들에게 뭔가를 해주겠소. 노조의 임금 인상 요구를 들어주면 리오 노르테 노선 폐쇄를 허가해주겠소." 웨더비가 말했다.

"좋습니다." 제임스 태거트가 목멘 소리로 말했다.

대그니는 창가에 서서 그들이 투표하는 소리를 들었다. 그리고 존 골트 노선이 6주 후인 3월 31일에 폐쇄될 것이라는 발표도 들었다.

그녀는 몇 분만 견디면 된다고, 앞으로 몇 분만 신경 쓰고 그 다음 몇 분, 그 다음 몇 분을 보내면, 그렇게 시간이 지나면 견디기 쉬워질 것이라고 생각했다. 얼마 후면 극복될 것이라고 생각했다.

계좌 한도 초과

앞으로 몇 분 동안 그녀가 수행할 과제는 코트를 입고 제일 먼저 회의실에서 나가는 것이었다.

그 다음 과제는 엘리베이터를 타고 정적에 싸인 거대한 태거트 빌딩을 내려가는 것이었다. 그리고 그 다음 과제는 어두운 로비를 건너는 것이었다.

대그니는 로비 중간쯤에서 걸음을 멈추었다. 한 남자가 벽에 기대서 있었다. 그녀를 똑바로 쳐다보고 있는 것으로 보아 그녀를 기다리고 있었던 게 분명했다. 대그니는 그를 금방 알아보지 못했다. 그 얼굴의 주인공이 이 시간에 태거트 빌딩 로비에 서 있을 리가 없었기 때문이다.

"안녕, 굼벵이." 그가 부드럽게 말했다.

대그니는 먼 기억을 더듬으며 대답했다. "안녕, 프리스코."

"그들이 마침내 존 골트를 살해한 건가?"

대그니는 그 순간을 정확한 시간에 꿰어 맞추려고 애썼다. 그 질문은 현재에 속했지만 그의 엄숙한 얼굴은 허드슨 강변 언덕 위의 시절, 그 질문이 그녀에게 무엇을 의미하는지 그가 모두 알던 시절에 속했다.

"오늘 밤 그런 결정이 날 거라는 걸 어떻게 알았지?"

"몇 달 전부터 다음 이사회 때 그런 결정이 날 거라는 게 뻔히 예상됐으니까."

"여긴 어쩐 일이야?"

"네가 그걸 어떻게 받아들이나 보려고."

"비웃고 싶어서?"

"아니, 대그니, 비웃고 싶은 생각 없어."

대그니는 그의 얼굴에 웃음기가 없는 것을 보고 신뢰 어린 목소리로 대답했다. "내가 어떻게 받아들이고 있는지 나도 모르겠어."

"난 알지."

"이미 예상했던 일이야. 그들이 그런 결정을 내릴 수밖에 없을 거라는 걸 나는 알고 있었어. 그러니까 이제 남은 건."

대그니는 '**오늘 밤**을 견디는 것'이라고 말하고 싶었지만 이렇게 말했다.

"업무적인 처리지."

그가 그녀의 팔을 잡았다.

"어디 가서 한잔하자."

"프란시스코, 왜 나를 비웃지 않는 거지? 처음부터 그 노선을 비웃었잖아."

"비웃을 거야. 내일 네가 업무적인 처리를 하는 걸 보면. 오늘 밤은 말고."

"왜?"

"가자. 넌 지금 그런 이야기를 할 상태가 아니야."

"난……."

대그니는 아니라고 말하고 싶었지만 그럴 수가 없었다.

"그래, 그런 것 같아."

프란시스코는 그녀를 거리로 이끌었다. 대그니는 프란시스코의 규칙적인 발걸음에 맞추어 조용히 걸으며 자신의 팔을 단단히 감싸쥔 그의 손을 느꼈다. 그는 지나가는 택시를 잡아 그녀에게 문을 열어주었다. 대그니는 순순히 그가 하자는 대로 따랐다. 그녀는 물에 빠져 필사적으로 헤엄치다가 구조된 듯한 안도감을 느꼈다. 확신을 가지고 움직이는 남자를 보는 것만으로도 희망을 버린 순간에 구명 튜브가 던져진 것 같은 기분을 맛볼 수 있었다. 그 안도감은 책임의 포기가 아니라 그것을 맡을 수 있는 사람을 본 것에서 나온 것이었다.

프란시스코가 차창 밖으로 스쳐 지나가는 도시를 바라보며 말했다. "대그니, 최초로 강철 들보를 만들 생각을 했던 사람을 생각해봐. 그는 자신이 보고 생각하고 원하는 것이 무엇인지 알고 있었어. 그는 '아마도'나 '잘은 모르겠지만' 따위의 자신 없고 애매한 말을 하는 사람이 아니었고, 그런 사람들의 명령을 받지도 않았어."

대그니는 프란시스코의 예리함에 놀라움을 느끼며 조용히 웃었다. 그녀가 아까 회의실에서 느꼈던 늪에 빠진 듯한 기분과 지금의 구역질나는 기분의 정체를 그가 정확히 간파해낸 것이다.

프란시스코가 말했다. "주위를 둘러봐. 도시는 인간의 용기의 결정체야. 도시를 만든 모든 나사못과 대갈못, 발전기를 최초로 생각해낸 사람들의 용기. '그런 것 같다'가 아니라 '**그렇다**'고 말할 수 있는 용기. 그리고 자신의 판단에 인생을 걸 수 있는 용기. 너는 혼자가 아니야. 그 사람들이 존재하니까. 그들은 늘 존재해왔으니까. 인간이 동굴 속에서 역병과 폭풍을 두려워하며 살던 시절이 있었지. 태거트 이사진 같은 사람들이 그들을 동굴에서 끌어내 이런 세상에서 살게 만들 수 있었을까?"

그는 도시를 가리켰다.

"천만에!"

"**그게** 바로 다른 부류의 인간들이 존재한다는 증거야."

"그래. 맞아." 대그니가 열띠게 말했다.

"그들을 생각하고 이사진은 잊어."

"프란시스코, 그들은 지금 어디 있을까? 그 다른 부류의 사람들 말이야."

"이제 세상은 그들을 원하지 않아."

"나는 원해. 아, 얼마나 간절히 원하는지 몰라!"

"그렇다면 그들을 찾게 될 거야."

두 사람은 조명이 어두운 칸막이 자리에 마주 앉아 술잔을 기울일 때까지 존 골트 노선에 대한 이야기는 꺼내지 않았다. 대그니는 자신이 어떻게 그곳까지 오게 되었는지 기억이 잘 나지 않았다. 마치 은신처처럼 조용하고 고급스러운 장소였다. 대그니는 작고 윤기 흐르는 테이블과 둥근 가죽의자, 다른 손님들의 즐거움과 고통을 차단시켜주는 검푸른 거울벽을 바라보았다. 프란시스코는 테이블에 기대어 그녀를 응시하고 있었고, 그녀는 그의 주의 깊은 시선에 기대고 있는 듯한 기분을 느꼈다.

그들은 존 골트 노선에 대해서는 이야기하지 않았지만 대그니가 유리잔 속의 액체를 내려다보며 갑자기 말했다.

"냇 태거트가 건설 중인 철교를 포기해야 한다는 말을 들었던 날 밤에 대해 생각하고 있어. 미시시피 강의 철교. 그는 심각한 자금난을 겪었지. 사람들이 그 철교를 비현실적인 모험이라고 부르며 두려워했거든. 그날 아침 냇 태거트는 미시시피 강 증기선 업체들이 자신을 상대로 소송을 걸었다는 소식을 들었어. 그의 철교가 공공복지에 위협이 되니 철거해야만 한다는 내용이었지. 교각 세 개 길이만큼 공사가 진행된 상태였지. 바로 그날 그 지역 폭도들이 공사 현장을 습격해서 목조 비계에 불을 질렀어. 인부들도 그를 버리고 떠났는데 일부는 겁을 먹어서였고, 일부는 증기선 업체의 뇌물을 받아서, 그리고 대부분은 몇 주 동안 임금이 체불되었기 때문이었지. 그날 하루 종일 태거트 대륙횡단철도 주식 청약자들이 하나둘 청약을 취소하고 있다는 소식이 전해졌어. 저녁 무렵에 냇 태거트의 마지막 희망이던 두 은행 대표단이 찾아왔어. 냇 태거트는 강가 공사 현장의 낡은 객차에서 생활하고 있었는데 문을 열면 시커멓게 탄 목조 비계에서 뒤틀린 강철 위로 연기가 올라오는 모습이 보였지. 냇 태거트는 그 은행들과 대출 협상을 진행하고 있었는데 아직 계약서에 서명을 받지 못한 상태였어. 은행 대표단은 어차피 소송에서 질 테고 그럼 철교를 완성할 때쯤 철거 명령을 받게 될 거라며 철교 건설을 포기하고 다른 철도회사들처럼 승객들이 바지선으로 강을 건너도록 하라고 했지. 그러면 미국 대륙 서쪽 끝까지 철도를 이어갈 수 있도록 대출을 해주겠다면서. 냇 태거트는 말없이 계약서를 집어 들더니 쭉 찢어서 그들에게 건넨 뒤 밖으로 걸어나갔어. 그는 철교로 가서 무릎을 꿇고 앉아 인부들이 두고 간 연장들로 철골구조에서 불에 탄 부분들을 제거했지. 냇 태거트의 수석 엔지니어는 그가 넓은 강 위에서 그의 철도가 뻗어갈 서쪽의 일몰을 등지고 도끼를 들고 일하는 모습을 보았지. 그는 밤새 일했어. 그리고 아침이 밝아왔을 즈음에는 독자적인 판단력을 가진 사람들을 찾아 그들을 설득하고 투자금을 모아 철교 건설을 계속할 계획을 세우고 있었지."

대그니는 잔 속의 술에서 희미하게 반짝이는 빛을 내려다보며 낮고 단조로운 목소리로 말했다. 그녀는 아무 감정도 내보이지 않았지만 기도하는 듯한 목소리였다.

"프란시스코…… 냇 태거트는 그런 밤을 견뎠는데 내가 무슨 불평을 할 수 있겠어? 지금의 내 심정이 무슨 대수겠어? 나는 그를 위해서라도 철교를 지켜야 해. 애틀랜틱 서던의 철교처럼 되게 만들 수는 없어. 그렇게 만들면 그가 알게 될 것 같아. 어쩌면 혼자 강 위에 있던 그 밤에 알았을지도…… 아니, 그건 말이 안 되지. 어쨌든 그 밤에 냇 태거트가 어떤 마음이었을지 아는 사람이 있다면, 지금 이 시대를 살고 있으면서도 그것을 알 수 있는 사람이 있다면 철교를 포기하는 것은 그 사람을 배신하는 일이야……. 그럴 수는 없어."

"대그니, 만약 냇 태거트가 지금 살아 있다면 어떻게 할까?"

대그니는 쓴웃음을 지으며 자신도 모르게 말했다. "1분도 못 견디겠지!"

하지만 이내 다시 말했다. "아니, 견딜 거야. 그들과 싸울 방법을 찾아낼 거야."

"어떻게?"

"그건 나도 몰라."

프란시스코가 몸을 가까이 기울이며 긴장되고 조심스런 목소리로 물었다. "대그니, 태거트 이사진은 냇 태거트의 적수가 못 돼, 안 그래? 그들은 그를 이길 수가 없고 그는 그들을 두려워할 이유가 없어. 그들은 냇 태거트가 지닌 정신과 의지, 힘의 1000분의 1도 갖고 있지 못하니까."

"물론이지."

"그런데 인류의 역사를 돌아보면 왜 냇 태거트 같은 인물들이 늘 승리하고 더 나은 세상을 만든 후에 태거트 이 사진 같은 자들에게 모든 것을 빼앗겼을까?"

"그건…… 나도 모르겠어."

"날씨에 대한 의견조차 갖길 두려워하는 인간들이 어떻게 냇 태거트와 싸울 수 있었을까? 그가 자신이 이룬 것을 끝까지 지키려고 했다면 그들이 어떻게 그것을 빼앗을 수 있었을까? 대그니, 그는 자신이 가진 무기를 총동원해서 싸웠어. 가장 중요한 한 가지만 빼고. 만일 우리가, 그와 우리가 세상을 그들에게 내주지 않았다면 그들은 이길 수 없었을 거야."

"그래. 넌 그들에게 세상을 내줬지. 엘리스 와이엇도, 켄 대너거도 그랬고. 난 그러지 않을 거야."

프란시스코가 미소지으며 말했다. "그들에게 존 골트 노선을 만들어준 게 누구지?"

그는 대그니의 입가에 희미한 경련이 이는 것만 볼 수 있었지만 그 질문이 벌어진 상처를 가격한 듯한 충격을 주었음을 알았다. 그런데도 대그니는 조용히 대답했다.

"나지."

"이런 종말을 위해서?"

"끝까지 싸우지 않고 중도에 포기한 사람들을 위해서."
"어차피 다른 결과는 나올 수 없다는 것을 모르겠어?"
"몰라."
"도대체 불의를 어디까지 견딜 작정이야?"
"견딜 수 있을 때까지."
"이제 어쩔 거야? 내일부터?"

대그니는 프란시스코를 똑바로 쳐다보면서 침착하게 대답했다. "철거를 시작해야지."

그녀의 자랑스러운 표정이 침착함을 강조해주었다.

"뭘?"

"존 골트 노선. 내 손으로 철거할 거야. 내가 직접 지시를 내려서. 먼저 폐쇄 절차를 밟고 그 다음에는 철거를 해서 대륙횡단철도를 보강하는 데 활용할 거야. 할 일이 많아. 그것 때문에 바쁠 거야."

그녀의 침착함에 살짝 금이 가면서 목소리가 조금 변했다.

"난 그 일이 기대돼. 내 손으로 직접 그 일을 할 수 있어서 기뻐. 냇 태거트가 그날 밤을 지새우며 일했던 것도 그런 이유였을 거야. 계속 나아가기 위해서. 뭔가 할 수 있는 일이 있다면 그리 나쁜 건 아니지. 게다가 나는 간선을 구하는 일을 하는 거니까."

"대그니, 그럼 간선을 철거해야 한다면?" 프란시스코가 아주 조용히 물었다.

대그니는 자신의 대답에 그의 운명이 걸려 있는 듯한 기분을 느꼈다. 그녀가 충동적으로 말했다.

"그럼 마지막 열차에 깔려 죽을 거야!"

하지만 이렇게 덧붙였다. "아니, 그건 자기연민일 뿐이지. 난 그렇게 하지 않을 거야."

프란시스코가 부드럽게 말했다. "그래, 넌 그렇게 하지 않을 거야. 하지만 그럴 수 있으면 좋겠다고 생각하겠지."

"그래."

프란시스코가 그녀를 보지 않으면서 미소지었다. 조롱의 미소였는데 고통의 미소이기도 했고, 조롱은 자신을 향한 것이었다. 대그니는 왜 그런 확신이 드는지는 몰라도 그의 얼굴을 너무 잘 알아서 그가 느끼는 감정들을 다 읽을 수 있을 것 같았다. 이제 그 감정의 이유들은 짐작할 수 없게 되었지만. 그녀는 프란시스코의 얼굴뿐 아니라 몸도 낱낱이 다 알고 있었다. 테이블 건너편에 앉아 있는 그의 옷 속의 몸이 눈에 훤히 보일 정도였다. 프란시스코가 그녀에게 시선을 돌렸다. 그녀의 생각을 읽은 듯 그의 눈빛이 변했다. 그는 그녀를 외면하며 술잔을 들었다.

"그럼…… 냇 태거트를 위하여." 그가 말했다.

"그리고 세바스티안 단코니아를 위하여?"

대그니는 그렇게 묻고는 바로 후회했다. 어쩐지 조롱처

럼 들렸기 때문이다. 하지만 프란시스코는 눈을 반짝이며 단호하게 말했다. 그의 자랑스러운 얼굴이 그 단호함을 강조해주었다.

"그래. 세바스티안 단코니아를 위하여."

대그니는 손이 떨려서 반들거리는 검은 플라스틱 테이블 위에 놓인 네모난 종이 레이스에 술을 몇 방울 흘리고 말았다. 프란시스코는 단숨에 술잔을 비웠는데 그 절도 있는 손동작이 엄숙한 맹세의 동작 같았다.

대그니는 12년 만에 처음 그가 자신을 찾아온 것임을 문득 깨달았다.

지금까지 그는 대그니에게 자신의 확신을 주입해 그녀가 확신을 되찾도록 해주려는 것처럼 행동했고, 그녀에게 이 만남에 대해 생각할 시간을 주지 않았다. 그런데 단단히 틀어쥐고 있던 마음의 고삐가 이제 풀려버린 듯한 모습이었다. 단지 짧은 순간의 침묵과 외면한 얼굴의 이마와 뺨, 입매만으로도 대그니는 그가 마음을 다잡기 위해 애쓰고 있음을 알 수 있었다.

대그니는 그가 오늘 밤 자신을 찾아온 목적이 무엇이었는지 궁금해하며 어쩌면 그가 그 목적을 이루었는지도 모른다고 생각했다. 그는 살아 있는 지성으로서 그녀의 이야기를 들어주고 이해해주어 그녀가 절망에 빠지지 않고 최악의 순간을 견딜 수 있게 해주었으니까. '하지만 왜 그랬을까? 그 오랜 세월 고통을 줘놓고 이제 와서 내게 마음을 쓰는 이유가 뭘까? 내가 존 골트 노선의 죽음을 어떻게 받아들이는지 왜 신경을 쓰는 걸까?' 대그니는 그런 질문들은 아까 태거트 빌딩 로비에서 했어야 했음을 깨달았다.

그녀는 생각했다. '이것이 우리 둘을 이어주는 끈이다. 내가 그를 가장 필요로 할 때 그가 찾아와주는 것이 놀랍지 않은 것. 그가 나를 찾아와야 할 때를 아는 것. 위험한 것은 내가 그를 믿는 것이다. 그의 접근이 또 다른 함정일 수도 있다는 것을 알면서도. 그는 자신을 믿는 사람을 언제든 배신할 수 있는 인간이란 것을 기억하면서도.'

프란시스코가 팔짱 낀 팔을 테이블에 올려놓고 허공을 똑바로 응시하다가 갑자기 말했다. "나는 지금 세바스티안 단코니아가 사랑하는 여인을 기다린 15년 세월을 생각하고 있어. 그는 그녀를 다시 만나지 못할 수도 있었지. 그녀가 세상을 떠났을 수도…… 다른 남자에게 가버렸을 수도 있었으니까. 하지만 그는 자신이 치르고 있는 전투를 그 여인이 견뎌내지 못할 것을 알았기에 전투에서 이길 때까지 그녀를 부를 수 없었지. 그래서 그는 가망 없는 사랑을 품고 기다렸어. 하지만 그녀를 안고 자신의 집 문지방을 넘는 순간, 자신이 전투에서 승리했고 새로운 세상의 안주인이 된 그녀를 위협하거나 다치게 할 수 있는 것은 이제 아무것도 없음을 알았지."

둘이 열정적인 사랑을 나누던 행복했던 시절, 프란시스코는 대그니를 신붓감으로 생각한다는 언질을 준 적이 없었다. 대그니는 그때 자신이 프란시스코에게 어떤 존재였는지 미처 깨닫지 못했던 것은 아니었을까 하는 의구심이 들었다. 하지만 지난 12년을 생각하면 지금 프란시스코의 말이 암시하는 것을 믿을 수가 없었다. 이것은 또 다른 함정이라고 그녀는 생각했다.

그녀가 딱딱한 목소리로 물었다. "프란시스코, 행크 리어든에게 무슨 짓을 한 거지?"

프란시스코는 이 순간 그녀가 그 이름을 생각해낸 것에 무척 놀란 눈치였다.

"왜?" 그가 물었다.

"언젠가 그는 자신이 좋아하는 유일한 사람이 너라고 말했어. 그런데 지난번 만났을 때는 너를 보면 그 자리에서 죽이겠다고 했어."

"그 이유는 말 안 하고?"

"응."

"전혀?"

"응."

대그니는 프란시스코가 묘한 미소를 짓는 것을 보았다. 슬픔과 감사, 그리움이 담긴 미소였다.

"그가 널 좋아한다고 했을 때 너에게 상처받게 될 거라고 경고해줬는데."

프란시스코의 말이 폭발하듯 터져 나왔다.

"그는 내 인생을 바칠 수 있는 유일한, 아니 두 사람 중 한 사람이야!"

"다른 한 사람은 누군데?"

"그에게는 이미 인생을 바쳤지."

"그게 무슨 소리야?"

프란시스코는 해서는 안 될 말을 했다는 듯 고개를 젓고는 대답하지 않았다.

"리어든에게 무슨 짓을 한 거야?"

"나중에 말해주지. 지금은 아니야."

"네게 소중한 사람들에게 해온…… 그런 짓이야?"

프란시스코는 결백과 고통이 담긴 진실한 미소를 보내며 부드럽게 말했다. "그들이 내게 해온 거라고 말할 수 있지."

그러고는 이렇게 덧붙였다. "하지만 난 그렇게 말하지 않을 거야. 그 행동들과 지식은 내 것이었으니까."

그가 일어섰다.

"이만 갈까? 집에 데려다주지."

대그니도 일어섰고 프란시스코가 그녀의 헐렁한 코트를 입혀주었다. 대그니는 그의 팔이 자신의 어깨에서 필요 이상으로 오래 머무는 것을 느꼈다.

대그니는 뒤돌아보았다. 프란시스코는 꼼짝도 하지 않고 서서 테이블을 뚫어질 듯 쳐다보고 있었다. 그들이 의자에서 일어설 때 그들의 몸에 스친 종이 레이스 매트가 움직이면서 플라스틱 테이블에 새겨진 글자가 드러났는데 그것이 눈에 들어왔다. 지우려고 애쓴 흔적이 있었지만 글자는 절망한 주정뱅이의 목소리처럼 남아 있었다.

"존 골트가 누구지?"

대그니는 화가 나서 얼른 매트로 글자를 가렸다. 프란시스코가 나직이 웃었다.

"난 대답해줄 수 있지. 존 골트가 누구인지 말해줄 수 있다고." 그가 말했다.

"정말이야? 모두 그를 아는 것 같은데 사람마다 이야기가 달라."

"다 맞아. 그 이야기들이 다 맞다고."

"네 이야기는 뭔데? 그가 누구야?"

"존 골트는 변심한 프로메테우스야. 인간들에게 신의 불을 가져다준 벌로 수백 년 동안 독수리에게 쪼아 먹히다가 쇠사슬을 끊고 불을 거둬들였지. 인간들이 독수리를 거둬들일 때까지."

◆

 침목의 띠가 콜로라도의 화강암 산허리를 휘감고 구불구불 이어져 있었다. 대그니는 코트 주머니에 손을 찌르고 눈은 먼 허공을 응시하며 침목을 따라 걸었다. 침목을 밟는 발의 움직임만이 철도에 어울리는 동적인 느낌을 주었다.

 하늘과 산 사이에는 안개도 구름도 아닌 잿빛 솜뭉치 같은 것들이 걸려 있어서 마치 하늘이 속이 삐져나온 낡은 매트리스처럼 보였다. 대지를 덮은 오래된 눈은 겨울에도, 봄에도 속해 있지 않았다. 공기가 축축했고 이따금 얼굴에 차갑고 따끔한 것이 떨어졌는데 빗방울도, 눈발도 아니었다. 날씨가 분명한 입장을 취하는 것이 두려워 애매하게 중도를 지키는 듯했다. 대그니는 태거트 이사진 같은 날씨라고 생각했다. 빛이 약해서 3월 31일 오후인지 저녁인지 분간이 되지 않았다. 하지만 3월 31일이란 것은 확실했다. 그것은 피할 수 없는 사실이었다.

 그녀는 행크 리어든과 함께 콜로라도에 왔다. 폐업한 공장들에 아직 남아 있는 기계들을 사들이기 위해서였다. 마치 바다에 가라앉고 있는 거대한 배 안을 황급히 뒤지는 꼴이었다. 그 일은 직원들에게 시킬 수도 있었지만 두 사람에게는 꼭 오고 싶은 이유가 있었다. 존 골트 노선의 마지막 열차를 타고 싶어서였다. 그것은 결국 스스로를 괴롭히는 짓일 뿐임을 알면서도 장례식에 참석해 고인에게 마지막 인사를 하고 싶은 마음과 같았다.

그들은 미심쩍은 주인들과의 불법일 가능성이 있는 거래를 통해 기계를 사들였다. 폐업한 거대한 공장들의 물건을 처분할 권리를 가진 주인이 누구인지 확인할 방법이 없었기 때문이다. 그들은 껍데기만 남은 닐슨 모터공장에서 들고 나올 수 있는 건 모두 샀다. 테드 닐슨은 존 골트 노선이 폐쇄된다는 발표가 나자 일주일 만에 공장 문을 닫고 사라졌다.

대그니는 쓰레기 청소부가 된 듯한 기분을 느꼈지만 그래도 일이 있어서 지난 며칠을 견딜 수 있었다. 그녀는 마지막 열차가 출발하려면 3시간이나 더 있어야 한다는 것을 알게 되자 도시의 정적을 피해 시골길로 산책을 나섰다. 존 골트 노선을 운행하는 첫 열차를 탔던 여름의 기억을 떠올리지 않고 오늘을 견뎌야 한다는 것을 알았기에 쉬지 않고 몸을 움직여 잡념을 떨쳐내려고 구불구불한 산길을 따라 바위와 눈 속을 정처 없이 헤매고 다녔다. 하지만 어느새 존 골트 노선으로 돌아와 철로를 따라 걷고 있었다. 그녀는 자신이 철로 위를 걷기 위해 산책을 나선 것임을 깨달았다.

그곳은 이미 해체된 단거리 지선이었다. 이제 신호등도, 전철기도, 전화선도 없었고 침목만이 남아 있었다. 레일 없는 침목들이 마치 척추뼈의 잔해처럼 보였다. 그리고 건 널목에 "멈추시오. 보시오. 들으시오."라고 적힌 기울어진 표지판이 고독한 파수꾼처럼 서 있었다.

그녀가 공장에 이르렀을 때는 안개와 뒤섞인 이른 어둠이 골짜기를 채우고 있었다. 공장 정면의 반짝이는 타일에는 '마시전자'라고 쓰여 있었다. 대그니는 이 공장을 떠나지 않기 위해 자신의 몸을 책상에 쇠사슬로 묶어놓고 싶다고 했던 로저 마시가 떠올랐다. 공장 건물은 방금 눈이 감겨 다시 살아날 수도 있을 것 같은 시체처럼 멀쩡했다. 대그니는 길고 평평한 지붕 밑의 큰 창문들에 금방이라도 불이 환히 밝혀질 것만 같은 기분이 들었다. 하지만 다음 순간 깨진 유리창이 눈에 들어왔다. 동네 건달이 장난삼아 돌을 던진 모양이었다. 현관 계단 위로 고개를 내민 시든 잡초 한 포기도 보였다. 대그니는 그 무례한 잡초가 적의 정찰병처럼 보여 맹목적인 증오에 휩싸여 득달같이 달려가서 무릎을 꿇고 잡초를 뽑아버렸다. 그러고는 폐업한 공장 현관 계단에 무릎 꿇고 앉은 채 침묵하고 있는 어스름 속의 산을 바라보며 생각했다. '너 지금 뭐 하고 있는 거야?'

그녀는 어둑어둑해져서야 침목의 띠 끝에 이르렀다. 다시 마시빌 시내로 돌아온 것이다. 마시빌은 몇 달 전부터 존 골트 노선 종착역 노릇을 해오고 있었다. 와이엇 환승역은 오래전에 폐쇄되었고 페리스 박사의 와이엇 유전 복구사업도 지난겨울에 중단되었다.

교차로마다 가로등이 켜져서 노란 전구들의 긴 행렬이 마시빌의 빈 거리를 비추고 있었다. 잘 짓고 정성껏 가꾼 깔끔하고 튼튼한 집들은 모두 비어 있었고 잔디밭에 '집 팝니다'라고 적힌 낡은 표지판이 세워져 있었다. 하지만 최근 몇 년 사이 슬럼가처럼 황폐해진 싸구려 집들에는 불이 밝혀져 있었다. 마시빌을 떠나지 않고 그냥 눌러사는, 일주일 이후의 삶을 생각하지 않는 사람들의 집이었다. 지붕은 기울어지고 벽에는 금이 간 어느 집 방에 커다란 새 텔레비전이 보였다. 대그니는 그 집 사람들이 콜로라도의 전력회사가 얼마나 더 버틸 것이라고 생각하는지 궁금했다. 그러다 고개를 저었다. 그들은 전력회사가 존재하는지조차 모를 것이란 생각에서였다.

마시빌 중심가에는 폐업한 상점들의 검은 창문들이 줄지어 늘어서 있었다. 대그니는 간판들을 보며 사치품 상점들은 모두 사라졌다고 생각했다. 하지만 다음 순간, 자신이 지금 사치품이라고 부르는 것들이 예전에는 극빈층까지도 이용할 수 있었던 것들임을 깨닫고 몸서리를 쳤다. '세탁소'…… '가전'…… '주유소'…… '약국'…… '잡화점'. 아직 남아 있는 것은 식료품점과 싸구려 술집들뿐이었다.

기차역 플랫폼은 사람들로 혼잡했다. 눈부신 조명을 받

고 있는 플랫폼은 마치 하나의 작은 무대 같았고, 그곳을 둘러싼 어둠 속의 거대한 객석에서 그곳의 모든 움직임이 적나라하게 보이는 듯했다. 짐을 끌거나, 아이들을 몰아대거나, 매표소 창가에서 입씨름하는 사람들의 모습에서 짓눌린 공포가 느껴졌다. 그들이 진짜로 원하는 것은 땅바닥에 엎드려 공포의 비명을 지르는 것인 듯했다. 그들의 공포는 도피적인 죄의식을 담고 있었다. 그것은 이해에서 오는 공포가 아니라 이해하기를 거부하는 데서 오는 것이었다.

마지막 열차가 플랫폼에 섰다. 길게 도열한 창들에 불이 밝혀져 있었다. 기관차 바퀴들 사이로 뿜어져 나오는 증기는 평소처럼 질주의 에너지가 넘치는 즐거운 소리를 내지 않았다. 듣기도 두렵지만 들리지 않게 될까 봐 더 두려운 헐떡거림을 토해냈다. 불이 켜진 창문들 맨 끝에 대그니의 전용 객차를 표시하는 붉은 등이 달려 있었다. 붉은 등 너머로는 검은 허공밖에 보이지 않았다.

열차는 만원이었고, 웅성거리는 목소리들 사이로 복도에라도 타게 해달라고 애원하는 히스테릭한 외침이 들려왔다. 마시빌을 떠나려는 것이 아니라 마지막 열차를 구경하러 온 사람들도 있었다. 그것이 어쩌면 그들 평생의 마지막 구경거리가 될지도 모른다는 사실을 알고 찾아온 그들은 무기력한 호기심을 안고 쇼를 지켜보고 있었다.

대그니는 아무도 보지 않으려고 애쓰며 서둘러 사람들을 헤치고 걸어갔다. 그녀를 알아보는 이들도 있었지만 대부분은 그녀를 알지 못했다. 어깨에 누더기 숄을 걸친 주름진 얼굴에 모진 인생을 담은 노파가 보였다. 노파의 시선에서 도움을 청하는 절망적인 애원이 느껴졌다. 금테 안경을 쓴 수염을 깎지 않은 청년이 불빛 아래 궤짝에 올라서서 지나가는 사람들에게 외치고 있었다.

"쓸모가 없어서 노선을 폐쇄한다는 게 무슨 소리입니까! 기차를 보세요! 사람들이 꽉 차 있습니다! 쓸모가 없다니! 자기들한테 이윤이 남지 않으니까 그러는 겁니다. 탐욕스런 기생충 같은 인간들이 바로 그런 이유로 여러분을 죽이고 있는 것입니다!"

머리를 산발한 여자가 대그니에게 달려오더니 기차표 두 장을 흔들며 날짜가 잘못되었다고 소리를 질렀다. 대그니는 사람들을 밀치며 자신의 객차로 향했다. 하지만 원한에 찬 쇠약한 남자가 그녀에게 달려들며 외쳤다.

"**당신이야** 살 만하지. 비싼 코트에 전용 객차까지 있으니까. 그런데 우리에게 기차를 제공하지 않겠다니, 순 이기적인……."

남자는 대그니 뒤에 있는 사람을 보더니 얼른 입을 다물었다. 대그니는 자신의 팔꿈치를 잡는 손길을 느꼈다. 행크 리어든이었다. 그는 그녀의 팔을 잡고 그녀의 객차 쪽으로 이끌었다. 그의 얼굴을 보니 사람들이 왜 슬금슬금 길을 터주는지 알 것 같았다. 플랫폼 끝에서 창백하고 퉁퉁한 남자가 울고 있는 여자에게 이렇게 말하고 있었다.

"세상은 늘 이런 식이지. 부자들을 파멸시키기 전에는 가난한 사람들은 기회를 가질 수 없어."

저 멀리 하늘에서는 와이엇의 횃불이 마치 식지 않는 천체처럼 바람 속에서 흔들리며 타오르고 있었다.

리어든이 먼저 객차에 올랐으나 대그니는 계단에 서서 작별을 미루고 있었다. "발차합니다!"라는 외침이 들렸다. 대그니의 눈에는 플랫폼에 남아 있는 이들이 마지막 구명보트가 떠나는 모습을 지켜보는 사람들처럼 보였다.

한 손에는 랜턴을, 한 손에는 시계를 든 차장이 계단 밑에 서 있었다. 차장은 시계를 흘끗 보더니 대그니의 얼굴을 쳐다보았다. 대그니는 눈을 감으며 고개를 숙였다. 그녀의 신호를 받은 차장이 랜턴을 돌렸고 대그니도 플랫폼을 등졌다. 그녀는 문을 열고 객차 안으로 들어갔다. 리어든이 곁에 있었기에 리어든 금속 레일 위로 바퀴가 덜컹거리며 굴러가기 시작하는 순간을 견디기가 한결 쉬웠다.

◆

제임스 태거트는 뉴욕에서 릴리언 리어든에게 전화를

걸었다.

"아니, 특별한 용건이 있어서가 아니라 어떻게 지내나 궁금하기도 하고, 혹시 뉴욕에 올 일은 없나 해서요. 얼굴 본 지 너무 오래되어서 뉴욕에 오면 점심이나 같이 하고 싶어서요."

릴리언은 그가 특별한 용건이 있음을 알아차렸다. 그녀가 느긋하게 대답했다.

"오, 잠깐만요⋯⋯ 오늘이 며칠이죠? 4월 2일? 달력 좀 확인해보고요⋯⋯. 마침 내일 뉴욕에 쇼핑하러 갈 계획이었네요. 내일 당신 덕에 점심값을 아낄 수 있다면 좋은 일이죠."

제임스는 그녀가 쇼핑 계획 따윈 없었고 자신과 점심식사를 하기 위해 뉴욕에 오는 것임을 간파했다.

그들은 최고급 레스토랑에서 만났다. 신문 가십난에 실리기에는 지나치게 고급 레스토랑이었다. 개인적 홍보에 열심인 제임스 태거트가 즐겨 찾는 그런 장소도 아니었다. 릴리언은 둘이 함께 있는 모습이 사람들 눈에 띄는 것을 원치 않는 모양이라고 결론지었다.

제임스가 친구, 극장, 날씨 이야기로 조심스럽게 보호막을 치는 동안 릴리언은 은밀한 즐거움이 어린 표정으로 들어주었다. 그녀는 제임스가 자신에 대한 예의로 의미 없는 연극을 하고 있는 것을 느긋하게 즐기는 것처럼 너무 꼿꼿하지 않은 자세로 우아하게 앉아 있었다. 그녀는 그가 목적을 드러내기를 끈기 있게 기다렸다.

"제임스, 힘든 상황에서도 쾌활함을 잃지 않다니 등을 두드려주거나 메달이라도 걸어줘야겠어요. 당신 철도의 최고 지선을 폐쇄하지 않았나요?"

"아, 그건 작은 재정적 실패에 지나지 않아요. 이런 시기에 감축을 거부할 수는 없죠. 나라의 전반적인 상황을 고려하면 우리 회사는 아주 잘 나가고 있는 거예요. 다른 회사들보다는 훨씬 낫죠."

제임스는 어깨를 으쓱하며 덧붙였다. "게다가 리오 노르테 노선이 우리의 최고 지선이라는 데는 견해 차이가 있을 수 있어요. 사실 내 동생만 그렇게 생각했죠. 내 동생이 가장 심혈을 기울인 사업이었으니까."

릴리언은 그의 느릿한 말투에 어린 즐거움을 감지하고 미소지으며 말했다. "그렇군요."

제임스가 그녀도 이해할 것이라는 듯 고개를 살짝 숙인 후 그녀를 올려다보며 물었다. "**그는** 어떻게 받아들이고 있어요?"

"누구요?"

릴리언은 누구인지 잘 알면서 딴청을 피웠다.

"당신 남편이요."

"뭘요?"

"그 노선을 폐쇄한 것에 대해서요."

릴리언은 쾌활한 미소를 지었다.

"제임스, 당신도 나만큼 추측 능력이 뛰어나잖아요."

"그게 무슨 뜻인가요?"

"당신은 그이가 그 일을 어떻게 받아들일지 알잖아요. 당신 여동생이 그것을 어떻게 받아들이는지 아는 것처럼. 따라서 이번 일이 당신에게 두 가지 기쁨을 가져다준 셈이죠, 안 그래요?"

"요 며칠간 그가 뭐라고 말하던가요?"

"일주일 넘게 콜로라도에 가 있어서……."

릴리언은 가볍게 대답하려다가 제임스가 지나가는 말로 묻는 것처럼 위장하고 아주 구체적인 질문을 던졌음을 깨닫고 입을 다물었다. 그녀는 제임스가 이 점심식사의 목적을 위해 운을 띄운 것임을 알 수 있었다. 그녀가 더 가벼운 말투로 대답했다.

"그래서 잘 모르겠어요. 하지만 이제 곧 돌아올 거예요."

"그는 여전히 그렇게 고집이 센가요?"

"고집이 센 정도가 아니라 고집불통이죠!"

"그동안 겪은 일들로 세상에 유연하게 대처하는 지혜를 배웠을지도 모른다고 생각했는데."

릴리언은 그의 의중을 알지 못하는 것처럼 구는 것이 재미있어서 순진한 목소리로 말했다. "그이가 바뀔 수만 있다면 얼마나 좋겠어요."

"그는 스스로 일을 아주 어렵게 만들고 있어요."

"그인 늘 그래왔죠."

"하지만 시련은 인간의 마음을…… 유연하게 만들어주게 되어 있죠. 조만간."

"그이의 성격에 대해 여러 가지 표현들을 들었지만 '유연'이라는 표현은 들어본 적이 없어요."

"모든 것은 변하고 사람 역시 변하게 마련이죠. 동물은 자신의 환경에 순응해야만 하는 것이 자연의 법칙이고요. 그리고 적응력은 자연의 법칙 말고도 인간의 법에 의해서도 가장 엄격히 요구되는 것이고요. 이런 어려운 시대에 남편의 비타협적인 태도로 인해 고통받는 당신을 보고 싶지가 않군요. 그는 협력하는 법을 배우지 않으면 자신은 물론 당신까지 위험에 빠뜨릴 것이고, 나는 당신의 친구로서 그런 결과를 보고 싶지 않아요."

"제임스, 정말 친절하네요." 릴리언이 상냥하게 말했다.

제임스는 적당히 애매하게 의사 전달을 하기 위해 억양에 신경 쓰면서 천천히, 조심스럽게 말하고 있었다. 그는 릴리언이 자신의 말을 알아듣기를 바랐지만 그 속뜻까지 완벽하게 이해하는 것은 원치 않았다. 현대 언어의 특징이란 말하는 사람이나 듣는 사람이 속뜻까지 완벽하게 이해해서는 안 되는 것으로, 그는 그런 언어를 유창하게 구사할 줄 알았다.

그는 웨더비의 뜻을 이해하는 데도 많은 말이 필요치 않았다. 지난번 워싱턴에 갔을 때 그는 웨더비를 만나 철도 요금 인하는 태거트 대륙횡단철도에 치명적인 타격이 될 것이라고, 노조의 임금 인상 요구를 받아들였는데도 언론에서는 아직도 요금 인하에 대해 떠들고 있다고, 마우치 씨가 그것을 묵인하는 것은 아직도 자신의 목에 칼을 들이대고 있는 것이라고 호소했다.

웨더비는 그의 호소를 묵살하고 딴소리를 했다. "웨슬리도 지금 여러 문제로 골치 깨나 썩고 있소. 모두의 숨통을 틔워주려면 당신도 짐작하고 있는 비상정책을 실시해야만 하오. 하지만 그러면 비진보적인 세력의 반발이 거셀 거요. 이를 테면 리어든 같은 사람들 말이오. 우리는 그가 또 다시 사람들의 이목을 끄는 행동을 하는 것을 원치 않소. 누구든 리어든이 우리에게 협조하도록 만들면 웨슬리가 커다란 보상을 해줄 거요. 하지만 내 생각에는 아무도 해내지 못할 것 같소. 내 생각이 틀릴 수도 있지만. 제임스, 나보다는 당신이 더 잘 알 거요. 리어든은 당신의 친구라고 할 수 있으니까. 당신 파티에도 참석하는 사이이니까."

제임스는 테이블 너머의 릴리언을 바라보며 말했다. "우정은 우리 삶에서 가장 귀중한 것이죠. 내가 당신에게 우정의 증거를 보여주지 못한다면 그것은 큰 잘못이고요."

"나는 당신의 우정을 의심한 적이 없는걸요."

제임스는 목소리를 잔뜩 낮추어 무시무시한 경고조로 말했다. "이건 비밀인데, 친구로서 귀띔해주지 않을 수 없군요. 당신 남편 태도에 대해 고위층에서 말이 많아요. 최고위층에서요. 내 말이 무슨 뜻인지 알 거예요."

제임스는 릴리언 리어든의 반응을 보며 생각했다. '이래서 저 여자가 싫다니까. 우리가 벌이고 있는 게임을 잘 알면서도 예측 불가능한 자신만의 방식으로 반응하니까.' 릴리언이 아무것도 모르는 척 내숭을 떨다가 갑자기 그를 대놓고 비웃으며 자신도 다 알고 있다는 식의 말을 던졌던 것이다.

"어머, 그럼요. 당신 말이 무슨 뜻인지 당연히 알죠. 이 훌륭한 점심의 목적이 내게 호의를 베풀려는 것이 아니라 부탁을 하려는 것이라는 뜻이죠. 위험에 처한 건 당신이고 나를 이용해서 고위층과 거래를 할 작정이라는 뜻이고요. 지금 당신은 내가 당신의 결혼식 피로연에서 했던 약속을 상기시키고 있다는 뜻이고요."

"그가 법정에서 보인 행동은 당신의 약속과 달랐어요. 나는 그가 그런 행동을 할 줄은 몰랐어요." 제임스가 화난 목소리로 말했다.

"오, 맞아요. 분명 그랬을 거예요. 하지만 그이가 그런 행동을 한 후 고위층 사람들에게 인기 있는 존재가 못 되었을 거라는 걸 내가 모를 거라고 생각했어요? 정말로 **그걸** 대단한 비밀이라고 여기고 내게 귀띔해주는 건가요?"

"어쨌든 사실이니까요. 고위층에서 그에 대한 이야기를 하는 걸 듣고 당신에게 말해줘야겠다고 생각했어요."

"물론 사실이겠죠. 그들이 그이 이야기를 했으리란 건 나도 알아요. 그들이 그이를 건드릴 수 있었다면 재판이 끝나고 바로 손을 썼으리란 것도 알고요. 얼마나 그러고 싶었겠어요! 따라서 현재 유일하게 위험에 처해 있지 않은 사람은 그이란 것을 짐작할 수 있죠. 나는 지금 그들이 그이를 두려워하고 있다는 걸 알아요. 당신의 말뜻을 내가 얼마나 잘 이해했는지 이제 알겠죠?"

"당신이 그렇게 생각한다면 나는 당신을 전혀 이해할 수 없다고 말할 수밖에 없군요. 당신이 지금 뭘 하고 있는 건지 모르겠으니까요."

"난 그저 현재의 상황을 똑바로 정리한 것일 뿐이에요. 당신이 나를 얼마나 절실히 필요로 하는지 내가 알고 있다는 것을 당신에게 일깨워주려고요. 상황 정리가 끝났으니 이번에는 내가 진실을 고백하죠. 사실 그때 나는 당신을 속인 게 아니었어요. 작전이 실패한 거였죠. 그이가 법정에서 그런 행동을 할 줄은 나도 몰랐어요. 나로서는 그럴 만한 충분한 이유가 있었고요. 하지만 뭔가 어긋나고 말았어요. 그게 뭔지는 나도 몰라요. 지금 알아내려고 애쓰고 있어요. 그걸 알아내면 당신과의 약속을 지키겠어요. 그럼 고위층에 있는 당신 친구들에게 가서 그이를 무장 해제시킨 사람이 당신이라고 말해도 돼요."

제임스가 초조하게 말했다. "릴리언, 당신에게 우정의 증거를 보여주고 싶다는 말은 진심이에요. 내가 해줄 수 있는 게 있다면 뭐든지……."

릴리언은 웃음을 터뜨렸다.

"없어요. 당신 말이 진심이었다는 거 알아요. 하지만 당신은 내게 해줄 게 없어요. 어떤 특혜도. 어떤 거래도. 난 진정으로 비상업적인 사람이에요. 나는 대가를 바라지 않아요. 불쌍한 제임스, 당신은 내게 휘둘릴 수밖에 없게 됐어요."

"그럼 당신은 도대체 왜 그 일을 하려는 거죠? 무엇을 얻기 위해서?"

릴리언은 미소지으며 뒤로 기대앉았다.

"이 점심이요. 이렇게 당신을 만나는 거요. 당신이 나를 찾아올 수밖에 없었다는 사실을 아는 거요."

베일에 가려진 듯한 제임스의 눈에 분노가 번득였다. 하지만 이내 천천히 눈꺼풀이 눈을 가렸고 그는 조롱과 만족감이 섞인 느긋한 표정이 되며 뒤로 기대앉았다. 그의 가치관을 상징하는 그런 모호함 속에서도 그는 둘 중에 누가 더 상대에게 의존적이고 경멸받아 마땅한 존재인지 알 수 있었다.

릴리언은 레스토랑 문 앞에서 제임스와 헤어진 뒤 웨인 포클랜드 호텔에 있는 리어든의 스위트룸으로 갔다. 그녀는 남편이 없을 때 가끔 그곳에서 묵었다. 그녀는 느긋하게 생각에 잠겨 30분 정도 방 안을 서성이다 수화기를 들었다. 태평하고 여유로운 동작이었지만 결심을 실행에 옮기는 목적의식이 느껴졌다. 그녀는 제철소로 전화를 걸어 리어든의 비서 아이브스에게 리어든이 언제 돌아오는지 물었다.

"사장님은 내일 혜성특급 편으로 뉴욕에 도착하십니다." 아이브스가 분명하고 정중한 목소리로 대답했다.

"내일요? 잘됐군요. 아이브스 양, 내 부탁 좀 들어주겠어요? 우리 집 거트루드에게 전화해서 내가 저녁식사에 참석하지 못한다고 전해주겠어요? 오늘 밤 뉴욕에서 잔다고."

릴리언은 전화를 끊고 손목시계를 흘끗 본 다음 호텔 꽃집에 전화를 걸었다.

"헨리 리어든 부인이에요. 장미 스물네 송이를 혜성특급 열차의 리어든 씨에게 배달해줘요……. 그래요, 오늘 오후 열차가 시카고에 도착할 때……. 아니, 카드는 말고 꽃만…… 고마워요."

그러고는 제임스 태거트에게 전화를 걸었다.

"제임스, 태거트 터미널 여객용 플랫폼 통행권 좀 보내줄래요? 내일 역으로 남편을 마중 나가고 싶어서요."

그녀는 밸프 유뱅크와 버트럼 스커더를 저울질하다가 밸프 유뱅크를 선택해 그에게 전화해 저녁을 먹고 뮤지컬을 보러 가기로 데이트 약속을 잡았다. 그러고는 욕실로 들어가 욕조의 뜨거운 물에 몸을 담그고 정치경제 문제들을 다룬 시사 잡지를 읽었다.

늦은 오후에 꽃집에서 전화가 걸려왔다.

"리어든 부인, 저희 시카고 지점에서 연락이 왔는데 리어든 씨가 열차에 타고 있지 않아서 꽃을 배달하지 못했다고 합니다."

"확실해요?" 그녀가 물었다.

"틀림없습니다. 저희 직원이 시카고 역에서 혜성특급에 리어든 씨 이름으로 예약된 좌석이 없는 것을 확인했습니다. 혹시 몰라서 태거트 대륙횡단철도 뉴욕 지사에 연락해봤는데 승객 명단에 리어든 씨 이름은 없다고 했습니다."

"알겠어요…… 그럼 주문 취소해주세요……. 고마워요."

릴리언은 얼굴을 찌푸린 채 전화기 옆에 앉아 있다가 다시 아이브스에게 전화를 걸었다.

"아이브스 양, 미안해요. 내가 좀 정신이 없어서…… 아까 급해서 메모를 못 했는데 사장님이 내일 돌아오신다고 했나요? 혜성특급 편으로?"

"네, 사모님."

"혹시 일정이 연기되거나 바뀐다는 연락은 없었나요?"

"아니요. 1시간 전에도 사장님과 통화했습니다. 시카고 역에서 전화하셨는데 혜성특급이 출발하려고 해서 빨리 다시 열차에 타야 된다고 하셨는걸요."

"알겠어요. 고마워요."

릴리언은 전화를 끊자마자 벌떡 일어섰다. 그러고는 긴장된 발걸음으로 방 안을 서성이기 시작했다. 그러다 문득 떠오르는 생각에 우뚝 멈추어 섰다. 남자가 가명으로 열차 좌석을 예약하는 이유는 한 가지밖에 없었다. 동행이 있다는 것이었다.

그녀의 얼굴 근육이 천천히 움직여 만족스런 미소를 만들어냈다. 뜻밖의 기회를 잡은 것이었다.

◆

릴리언 리어든은 태거트 터미널 플랫폼 중간쯤에 서서 혜성특급에서 내리는 승객들을 지켜보고 있었다. 입가에는 희미한 미소를 머금고 생기 없는 눈을 빛내며 여학생처럼 열성적으로 고개를 이리저리 돌려 승객들의 얼굴을 하나씩 확인했다. 남편이 여자와 함께 내리다가 아내가 기다리고 있는 것을 보면 어떤 표정을 지을지 사뭇 기대되었다.

그녀는 기차에서 내리는 화려한 젊은 여자가 있으면 기

대에 찬 시선으로 주시했다. 처음에는 한 사람씩 드문드문 내리더니 이내 기차의 솔기가 터진 듯 승객들이 홍수처럼 플랫폼으로 쏟아져 나와 도도한 물결을 이루며 한 방향으로 흘렀고 릴리언은 사람들의 얼굴을 구분하기가 어려웠다. 눈부신 불빛들이 기름진 먼지투성이 어둠으로부터 사람들의 물결을 분리시켰다. 릴리언은 그 물결에 휩쓸리지 않고 똑바로 서 있기 위해 안간힘을 썼다.

사람들 속에서 리어든을 발견한 그녀는 충격에 빠졌다. 기차에서 내리는 것을 보지 못했는데 기차 끝 쪽에서 그녀를 향해 걸어오고 있었다. 그는 혼자였다. 트렌치코트 주머니에 손을 찌르고 평소의 목적의식에 찬 빠른 걸음으로 걸어오고 있었다. 그의 곁에는 여자가 없었고 동행이라곤 그의 가방을 들고 허둥지둥 따라오는 짐꾼밖에 보이지 않았다.

릴리언은 실망과 분노를 가누지 못하며 그가 뒤에 떼어놓은 여자를 찾으려고 미친 듯이 두리번거렸다. 그가 선택한 여자를 알아볼 수 있을 것 같았다. 하지만 그런 여자는 보이지 않았다. 다음 순간, 그녀는 기차 마지막 칸이 전용 객차이고 객차 문 앞에서 역무원과 이야기하고 있는 여자가 대그니 태거트임을 깨달았다. 밍크나 베일로 치장하지 않고 이 역의 주인이자 중심답게 당당한 자세를 취하고 있는 늘씬한 몸에 비할 바 없는 우아함을 강조해주는 소박한 스포츠 재킷을 입은 여자. 릴리언 리어든은 그제야 모든 것을 알 수 있었다.

"릴리언! 여긴 웬일이오?"

릴리언은 남편의 목소리를 들었고 자신의 팔을 잡는 그의 손길을 느꼈다. 그가 위급한 사람을 보듯 자신을 바라보고 있었다. 리어든은 그녀의 멍한 얼굴과 공포에 찬 초점 없는 시선을 보고 있었다.

"무슨 일이오? 여기서 뭐 하고 있는 거요?"

"난…… 안녕, 헨리…… 그냥 당신 마중 나온 거예요……. 특별한 이유는 없고…… 당신을 만나고 싶어서."

그녀의 얼굴에서 공포는 가셨으나 목소리가 이상하고 힘이 없었다.

"당신을 만나고 싶었어요. 충동적으로. 갑작스럽게 충동이 일었고 억누를 수가 없어서……."

"하지만 당신…… 아파 보이는데."

"아니…… 아니에요. 현기증 때문일 거예요. 여기는 공기가 너무 답답해서…… 오고 싶은 충동을 억누를 수가 없었어요. 당신이 나를 보고 반가워하던 시절이 생각나서…… 나 혼자만의 순간적인 착각이었지만……."

마치 암송하는 듯한 목소리였다. 릴리언은 자신이 알게 된 것의 의미를 파악하려고 애쓰면서도 말을 해야만 한다고 생각했다. 그 말은 그가 장미를 받은 뒤 만나면 써먹을 작정이었던 계획의 일부였다.

리어든은 아무 대꾸도 하지 않고 찌푸린 얼굴로 쳐다보고 있었다.

"헨리, 당신이 그리웠어요. 내가 지금 무슨 고백을 하는 건지 알아요. 하지만 이제 그런 고백은 당신에게 아무 의미도 없겠죠."

그런 말은 그녀의 굳은 얼굴과 어울리지 않았다. 그녀는 간신히 입술을 움직이며 눈으로는 계속 플랫폼을 흘낏거리고 있었다.

"난 그저…… 당신을 놀래주고 싶었을 뿐이에요."

그녀의 얼굴에 영민함과 목적의식이 돌아왔다. 리어든이 그녀의 팔을 잡았으나 그녀가 좀 지나칠 정도로 날카롭게 몸을 뺐다.

"헨리, 내게 아무 말도 안 할 건가요?"

"내가 무슨 말을 했으면 좋겠소?"

"아내가 기차역까지 마중 나온 게…… 그렇게 싫어요?"

그러면서 릴리언은 다시 플랫폼을 흘낏 보았다. 대그니 태거트가 다가오고 있었다. 리어든은 보지 못했다.

"갑시다." 그가 말했다.

릴리언은 꿈쩍도 하지 않았다.

"그래요?"

"뭐가?"

"그렇게 싫으냐고요."

"아니, 그렇지 않소. 이해가 안 돼서 그런 거요."

"여행에 대해 이야기해줘요. 아주 즐거운 여행이었겠죠."

"갑시다. 이야기는 집에서도 할 수 있으니까."

"내가 집에서 당신하고 이야기할 기회가 어디 있어요?"

릴리언은 시간을 끌려는 듯 일부러 말을 천천히 했다.

"이런 식으로 잠깐이라도 당신의 관심을 끌고 싶었어요. 당신은 대단한 업적들을 이루느라 밤낮으로 기차 여행이다, 사업 약속이다 눈코 뜰 새 없이 바쁜 사람이니까……안녕하세요, 태거트 양!"

그녀가 밝고 요란한 목소리로 날카롭게 외치자 리어든이 홱 돌아섰다. 대그니는 그들을 지나쳐 걸어가다가 멈추어 섰다.

"안녕하세요."

그녀가 무표정한 얼굴로 고개를 숙이며 릴리언에게 말했다.

릴리언이 미소지으며 말했다. "태거트 양, 정말 마음이 아파요. 무슨 말로 위로의 뜻을 전해야 좋을지 모르겠네요."

그녀는 대그니와 리어든이 서로 인사를 주고받지 않는 것을 확인했다.

"지금 내 남편이 만들어준 당신 아이의 장례식에 다녀오는 것이나 다름없잖아요, 안 그래요?"

대그니의 입가에 놀라움과 경멸이 어렸다. 그녀는 작별의 뜻으로 고개를 숙여 보이고 그 자리를 떴다.

릴리언은 자신이 한 말을 강조하듯 날카롭게 리어든을 쳐다보았다. 리어든은 어리둥절하고 무관심한 눈빛으로 마주 보았다.

릴리언은 아무 말도 하지 않았다. 그가 돌아서서 걷기 시작하자 그녀도 묵묵히 따라갔다. 웨인 포클랜드 호텔로 가는 택시 안에서 릴리언은 남편을 반쯤 외면한 채 침묵을 지켰다. 리어든은 그녀의 앙다문 입을 보며 그녀답지 않게 마음속에서 격랑이 일고 있음을 확신했다. 그가 아는 릴리언은 격한 감정을 느껴본 적이 없는 여자였다.

둘만 방에 남자 릴리언이 그를 홱 돌아보며 물었다. "그 여자였어요?"

전혀 예기치 못했던 리어든은 자신이 그녀의 말을 똑바로 알아들은 것인지 확신하지 못해서 그냥 쳐다보고만 있었다.

"당신 내연녀가 대그니 태거트 맞죠?"

리어든은 대답하지 않았다.

"당신이 좌석을 예약하지 않았다는 것을 우연히 알게 됐어요. 그래서 당신이 지난 나흘 밤을 어디서 잤는지 짐작한 거고요. 당신 입으로 인정할래요, 아니면 탐정을 사서 기차 승무원들과 그 여자 집 하인들에게 알아보게 할까요? 대그니 태거트 맞죠?"

"맞소." 리어든이 침착하게 대꾸했다.

릴리언의 입이 뒤틀리며 추한 웃음소리를 냈다. 그녀는 리어든 너머의 허공을 바라보고 있었다.

"진작 알았어야 했는데. 진작 눈치챘어야 했는데. 그래서 일이 어긋났던 거였어!"

리어든이 어리둥절해서 물었다. "일이 어긋나다니?"

릴리언은 그의 존재를 상기한 듯 뒤로 물러섰다.

"그럼…… 그녀가 우리 결혼기념일 파티에 왔을 때도…… 그때도 이미……?"

"아니, 그땐 아니었소."

"불명예와 여성적인 나약함을 초월한 위대한 여성 사업가. 육체적인 것에 초연한 위대한 정신의 소유자……."

릴리언은 소리 없이 웃었다.

"그 팔찌……."

마음속 격류에서 단어들이 뜻하지 않게 쏟아져 나오는 듯 그녀의 표정은 차분했다.

"그게 당신에게 그녀의 의미였어요. 그게 그녀가 당신에게 준 무기였어요."

"무슨 뜻인지 알고 하는 말이라면…… 맞소."

"당신이 무사히 빠져나가가도록 내가 놔둘 것 같아요?"

"빠져나가다니……?"

리어든은 놀라움이 담긴 냉혹한 시선으로 그녀를 보았다.

"그래서 당신이 재판에서……."

릴리언은 말을 멈추었다.

"내가 재판에서 뭐?"

릴리언이 부들부들 떨며 말했다. "물론 나는 당신을 이대로 놔두지 않을 거예요."

"이 일이 재판과 무슨 관계가 있다는 거지?"

"나는 당신이 그녀를 갖는 걸 용납할 수 없어요. 다른 여자는 몰라도 그녀는 안 돼요."

리어든은 잠시 침묵을 지키다가 차분히 물었다. "왜지?"

"나는 용납 못 해요! 당신은 포기하게 될 거예요!"

리어든은 무표정하게 릴리언을 보고 있었으나 릴리언에게는 그의 흔들림 없는 눈빛이 가장 위험한 대답처럼 느껴졌다.

"당신은 포기하게 될 거예요! 당신은 그녀를 떠날 거고 다시는 만나지 않게 될 거예요!"

"릴리언, 그 문제에 대해 이야기하고 싶다면 이걸 알아두는 게 좋을 거요. 나는 무슨 일이 있어도 포기하지 않을 거요."

"내가 요구하는데도요?"

"전에도 말했다시피 다른 건 다 요구할 수 있어도 그건 안 돼."

리어든은 릴리언의 눈에 공포가 차오르는 것을 보았다. 그것은 이해의 표정이 아니라 이해하기를 맹렬히 거부하는 표정이었다. 자신의 격한 감정을 안개의 막으로 만들어 그것으로 현실을 가리려는 게 아니라 아예 현실을 존재하지 않게 만들고 싶어하는 것 같았다.

"하지만 난 요구할 권리가 있어요! 당신 인생은 내 거예요! 내 소유라고요. 당신은 그렇게 서약했어요. 내 행복을 위해 살겠다고 서약했어요. 당신의 행복이 아니라 내 행복! 당신이 나에게 해준 게 뭐죠? 당신은 내게 아무것도 준 게 없어요. 나를 위해 아무것도 희생하지 않았어요. 그저 당신 자신밖에 관심이 없었죠. **당신의** 일, **당신의** 제철소, **당신의** 재능, **당신의** 여자! 그럼 나는요? 난 당신에 대한 우선권이 있어요! 지금 그 우선권을 행사하는 거예요! 당신은 내 소유라고요!"

그녀는 리어든의 표정을 보고 점점 더 공포에 차서 소리를 질렀다. 그녀가 보고 있는 것은 분노나 고통, 죄책감이 아니라 결코 무너뜨릴 수 없는 적인 무관심이었다. 릴리언은 절규했다.

"내 생각 해봤어요? 당신이 나한테 무슨 짓을 하고 있는지 생각해봤어요? 당신은 그 여자와 잘 때마다 나를 지옥에 밀어넣는 거예요. 당신은 그 관계를 지속할 권리가 없다고요! 나는 당신과 그 여자의 관계를 단 한순간도 참을 수 없어요! 당신의 동물적 욕망을 위해 나를 희생시킬 건가요? 당신 그렇게 사악하고 이기적인 인간이에요? 내 고통의 대가로 쾌락을 얻을 수 있어요? 그게 나한테 어떤 고통을 주는지 알면서도 포기하지 않을 수 있어요?"

그녀는 증오에 찬 으르렁거림으로, 위협으로, 요구로 연민을 구걸하고 있었다. 리어든은 지금까지는 어렴풋이만 알고 있었던 그 무익한 행동의 실체를 똑똑히 확인하며 그저 공허감만을 느꼈다.

그가 아주 조용한 목소리로 말했다. "릴리언, 당신 목숨이 달려 있다고 해도 나는 포기하지 않을 거요."

릴리언은 그 말을 들었다. 그가 알고 있으며 자신의 말로 들을 준비가 되어 있는 것 이상을 들었다. 하지만 충격적이게도 그녀는 악을 쓰기는커녕 오히려 조용해졌다.

"당신은 그럴 권리가 없어요……."

그녀가 멍하니 말했다. 자신의 말이 무의미함을 아는 사람의 당혹스러운 무력감이 담긴 목소리였다.

"당신이 내게 어떤 권리가 있다고 해도 인간이 다른 인간에게 존재하지 말라고 요구할 권리는 없는 거요."

"그 여자가 당신에게 그렇게 중요한가요?"

"그보다 훨씬 중요하지."

릴리언이 생각하는 표정을 지었으나 그녀의 얼굴에서는

그런 표정이 교활한 느낌을 주었다. 그녀는 침묵을 지켰다.

"릴리언, 당신이 진실을 알게 되어 오히려 잘됐소. 이제 당신은 모든 상황을 알고 선택을 할 수 있게 됐으니까. 나와 이혼하든지, 아니면 이대로 살든지…… 당신은 둘 중 하나를 선택할 수 있소. 더 이상의 요구는 들어줄 수 없소. 내가 이혼을 원한다는 것은 당신도 알 거요. 하지만 나는 희생을 요구하지는 않겠소. 당신이 우리 결혼생활에서 어떤 위안을 얻는지는 모르겠지만 그것을 포기하라고 하지는 않겠소. 이제 와서 당신이 왜 나를 잡고 싶어하는지, 당신에게 내가 어떤 의미인지, 당신이 무엇을 원하는지, 당신의 행복은 어떤 것이며 우리 둘 다에게 지옥 같은 상황에서 당신이 무엇을 얻을 수 있는지 나는 모르겠소. 하지만 내 기준으로 보면 당신은 이미 오래전에 나와 이혼했어야 했소. 내 기준에 의하면 우리가 계속 부부로 사는 것은 지독한 기만이니까. 하지만 우리는 서로 기준이 다르지. 나는 당신 기준을 이해할 수 없지만 받아들이겠소. 이것이 당신이 나를 사랑하는 방식이라면, 내 아내라는 이름이 당신에게 만족을 준다면 그 이름을 빼앗지는 않겠소. 서약을 깬 건 나니까 속죄할 수 있도록 최대한 노력하겠소. 알다시피 나는 마음만 먹으면 언제든지 판사를 매수해 이혼 판결을 받을 수 있소. 하지만 그러지는 않겠소. 당신이 그토록 원한다면 서약을 지키겠소. 단, 우린 지금처럼 살아야 하오. 당신이 나를 붙잡겠다면 내게 그녀 이야기를 해서는 안 되오. 그리고 앞으로 그녀를 만나더라도 내 인생의 그 부분을 건드려서는 절대 안 되오."

릴리언은 꼼짝 않고 서서 그를 올려다보았다. 그녀의 몸이 구부정했는데 그를 위해 우아한 자세를 취하는 수고를 하지 않겠다는 일종의 저항의 표시 같았다.

"대그니 태거트 양……."

릴리언은 그렇게 말하고 조용히 웃었다.

"평범한 주부들은 남편의 내연녀로 의심조차 하지 않는 슈퍼우먼. 사업 외에는 관심도 없고 남자들과 남자처럼 어울리는 여자. 당신을 플라토닉하게 흠모하는, 오직 당신의 천재성과 제철소와 금속 때문에 당신을 찬양하는 위대한 정신의 소유자!"

릴리언은 다시 웃었다.

"그녀도 다른 천박한 여자들과 똑같이 당신을 원한다는 것을 진작 알았어야 했는데. 당신은 사무실에서와 마찬가지로 침대에서도 대단히 유능하니까. 그녀는 당신의 능력을 나보다 잘 알아주겠죠. 어떤 분야에서든 유능한 건 무조건 숭배하는 여자이니까. 철도회사 인부들과도 다 자봤을걸요!"

릴리언은 말을 멈추었다. 살인을 저지를 수 있는 표정이 어떤 것인지 난생처음 목격했던 것이다. 하지만 리어든은 그녀를 보고 있지 않았다. 릴리언은 그가 자신의 목소리를 듣고 있기는 했는지 알 수 없었다.

리어든은 릴리언과 똑같은 말을 하는 자신의 목소리를 듣고 있었다. 햇살이 줄무늬를 이룬 엘리스 와이엇의 집 침실에서 대그니에게 말을 하고 있는 자신의 목소리. 그리고 밤에 섹스가 끝난 후 조용히 누워 있는 대그니의 얼굴을 보고 있었다. 미소보다도 환하고 눈부신 그 젊음의 표정을. 이른 아침의 표정을. 살아 있음에 대한 감사의 표정을. 그의 곁에 누운 릴리언의 얼굴도 보였다. 시선을 피하려 하고, 입가에는 냉소가 감돌고, 죄의식에 젖은 듯한 그 생기 없는 얼굴. 그는 둘 중에서 누가 비난받아야 하는지 알 수 있었다. 불감증을 미덕으로 추앙하고 삶의 활력을 죄로 여기는 것, 한때 그런 태도를 옳다고 믿었던 리어든은 그것의 지독한 추악함을 깨닫고 충격에 빠졌다.

그것은 한순간에 직감적으로 깨달은 무언의 앎이고 확신이었다. 그 충격으로 그는 다시 현실로 돌아와 릴리언을 보고 그녀의 목소리를 들었다. 갑자기 그녀가 즉석에서 처리해야 할 하찮은 존재로 여겨졌다.

그는 화를 낼 가치조차 없다는 듯 차분히 말했다. "릴리언, 내 앞에서 그녀 이야기 하지 말라고 했소. 한 번만 더 그러면 당신을 깡패처럼 대하겠소. 당신을 때리겠소. 당신도, 그 누구도 그녀 이야기를 할 수 없소."

릴리언은 그를 흘낏 보며 말했다. "정말이에요?"

마음에 갈고리를 걸고 밧줄을 휙 던지는 듯한 묘한 말투였다. 그녀는 갑작스럽게 떠오르는 생각이 있는 듯했다.

리어든은 지친 목소리로 조용히 말했다. "나는 당신이 진실을 알게 된 걸 기뻐할 줄 알았소. 당신이 나를 사랑하거나 존경하는 마음이 조금이라도 남아 있다면, 내가 당신을 배신한 게 쇼걸이나 탐하는 천박한 욕망이 아니라 내 생의 가장 깨끗하고 진지한 감정 때문이었다는 것을 다행으로 여길 테니까."

릴리언이 사납게 돌아서며 증오로 일그러진 얼굴로 말했다. "이 멍청이!"

그것은 무의식적인 반응이었다.

리어든은 침묵을 지켰다.

릴리언이 평정을 되찾으며 은밀한 조롱 섞인 희미한 미소를 머금고 말했다. "내 대답을 기다리고 있겠죠? 나는 이혼 안 해요. 그건 바라지도 말아요. 우린 이대로 살 거예요. 당신이 제안한 대로. 과연 당신이 도덕을 무시하고 이대로 잘 살 수 있을지 보자고요!"

그녀가 코트를 집으며 집으로 돌아가겠다고 했을 때 리어든은 그녀의 말을 듣고 있지 않았다. 그녀가 나가고 문이 닫히는 것도 거의 의식하지 못했다. 그는 전에는 느껴 본 적이 없는 감정에 사로잡혀 미동도 하지 않고 서 있었다. 그 감정의 실체에 대해서는 나중에 깊이 생각하고 이해해야겠지만 지금으로서는 그저 그 경이로움에 탐닉하고 싶었다.

그것은 어깨를 짓누르던 무게가 사라지고 끝없이 펼쳐진 공간의 깨끗한 공기 속에 홀로 서 있는 듯한 자유의 기분이었다. 그것은 엄청난 해방감이었다. 릴리언이 얼마나 고통스럽든, 그녀가 어떻게 되든 이제 아무 상관 없다는, 상관할 필요가 없다는 당당하고 빛나는 깨달음이었다.

기적의 금속

"그래도 문제가 없겠소?"

웨슬리 마우치가 물었다. 그의 목소리는 분노로 격앙되고 공포로 가늘어져 있었다.

아무도 대답하지 않았다. 제임스 태거트는 안락의자 끝에 앉아 그를 올려다보았다. 오런 보일은 재떨이에 시가를 사납게 탁 쳐서 재를 털어냈다. 플로이드 페리스 박사는 미소를 지었다. 웨더비는 입을 꽉 다물고 손을 포갰다. 통합노조 대표 프레드 키넌은 사무실 안을 서성이다가 창턱에 앉아 가슴에 팔짱을 꼈다. 구부정하니 앉아서 낮은 유리 테이블의 꽃장식을 멍하니 재배열하고 있던 유진 로슨은 분연히 상체를 일으키고 위를 올려다보았다. 마우치는 자신의 책상에 앉아 서류에 주먹을 올려놓고 있었다.

유진 로슨이 대답했다. "그렇게 말하면 안 되죠. 오로지 공공복지만을 생각하며 세운 숭고한 계획인데 세속적인 어려움들에 흔들릴 수는 없습니다. 국민을 위한 계획이에요. 국민들이 필요로 하는 것이라고요. 필요가 우선입니다. 다른 문제는 신경 쓸 것 없어요."

아무도 반대하거나 대꾸하지 않았다. 모두 로슨이 토론을 더 어렵게 만들었다고 생각하는 듯했다. 하지만 그곳에서 제일 좋은 안락의자에 조용히 앉아 있던 조그만 남자가 로슨을 흘끗 보더니 마우치를 향해 쾌활하게 말했다.

"웨슬리, 바로 그것일세. 과격한 인상을 주지 않도록 잘 다듬고 그럴듯하게 포장해서 언론을 동원해 홍보하게. 그럼 걱정할 필요 없을 걸세."

그는 다른 사람들과 멀찍이 떨어져 앉아 있었고, 모두 그의 존재를 의식하지 않을 수 없는 것을 흡족히 여기는 듯했다.

"네, 각하." 마우치가 침울하게 대답했다.

국가 수장인 톰프슨 대통령은 사람들 눈에 띄지 않는 재주를 지닌 인물이었다. 셋 이상만 모이면 다른 사람들에게 묻혔고, 혼자 있어도 그를 닮은 무수한 사람들로 이루어진 무리를 보는 듯했다. 국민들은 그의 얼굴을 분명하게 알지 못했다. 역대 어느 대통령 못지않게 잡지 표지에 사진이 자주 실렸지만 국민들은 어떤 사진이 그의 것이고, 어떤 사진이 '우체국 직원'이나 '화이트칼라 노동자'인지 도무지 구별할 수가 없었다. 사진과 함께 실린 일상생활에 대한 기사도 차별화되지 않았다. 특징이 하나 있다면 그의 옷 칼라가 늘 구겨져 있다는 점이었다. 그는 어깨는 넓은데 몸은 빈약했다. 머리카락은 축 늘어져 있고 입은 큼직했으며, 나이는 세파에 시달린 마흔 살 같기도 하고 정력적인 예순 살 같기도 했다. 그는 막강한 공권력을 쥐고 있으면서도 늘 권력을 더 키울 궁리를 했다. 그를 대통령으로 만들어준 사람들이 그것을 원하기 때문이었다. 그는 무지한 자의 교활함과 게으른 자의 광적인 에너지를 지니고 있었다. 그의 성공 비결은 자신이 순전히 운으로 출세했음을 알고 분수를 지키는 것이었다.

"조치를 취해야 하는 것은 분명합니다. 그것도 아주 강력한 조치를."

제임스 태거트가 톰프슨 대통령이 아닌 웨슬리 마우치를 향해 말했다.

"계속 이런 식으로 둘 수는 없어요."

그의 목소리는 호전적이었으며 떨렸다.

"제임스, 진정하게." 오런 보일이 말했다.

"조치를 취해야만 해요. 그것도 빨리!"

웨슬리 마우치가 날카롭게 말했다. "나를 보지 마시오. 나도 어쩔 수 없으니까. 사람들이 협조해주지 않으면 나도 어쩔 수 없어. 나는 매인 몸이니까. 나는 세력을 더 넓혀야 해."

마우치는 국가 위기와 관련된 사적이고 비공식적인 회의를 하자고 자신의 친구이자 개인적 고문인 그들 모두를 워싱턴으로 불러들였다. 하지만 그들은 그가 고압적인 것인지 아니면 징징대는 것인지, 그들을 협박하는 것인지, 아니면 도와달라고 애원하는 것인지 알 수가 없었다.

웨더비가 통계자료를 발표하는 듯한 목소리로 새침하게 말했다. "사실 전년도 기업 도산율이 그 전해에 비해 두 배나 증가했습니다. 올해는 세 배로 뛰었고요."

"그들 자신의 탓으로 생각하게 만들어야 합니다." 페리스 박사가 태연하게 말했다.

"뭐라고요?"

웨슬리 마우치가 물었다. 그의 시선이 페리스에게 날아가 꽂혔다.

"뭘 하든 사과하지 마세요. 그들이 죄책감을 느끼도록 만드세요." 페리스 박사가 말했다.

그러자 마우치가 날카롭게 말했다. "나는 사과 안 해요! 나는 비난받을 일 없소. 나는 세력을 더 넓혀야 해!"

유진 로슨이 페리스 박사를 향해 공격적으로 말했다. "그들 자신의 탓이 맞는데 그렇게 생각하도록 만들 필요가 뭐가 있소? 그들이 사회의식이 부족해서 그렇게 된 건데. 그들은 생산이 사적인 선택이 아니라 공적인 의무라는 것을 받아들이지 않고 있소. 그들은 어떤 상황이 닥쳐도 망할 권리가 없소. 계속해서 생산을 해야 하는 것이 그들의 사회적 의무요. 인간의 노동은 개인적인 문제가 아닌 사회적인 문제요. 개인적인 문제나 개인적인 삶이란 건 없소. 우리는 바로 그 점을 그들에게 주입시켜야 하오."

"유진 로슨은 나와 생각이 같으면서도 그런 사실을 전혀 깨닫지 못하고 있군요." 페리스 박사가 희미한 미소를 지으며 말했다.

"그게 무슨 뜻이오?" 로슨이 격앙된 목소리로 따졌다.

"넘어가요."

웨슬리 마우치가 명령했다.

"웨슬리, 나는 자네가 어떤 결정을 내리든, 기업가들이 그것에 대해 뭐라고 떠들든 상관없네. 단, 언론을 자네 편으로 만들게. 반드시." 톰프슨 대통령이 말했다.

"그렇게 했습니다." 마우치가 대답했다.

"편집장 한 사람의 입이 백만장자 열 명의 불평보다 더 위험할 수도 있으니까."

"맞습니다, 각하. 그런데 그것에 대해 아는 편집장이 있을까요?" 페리스 박사가 말했다.

"없겠지." 톰프슨이 흡족한 목소리로 대답했다.

"현명하고 정직한 사람들을 믿고 의지하라는 구닥다리 명언 따위 신경 쓰지 않으셔도 됩니다. 시대에 뒤떨어진 이야기이니까요." 페리스 박사가 말했다.

제임스 태거트는 창밖으로 시선을 돌렸다. 워싱턴의 넓은 거리 위로 펼쳐진 하늘은 4월 중순의 연푸른빛을 띠고 있었고 구름 사이로 햇살이 비쳤다. 저 멀리 햇살을 받아 반짝이는 흰 오벨리스크가 보였다. 그 높고 당당한 기념비는 방금 페리스 박사가 말한 명언의 주인공을 위해 세워진 것이었다. 미국의 초대 대통령. 이 도시도 그의 이름을 따서 워싱턴으로 불리게 된 것이었다. 제임스 태거트는 오벨리스크를 외면했다.

"나는 박사의 말이 마음에 들지 않소." 로슨이 뚱한 목소리로 요란하게 말했다.

"잠자코 있어요. 페리스 박사는 이론이 아니라 현실적인 이야기를 하고 있는 거니까." 웨슬리 마우치였다.

프레드 키넌이 말했다. "현실적인 이야기를 하자면, 지금은 기업가들을 걱정할 때가 아닙니다. 우리는 일자리 걱정을 해야 합니다. 국민들에게 더 많은 일자리를 줘야 한다고요. 지금 우리 노조원들은 1인당 다섯 사람을 먹여 살리고 있어요. 굶주리는 친척들은 제외하고도요. 제 의견은—아, 물론 제 의견대로 따르지는 않으시겠지만 그래도 말씀드리겠습니다—이 나라의 모든 기업에 기존 인원의 3분의 1을 더 채용하도록 강제하는 법령을 내려야 한다는 겁니다."

"맙소사! 당신 미쳤어요? 지금 있는 직원들 봉급 주는 것도 벅찬데! 지금 있는 직원들도 일이 없어서 놀고 있는데! 3분의 1을 더 뽑아? 뽑아봐야 써먹을 데도 없어요!" 제임스 태거트가 외쳤다.

"써먹을 데가 있든 없든 그건 당신네 사정이고, 국민들에게는 일자리가 필요해요. 그들의 필요가 우선이라고요. 당신 이익이 아니라. 안 그래요?" 프레드 키넌이 맞섰다.

그러자 제임스 태거트가 황급히 말했다. "이익 이야기가 아니에요! 나는 이익에 대한 말은 꺼내지도 않았어요. 나는 당신에게 나를 모욕할 빌미를 제공하지 않았다고요. 도대체 어디서 돈이 나서 당신네 노조원들에게 봉급을 주느냐는 겁니다. 우리 기차 절반이 텅텅 빈 채로 달리고 있고, 화물도 전차 한 대 채울 만큼도 안 돼요." 그는 갑자기 말이 느려지고 목소리도 신중해졌다. "하지만 노동자들의 곤경을 외면할 수 없어서 하는 말인데…… 어쩌면 고용을 늘릴 수도 있을 것 같네요. 화물 운송료를 **두 배로** 올릴 수 있게 해주면……."

"자네, 실성했나? 지금 내고 있는 운송료로도 회사가 거덜나게 생겼는데, 빌어먹을 유개화물열차가 우리 제철소를 들고 날 때마다 몸서리가 나는데, 지금도 출혈이 심해서 감당이 안 되는데…… 운송료를 두 배로 올려?" 오런 보일이 외쳤다.

기적의 금속

"감당이 되고 안 되고는 중요한 문제가 아니에요. 당신도 희생할 각오를 해야 해요. 대중에게는 철도가 필요하니까. 필요가 당신의 이익보다 우선하니까." 제임스 태거트가 냉랭하게 말했다.

"이익이라니? 내가 언제 이익을 남겼는데? 내가 이익이 남는 사업을 한다고 비난할 수 있는 사람은 아무도 없어! 우리 회사 회계장부를 보라고. 그리고 우리 경쟁사의 회계장부를 보라고. 고객, 원자재, 기술, 비법까지 다 독차지하고 있는 경쟁사 말이야. 둘 중 어느 회사가 폭리를 취하고 있는지 똑똑히 확인해보라고!…… 하지만 대중이 철도를 필요로 하니 운송료를 올릴 방안을 강구해봐야 하는데…… 만약에 정부에서 보조금이 나온다면 앞으로 1, 2년 더 버텨서……."

"뭐요? 또?"

웨더비가 새침한 태도를 버리고 흥분해서 외쳤다.

"그동안 우리한테 빌려간 돈이 얼마인데. 지불 유예다 기한 연장이다 한 푼도 안 갚고 있으면서…… 우리도 기업들이 다 파산하는 바람에 세금 걸을 데가 없는데 무슨 돈으로 당신에게 보조금을 줄 수 있겠소?"

그러자 보일이 느긋하게 말했다. "파산하지 않은 사람들도 있소. 파산하지 않은 사람들이 남아 있는 한, 당신들은 그 모든 필요와 고통이 나라 전체로 퍼지도록 방치할 수 없소."

"나도 어쩔 수 없소! 나도 방법이 없다고! 난 세력을 더 넓혀야 해!" 웨슬리 마우치가 외쳤다.

그들은 톰프슨 대통령이 이 자리에 참석한 이유를 알 수 없었다. 그는 말은 거의 하지 않았지만 열심히 경청하고 있었다. 무언가 알고 싶은 게 있었던 듯했고 이제 그것을 알아낸 것 같았다. 그가 안락의자에서 일어서며 쾌활한 미소를 지었다.

"웨슬리, 진행하게. 법령 10-289호를 발령하게. 아무 문제도 없을 걸세." 그가 말했다.

모두 경의를 표하기 위해 침울한 표정으로 마지못해 일어섰다. 웨슬리 마우치는 책상 위의 서류를 흘끗 보더니 심통난 목소리로 말했다.

"그럼 각하께서 국가 비상사태를 선포하셔야 합니다."

"자네만 준비되면 언제든 선포할 수 있네."

"몇 가지 문제가 있는데……."

"그건 자네에게 맡기겠네. 자네가 원하는 방향으로 처리하게. 자네 일이니까. 내일이나 모레까지 대략적인 계획안을 제출하게. 자세한 내용은 빼고. 나는 30분 내로 라디오 연설을 하러 가야 하네."

"가장 큰 문제는 법령 10-289호의 일부 조항들이 과연 법적인 효력을 지닐 수 있을지 모르겠다는 겁니다. 반발이 있을까 두렵습니다."

"젠장, 그동안 숱하게 비상사태법을 통과시켰으니 잘 뒤져보면 해당 조항들이 다 있을 걸세."

톰프슨 대통령은 그렇게 말한 뒤 나머지 사람들을 향해 정다운 미소를 지었다.

"뒷일을 잘 부탁하네. 워싱턴까지 우리를 도와주러 와서 고맙네. 만나서 반가웠네."

그가 나가고 문이 닫히자 모두 다시 자리에 앉았다. 그들은 서로의 얼굴을 보지 않았다.

그들은 법령 10-289호의 내용에 대해 들은 적은 없었지만 이미 알고 있었다. 오래전부터 알고 있었지만 스스로에게조차 모르는 척하고 있었다. 그리고 지금도 그 내용을 듣고 싶지 않았다. 그들의 마음속에 복잡한 왜곡 장치가 마련되어 있는 것은 바로 이런 순간을 피하기 위해서였다.

그들은 그 법령이 발효되기를 원했다. 하지만 자신들이 저지르고 있는 짓의 실체를 알 필요가 없도록 말없이 발효되기를 원했다. 그들 중 어느 누구도 법령 10-289호가 자신의 노력의 최종 목표라고 선언한 적이 없었다. 하지만 이미 여러 세대 전부터 사람들은 그것을 가능하게 만들기 위해 노력해왔다. 그리고 지난 수개월 동안 그 법령의 모든 조항이 무수한 연설과 기사, 설교, 논설들을 통해 준비되어왔다. 누군가 그 목적을 말하면 불같이 화를 내며 부정했겠지만 말이다.

웨슬리 마우치가 말했다. "이 나라의 경제 상황은 재작년이 작년보다 나았고 작년이 올해보다 나았소. 이런 식으로는 1년도 버티기가 힘든 실정이오. 따라서 지금 우리는 현상 유지를 목표로 삼을 수밖에 없소. 정상 상태로 돌아가기 위해 일단 멈춰야 하오. 절대적인 안정을 이루어야만 하오. 자유주의 경제는 실패로 돌아갔소. 따라서 보다 엄격한 통제가 필요하오. 인간은 자발적으로 문제를 해결할 의지도, 능력도 없으니 강제력을 동원해야 하오."

그는 말을 멈추고 책상 위의 종이를 집어 들더니 조금 전보다 덜 공식적인 목소리로 말했다. "젠장, 지금 우리는 이 상태로 겨우 생존만 할 수 있을 뿐 움직이지 못할 지경에까지 이르렀소! 그래서 정지해야만 하오. 정지해야만 한다고. 그 개자식들을 정지시켜야만 한다고!"

그는 자라처럼 목을 움츠리고 나라의 문제가 개인적인 모욕이라도 되는 것처럼 성난 얼굴로 좌중을 바라보았다. 그는 분노가 모든 것을 해결해줄 것처럼, 자신의 분노가 절대권력인 것처럼, 자신은 화만 내면 되는 것처럼 행동했는데, 그것은 지금까지 그를 통해 특혜를 얻으려던 수많은 사람이 그를 두려워하며 벌벌 떨었기 때문이다. 하지만 지금 그의 책상 앞에 둥그렇게 모여 앉아 침묵을 지키는 사람들은 그곳에서 감도는 공포가 자신들에게서 나온 것인지, 아니면 책상에 웅크리고 앉은 웨슬리 마우치가 궁지에 몰린 쥐처럼 두려움을 발산하고 있는 것인지 분간이 되지 않았다.

웨슬리 마우치는 얼굴이 길고 네모났으며 정수리는 납작했는데, 스포츠머리를 해서 두상의 특징이 더 두드러졌다. 볼록한 아랫입술은 심통 사나워 보였고, 흐릿한 갈색 눈동자는 달걀의 불투명한 흰자위 속 지저분한 노른자 같았다. 얼굴 근육이 갑작스럽게 움직였다가 아무 표정도 나타내지 않고 정지했다. 그가 미소짓는 것을 본 사람은 아무도 없었다.

웨슬리 마우치의 가문은 여러 세대에 걸쳐 가난하지도, 부유하지도 않았으며 아무 특징도 없었다. 하지만 한 가지 전통이 있었으니, 그것은 대학교육을 받아 사업가들을 업신여긴다는 점이었다. 벽에 걸린 가족의 대학 졸업장들은 세상을 비난하는 듯했는데, 세상이 그것들의 정신적 가치에 준하는 물질적 혜택을 제공하지 않았기 때문이다. 웨슬리의 수많은 친척 중에 부자 삼촌이 한 명 있었는데 그의 이름은 줄리어스였다. 돈과 결혼한 줄리어스 삼촌은 늙은 홀아비가 되자 수많은 조카 중에서 웨슬리를 후계자로 선택했다. 가장 못난 웨슬리가 가장 안전할 것이라는 계산 때문이었다. 줄리어스 삼촌은 똑똑한 사람을 좋아하지 않았다. 그는 자신의 돈 관리도 귀찮게 여겨 웨슬리에게 그 일을 맡겼다. 웨슬리가 대학을 졸업할 무렵에는 관리할 돈이 남아 있지 않았다. 줄리어스 삼촌은 그걸 웨슬리의 교활함 탓으로 여기고 웨슬리를 파렴치한 모사꾼이라고 욕했다. 하지만 웨슬리는 줄리어스 삼촌의 돈을 가로챈 것이 아니라 다 잃은 것이었다. 고등학교 때 웨슬리 마우치는 열등생이었으며 우등생들을 몹시 질시했다. 하지만 대학에 들어가자 우등생들을 질시할 이유가 전혀 없음을 깨닫게 되었다. 대학 졸업 후 그는 엉터리 티눈약을 만드는 회사 광고부서에 들어갔다. 티눈약은 잘 팔려서 그는 부서장 자리에까지 올랐다. 그 다음에는 발모제, 그 다음에는 브래지어, 그 다음에는 비누, 그 다음에는 음료수 회사를 거쳐 자동차회사 광고 담당 부사장이 되었다. 그는 티눈약을 팔던 방식으로 자동차를 팔려고 했다. 자동차는 팔리지 않았다. 그는 그것을 광고 예산 부족 탓으로 돌렸다. 그리고 그 회사 사장이 그를 리어든에게 추천해주었다. 리어든은 그를 워싱턴에 소개했다. 당시 리어든은 워싱턴에 심어놓은 끄나풀의 활동을 평가할 기준을 갖고 있지 못했다. 웨슬리를 경제기획 국가자원국에 심어준 사람은 제임스 태거트였다. 댄 콘웨이를 파멸시키는 대가로 오런 보일을 돕기 위해 리어든을 배신한 대가였다. 그 후로 여러 사람이 웨슬리 마우치의 출세를 도왔는데, 줄리어스 삼촌이 그를 선택했던 것과 같은 이유에서였다. 그들도 평범한 사람이 안전하다고 믿었던 것이다. 지금 그의 책상 앞에 앉아 있는 사람들은 인과법칙은 미신이며, 현실을 다룰 때 원인 같은 것은 고려할 필요가 없다는 가르침을 받아온 자들이었다. 웨슬리 마우치는 그들에게 최고의 능력과 교활함을 갖춘 인물이었다. 무수한 사람들이 권력을 갈구하지만 그것을 손에 쥔 자는 그니까. 그들은 웨슬리 마우치가 상호 파괴적인 힘의 기점이라는 사실에 생각이 미치지 못했다.

"지금부터 법령 10-289호에 대해 소개하겠소. 여러분에게 선보이기 위해 유진과 클렘, 내가 급히 초안을 만들었소. 여러분은 노동, 산업, 운송, 전문직 등 각계를 대표하는 인물들이니 여러분의 의견과 제안을 듣고 싶소." 웨슬리 마우치가 말했다.

프레드 키넌이 창턱에서 내려와 의자 팔걸이에 앉았다. 오런 보일은 담배꽁초를 뱉어냈다. 제임스 태거트는 자신의 손을 내려다보았다. 페리스 박사만이 편안하고 느긋해 보였다.

웨슬리 마우치가 초안을 읽어 내려갔다.

국민의 안전을 지키고 완전한 평등과 안정을 이루기 위해 공공복지의 이름으로 국가 비상사태 기간 동안 다음과 같은 법령을 선포한다.

제1항. 모든 노동자와 임금 생활자, 피고용인은 현

재의 일자리를 떠나거나 해고되거나 이동할 수 없으며 이를 어길 시에는 징역형에 처한다. 형량은 국민통합위원회에서 정하고 국민통합위원회 위원은 경제기획국가자원국에서 임명한다. 모든 국민은 21세가 되면 국민통합위원회에 신고해야 하며, 국민통합위원회에서는 그들이 국가의 이익에 가장 크게 기여할 수 있는 일자리를 찾아 배치한다.

제2항. 모든 산업체, 상업체, 제조업체, 사업체는 계속 운영되어야 하며 업주는 사업을 중단하거나 은퇴하거나 폐업하거나 매도하거나 이양할 수 없다. 이를 어길 시에는 사업체와 개인의 재산을 몰수해 국유화한다.

제3항. 모든 고안물과 발명품, 제조법, 공정, 작업에 관한 특허 및 저작권은 비상사태를 맞은 국가를 위한 애국적 선물로 국가에 양도한다. 모든 특허 및 저작권 소유자는 자발적으로 선물 증서에 서명하는 방식으로 양도 절차를 밟는다. 국민통합위원회는 그 특허 및 저작권의 사용을 원하는 모든 신청자에게 공평하게 분배해 독점적 관행을 근절하고 시대에 뒤떨어진 제품들을 없애고 전 국민이 최고의 제품을 사용할 수 있게 한다. 차후 상표, 상표명, 저작권명 사용은 금지된다. 기존의 모든 특허 상품은 국민통합위원회에서 정한 새 이

름을 갖게 되며, 모든 제조업체에 의해 동일한 이름으로 판매된다. 이로써 사적인 상표와 상표명은 모두 폐지된다.

제4항. 본 법령 발효 이후 새로운 고안물이나 발명품, 제품, 상품의 제작, 발명, 제조, 판매를 금한다. 이로써 특허청은 업무가 정지된다.

제5항. 생산에 종사하는 모든 업체와 개인은 차후 매년 기준 연도의 생산량만큼만 생산한다. 기준 연도는 본 법령 발효일 이전 1년을 일컫는다. 기준 연도의 생산량보다 초과되거나 미달되면 벌금형에 처해지며 벌금 액수는 국민통합위원회에서 정한다.

제6항. 연령, 성별, 계층, 소득을 불문하고 모든 국민은 차후 매년 기준 연도의 상품 구매액만큼만 소비한다. 기준 연도의 구매액보다 초과되거나 미달되면 벌금형에 처해지며 벌금 액수는 국민통합위원회에서 정한다.

제7항. 모든 임금, 가격, 봉급, 배당금, 이익금, 이율, 소득은 본 법령 발효일을 기준으로 한 현재 액수로 동결된다.

제8항. 차후에 발생하는 문제들과 본 법령에 구체적으로 명시되지 않은 규정은 국민통합위원회에서 해결하고 결정할 것이며, 그 결정은 최종적인 것이다.

그것을 듣고 있던 네 사람은 아직 인간으로서의 존엄성을 완전히 잃지는 않았기에 잠시나마 역겨움을 느꼈다.

제임스 태거트가 먼저 입을 열었다. 그의 목소리는 낮았지만 짐짓 흥분한 척 열띠게 외쳤다.

"안 될 거 없어요. 우리가 갖지 못한 것을 왜 그들이 가져야 합니까? 왜 그들이 우리 위에 서야 합니까? 어차피 망할 거면 다 같이 망해야죠. 그들에게 살아남을 기회를 줘서는 절대 안 됩니다!"

"모두를 이롭게 할 매우 실리적인 계획에 대해 그런 소리 하다니!" 오런 보일이 질겁해서 제임스 태거트를 보며 날카롭게 말했다.

페리스 박사가 킥킥 웃었다.

눈에 초점이 돌아온 제임스가 커다란 목소리로 말했다. "물론 그렇죠. 매우 실리적인 계획이죠. 꼭 필요하고 실리적이고 정당한 계획. 이번 법령은 모두의 문제를 해결해줄 겁니다. 모든 사람에게 안전함을 느끼게 해줄 거예요. 편안하게 해줄 거고요."

유진 로슨이 헤벌쭉 웃으며 말했다. "국민들을 안전하게 해줄 거요. 국민들이 원하는 것은 안전이지. 국민들이 원하는데 못 들어줄 이유가 뭐요? 소수의 부자들이 반대하기 때문에?"

"부자들은 반대하지 않을 겁니다. 그들은 그 누구보다도 안전을 갈구하죠. 아직 그걸 모르셨나요?" 페리스 박사가 느긋하게 말했다.

"그럼 누가 반대한다는 거요?" 유진 로슨이 날카롭게 물었다.

페리스 박사는 의미심장한 미소만 지을 뿐 대답하지 않았다.

유진 로슨은 그를 외면하며 말했다. "그 사람들한테는 신경 안 써요! 우리가 왜 **그** 사람들을 걱정해줘야 하오? 우리는 힘없는 대중을 위해 세상을 다스려야 하오. 인간의 모든 문제의 발단은 바로 지성이오. 인간의 정신이 모든 악의 근원이오. 지금은 감성의 시대요. 약하고 온순하고 병들고 비천한 사람들만이 우리의 관심 대상이 되어야 하오."

그는 음흉하게 입술을 실룩이더니 말을 이었다. "잘난 사람들은 잘나지 못한 사람들에게 봉사하기 위해 이 세상에 온 거요. 그들이 자신들의 도덕적 의무를 이행하기를 거부한다면 우리가 강제로라도 떠맡길 수밖에 없지. 한때 이성의 시대가 존재했지만 우리는 그 시대를 넘어 진보해 왔소. 지금은 사랑의 시대요."

"닥쳐요!"

제임스 태거트가 외치자 그에게로 일제히 시선이 쏠렸다.

"세상에, 제임스, 왜 그러나?" 오런 보일이 떨면서 물었다.

"아무것도 아니에요…… 아무것도. 웨슬리, 저 사람 좀 가만히 있게 해줄 수 없어요?" 제임스 태거트가 말했다.

웨슬리 마우치가 거북한 듯 말했다. "하지만 난 뭐가 문제인지……."

"그냥 가만히 있게 해줘요. 우리가 저 사람 말을 꼭 들어야 하는 건 아니지 않습니까?"

"그야 그렇지만……."

"그럼 계속합시다."

"뭐야? 사람 성질나게. 난 다만……."

로슨이 따지려다가 주위 사람들이 자신을 지지하는 표정이 아닌 것을 보고 말을 멈추며 입을 삐죽거렸다.

"계속합시다." 제임스 태거트가 흥분해서 말했다.

"자네 도대체 왜 그러나?" 오런 보일이 물었다.

그는 자신이 왜 겁을 먹고 있는지 알고 싶지 않았다.

페리스 박사가 이 자리의 모든 사람을 대신해 정리해주듯 천천히 또박또박 말했다. "제임스, 천재라는 건 미신일 뿐이에요. 지성 따윈 없습니다. 인간의 두뇌는 사회적 산물입니다. 주위로부터 받은 영향들의 총합이죠. 발명이란 것도 사회적 대기 중을 떠도는 것들의 반영에 불과합니다. 천재는 엄연히 사회의 소유인 아이디어를 탐욕스럽게 훔치는 지식의 하이에나 같은 존재예요. 모든 생각은 도둑질입니다. 우리에게 사유재산이 없다면 공평한 부의 배분이 이루어질 수 있듯이 천재가 없다면 공평한 아이디어의 분배가 가능합니다."

"우리가 지금 이곳에 일 이야기를 하러 모인 겁니까, 아니면 서로 조롱하기 위해 모인 겁니까?" 프레드 키넌이 물었다.

모두 그에게로 고개를 돌렸다. 그는 이목구비가 큼직큼직한 근육질의 남자였는데 마치 가느다란 실로 양쪽 입꼬리를 들어올린 듯 늘 영리하고 냉소적인 미소를 짓고 있었다. 그는 주머니에 손을 찌른 채 의자 팔걸이에 앉아 엄격한 경찰이 소매치기를 대하는 듯한 미소를 지으며 마우치를 바라보았다.

"국민통합위원회는 내 사람들로 채우는 게 좋을 겁니다. 그렇게 하지 않으면 법령 제1항은 끝장날 테니까." 그가 마우치에게 말했다.

그러자 마우치가 냉담하게 대답했다. "물론, 노동계 대표도 위원회에 포함될 거요. 산업계, 전문직 등 각계 대표들과 마찬가지로……."

"각계 대표 말고 노동계 대표들로만 구성하시오. 이상이오." 프레드 키넌이 침착하게 말했다.

"뭐야, 그건 부정한 짓이잖소?" 오런 보일이 외쳤다.

"그렇소." 프레드 키넌이 대답했다.

"그럼 당신이 이 나라의 모든 산업을 쥐고 흔들게 될 거요!"

"내 목표가 뭐라고 생각하시오?"

"그건 불공평하지! 난 용납할 수 없소! 당신은 그럴 권리가 없소! 당신은……." 오런 보일이 외쳤다.

"권리? 지금 우리가 권리 이야기를 하고 있는 거요?" 키넌이 순진한 목소리로 물었다.

"그렇지만 기본적인 재산권은……."

"이보시오 동지, 당신은 제3항을 원할 거요. 안 그렇소?"

"그야…….

"그럼 이제부터 재산권에 대해서는 입을 다물고 있는 게 좋을 거요. 입 꽉 다물고 있어요."

페리스 박사가 나섰다. "키넌 씨, 구태의연한 일반화의 어리석음을 범해서는 안 됩니다. 우리의 정책은 유연해야만 합니다. 절대적 원칙이란 없고……."

"박사, 그런 설명은 제임스 태거트에게나 하시오. 난 알지도 못하면서 떠드는 사람이 아니니까. 그래서 내가 대학에 가지 않은 거요." 프레드 키넌이 응수했다.

"그런 독재적 방식에는 찬성할 수 없고……." 오런 보일이 말했다.

키넌은 그에게 등을 돌린 채 말했다. "웨슬리, 우리 노동계에서는 제1항을 좋아하지 않을 겁니다. 내가 주도권을 잡으면 노동계가 제1항을 받아들이도록 만들 수 있어요.

아니면 안 되고. 결정을 내려요."

"글쎄요······." 마우치는 말끝을 흐렸다.

"세상에, 웨슬리, 우린 어쩌고요?" 제임스 태거트가 외쳤다.

"국민통합위원회와 거래할 일이 생기면 나한테 와요. 내가 국민통합위원회를 이끌어가겠소. 나와 웨슬리가." 키넌이 말했다.

"국가가 그걸 용납할 것 같아요?" 제임스 태거트가 외쳤다.

"자신을 속이지 마시오. 국가라고? 절대적 원칙 같은 건 없다는 박사의 말이 옳다면—나도 박사와 같은 생각이고—이 게임에 규칙 따윈 없고 단지 누가 누구를 강탈하느냐의 문제일 뿐이라면 나는 당신들보다 투표권이 더 많소. 고용인보다는 노동자가 훨씬 많으니까. 그걸 잊지 마시오!" 키넌이 말했다.

"노동자나 고용인의 이기적 이익이 아닌 대중의 공공복지를 위한 거사에 그런 태도를 취하다니, 정말 우스꽝스럽군요." 제임스 태거트가 거만하게 말했다.

그러자 키넌이 우호적으로 말했다. "좋소, 당신네 용어로 이야기합시다. 대중이 누구요? 질로 말하면, 제임스 당신도 아니고 오런 보일도 아니오. 양으로 말하면, 분명 **나**요. 내 무기는 양이니까."

그는 얼굴에서 미소가 사라지며 갑자기 지친 표정이 되었다.

"나는 대중의 복지를 위해 일한다는 말은 하지 않겠소. 사실이 아니니까. 나는 불쌍한 대중을 노예로 만들고 있을 뿐이오. 그들도 그걸 알고 있고. 하지만 그들은 내가 이 짓을 계속하고 싶으면 그들에게 가끔 빵 부스러기를 던져줘야만 한다는 것도 알고 있소. 당신들에게선 아무것도 얻을 게 없고. 바로 그런 이유로 그들은 채찍질을 견뎌야만 한다면 그 채찍을 당신들이 아닌 **내가** 들기를 원하는 거요. 당신들은 입으로만 공공복지를 떠들고 감상에 젖는 인간들이니까! 당신네 나약해빠진 대학 졸업자들 말고 당신들에게 속아 넘어갈 바보가 있을 것 같소? 나는 갈취자요. 하지만 나 자신도 그걸 알고 나의 노동자들 역시 그걸 알고 있소. 그리고 그들은 내가 대가를 치르리란 것도 알고 있소. 마음에서 우러나 주는 것도 아니고 꼭 줘야 할 만큼만 주겠지만 어쨌든 주긴 준다는 것을 그들은 알고 있소. 물론 나도 이 짓을 하며 사는 게 가끔 구역질나고 지금도 그렇지만, 이런 세상을 만든 건 내가 아니오. **당신들이오.** 나는 당신들이 마련해준 무대에서 게임을 벌이고 있고 게임이 계속되는 한 발을 빼지 않을 거요. 어차피 게임은 오래가지 못할 테지만!"

그가 일어섰다. 아무도 대꾸하지 않았다. 그는 한 사람씩 천천히 응시하다가 웨슬리 마우치에게서 시선을 멈추었다.

"웨슬리, 국민통합위원회를 나에게 주는 겁니까?" 그가 가볍게 물었다.

"위원 선정은 기술적인 세부사항일 뿐이오. 그 문제는 나중에 이야기합시다. 우리 둘이." 마우치가 유쾌하게 말했다.

그곳의 모든 사람은 그 말이 키넌 뜻대로 하겠다는 의미임을 알 수 있었다.

"좋소, 동지." 키넌이 말했다.

그는 다시 창가로 가서 창턱에 앉아 담뱃불을 붙였다. 나머지 사람들은 도움이라도 청하듯 일제히 페리스 박사를 바라보았다.

페리스 박사가 유창한 말솜씨로 그들을 다독였다.

"웅변에 신경 쓸 것 없어요. 키넌 씨는 훌륭한 웅변가이기는 하지만 현실 감각은 없죠. 그는 변증법적 사고를 할 줄 몰라요."

다시 침묵이 흐른 뒤 제임스 태거트가 불쑥 말했다. "난 신경 안 써요. 상관없어요. 그가 국민통합위원회를 장악해도 절대적인 안정을 이뤄야 하는 것은 변함이 없으니까요. 모든 게 지금 이대로 남아 있어야만 합니다. 아무것도 바뀌어서는 안 돼요. 단……."

그는 웨슬리 마우치에게로 고개를 홱 돌렸다.

"웨슬리, 제4항에 의거하면 모든 연구부서와 실험실, 과학재단, 연구와 관련된 기관들을 없애야만 해요."

"그렇군. 그 생각은 미처 못 했소. 그에 관한 내용을 몇 줄 덧붙여야겠소."

마우치는 연필을 찾아 종이 여백에 메모를 휘갈겨 썼다.

제임스 태거트가 말했다. "그럼 쓸데없는 경쟁이 종식될 겁니다. 서로 먼저 새로운 것을 발견하려고 아귀다툼을 벌일 일이 없겠죠. 새로운 발명품이 시장을 교란시킬 일도 없고. 야망에 눈이 먼 경쟁자들을 따라잡기 위해 연구비를 탕진할 필요도 없을 겁니다."

"맞아. 기존의 제품이 모두에게 충분히 돌아가기 전까지는 새 제품 연구에 돈을 쓰게 해서는 안 돼요. 빌어먹을 연구소들을 다 폐쇄해요. 빠를수록 좋소." 오런 보일이었다.

"좋소. 연구소들을 모두 폐쇄하겠소." 웨슬리 마우치가 말했다.

"국립과학연구소도요?" 프레드 키넌이 물었다.

"아, 아니오! 거기는 다르지. 정부기관이니까. 게다가 비영리 단체이고. 그곳 하나면 모든 과학적 진보를 담당하기에 충분할 거요." 마우치가 말했다.

"충분하고말고요." 페리스 박사가 말했다.

"연구소들을 다 폐쇄하면 엔지니어와 교수들은 어떻게

되나요? 다른 모든 일자리와 사업들이 동결되는데 그 사람들은 무슨 일을 해서 먹고살죠?" 프레드 키넌이 물었다.

"아……." 웨슬리 마우치는 머리를 긁적이더니 웨더비를 향해 물었다. "클렘, 그들을 생활보호대상자에 넣어야 하나?"

"아닙니다. 뭐하러요? 어차피 소란을 피울 수 있을 만큼 수가 많은 것도 아닌데. 신경 안 써도 됩니다." 웨더비가 대답했다.

마우치가 페리스 박사를 보며 말했다. "플로이드, 일부는 국립과학연구소에서 흡수할 수 있지 않겠소?"

"일부는요. 협조적인 사람들로." 페리스 박사가 자신의 말 한 마디 한 마디를 즐기듯 천천히 대답했다.

"나머지는요?" 프레드 키넌이 물었다.

"국민통합위원회에서 일자리를 찾아줄 때까지 기다려야지." 웨슬리 마우치가 대답했다.

"기다리는 동안 뭘 먹고살죠?"

마우치는 어깨를 으쓱했다.

"국가 비상시에는 희생자들이 생기게 마련이오. 그건 어쩔 수 없소."

방 안에 무거운 침묵이 깔렸고 제임스 태거트가 그 침묵에 대항해 갑자기 외쳤다.

"우리는 그럴 권리가 있어요! 그건 꼭 필요한 일이니까.

그건 꼭 필요한 일이에요. 안 그렇습니까?"

아무도 대답하지 않았다.

"우리는 우리의 생계를 보호할 권리가 있다고요!"

반대하는 사람도 없는데 제임스 태거트는 애원하는 격앙된 목소리로 고집스럽게 말했다.

"우리는 수세기 만에 처음으로 안전해질 겁니다. 모두 자기 자리와 다른 사람들의 자리를 알게 될 테니까요. 갑자기 새로운 아이디어를 들고 나타난 괴짜들에게 휘둘리지 않게 될 테니까요. 아무도 우리를 사업에서 밀어내거나, 우리의 시장을 훔치거나, 우리보다 물건을 싸게 팔거나, 우리를 고물로 만들지 않을 겁니다. 우리 앞에 새로운 발명품을 내놓고 그것을 사들여 무일푼이 되든지, 아니면 다른 사람이 사게 해서 무일푼이 되든지 당장 결정하라고 할 사람도 없을 거고요. 우리는 결정이란 것을 내릴 필요가 없게 될 겁니다. 결정을 내리는 것이 금지될 테니까요. 그렇게 영원히 결정될 테니까요."

그는 애원하는 시선으로 한 사람씩 바라보았다.

"발명은 지금까지 한 것만으로도 충분합니다. 그 정도면 모두가 편안하게 살 수 있어요. 그런데 왜 발명을 더 해야 합니까? 왜 몇 발자국 뗄 때마다 기반이 무너지는 것을 용납해야 합니까? 왜 영원한 불확실성 속에서 앞으로 나아가야만 하는 거냐고요. 가만히 있지 못하는 소수의 야심적인 모험가들 때문에? 그 소수의 불순응주의자들의 탐욕을 위해 전 인류의 만족을 희생시켜야 하는 겁니까? 우리에게는 그들이 필요치 않습니다. 전혀 필요치 않다고요. 우리는 빌어먹을 영웅 숭배에서 탈피해야 합니다! 영웅? 소위 영웅이란 자들은 전 역사를 통해 인류에 해만 끼쳐왔습니다. 그들 때문에 인류는 숨 돌릴 틈도 없이 혹독한 경주를 벌여왔어요. 휴식도, 평안함도 누리지 못한 채. 그들을 따라잡기 위해…… 끝없이…… 달려야 했죠……. 따라잡았다 싶으면 그들은 다시 저만치 앞서 있고…… 그들은 우리에게 기회를 주지 않았어요…… 우리에게 기회를 남겨주지 않았다고요……."

그의 눈이 불안하게 움직이며 창 쪽을 보았다가 황급히 다른 곳으로 향했다. 그는 멀리 있는 흰 오벨리스크를 보고 싶지 않았던 것이다.

"우리는 이제 그들과 끝났습니다. 우리가 이겼어요. 지금은 우리의 시대예요. 우리 세상이고. 우리는 수세기 만에 처음으로 안전해질 거예요. 산업혁명 이후 처음으로!"

"그럼 이건 반(反)산업혁명이라고 할 수 있겠군." 프레드 키넌이 말했다.

"다른 사람도 아닌 당신이 그런 소리를 하다니! 우리는 대중에게 그런 소리를 해서는 안 되오." 웨슬리 마우치가 날카롭게 말했다.

"걱정 마시오, 형제. 대중에게는 말하지 않을 테니까."

"그 말은 완전한 오류입니다. 무지에서 나온 말이고. 계획경제가 생산효율성을 극대화시키고 중앙집권체제가 초산업화를 이끌 것이라는 사실은 이미 오래전에 모든 전문가가 인정한 것입니다." 페리스 박사였다.

"중앙집권체제는 독점을 없앨 수 있소." 보일이 말했다.

"어떻게요?" 키넌이 천천히 물었다.

보일은 그 물음에 조롱이 담겨 있는 것을 눈치채지 못하고 열띠게 대답했다. "독점을 없애고 산업의 민주화를 가져다줄 거요. 모두가 모든 것을 갖게 해줄 거요. 예를 들어 철광석 공급이 턱없이 부족한 지금 같은 시기에 내가 구식 철강을 만드는 데 돈과 노동력과 국가 자원을 낭비하는 게 무슨 의미가 있겠소? 내가 만들 수 있는 것보다 훨씬 훌륭한 금속이 있는데 말이오. 지금 모두가 그 금속을 원하는데 아무도 가질 수가 없소. 그런 게 훌륭한 경제고 건전한 사회적 효율성이고 민주적 정의요? 내가 그 금속을 제조해서 원하는 사람들에게 풍족하게 제공해서는 안 되는 이유가 도대체 뭐요? 한 이기적 개인의 독점권 때문에? 그의 개인적 이익을 위해 우리의 권리를 포기해야만 하는 거요?"

"넘어갑시다, 형제. 당신이 읽은 신문들에서 나도 다 읽은 내용이니까." 프레드 키넌이 말했다.

기적의 금속

"당신 태도가 마음에 안 들어."

보일이 갑자기 의분에 차서 말했다. 술집에서였다면 주먹다짐이라도 할 기세였다. 그는 마음의 눈에 보이는 누렇게 변한 신문기사들을 버팀목삼아 꼿꼿이 앉았다.

> 대중의 필요가 절박한 이 시기에, 과연 우리는 구식 제품들의 생산에 사회적 노력을 허비해야만 하는 걸까? 다수가 원하는 더 나은 제품과 방식들을 소수가 독점하는 것을 허용해야 할까? 특허권이라는 미신에 발목이 잡혀 있어야만 할까?
>
> 사기업은 작금의 경제 위기에 대처할 수 없음이 명백하지 않은가? 일례로, 우리는 리어든 금속의 공급 부족을 얼마나 더 용인해야 하는 것일까? 리어든 금속에 대한 대중의 수요가 치솟고 있는데 리어든은 그에 부응하지 못하고 있다.
>
> 우리는 언제쯤 경제적 부당함과 특권을 종식시킬 수 있을까? 왜 리어든만 리어든 금속을 제조할 권리가 있는가?

"당신 태도가 맘에 안 들어. 우리가 노동자들의 권리를 존중해주는 한 당신도 기업가들의 권리를 존중해줘야지." 오런 보일이 말했다.

"어떤 기업가들의 어떤 권리 말이오?" 키넌이 천천히 물었다.

페리스 박사가 황급히 말했다. "현재로선 아마 제2항이 가장 중요할 겁니다. 기업가들이 은퇴하거나 사라지는 사태를 중단시켜야 합니다. 그것 때문에 경제가 뿌리째 흔들리고 있어요."

"그들이 왜 그러는 걸까요? 다들 어디로 가는 걸까요?" 제임스 태거트가 초조하게 물었다.

"그야 아무도 모르죠. 그것에 관해 아무것도 밝혀진 게 없으니까요. 하지만 반드시 중단되어야 할 일입니다. 위기 상황에서는 국가를 위한 경제적 의무도 국방의 의무만큼 중요하니까요. 그 의무를 저버리는 사람은 탈영병이나 마찬가지예요. 그런 사람들은 사형에 처하자고 제가 주장했는데 웨슬리가 받아들이지 않았죠." 페리스 박사가 대답했다.

"진정해요."

프레드 키넌이 묘한 목소리로 천천히 말했다. 그는 갑자기 등을 꼿꼿이 세우고 가슴에 팔짱을 끼더니 페리스가 살인을 제안한 사실을 모두가 실감하게 만드는 눈빛으로 페리스를 보며 말했다.

"산업계에서는 사형 이야기는 하지 맙시다."

페리스 박사는 어깨를 으쓱했다.

그러자 마우치가 황급히 말했다. "극단으로 치달을 필요는 없소. 국민들을 겁먹게 만들어서는 안 되니까. 국민들을 우리 편으로 만들어야 하니까. 우리의 가장 큰 문제는…… 국민들이 법령을 받아들일 것이냐 하는 거요."

"받아들일 겁니다." 페리스 박사가 말했다.

그러자 유진 로슨이 나섰다. "난 제3항과 제4항이 좀 걱정돼요. 특허권을 넘겨받는 것은 문제가 없을 거요. 아무도 기업가들 편을 들어주지 않을 테니까. 문제는 저작권이오. 저작권을 빼앗으면 지식인들의 원성을 사게 될 거요. 그건 위험한 일이오. 정신적인 문제이니까. 제4항이 새 책의 집필과 출간을 금지하는 것은 아니죠?"

"금지하는 거요. 출판업만 예외를 둘 수는 없소. 출판업도 산업이니까. '신제품' 금지는 모든 신제품의 금지를 의미하오." 마우치가 말했다.

"하지만 그건 정신적인 문제예요." 로슨이 말했다.

이성적인 존중이 아닌 미신적인 두려움에 사로잡힌 목소리였다.

"우리는 그 누구의 정신도 방해하지 않소. 하지만 종이로 책을 찍어내면 그건 물질적 상품이 되고, 한 가지 상품을 예외로 허용하면 다른 상품들도 통제할 수 없게 되오."

"그건 그렇지만……."

페리스 박사가 끼어들었다. "유진, 바보처럼 굴지 말아요. 일부 저항적인 작가들이 우리의 프로그램 전체를 망칠

책들을 내놓기를 바라는 것은 아니죠? 지금은 '검열'이라는 말을 꺼내기만 해도 모두 발광을 할 겁니다. 그들은 아직 준비가 안 돼 있어요. 하지만 책 쓰는 것을 그냥 물질적인 문제로만 보면, 그러니까 정신이 아닌 종이와 잉크, 인쇄기의 문제로만 생각하면 훨씬 쉽게 목적을 달성할 수 있습니다. 위험한 내용은 아예 인쇄되거나 귀에 들어가지 못하게 막아야 합니다. 그리고 물질적인 문제로 투쟁할 사람은 아무도 없을 겁니다."

"그래도…… 작가들이 좋아하지 않을 것 같은데."

"확실하오?" 웨슬리 마우치가 미소짓는 듯한 시선을 보내며 물었다. "제5항에 의거해 출판업자들은 기준 연도와 같은 부수의 책을 매년 찍어내야만 하오. 새 책을 출간할 수 없으니 재판을 찍어야겠지. 대중은 그 책들을 사야 하고. 세상에는 제대로 빛을 보지 못한 매우 훌륭한 책들이 많이 있소."

"아……."

로슨은 2주일 전 마우치가 밸프 유뱅크와 식사하는 모습을 본 기억이 떠올라 그렇게 말했다. 하지만 이내 고개를 저으며 얼굴을 찌푸렸다.

"그래도 걱정돼요. 지식인들은 우리의 친구예요. 우리는 그들을 잃어서는 안 돼요. 그들은 큰 문제를 일으킬 수 있다고요."

프레드 키넌이 나섰다. "그런 일은 없을 거요. 당신네 지식인들은 안전할 때는 제일 먼저 소리를 지르고 위험할 때는 제일 먼저 입을 닫는 인간들이니까. 그들은 자신을 먹여 살려주는 사람들에게는 침을 뱉고, 자신의 침 흘리는 얼굴을 때리는 사람의 손은 핥으며 살아온 자들이오. 유럽 국가에서 깡패로 이루어진 위원회에 나라를 넘긴 게 그들 아니오? 목청이 터지도록 소리를 질러대서 도난경보기와 자물쇠를 다 망가뜨리고 깡패들에게 문을 열어준 게 그들 아니오? 그 후로 그들이 단 한 번이라도 목소리를 높인 적이 있소? 자신들이 노동자들의 친구라고 외치던 자들 아니오? 그런데 그들이 유럽 인민국들의 쇠사슬에 묶인 노역자와 노예수용소들, 하루 14시간의 노동, 괴혈병으로 인한 떼죽음에 대해 목소리를 높인 적이 있소? 아니, 그들은 채찍질에 시달리는 불쌍한 노동자들에게 굶주림은 번영이고 노예생활은 자유이며 고문은 형제애라고, 그것을 이해하지 못하는 사람들은 고통받아 마땅하다고, 지하 감옥에서 난도질당한 시체들은 본인 잘못으로 그렇게 된 것이지 자비로운 지도자들 탓이 아니라고 지껄이고 있소! 지식인? 다른 부류에 대해서는 걱정해도 현대 지식인들에 대해서는 걱정할 필요 없소. 그들은 무엇이든 받아들일 테니까. 나는 그들보다 부두 노동자 노조의 무식한 일꾼이 더 위험하다고 생각하오. 자신이 인간임을 깨닫게 되면 통제하기가 힘들어질 테니까. 하지만 지식인들은 자신이 인간임을 이미 오래전에 잊었소. 그들이 받은 교육의 목적이 인간임을 잊게 만드는 것이니까. 지식인들에게는 무슨 짓을 해도 상관없소. 다 받아들일 테니까."

"키넌 씨와 처음으로 의견이 일치하네요. 키넌 씨가 한 말에 동의합니다. 그의 감정에는 동조할 수 없지만. 웨슬리, 지식인들에 대해서는 걱정할 필요 없습니다. 몇 명만 정부에서 고용한 다음 키넌 씨가 말한 것처럼 희생자들에게 잘못을 뒤집어씌우는 연설을 하고 다니게 하는 겁니다. 적당한 봉급과 거창한 직함을 주면 저작권 따윈 잊고 경찰관들을 모조리 동원한 것보다 더 큰 효과를 내줄 겁니다." 페리스 박사가 말했다.

"알고 있소." 마우치가 대답했다.

페리스 박사가 생각에 잠긴 목소리로 말했다. "걱정되는 건 다른 문제입니다. 웨슬리, '자발적 선물 증서' 문제에 큰 어려움이 따를 수도 있어요."

마우치가 침울하게 말했다. "알고 있소. 바로 그 문제 때문에 대통령에게 도움을 청했던 거요. 하지만 별 도움이 안 될 것 같소. 사실 우리는 특허권을 압수할 법적 권리가 없소. 아, 물론 수십 가지 법들의 무수한 조항들을 갖다 붙일 수는 있지만 완벽하지는 않소. 거물 사업가가 소송을 제기하면 우리가 질 가능성이 크오. 우리는 법령이 합법적인 것처럼 꾸며야만 하오. 그렇지 않으면 국민들이 받아들이지 않을 테니까."

페리스 박사가 말했다. "바로 그겁니다. 특허권이 우리에게 **자발적으로** 양도되는 게 매우 중요합니다. 법적으로 국유화가 가능하다고 해도 선물로 받는 게 훨씬 좋죠. 사람들이 여전히 사적 재산권을 갖고 있다고 착각하도록 만들어야 하니까요. 대부분의 사람들은 우리의 뜻에 따라줄 겁니다. 선물 증서에 순순히 서명할 겁니다. 그것이 애국적 의무이고 그것을 거부하는 자는 탐욕스러운 인간이라고 요란하게 떠들면 대부분 서명할 겁니다. 하지만……." 그는 말을 멈추었다.

마우치는 점점 더 눈에 띄게 초조한 기색을 보였다.

"알고 있소. 여기저기서 서명을 거부하는 구시대적 인간들이 나타나겠지. 하지만 그들은 소동을 일으킬 만큼 대단한 인물들이 못 되고, 아무도 그들의 말에 귀 기울이지 않을 거요. 주위 사람들마저도 이기적인 인간이라며 등을 돌리겠지. 그러니 문제될 것이 없소. 우리가 강제로 특허권을 빼앗아도 그들은 소송을 걸 배짱도, 돈도 없을 거요. 하지만……."

그도 말을 멈추었다.

제임스 태거트는 그들을 지켜보며 의자 뒤로 기대앉았다. 그들의 대화가 점점 더 재미있어지고 있었다.

페리스 박사가 말했다. "네, 저도 그 생각을 하고 있었습니다. 우리를 박살낼 위력을 지닌 거물이 있죠. 그렇게 되면 우리는 다시 재기할 수 없을지도 모릅니다. 이런 히스테릭하고 민감한 시대 상황에서는 무슨 일이 터질지 알 수 없으니까요. 작은 일 하나로 우리의 계획 전체가 무너질 수도 있고요. 그런 일을 벌일 사람이 있다면 바로 그입니다. 그는 그럴 수 있어요. 그는 진짜 문제를, 입 밖에 내서는 안 되는 것들을 알고 있고…… 또 말하는 걸 두려워하지 않을 겁니다. 그는 치명적으로 위험한 무기를 쥐고 있어요. 그는 우리에게 가장 무서운 적입니다."

"누구 말이오?" 로슨이 물었다.

페리스 박사는 주저하다가 어깨를 으쓱하며 대답했다. "죄 없는 사람이요."

로슨이 멍하니 쳐다보며 물었다. "그건 무슨 소리요? 누구 이야기를 하는 거요?"

제임스 태거트는 미소를 지었다.

페리스 박사가 말했다. "죄가 있어야 무장 해제시킬 수 있다는 겁니다. 본인이 죄를 지었다고 생각해야. 어떤 사람이 푼돈을 훔친 적이 있다면 은행강도죄에 해당하는 벌을 내려도 잠자코 받아들일 겁니다. 자기는 그런 벌을 받아 마땅하다고 생각하면서. 세상에 죄가 충분치 않다면 새로 만들어내야 합니다. 우리가 어떤 사람에게 봄꽃을 구경하는 게 죄라고 가르치면 그는 우리의 말을 믿을 겁니다. 그러면 그 사람에게 우리 마음대로 벌을 줄 수 있어요. 그는 자신을 변호하지 않을 겁니다. 자신이 그럴 자격이 없다고 여길 테니까요. 그는 우리와 싸우지 않을 겁니다. 하지만 자신의 기준에 따라 사는 사람은, 양심이 깨끗한 사람은 다릅니다. 그런 사람은 우릴 이길 겁니다."

"헨리 리어든 이야기인가요?" 제임스 태거트가 유난히 또렷한 목소리로 물었다.

모두가 입 밖에 내기를 꺼려하는 이름이 나오자 순간 정적이 흘렀다.

"그렇다면요?" 페리스 박사가 조심스럽게 물었다.

제임스 태거트가 말했다. "아, 별건 아니고 만일 헨리 리어든 이야기라면 나한테 맡기세요. 서명하게 만들 테니까."

모두 그가 허세를 부리고 있는 것이 아님을 느꼈다.

"제임스, 설마!" 웨슬리 마우치가 헐떡거리며 말했다.

"나도 처음 그 사실을 알고 경악했죠. 상상도 못 했던 일이니까." 제임스 태거트가 말했다.

"아무튼 반가운 소식이오. 아주 귀중한 정보요." 마우치가 조심스럽게 말했다.

"귀중한 정보죠. 법령 발효일은 언제로 정했습니까?" 태거트가 유쾌하게 말했다.

"서둘러 움직여야지. 미리 새나가면 안 되니까. 여러분 모두 철저히 비밀을 지켜야 하오. 1, 2주 내로 준비가 끝날 거요."

"모든 가격이 동결되기 전에 철도 요금 조정 문제를 마무리짓는 게 좋지 않을까요? 나는 요금 인상이 이루어져야 한다고 생각합니다. 조금이라도 반드시 인상되어야 합니다."

그러자 마우치가 우호적으로 말했다. "그 문제는 나중에 우리 둘이 이야기합시다. 아마 가능할 거요."

그러면서 마우치는 다른 사람들의 표정을 살폈는데 오런 보일이 우거지상이 되었다.

"아직 정해지지 않은 세부사항들이 많지만 큰 난관은 없을 것 같소." 그는 대중 앞에서 연설하듯 활기찬 목소리가 되었다. "물론 모든 일이 일사천리로 풀리지는 않을 거요. 가다가 막히면 새로운 길을 뚫어야지. 시행착오만이 실리적인 행동법칙이오. 계속 노력합시다. 고난이 닥쳐도 일시적인 것일 뿐임을 잊지 맙시다. 국가 비상사태 기간만 넘기면 되니까."

"그런데, 모든 것이 멈추면 비상사태가 어떻게 끝나죠?" 키넌이 물었다.

그러자 마우치가 신경질적으로 대답했다. "이론적으로 따지지 마시오. 우리는 당면한 문제들을 해결해야 하니까. 정책의 큰 틀이 분명하게 정해진 이상 지엽적인 내용에 신경 쓸 것 없소. 우리는 권력을 갖게 될 것이고, 그 어떤 문제도 해결하고 그 어떤 질문에도 대답할 수 있게 될 거요."

"존 골트가 누군가요?" 프레드 키넌이 킥킥거리며 물었다.

"그 말은 하지 말아요!" 제임스 태거트가 외쳤다.

"제7항에 대해 질문할 게 있습니다. 법령 발효일부터 모든 임금과 가격, 봉급, 배당금, 이윤이 동결된다고 되어 있는데 그럼 세금도 해당되는 건가요?" 키넌이 물었다.

"아, 아니오! 장차 정부기금이 얼마나 많이 필요할지 어찌 알겠소?" 마우치는 그렇게 외치고는 키넌이 빙글거리자 날카롭게 물었다. "뭐요?"

"아무것도 아닙니다. 그냥 물었어요." 키넌이 대답했다.

마우치가 뒤로 기대앉으며 말했다. "여러분 모두 이렇게 와서 귀중한 의견들을 내줘서 고맙소. 아주 큰 도움이 됐소."

그는 몸을 앞으로 기울여 책상 위 달력을 들여다보며 연필을 만지작거리다가 연필로 한 날짜를 찍더니 동그라미를 쳤다.

"법령 10-289호는 5월 1일 오전에 발효될 것이오."

모두 찬성의 뜻으로 고개를 끄덕였지만 아무도 옆 사람을 보지 않았다. 제임스 태거트가 일어나서 창가로 가더니 흰 오벨리스크가 보이지 않게 블라인드를 내렸다.

◆

대그니는 처음 눈을 뜬 순간 환한 연푸른색 하늘을 배경으로 낯선 빌딩들이 솟아 있는 것을 보고 화들짝 놀랐다. 그 다음에는 다리의 뒤틀린 스타킹 솔기를 보았고 허리가 결리는 것을 느꼈다. 그제야 그녀는 사무실 소파에서 잠들었다는 것을 깨달았다. 책상 위 시계가 6시 15분을 가리키고 있었고, 아침 햇살이 창문 너머 고층 빌딩들에 은빛 테두리를 만들어놓고 있었다. 창밖은 캄캄하고 시계는 3시 30분을 가리킬 때 10분만 쉴 요량으로 소파에 누웠다가 지금까지 내처 자버린 것이었다.

대그니는 물에 젖은 솜뭉치 같은 몸을 억지로 일으켰다. 어제 보다 만 서류더미 위에 밝혀진 스탠드가 환한 아침 햇살 아래 부질없어 보였다. 그녀는 잠시 더 일 생각을 미루려고 애쓰며 무거운 발걸음으로 책상을 지나 화장실로 들어가 찬물로 세수를 했다.

다시 사무실로 나왔을 때는 피로가 가신 상태였다. 그녀는 어떤 밤을 보냈든 아침이 되면 조용한 흥분이 솟는 것을 느꼈고 그 흥분은 몸에는 긴장 어린 에너지가, 마음에는 행동의 욕구가 되었다. 아침은 하루의 시작이고 그 하루하루는 **그녀의** 삶이기 때문이었다. 대그니는 도시를 내려다보았다. 거리는 텅 비어 있어 더 넓어 보였고, 눈부시도록 맑고 깨끗한 봄 공기 속에서 활기찬 북적거림을 기다리고 있는 듯했다. 멀리 보이는 달력이 5월 1일을 가리키고 있었다.

대그니는 책상에 앉아 하기 싫은 일에 대한 반발로 미소를 지었다. 마저 읽어야 할 서류들이 지긋지긋했지만 그녀의 일이었고 그녀의 철도였으며 지금은 아침이었다. 그녀는 아침식사 전에 그 일을 끝낼 생각으로 담배에 불을 붙였다. 그러고는 스탠드 불을 끄고 서류를 가까이 끌어당겼다.

태거트 철도 네 개 지역 책임자들의 보고서는 장비 고장에 대한 절망적인 외침으로 가득했다. 콜로라도 윈스턴 역 근처 간선에서 발생한 사고에 관한 보고도 있었다. 제임스가 지난주에 요금 인상 허가를 받으면서 수정된 예산에 따른 운영 부서의 새 예산안도 있었다. 대그니는 그 수치들을 천천히 검토하며 절망적인 분노를 애써 삼켰다. 그 수치들은 연말까지 화물량이 변동되지 않는다는 전제하에 요금 인상에 따른 추가 이익을 계산한 것이었다. 그녀는 앞으로 화물량이 계속 줄어들어 요금 인상이 별 도움이 되지 못하고 연말쯤 되면 손실이 그 어느 때보다 심각해질 것임을 알고 있었다.

서류에서 고개를 든 대그니는 시계가 9시 25분을 가리키고 있어 흠칫 놀랐다. 부하 직원들이 출근하면서 바깥 사무실이 소란스러워지는 것을 아까부터 어렴풋이 느끼고 있었다. 그런데 아무도 그녀 방에 들어오지 않았고 전화기도 침묵을 지키는 것이 이상했다. 다른 날 같았으면 벌써 일이 바쁘게 돌아가고 있을 시간이었다. 그녀는 달력을 확인했다. 6개월 전부터 기다려온 새 화물열차들을 공급해줄 시카고 맥닐 사에서 오전 9시에 전화를 해주기로 했다는 메모가 되어 있었다.

대그니는 인터폰으로 비서를 호출했다. 비서가 깜짝 놀라는 목소리로 말했다.

"부사장님! 사무실에 계셨어요?"

"또 여기서 잤어요. 그럴 작정은 아니었지만. 맥닐에서 전화 안 왔어요?"

"네, 부사장님."

"전화 오면 바로 연결해요."

"네, 부사장님."

대그니는 인터폰 스위치를 내리며 비서의 목소리가 왠지 잔뜩 긴장한 것 같다고 생각했다.

그녀는 허기 때문에 약간 현기증이 일었다. 아래층에 내려가 커피나 한 잔 마셔야겠다고 생각했다. 하지만 수석 엔지니어의 보고서가 남아 있어서 담배 한 대를 더 피워 물었다.

수석 엔지니어는 존 골트 노선에서 뜯어온 리어든 금속

레일을 간선에 까는 작업을 감독하기 위해 현장에 나가 있었다. 보수가 가장 시급한 구간들에서 작업이 진행 중이었다. 대그니는 콜로라도 윈스턴 산간 지역에서 작업이 중단되었다는 내용을 읽고 충격과 분노에 휩싸였다. 보고서에서 수석 엔지니어는 윈스턴 구간 대신 워싱턴-마이애미 지선에 그 레일을 깔자고 제안하고 있었다. 이유인즉슨, 지난주에 그 지선에서 탈선 사고가 발생하는 바람에 마침 그 사고 열차에 타고 있던 워싱턴의 팅키 할러웨이 씨와 그 친구들이 3시간이나 발이 묶였고 할러웨이 씨의 심기가 무척 불편했다는 것이다. 순전히 기술적 관점에서만 보면 윈스턴 구간보다 마이애미 지선의 선로 상태가 더 낫지만 사회학적 관점에서 보면 마이애미 지선 승객들이 훨씬 더 중요한 사람들이니 '나쁜 인상을 주어서는 안 되는' 지선을 위해 산골 구간을 희생시키는 것이 낫다는 것이었다.

대그니는 화가 나서 보고서 여백에 연필로 표시를 하며 오늘의 첫 업무는 이 미친 짓을 중단시키는 것이라고 생각했다. 전화벨이 울렸다. 대그니는 수화기를 잡아채듯 들었다.

"네? 맥닐인가요?"

"아니요. 세뇨르 프란시스코 단코니아입니다." 비서가 말했다.

대그니는 놀라서 수화기 송화구를 내려다보다가 대답했

다. "좋아요. 연결해요."

프란시스코의 목소리가 들렸다.

"늘 그렇듯 사무실에 있군."

조롱 어린 거칠고 긴장된 목소리였다.

"그럼 어디 있을 줄 알았는데?"

"새로운 정지 명령에 대해 어떻게 생각해?"

"무슨 정지 명령?"

"두뇌에 내려진 정지 명령."

"무슨 소리야?"

"오늘 신문 못 봤어?"

"응."

잠시 침묵이 흐른 뒤 프란시스코가 진지한 목소리로 천천히 말했다. "대그니, 신문 읽어봐."

"알았어."

"나중에 전화하지."

대그니는 전화를 끊고 인터폰으로 비서에게 말했다. "신문 좀 갖다줘요."

"네, 부사장님." 비서가 엄숙하게 대답했다.

신문을 가져온 사람은 에디 윌러스였다. 그는 대그니의 책상에 신문을 내려놓았다. 방금 전 프란시스코의 목소리가 그랬던 것처럼 그의 표정도 상상조차 할 수 없는 재난을 예고하고 있었다.

"네게 소식 전하는 것을 모두 꺼려했어."

에디 윌러스는 조용한 목소리로 말하고 밖으로 나갔다.

몇 분 후, 대그니는 책상에서 일어섰다. 자신의 몸을 완벽하게 통제하고 있는 것 같기는 한데 몸의 존재가 느껴지지 않았다. 일어선 것 같기는 한데 발이 바닥에 닿는 느낌이 없었다. 방 안의 모든 사물이 비정상적일 정도로 선명하게 보였지만 그녀는 아무것도 보고 있지 않았다. 그런데도 마음만 먹으면 가느다란 거미줄이라도 볼 수 있을 것 같았다. 몽유병 환자가 아무 두려움 없이 지붕 위를 걸을 수 있는 것처럼. 그녀는 자신이 의심을 모르는, 의심할 능력을 잃은 사람의 눈으로 방 안을 보고 있으며, 자신에게는 오직 한 가지 목적만 남아 있음을 깨닫지 못하고 있었다. 너무나 격렬하지만 그녀의 마음속에서는 정적이고 낯선 평온함으로 느껴지는 힘, 그녀의 몸을 부들부들 떨리게 하고 살인을 저지르거나 스스로 목숨을 끊을 각오를 하게 만들면서도 열정적인 냉담함이라는 양면성을 지닌 그 분노는 그녀가 평생을 바쳐온 올곧음에 대한 사랑이었다.

대그니는 신문을 들고 방을 나와 복도로 향했다. 비서실을 지날 때 부하 직원들의 얼굴이 일제히 자신을 향하고 있는 것이 느껴졌지만 그들 모두 까마득히 먼 곳에 있는 듯했다.

그녀는 발이 바닥에 닿고 있다는 것은 알았지만 그것을

느끼지 못하는 상태로 나는 듯 빠르게 복도를 걸었다. 제임스의 사무실에 닿을 때까지 얼마나 많은 방을 지나쳤는지, 그리고 얼마나 많은 사람과 마주쳤는지 전혀 기억나지 않았다. 그녀는 노크도 없이 제임스의 사무실 문을 열고 들어가 그의 책상으로 다가갔다.

그녀는 제임스 앞에 버티고 서서 똘똘 말린 신문을 그의 얼굴에 던졌다. 신문이 그의 뺨에 맞고 카펫 바닥으로 떨어졌다.

"이게 내 사표야. 난 노예로도, 노예를 부리는 사람으로도 살지 않겠어." 그녀가 말했다.

그녀는 제임스의 헐떡거리는 신음 소리를 듣지 못했다. 바로 문을 박차고 나와버렸기 때문이다.

대그니는 다시 자신의 사무실로 돌아가 비서실을 지나며 에디에게 따라 들어오라는 신호를 보냈다.

그녀가 차분하고 또렷한 목소리로 말했다. "나 사표 냈어."

에디는 말없이 고개를 끄덕였다.

"앞으로 뭘 할지는 아직 몰라. 조용한 곳에 가서 생각해보고 결정하려고. 나를 따라오고 싶다면 우드스톡의 오두막으로 와."

버크셔 산맥 숲 속에 있는 그 낡은 사냥용 오두막은 그녀가 아버지에게 물려받은 것이었는데 여러 해 동안 가보지 못했다.

"나도 따라가고 싶어. 나도 그만두고 싶어. 하지만 그럴 수가 없어." 에디가 속삭이듯 말했다.

"그럼 내 부탁 하나만 들어줄래?"

"물론이지."

"철도 일로 나한테 연락하지 마. 알고 싶지 않으니까. 내가 있는 곳은 아무에게도 알려주지 마. 행크 리어든만 빼고. 그가 물으면 오두막 위치를 알려줘. 하지만 다른 사람은 안 돼. 아무도 보고 싶지 않으니까."

"알았어."

"약속할 수 있어?"

"물론이지."

"앞으로 어떻게 할지 결정하면 알려줄게."

"기다릴게."

"됐어, 에디."

에디는 지금 이 자리에서는 더 이상 할 말이 없음을 깨달았다. 그는 고개를 숙여 인사한 뒤 밖으로 나갔다.

대그니는 책상 위에 펼쳐져 있는 수석 엔지니어의 보고서를 보고 즉시 윈스턴 구간 공사 재개 명령을 내려야겠다고 결심했지만 다음 순간 더 이상 신경 쓸 필요가 없음을 깨달았다. 그녀는 아무 고통도 느끼지 않았다. 하지만 나중에 가슴을 갈가리 찢는 고통이 찾아올 것이며, 지금의 무감각 상태는 그 고통을 견딜 준비를 갖추기 위한 휴식임을 알 수 있었다. 하지만 상관없었다. 그녀는 그 고통이 자신의 몫이라면 얼마든지 견뎌내리라 다짐했다.

그녀는 책상에 앉아 펜실베이니아의 제철소에 있는 리어든에게 전화를 걸었다.

"안녕, 내 사랑." 리어든이 말했다.

대그니에 대한 그의 사랑은 진실하고 옳은 것이며 진실함과 올바름에 매달리고 싶은 마음이 간절한 듯 단순하고 분명한 목소리였다.

"행크, 나 그만뒀어요."

"그랬군."

예상하고 있었던 듯한 목소리였다.

"그런데 아무도 나를 데리러 오지 않았어요. 파괴자가 오지 않았어요. 어쩌면 파괴자 같은 건 없는지도 몰라요. 앞으로 어떻게 할지 정하지는 않았지만 일단 떠나려고요. 당분간 그들을 보고 싶지 않아서. 앞으로의 계획은 나중에 정할 생각이에요. 지금 당장은 당신이 나와 함께 갈 수 없다는 거 알아요."

"그렇소. 선물 증서 서명 기한이 2주일 남았소. 그 기한이 만료될 때 이 자리에 있고 싶소."

"그 2주일 동안…… 내가 필요해요?"

"아니, 나보다 당신이 견디기 더 힘들 거요. 당신은 그들과 싸울 방법이 없지만 나는 있소. 내 입장에서는 그들이 그렇게 한 것이 오히려 반갑소. 확실하게 끝낼 수 있으니까. 내 걱정은 말고 푹 쉬어요. 다 잊고서."

"그래요."

"어디로 가오?"

"시골로요. 버크셔에 있는 오두막이에요. 나를 만나고 싶으면 에디 윌러스에게 오두막 위치를 물어보면 돼요. 2주일 안에 돌아올게요."

"내 부탁 하나만 들어주겠소?"

"좋아요."

"내가 갈 때까지 돌아오지 말아요."

"하지만 나도 그 일이 일어날 때 여기 있고 싶어요."

"그 일은 나한테 맡겨요."

"그들이 당신에게 무슨 짓을 하든 나도 같이 겪고 싶어요."

"나한테 맡기라니까. 내 사랑, 무슨 뜻인지 모르겠소? 지금 내가 가장 원하는 것은 당신이 원하는 것과 같소. 그들을 보지 않는 것. 하지만 나는 당분간 여기 있어야만 하오. 당신이라도 그들 손이 미치지 못하는 곳에 안전하게 있었으면 좋겠소. 얼마 걸리지 않을 거요. 일을 끝낸 후 내가 당신에게 가겠소. 알겠소?"

"알았어요, 내 사랑. 그럼 안녕."

대그니는 사무실을 나와 태거트 빌딩의 긴 복도를 내려가는 발걸음이 너무나 가볍게 느껴졌다. 그녀는 앞을 똑바로 응시하며 서두르지 않고 절도 있게 걸었다. 그녀의 얼굴에는 놀라움과 수용, 평안함이 담겨 있었다.

그녀는 터미널 중앙 홀을 가로질러 걸었다. 너새니얼 태거트의 동상이 보였다. 그녀는 그 동상에서 고통도, 질책도 느끼지 않았다. 오직 충만한 사랑과 이제 그와 만나게 될 것이라는 기대감만 차올랐다. 저세상에서가 아니라 그가 살았던 삶에서.

◆

리어든 철강을 제일 먼저 떠난 사람은 압연공장 작업감독이자 리어든 철강 노조위원장인 톰 콜비였다. 지난 10년 동안 그는 전국적으로 비난을 들어왔는데, 리어든 철강 노조가 '어용 노조'이고 회사 경영진과 격렬한 투쟁을 벌인 적이 없다는 이유에서였다. 그것은 사실이었다. 리어든이 국내 최고의 노동력을 확보하고 최고의 대우를 해주었으므로 굳이 투쟁이 필요치 않았기 때문이다.

톰 콜비가 찾아와 회사를 그만두겠다고 하자 리어든은 말없이 고개를 끄덕였다.

"그런 조건으로는 일할 수 없습니다. 저를 믿고 따르는 노조원들을 도살장으로 내모는 앞잡이 노릇도 하고 싶지 않고요." 톰 콜비가 조용히 말했다.

"앞으로 뭘 해서 먹고살 작정인가?" 리어든이 물었다.

"1년쯤은 버틸 수 있을 만큼 저축을 해놨습니다."

"그 다음에는?"

콜비가 어깨를 으쓱했다.

리어든은 광산에서 밤에 몰래 석탄을 훔치던 성난 눈동자를 가진 청년이 떠올랐다. 이 나라의 최고 일꾼들이 후미진 곳에서 어둠을 틈타 위험한 뒷거래를 하며 생계를 이어가게 될 터였다. 톰 콜비가 그의 생각을 읽은 듯 말했다.

"사장님도 저와 처지가 다를 게 없으시죠. 사장님의 두뇌를 저들에게 넘겨주겠다는 서명을 하실 건가요?"

"아니."

"그 다음에는요?"

리어든은 어깨를 으쓱했다.

콜비가 용광로 불에 그을리고 검댕에 찌든 주름진 얼굴의 명민한 눈동자로 리어든을 보며 말했다.

"저들은 오래전부터 우리 노동자들의 적은 사장님이라고 떠들어왔죠. 하지만 그렇지 않습니다. 오런 보일과 프레드 키넌이 우리 노동자들과 사장님의 적입니다."

"알고 있네."

'유모'는 리어든의 사무실에 발을 들일 자격이 없다는

것을 아는 듯 얼씬도 하지 않았다. 하지만 늘 밖에서 리어든을 보려고 기다렸다. 법령 덕에 그는 제철소의 생산량이 초과되거나 미달되지 않도록 감시하는 공식적인 감시자로서 입지를 굳힐 수 있었다. 법령이 발표되고 며칠 후 용광로 사이의 통로에서 그가 리어든을 불러 세웠다. 그의 표정이 사나웠다.

"사장님, 리어든 금속이든 강철이든 선철이든 할당량의 열 배 이상 만들어 사장님이 원하는 사람에게 사장님이 원하는 가격으로 밀매하고 싶으시다면 그렇게 하십시오. 제가 도와드리겠습니다. 회계장부도 조작하고, 허위 보고서도 꾸미고, 가짜 증인도 세우고, 진술서도 위조하고, 위증도 해드릴 수 있습니다. 아무 문제도 없을 테니 걱정 마시고요."

"이제 와서 왜 그러나?"

리어든이 웃으며 물었다. 하지만 청년의 열성적인 대답을 듣자 얼굴에서 웃음기가 사라졌다.

"처음으로 도덕적인 일을 해보고 싶어서요."

"그건 도덕적인 일이 아니고······."

리어든은 그렇게 반박하다가 입을 다물었다.

지적인 타락에 찌든 청년이 그런 결단을 내리기까지 얼마나 고심했을지 짐작이 되고, 또 청년에게 남은 방법은 그것뿐이라는 생각이 들어서였다.

기적의 금속

청년이 겸연쩍어하며 말했다. "그게 맞는 표현은 아닐 겁니다. 그것은 고루한 표현이죠. 제 말은 그런 뜻이 아니었습니다. 제 말은……." 그러더니 갑자기 분노에 찬 목소리로 절규했다. "사장님, 그들에게는 그런 짓을 할 권리가 없습니다!"

"무슨 짓 말인가?"

"사장님에게서 리어든 금속을 빼앗는 것이요."

리어든은 빙긋 웃으며 연민 어린 목소리로 말했다. "이보게, 비(非)절대주의자, 그만두게. 어차피 권리란 건 없으니까."

"저도 그건 압니다. 하지만…… 그들은 그런 짓을 해서는 안 돼요."

"왜지?"

리어든은 미소를 억누를 수가 없었다.

"사장님, 선물 증서에 서명하지 마세요! 원칙에 따라서."

"서명하지 않을 걸세. 하지만 원칙이란 것도 없다네."

"저도 압니다." 유모는 양심적인 학생의 정직하고 열성적인 태도로 말했다. "모든 것은 상대적이고 우리는 그 무엇도 알 수 없으며 이성은 환상일 뿐이고 실체란 존재하지 않죠. 하지만 저는 지금 리어든 금속에 대한 이야기를 하고 있는 것일 뿐입니다. 사장님, 서명하지 마세요. 도덕적이든 아니든, 원칙이란 게 있든 없든…… 서명하지 마세요. 그건 옳지 않으니까요!"

다른 사람들은 아무도 리어든 앞에서 법령 이야기를 꺼내지 않았다. 침묵이 제철소의 새로운 특징이 되었다. 리어든이 작업장에 나타나도 아무도 그에게 말을 걸지 않았고 자기들끼리도 대화가 없었다. 인사부에 정식으로 사표를 제출한 사람은 없었다. 하지만 직원들이 이틀에 한두 명씩 사라지기 시작했다. 집에 연락을 해보면 집을 버리고 떠난 뒤였다. 인사부에서는 법령에 정해진 대로 그런 이탈을 당국에 보고하지 않았다. 리어든은 오랜 실직생활로 얼굴이 찌든 낯선 사람들이 떠난 이들을 대신해 그들의 이름으로 불리며 일하고 있는 것을 알게 되었지만 아무것도 묻지 않았다.

온 나라가 침묵에 싸여 있었다. 리어든은 5월 1일과 2일에 얼마나 많은 기업가가 모든 것을 버리고 떠났는지 알지 못했다. 그의 고객 중에는 열 명쯤 되었고, 철도 차량을 만드는 시카고 맥닐 사의 맥닐도 그중 하나였다. 신문들은 그런 소식을 보도하지 않았다. 갑자기 신문 1면에는 봄철 홍수, 교통사고, 학교 소풍, 금혼식 관련 기사들이 넘쳐났다.

그의 집에도 침묵이 감돌았다. 릴리언은 4월 중순에 플로리다로 여행을 떠났다. 결혼 후 그녀가 혼자 여행을 떠나기는 처음이라 리어든은 놀랄 수밖에 없었다. 필립은 패닉에 빠진 얼굴로 그를 피했다. 어머니는 그에게 질책과 당혹감이 담긴 시선을 보냈다. 어머니는 말은 하지 않았지만 리어든만 보면 울음을 터뜨렸다. 재난이 닥치면 어머니의 눈물을 가장 먼저 생각해야 한다는 당부라고 할 수 있었다.

5월 15일 아침, 리어든은 제철소 전체가 내려다보이는 자신의 사무실 책상에 앉아 맑고 푸른 하늘로 피어오르는 연기를 바라보고 있었다. 눈에 보이지는 않지만 뒤에 있는 건물들의 떨림으로 그 존재를 알 수 있는 아지랑이처럼 투명한 연기, 가느다란 줄무늬 같은 붉은 연기, 느릿느릿 피어오르는 기둥 모양의 노란 연기, 소용돌이치며 가볍게 움직이는 푸른 연기…… 그리고 비단 두루마리가 똬리를 틀며 하늘로 솟구치는 듯한 여름 태양빛에 진줏빛 분홍으로 물든 짙은 연기도 보였다.

책상 위의 버저가 울리고 아이브스의 목소리가 들렸다. "사장님, 플로이드 페리스 박사님께서 오셨습니다. 약속은 없었습니다."

격식을 갖추기는 했지만 '그냥 쫓아버릴까요?'라는 질문을 담은 말투였다.

리어든은 무관심을 살짝 넘어서는 놀라는 표정을 지었다. 페리스 박사가 특사로 파견될 줄은 몰랐던 것이다.

그는 침착하게 말했다. "들어오시라고 해요."

페리스 박사는 리어든의 책상을 향해 다가오며 미소를

짓지 않았다. 그는 자신이 미소를 지어야 하는 이유를 리어든이 잘 알 것이므로 뻔한 행동은 자제하겠다는 뜻이 담긴 표정을 짓고 있었다.

그는 리어든이 앉으라고 권하기도 전에 책상 앞 의자에 앉아 손에 든 서류 가방을 무릎에 놓았다. 자신이 다시 찾아왔다는 사실이 모든 것을 분명하게 말해주므로 굳이 말이 필요 없다는 듯한 태도였다.

리어든은 침묵을 지키며 그를 바라보았다.

이윽고 페리스 박사가 고객에게 특별한 혜택을 주는 세일즈맨 같은 목소리로 말했다. "리어든 씨, 국가에서 진행하는 선물 증서 서명 기한이 오늘 밤 자정에 만료되는 관계로 당신의 서명을 받으러 왔습니다."

이제 상대가 대답할 차례라는 듯 그는 침묵을 지켰다.

"계속하세요. 듣고 있으니까." 리어든이 말했다.

"네, 우리는 오늘 일찌감치 당신의 서명을 받아 그 사실을 전국 방송으로 알리고 싶습니다. 우리의 선물 프로그램은 무리 없이 잘 진행되기는 했는데, 아직도 서명을 하지 않고 버티는 고집 센 개인주의자들이 몇 명 남아 있어서요. 사실 그들은 별로 중요하지도 않은 특허권을 갖고 있는 잔챙이들이지만 원칙상 그냥 내버려둘 수가 없어요. 우리 생각에 그들은 당신을 따르려고 기다리고 있는 것 같습니다. 리어든 씨, 당신에겐 추종자가 많습니다. 자신이 생각하는 것보다 훨씬 더 많아요. 따라서 당신이 서명했다는 소식이 전해지면 저항하고 있는 사람들도 마지막 희망이 사라져서 오늘 자정 안에 모두 서명을 할 것이고, 그럼 예정대로 프로그램이 완료될 것입니다."

리어든은 자신이 굴복할 것이라는 절대적인 확신이 없었다면 페리스 박사가 그런 말을 하지 않았을 것임을 알았다.

"계속하세요. 아직 이야기가 끝나지 않은 것 같은데." 리어든이 침착하게 말했다.

"당신이 이미 재판에서 증명해 보였듯이 우리가 왜 당사자들의 자발적인 동의하에 재산을 압수하려고 하는지, 그게 얼마나 중요한 일인지 당신은 잘 알고 있습니다."

페리스 박사는 서류 가방을 열며 말을 이었다. "리어든 씨, 여기 선물 증서가 있습니다. 양식은 다 작성했으니 맨 밑에 서명만 해주면 됩니다."

그가 리어든 앞에 꺼내놓은 증서는 고풍스런 필기체로 인쇄되어 있었고 개별적인 내용은 타이핑된 것이 마치 대학 졸업장처럼 보였다. 증서 내용은 헨리 리어든은 현재 '리어든 금속'으로 알려져 있지만 앞으로는 국민 대표단이 정한 '기적의 금속'이라는 이름으로 불리게 될, 그리고 원하는 모든 사람이 생산할 수 있게 될 합금에 관한 모든 권리를 국가에 양도한다는 것이었다. 리어든은 증서를 보면서 밑바탕에 희미하게 자유의 여신상 그림을 넣은 것이 조롱의 뜻인지, 아니면 상대의 지식수준을 과소평가한 것인지 궁금증을 느꼈다.

그의 시선이 천천히 페리스 박사의 얼굴로 옮겨갔다.

"당신은 나를 굴복시킬 결정적인 카드를 쥐고 있지 않았다면 이렇게 찾아오지 않았을 것이오. 그 카드가 뭐요?"

"물론이죠. 당신은 그 카드의 의미를 이해할 수 있을 겁니다. 장황한 설명 없이도."

그는 다시 서류 가방을 열었다.

"내 카드를 보고 싶은가요? 몇 가지 견본을 가지고 왔습니다."

페리스 박사는 카드 도박사가 손목을 휙 움직여 카드를 부채 모양으로 펼치듯 리어든 앞에 번쩍거리는 사진 몇 장을 내놓았다. 리어든이 자필로 J. 스미스 부부라고 쓴 기록이 있는 호텔과 모텔 숙박계 사진들이었다. 페리스 박사가 부드럽게 말했다.

"물론 이 사진들을 알아보겠지만 그래도 우리가 J. 스미스 부인이 대그니 태거트라는 사실을 아는지 확인하고 싶을 겁니다."

그는 리어든의 얼굴에서 아무런 표정도 찾을 수 없었다. 리어든은 사진 가까이로 허리를 숙이지 않고 똑바로 앉아서 멀찍이서 엄숙하게 바라보며 그 사진들에서 자신이 미처 알지 못했던 것을 발견하고 있기라도 한 듯했다.

페리스 박사가 루비 목걸이 영수증 사진을 책상에 던지며 말했다. "추가 증거도 많이 있습니다. 아파트 경비원과 호텔 야근자들의 진술서를 보고 싶지는 않겠죠? 그 진술서들에는 당신이 모르는 내용은 없을 테니까요. 다만, 당신이 지난 2년 동안 뉴욕에서 밤을 보낸 곳이 어디인지 아는 목격자가 많다는 사실은 놀라울 겁니다. 그 사람들을 원망할 필요는 없습니다. 이 시대의 흥미로운 특징 중 하나는 사람들이 자신이 하고 싶은 말을 입 밖에 내기를 두려워하면서도 질문을 받았을 때 절대 말하고 싶지 않은 일에 대해 침묵을 지키는 것 또한 두려워한다는 점이니까요. 그러니 충분히 예상 가능한 일이죠. 하지만 우리에게 맨 처음 제보해준 사람이 누군지 알면 놀랄 겁니다."

"누군지 알겠소." 리어든이 담담하게 말했다.

이제야 릴리언이 플로리다로 여행을 떠난 이유가 짐작이 갔다.

"내 카드는 당신에게 개인적으로 해될 것은 없습니다. 당신은 개인적인 피해가 두려워 굴복할 사람도 아니고요. 그래서 내 카드가 당신에게는 아무런 해도 끼치지 않을 거라는 사실을 솔직하게 말하는 겁니다. 태거트 양만 다치게 하는 거죠."

리어든은 이제 그를 똑바로 응시하고 있었지만 페리스 박사는 그 닫혀 있는 침착한 얼굴이 점점 더 멀어져만 가는 듯한 기분을 느꼈다.

"당신들의 관계가 버트럼 스커더 같은 중상모략 전문가들에 의해 나라 전체에 알려질 경우 당신의 명성에는 해가 되지 않을 겁니다. 사교계의 일부 고지식한 인사들은 호기심 어린 시선으로 눈썹을 추켜세우겠지만 당신은 별 탈 없이 살 수 있을 겁니다. 남자에게는 얼마든지 있을 수 있는 일이니까요. 사실 당신의 명성에는 오히려 득이 될 겁니다. 여자들에게는 로맨틱한 매력을 풍기게 될 테고, 남자들에게는 특별한 여자를 정복했다는 점에서 부러움의 대상이 될 테니까요. 하지만 태거트 양의 경우는 어떨까요? 지극히 남성적인 사업 분야에서 성공적인 위치에 오른 오점 없는 명성의 소유자인 그녀는 어떤 결과를 맞이하게 될까요? 앞으로 사람들이 그녀를 어떤 눈으로 바라보고, 그녀에 대해 어떤 말을 할까요? 그것은 당신의 상상에 맡기겠습니다. 잘 생각해봐요."

리어든은 마음이 고요해지면서 맑아지는 것을 느꼈다. 어떤 목소리가 그에게 준엄하게 말하는 듯했다. '시간이 됐어. 무대에 불이 밝혀졌어. 이제 보라고.' 그는 눈부신 조명 아래 알몸으로 서서 공포도, 고통도, 희망도 모두 사라지고 오로지 알고자 하는 욕구만 남은 채 엄숙히 앞을 응시했다.

그가 혼잣말을 하듯 천천히 말했다. "당신들의 생각에는 태거트 양이 고결한 여자라는 계산이 밑바탕에 깔려 있소."

추상적인 이야기를 하는 듯한 그 담담한 말투에 페리스 박사는 놀라지 않을 수 없었다.

"그야 물론이죠." 페리스 박사가 대답했다.

"그리고 내가 그녀를 무척 소중히 여긴다는 계산도."

"물론입니다."

"당신들은 그녀와 나를 쓰레기 같은 인간으로 매도하겠다고 협박하고 있지만 만일 우리가 진짜로 그런 인간들이라면 당신들의 카드는 통하지 않을 거요."

"그렇겠죠."

"당신들은 우리의 타락한 관계를 세상에 알리겠다고 협박하고 있지만 만일 진짜로 우리 관계가 타락한 것이라면 당신들은 우리에게 아무런 해도 끼칠 수가 없소."

"그렇죠."

"그럼 당신들은 우리에게 아무 짓도 할 수 없겠군요."

"사실…… 그렇죠."

리어든은 페리스 박사에게 말하고 있는 것이 아니었다. 그는 플라톤 이후 수세기 동안 맥을 이어와 결국 제비족 외모와 악당의 영혼을 지닌 무능한 학자를 낳은 사람들의 긴 행렬을 보고 있었다.

"지난번에 우리에게 합류하라고 권했는데 거절했죠. 그 결과가 이것입니다. 당신 같은 똑똑한 사람이 정직한 방법으로 이길 수 있다는 생각을 하다니 정말 놀랍군요." 페리스 박사가 말했다.

"하지만 내가 당신들에게 합류했다고 해도 오런 보일에게서 약탈할 만한 게 뭐가 있었겠소?"

자신에 대한 이야기가 아닌 듯 초연한 말투였다.

"세상에는 약탈 대상이 늘 있게 마련입니다!"

"대그니 태거트, 켄 대너거, 엘리스 와이엇, 나 같은 사람들 말이오?"

"실리적으로 살 생각이 없는 모든 사람이요."

"이 세상에 사는 것이 실리적이지 못하다는 뜻인가요?"

리어든은 페리스 박사가 그 질문에 대답을 했는지 알지 못했다. 더 이상 듣지 않았던 것이다. 돼지처럼 눈이 쭉 째진 오런 보일의 동요하는 얼굴과 늘 시선을 피하는 모언의 창백한 얼굴이 보였다. 자신이 리어든 금속 개발을 위해 리어든 철강 연구소에서 10년 동안 어떤 열정과 노력을 기울였는지 알지도 못하는 그들이 기계적으로 일과를 수행하는 유인원처럼 리어든 금속을 만들어내는 광경이 눈에 선했다. 그들이 리어든 금속을 '기적의 금속'이라고 부르는 것은 당연한 일이었다. 리어든 금속을 탄생시킨 그 10년과 능력에 그들이 붙일 수 있는 이름은 '기적'뿐이었다. 그들의 눈에는 리어든 금속이 그저 기적일 수밖에 없었다. 도무지 설명이 불가능한 미지의 제품, 하지만 돌멩이나 잡초처럼 누구나 가질 수 있는 자연 속의 물체. 그들은 그 금속을 약탈하며 이렇게 외쳤다. "다수가 원하는 더 나은 제품과 방식들을 소수가 독점하는 것을 허용해야 할까?"

리어든은 수세기 동안 맥을 이어온 사람들의 긴 행렬을 향해 마음으로 이야기했다. '만일 내가 내 삶이 내 정신과 노력에 달려 있음을 알지 못했다면, 최선의 노력을 다하는 것을 나의 가장 높은 도덕적 목적으로 삼지 않았다면 당신들은 내게서 약탈할 것이 없었겠지. 당신들이 나를 해치기 위해 이용하는 무기는 내 죄가 아니라 내 미덕이지. 당신들이 인정하는 내 미덕. 당신들의 삶은 내 미덕에 의존하고 있으니까. 당신들에게는 내 미덕이 필요하니까. 당신들은 내가 성취한 것을 파괴하려고 하는 것이 아니라 약탈하려고 하는 것이니까.'

리어든은 과학계의 제비족 페리스 박사가 했던 말을 기억하고 있었다.

"우리는 권력을 추구합니다. 진지하게. 우리는 중요한 비법을 알고 있고 당신도 알아두는 것이 좋을 거예요."

리어든은 제비족의 정신적 조상들에게 말했다. '우리는 권력을 추구하지 않고 이 세상의 방식대로 살지도 않아. 우리는 생산능력을 미덕으로 여기고 생산능력만큼 보상해주지. 우리는 악으로 여기는 것들을 이용하지 않아. 은행을 운영하기 위해 은행 강도가 필요하지도, 집에 세간을 채우기 위해 도둑이 필요하지도, 우리 목숨을 보호하기 위해 살인자가 필요하지도 않아. 당신들은 인간이 생산해낸 물건들을 필요로 하면서도 생산능력을 이기적인 악으로 매도하고 생산능력에 비례하는 벌을 내리지. 우리는 우리가 선으로 여기는 것에 의해 살고 우리가 악으로 여기는 것에 벌을 내려. 당신들은 당신들이 악이라고 주장하는 것에 의해 살고 당신들이 선으로 아는 것에 벌을 내리고.'

리어든은 릴리언이 자신에게 가하고자 했던 벌의 방식을 떠올렸다. 너무나도 어처구니없는 그 방식이 하나의 사고체계로서, 하나의 삶의 방식으로서 세상 전체에 적용되고 있었다. 벌을 받는 사람의 미덕이 원동력이 되어 가해지는 벌. 리어든 금속의 발명은 약탈의 원인이 되었고, 대그니의 명예와 두 사람의 소중한 감정은 협박의 도구가 되었다. 진짜 타락한 사람들에게는 통하지 않는 협박. 그리고 유럽 인민국들에서는 수백만 명의 사람들이 살고자 하는 욕구 때문에 굴레에 갇혀 있다. 그들은 힘이 있기에 강제 노동에 시달리고, 능력이 있기에 노예가 되어 주인을 먹여 살린다. 가족이나 친구에 대한 사랑, 능력, 즐거움이 협박의 구실, 갈취의 미끼가 된다. 사랑은 공포를, 능력은 처벌을, 야망은 몰수를 초래하고 공갈 협박이 합법화되어 있으며 즐거움을 얻기 위해서가 아니라 고통에서 벗어나기 위해 노력하고 성취해야 하는 세상, 생명력과 삶의 기뽐이 굴레가 되는 세상. 삶에 대한 사랑이 고통의 회로에 연결되어 있고 아무것도 가진 것이 없는 사람만이 두려울 것이 없으며, 삶을 가능하게 해주는 미덕과 삶에 의미를 부여하는 가치들이 삶을 파괴하는 역할을 하고, 자신이 지닌 최고의 것이 고통의 도구가 되며, 세상에서 인간의 삶은 실리적이지 못한 것이 된다.

"당신의 것은 삶의 도덕률인데, 그들의 것은 무엇일까요?" 잊을 수 없는 사람, 프란시스코 단코니아가 한 말이 귓전에 맴돌았다.

리어든은 생각했다. '세상은 왜 그들의 도덕률을 받아들였을까? 그 도덕률에 의해 죄인이 된 사람들은 어떻게 그것을 인정하게 되었을까?' 갑작스런 깨달음이 그의 머리를 강타했고 그 충격으로 그는 석상처럼 굳어버렸다. '나도 그러지 않았는가? 나도 그 자기파멸적인 도덕률을 받아들이지 않았는가? 대그니, 그리고 우리의 소중한 사랑…… 진짜 타락한 사람들에게는 통하지 않는 협박…… 나 또한 우리의 사랑을 타락이라고 부른 적이 있지 않았는가? 그 누구보다 먼저 그녀에게 모욕적인 말을 퍼부은 건 내가 아니었던가? 나는 생애 최고의 행복을 죄로 여기지 않았던가?'

프란시스코의 목소리가 다시 들렸다. "금속 합금에 1퍼센트의 불순물도 허용하지 않는 당신이 자신의 도덕에는 무엇을 허용한 겁니까?"

"리어든 씨, 이제 내 말을 알아들었겠죠? 리어든 금속을 내놓겠습니까, 아니면 태거트 양의 침실을 만천하에 공개할까요?" 페리스 박사가 말했다.

리어든은 페리스 박사를 보고 있지 않았다. 대그니를 처음 만난 날을 보고 있었고, 강렬한 스포트라이트를 비춘 듯 모든 것이 눈부실 정도로 선명하게 보였다.

그녀가 태거트 대륙횡단철도 부사장이 된 지 몇 달 지나지 않아서였다. 실질적으로 회사를 이끌어가는 사람은 제임스 태거트의 여동생이라는 소문이 돌았지만 리어든은 헛소문일 것이라고 여겼다. 그해 여름 태거트에서 새 지름길에 깔 레일을 주문해놓고 날짜를 자꾸 번복하는 바람에 골치를 썩고 있던 리어든은 태거트 대륙횡단철도와 제대로 거래하려면 제임스의 여동생과 상대하라는 조언을 들었다. 그는 대그니 태커트의 사무실로 전화해 오늘 오후에 꼭 만나야 한다고 고집을 부렸다. 비서가 대그니 태거트는 오후에 뉴욕과 필라델피아 사이의 밀퍼드 역에 있는 새 지름길 건설 현장에 있을 예정이며 그곳으로 찾아오겠다면 기꺼이 만나줄 수 있다고 전했다. 리어든은 불편한 심기로 약속 장소로 나갔다. 그는 지금까지 만나본 여성 사업가들이 하나같이 마음에 들지 않았고, 철도사업은 여자가 갖고 놀 사업이 아니라고 생각했던 것이다. 그는 능력 대신 가문과 성별을 내세우는 철부지 부잣집 딸을 상상했고, 백화점 여자 중역들처럼 잔뜩 멋을 부리고 다닐 것이라고 생각했다.

그는 긴 열차의 마지막 칸에서 내렸다. 밀퍼드 역사(驛舍)와는 상당히 거리가 있었다. 간선에서부터 인부들이 새 지름길 노반 다지기 작업을 하고 있는 계곡 비탈까지 측선들과 화물열차, 크레인, 굴착기들이 어지럽게 널려 있었다. 리어든은 역사를 향해 측선 사이를 걸어가다가 우뚝 멈추어 섰다.

무개화물열차의 기계더미 위에 한 여자가 서 있었다. 그녀는 바람에 머리카락을 휘날리며 계곡 쪽을 바라보고 있었다. 그녀의 수수한 회색 정장은 햇살 가득한 공간 속에서 그녀의 가녀린 몸을 덮고 있는 얇은 금속 코팅처럼 보였다. 그녀의 자세에는 오만할 정도의 자신만만함에서 우러난 날렵함과 남의 눈을 신경 쓰지 않는 정확성이 배어 있었다. 그녀는 일을 즐기는 유능한 전문가의 눈길로 작업을 지켜보고 있었다. 그녀는 세상과 하나가 된 듯했고 즐거움이 그녀의 자연스러운 상태인 듯했다. 그녀의 얼굴은 살아서 약동하는 지성 그 자체였고, 소녀 같은 인상이었지만 입은 성숙한 여인의 것이었다. 그녀는 자신의 몸을 언제든 자신의 목적에 따라 움직일 준비가 된 기구로만 여기는 듯했다.

리어든은 방금 전까지만 해도 마음에 품고 있는 이상형이 있는지 스스로에게 물었다면 아니라고 대답했을 터였다. 하지만 그녀를 보는 순간 그 모습이 자신의 이상형임을 알 수 있었다. 하지만 리어든은 그녀를 여자로 보고 있지 않았다. 그는 자신이 어디 있는지, 무슨 용건으로 왔는지도 잊은 채 뜻밖의 발견에 어린아이처럼 기뻐하고 있었다. 그는 자신이 진실로 좋아하는 광경을 보는 것이 얼마나 드문 일인지 깨닫고 놀라움을 느꼈다. 그는 동상이나 풍경을 바라보듯 엷은 미소를 머금고 그녀를 응시하며 일찍이 맛보지 못했던 강렬한 심미적 즐거움을 느꼈다.

그는 지나가는 전철수에게 그녀를 가리키며 물었다. "누구예요?"

"대그니 태거트요."

전철수는 그렇게 대답하고 걸어갔다.

리어든은 그 말이 자신이 목구멍에서 울리는 듯한 기분을 느꼈다. 잠시 숨이 멎는 듯하더니 서서히 온몸이 젖은 솜처럼 무거워지며 그에게는 한 가지 능력밖에 남지 않았다. 그는 비정상적일 정도로 또렷하게 그 장소와 그녀 이름, 그리고 그것이 의미하는 모든 것을 의식했다. 하지만 이내 그 모든 것이 의식의 가장자리로 밀려나고 그 본질인 그만이 중심에 남았다. 그리고 그는 지금 여기, 태양 아래 무개화물열차 위에서 그녀를 갖고 싶은 욕망에 사로잡혔다. 둘 사이에 대화가 오가기 전에, 둘이 만나 처음 한 행위로. 그것이 모든 것을 말해줄 것이고, 두 사람은 이미 오래전에 그럴 자격을 얻었으니까.

그녀가 고개를 돌렸다. 그녀의 시선이 천천히 원을 그리며 돌다가 그에게 박혔다. 리어든은 그녀가 자신의 마음을 읽었음을 확신했다. 하지만 그녀의 시선은 다시 움직였고 무개화물열차 옆에 서서 메모를 하고 있는 남자에게 지시를 내리기 시작했다.

리어든은 제정신이 들면서 끔찍한 죄책감에 사로잡혔다. 순간적으로 죽음과도 같은 완전한 자기혐오를 느꼈다. 그러면서도 마음 한구석에서는 그것에 저항하고 있다는 사실이 그의 죄책감을 더 부채질했다. 그의 마음속에서 즉결심판이 내려졌다. '이것이 너의 타락한 본성이다. 네가 극복하지 못하는 수치스러운 욕망. 그녀의 아름다움을 보기만 했는데도 상상도 할 수 없었던 격렬한 욕망이 일었다. 이제 네가 할 수 있는 것은 그 욕망을 숨기고 자신을 경멸하는 것이다. 하지만 너와 저 여인이 살아 있는 한 너는 그 욕망에서 벗어나지 못할 것이다.'

리어든은 그곳에서 그렇게 얼마나 오래 서 있었는지, 그동안 자신이 어떤 고통을 겪었는지 알지 못했다. 그가 겨우 붙들고 있는 것은 그녀가 절대 알지 못하게 해야 한다는 결의뿐이었다. 리어든은 그녀가 땅으로 내려오고 메모지를 든 남자가 자리를 뜰 때까지 기다렸다가 그녀에게 다가가 차갑게 말했다.

"태거트 양? 나는 헨리 리어든입니다."

"아!"

잠시 침묵이 흘렀지만 이내 자연스러운 인사가 이어졌다.

"리어든 씨, 처음 뵙겠습니다."

리어든은 그 침묵에서 그녀도 자신과 같은 마음임을 알 수 있었다. 그녀도 자신이 존경할 수 있는 인물이 자신이 좋아하는 얼굴을 가지고 있어서 기뻤던 것이다. 하지만 그는 애써 그런 사실을 부인하며 남자 고객을 대할 때보다 더 딱딱하게 사업 이야기를 시작했다.

무개화물열차 위의 여자에 대한 기억과 책상 위의 선물 증서가 하나로 합쳐지면서 그의 마음속에서는 엄청난 폭발이 일어나 그동안의 모든 날과 의심이 깨끗이 녹아버렸고, 폭발의 불빛에 자신의 모든 질문에 대한 답이 보였다.

그는 생각했다. '죄? 내가 저지른 가장 끔찍한 죄는 내 최고의 것을 죄악시한 것이다. 나는 정신과 육체가 하나이고 내 육체가 정신의 가치에 반응했다는 사실을 저주했다. 나는 기쁨이 존재의 핵심이고, 모든 생명체의 원동력이며, 정신의 목표이자 육체의 필요이고, 내 육체는 생명 없는 근육 덩어리가 아니라 정신과 하나가 되어 최고의 희열을 경험할 수 있게 해주는 도구라는 사실을 저주했다. 내가 수치스럽게 여긴 그 능력은 나로 하여금 더러운 여자들에게는 무관심하고 한 여인의 위대성에 욕망으로 반응할 수 있게 해주었다. 내가 음란한 것으로 여겼던 그 욕망은 그녀의 몸을 보고 느낀 것이 아니라 그 아름다운 형상이 위대한 정신을 표현하고 있음을 아는 것에서 나온 것이었다. 내가 원한 것은 그녀의 몸이 아니라 그녀 자체였다. 내가 갖고 싶었던 것은 회색 옷을 입은 여자가 아니라 철도회사를 운영하는 여자였다.

하지만 나는 그런 마음을 표현할 수 있는 내 몸의 능력을 저주했다. 내가 그녀에게 바칠 수 있는 최고의 찬사를 그녀에 대한 모욕으로 여겼다. 저들이 리어든 금속을 만들어낸 나의 능력을, 물질을 내 필요에 맞게 변형시키는 나의 힘을 저주하듯이. 나는 저들의 도덕률을 받아들였고, 저들에게 배운 대로 정신의 가치들이 행위로 표현되거나 현실로 옮겨지지 않고 무력한 갈망에 머물러야만 한다고 믿었다. 육체는 무의미하고 굴욕적인 것이며, 육체적인 즐거움을 얻고자 하는 사람들은 열등한 동물로 낙인 찍혀야만 한다고 믿었다.

나는 저들의 도덕률을 깼지만 저들이 파놓은 함정에 **빠**져버렸다. 애초에 깨지도록 만들어진 도덕률의 함정. 나는 자신의 저항에 자부심을 갖지 못했고 오히려 그것을 죄로 여겼다. 나는 저들을 저주하지 않고 나 자신을 저주했다.

저들의 도덕률을 저주하지 않고 존재를 저주했다. 그리고 내 행복을 수치스런 비밀로 만들었다. 나는 그녀와의 사랑을 당당히 즐겼어야 했다. 그녀를 내 아내로 만들었어야 했다. 그녀는 진정한 내 짝이니까. 하지만 나는 내 행복에 악이라는 낙인을 찍고 그녀에게 그 치욕을 견디게 했다. 지금 저들이 그녀에게 하려는 짓을 내가 먼저 했다. 내가 그것을 가능하게 만들었다.

그것은 내가 가장 경멸하는 여자에 대한 연민 때문이었다. 그것 또한 저들의 도덕률이었고 나는 그것을 받아들였다. 나는 한 사람이 다른 한 사람에게 대가 없는 의무를 바쳐야 한다고 믿었다. 내게 아무것도 주지 않고, 내가 추구하는 모든 것을 배반하고, 내 행복을 희생해 자기 행복을 얻으려는 여자를 사랑하는 것이 내 의무라고 믿었다. 나는 사랑이 한 번 주면 끝인 정적인 선물이라고 믿었다. 저들이 부를 일단 몰수하면 아무 노력 없이도 지킬 수 있는 정적인 소유물로 여기듯이. 나는 사랑을 노력해서 얻어야 하는 것이 아니라 선물이라고 믿었다. 저들이 그들의 힘으로 이루지 않은 부를 당당히 요구하는 것처럼. 저들이 그들의 필요를 내세워 내 힘을 요구하듯 그녀의 불행이 내 삶을 요구할 수 있는 줄 알았다. 정의가 아닌 연민 때문에 나는 10년이나 고행을 견뎠다. 나는 연민을 내 양심보다 중요시했고 바로 **그것이** 내 죄의 핵심이다. 내가 릴리언에게 "내 기준에 의하면 우리가 계속 부부로 사는 것은 지독한 기만이니까. 하지만 우리는 서로 기준이 다르지. 나는 당신 기준을 이해할 수 없지만 받아들이겠소"라고 말한 것은 죄악이었다.

지금 여기 내 책상 위에 내가 이해도 하지 못하면서 받아들인 도덕률이 놓여 있다. 릴리언이 나를 사랑하는 방식이 놓여 있다. 나는 그 사랑을 믿지 않으면서도 지키려고 애썼다. 나는 남에게 고통을 주지 않는 한, 나 혼자 고통을 짊어지는 한 부당한 짓을 해도 상관없다고 생각했다. 하지만 그 어떤 경우에도 부당한 짓은 정당화될 수 없다. 나는 지금 자기희생이라는 끔찍한 악행을 저지른 벌을 받고 있는 것이다. 나는 나 자신만 희생자가 될 것이라고 생각했다. 하지만 결과적으로 가장 악한 여자를 위해 가장 고귀한 여인을 희생시키고 말았다. 연민 때문에 정의에 반하는 행동을 한다면 악을 위해 선을 벌하게 된다. 죄인을 고통에서 구해주면 죄 없는 사람이 대신 고통을 받게 된다. 정의는 피할 수 없는 것이며, 세상에 아무런 대가도 치르지 않고 거저 얻을 수 있는 것은 없다. 죄인이 대가를 치르지 않으면 죄 없는 사람이 대신 치러야 한다.

나를 무너뜨린 것은 하찮은 부의 약탈자들이 아니라 바로 나 자신이었다. 약탈자들이 나를 무장 해제시킨 것이 아니라 나 스스로 무기를 버렸다. 이 싸움은 깨끗한 사람만이 할 수 있는 것이다. 적의 유일한 무기가 상대의 양심의 가책이니까. 하지만 나는 내 능력을 죄로, 오점으로 여기게 만드는 저들의 도덕률을 받아들였다.'

"리어든 씨, 리어든 금속을 내놓으시겠습니까?"

리어든은 책상 위의 선물 증서에서 시선을 돌려 다시 무개화물열차 위의 여자를 보았다. 그는 그 빛나는 존재를 정신의 약탈자인 언론에 넘길 수 있을지 스스로에게 물었다. '죄 없는 사람이 고통받는 것을 이대로 보고만 있어도 될까? **내** 짐을 그녀가 대신 지게 해도 될까? 지금 내가 적에게 대항하면 치욕을 당하는 것은 내가 아니라 그녀가 될 텐데, 오물을 뒤집어쓰는 것은 내가 아니라 그녀가 될 텐데, 저들과 맞서 싸워야 하는 것은 내가 아니라 그녀일 텐데…… 내가 그녀를 지옥의 구렁텅이로 밀어넣을 수 있을까?'

리어든은 조용히 앉아서 무개화물열차 위의 여자를 바라보고 있었다. '사랑해.' 그는 4년 전 그때 그녀에게 했어야 했던 말을 웅얼거리며 그 말이 주는 엄숙한 행복감을 느꼈다.

그는 선물 증서를 내려다보며 생각했다. '대그니, 당신이 알았다면 못 하게 했겠지. 그리고 나중에 알게 되면 나를 미워하겠지. 하지만 당신이 내 빚을 대신 갚게 할 수는 없어. 잘못은 내가 저질렀는데, 내가 받을 벌을 당신에게 떠넘길 수는 없어. 이제 나는 아무것도 할 수 없는 처지라고 해도 진실을 볼 수 있지. 내가 저들의 죄로부터 자유로운 떳떳한 사람이고 처음으로 완전하게 옳다는 것을 알 수 있지. 나는 지금까지 단 한 번도 깬 적이 없는 내 도덕률의 한 가지 원칙을 충실히 지킬 거야. 그것은 바로 내 빚은 내가 갚는 것이지.'

그는 무개화물열차 위의 여자에게 말했다. '사랑해.' 그 자신도 그 탁 트인 공간에 이제 모든 것을 버리고 자신만 남은 채 서 있었고, 그 여름의 태양빛이 그의 이마를 어루만지고 있는 듯했다.

"리어든 씨, 서명하시겠습니까?" 페리스 박사가 물었다.

리어든의 시선이 그에게 향했다. 그는 페리스가 있다는 것을 까맣게 잊고 있었다. 페리스가 그동안 계속 지껄여댔는지, 아니면 조용히 기다리고 있었는지도 알 수 없었다.

"아, 그거요?" 리어든이 말했다.

그는 펜을 집어 들고 증서 내용을 다시 확인하지도 않은 채 수표에 서명하는 백만장자 같은 편안한 자세로 자유의 여신상 발치에 서명한 후 선물 증서를 페리스 쪽으로 밀었다.

두뇌에 내려진 정지 명령

"그동안 어디 있었어요?"

에디 윌러스가 지하 식당에서 노동자에게 물었다. 그러고는 호소와 사과, 절망이 담긴 미소를 지으며 덧붙였다.

"아, 몇 주 동안 이곳을 떠나 있었던 건 나였죠."

그 미소는 불구가 된 아이가 이제 더 이상 할 수 없게 된 몸짓을 애써 흉내내는 것처럼 보였다.

"2주일 전쯤 한 번 왔었는데 당신이 보이지 않더라고요. 당신도 떠났을까 봐 두려웠어요……. 요즘은 많은 사람이 말도 없이 사라지니까. 수백 명의 사람들이 전국을 떠돌고 있다고 하더군요. 그들은 이탈자라는 이름으로 불리는데, 일자리를 떠났다는 이유로 경찰에 체포되었지만 그들의 수가 너무 많아 감옥에 모두 수용할 수 없어서 이제 내버려둔대요. 이탈자들은 여기저기 떠돌아다니며 뜨내기 일을 한다는데 요새 그런 일자리가 있나요?…… 최고의 일꾼들이 떠나고 있어요. 우리 회사에 20년 이상 몸담았던 이들이. 그런 사람들에게 굳이 족쇄를 채운 이유가 무엇일까요? 회사를 떠날 생각을 해본 적이 없는 사람들인데. 하지만 이제 그들은 조금만 마음이 맞지 않아도 그 자리에서 연장을 집어던지고 떠나버려요. 그래서 일에 지장이 많아요. 회사가 부르면 자다가도 벌떡 일어나 달려오던 이들인데…… 그 빈자리를 인간쓰레기들이 채우고 있어요. 그들 중에는 착한 사람들도 있지만 자기 그림자를 보고도 놀라는 겁쟁이들이죠. 나머지는 상상을 초월하는 쓰레기들이고요. 그들은 일단 들어오면 우리가 내쫓지 못한다는 것을 알고 일은 하지 않고 빈둥거리기만 하죠. 그들은 이런 세상을 좋아하는 인간들이에요. 이런 세상을 **좋아하는** 인간들이 있다는 것을 상상이나 할 수 있겠어요? 그런데 실제로 있다니까요……. 나는 요즘 일어나는 일들이 도무지 믿어지지가 않아요. 분명 실제로 일어나고 있는 일들인데 믿을 수가 없어요. 무엇이 현실인지 구분하지 못하는 건 미친 것인데, 지금은 현실이 미쳐 있어서 내가 그걸 현실로 받아들이면 미친 인간이 돼요. 안 그래요?…… 나는 일을 하면서 이곳이 태거트 대륙횡단철도라고 계속해서 나 자신에게 말해요. 그녀가 돌아오기를 기다리면서, 이제나저제나 그녀가 문을 열고 들어오기를…… 맙소사, 그 이야기는 하면 안 되는데!…… 뭐라고요? 당신도 알고 있다고요? 그녀가 떠난 것을 알고 있어요?…… 그건 비밀인데. 하기야 다들 알고 있을 거예요. 말을 하지 못하고 있을 뿐이지. 회사 측에서는 그녀가 휴가를 떠났다고 말하고 있어요. 그녀는 아직 운행 담당 부사장으로 되어 있어요. 그녀가 완전히 그만둔 건 제임스와 나만 알 거예요. 제임스는 그녀가 떠난 것이 알려지면 워싱턴의 친구들이 자기한테 분풀이를 할까 봐 벌벌 떨고 있어요. 유명한 인물이 떠나면 대중의 사기도 땅에 떨어질 것이고, 제임스는 자기 가족 중에서 이탈자가 나온 것을 숨기고 싶어하죠……. 하지만 그게 다가 아니에요. 제임스는 회사 주주들과 종업원들, 그리고 거래처 사람들이 그녀가 떠난 것을 알게 되면 태거트 대륙횡단철도에 대한 마지막 남은 신뢰를 잃게 될까 봐 겁을 먹고 있어요. 신뢰! 어차피 다들 아무 행동도 취할 수 없는데 신뢰를 잃든 말든 무슨 상관이겠어요? 하지만 제임스는 태거트 대륙횡단철도가 과거에 지녔던 위대성 비슷한 것이라도 지켜야만 한다는 것을 알고 있어요. 그것이 그녀와 함께 무너졌다는 것도…… 아니, 그들은 그녀가 어디 있는지 몰라요……. 그래요, 나는 알지만 그들에게 말하지 않을 거예요. 그녀가 있는 곳은 나 혼자만 알고 있죠…… 그럼요, 그들은 그녀를 찾으려고 애썼죠. 내 입을 열게 하려고 별의별 방법을 다 썼지만 소용없었죠.

난 아무한테도 말하지 않을 거예요……. 지금 신임 운행 담당 부사장으로 앉아 있는 훈련받은 물개 같은 작자를 당신도 봤어야 하는데. 아, 물론 부사장을 새로 앉혔죠. 있으나마나한 존재지만. 요즘 세상에 맞는 인물이죠. 이름은 클리프턴 로시, 제임스의 사람이에요. 그는 마흔일곱 살의 똑똑하고 진보적인 젊은 사람이죠. 제임스의 친구. 그녀의 대타일 뿐인데, 그녀의 사무실에 앉아 있고 모두가 그를 신임 운행 담당 부사장으로 알고 있죠. 그는 명령을 내리기는 하지만 실제로 명령 내리는 것을 절대로 들키지 않으려고 해요. 그 어떤 결정도 자기 책임이 되지 않도록 무척이나 애를 쓰고요. 그는 철도 운행이 아니라 일자리를 지키는 게 목적인 사람이죠. 열차 운행에는 관심도 없고 제임스의 비위를 맞출 궁리만 하죠. 제임스와 워싱턴 친구들에게 좋은 인상만 줄 수 있다면 열차가 운행되든 말든 신경도 쓰지 않아요. 클리프턴 로시는 벌써 두 사람이나 모함했어요. 젊은 비서에게는 자신이 내리지도 않은 명령을 전달하지 않았다는 누명을 씌웠고, 자신의 명령에 따른 화물 책임자에게는 그런 명령을 내린 적이 **없다고** 잡아뗐죠. 화물 책임자는 진실을 증명할 방법이 없었어요. 두 사람 다 국민통합위원회의 결정에 따라 공식적으로 해고되었어요……. 로시는 일이 잘 풀린다 싶으면, 그래 봐야 30분도 지속되지 못하지만 우리에게 '이제는 대그니 태거트의 시대가 아니다'라고 큰소리를 치고, 일이 꼬인다 싶으면 득달같이 나를 자기 방으로 불러서 잡담을 늘어놓는 척하며 대그니 태거트는 이런 문제를 어떻게 처리했는지 슬쩍 물어보죠. 나는 그에게 다 말해줘요. 태거트 대륙횡단철도를 위하는 일이고, 우리의 결정에 수십 대의 기차와 수천 명의 목숨이 달려 있으니까. 평소에 로시는 내게 무례한 태도를 보이죠. 내가 그에게 필요한 사람이라는 생각을 하지 못하게 하려는 속셈일 거예요. 그는 그녀가 하던 것들은 다 바꾸고 싶어하지만 정작 중요한 것은 함부로 손도 못 대고 중요하지 않은 것들만 바꾸죠. 문제는 어떤 것이 중요하고 중요하지 않은지 구분 못 할 때가 있다는 거지만 말이에요……. 그녀의 방에 첫 출근한 날에는 벽에 냇 태거트의 초상화를 걸어놓는 것은 바람직하지 못하다고 하더군요. '냇 태거트는 어두운 과거, 이기적인 탐욕의 시대에 속한 인물로 우리의 현대적이고 진보적인 정책의 상징이 되지 못하므로 공연히 나쁜 인상을 줄 수도 있고, 사람들이 나를 그와 동일시할 수도 있다'고 말하면서요. '아니, 그런 일은 없을 겁니다.' 나는 그렇게 대답했지만 결국 초상화를 떼어냈죠……. 뭐라고요?…… 아니, 그녀는 아무것도 몰라요. 그동안 연락을 한 적이 없으니까. 단 한 번도. 그녀가 연락하지 말라고 했어요……. 지난주에는 회사를 그만둘 뻔했죠. 칙 특별열차 때문이었어요. 워싱턴의 칙 모리슨이란 작자가 전국 순회 연설에 나섰거든요. 여기저기서 문제가 터지니까 법령에 대해 설명하고 국민의 사기를 높인답시고 순회 연설을 시작한 거죠. 그는 자신과 수행원들을 위해 침대차, 특등 객실, 바와 라운지를 갖춘 식당 칸이 딸린 특별열차를 요구했어요. 국민통합위원회에서는 그 열차가 시속 160킬로미터로 달리도록 허가했는데 비영리 여행이라 그래도 된다는 거였어요. 그건 사실이죠. 이윤을 못 낸다는 이유로 우월한 존재가 된 사람들을 부양하기 위해 등골이 빠지도록 일해서 이윤을 내야 한다고 국민들을 설득하러 다니는 여행이니까. 칙 모리슨이 그 특별열차에 디젤기관차를 연결해달라고 요구해오면서 문제는 시작됐죠. 우리는 그에게 제공할 디젤기관차가 없었으니까요. 우리의 디젤기관차들은 모두 혜성특급과 대륙횡단 화물열차에 투입되고 남은 게 한 대도 없었어요. 사실 한 대가 남아 있기는 했지만 나는 클리프턴 로시에게 말해주지 않을 작정이었어요. 로시는 길길이 날뛰면서 무슨 일이 있어도 칙 모리슨의 요구를 거절해서는 안 된다고 소리를 질러댔어요. 콜로라도 윈스턴 터널 입구에 보관된 여분의 디젤기관차에 대해 그에게 말해준 빌어먹을 멍청이가 누군지 모르겠어요. 당신도 알다시피 요즘 우리 디젤기관차들이 금방이라도 숨이 넘어갈 것 같은 상태라 항상 여분을 준비해놓고 있어야만 해요. 나는 로시에게 그녀가 윈스턴 역에 반드시 여분의 디젤기관차를 준비해놓아야 한다고 지시했다는 것을 설명하며 애원도 하고 협박도 했어요. 로시는 자기는 대그니 태거트가 아니란 것을 잊지 말라고, 그걸 어떻게 잊겠어요! 그동안 아무 일 없었으니 괜찮다고, 윈스턴은 두어 달 동안 여분의 디젤기관차가 없어도 별일 없을 거라고, 그것은 미래의 이론적 재앙일 뿐이고 칙 모리슨의 분노는 코앞에 닥친 현실적인 재앙이라고 주장했어요. 결국 칙의 특별열차에 그 디젤기관차가 연결됐죠. 그 일로 콜로라도 지부장이 떠났어요. 로시는 자기 친구를 그 자리에 앉혔고요. 나도 그만두고 싶었어요. 그토록 간절히 그만두고 싶었던 적이 없었어요. 하지만 결국 그만두지 못했어요……. 아니, 그녀에게서는 아무 소식도 없었어요. 떠난 뒤로 전혀 소식을 듣지 못했어요. 왜 자꾸 그녀에 대해 묻죠? 포기해요. 그녀는 돌아오지 않을 거니까……. 지금 내가 무엇을 바라고 있는지도 모르겠어요. 아마 바라는 게 없을 거예요. 앞일은 생각하지 않으려고 애쓰며 그저 하루하루를 보내고 있을 뿐이죠. 처음에는 누군가 우리를 구원해줄 수도 있다는 희망이 있었어요. 그게 행크 리어든일 수도 있다고 생각했죠. 하지만 그도 굴복하고 말았어요. 그들이 어떻게 그의 서명을 받아냈는지는 모르지만 끔찍한 무기를 쓴 것은 확실해요. 다들 그렇게 생각하죠. 다들 그 일에 대해 수군거리며 도대체 그들이 그에게 어떤 압력을 가한 것인지…… 아니, 아무도 몰라요. 그는 공식 발표를 하지 않았고 아무도 만나주지 않고 있으니까요……. 그런데 사람들이 수군거리는 이야기가 하나 있어요. 이리 가까이 몸을 기울여줄래요? 크게 이야기하면 안 되니까. 오런 보일은 그 법령에 대해 몇 주나 몇 달 전에 미리 알고 있었대요. 그래서 메인 주 해안의 후미진 곳에 있는 작은 제철소에서 비밀리에 리어든 금속 생산을 위한 용광로 개조공사를 시작했대요. 리어든이 약탈 증서(선물 증서 말이에요)에 서명하자마자 바로 리어든 금속 생산에 들어갈 준비가 되어 있었던 거죠. 그런데 생산 개시 전날 밤, 그 해안가 제철소에서 용광로에 불을 지피고 있던 노동자들 귀에 사람 목소리가 들렸대요. 비행기에서 들리는 소리인지 라디오 소리인지 확성기 소리인지는 몰라도 10분 내로 밖으로 피하라고 하더래요. 그래서 모두 밖으로 나갔대요. 그 목소리가 자기는 라그나르 다네스퀼이라고 말해서 모두 도망친 거죠. 그리고 30분 만에 그 제철소는 완전히 파괴됐대요. 벽돌 한 장 남지 않고 깨끗이 사라져버렸대요. 대서양 어딘가에서 장거리 함포로 갈겼다더라고요. 다네스퀼의 배를 본 사람은 아무도 없어요…… 다 소문으로 떠도는 이야기죠. 신문에는 한 글자도 안 났어요. 워싱턴 정치가들은 공포 분위기를 조성하려는 사람들이 퍼뜨린 헛소문일 뿐이라고 말하고 있고요……. 그 이야기가 사실인지는 나도 몰라요. 하지만 사실일 거라고 생각해요. 사실이었으면 **좋겠어요**……. 나는 어렸을 때 사람이 어떻게 범죄를 저지를 수 있는지 이해를 못 했었죠. 그런데 이제 라그나르 다네스쾰이 그 제철소를 날려버려서 기뻐요. 그에게 신의 은총이 있기를! 그가 어디에서 무엇을 하든 잡히지 않기를!…… 그래요, 나는 그런 생각까지 하게 됐어요. 그들은 국민들이 얼마나 견딜 수 있다고 생각하는 걸까요?…… 나는 그래도 낮에는 견딜 만해요. 바쁘게 움직이다보면 생각할 틈이 없으니까. 하지만 밤에는 견디기가 너무 힘들어요. 불면증 때문에 몇 시간씩 잠을 못 이루고 누워 있죠…… 그래요! 당신이 굳이 알고 싶다면, 그녀가 걱정돼서 그런 거예요! 그녀가 걱정돼서 미칠 지경이에요. 우드스톡은 외진 곳에 있는 작고 초라한 마을인데, 태거트 오두막은 거기서도 30킬로미터를 더 들어가야 해요. 깊은 숲 속의 구불구불한 길로요. 밤마다 부랑자들이 전국을 배회하고 다니는데 그녀 혼자 거기 있다가 무슨 일을 당할지 어떻게 알겠어요. 버크셔 같은 외진 곳은 특히 더 위험한데……. 그런 생각은 하지 말아야 한다는 건 나도 알아요. 그녀가 자신을 지킬 수 있다는 것도 알고요. 그래도 소식 한 줄 보내주면 좋으련만. 그곳에 갈 수 있으면 좋겠는데 그녀가 오지 말라고 했어요. 나는 그녀에게 기다리겠다고 했고요……. 오늘 밤 당신을 만나서 기뻐요. 당신하고 이야기하니 한결 낫네요…… 당신이 여기 있는 것을 보는 것만으로도 위안이 되고. 당신도 다른 사람들처럼 사라지는 건 아니죠?…… 뭐라고요? 다음 주에요?…… 아, 휴가. 얼마 동안이요?…… 어떻게 한 달이나 휴가를 써요?…… 나도 그러고 싶어요. 내 돈을 들여서라도 한 달 휴가를 내고 싶어요. 하지만 회사에서 허락해주지 않을 거예요……. 정말인가요? 부럽네요…… 몇 년 전만 같았어도 부럽지 않았을 텐데. 하지만 지금은 나도 떠나고 싶어요. 부러워요. 12년 동안 해마다 한 달씩 휴가를 쓸 수 있었다니."

◆

길은 여전히 어두웠지만 새로운 방향으로 뻗어 있었다. 제철소를 나선 리어든은 자신의 집이 아닌 필라델피아 시내를 향해 걸었다. 걷기에는 꽤 먼 거리였지만 지난주 내내 그랬던 것처럼 오늘도 걸어가고 싶었다. 주위에는 나무의 검은 형상들뿐이고 움직이는 것이라곤 자신의 몸과 바람에 흔들리는 나뭇가지뿐이며, 빛이라곤 산울타리 너머에서 깜빡이는 개똥벌레 불빛밖에 보이지 않는 시골의 한적한 어둠이 평화를 느끼게 했다. 제철소에서 시내까지 걸어가는 2시간은 그에게 휴식을 주었다.

그는 집을 나와 필라델피아의 아파트로 이사했다. 어머니와 필립에게는 아무 설명도 하지 않았다. 원한다면 그 집에서 계속 살아도 되고 생활비는 아이브스가 처리해줄 것이라는 말만 남겼다. 그리고 릴리언이 여행에서 돌아오면 자신을 만날 생각은 하지 말라는 말을 전해달라고 했다. 어머니와 필립은 잔뜩 겁에 질려 그를 빤히 바라보고만 있었다.

리어든은 변호사에게 백지수표를 건네며 말했다. "이혼 수속을 밟아주게. 이혼 사유나 비용은 상관없네. 자네가 어떤 방법을 쓰건, 얼마나 많은 판사를 매수하건, 내 아내에게 무슨 죄를 뒤집어씌우건 난 신경 쓰지 않겠네. 자네 재량껏 처리하게. 단, 위자료는 한 푼도 줄 수 없고 재산분할도 안 되네."

변호사는 이미 오래전부터 예상했던 일인 듯 유감스런 미소를 지으며 그를 바라보았다.

"알겠네, 행크. 가능할 걸세. 하지만 시간이 좀 걸릴 거야."

"최대한 빨리 처리하게."

그가 선물 증서에 서명한 것에 대해 묻는 사람은 아무도 없었다. 하지만 그는 제철소 직원들이 그의 몸에 난 고문의 상처라도 찾는 듯 호기심 어린 시선을 보내는 것을 느낄 수 있었다.

그는 아무 느낌도 없었다. 쇳물이 마지막 백열의 눈부신 분출을 삼키며 굳기 시작할 때 생기는 표면의 찌꺼기처럼 차분하고 평안한 황혼 같은 기분이었다. 이제 리어든 금속을 생산하게 된 약탈자들에 대해서도 아무 느낌이 없었다. 그가 리어든 금속에 대한 권리를 지키고 그것을 팔 수 있는 유일한 사람이고자 했던 것은 인류를 존중했기 때문이며, 그들과의 거래가 명예로운 행동이라고 믿었기 때문이다. 하지만 그런 믿음과 인류를 존중하는 마음은 이제 사라지고 없었다. 그는 사람들이 무엇을 만들고 무엇을 팔건, 어디서 리어든 금속을 사건, 그것이 원래 그의 금속이었음을 아는 사람이 있건 없건 상관없었다. 도시의 거리에서 그를 지나치는 인간 형상들은 아무 의미 없는 물체에 지나지 않았다. 어둠이 인간의 모든 흔적을 지워버리고 인간의 손길이 닿지 않은 대지만 남아 있는 시골이 더 현실감 있게 다가왔다.

그는 주머니에 총을 지니고 있었다. 순찰차를 몰고 다니며 도로를 지키는 경찰들이 요즘은 밤이 되면 위험하지 않은 길이 없다며 총을 소지하라고 충고해준 것이다. 하지만 그는 총이 필요한 곳은 평화롭고 한적한 밤길이 아니라 제철소라고 생각했다. 그의 보호자를 자처하는 인간들에게 강탈당한 것에 비하면 밤길에 배고픈 부랑자에게 빼앗기는 푼돈쯤이야 아무것도 아니니까.

리어든은 자연스럽고 편안하게 걷고 있었다. 지금은 고독에 대비한 훈련 기간이었다. 이제 사람들을 의식하지 않고 사는 법을 배워야 하니까. 사람들을 의식하면 혐오감에 몸이 마비되었다. 빈손으로 시작해 부를 이룬 그는 이제 빈 정신으로 새로운 삶을 시작해야 했다.

그는 잠시 훈련 기간을 가진 뒤 아직 자신에게 남은 그 무엇과도 비교할 수 없는 소중한 가치, 순수하고 온전하게 남아 있는 단 하나의 욕망을 찾아 대그니에게 갈 작정이었다. 그는 마음속으로 두 가지 결의를 굳히고 있었다. 하나는 의무감이고, 나머지 하나는 열정적인 소망이었다. 의무감은 자신이 약탈자들에게 굴복한 이유를 그녀가 절대 알지 못하게 하는 것이었고, 열정적인 소망은 그녀와 처음 만난 순간에 깨달았어야만 했던, 그리고 엘리스 와이엇의 집에서 말했어야만 했던 진실을 그녀에게 전하는 것이었다.

캄캄한 밤길에 길잡이라곤 여름 하늘의 밝은 별빛밖에 없었지만 앞에 있는 교차로 모퉁이의 무너진 돌담과 길은 구분할 수 있었다. 이제 그 돌담은 잡초밭과 구부러진 버드나무 한 그루, 멀리 있는 쓰러져가는 농장집밖에 보호할 것이 없었다.

리어든은 걸으면서 이런 풍경도 가치가 있다고 생각했다. 인간의 침입에 방해받지 않는 공간이 길게 이어질 것임을 약속해주니까.

갑자기 길에 나타난 사내는 버드나무 뒤에서 나온 게 분명했지만 동작이 어찌나 빠른지 길에서 솟은 것 같았다. 리어든은 본능적으로 주머니 속의 총을 꺼내려다가 동작을 멈추었다. 별이 총총한 하늘을 등지고 선 당당한 자세와 곧은 어깨선이 강도가 아님을 말해주었던 것이다. 그리고 사내의 목소리를 듣자 거지 또한 아님을 알 수 있었다.

"리어든 씨, 당신에게 할 말이 있습니다."

명령을 내리는 데 익숙한 사람 특유의 단호하고 분명하고 정중한 목소리였다.

"도움이나 돈을 달라는 것이 아니라면 말해보시오." 리어든이 대답했다.

사내의 옷은 소박하면서도 단정했다. 검은 바지와 목까지 여민 진청색 점퍼가 길고 호리호리한 몸을 더 강조해주었다. 머리에는 진청색 모자를 쓰고 있었고 별빛에 보이는 것이라고는 손과 얼굴, 관자놀이의 금발뿐이었다. 손에는 천으로 싼 담뱃갑만한 물건을 들고 있었는데 무기 같지는 않았다.

"아닙니다, 리어든 씨. 돈을 달라고 온 게 아니라 돌려주려고 왔습니다." 사내가 말했다.

"돈을 돌려준다고요?"

"네."

"무슨 돈 말이오?"

"아주 큰 빚을 조금 갚는 겁니다."

"당신이 내게 빚을 졌다고요?"

"아니, 내가 진 빚은 아닙니다. 이건 일부에 불과하지만 당신과 내가 오래만 산다면 당신이 그 빚을 전부 돌려받을 수 있다는 증거로 받아들여주길 바랍니다."

"무슨 빚 말이오?"

"당신이 강제로 빼앗긴 돈 말입니다."

사내는 천을 풀어헤치며 물건을 리어든에게 내밀었다. 리어든은 그 거울처럼 매끄러운 표면이 별빛을 받아 불꽃처럼 빛나는 것을 보았다. 무게와 감촉으로 보아 금괴가 분명했다.

리어든은 금괴에서 사내의 얼굴로 시선을 옮겼지만 그 얼굴은 금괴보다 더 단단하고 무표정했다.

"당신 누구요?" 리어든이 물었다.

"친구 없는 자들의 친구입니다."

"이것을 내게 주려고 온 거요?"

"네."

"내게 강도질을 하기 위해서가 아니라 금괴를 주려고 밤길을 몰래 따라왔다고요?"

"네."

"왜?"

"요즘처럼 강도질이 벌건 대낮에 합법적으로 이루어지

는 때는 명예롭거나 빚을 갚는 행위는 몰래 이루어질 수밖에 없으니까요."

"내가 이런 선물을 받을 것이라고 생각한 이유가 뭐요?"

"리어든 씨, 이건 선물이 아닙니다. 당신의 돈이죠. 하지만 한 가지 부탁이 있습니다. 조건이 아니라 부탁입니다. 조건부 소유란 없으니까요. 금괴는 당신 것이니 당신 마음대로 사용해도 됩니다. 하지만 목숨을 걸고 가져온 사람으로서 부탁하겠습니다. 미래를 위해 간직하든지 아니면 당신을 위해 써줘요. 당신의 안락과 즐거움을 위해서요. 남에게 주지도 말고, 사업에는 절대 투자하지 말아요."

"왜요?"

"이 금괴가 당신 아닌 다른 사람에게 이득을 주는 것을 원치 않으니까요. 그렇게 되면 내가 오래전에 한 서약을 깨뜨리는 꼴이 되니까요. 사실 오늘 밤 당신을 만나 이야기하는 것은 나 자신이 정한 모든 규칙을 깨는 것입니다."

"그게 무슨 소리요?"

"나는 오랫동안 당신을 위해 돈을 모아왔습니다. 하지만 때가 되기 전에는 당신을 만나거나 그 돈에 대해 이야기하거나 당신에게 그 돈을 주지 않을 작정이었습니다."

"그런데 왜 나타난 거요?"

"더 이상 참을 수 없었으니까요."

"무엇을요?"

"나는 이미 볼 꼴 못 볼 꼴 다 봤기 때문에 참지 못할 일이 없을 거라고 생각했죠. 하지만 그들이 당신에게서 리어든 금속을 빼앗은 것은 참을 수가 없었습니다. 지금 당신에게는 이 금이 필요하지 않을 겁니다. 당신에게 필요한 것은 이 금이 나타내는 정의, 그리고 정의를 지키려는 사람들이 존재한다는 사실을 아는 것이죠."

리어든은 의심과 당혹감 너머로 고개를 드는 감정에 휩쓸리지 않으려고 애쓰면서 사내의 말을 이해하는 데 도움이 될 만한 단서를 얻을 수 있을까 싶어서 사내의 얼굴을 자세히 살펴보았다. 하지만 그 얼굴에는 표정이 없었다. 오래전에 감정을 느끼는 능력을 상실한 듯한 무자비한 인상의 죽은 얼굴이었다. 리어든은 오싹한 전율을 느끼며 저것은 인간의 얼굴이 아니라 복수의 천사 얼굴이라고 생각했다.

"내 일에 왜 그렇게 신경을 쓰는 겁니까? 내가 당신에게 무슨 의미가 있기에." 리어든이 물었다.

"당신이 생각하는 것보다 훨씬 큰 의미가 있죠. 그리고 나에게는 당신을 목숨처럼 소중히 여기는 친구가 있습니다. 그는 사정이 허락했다면 오늘 밤 당신을 찾아왔을 겁니다. 하지만 그럴 수가 없었죠. 그래서 내가 대신 온 것입니다."

"어떤 친구 말이오?"

"이름은 말하지 않겠습니다."

"나를 위해 오랫동안 이 돈을 모았다고 했소?"

"이것보다 훨씬 더 많이 모았죠." 사내가 금괴를 가리키며 말했다.

"당신 이름으로 보관하고 있고 때가 되면 당신에게 넘겨줄 겁니다. 이것은 견본에 불과하죠. 당신 돈이 존재한다는 증거. 당신이 마지막 남은 재산까지 모두 약탈당하는 날 당신에게는 거액이 든 계좌가 있다는 사실을 기억하기 바랍니다."

"무슨 계좌요?"

"당신이 강제로 빼앗긴 돈이 얼마나 되는지 따져보면 당신 계좌에 들어 있는 금액이 어마어마하다는 것을 알게 될 겁니다."

"그걸 어떻게 모았소? 이 금괴는 어디서 난 거요?"

"당신을 약탈한 자들에게서 빼앗은 겁니다."

"누가요?"

"내가요."

"당신 누구요?"

"라그나르 다네스쾰입니다."

리어든은 한참 동안 그를 바라보다가 손에 든 금괴를 떨어뜨렸다. 다네스쾰의 시선은 바닥에 떨어진 금괴가 아니라 리어든에게 박혀 있었다.

"리어든 씨, 내가 법을 준수하는 시민이었으면 좋겠습니까? 그렇다면 어떤 법을 준수해야 할까요? 법령 10-289?"

"라그나르 다네스퀼……."

리어든은 지난 10년이, 그 이름이 의미하는 10년 동안의 무시무시한 범죄들이 한눈에 보이는 듯이 중얼거렸다.

"리어든 씨, 잘 생각해봐요. 오늘날 우리에게는 두 가지 방식의 삶밖에 남아 있지 않습니다. 무기도 없는 희생자들을 약탈하는 삶과 자신을 약탈하는 사람들을 위해 일하는 희생자의 삶. 나는 두 가지 방식의 삶 중 어느 것도 선택하지 않았습니다."

"당신은 무력을 선택했소. 약탈자들처럼."

"네. 하지만 나는 정직했죠. 묶이고 재갈이 물린 사람들은 약탈하지 않았고, 나에게 희생당하는 사람들에게 나를 도우라고 요구하지도 않았으며, 내가 그들을 위해 일한다고 말하지도 않았으니까요. 나는 목숨 걸고 그들과 공정한 싸움을 벌였고 그들은 나를 상대로 총과 두뇌를 사용할 수 있었습니다. 공정한 싸움? 내 상대는 다섯 대륙의 조직적인 세력과 총, 비행기, 전함이었습니다. 리어든 씨, 도덕적인 판단을 내리자면 나와 웨슬리 마우치 중에 누가 더 높은 도덕성을 지녔을까요?"

"나는 당신에게 할 말이 없소." 리어든이 낮은 목소리로 말했다.

"리어든 씨, 왜 충격을 받습니까? 나는 그저 그들이 만든 제도에 따르고 있을 뿐인데. 그들은 무력이 올바른 거래 방법이라고 믿고 있고 나는 그들이 원하는 것을 주고 있습니다. 그들도 내 정신과 노동을 갖고 싶으면 무력으로 빼앗으면 되는 것이고요."

"그런데 당신은 어떤 종류의 삶을 택한 것이오? 당신의 정신이 향하는 목적은 무엇이오?"

"내가 사랑하는 것이죠."

"그게 무엇이오?"

"정의요."

"해적질로 정의를 지키겠다는 거요?"

"나는 해적질을 할 필요가 없는 날을 위해 일하고 있습니다."

"그것이 어떤 날이오?"

"당신이 리어든 금속으로 자유로이 이윤을 낼 수 있는 날."

"맙소사!" 리어든이 웃으며 절망적인 목소리로 말했다. "그것이 당신의 야망이오?"

다네스퀼은 표정의 변화가 없었다.

"그렇습니다."

"그날이 올 것이라고 생각해요?"

"네. 당신은 그렇게 생각하지 않나요?"

"그렇소."

"리어든 씨, 그럼 당신은 무엇을 기대하고 있습니까?"

"기대하는 것 없소."

"그럼 무엇을 위해 일하죠?"

리어든은 그를 흘끗 쳐다보았다.

"그걸 왜 묻는 거요?"

"내가 왜 일을 하지 않는지 이해시키고 싶어서요."

"내가 범죄자를 인정해줄 거란 기대는 하지 마시오."

"그런 기대는 하지 않습니다. 다만, 당신에게 몇 가지 이해시키고 싶은 것은 있죠."

"설령 당신이 한 말들이 진실이라고 해요. 그런데 당신은 왜 강도가 된 거요? 다른 사람들처럼 그냥 떠날 수도 있었는데."

"엘리스 와이엇처럼요? 앤드루 스톡턴처럼요? 당신 친구 켄 대너거처럼요?"

"그렇소!"

"그냥 떠나는 건 찬성하나요?"

"나는……."

리어든은 자신이 한 말에 충격을 받아 입을 다물었다. 그리고 다네스퀼의 미소를 보고 또 한 번 충격을 받았다. 마치 얼음 평원에서 봄을 알리는 초록빛을 본 듯한 기분이었다. 리어든은 문득 다네스퀼이 대단한 미남으로 깜짝 놀랄 만큼 완벽한 아름다움을 지니고 있다는 것을 깨달았다. 선이 굵고 당당한 이목구비와 냉소적인 입이 바이킹 동상을 연상시켰다. 리어든이 지금까지 그 아름다움을 깨닫지 못한 것은 평가 자체를 거부하는 죽은 자와도 같은 준엄한 표정 때문이었다. 하지만 그 미소는 찬란하게 살아서 빛나고 있었다.

"리어든 씨, 나는 그걸 찬성합니다. 하지만 나는 특별한 임무를 맡았습니다. 파멸시키고 싶은 자를 뒤쫓는 임무죠. 그는 이미 수백 년 전에 죽었지만 사람들의 마음에서 그의 흔적이 모조리 지워지기 전에는 살기 좋은 세상은 올 수 없습니다."

"그게 누군데요?"

"로빈 후드요."

리어든은 무슨 말인지 몰라서 멍하니 바라보았다.

"그는 부자의 것을 빼앗아 가난한 사람들에게 나눠줬죠. 나는 가난한 사람들의 것을 빼앗아 부자에게 줍니다. 아니, 정확하게 말하면 도둑질하는 가난한 사람들의 것을 빼앗아 생산적인 부자들에게 주는 거죠."

"도대체 그게 무슨 소리요?"

"이제 신문에 내 기사가 나지 않지만 예전에 실렸던 기사들을 보면 내가 개인의 배를 약탈하거나 사유재산을 빼앗은 적이 없다는 것을 알 수 있을 겁니다. 군함도 약탈한 적이 없고요. 군함은 세금을 내는 국민들을 안전하게 지켜주기 위해 존재하는 것이니까요. 사실 그건 정부도 마찬가지지만. 나는 정부의 보조금이나 대출금, 선물과 관련된 배, 정부가 생산적인 사람들에게서 빼앗은 화물을 실은 배가 사정거리에 들어오면 모두 나포했습니다. 내가 맞서 싸우는 사상의 깃발을 단 배들은 모두 공격했습니다. 필요가 인간 제물을 요구하는 신성한 우상이며, 어떤 사람의 필요가 다른 사람의 목을 겨누는 단두대의 칼날이 될 수 있고, 우리 모두 그 칼날이 우리 목으로 내려오는 순간에 일과 희망, 계획, 노력을 걸고 살아야만 하며, 능력의 정도가 위험의 정도와 비례해 성공한 자는 단두대로 끌려가고 실패한 자는 단두대 밧줄을 당기게 된다는 사상. 로빈 후드가 정의라는 이름으로 불멸의 생명력을 불어넣은 끔찍한 사상입니다. 사람들은 그가 약탈을 일삼는 통치자들과 맞서 싸워서 그 약탈물을 원래의 주인에게 돌려줬다고 말하지만 지금 남아 있는 그의 전설의 의미는 그것이 아닙니다. 그는 **재산**이 아닌 **필요**를 지키는 투사로, **약탈당하는 사람들**의 수호자가 아닌 **가난한 사람들**의 후원자로 기억되고 있습니다. 자신의 소유가 아닌 부로 자선을 베풀고, 자신이 생산하지 않은 물건들을 나눠주고, 자신이 동정이라는 사치를 부린 후 다른 사람들이 그 값을 치르게 했다는 이유로 미덕이라는 후광을 발산하는 최초의 인물이 됐죠. 그는 성취가 아닌 필요가 권리의 근원이고, 우리는 생산할 필요 없이 원하기만 하면 되며, 우리가 노력해서 이룬 것이 아니라 거저 얻은 것이 우리 것이라는 사상의 상징입니다. 생계를 이어갈 능력이 없어서 자신보다 우월한 자들을 약탈하는 대가로 자신보다 열등한 자들을 위해 기꺼이 인생을 바치겠다고 주장하면서 자신보다 잘사는 사람들의 재산을 빼앗을 힘을 요구하는 평범한 자들의 변명거리가 된 것이죠. 가난한 자들의 원한을 이용해서 부자들의 피를 빨아먹는 이중 기생충들이, 세상에서 가장 더러운 존재들인 그들이 도덕적 이상으로 인정받게 되었습니다. 그 결과 더 많이 생산할수록 모든 권리를 박탈당할 가능성이 더욱 커져 위대한 능력을 가진 사람은 아무 권리도 없는 제물이 되고, 반면 모든 권리와 원칙, 도덕성 위에 서서 원하는 것은 무엇이든지(약탈과 살인까지) 할 수 있으려면 '필요'만 있으면 되는 그런 세상이 되었고요. 지금 세상이 왜 무너지고 있는지 압니까? 리어든 씨, 그것이 바로 내가 싸우는 이유입니다. 로빈 후드가 인간의 모든 상징 중에서 가장 부도덕하고 경멸받아 마땅한 존재임을 사람들이 깨닫게 될 때까지 이 세상에 정의는 없고 인류가 살아남을 방법도 없을 겁니다."

리어든은 무감하게 듣고 있었다. 하지만 그 무감함 속에서 마치 씨앗이 처음 땅을 뚫고 나오듯 하나의 감정이 고개를 들었다. 그 자신도 정체를 알 수 없는 감정이었고, 오래전에 느꼈던 적이 있는 것처럼 친근하면서도 무척 아득하게 느껴졌다.

"리어든 씨, 나는 경찰입니다. 범죄자들로부터(무력으로 부를 빼앗는 범죄자들 말입니다) 국민을 보호하는 것이 경찰의 임무이니까요. 훔친 재산을 빼앗아 주인에게 돌려주는 것도 경찰의 임무죠. 하지만 강도질이 법의 목적이 되고 경찰의 임무가 국민의 보호가 아닌 재산의 약탈이 되면 범법자가 경찰이 되어야 합니다. 나는 되찾은 물건들을 이 나라의 특별 고객들에게 금을 받고 팝니다. 유럽 인민국들의 밀수꾼이나 암시장 상인들에게도 팔고요. 지금 유럽 인민국들의 상황이 어떤지 압니까? 폭력이 아닌 생산과 거래가 범죄로 몰리고, 최고의 인물들은 범죄자가 될 수밖에 없습니다. 그 나라들에서 노예를 부리는 인간들은 미국 같은 아직 자원이 완전히 고갈되지 않은 나라의 약탈자들이 보내주는 물자로 권력을 유지합니다. 나는 그 물자가 그들에게 도달하지 못하게 합니다. 나는 그것을 유럽의 범법자들에게 최대한 비싸게 금을 받고 팝니다. 금은 객관적 가치로서 부와 미래를 지킬 수 있게 해주니까요. 유럽에서는 채찍을 휘두르며 인류애를 부르짖는 자들만 금을 소유할 수 있으며, 그들은 그 금이 국민복지를 위해 쓰인다고 주장합니다. 밀수꾼들이 바로 그 금으로 내 물건을 사고요.

어떻게? 내가 물건을 확보하기 위해 쓰는 것과 같은 방법으로요. 그리고 나는 물건의 원래 주인들에게 금을 돌려줍니다. 리어든 씨 당신 같은 사람들에게요."

리어든은 그동안 까마득히 잊고 있었던 감정의 실체를 깨달았다. 그것은 그가 열네 살에 처음으로 봉급을 받았을 때, 스물네 살에 광산 감독 자리에 올랐을 때, 광산주로서 자신의 이름으로 당시 최고의 회사였던 20세기 모터사에 새 장비를 처음 주문했을 때 느꼈던, 훌륭하고 멋진 세상에서 당당히 한자리를 차지하고 사람들의 인정을 받은 것에서 오는 엄숙하고 환희에 찬 흥분이었다. 하지만 20년 가까운 세월을 경멸과 분노에 젖어 살면서 주위를 돌아보지 않으려고, 자신과 거래하는 사람들을 보지 않으려고 애쓰는 동안, 사람들에게 아무것도 기대하지 않고 자신이 꿈꾸는 세상을 자신의 사무실 내에만 한정시키고 인고의 세월을 견디는 동안 그 감정은 마음 깊은 곳에 묻혀버리고 말았다. 그런데 빛나는 이성의 목소리가 그 감정을 다시 일깨운 것이다. 하지만 그것은 폭력 행위에 대해 말하는 해적의 목소리였고, 그가 꿈꾸는 이성과 정의의 세상 대신 폭력의 세상을 제안하고 있었다. 리어든은 그 제안을 받아들일 수 없었다. 자신이 꿈꾸는 세상에 대한 희망을 완전히 놓아버릴 수는 없었다. 그는 해적에게서 벗어나고 싶으면서도 그의 말을 한 마디도 놓칠 수가 없었다.

"리어든 씨, 나는 그 금을 은행에 맡겨놓고 있습니다. 금본위 은행에 원래 주인들의 이름으로요. 그들은 오직 자신의 노력으로 강제나 정부의 도움 없는 자유로운 거래를 통해 부를 이룬 최고 능력자들이죠. 가장 많은 기여를 하고도 가장 부당한 대우를 받고 있는 가장 큰 희생자들이기도 하고요. 내 반환 장부에 그들의 이름이 기록되어 있습니다. 내가 되찾아오는 금은 모두 그들의 계좌로 들어갑니다."

"그들이 누구요?"

"리어든 씨, 당신도 그중 한 명입니다. 당신이 보이지 않는 세금, 규제, 시간과 노력의 낭비, 인위적인 장애들을 극복하기 위해 쓴 에너지의 형태로 갈취당한 돈을 모두 계산하는 것은 불가능합니다. 그래서 총액을 낼 수는 없지만 그 규모를 알고 싶다면 주위를 둘러봐요. 한때 번영을 구가하던 이 나라 전체로 퍼져가는 곤궁함의 규모가 바로 당신이 당한 불의의 규모이니까요. 사람들이 당신에게 진 빚을 갚기를 거부한다면 곤궁함으로 대가를 치르게 될 겁니다. 그 빚 중에는 기록으로 남아 있는 것도 있습니다. 나는 그것을 회수해서 당신에게 돌려주려 하고 있고요."

"그게 무엇이오?"

"당신의 소득세요."

"뭐라고요?"

"지난 12년간 당신이 낸 소득세요."

"그걸 되돌려주겠다는 거요?"

"전액을 금으로 돌려줄 겁니다."

리어든은 웃음을 터뜨렸다. 믿기 어려운 일을 재미로 웃어넘기는 어린아이 같은 웃음이었다.

"맙소사! 당신은 경찰에, 세금 징수원이기도 하다는 거요?"

"네." 다네스퀼이 진지하게 대답했다.

"농담하는 거요?"

"농담하는 것으로 보입니까?"

"하지만 말이 안 되잖소!"

"법령 10-289호보다 말이 안 되나요?"

"진짜로 가능한 일이 아니오!"

"악만 진짜로 가능한 일입니까?"

"하지만……."

"리어든 씨, 우리에게 확실한 것은 죽음과 세금뿐이라고 생각합니까? 죽음은 나도 어쩔 수 없지만 내가 세금 부담을 덜어주면 사람들은 그 둘의 관계에 대해, 그리고 자신들이 얼마나 더 길고 행복한 삶을 누릴 수 있는지에 대해 알게 될 겁니다. 죽음과 세금이 아닌 삶과 생산을 두 가지 절대적인 것이자 도덕의 근본으로 받아들이는 법을 배우게 될 것이고요."

리어든은 웃음기 없는 얼굴로 그를 바라보았다. 단련된

민첩성을 강조해주는 점퍼 차림의 키 크고 날렵한 몸은 노상강도를, 대리석 같은 준엄한 얼굴은 판사를, 냉담하고 분명한 목소리는 유능한 회계원을 연상시켰다.

"리어든 씨, 약탈자들만 당신에 대한 기록을 갖고 있는 게 아닙니다. 나도 갖고 있죠. 내 서류철에는 당신을 비롯한 나의 모든 고객이 지난 12년 동안 낸 소득세 신고서 사본이 들어 있습니다. 나는 놀라운 곳들에 친구들을 두고 있고, 그들을 통해 필요한 사본들을 입수합니다. 그리고 그들이 갈취당한 액수에 맞추어 돈을 배분합니다. 대부분의 계좌들은 이미 주인에게 지불되었습니다. 남은 계좌 중에서는 당신의 것이 가장 크죠. 당신이 그것을 찾을 준비가 되는 날, 그러니까 단 한 푼도 약탈자들에게 그 돈이 돌아가지 않을 것임을 내가 확신할 수 있을 때 당신에게 계좌를 넘기겠습니다. 그때까지는……."

그는 땅에 떨어진 금괴를 흘낏 보며 말했다. "리어든 씨, 금괴를 주워요. 훔친 게 아니니까. 당신 겁니다."

리어든은 움직이지도, 대꾸하지도, 땅을 보지도 않았다.

"그보다 훨씬 많은 액수가 당신 이름으로 은행에 들어 있습니다."

"무슨 은행이오?"

"시카고의 미다스 멀리건을 기억합니까?"

"물론이오."

"제 계좌들은 모두 멀리건 은행에 있습니다."

"시카고에 멀리건 은행은 없소."

"시카고가 아닌 곳에 있죠."

리어든은 잠시 시간이 흐른 뒤에 물었다. "어디 있소?"

"곧 알게 될 겁니다. 하지만 지금은 말해줄 수 없습니다."

다네스퀼은 그렇게 말한 후 덧붙였다. "하지만 이 일은 전적으로 내 책임입니다. 내 개인적인 임무죠. 이 일에는 나와 내 배의 선원들만 연루되어 있습니다. 은행도 그저 내 돈을 맡아주고만 있을 뿐입니다. 내 친구들 대다수가 내 선택에 찬성하지 않았습니다. 하지만 우리는 각자의 방식으로 같은 싸움에 임하고 있고, 이것이 내 방식입니다."

리어든은 경멸 어린 미소를 지었다.

"당신 역시 비영리사업에 시간을 보내고 오로지 타인에게 봉사하는 일에 인생을 거는 빌어먹을 이타주의자가 아니오?"

"아닙니다, 리어든 씨. 나는 내 자신의 미래에 시간을 투자하고 있습니다. 나는 우리가 다시 자유를 얻어 폐허에서 세상을 다시 세울 때 가능한 빨리 새로운 세상이 탄생하는 모습을 보고 싶습니다. 그때 최고의 생산력을 지닌 최고의 인재들이 충분한 자본을 확보할 수 있다면 우리에게는 몇 년이, 그리고 이 나라의 역사에는 몇백 년이 절약될 것입니다. 아까 당신이 내게 어떤 의미가 있는지 물었죠? 내가 존경하는 모든 것이고, 세상에 당신처럼 존재할 수 있는 날이 다시 오면 내가 되고 싶은 모든 것이며, 내가 거래하고 싶은 모든 대상입니다. 비록 지금은 당신과 이런 식으로밖에 거래할 수 없고, 이런 식의 도움밖에 줄 수 없지만요."

"왜요?" 리어든이 속삭였다.

"내가 사랑하는 유일한 것, 내 인생을 바치고 싶은 유일한 가치는 세상에서 사랑이나 인정을 받은 적도 없고 친구나 옹호자도 없는 '인간의 능력'이기 때문입니다. 나는 그것을 위해 살고 있으며, 설령 목숨을 잃는다고 해도 그보다 더 귀한 목적에 목숨을 바칠 수는 없을 겁니다."

리어든은 그가 감정을 느끼는 능력을 잃은 사람이 아니라는 생각이 들었다. 대리석 같은 준엄한 얼굴은 오히려 너무나도 심오한 감정을 담고 있었다. 그가 담담한 목소리로 말을 이어갔다.

"당신에게 알려주고 싶은 것이 있습니다. 지금 당신은 인간 이하의 종자들만 우글거리는 지옥의 구덩이에 버려진 기분일 겁니다. 당신이 가장 절망에 빠져 있는 지금, 해방의 날이 당신이 생각하는 것보다 훨씬 가까이 왔다는 사실을 꼭 알려주고 싶습니다. 내가 때가 되기도 전에 당신을 만나 내 비밀을 털어놓아야만 했던 데에는 특별한 이유가 있었습니다. 메인 주 해안가에 있는 오런 보일의 제철소에서 일어난 사건에 대해 들었나요?"

"들었소."

리어든은 자신의 목소리가 흥분을 억누르지 못해 신음 소리처럼 나오자 흠칫 놀랐다.

"하지만 그게 사실인지는 몰랐소."

"사실입니다. 내가 그랬으니까요. 보일은 메인 주 해안가에서 리어든 금속을 생산하지 못할 겁니다. 다른 어느 곳에서도요. 법령 덕에 당신의 두뇌에 대한 권리를 얻었다고 생각하는 다른 약탈자들 역시 마찬가지입니다. 어느 누구든 그 금속을 생산하겠다고 나서면 용광로와 기계가 폭파되고, 물건을 선적한 배가 난파되고, 비행기에 불이 날 겁니다. 리어든 금속을 생산하려는 회사마다 재앙이 끊이지 않아서 그 금속에 저주가 걸렸다는 소문이 돌아 그 금속을 생산하는 공장에서 일하겠다는 사람이 없게 될 겁니다. 보일 같은 자들이 무력으로 자신보다 나은 사람들을 갈취할 수 있다고 생각한다면, 그들보다 나은 사람들 중 하나가 무력을 이용할 경우 어떻게 되는지 똑똑히 보게 해야죠. 리어든 씨, 나는 당신에게 알려주고 싶었습니다. 아무도 당신의 금속을 생산하거나 그것으로 돈을 벌 수 없을 것이란 사실을요."

리어든은 와이엇 유전 화재 소식에, 단코니아 구리 주식 대폭락에 웃음을 터뜨렸던 것처럼 웃음이 솟구쳤으나, 만약 지금 그렇게 웃게 되면 세상에 완전히 마음이 돌아서서 다시는 자신의 제철소를 보지 않게 될까 봐 뒤로 물러서며 입을 굳게 다물었다. 그리고 위험한 순간이 지나자 단호한 목소리로 조용히 말했다.

"당신 금을 가지고 돌아가시오. 난 범죄자의 도움은 받지 않으니까."

다네스퀼의 얼굴에는 아무 반응도 보이지 않았다.

"억지로 받게 할 수는 없겠죠. 하지만 다시 가져가지는 않겠습니다. 그냥 놔둬도 됩니다."

"나는 당신의 도움을 받고 싶지 않고, 당신을 보호해주지도 않을 거요. 근처에 전화가 있다면 경찰에 신고할 거요. 또다시 내게 접근하면 경찰에 신고할 거요. 정당방위 차원에서."

"무슨 말인지 잘 알겠습니다."

"나는 당신을 비난하지 않고 당신의 말을 열심히 들어줬소. 사실 나는 아무도 비난할 수가 없소. 인간이 지켜야 할 기준이 남아 있지 않은 세상이니 누가 무슨 행동을 하건, 견딜 수 없는 것을 어떤 식으로 견디려 하건 나는 심판하고 싶지 않소. 그게 당신 방식이라면 당신이 무슨 짓을 해도 말리지는 않겠지만 절대로 연루되고 싶지 않소. 당신에게 영감을 주고 싶지도 않고 공범자가 되고 싶지도 않소. 내가 당신의 은행 계좌를 받을 것이라는 기대도 하지 마시오. 그 돈으로 무장이나 더 철저히 하시오. 내가 당신에 관해 알고 있는 단서를 경찰에 다 제공할 거니까."

다네스퀼은 움직이지도, 대꾸하지도 않았다. 멀리 어둠 속에서 화물열차 한 대가 지나갔다. 열차의 모습은 보이지 않았지만 요란한 바퀴 소리가 정적을 깼고, 긴 소리로만 이루어진 열차가 옆에서 지나가듯 가깝게 들렸다.

"내가 가장 절망에 빠졌을 때 돕고 싶었다고 했소? 나를 도와줄 사람이 해적밖에 없다면 차라리 아무 도움도 받지 않는 게 나요. 당신이 인간적으로 말하니 나도 솔직한 입장을 밝히자면, 나는 이제 아무 희망도 없지만 최후의 순간까지 내 기준에 따라 살 것이오. 세상에서 나 혼자에게만 그 기준이 해당된다고 하더라도 말이오. 나는 내 인생을 시작했던 세상에서 살다가 그 세상과 함께 최후를 맞을 것이오. 당신은 나를 이해하고 싶지 않겠지만······."

갑자기 한 줄기 빛이 그들을 강타했다. 열차 소리 때문에 농장 뒤편에서 달려오는 자동차 소리를 듣지 못했던 것이다. 그들은 길을 막고 있지 않았지만 두 개의 전조등 뒤에서 자동차가 급정거하는 소리가 들렸다. 리어든은 자신도 모르게 움찔 뒤로 물러서며 꼼짝도 하지 않고 서 있는 다네스퀼의 완벽한 자제력에 놀라움을 금치 못했다.

그들 옆에 멈춰 선 것은 순찰차였다. 운전석의 경찰관이 창밖으로 고개를 내밀었다.

"아, 리어든 씨군요! 안녕하십니까."

그는 모자에 손을 올려 경례를 붙였다.

"안녕하시오." 리어든은 자연스러운 목소리를 내려고 애쓰며 말했다.

순찰차 앞좌석에는 경찰관 두 명이 타고 있었는데, 평소처럼 잡담이나 나누려고 멈춘 것이 아니라 분명한 목적이 있는 듯한 얼굴이었다.

"리어든 씨, 제철소에서 블랙스미스 만을 지나 에지우드 로로 걸어오셨습니까?"

"네. 왜요?"

"혹시 이 근처에서 수상한 사람 못 보셨습니까?"

"어디서요?"

"걷거나 아니면 백만 달러짜리 엔진을 단 찌그러진 차를 타고 있었을 겁니다."

"어떤 사람인데요?"

"금발의 키 큰 남자입니다."

"그 사람이 누구인데요?"

"말씀드려도 믿지 않으실 겁니다. 리어든 씨, 그자를 보셨습니까?"

리어든은 자신이 무슨 질문을 하는지 의식하지도 못하고 목구멍이 심장 뛰듯 쿵쾅거리는데도 용케 소리가 나오는 것만 신기해하고 있었다. 그는 경찰관을 똑바로 쳐다보고 있었지만 눈의 초점이 시야 가장자리로 이동한 듯 가장 선명하게 보이는 것은 철저히 무표정하게 자신을 바라보고 있는 다네스퀼의 얼굴이었다. 다네스퀼은 무기를 잡으려는 기미도 없이 양팔을 편안히 늘어뜨리고 있었고, 길고 꼿꼿한 몸도 완전히 무방비 상태였다. 불빛 속에서 보니 얼굴이 생각보다 젊어 보였고, 눈동자는 파란 하늘빛이었다. 리어든은 지금 다네스퀼을 똑바로 쳐다보면 위험하다는 생각에 경찰관이 입은 청색 제복의 황동 단추에 시선을 박고 있었지만 그의 의식을 가득 채우고 있는 것은 다네스퀼의 몸이었다. 옷 속의 알몸. 사라져버릴 수도 있는 몸. 그는 자신이 하는 말이 들리지 않았다. 그것은 마음의 귓전에서 맴도는 다네스퀼의 말 때문이었고, 지금 그에게 중요한 것은 그 말뿐이었다. "설령 목숨을 잃는다고 해도 그보다 더 귀한 목적에 목숨을 바칠 수는 없을 겁니다."

"리어든 씨, 그자를 보셨습니까?"

"아니, 못 봤습니다." 리어든이 대답했다.

경찰관은 아쉽다는 듯 어깨를 으쓱하고는 운전대를 손으로 감싸쥐었다.

"수상한 사람을 못 보셨다고요?"

"네."

"수상한 차가 지나가는 것도요?"

"네."

경찰관이 시동 장치에 손을 대며 말했다. "그자가 오늘 밤 이 근방에 나타났다는 정보가 입수되어 인근 다섯 개 군에 수사망을 쳐놓았습니다. 사람들이 겁먹을까 봐 이름은 밝힐 수 없지만 전 세계적으로 현상금이 300만 달러나 걸려 있는 인물입니다."

그가 시동을 걸자 경쾌한 엔진 소리가 터져 나왔다. 조수석 경찰관이 앞으로 몸을 기울였다. 그는 다네스퀼의 모자 속 금발을 눈여겨보고 있었던 것이다.

"리어든 씨, 그 사람은 누구입니까?" 그가 물었다.

"새 경호원입니다." 리어든이 대답했다.

"아……! 리어든 씨, 잘 생각하셨습니다. 시국이 어수선해서. 그럼, 안녕히 가십시오."

차가 앞으로 돌진해갔다. 붉은 미등이 점점 멀어져갔다. 다네스퀼은 순찰차가 사라지는 것을 지켜보다가 의미심장한 눈길로 리어든의 오른손을 보았다. 그제야 리어든은 자신이 경찰관들과 이야기할 때 주머니 속의 총을 쥐고 언제라도 꺼내들 태세를 갖추고 있었음을 깨달았다.

리어든은 황급히 주머니에서 손을 뺐다. 다네스퀼이 미소지었다. 그 눈부신 미소는 맑고 젊은 정신이 기쁜 순간을 맞이하는 소리 없는 웃음이었다. 리어든은 문득 프란시스코 단코니아의 미소가 떠올랐다. 두 사람이 닮지도 않았는데도 말이다.

라그나르 다네스퀼이 말했다. "당신은 거짓말을 한 것이 아닙니다. 나는 당신의 경호원이 맞으니까요. 당신은 아직 잘 모르겠지만 그럴 만한 자격도 있고요. 리어든 씨, 감사합니다. 그럼, 이만. 우리는 내가 바라던 것보다 훨씬 빨리 만나게 될 것 같습니다."

리어든이 대답하기도 전에 그는 자취를 감추었다. 아까 나타날 때처럼 눈 깜짝할 새에 소리도 없이 돌담 너머로 사라졌다. 리어든은 농장 들판을 살펴보았지만 어둠 속 어디에서도 그의 흔적은 찾을 수가 없었다.

리어든은 전보다 더 고적해 보이는 빈 길가에 서 있었다. 그의 발치에 떨어진 천에 싸인 물건의 한 귀퉁이가 드러나 달빛에 반짝이는 것이 보였다. 해적의 머리카락과 같은 색이었다. 그는 허리를 굽혀 그 물건을 집어 들고 다시 걸음을 옮겼다.

◆

열차가 급정거하면서 테이블의 칵테일이 쏟아지자 킵 차머스는 욕지거리를 해댔다. 몸이 앞으로 쏠리면서 한쪽 팔꿈치로 쏟아진 칵테일을 짚고 만 것이다.

"염병할 철도 같으니라고! 도대체 선로에 무슨 문제가 있는 거야? 돈이 그렇게 많으면서 좀 쓰지. 그럼 건초수레에 탄 농부처럼 이렇게 엉덩방아를 찧어댈 필요가 없잖아!"

그의 일행 세 사람은 굳이 대꾸하지 않았다. 밤늦은 시각이었고 그들이 아직 객실로 돌아가지 않고 라운지에 남아 있었던 것은 몸을 움직이기가 귀찮아서였다. 알코올 냄새에 젖은 뿌연 담배 연기 속에서 라운지 등불들은 희미한 현창처럼 보였다. 그들은 차머스가 정부에 요구해서 얻어낸 전용 객차에 타고 있었고, 그 객차는 혜성특급 끄트머리에 연결되어 있어서 혜성특급이 산굽이를 돌 때마다 흥분한 동물의 꼬리처럼 꿈틀거렸다.

킵 차머스가 머리가 희끗희끗한 작은 남자를 도전적으로 노려보며 말했다. "철도 국유화 운동을 벌여야겠어. 그게 내 공약이 될 거야. 마침 공약이 필요했는데. 나는 제임스 태거트가 마음에 안 들어. 물러터진 멍청이 같아서. 빌어먹을 철도! 철도를 우리 손에 넣을 때가 됐어."

작은 남자는 아무 흥미 없이 그를 바라보다가 말했다. "그만 가서 주무시죠. 내일 대집회에 멀쩡한 모습으로 나가셔야 하니까."

"우리가 제시간에 갈 수 있을 것 같나?"

"그래야만 합니다."

"그건 나도 알고 있어. 하지만 아무래도 제시간에 못 갈 것 같아. 이 굼벵이 특별열차가 몇 시간이나 지연돼서."

"반드시 제시간에 가야 합니다."

작은 백발 남자가 수단에는 관심 없고 오로지 목적만을

생각하는 고집스럽고 단조로운 목소리로 험악하게 말했다.

"염병, 내가 그걸 모르나?"

킵 차머스는 금빛 곱슬머리에다 입술 선이 분명하지 않은 입술을 가지고 있었다. 그는 어중간한 부와 명예를 지닌 가문 출신이면서도 부와 명예에 냉소를 보내며 최고 귀족들만 그런 냉소적인 무관심을 보일 수 있는 것처럼 굴었다. 그는 그런 귀족들을 전문적으로 길러내는 대학 출신이었다. 대학에서 그는 관념들의 목적은 생각이라는 것을 하려는 어리석은 사람들을 기만하기 위한 것이라고 배웠다. 워싱턴에 진출한 그는 도둑고양이가 무너져가는 건물의 창턱을 밟고 날렵하게 한 층씩 기어오르듯 부서를 옮겨가며 권력의 사다리를 올라갔다. 그는 어중간한 권력자의 지위에 올랐지만 보통 사람들 눈에 웨슬리 마우치에 버금가는 거물로 보이게 만드는 태도를 보였다.

킵 차머스는 자신만의 특별한 전략에 따라 대중정치에 뛰어들어 캘리포니아에서 국회의원에 출마하기로 결심했다. 하지만 그가 캘리포니아 주에 대해 아는 것은 영화산업과 해변 클럽들밖에 없었다. 차머스는 내일 밤 샌프란시스코에서 열리는 대대적으로 선전된 집회에서 처음으로 유권자들을 대면하기 위해 그곳으로 가고 있었고, 그의 선거 사무장이 이미 사전작업을 마친 상태였다. 사무장은 하루 일찍 출발하기를 원했지만 차머스는 워싱턴에서 열린 칵테일파티에 참석한 후 최대한 늦게 기차를 탔다. 그는 오늘 저녁 혜성특급이 6시간 지연되고 있다는 것을 알게 되기 전까지는 집회에 신경도 쓰지 않았다.

그의 세 명의 일행은 그의 기분에는 아랑곳하지 않고 그의 술을 즐기고 있었다. 그의 선거 사무장 레스터 턱은 체구가 작고 머리가 희끗희끗한 중년 남자로, 누구에게 맞아서 찌그러졌다가 다시 펴지지 않은 것 같은 얼굴을 하고 있었다. 변호사인 그는 몇 세대 전이었다면 좀도둑이나 부자 기업들을 상대로 돈을 뜯어내려는 사람들을 위해 일했겠지만, 지금은 킵 차머스 같은 사람들 밑에서 일을 더 잘할 수 있다는 것을 알고 있었다.

로라 브래드퍼드는 차머스의 내연녀였다. 차머스가 그녀를 택한 것은 그녀의 전 남자가 웨슬리 마우치였기 때문이다. 영화배우인 그녀는 영화사 간부가 아닌 고위 공직자들과 잠자리를 하는 지름길을 통해 유능한 주연배우에서 무능한 스타가 되었다. 그녀는 신문 인터뷰에서 삼류 타블로이드 신문에나 어울리는 호전적인 정의감에 찬 태도로 여배우의 매력이 아닌 경제에 대한 이야기를 했는데, 그녀의 경제론은 '우리는 가난한 사람들을 도와야 한다'는 주장으로 이루어져 있었다.

길버트 키스워딩은 차머스의 손님이었는데, 그 이유는 키스워딩 자신도, 차머스도 인정하고 싶지 않은 것이었다.

그는 세계적인 명성을 지닌 영국 소설가로 30년 전에는 인기가 높았지만, 그 후로는 아무도 그의 글을 읽지 않았다. 하지만 모두 그를 '걸어다니는 고전'으로 받아들였다. 그는 "자유? 우리 자유에 대한 이야기는 그만하자. 자유는 불가능한 것이다. 인간은 배고픔, 추위, 질병, 육체적 사고들로부터 자유로울 수 없다. 폭군인 자연으로부터도 결코 자유로울 수 없다. 그런데 왜 독재정치에는 반대해야 하는가?"라는 발언을 해서 심오한 인물로 인정받았다. 유럽 전체에서 그가 설파한 사상들이 현실화되자 그는 미국으로 건너왔다. 세월이 지나면서 그의 글과 몸뚱이는 점점 늘어졌다. 이제 일흔 살인 그는 머리를 염색하고 인간의 모든 노력은 부질없다는 요가 사상을 인용하며 냉소적인 태도를 취하는 뚱뚱한 노인이 되어 있었다. 킵 차머스가 그를 초대한 것은 고상해 보이기 위해서였고 길버트 키스워딩이 초대를 받아들인 것은 특별히 갈 곳이 없어서였다.

"염병할 철도원들! 일부러 이런다니까. 내 유세를 망치려고. 그 집회를 놓치면 안 되는데! 레스터, 어떻게 좀 해봐!" 킵 차머스가 말했다.

"해봤습니다." 레스터 턱이 말했다.

그는 바로 전 역에서 장거리 전화로 항공 편을 알아보았지만 이틀 동안은 운행하는 민간 항공기가 없었다.

"제시간에 도착하지 못하면 놈들의 머릿가죽을 벗기고

철도를 뺏어버릴 거야! 염병할 차장한테 빨리 좀 가라고 해!"

"벌써 세 번이나 말했습니다."

"그 자식을 해고시킬 거야. 기술적인 문제들에 대한 변명만 잔뜩 늘어놓고 말이야. 누가 변명 따위 듣고 싶대? 나를 일반 승객 취급하고 있어. 나를 태웠으면 내가 원하는 곳에 내가 원하는 시간에 모셔야지. 내가 타고 있는 걸 모르는 거야?"

"지금쯤은 알 거예요. 킵, 그만 좀 해요. 지겨우니까." 로라 브래드퍼드였다.

차머스는 자신의 술잔을 다시 채웠다. 열차가 흔들리면서 선반 위 유리그릇들이 달그락거렸다. 창밖으로 별이 총총한 밤하늘이 흔들리며 지나갔는데 마치 별들이 서로 부딪혀 소리를 내는 듯했다. 객차 끝 창문으로는 열차 마지막 칸을 나타내는 붉은색과 초록색 표시등의 작은 후광 모양 불빛들과 어둠 속으로 사라지는 선로밖에 보이지 않았다. 암벽이 열차와 경주를 벌였고 콜로라도의 높은 산봉우리들 사이로 이따금 별들이 떨어졌다.

길버트 키스워딩이 흡족하게 말했다. "산이라…… 이런 장관을 보고 있노라면 인간의 보잘것없음을 느끼게 되지. 유치한 물질주의자들이 자랑스러워하는 철도도 저 영구한 웅장함에 비하면 얼마나 하찮은가! 자연의 옷단을 꿰맨 실에 불과하지. 저 거대한 화강암이 하나라도 무너져 내리면 이 기차는 형체도 없이 사라지는 거지."

"화강암이 왜 무너져요?" 로라 브래드퍼드가 아무 흥미 없이 물었다.

"염병할 기차가 더 느려졌어. 놈들이 내 명령을 무시하고 속도를 늦추고 있어!" 킵 차머스가 말했다.

"그건…… 산속이라서……." 레스터 턱이 말했다.

"염병할 산! 레스터, 오늘이 며칠이지? 염병할 시차 때문에 도대체 날짜를 알 수가 있어야지."

"5월 27일입니다." 레스터 턱이 한숨지으며 말했다.

"5월 28일이네요. 자정에서 12분이 지났으니까." 길버트 키스워딩이 손목시계를 보며 말했다.

"맙소사! 그럼 집회가 **오늘**이야?" 차머스가 외쳤다.

"네." 레스터 턱이 대답했다.

"그럼 제시간에 못 가지! 우린……."

열차가 더 심하게 덜컹거리는 바람에 그는 손에 든 술잔을 놓치고 말았다. 술잔이 바닥에서 깨지는 소리와 급커브에서 바퀴 테두리가 선로에 긁히는 날카로운 소음이 뒤섞였다.

"당신네 철도는 안전합니까?" 길버트 키스워딩이 초조하게 물었다.

"젠장, 그럼요! 규제가 많아서 놈들은 감히 안전을 소홀히 할 수가 없어요!…… 레스터, 이제 얼마나 왔지? 다음 정거장이 어디지?"

"솔트레이크시티까지는 안 섭니다."

"아니, 다음 역이 어디냐고."

레스터 턱은 밤이 되면서부터 몇 분 간격으로 한 번씩 살펴보고 있던 꼬질꼬질한 지도를 꺼냈다.

"윈스턴. 콜로라도 윈스턴 역입니다."

킵 차머스는 다른 잔을 향해 손을 내밀었다.

"팅키 할러웨이가 그러는데, 당신은 이번 선거에서 지면 끝이라고 웨슬리가 말했대요." 로라 브래드퍼드가 말했다.

그녀는 의자에 널브러져 앉아서 차머스 너머 벽에 걸린 거울 속 자기 얼굴을 보고 있었다. 지루해서 재미삼아 차머스의 부아를 건드리는 것이었다.

"오호, 그랬단 말이지?"

"그래요. 웨슬리는 당신의 적이 선거에 이겨서 국회에 들어가는 걸 원치 않아요. 이번에 당신이 지면 노발대발할 걸요. 팅키 말로는……."

"염병할 놈! 자기 모가지나 조심하는 게 좋을걸!"

"오, 모르겠어요. 웨슬리는 그를 무척 좋아해요. 팅키 할러웨이 같았으면 거지 같은 기차 때문에 중요한 집회에 참석하지 못하는 일은 없었을 걸요. **그에겐** 아무도 감히 그런 짓을 못 하죠." 로라 브래드퍼드가 말했다.

킵 차머스는 술잔을 노려보며 낮은 목소리로 말했다.
"철도를 죄다 국유화시켜버리겠어."

"정말이지 나는 오래전에 철도를 국유화하지 않은 이유를 모르겠소. 개인의 철도 소유를 허용할 정도로 후진적인 국가는 지구상에 미국밖에 없어요." 길버트 키스워딩이 말했다.

"우리도 유럽을 거의 따라잡고 있습니다." 킵 차머스가 대답했다.

"당신네 나라는 믿을 수 없을 정도로 고지식해요. 시대에 완전히 뒤떨어져 있어요. 아직도 자유니, 인권이니 떠들고 있으니…… 우리 증조부 때 이후로는 들어보지도 못한 말들인데. 그건 부자들의 사치스러운 말장난일 뿐입니다. 어차피 가난한 사람들은 생계가 기업가에게 달려 있든 관료에게 달려 있든 다를 게 없어요."

"기업가들의 시대는 지났어요. 이제는……."

갑작스런 충격에 모두 바닥에 발을 붙인 채 앞으로 고꾸라졌다. 킵 차머스는 카펫 바닥에, 길버트 키스워딩은 테이블에 엎어졌고, 전등은 모두 꺼졌다. 유리잔들은 선반에서 떨어져 박살나고, 철제 벽은 금방이라도 쪼개질 듯한 날카로운 소리를 냈으며, 멀리서 바퀴들을 통해 쿵 소리가 전해졌다.

고개를 든 차머스는 기차가 멈춘 것을 깨달았다. 일행의 신음 소리와 로라 브래드퍼드의 히스테리컬한 비명이 들려왔다. 그는 문 쪽으로 기어가 완력으로 문을 열고는 계단 아래로 굴러 떨어졌다. 저 앞쪽 커브에서 움직이는 손전등 불빛들과 기관차가 있어야 할 자리가 아닌 곳에서 빛나는 붉은 불빛이 보였다. 그는 도움도 안 되는 성냥불을 켜 들고 흔드는 반벌거숭이 승객들과 부딪히며 어둠을 뚫고 비틀비틀 그쪽으로 다가갔다. 그러다 도중에 손전등을 든 남자를 발견하고 그의 팔을 붙잡았다. 차장이었다.

"무슨 일이야?" 그가 헐떡거리며 물었다.

"선로 파손으로 기관차가 탈선했습니다." 차장이 무덤덤하게 말했다.

"탈선……?"

"옆으로요."

"죽은…… 사람은?"

"없습니다. 기관사는 괜찮은데 기관사 조수가 다쳤습니다."

"선로 파손? 그게 무슨 소리야? 선로 파손이라니?"

차장의 표정이 이상했다. 차머스를 비난하는 듯한 엄격하고 단호한 표정이었다.

"선로가 마모되어서요. 특히 커브 부분이요." 차장이 강조해서 말했다.

"선로가 마모된 것을 몰랐단 말이야?"

"알았습니다."
"그런데 왜 교체를 안 했지?"
"교체하려고 했는데 로시 씨가 취소시켰습니다."
"로시가 누군데?"
"현재 우리의 운행 담당 부사장이 아닌 사람입니다."

차머스는 차장이 사고가 자신의 탓인 것처럼 비난 어린 눈으로 쳐다보는 이유를 알 수가 없었다.

"에…… 그럼, 기관차를 다시 선로에 올려야 하지 않나?"
"기관차 상태로 보아 다시는 못 쓸 것 같습니다."
"그래도…… 기차를 끌어야지!"
"불가능합니다."

차머스는 몇 개의 움직이는 불빛들과 약해진 비명 소리 너머로 결코 보고 싶지 않은 것을 보고 말았다. 어둠 속의 광대한 산지와 인가라고는 찾아볼 수 없는 수백 킬로미터에 걸친 정적, 암벽과 협곡 사이에 아슬아슬하게 난 철길. 그는 차장의 팔을 더 꽉 움켜잡았다.

"그럼…… 그럼 어쩌지?"
"기관사가 윈스턴에 전화하러 갔습니다."
"전화? 어떻게?"
"여기서 3킬로미터쯤 가면 전화가 있습니다."
"그들이 우리를 구해주러 올까?"

"그럴 겁니다."

"하지만……."

차머스의 마음속에서 과거와 미래가 현재에 연결되면서 그가 처음으로 비명을 질렀다.

"얼마나 기다려야 하지?"

"모르겠습니다."

차장은 차머스의 손을 뿌리치고 가버렸다.

윈스턴 역 야간 교환원은 사고 소식을 듣고 수화기를 내팽개치고 역장을 깨우러 계단을 달려 올라갔다. 역장은 열흘 전에 신임 지부장의 지시로 들어온 부랑자 출신의 건장하고 무뚝뚝한 사내였다. 그는 잠에 취해 비틀거리며 일어나다가 교환원의 말을 알아듣고 정신이 번쩍 들었다.

"뭐야? 맙소사! 혜성특급이?…… 그렇게 떨고 서 있지만 말고 실버스프링스에 전화해!" 역장이 헐떡거리며 외쳤다.

실버스프링스에 위치한 콜로라도 지부 야간 배차원이 소식을 전해 듣고 지부장 데이브 미첨에게 전화했다.

"혜성특급이? 기관차가 망가졌어? **디젤**기관차가?"

미첨은 침대에서 용수철처럼 튕겨 일어나 바닥으로 내려서며 수화기를 귀에 댄 채 헐떡거렸다.

"네."

"맙소사! 이럴 수가! 그럼 어쩌지?"

그러다 자신의 지위를 깨닫고 지시했다.

"구조열차를 보내."

"보냈습니다."

"셔우드 역에 전화해서 모든 열차 운행을 중단시키라고 해."

"그렇게 했습니다."

"운행 중인 열차는?"

"서부행 육군 화물 특별열차가 있습니다. 하지만 4시간쯤 지나야 도착합니다. 지연되고 있어서요."

"내가 지금 가지…… 잠깐, 빌, 샌디, 클래런스한테 연락해서 당장 나오라고 해. 난리가 났으니까!"

데이브 미첨은 자신이 늘 불운했고 세상이 공평하지 못하다는 불평을 달고 살았다. 그는 자신에게 기회를 주려 하지 않는 거물들의 음모에 대해 한탄했지만 '거물들'이 누구인지는 말하지 않았다. 그의 유일한 가치 기준은 연공서열이었다. 그는 자기보다 근무 기간이 짧은 사람들에게 번번이 승진에서 밀렸는데 그것이 바로 사회제도의 불공평성의 증거라고 주장했다. 하지만 '사회제도'가 무엇을 의미하는 것인지에 대해서는 설명하지 않았다. 그는 여러 철도회사에서 일했지만 한 회사에서 오래 버틴 적이 없었다. 특별한 잘못을 저지르지는 않았지만 "나는 그런 지시 못 받았다!"는 말을 너무 자주 해서 쫓겨난 것이었다. 그는 제임스 태거트와 웨슬리 마우치의 거래 덕에 지금의 자리를 얻게 된 것을 알지 못했다. 제임스 태거트가 여동생의 은밀한 사생활과 철도 요금 인상을 맞교환하자고 제안해오자 마우치는 어떤 거래를 하든 얻어낼 수 있는 것은 다 얻어내는 관행대로 한 가지 조건을 더 내걸었다. 그 조건이 바로 데이브 미첨에게 일자리를 주는 것이었는데, 미첨은 여론에 지대한 영향을 미치는 '세계진보친우회' 대표 클로드 슬레이젠호프의 매부였기 때문이다. 제임스 태거트는 미첨에게 일자리를 찾아주는 책임을 클리프턴 로시에게 떠맡겼다. 로시는 제일 먼저 난 자리에 미첨을 밀어넣었는데 바로 콜로라도 지부장 자리였다. 윈스턴 역에 보관 중이던 여분의 디젤기관차가 칙 모리슨 특별열차에 연결되자 콜로라도 지부장이 사표를 던지고 떠나버린 것이다.

"어떻게 하지?"

데이브 미첨이 옷도 제대로 입지 않은 채 잠이 덜 깬 상태로 사무실로 달려들어오며 외쳤다. 사무실에는 배차장과 열차장, 선로반장이 기다리고 있었다.

세 사람은 아무 대답도 하지 않았다. 그들은 철도회사에서 오랫동안 일해온 중년 남자들이었다. 한 달 전만 해도 그들은 사고가 터지면 자진해서 의견을 내놓았지만 이제 함부로 입을 열면 위험하다는 것을 알게 된 것이다.

"도대체 어떻게 하냐고!"

"한 가지 확실한 것은 석탄을 때는 기관차를 단 열차를 터널 안으로 보내서는 안 된다는 겁니다." 배차장 빌 브렌트가 말했다.

데이브 미첨의 표정이 시무룩해졌다. 모두 아는 사실이었지만 브렌트가 그 말을 입 밖에 낸 것이 못마땅했다.

"그럼 디젤기관차를 어디서 구하지?" 그가 성난 목소리로 물었다.

"구할 수 없습니다." 선로반장이 말했다.

"하지만 혜성특급을 밤새 측선에서 기다리게 할 수는 없어!"

"어쩔 수 없습니다. 지금 그런 이야기 해봐야 무슨 소용이 있습니까? 우리 지부에는 디젤기관차가 없는데." 열차장이 말했다.

"하지만 기관차 없이 어떻게 기차를 움직여?"

"대그니 태거트 부사장님이라면 그런 지시를 내리지 않을 겁니다. 로시 부사장님은 다르지만." 선로반장이 말했다.

미첨이 애원조로 물었다. "빌, 오늘 밤 도착 예정인 디젤기관차를 단 대륙횡단 열차가 있나?"

"제일 빠른 열차가 샌프란시스코발 236호 급행 화물열차인데 윈스턴 역에 오전 7시 18분 도착 예정입니다. 지금으로서는 그게 제일 가까이 있는 디젤기관차입니다. 제가 확인했습니다." 빌 브렌트가 가차 없이 말했다.

"육군 화물열차는?"

"그 열차는 기대하지 마십시오. 육군의 명령에 따라 그 어떤 열차보다, 혜성특급보다 더 우선순위에 있는 열차니까요. 게다가 축받이 상자에 두 번이나 화재가 발생하는 바람에 원래 일정보다 지연되고 있고요. 그 열차는 서해안 무기고로 군수품을 나르고 있습니다. 우리 콜로라도 지역에서는 그 열차가 멈추는 불상사가 일어나지 않도록 기도하는 게 좋을 겁니다. 혜성특급의 경우와는 비교도 할 수 없는 엄청난 화를 입게 될 테니까요."

모두 침묵에 빠져들었다. 여름밤이라 창문이 열려 있어서 아래층 배차원실에서 울리는 전화벨 소리가 다 들렸다. 한때는 복잡하고 분주했으나 이제 황량하기만 한 조차장 너머로 신호등 불빛이 깜빡이고 있었다.

미첨은 희미한 빛 속에서 증기기관차 몇 대의 검은 실루엣이 어렴풋이 보이는 차고를 바라보았다.

"터널이……." 그는 얼른 입을 다물었다.

"길이가 12킬로미터나 됩니다." 열차장이 강조해서 말했다.

"그냥 생각해본 거야." 미첨이 쏘아붙였다.

"생각도 안 하시는 게 좋을 겁니다." 브렌트가 부드럽게 말했다.

"나는 아무 말도 안 했어!"

"딕 호턴이 그만두기 전에 그와 무슨 이야기를 나누셨습니까?" 선로반장이 아무 상관 없는 이야기인 것처럼 무심히 물었다.

"터널 환기 장치 고장에 대한 이야기 아니었나요? 이제 그 터널은 디젤기관차가 다니기에도 안전하지 못한 상태가 되었다고 그가 말하지 않았나요?"

"그 이야기를 왜 꺼내지? 나는 아무 말도 안 했는데!"

콜로라도 지부 기술 책임자 딕 호턴은 미첨이 부임한 지 사흘 만에 그만두었다.

"그냥 생각나서요." 선로반장이 무심히 말했다.

미첨이 결정을 내리지 못하고 시간만 끌 것임을 아는 빌 브렌트가 말했다. "우리가 할 수 있는 일은 한 가지밖에 없습니다. 236호 열차가 아침에 도착할 때까지 혜성특급을 윈스턴에서 기다리게 했다가, 236호 디젤기관차를 혜성특급에 연결해 터널을 통과한 다음 우리가 가진 가장 좋은 증기기관차가 혜성특급을 목적지까지 끌고 가게 하는 겁니다."

"그럼 얼마나 지연되는데?"

브렌트는 어깨를 으쓱했다.

"12시간이나 18시간? 그야 모르죠."

"혜성특급을 18시간이나? 맙소사, 그건 전례가 없는 일이야!"

"요즘 우리에게 일어나고 있는 모든 일이 그렇죠."

브렌트의 활기차고 유능한 목소리에 놀랍게도 지친 기색이 역력했다.

"하지만 뉴욕에서는 우리 책임이라고 할 거야! 우리에게 책임을 몽땅 뒤집어씌울 거라고!"

브렌트는 어깨를 으쓱했다. 한 달 전이었다면 그런 부당한 일은 있을 수 없다고 생각했겠지만 지금은 그렇지 않았다.

"아무래도…… 달리 방법이 없을 것 같군." 미첨이 처량하게 말했다.

"그렇습니다."

"제길, 우리한테 왜 이런 일이 일어난 거지?"

"존 골트가 누구죠?"

낡은 전철용 기관차에 끌려온 혜성특급은 새벽 2시 30분이 되어서야 덜컹거리며 윈스턴 역 측선에 멈추어 섰다. 킵 차머스는 도저히 믿을 수가 없다는 듯한 화난 눈으로 황량한 산기슭의 오두막집들과 낡고 초라한 역사를 바라보았다.

"또 뭐야? 도대체 **여기** 왜 선 거야?"

그는 그렇게 외치며 벨을 눌러 차장을 불렀다.

기차가 다시 움직이고 안전해지자 공포가 분노로 변한 것이다. 그는 불필요한 공포에 시달리며 농락당한 기분이

두뇌에 내려진 정지 명령

었다. 그의 일행들은 아직도 라운지 테이블에 매달려 있었다. 놀라서 잠이 싹 달아나버린 것이다.

"얼마나 오래요? 아침까지요." 그의 물음에 차장이 냉정하게 대답했다.

차머스는 놀라서 멍하니 차장을 바라보았다.

"아침까지 여기 있는다고?"

"네, 차머스 씨."

"여기?"

"네."

"저녁에 샌프란시스코에서 집회가 있다고!"

차장은 대꾸하지 않았다.

"왜? 왜 여기 서 있어야 하는 거지? 도대체 왜? 무슨 일인데?"

차장은 경멸 어린 정중한 태도로 천천히, 끈기 있게 정확한 상황 설명을 했다. 하지만 킵 차머스는 초등학교에서, 중·고등학교에서, 그리고 대학에서 인간은 이성에 따라 살지도 않고, 그럴 필요도 없다고 배운 몸이었다.

차머스가 소리를 질렀다. "빌어먹을 터널! 내가 터널 때문에 여기 이렇게 붙들려 있을 것 같아? 지금 그깟 터널 때문에 국가의 중요한 계획을 망쳐놓겠다는 거야? 가서 기관사한테 말해. 무슨 일이 있어도 오늘 저녁까지 나를 샌프란시스코에 데려다줘야 한다고!"

"어떻게요?"

"그건 너희들이 알아서 할 일이지!"

"방법이 없습니다."

"그럼 방법을 찾아, 이 빌어먹을 자식아!"

차장은 대꾸하지 않았다.

"너희들의 기술적인 문제가 엄청난 사회적 손해를 끼치도록 내가 놔둘 것 같아? 내가 누군지 알아? 기관사한테 자리를 보전하고 싶으면 당장 출발하라고 해!"

"기관사는 회사 지시에 따릅니다."

"지시는 무슨 빌어먹을 지시! **내가** 바로 지시를 내리는 사람이야! 가서 당장 출발하라고 해!"

"차머스 씨, 역장님과 직접 말씀해보시는 게 좋을 것 같습니다. 제 마음대로 대답할 권한이 없어서요."

차장은 그렇게 말하고 나가버렸다. 차머스가 벌떡 일어났다.

그러자 레스터 턱이 불안한 목소리로 말했다. "어쩌면 사실인지도 몰라요⋯⋯ 방법이 없는지도 몰라요."

"방법은 찾으면 나오게 돼 있어!"

그러면서 차머스는 결연하게 문을 향해 걸어갔다. 그는 대학에 다닐 때 인간을 행동하게 하는 효과적인 방법은 두려움뿐이라고 배웠다.

차머스는 윈스턴 역의 초라한 사무실에서 지치고 늘어

진 얼굴로 졸고 있는 남자와 교환원 책상에 앉아 있는 겁에 질린 청년을 만났다. 그리고 두 사람은 그 어느 갱단에게서도 들어보지 못한 욕설을 조용히 듣고 있어야 했다.

"……터널을 어떻게 통과할지는 **내** 문제가 아니고 **당신들이** 해결할 문제야! 지금 당장 기관차를 연결해서 기차를 출발시키지 않으면 당신들은 끝장이야! 직업도 잃고 노동허가증도 뺏기고 이 빌어먹을 철도와 영원히 작별을 고하게 될 거라고!"

역장은 킵 차머스에 대해 들어본 적도 없고 그의 지위에 대해서도 알지 못했다. 하지만 지금은 불확실한 지위에 있는 알려지지 않은 사람들이 막강한 권력을 휘두를 수 있는 시대임을 알고 있었다.

역장이 애원조로 말했다. "차머스 씨, 저희에게는 결정권이 없습니다. 여기서 지시를 내리는 게 아니니까요. 실버스프링스에서 지시가 내려옵니다. 미첨 씨에게 전화하셔서……."

"미첨 씨가 누구요?"

"실버스프링스에 있는 지부장입니다. 그에게 연락을 하셔서……."

"고작 지부장이나 상대하라고! 제임스 태거트에게 연락하지!"

역장이 충격에서 헤어나기도 전에 차머스는 교환원에게

홱 돌아서며 명령했다.

"너…… 내가 부르는 대로 받아 적어서 당장 뉴욕으로 보내!"

역장은 한 달 전만 해도 승객이 제임스 태거트에게 그런 전갈을 보내는 걸 회사 방침에 따라 허용하지 않았겠지만 지금은 회사 방침에 대한 확신도 없었다.

> 뉴욕, 제임스 태거트 씨. 당신 직원들의 무능함으로 콜로라도 윈스턴 역에 발이 묶여 있는데 당신 직원들이 혜성특급에 기관차를 연결해주지 않고 있소. 오늘 저녁 샌프란시스코에서 국가적으로 엄청나게 중요한 집회가 있소. 당장 기차를 출발시키지 않으면 결과는 당신 상상에 맡기겠소.
>
> 킵 차머스

교환원이 태거트 철도의 파수꾼처럼 전국에 서 있는 전신주를 통해 전보를 전송하고 킵 차머스가 객차로 돌아간 후, 역장은 자신의 친구이기도 한 데이브 미첨에게 전화해 전보 내용을 읽어주었다. 미첨의 신음 소리가 들려왔다.

"데이브, 자네에게 이야기해줘야 할 것 같아서. 이름은 들어보지 못한 사람인데 중요한 인물인지도 몰라."

"나도 몰라! 킵 차머스? 신문에 만날 나는 이름이야. 최고위층과 함께. 뭐 하는 사람인지는 몰라도 워싱턴 사람이라면 시키는 대로 하는 게 상책이지. 맙소사, 어쩌면 좋지?" 미첨이 징징거렸다.

'시키는 대로 하는 게 상책이지' 뉴욕 교환원은 그렇게 생각하며 제임스 태거트의 집에 전화로 그 내용을 전달했다. 뉴욕은 새벽 6시가 가까운 시각이었고, 제임스 태거트는 밤새 뒤숭숭한 꿈에 시달리다가 전화벨 소리에 잠이 깼다. 그는 소식을 듣고 얼굴이 축 늘어졌다. 그도 윈스턴 역장과 같은 이유로 공포에 사로잡혔다.

그는 클리프턴 로시의 집에 전화했다. 그리고 킵 차머스를 향한 분노를 클리프턴 로시에게 쏟아부었다.

그는 수화기에 대고 소리를 질러댔다. "어떻게 좀 해봐! 내 일이 아니라 **자네** 일이니까 무슨 수를 쓰든 자네가 알아서 기차를 통과시켜! 도대체 무슨 일이야? 혜성특급이 멈췄다는 소리는 이제까지 들어본 적이 없어! 일을 어떻게 하고 있는 거야? 중요한 승객이 **나에게** 직접 전보를 보내게 하고, 참 잘하는 짓이다! 내 동생이 운행 부서를 맡고 있을 때는 아이오와, 아니 콜로라도에서 선로 대못 하나가 망가진 것 때문에 한밤중에 나를 깨운 일은 없었어!"

"죄송합니다. 오해 때문에 생긴 일입니다. 누군가 멍청한 실수를 저지른 겁니다. 걱정 마세요. 제가 해결할 테니까. 사실은 자고 있었는데 바로 처리하도록 하겠습니다."

클리프턴 로시가 사죄와 확신, 적절한 자신감이 균형을 이룬 목소리로 부드럽게 말했다.

클리프턴 로시는 자고 있었던 것이 아니라 나이트클럽 순례를 마치고 젊은 여자를 데리고 들어온 참이었다. 그는 여자에게 기다리라고 하고 서둘러 태거트 대륙횡단철도 사무실로 갔다. 야간 근무자들은 그가 몸소 나타난 이유를 아무도 알지 못했으나 그것이 불필요한 일이라고 말할 수 있는 사람도 없었다. 그는 이리저리 바쁘게 뛰어다녀서 여러 사람 눈에 띄었고 큰 활약을 하고 있는 듯한 인상을 주었다. 하지만 실제로 한 일이라고는 콜로라도 지부장 데이브 미첨에게 다음과 같은 전보를 보낸 것뿐이었다.

> 즉시 차머스 씨에게 기관차를 제공할 것. 불필요한 지체 없이 혜성특급을 안전하게 통과시킬 것. 임무를 제대로 수행하지 못하면 국민통합위원회에 회부해서 책임을 묻겠음.
>
> 클리프턴 로시

그러고는 기다리고 있는 여자를 불러내어 몇 시간 동안 연락이 닿지 않도록 시골 여관으로 차를 몰았다.

실버스프링스의 배차원은 데이브 미첨에게 전보를 건네며 그 내용을 황당하게 여겼지만 데이브 미첨은 즉시 상황을 파악했다. 철도회사에서는 승객에게 기관차를 제공하라는 식의 지시를 내리지 않는다는 것을 알고 있는 그였기에 그 전보가 일종의 쇼임을 간파할 수 있었다. 지금 무슨 쇼가 진행되고 있는지 짐작한 그는 누가 그 쇼의 희생양이 될 것인지 깨닫자 등줄기에 식은땀이 흘렀다.

"왜 그러세요?" 열차장이 물었다.

미첨은 대답하지 않았다. 그는 떨리는 손으로 수화기를 들고 뉴욕 교환원을 연결해달라고 했다. 그는 마치 덫에 걸린 짐승 같았다.

미첨은 뉴욕 교환원에게 클리프턴 로시의 집으로 연결해달라고 했다. 교환원이 전화를 연결했다. 하지만 클리프턴 로시는 전화를 받지 않았다. 미첨은 교환원에게 로시가 있을 만한 곳은 다 연결해보라고 부탁했다. 교환원이 그러마 하고 약속하자 미첨은 전화를 끊었지만 로시와 전화가 연결되기를 기다리거나 로시의 부서 사람과 통화해보아야 아무 소용 없다는 것을 알았다.

"무슨 일이에요?" 열차장이 다시 물었다.

미첨은 그에게 전보를 건넸다. 열차장의 표정을 보자 그 덫이 얼마나 무서운 것인지 실감이 되었다.

미첨은 네브래스카 주 오마하에 위치한 지역 본부에 전화해서 본부장을 바꾸어달라고 했다. 잠시 침묵이 흐르더니 오마하 교환원이 본부장은 사흘 전에 사표를 내고 사라졌다고 전했다.

"로시 부사장님과 문제가 좀 있어서요." 교환원이 덧붙였다.

미첨은 콜로라도 지부 담당 부본부장이라도 바꾸어달라고 했다. 하지만 부본부장은 출장 중이라 연락이 안 된다고 했다.

"다른 사람이라도 바꿔! 다른 지부 담당자라도! 나한테 지시를 내려줄 수 있는 사람을 바꾸라고!" 미첨이 외쳤다.

전화를 받은 사람은 아이오와-미네소타 지부 담당 부본부장이었다.

미첨이 설명을 시작하자 그가 말을 끊었다. "뭐라고요? 콜로라도 윈스턴? 그런데 왜 **나한테** 전화한 거요?…… 아니, 무슨 일인지 말하지 마시오. 난 알고 싶지 않으니까!…… 말하지 말라니까! 무슨 일인지는 몰라도 쓸데없이 나서서 나중에 추궁받고 싶지 않소. 그건 **내** 문제가 아니오!…… 다른 간부에게 말해요. 날 괴롭히지 말고. 내가 콜로라도와 무슨 상관이 있소?…… 젠장, 나도 몰라요. 기술 책임자한테 말해봐요!"

중부 지역 기술 책임자가 초조하게 대답했다. "네? 뭐라고요? 뭔데요?"

미첨은 필사적으로 설명했다. 기술 책임자는 디젤기관차가 없다는 말을 듣자 딱 잘라 말했다.

"그럼 당연히 보류시켜야지!"

하지만 차머스에 대한 이야기를 듣더니 갑자기 목소리에서 힘이 빠졌다.

"흠…… 킵 차머스? 워싱턴에서 온?…… 글쎄, 모르겠소. 그건 로시 부사장이 결정할 문제이지."

미첨이 설명했다. "로시 부사장님은 기관차를 제공하라고 지시했지만……."

그러자 기술 책임자는 크게 안도하며 "그럼 부사장님 지시대로 해요!"라고 말하고 전화를 끊었다.

데이브 미첨은 조심스럽게 수화기를 내려놓았다. 그는 더 이상 소리치지 않았다. 대신 도둑고양이처럼 살금살금 의자로 걸어갔다. 그리고 의자에 앉아서 오랫동안 로시의 전보를 들여다보았다.

그는 주위를 힐끔 둘러보았다. 배차원은 전화통에 매달려 있었다. 열차장과 선로반장도 다른 일로 바쁜 척하고 있었다. 미첨은 배차장 빌 브렌트가 집에 돌아가주었으면 하는 생각이 들었다. 빌 브렌트가 구석에 서서 그를 지켜보고 있었던 것이다.

브렌트는 키가 작고 마른 편이었지만 어깨는 넓었다. 나이는 마흔이었지만 그보단 젊어 보였고, 사무직의 창백한 얼굴과 카우보이의 냉엄하고 날렵한 이목구비를 가지고 있었다. 그는 태거트 최고의 배차원이었다.

미첨은 벌떡 일어나서 로시의 전보를 움켜쥐고 2층 자신의 사무실로 갔다.

데이브 미첨은 기술이나 운송 문제들은 잘 몰랐지만 클리프턴 로시 같은 인간들의 심리는 잘 알고 있었다. 그는 뉴욕의 중역들이 벌이는 게임을 알고 있었고 그들이 자신에게 무슨 짓을 하려 하는지도 짐작이 되었다. 전보에는 차머스 씨에게 석탄을 때는 증기기관차가 아닌 그냥 '기관차'를 제공하라고 적혀 있었다. 만일 불상사가 생기면 로시 부사장은 충격과 분노를 억누르지 못하는 목소리로 자기는 지부장이 당연히 '기관차'를 디젤기관차로 해석할 줄 알았다고 잡아뗄 터였다. 혜성특급을 **안전하게** 통과시키라고 지시했고, 지부장이 안전한 것이 무엇인지 알 것으로 기대했다고 주장할 터였다. 그리고 '**불필요한** 지체 없이'도 커다란 재앙의 가능성이 있다면 일주일, 한 달을 의미할 수도 있었다.

미첨은 이렇게 결론지었다. '뉴욕 중역들은 차머스가 집회에 제시간에 도착하건 못하건, 전례 없는 철도 대참사가 닥치건 말건 신경 쓰지 않는다. 어떤 경우든 책임을 피하는 데만 급급하다. 기차를 붙잡아두면 그들은 나를 희생양 삼아 차머스의 분노를 달랠 것이고, 기차를 보냈는데 무사히 터널을 통과하지 못하면 내 무능함 탓으로 몰 것이다. 어느 경우든 그들은 내가 지시를 어겼다고 주장할 것이다.

내가 누구에게 무엇을 증명할 수 있겠는가? 분명하게 정해진 정책이나 절차, 규정, 원칙이 없는 국민통합위원회 같은 곳에서 심판을 받게 되면 아무것도 증명할 수가 없다. 그들은 죄의 유무에 대한 기준 없이 그때그때의 상황에 따라 판결을 내리니까.'

데이브 미첨은 법철학에 대해서는 무지했지만 규칙에 얽매이지 않는 법정은 사실에 구애받지 않고 정의가 아닌 사람을 우선시하며, 따라서 그곳에서 심판받는 자의 운명은 그가 한 일이 아니라 어떤 사람을 아느냐 모르느냐에 달려 있다는 사실은 알고 있었다. 미첨은 그런 법정에서 제임스 태거트, 클리프턴 로시, 킵 차머스와 그들의 권력자 친구들을 상대로 싸운다면 자신에게 과연 승산이 있을지 생각해보았다.

데이브 미첨은 스스로 결정하는 것을 피하며 평생을 살아왔다. 무슨 일이든 지시가 내려올 때까지 기다렸고 절대로 확신을 갖지 않았다. 그의 두뇌가 하는 일이라곤 불공평함에 대한 분노와 불평뿐이었다. 그는 자신에게만 늘 불운이 닥친다고 생각했다. 지금도 겨우 좋은 자리에 앉았는데 윗사람들이 그를 희생양으로 삼으려 하고 있었다. 그는 자신이 지금의 자리에 앉은 것이나 윗사람들의 계략이 결국은 같은 뿌리를 가지고 있음을 깨닫지 못하고 있었다.

미첨은 로시의 전보를 바라보며 혜성특급은 그대로 두

고 차머스의 객차만 기관차에 연결시켜 터널로 들여보낼 수도 있다고 생각했다. 하지만 이내 고개를 저었다. 그럼 차머스가 위험을 눈치챌 것이기 때문이었다. 차머스는 증기기관차를 거부하고 존재하지도 않는 안전한 디젤기관차를 요구할 터였다. 게다가 그렇게 하면 자신이 사전에 위험성을 충분히 인식하고 있었다는 뜻이 되니 책임을 면하기가 어려웠다. 상황을 정확하게 이해하고 있음을 공공연하게 밝히는 것, 그것이야말로 그의 윗사람들이 피하는 것이었고 게임의 열쇠였다.

데이브 미첨은 자신의 주위 환경에 저항하거나 윗사람들의 도덕성에 의문을 제기하는 인물이 아니었다. 그가 내리는 선택은 윗사람들의 정책을 따르기 위한 것이지 그것에 도전하기 위한 것이 아니었다. 그는 기술적인 면에서는 빌 브렌트에게 상대도 못 되었지만 이런 문제에 있어서만큼은 빌 브렌트를 쉽게 이길 수 있었다. 과거에는 세상에서 살아남으려면 빌 브렌트의 재능이 필요했지만 지금 세상에서 필요한 것은 데이브 미첨의 재능이었다.

데이브 미첨은 비서의 타자기 앞에 앉아서 두 손가락으로 열차장과 선로반장에게 내리는 지시를 조심스럽게 타이핑했다. 열차장에게 내리는 지시는 '비상사태'가 발생했으니 당장 기관차 승무원들을 호출하라는 내용이었고, 선로반장에게 내리는 지시는 '비상지원을 위해 확보 가능한 최고의 기관차를 윈스턴으로 보내 대기시키라'는 것이었다.

그는 지시서 사본을 주머니에 넣고 사무실 문을 열고 야간 배차원을 소리쳐 부른 후 아래층에 있는 두 사람에게 지시서를 전하라고 했다. 야간 배차원은 윗사람을 믿는 양심적인 청년이었고 철도회사에서는 기강이 그 무엇보다 중요하다는 것을 알고 있었다. 그는 미첨이 말로 지시하지 않고 지시서를 쓴 것이 이해가 되지 않았지만 잠자코 명령에 따랐다.

미첨은 초조하게 기다렸다. 잠시 후 선로반장이 조차장을 가로질러 차고 쪽으로 가는 것이 보였다. 그는 안도감을 느꼈다. 두 사람이 따지러 올라오지 않은 것으로 보아 그들 역시 게임을 이해한 것이 분명했기 때문이다.

선로반장은 땅바닥을 내려다보며 걷고 있었다. 그는 아내와 두 아이, 그리고 평생 벌어서 장만한 집을 생각했다. 그는 윗사람들이 무슨 게임을 벌이고 있는지 알고 있었고 그들의 뜻에 따라야 하는지 고민 중이었다. 그는 지금껏 일자리를 잃는 것에 대해 두려워해본 적이 없었다. 윗사람과 싸워서 직장을 그만두어도 얼마든지 다른 직장을 구할 수 있을 정도로 유능했기 때문이다. 하지만 이제 직장을 그만두거나 새 직장을 구할 권리가 없어져서 신중하게 처신할 수밖에 없었다. 윗사람에게 대들었다가는 절대적인 권력을 휘두르는 국민통합위원회에 회부될 것이고, 그곳에서 불리한 판결을 받으면 취직 자체가 불가능해져 서서히 굶어 죽어야 할 것이기 때문이었다. 그는 국민통합위원회에 회부되면 불리한 판결을 받게 될 것임을 알았다. 도무지 일관성이라고는 없는 그곳의 판결에는 권력자들의 입김이 암암리에 작용하고 있었기 때문이다. 그가 차머스와 대결해서 어떻게 이길 수 있겠는가? 과거에는 고용주들이 자기이익을 위해 그에게 최고 능력을 발휘해줄 것을 요구했다. 하지만 이제 능력은 요구되지 않는다. 과거에는 회사에서 최선을 다할 것을 요구하고 그에 따른 보상을 해주었다. 하지만 이제 양심에 따라 일하면 처벌밖에 주어지지 않는다. 과거에는 생각하는 것이 요구되었지만 이제는 생각하지 말고 무조건 복종해야 한다. 양심을 지키는 것도 권장하지 않는다. 그런데 왜 목소리를 높여야 하는가? 누구를 위해서? 그는 승객들을 생각했다. 혜성특급에 탄 300명의 승객들. 그리고 자신의 아이들을 생각했다. 그에게는 고등학교에 다니는 아들과 가슴이 터질 듯 자랑스러운 딸이 있었다. 열아홉 살인 딸은 근처에서 최고 미녀로 꼽히고 있었다. 그는 그 아이들을 실직자의 자식으로 만들 수는 없었다. 폐업한 공장 주변의 주택단지와 끊어진 철도를 따라 이어진 황폐한 지역에서 본 그런 아이들처럼 살게 할 수는 없었다. 그는 지금 자기 자식과 혜성특급 승객들의 목숨 중 한쪽을 선택해야만 한다는 사실을 깨닫고 소스라치게 놀랐다. 과거에는 이런 갈등은 존재할 수가 없었다. 승객의 안전을 지켜서 자식을 먹여 살렸으니까. 과거에는 승객을 위하는 것이 곧 자식을 위하는 것이었고 이해관계의 충돌이 없었다. 둘 중 하나를 희생시켜야 할 필요가 없었다. 그런데 이제 승객을 구하려면 자식을 희생시켜야 했다. 그는 자기희생의 아름다움과 다른 사람을 위해 자신의 가장 소중한 것을 희생시키는 미덕에 대한 설교들이 어렴풋이 기억났다. 그는 윤리철학에 대해서는 아는 것이 없었지만 분노에 찬 야만적인 고통을 느끼며 그런 것이 미덕이라면 자신은 미덕을 실천하지 않겠노라고 다짐했다.

그는 차고로 들어가서 덩치 큰 낡은 증기기관차를 윈스턴 역에 보낼 준비를 하라고 지시했다.

열차장은 배차 사무실에서 기관차 승무원들을 호출하기 위해 수화기로 손을 뻗었다. 하지만 수화기를 들고 멈칫했다. 그들을 죽음으로 호출하는 것이라는 생각이 들어서였다. 명단에 있는 20명 중에서 그의 선택에 의해 두 명이 목숨을 잃게 될 수도 있었다. 그는 오싹한 기분을 느꼈다. 걱정스럽다기보다는 그저 당황스럽고 놀라웠다. 그의 일은 사람들을 죽음으로 불러내는 것이 아니라 생계를 유지할 수 있게 불러내는 것이었다. 그는 자신의 손이 멈춰 있는 것이 이상했다. 그의 손을 멈추게 한 것은 그가 20년 전,

아니 바로 한 달 전에 느꼈어야 했던 감정이었다.

그는 마흔여덟 살이었다. 그는 가족도, 친구도 없는 혈혈단신이었다. 그에게는 스물다섯 살이나 어린 아들 같은 동생이 있었는데 모든 정성을 그 동생에게 쏟았다. 그는 동생을 공과대학에 보냈다. 동생은 이마에 천재의 표시가 찍혀 있는 듯했고 모든 선생님이 천재성을 인정했다. 형이 오로지 동생에게만 헌신했듯이 동생은 공부밖에 몰랐다. 스포츠나 파티, 여자에게는 관심조차 없었고 발명가의 꿈에만 매달렸다. 동생은 대학을 졸업한 후 그 나이로는 파격적인 연봉을 받고 매사추세츠의 큰 전기회사 연구소에 들어갔다.

오늘은 5월 28일이었다. 5월 1일에 법령 10-289호가 발령되었다. 그리고 그날 저녁 열차장은 동생이 자살했다는 연락을 받았다.

열차장은 나라를 구하기 위해 그 법령이 꼭 필요하다는 이야기를 들었다. 하지만 그것이 사실인지는 알 수 없었다. 나라를 구하는 데 무엇이 필요한지 그로서는 알 수 있는 방법이 없었기 때문이다. 하지만 그는 뭐라고 표현할 수 없는 감정에 이끌려 지역 신문사를 찾아가 동생의 죽음에 대한 기사를 실어달라고 요구했다. "국민들도 알아야 하니까요." 그는 그 이유밖에 댈 수 없었다. 그의 멍든 마음속에서 내려진 결론은 법령이 국민의 뜻이라면 그들도 당연히 동생의 자살에 대해 알아야 한다는 것이었다. 그는 국민들이 진실을 안다면 그런 짓을 벌였을 리가 없다고 생각했다. 하지만 신문사에서는 국민들의 사기를 떨어뜨린다는 이유로 그의 요구를 거절했다.

열차장은 정치철학 같은 것은 몰랐지만 바로 그 순간 자신이 인간이나 국가의 생과 사에 대한 관심을 모두 잃게 되었음을 깨달았다.

그는 수화기를 들고 지금 호출하려는 사람들에게 경고를 해줘야 하는 것인지도 모른다고 생각했다. 그들은 그를 신뢰했고, 그가 모든 것을 알면서도 자신들을 사지로 몰아넣은 줄은 꿈에도 모를 터였다. 하지만 그는 고개를 흔들었다. 그것은 낡은 생각이었다. 그 역시 그들을 신뢰했던 시절의 유물이었다. 이제는 상관없었다. 아무런 감정적 반응도 없는 진공 상태에서 생각을 끌어내듯 그의 두뇌가 천천히 움직였다. 그는 누군가에게 미리 경고하면 문제가 생길 것임을 알고 있었다. 분명 싸움이 일어날 것이고 그러면 일을 진행하기가 몹시 힘들어질 터였다. 게다가 무엇을 위해 골치 아픈 싸움을 감수해야 하는지 생각도 나지 않았다. 진실을 위해? 아니면 정의? 아니면 형제애? 그는 애쓰고 싶지가 않았다. 그러기에는 너무 지쳐 있었다. 명단에 있는 모든 사람에게 위험을 경고해주면 아무도 기관차를 몰지 않을 것이고, 그러면 두 승무원은 물론 혜성특급에 탄 300명의 생명까지 구할 수 있었다. 하지만 그에게 '생명'은 그저 하나의 단어일 뿐 아무 의미도 없었다.

그는 수화기를 귀에 대고 기관사와 기관사 조수를 한 사람씩 호출했다.

데이브 미첨이 아래층에 내려갔을 때 306호 기관차는 윈스턴 역을 향해 떠난 뒤였다.

"궤도 모터카 대기시켜. 페어마운트에 갈 거니까." 그가 지시했다.

페어마운트는 동쪽으로 32킬로미터쯤 떨어진 작은 역이었다. 모두 잠자코 고개를 끄덕였지만 빌 브렌트는 그곳에 없었다. 미첨은 브렌트의 사무실로 갔다. 브렌트는 책상에 조용히 앉아 있었다. 기다리고 있었던 것처럼 보였다.

"난 페어마운트에 갈 거야." 미첨이 당연한 일이라 대답할 필요 없다는 듯한 목소리로 말했다.

"몇 주 전에 거기 디젤기관차가 하나 들어왔어······. 긴급 보수를 한다나 뭐라나······ 가서 쓸 수 있는지 알아봐야겠어."

그가 잠시 말을 멈추었으나 브렌트는 침묵을 지켰다.

미첨이 브렌트의 시선을 피하며 말했다. "일이 돌아가는 꼴을 보니 혜성특급을 아침까지 붙잡아 두는 것은 불가능하겠어. 이렇게 저렇게 모험을 걸 수밖에 없어. 페어마운트의 디젤기관차를 쓸 수 있을지 어떨지 모르지만 우리에게는 그게 마지막 방법이야. 그러니까 내가 30분 안에 연락이 없으면 306호 기관차로 혜성특급을 끌도록 지시서에 서명해."

브렌트는 자신이 방금 들은 말을 믿을 수가 없었다. 그는 바로 대답하지 않고 시간을 끌다가 아주 조용히 말했다.

"아니요."

"그게 무슨 소리인가?"

"그렇게 못 합니다."

"그렇게 못 하다니, 무슨 소리야? 이건 명령이야!"

"못 합니다."

감정에 휩쓸리지 않은 확고한 목소리였다.

"명령에 따르지 않겠다는 건가?"

"그렇습니다."

"하지만 자넨 그럴 권리가 없어! 난 자네와 그 문제에 대해 입씨름할 생각도 없고. 난 책임자로서 이미 결정을 내렸고, 지금 자네 의견을 구하는 게 아니야. 자네 일은 내 명령에 따르는 거야."

"그럼 서면으로 명령을 내려주시겠습니까?"

"빌어먹을, 지금 나를 못 믿겠다는 거야? 자네……?"

"페어마운트에 직접 가셔야만 하는 이유가 뭐죠? 전화로 물어보면 안 되나요?"

"누구한테 이래라저래라야! 건방지게 어디서 따지고 들

어! 입 닥치고 내가 시키는 대로 해. 안 그러면 국민통합위원회에 회부할 테니까!"

브렌트의 카우보이 얼굴에서 감정을 읽어내기란 쉽지 않지만 미첨은 공포 비슷한 것을 보았다. 하지만 그가 바라는 겁에 질린 표정은 아니었다.

브렌트는 내일 아침이 되면 미첨이 그런 명령을 내렸다는 사실을 부인할 것임을 알고 있었다. 미첨은 306호 기관차를 윈스턴에 보낸 것은 어디까지나 '대기' 목적이었음을 증명하는 지시서를 내보일 터였다. 그러면서 자기는 디젤 기관차를 구하러 페어마운트에 갔고, 배차장 빌 브렌트가 독단적으로 치명적인 명령을 내렸다고 주장할 것이 뻔했다. 어차피 이 사건은 면밀한 조사가 요구되는 대단한 일도 아니라 어떤 사건이든 면밀한 조사를 하지 않는다는 점에서만큼은 일관성을 유지하고 있는 국민통합위원회에서는 미첨이 제시한 증거 정도면 충분하다고 판단할 터였다. 브렌트는 자신도 똑같은 게임을 벌여 다른 사람에게 책임을 전가할 수 있고 자신이 그 정도의 두뇌는 가지고 있다는 것을 알았지만 그런 짓을 하느니 차라리 죽는 편이 나았다.

브렌트가 공포에 질린 것은 미첨의 협박 때문이 아니었다. 높은 사람에게 이 사실을 보고해 재앙을 막고 싶은데 콜로라도에서 오마하, 뉴욕까지 그럴 만한 대상이 아무도 없다는 사실 때문이었다. 윗사람들 모두가 게임에 참여하고 있었고 미첨에게 방법을 알려준 것도 그들이었다. 그들 모두가 데이브 미첨과 한패였다.

빌 브렌트는 종이에 적힌 숫자 몇 개만 보고도 콜로라도 지역 철도 전체가 파악되듯, 자신의 인생 전체와 지금 자신이 내리려고 하는 결정의 결과가 한눈에 보였다. 그는 사랑이란 것을 모르고 청춘을 보낸 뒤 서른여섯 살이 되어서야 마음에 드는 여자를 만났다. 하지만 약혼 기간이 4년이 되도록 아직 결혼을 하지 못하고 있었다. 어머니와 아이가 셋이나 딸린 채 과부가 된 누이를 부양해야 했기 때문이다. 그는 자신의 능력을 믿었기에 인생의 무거운 짐들을 두려워한 적이 없었다. 그리고 애초에 감당할 자신이 없는 책임은 떠맡지도 않았다. 그는 열심히 일해서 돈을 모았고 이제 마음 편히 행복을 누릴 때가 되었다고 생각했다. 몇 주 후, 오는 6월에 결혼식을 올리게 된 것이다. 그는 책상에 앉아 데이브 미첨을 바라보며 그 생각을 했지만 그것 때문에 망설여지진 않고 아쉬움과 아득한 슬픔만 일었다. 아득한 슬픔인 건 이 순간에는 결혼식 생각을 할 수 없기 때문이었다.

빌 브렌트는 인식론에 대해서는 몰랐지만 사람은 자신의 이성적 현실 인식에 따라 살아야 하고 그것에 반하는 행동을 하거나, 그것을 피하거나, 그것을 대체할 것을 찾을 수 없다는 것은 알고 있었다. 그리고 자신도 그렇게 살 수밖에 없다는 것도.

그는 책상에서 일어서며 말했다. "내가 이 자리에 있는 한 당신 명령을 어길 수 없는 건 사실이죠. 하지만 그만두면 가능합니다. 그만두겠습니다."

"뭐라고?"

"지금 당장 그만둔다고요."

"이 염병할 자식, 넌 그만둘 권리가 없어! 그걸 몰라? 그럼 내가 감옥에 처넣을 거란 걸 몰라?"

"아침에 경찰을 보내세요. 집에 있을 테니까. 도망칠 생각 없어요. 갈 곳도 없고."

데이브 미첨은 187센티미터의 큰 키에 권투선수 같은 단단한 몸집을 가지고 있었지만 왜소한 빌 브렌트 앞에서 분노와 공포로 부들부들 떨고만 있었다.

"그만둘 수 없어! 법으로 금지되어 있으니까! 법은 내 편이야! 절대 못 나가! 오늘 밤 이 건물에서 못 나가게 할 거야!"

브렌트는 문을 향해 걸어갔다.

"아까 나한테 내린 명령을 다른 사람들 앞에서 다시 내릴 수 있어요? 아니라고요? 그럼 그만두겠습니다."

그가 문을 밀자 미첨이 주먹을 날려 그의 얼굴을 쳐서 쓰러뜨렸다.

열차장과 선로반장이 열린 문가에 서 있었다.

"저 자식 그만둔대! 저 겁쟁이 자식이 하필 이런 때 그만둔대! 저 자식은 범법자이고 겁쟁이야!" 미첨이 소리쳤다.

빌 브렌트는 천천히 바닥에서 몸을 일으키며 눈에 피가 흘러들어 흐릿해진 시야로 두 남자를 올려다보았다. 그들은 모든 상황을 알면서도 모르는 척하고 싶어하는, 자신들을 정의 앞에 세우려는 그를 증오하는 닫힌 얼굴을 하고 있었다. 그는 말없이 일어나서 밖으로 걸어나갔다.

미첨은 다른 사람들의 시선을 피하며 저쪽에 있는 야간 배차원을 고갯짓으로 불렀다.

"야, 너, 이리와. 지금부터 네가 일을 맡아야 하니까."

미첨은 문을 닫고 페어마운트에 있는 디젤기관차 이야기와 자기가 30분이 지나도 연락이 없으면 306호 기관차를 혜성특급에 연결하라는 지시를 내리라는 이야기를 했다. 청년은 생각하거나 말하거나 이해할 수 있는 상태가 아니었다. 자신의 우상이었던 빌 브렌트의 피투성이 얼굴이 자꾸만 떠올랐던 것이다.

"네, 지부장님." 청년이 멍하니 대답했다.

데이브 미첨은 페어마운트로 떠나는 궤도 모터카에 오르며 눈에 띄는 모든 조차원, 전철수, 청소부에게 혜성특급에 연결할 디젤기관차를 구하러 간다고 알렸다.

야간 배차원은 책상에 앉아 벽시계와 전화기를 번갈아

보면서 미첨에게 연락이 오기를 간절히 기다렸다. 하지만 정적 속에서 시간이 흐르고 3분밖에 남지 않자 자신도 설명할 수 없는 공포에 휩싸였다.

청년은 열차장과 선로반장을 향해 머뭇거리며 물었다. "지부장님이 페어마운트로 떠나기 전에 지시를 내렸는데 그대로 따라야 하는 건지…… 제 생각에는 옳은 일 같지가 않아서요. 무슨 지시였냐 하면……."

열차장은 고개를 돌려버렸다. 야간 배차원은 그의 동생과 같은 또래였지만 그는 아무런 연민도 느끼지 않았다.

선로반장이 날카로운 목소리로 "지부장님 지시대로 해. 네 생각 같은 건 필요 없어"라고 말한 뒤 밖으로 나가버렸다.

제임스 태거트와 클리프턴 로시가 회피한 책임이 당혹감에 빠진 야간 배차원의 떨리는 어깨에 놓여 있었다. 청년은 망설이다가 철도회사 간부들의 선의와 유능함을 의심해서는 안 된다는 생각으로 용기를 끌어모았다. 그런 생각은 지난 세기의 것임을 알지 못했던 것이다.

그는 철도원의 양심적인 정확성으로 시곗바늘이 약속된 시간을 가리키는 것을 확인하고 나서야 306호 기관차를 혜성특급에 연결하라는 지시서에 서명하고 그 지시서를 윈스턴 역으로 보냈다.

윈스턴 역장은 그 지시서를 보고 소스라치게 놀랐지만

그는 권위에 저항하는 인물이 아니었다. 그는 어쩌면 그 터널이 생각만큼 위험하지 않을 수도 있다고 스스로에게 말했다. 그리고 요즘 같은 시대에는 생각을 하지 않고 사는 것이 최선이라고 결론지었다.

그가 지시서를 복사해서 혜성특급 차장과 기관사에게 건네자 차장은 사무실 안의 얼굴들을 천천히 둘러보고는 말없이 지시서를 접어 주머니에 넣고 밖으로 나갔다.

기관사는 지시서를 들여다보다가 바닥에 던지며 말했다. "난 못 해요. 우리 철도가 이런 지시를 내리는 곳이라면 여기서 일 안 해요. 그만두겠어요."

"하지만 자네는 그만둘 수 없어! 그럼 경찰에 체포된다고!" 역장이 외쳤다.

"경찰이 나를 찾을 수 있다면요."

기관사는 그렇게 말하고 산속의 광막한 어둠 속으로 걸어갔다.

실버스프링스에서 306호 기관차를 끌고 온 기관사가 사무실 구석에 앉아 있다가 킥킥 웃으며 말했다.

"겁쟁이로군."

역장이 그에게 고개를 돌렸다.

"조, **자네가** 하겠나? 자네가 혜성특급을 끌어보겠나?"

조 스콧은 술에 취해 있었다. 예전에는 철도원이 술을 마시고 근무하는 것은 수두에 걸린 의사가 진료를 보는 것과 같이 취급되었다. 하지만 조 스콧은 특별한 인물이었다. 그는 3개월 전 안전수칙을 어겨 큰 사고를 내는 바람에 해고되었지만 2주일 전 국민통합위원회 명령으로 복직되었다. 그는 프레드 키넌의 친구로 노조에서 고용주가 아닌 노조원들에 대항해 키넌의 이익을 지켜주었다.

"좋아요, 내가 혜성특급을 끌죠. 빨리만 달리면 터널을 무사히 통과할 수 있을 겁니다." 조 스콧이 말했다.

306호 기관사 조수는 기관실에 남아 있었다. 그는 사람들이 나와서 기관차를 혜성특급에 연결시키는 광경을 불안하게 지켜보았다. 그리고 32킬로미터 거리의 커브길 너머에 있는 터널의 빨강과 초록 불빛들을 바라보았다. 그는 유순한 성격이었고, 기관사로 승진하겠다는 희망도 없이 훌륭한 기관사 조수로 사는 것에 만족했다. 그의 재산이라고는 건장한 몸뚱어리뿐이었다. 그는 윗사람들이 알아서 잘할 것이라는 믿음이 있었기에 아무것도 묻지 않았다.

차장은 혜성특급 끄트머리에 서 있었다. 그는 터널 불빛과 길게 이어진 혜성특급 창문들을 바라보았다. 불이 켜진 창문들도 있었지만 대부분은 내려진 블라인드 가장자리로 푸른 야간등 불빛만 희미하게 새어나왔다. 그는 승객들을 깨워 위험을 경고해줘야 한다고 생각했다. 예전에 그는 자신보다 승객의 안전을 우선시했다. 그것은 인류애 때문이 아니라 자신의 일에 대한 긍지 때문이었다. 하지만 지금은 경멸 어린 무관심만 남아 있었고 승객들을 구하고 싶은 마음도 없었다. '그들은 법령 10-289호를 요구하고 받아들였다. 그들은 날마다 국민통합위원회가 힘없는 사람들에게 내리는 판결을 외면하며 살고 있다. 그런데 내가 그들을 외면하지 못할 이유가 무엇인가? 내가 그들의 목숨을 구해준다고 해도, 내가 명령에 불복하고 공포를 조장하고 차머스가 제시간에 목적지에 도착하지 못하도록 만든 죄로 국민통합위원회에 회부되면 누구 하나 나서서 나를 변호해주려고 하지 않을 것이다. 나는 사람들이 안전하게 무책임한 악에 탐닉할 수 있도록 순교자가 되고 싶지는 않다.'

차장은 시간이 되자 랜턴을 들어 기관사에게 출발 신호를 보냈다.

발아래 열차 바퀴가 요동치며 앞으로 굴러가기 시작하자 킵 차머스가 레스터 턱에게 의기양양하게 말했다.

"봤지? 사람들을 다룰 때는 **겁을** 줘야 한다니까."

차장은 마지막 객차 연결 통로에 올라섰다. 하지만 그가 반대편으로 몰래 내려서 어두운 산속으로 들어가는 것을 본 사람은 아무도 없었다.

전철수가 전철기를 작동시켜 혜성특급을 측선에서 간선으로 보낼 준비를 하고 있었다. 그는 천천히 다가오는 혜성특급을 바라보았다. 열차의 존재는 그의 머리 위 높은 곳을 비추는 눈부신 흰 구체와 그의 발아래 선로를 진동시키는 천둥 같은 굉음으로만 느껴졌다. 그는 전철기를 작동시켜서는 안 된다는 것을 알고 있었다. 10년 전 어느 날 밤 홍수가 났을 때 물에 떠내려가는 기차를 목숨 걸고 구했던 기억이 떠올랐다. 하지만 이제 시대가 바뀌었다. 전철기를 작동시키고 혜성특급 전조등이 옆으로 움직이는 것을 본 순간, 그는 앞으로 평생 자신의 일을 증오하게 될 것임을 깨달았다.

혜성특급은 측선을 벗어나 곧게 뻗은 간선을 따라 산속으로 들어갔다. 전조등 불빛이 길을 가리키는 기다란 팔 같았고, 열차 맨 뒤의 불 켜진 전망 라운지 창에서 길이 끝나는 듯했다.

혜성특급의 승객 일부는 깨어 있었다. 기차가 구불구불한 산길을 올라가기 시작했을 때 그들은 창문 아래쪽으로는 윈스턴의 작은 불빛들을, 위쪽으로는 터널 입구의 빨강과 초록 신호등을 볼 수 있었다. 윈스턴의 불빛들은 시야에서 사라졌다가 나타날 때마다 점점 작아지고 터널의 검은 구멍은 점점 커져갔다. 이따금 검은 베일이 창을 가려 불빛들이 희미해졌는데 석탄을 때는 기관차에서 나온 자욱한 연기였다.

터널이 가까워지면서 멀리 남쪽 하늘 가장자리에서 바람에 꿈틀대며 타오르는 불길이 보였다. 승객들은 그것이 무엇인지 알지 못했고, 알고 싶어하지도 않았다.

흔히 대참사는 순전히 운이라고 말한다. 그리고 혜성특급 승객들은 그런 일을 당할 만한 죄를 지었거나 책임이 있지 않다고 주장할 사람들도 있을 것이다.

 1번 객차 A 침실의 남자는 사회학 교수였다. 그는 개인의 능력은 전혀 중요하지 않고 개인의 노력은 무익하며, 개인의 양심은 불필요한 사치이고, 개인의 정신이나 개성, 성취 따위는 존재하지 않으며, 모든 것은 집단적으로 성취되고 중요한 것은 대중이지 인간이 아니라고 가르쳤다.

 2번 객차 1인실 7호 남자는 언론인으로, '대의를 위해서라면' 강제력을 동원하는 것은 적절하고 도덕적인 일이라는 글을 썼다. 그는 자신이 '대의'라고 생각하는 것을 위해서라면 사람들에게 물리적인 힘을 행사할 권리가 있다고, 인생을 망쳐놓고 야망을 억압하고 욕망을 억누르고 신념을 짓밟고 감옥에 가두고 약탈하고 살해할 수 있다고 믿었다. 그의 '대의'란 분명하게 정의된 개념이 아니라 그 어떤 지식의 제한도 받지 않는 '느낌'에 의해 정해지는 것이었다. 그는 감정이 지식보다 우월하다는 생각으로, 오직 자신의 '선의'와 총의 힘에만 의존했던 것이다.

 3번 객차 1인실 10호 여자는 늙은 여선생이었다. 그녀는 평생 교단에서 다수의 의지가 선과 악의 유일한 기준이며, 다수는 무엇이든 뜻대로 할 수 있고 개성을 내세우지 말고 다른 사람들이 하는 대로 따라야 한다고 가르쳐서 무력한 아이들을 지독한 겁쟁이로 길러냈다.

4번 객차 B 특실의 남자는 신문 발행인으로, 인간은 천성적으로 악하고 자유에 맞지 않으며 거짓말하고 강탈하고 서로를 죽이려는 본능을 갖고 있다고 믿었다. 따라서 사람들에게 일을 시키고 도덕적으로 살도록 가르치고 질서와 정의의 경계를 벗어나지 못하게 하려면 지배층에 예외적 특권을 부여해 거짓말, 강탈, 살인으로 다스려야 한다고 주장했다.

5번 객차 H 침실의 남자는 기회균등법에 따라 정부 대출을 받아 광산을 소유하게 된 사업가였다.

6번 객차 A 특실의 남자는 '동결된' 철도 채권을 사들여 워싱턴 친구들을 이용해 '해제시켜' 거금을 벌어들인 금융가였다.

7번 객차 5번 좌석의 남자는 노동자였는데, 고용주가 자신을 원하든 원하지 않든 자신에게는 일자리를 가질 '권리'가 있다고 믿었다.

8번 객차 1인실 6호 여자는 강사였는데, 자신은 소비자로서 철도회사 사정에 관계없이 운송서비스를 받을 '권리'가 있다고 믿었다.

9번 객차 1인실 2호 남자는 경제학 교수로, 사유재산권 폐지를 옹호하며 산업 생산에서 인간의 지성은 아무런 역할도 할 수 없으며, 인간의 정신은 물질적 도구에 의해 결정되므로 기계만 있으면 누구라도 공장이나 철도회사를 운영할 수 있다고 말했다.

10번 객차 D 침실의 여자는 두 아이의 엄마로, 머리 위 침대에 아이들을 재우고 외풍과 덜컹거림으로부터 보호해 주고 있었다. 그녀의 남편은 법령을 집행하는 공무원이었다. 그녀는 "나는 상관없어요. 법령 때문에 다치는 것은 부자들뿐이니까. 그리고 나는 무엇보다도 내 아이들을 생각해야 하니까요"라며 남편을 옹호했다.

11번 객차 1인실 3호 남자는 우는소리를 달고 사는 왜소한 신경증 환자였다. 그는 싸구려 희곡을 썼는데, 사회적인 메시지를 담는답시고 사업가들은 모두 악한이라는 인상을 주는 음란한 내용들을 소심하게 집어넣었다.

12번 객차 1인실 9호 여자는 주부였는데, 투표권을 행사한답시고 알지도 못하는 정치인에게 표를 던져 나라의 산업을 지배하게 만들었다.

13번 객차 F 침실의 남자는 변호사로, "나요? 그 어떤 정치제도 아래에서도 잘 적응할 수 있죠"라고 말했다.

14번 객차 A 침실의 남자는 철학 교수로, 정신도 없고 (터널이 위험하다는 것을 어떻게 알지?), 실체도 없으며(터널이 존재한다는 것을 어떻게 증명하지?), 논리도 없고(왜 기차가 동력 없이는 움직일 수 없다고 주장하지?), 원칙도 없으며(어째서 인과법칙에 매여야만 하지?), 권리도 없고(왜 사람을 일자리에 강제로 묶어놓을 수 없지?), 도덕도 없으며(철도를 운영하는 데 도덕이 무슨 상관이지?), 절대적인 것도 없다고(살든 죽든 무슨 차이가 있지?) 가르쳤다. 우리는 아무것도 모르고(왜 윗사람의 명령에 불복하지?), 그 무엇도 확신할 수 없으며(자신이 옳다는 것을 어떻게 알지?), 그때그때의 편의에 따라 행동해야 한다고(일자리를 잃고 싶은 것은 아니지?) 주장했다.

15번 객차 B 특실의 남자는 부를 물려받은 인물로, "왜 리어든만 리어든 금속을 생산할 수 있는 거지?"라고 거듭 주장했다.

16번 객차 A 침실의 남자는 인도주의자로, 이렇게 말했다. "유능한 사람들? 그들이 무슨 일을 겪든 난 신경 안 써요. 그들은 무능한 사람들을 위해 불리한 대우를 받아야만 합니다. 솔직히 나는 그게 정당하든 그렇지 못하든 상관 안 해요. 곤궁한 이들에게 자비를 베풀기 위해 유능한 사람들의 정의를 외면하는 것은 자랑스러운 일이죠."

이 승객들이 깨어 있었다. 그리고 혜성특급 승객들 중에 그들과 생각이 다른 사람은 없었다. 기차가 터널로 들어갈 때 본 와이엇의 횃불이 그들이 지상에서 본 마지막 장면이었다.

사랑하기 때문에

 언덕 비탈의 나무 꼭대기들이 햇살과 하늘빛에 물들어 은푸른색으로 빛났다. 대그니는 오두막 문가에 서서 이마에 첫 햇살을 받으며 발아래 펼쳐진 숲을 바라보았다. 나뭇잎들은 아래로 내려갈수록 은빛에서 초록으로, 그리고 길 위 그늘의 푸르스름한 연기 색깔로 변해갔다. 나뭇가지 사이로 떨어진 햇빛이 양치식물 덤불에 부딪혀 갑자기 위로 솟구치며 초록 광선의 분수를 만들었다. 대그니는 모든 것이 정지된 상태에서 빛의 움직임을 지켜보는 것이 즐거웠다.

 그녀는 매일 아침 그랬던 것처럼 침실 벽에 붙여놓은 종이에 날짜를 표시했다. 종이 위 날짜의 흐름은 정지된 그녀의 일상에서 유일한 움직임이었고 무인도에 갇힌 사람의 기록과도 같았다. 오늘 날짜는 5월 28일이었다.

대그니는 목표를 정해놓고 종이에 날짜를 기록하고 있었지만 자신이 그 목표에 이르렀는지는 알지 못했다. 그녀는 세 가지 과제를 가지고 이곳에 왔다. 휴식, 철도 없이 사는 것, 고통에서 벗어나는 것. 그녀는 상처 입은 낯선 사람에게 묶여 있는 듯한 기분이었고, 그 낯선 사람이 언제 고통의 발작을 일으켜 자신을 고통의 늪으로 끌어들일지 알 수 없었다. 그녀는 그 낯선 사람에게 아무런 연민도 없었다. 다만, 경멸에 찬 조바심만 느낄 뿐이었다. 그를 물리쳐야 앞으로 무엇을 하고 싶은지 자유로이 결정할 수 있었다. 하지만 그 낯선 사람은 만만한 상대가 아니었다.

휴식이라는 과제는 상대적으로 쉬웠다. 그녀는 자신이 고독을 좋아한다는 사실을 깨달았다. 아침이면 무엇이든 과감히 시도하고 기꺼이 해낼 수 있을 듯한 자신만만한 기분으로 잠에서 깼다. 도시에서는 분노와 역겨움, 경멸을 견뎌내기 위해 늘 긴장 속에서 살았다. 이곳에서 그녀를 위협하는 것은 신체적인 사고로 인한 단순한 고통이었고, 그것은 상대적으로 무해하고 견디기 쉬웠다.

오두막은 길에서 멀리 떨어져 있었고 아버지가 남긴 상태 그대로였다. 대그니는 나무를 때서 요리를 했는데 언덕배기에서 땔감을 모았다. 그녀는 담장 밑 덤불을 제거하고, 지붕을 새로 얹고, 문과 창틀에 페인트칠도 새로 했다. 도로에서 언덕을 따라 오두막까지 이어진 계단식 길이 비와 잡초, 덤불로 인해 사라져버렸다. 대그니는 돌을 새로 깔고 부드러운 흙으로 된 가장자리 둑을 돌담으로 보강했다. 고철과 밧줄을 이용해 지레와 도르래를 만들어서 그녀 힘으로는 도저히 감당할 수 없는 바위를 옮기는 게 즐거웠다. 대그니는 금련화와 나팔꽃 씨앗도 뿌렸다. 금련화가 천천히 땅을 덮고 나팔꽃이 나무줄기를 감아 올라가는 것에서 전진과 움직임을 보고 싶어서였다.

일은 그녀에게 필요한 평온함을 가져다주었다. 그녀는 어떻게, 왜 시작했는지도 모른 채 일을 시작했지만 일이 손에 익으면서 자신을 앞으로 끌어당겨주고 마음을 치유하는 평온함을 주는 것을 느꼈다. 그녀는 자신에게 필요한 것은 목적을 향한 움직임, 크기나 형태에 상관없이 정해진 목표를 향해 시간을 가로질러 한 걸음씩 나아가는 것임을 알게 되었다. 식사를 준비하는 일은 닫힌 원과 같아서 완료되면 그것으로 끝이었다. 하지만 길을 만드는 일은 하루하루 누적되는 것이라 오늘은 과거의 모든 날을 담고 있고 내일 속에서 영원할 수 있었다. 대그니는 이런 생각이 들었다. '원은 물리적 세계에 맞는 움직임이다. 사람들은 우리를 둘러싼 생명 없는 우주에는 원형의 움직임밖에 없다고 말한다. 하지만 직선은 인간의 표상이다. 도로와 철도, 다리를 만드는 기하학적 추상의 직선, 시작에서 끝으로의 목적 있는 움직임으로 자연의 곡선적인 목적 없음을 가로

지르는 직선. 식사를 준비하는 것은 기관차가 달리도록 석탄을 때는 것과 같다. 하지만 달리지도 않을 기관차에 석탄을 때는 일은 그 얼마나 어리석은 짓인가! 인간의 삶은 원이 되어서는 안 된다. 닫힌 원들로만 이루어져 있어서는 안 된다. 하나의 목표에서 그 다음 목표로 움직이는 직선이어야 한다. 다음 목표는 이전 목표들의 총합이어야 하며, 마치 철도 여행을 하듯 한 역에서 다음 역으로…… 오, 그만!'

상처 입은 낯선 사람의 비명이 멎자 그녀는 자신에게 조용하고 단호하게 말했다. '그만. 그 생각은 하지 마. 너무 멀리 보지 마. 이 길을 만드는 게 좋으면 길 만드는 일에만 집중해. 언덕 너머는 보지 마.'

대그니는 30킬로미터쯤 떨어진 우드스톡에 생활용품과 식료품을 사러 몇 번 다녀왔다. 쓰러져가는 건물들이 모여 있는 우드스톡은 그 존재 이유와 희망이 잊힌 지 오래였다. 그곳에는 철도도, 전기도 들어오지 않았고 해가 갈수록 한산해지는 고속도로밖에 없었다.

하나뿐인 가게는 초라한 목조 건물이었다. 가게 안은 구석구석 거미줄투성이였고 지붕이 새서 빗물이 떨어져 바닥 한가운데가 썩어 있었다. 가게 주인은 뚱뚱하고 얼굴이 창백한 여자로 힘겹게 몸을 움직였고 불편함에 아무 관심도 없는 듯했다. 가게에 구비된 식료품이라곤 상표 빛깔이 바랜 먼지투성이 통조림과 곡물, 문밖 낡은 통에서 썩어가는 몇 가지 채소가 전부였다.

"채소를 햇빛이 안 드는 곳으로 옮기지 그러세요?"

대그니가 그렇게 묻자 가게 주인은 그런 질문을 받을 줄 몰랐다는 듯 멍한 시선을 보내며 무심하게 대답했다.

"늘 거기 있었어요."

대그니는 차를 몰고 오두막으로 돌아오면서 깎아지른 듯한 화강암 절벽 아래로 세차게 떨어져 내리는 폭포를 바라보았다. 물보라가 햇빛을 받아 무지개를 이루고 있었다. 대그니는 저곳에 자신의 오두막과 우드스톡에 전력을 공급할 수 있는 작은 수력발전소를 만들면 좋겠다는 생각이 들었다. '우드스톡은 생산적인 곳이 될 수도 있다. 저 언덕배기 울창한 숲에 야생 사과나무가 많이 모여 있는 것은 과수원이 있던 자리라는 뜻이다. 누군가 과수원을 다시 가꾸고 가장 가까운 철도에 작은 지선을 만든다면…… 오, 그만!'

대그니가 다음에 우드스톡에 갔을 때 가게 주인이 말했다. "오늘은 등유가 없어요. 목요일 밤에 비가 와서. 비가 오면 트럭이 페어필드 계곡을 통과할 수 없어요. 도로가 침수돼서. 등유 트럭은 다음 달까지 이쪽으로 못 와요."

"비가 올 때마다 도로가 침수된다는 것을 알면서도 왜 침수 방지 공사를 하지 않는 거죠?"

대그니가 묻자 가게 주인이 대답했다.

"그 도로는 늘 그랬어요."

대그니는 돌아오는 길에 언덕 꼭대기에 멈추어 서서 언덕 아래를 내려다보았다. 페어필드 계곡 쪽을 보니 강보다 낮은 습지를 따라 구불구불 이어진 도로가 두 언덕 사이의 계곡을 지나고 있었다. '두 언덕을 우회해 강 건너편에 도로를 내면 간단할 것이다. 어차피 우드스톡 주민들은 할 일도 없고 내가 가르쳐주면 된다. 남서쪽으로 직선 도로를 내서 고속도로와 연결하면 거리도 수 킬로미터 짧아지고 화물역과…… 오, 그만!'

날이 저문 후 대그니는 등유 램프를 치우고 촛불을 켜놓고 앉아서 작은 휴대용 라디오로 음악을 들었다. 협주곡이 나오는 채널을 찾다가 요란한 뉴스 소리가 들리면 다이얼을 더 빨리 돌렸다. 도시 소식을 듣고 싶지 않았던 것이다.

그녀는 오두막에 온 첫날 밤에 다짐했다. '태거트 대륙횡단철도 생각은 하지 말자. 그 이름이 '애틀랜틱 서던'이나 '어소시에이티드 철강'처럼 아무렇지도 않게 들릴 때까지.' 하지만 몇 주가 흘러도 상처에 딱지가 앉지 않았다.

대그니는 자신의 예측 불가능한 마음의 잔인성과 싸우고 있는 듯한 기분이었다. 밤에 침대에 누워 잠에 빠져들기 직전 문득 인디애나 주 윌로벤드 석탄 보급소의 낡은 컨베이어벨트가 떠올랐다. 마지막으로 갔을 때 자신의 자동차 창문 밖으로 본 모습이었다. 그녀는 담당자에게 컨베이어벨트를 교체하라고 지시해야겠다고 생각하다가 벌떡 일어나 앉으며 "그만!" 하고 외쳤다. 그런 날이면 밤새 잠을 이룰 수가 없었다.

해질녘 오두막 문가에 앉아 황혼 속에서 나뭇잎들의 움직임이 잦아드는 모습을 지켜보다가 어두워져가는 풀밭 여기저기서 깜빡이는 개똥벌레 불빛을 보면 경고를 보내는 듯한 그 불빛이 밤에 철도 위에서 깜빡이는 신호등처럼…… '그만!'

그녀가 두려워하는 것은 "그만!"이라는 명령에 따를 수 없을 때, 벌떡 일어날 수 없을 때였다. 정신의 고통인지 육체의 고통인지 구분할 수 없을 때, 그럴 때면 오두막 바닥이나 숲에 주저앉아 의자나 바위에 얼굴을 대고 요란한 비명을 내지르지 않으려고 안간힘을 썼다. 그럴 때면 마치 연인의 몸처럼 실감나게 다가오는 것들이 있었다. 멀리서 하나의 점으로 합쳐지는 두 개의 선로……. 'TT'라는 글자를 달고 허공을 가르는 기관차의 정면……. 객차 바닥 아래에서 덜컹거리는 바퀴 소리……. 태거트 터미널 중앙 홀에 있는 냇 태거트의 동상. 그녀는 그것들을 외면하려고, 그것들을 느끼지 않으려고 온몸이 뻣뻣이 굳은 채 팔에 얼굴을 비벼댔다. 그러면서 남은 의식을 끌어모아 얼른 끝내자고 소리 없이 다짐하고 또 다짐했다.

공학적으로 냉정하고 분명하게 문제를 바라볼 수 있을 때는 오랜 시간 평온함을 유지할 수 있었다. 하지만 아무 답도 얻지 못했다. 그녀는 철도로 다시 돌아가는 것이 불가능하거나 부당하다는 확신만 있다면 철도에 대한 필사적인 갈망이 사라질 것임을 알았다. 그 갈망은 진실과 정의는 자신의 편이며, 적은 불합리하고 비현실적이라는 확신에서 비롯되었다. 자신의 정당한 성취가 자신보다 우월한 존재가 아닌 무력하고 가증스러운 악의 손에 넘어간 마당에 다시 새로운 목표를 세우고 그것에 애정을 쏟을 수는 없었다.

'나는 철도를 포기할 수 있어. 여기서, 이 숲에서 만족을 찾을 수 있어. 먼저 길을 만들어 저 아래 도로까지 내려가고, 도로를 다시 닦아 우드스톡의 가게 주인에게 가는 거야. 하지만 그게 끝이야. 무기력하게 세상을 바라보는 공허하고 창백한 얼굴이 종착점이라고. 왜?' 그녀는 그렇게 절규했지만 아무 대답도 들을 수 없었다.

'그럼 그 질문에 답할 수 있을 때까지 여기 머무르는 거야. 너는 갈 곳도 없고 움직일 수도 없으니까. 너는 목적지를 선택할 수 있는 지혜를 얻기 전까지는 길을 낼 수 없으니까.'

대그니는 길고 고요한 저녁에는 감상에 젖어 남쪽의 이울어가는 빛 너머의 닿을 수 없는 먼 곳을 바라보며 앉아 있기도 했다. 그것은 행크 리어든을 그리워하는 마음 때문이었다. 그녀는 그의 단호한 얼굴을 보고 싶었다. 희미한 미소를 머금고 그녀를 바라보던 확신에 찬 얼굴. 하지만 그녀는 자신이 싸움에서 이길 때까지 그를 볼 수 없다는 것을 알고 있었다. 그의 미소는 그와 동등한 힘을 지닌 맞수를 위한 것이지 그 미소에서 위안을 얻으려 하고, 그 의미를 파괴하는 고통에 무너진 비참한 여자를 위한 것이 아니니까. 리어든은 그녀가 살 수 있도록 도울 수는 있어도 삶의 목적을 정하는 것에는 도움을 줄 수 없었다.

대그니는 달력에 '5월 15일'을 표시한 아침 이후로 막연한 불안감을 느끼기 시작했다. 그래서 가끔 억지로 뉴스를 들었지만 그의 이름은 나오지 않았다. 그를 걱정하는 마음은 그녀와 도시의 마지막 연결고리로 자꾸만 남쪽 지평선을, 언덕 아래 도로를 바라보게 만들었다. 그녀는 그가 오기를 기다리고 있었다. 자동차 소리가 들리기를 기다리고 있었다. 하지만 이따금 나뭇가지 사이를 돌진하는 큰 새의 날갯짓 소리가 그녀에게 헛된 희망을 품게 할 뿐이었다.

그녀를 과거와 이어주는 또 하나의 연결고리는 아직 해결되지 않은 문제로 남아 있는 쿠엔틴 대니얼스와 그가 다시 만들고 있는 모터였다. 6월 1일까지는 그에게 월급을 보내야 했다. 자신이 회사를 그만두었고 이제 자신도, 이 세상도 그 모터를 필요로 하지 않는다고 그에게 전해야 할까? 연구를 중단하고 그 모터를 다시 쓰레기더미에 버리라고 말해야 할까? 대그니는 도저히 그렇게 할 수 없었다. 철도를 떠나는 것보다 그게 더 힘든 것 같았다. 모터는 과거와의 연결고리가 아니라 그녀에게 마지막으로 남은 미래와의 연결고리였다. 그것을 없애는 것은 살해가 아니라 자살행위였다. 연구를 중단하라는 지시를 내리는 것은 자신에게 더 이상의 목표가 없음을 확인하는 것이었다.

'아니, 그건 아니야.' 5월 28일 아침, 그녀는 오두막 문간에 서서 생각했다. '이제 더 이상 인간의 정신이 최고의 성취를 이룰 수 없다는 건 말이 안 돼. 그럴 수는 없어.' 그녀는 어떤 고난 속에서도 악은 자연법칙에 어긋나는 일시적인 것이라는 확고한 신념을 버릴 수 없었다. 특히 오늘은 그 어느 때보다 더 강하게 느꼈다. 도시 인간들의 추악함과 자신이 겪는 고통은 덧없는 것이고, 햇살 가득한 숲을 보고 있노라면 가슴 가득 차오르는 미소짓는 희망, 그 무한한 약속이야말로 영구적이고 진실한 것이었다.

그녀는 문가에 서서 담배를 피웠다. 등 뒤의 방에 있는 라디오에서 할아버지 시대의 교향곡이 흘러나오고 있었다. 그녀는 음악에 귀 기울이지 않고 담배에서 천천히 피어오르는 연기와 이따금 담배를 입으로 가져가는 자신의 팔 동작의 배경 음악 같은 화음의 흐름만 의식하고 있었다. 그녀는 눈을 감고 가만히 서서 몸에 닿는 햇살을 느끼며 생각했다. '이것이 성취다. 이 순간을 즐기는 것. 고통스러운 기억이 이 순간을 방해하지 못하게 하는 것. 이런 기분을 유지할 수 있다면 앞으로 나아갈 힘을 갖게 될 것이다.'

그녀는 음악에 섞인 낡은 레코드판이 긁히는 소리 같은 희미한 잡음을 거의 의식하지 못했다. 제일 먼저 그녀의 의식에 들어온 것은 자신의 손이 갑자기 담배를 휙 던져버린 것이었다. 그리고 바로 그 순간 잡음이 점점 커지고 그것이 자동차 소리임을 깨달았다. 그녀는 자신이 그 소리를 얼마나 듣고 싶었는지, 행크 리어든을 얼마나 간절히 기다려왔는지 그제야 비로소 깨달았다. 그녀는 자신의 웃음소리를 들었다. 산길을 달려 올라오는 자동차 소리임에 분명한 회전하는 금속의 단조로운 음을 방해하지 않으려는 듯 낮고 조심스러운 웃음소리였다.

대그니는 도로를 볼 수 없었다. 언덕 아래 나뭇가지 아치 밑이 조금 보일 뿐이었다. 하지만 점점 커지는 씨근덕거리는 엔진 소리와 커브를 도는 바퀴 소리로 자동차가 달려오는 모습을 볼 수 있었다.

자동차가 나뭇가지 아치 밑에서 멈추었다. 리어든의 검정 해먼드가 아니라 기다란 회색 오픈카였다. 대그니는 운전자가 차에서 내리는 것을 보았다. 이곳에 나타날 수 없는 남자였다. 프란시스코 단코니아였다.

대그니가 느낀 충격은 실망이 아니었다. 이제 실망은 부적절하다는 느낌이었다. 그것은 열의였고, 엄숙한 평온함이었으며, 그녀가 알지 못하는 엄청나게 중대한 일이 닥쳐오고 있다는 확신이었다.

프란시스코는 빠르게 언덕을 향해 걸어오며 고개를 들어 위를 보았다. 그는 대그니가 오두막 문가에 서 있는 것을 보고 걸음을 멈추었다. 대그니는 그의 표정을 볼 수가 없었다. 프란시스코는 그녀를 올려다보며 한참을 서 있었다. 그러더니 언덕을 올라오기 시작했다.

대그니는 어린 시절의 한 장면 같다는 생각이 들었다. 프란시스코는 뛰지는 않았지만 의기양양하고 자신만만하게 다가오고 있었다. 아니, 이것은 어린 시절이 아니라 미래의 한 장면이라고 대그니는 생각했다. 그녀가 그 시절에 꿈꾸었던 삶이 실현되었더라면, 두 사람이 그녀가 생각했던 길을 갔더라면 그들은 이런 아침을 맞이하게 되었을 터였다. 대그니는 놀라움에 몸이 굳은 채 프란시스코를 바라보며 이 순간을 현재가 아닌 두 사람의 과거에 대한 경의로 받아들였다.

가까이 다가온 프란시스코는 엄숙함을 초월한 눈부시게 환한 표정을 짓고 있었다. 마치 즐겁고 편안할 자격을 얻기라도 한 듯한 천진한 얼굴이었다. 그는 싱글벙글 웃으며 가벼운 발걸음에 맞추어 휘파람을 불었다. 대그니는 그 휘파람의 멜로디가 왠지 친근했고 이 순간 잘 어울린다는 생각이 들었다. 그러면서도 한편으로는 무언가 이상했고, 지금은 생각이 나지 않지만 무언가 중요한 것과 연관이 있는 것만 같았다.

"안녕, 굼벵이!"

"안녕, 프리스코!"

대그니는 자신을 바라보는 프란시스코의 눈길에서, 순간적으로 그의 눈이 감기는 것에서, 애써 턱을 당기며 자제하는 모습에서, 그의 입술에 긴장이 풀리며 희미한 미소를 감추지 못하는 것에서, 그러다 갑자기 거칠게 자신을 끌어안는 것에서 그것이 무의식적인 행동이며 그가 의도했던 것이 아님을, 하지만 두 사람에게는 지극히 당연한 행동임을 알 수 있었다.

프란시스코의 필사적이고 격렬한 포옹과 입맞춤, 그의 몸의 희열에 찬 굴복은 순간의 쾌락이 아니었다. 대그니는 단순한 육체적 갈망만으로 사람이 이 지경에까지 이를 수 없다는 것을 알고 있었다. 그것은 그녀가 그에게서 들어본 적이 없는 말이었고, 남자가 할 수 있는 최고의 사랑 고백이었다. 그가 자신의 인생을 망치기 위해 무슨 짓을 했든 지금의 모습은 대그니가 자랑스럽게 사랑을 나누었던 바로 그 프란시스코 단코니아였다. 대그니가 세상에서 어떤 배신을 당했든 인생에 대한 그녀의 비전은 옳았고 그 파괴

불가능한 일부가 그의 안에 남아 있었다. 대그니는 그것에 대한 대답으로 그의 몸에 반응했다. 그를 안고 입을 맞추며 자신의 갈망을, 과거에도 늘 그랬던 것처럼 앞으로도 영원히 그를 인정할 것임을 고백했다.

하지만 다음 순간, 지난 세월이 떠올랐다. 프란시스코가 위대한 인물일수록 그것을 파괴한 그의 죄는 더욱 커진다는 깨달음이 그녀에게 예리한 고통을 주었다. 그녀는 프란시스코에게서 몸을 빼고 고개를 저으며 그에게, 그리고 자신에게 말했다.

"안 돼."

프란시스코는 무장 해제된 채 미소를 지으며 대그니를 바라보았다.

"아직은. 먼저 네 용서를 받아야 할 게 많지. 하지만 이제 난 네게 모든 걸 말할 수 있어."

대그니는 그가 그렇게 작고 숨죽인 목소리로 무력하게 말하는 것을 들어본 적이 없었다. 그는 자제력을 되찾으려 애쓰고 있었다. 그의 미소에는 사죄가 담겨 있었다. 응석을 받아주기를 애원하는 어린아이 같은 사죄. 하지만 그 미소에는 어른의 즐거움도 들어 있었다. 지금 자신이 억누르고 있는 것은 고통이 아닌 행복으로, 자신의 갈등을 감출 필요가 없기 때문이었다.

대그니는 뒤로 물러섰다. 감정이 앞선 나머지 이제야 마음속의 의문들이 말의 형태를 갖추어갔다.

"대그니, 네가 여기서 지난 한 달 동안 겪은 고통 말이야…… 부탁이니 솔직하게 대답해줘……. 12년 전이었다고 해도 그런 고통을 견딜 수 있었을 것 같아?"

"아니."

대그니의 대답에 프란시스코는 미소를 머금었다.

대그니가 물었다. "그걸 왜 묻지?"

"나의 잃어버린 12년을 헛되지 않게 하려고. 후회할 필요 없는 그 12년을."

"그게 무슨 뜻이야? 그리고 내가 여기서 겪은 고통에 대해 네가 뭘 알아?"

말의 형태를 갖춘 의문들이 쏟아져 나오기 시작했다.

"대그니, 내가 모든 것을 알고 있다는 사실을 아직도 모르겠어?"

"어떻게…… 프란시스코! 언덕을 올라올 때 휘파람으로 분 곡이 뭐지?"

"내가 휘파람을 불었나? 모르겠어."

"리처드 핼리의 〈5번 협주곡〉이었어, 그렇지?"

"아……!"

프란시스코는 흠칫 놀라더니 그런 자신이 우스운 듯 미소지으며 엄숙하게 말했다. "나중에 말해줄게."

"내가 있는 곳을 어떻게 알아냈어?"

"그것도 나중에 말해주지."

"에디한테서 캐냈군."

"에디는 만나지 못한 지 1년이 넘어."

"내가 있는 곳을 아는 사람은 에디뿐인데."

"나한테 말해준 사람은 에디가 아니었어."

"난 아무도 찾아오게 하고 싶지 않았어."

프란시스코는 천천히 주위를 둘러보았다. 대그니는 자신이 만든 길과 씨를 뿌려 가꾼 꽃들, 새로 단장한 지붕에 그의 시선이 머무는 것을 보았다.

"너를 한 달씩이나 여기 두는 게 아니었는데. 아, 그래선 안 되는 거였는데! 실수를 저질러서는 안 되는 때에 내가 실수를 저질렀어. 나는 네가 떠날 준비가 안 되었다고 생각하고 있었어. 진작 알았더라면 너를 밤낮으로 지켜봤을 텐데."

"그래? 왜?"

"이 모든 수고를 할 필요 없도록."

프란시스코는 그녀가 해놓은 일들을 가리켰다. 대그니가 낮게 깔린 목소리로 말했다.

"프란시스코, 내가 고통받는 게 걱정된다면 내가 그런 말 듣고 싶어하지 않는다는 거 모르겠어? 왜냐하면……."

그녀는 말을 멈추었다. 지난 12년 동안 그녀는 단 한 번도 그에게 불평해본 적이 없었다. 그녀는 낮은 목소리로 말했다.

"그런 말 듣고 싶지 않아."

"나는 그런 말할 자격이 없으니까? 대그니, 내가 너에게 얼마나 큰 상처를 줬는지 내가 모를 거라고 생각한다면, 그 세월 동안 내가 얼마나…… 하지만 이제 다 끝났어. 오, 내 사랑, 다 끝났어!"

"그럴까?"

"미안해. 그 말은 하지 말았어야 했는데. 네가 말하기 전에는."

프란시스코는 목소리에 감정을 드러내지 않으려고 애썼지만 행복한 표정은 숨기지 못했다.

"내가 추구해온 모든 것을 잃어서 넌 행복해? 좋아, 이 말이 듣고 싶어서 찾아왔다면 말해주지. 내가 처음 잃은 건 너였어. 내가 나머지 것들도 다 잃은 것을 확인하니까 즐거워?"

프란시스코는 그녀를 똑바로 응시했다. 가늘게 뜬 눈이 너무나 진지해서 위협적으로 느껴질 정도였다. 대그니는 그에게 지난 12년이 어떤 의미였든 '즐겁다'는 표현을 해서는 안 된다는 것을 알았다.

"정말로 그렇게 생각해?" 프란시스코가 물었다.

대그니가 조용히 말했다. "아니……."

"대그니, 우리는 자신이 추구하는 것들을 잃을 수 없어.

가끔 그 형태는 바뀔 수 있지. 우리가 실수를 저지르면. 하지만 그 목적은 변하지 않고, 형태는 우리가 만드는 거야."

"나도 지난 한 달 동안 자신에게 그렇게 말해왔어. 하지만 이제 그 어떤 목적에 이르는 길도 남아 있지 않아."

프란시스코는 대꾸하지 않았다. 그는 오두막 문가 바위에 앉아 대그니의 얼굴에 나타나는 미세한 반응 하나도 놓치지 않겠다는 듯 그녀를 주시하고 있었다.

"일을 그만두고 사라진 사람들에 대해 이제 어떻게 생각해?" 그가 물었다.

대그니는 무력한 슬픔을 담은 엷은 미소를 지으며 어깨를 으쓱하고는 그의 옆 땅바닥에 앉았.

"나는 파괴자가 그들을 찾아가 일을 그만두게 만드는 거라고 생각했어. 그런데 그게 아닌 것 같아. 사실 지난 한 달 동안 파괴자가 찾아오길 바라는 마음이 든 적도 몇 번 있었어. 하지만 아무도 찾아오지 않았어."

"그래?"

"응. 나는 파괴자가 내 상상을 초월하는 엄청난 이유를 들어 그들이 사랑하는 모든 것을 배신하게 만드는 줄 알았어. 하지만 그런 이유 같은 건 필요하지도 않아. 나는 이제 그들의 심정을 알아. 나는 이제 그들을 비난할 수 없어. 하지만 그들이 그 이후의 삶의 방법을 어떻게 배웠는지는 모르겠어. 그들 중에 살아 있는 사람이 있다면 말이야."

"네가 태거트 대륙횡단철도를 배신했다고 생각해?"

"아니…… 그곳에서 계속 일했다면 그게 배신이었겠지."

"맞아."

"내가 약탈자들을 위해 일하는 것에 동의했다면…… 냇 태거트를 그들에게 넘겨주는 꼴이 되었겠지. 그럴 수는 없었어. 그와 내가 이룬 것들이 결국 약탈자들의 손에 넘어가게 할 수는 없었어."

"그렇지. 그것을 무관심이라고 부를 수 있어? 네가 지금 한 달 전보다 철도를 덜 사랑한다고 생각해?"

"1년 만이라도 더 철도 곁에 있을 수 있다면 목숨이라도 내놓을 수 있어……. 하지만 나는 철도로 돌아갈 수 없어."

"그럼 세상을 등진 사람들의 심정을 알겠군. 그들이 세상을 포기할 때 사랑한 것이 무엇이었는지도."

대그니는 고개를 숙인 채 물었다. "프란시스코, 아까 왜 내가 12년 전이었다면 철도를 포기할 수 있었겠느냐고 물었어?"

"내가 지금 어느 밤을 생각하고 있는지 모르겠어? 너도 그 밤을 생각하고 있잖아."

"알아……." 대그니가 속삭이듯 말했다.

"그날 밤 나는 단코니아 구리를 포기했어."

대그니는 천천히 고개를 들어 그를 바라보았다. 프란시

스코는 12년 전 그 밤을 보낸 후 이튿날 아침에 보였던 표정을 짓고 있었다. 웃고 있지 않지만 웃는 표정. 고통을 이겨낸 조용한 승리의 표정. 가치 있는 일을 위해 대가를 치르고 자랑스러워하는 표정.

"너는 단코니아 구리를 포기하지 않았잖아. 회사를 떠나지 않았잖아. 아직도 단코니아 구리 사장이고. 지금 그 회사는 네게 아무 의미도 없지만."

"나에게 단코니아 구리는 지금도 그날 밤만큼 중요해."

"그런데 어떻게 박살을 낼 수가 있지?"

"대그니, 넌 나보다 운이 좋은 거야. 태거트 대륙횡단철도는 아무나 다룰 수 없는 정밀기계 분야이니까. 그래서 너 없인 오래 버틸 수 없으니까. 노예 노동으로는 운영이 안 되니까. 고맙게도 태거트 대륙횡단철도는 무너질 거고, 너는 태거트 대륙횡단철도가 약탈자들에게 이용되는 꼴을 보지 않아도 될 거야. 하지만 구리를 캐는 건 단순한 일이야. 단코니아 구리는 약탈자들과 노예들의 손에서도 몇 세대를 이어갈 수 있지. 물론 엉망이겠지만 그래도 쓰러지지 않고 살아남아서 약탈자들에게 도움을 주겠지. 그래서 내 손으로 무너뜨릴 수밖에 없었어."

"뭐라고?"

"나는 지금 단코니아 구리를 무너뜨리고 있어. 의식적으로, 고의적으로, 계획적으로, 내 손으로. 돈을 버는 것처럼 철저한 계획을 세우고 열심히 일해야 해. 그들이 눈치채면 안 되니까. 때가 되기 전에는 광산이 그들 손에 넘어가면 안 되니까. 나는 아직도 단코니아 구리에 모든 정력을 바치고 있지만…… 회사가 성장하는 것을 막기 위해서지. 나는 회사를 철저히 무너뜨리고, 내 재산을 다 탕진하고, 약탈자들을 먹여 살릴 수 있는 구리를 모두 없애버릴 거야. 세바스티안 단코니아가 처음 발견했던 상태로 되돌려 놓을 거야. 그 상태에서 우리 없이 잘 해보라고 하지!"

"프란시스코! 어떻게 네 손으로 그럴 수 있지?" 대그니가 외쳤다.

"네가 태거트 대륙횡단철도를 사랑하듯 나도 단코니아 구리를 사랑하기 때문이지. 단코니아 구리가 과거에 지녔고 앞으로 언젠가는 다시 되찾게 될 정신을 위해서." 프란시스코가 조용히 말했다.

대그니는 충격으로 멍한 가운데에서도 조용히 앉아 진실을 파악하려고 애썼다. 정적 속에서 라디오에서는 교향곡이 계속 흘러나오고 있었고, 지난 12년을 한 번에 돌아보려고 애쓰는 그녀에게는 그 리듬이 느리고 엄숙한 발소리처럼 들렸다. 그녀의 가슴에 얼굴을 묻고 도움을 청하던 고통스러운 청년……. 호텔 방바닥에 앉아 구슬치기를 하며 거대 산업들의 몰락을 비웃던 남자……. 그녀를 돕지 않겠다며 "내 사랑, 난 못 해!"라고 절규하던 남자…….

어두운 술집에서 세바스티안 단코니아가 기다려야만 했던 세월에 건배하던 남자…….

"프란시스코…… 너에 대해 온갖 추측을 해봤지만…… 네가 세상을 등진 사람 중 하나일 거란 생각은…… 그런 생각은 꿈에도 못 했어……."

"그들 중에서도 선구자에 속하지."

"나는 그들이 사라졌다고 생각했는데……."

"나는 안 그랬나? 내가 너에게 한 가장 나쁜 짓은…… 네가 알던 프란시스코 단코니아가 아닌 천박한 바람둥이의 모습을 보인 거지?"

"그래……." 대그니가 속삭이듯 말했다.

"최악은 그것을 도무지 믿을 수 없었다는 거야…… 나는 믿을 수가 없었어……. 너를 만날 때마다 내 눈에 보인 건 예전의 프란시스코 단코니아였지……."

"알아. 그게 너에게 얼마나 큰 고통이었는지도 알고. 너를 이해시키고 싶었지만 진실을 말하기에는 시기상조였어. 대그니, 네가 산세바스티안 광산 문제로 나를 비난하러 왔던 날, 나는 아무 생각 없이 사는 건달이 아니라 우리가 신성하게 여겨온 모든 것, 단코니아 구리와 태거트 대륙횡단 철도, 와이엇 정유, 리어든 철강의 파괴를 앞당기기 위해 나선 것이라고 말했다면 네가 더 쉽게 받아들였을까?"

"더 힘들었겠지. 지금도 그걸 받아들일 수 있다는 확신이 없으니까. 네 방식의 포기도 내 방식의 포기도…… 하지만 프란시스코."

대그니는 갑자기 고개를 들고 프란시스코를 보았다.

"그게 너의 비밀이라면 네가 견뎌야 했던 지옥 같은 모든 고통 중에서 내가……."

"오, 그래, 내 사랑. 그래, **너** 때문에 가장 견디기 힘들었어!"

그것은 필사적인 외침이었다. 웃음과 해방감이 담긴 그 외침은 그가 없애버리고 싶었던 모든 고통의 고백이었다. 그는 대그니의 손을 잡아 자신의 입술에 대더니 그동안의 고통이 담긴 표정을 보이고 싶지 않은지 그 손으로 얼굴을 가렸다.

"그게 속죄가 될 수 있다면…… 내가 너에게 무슨 짓을 하고 있는지 알면서도 그 짓을 해야만 했던 게…… 진실을 밝힐 수 있는 날을 기다리고 기다려야만 했던 게…… 그게 내가 너에게 준 고통의 대가가 될 수 있다면…… 하지만 이제 다 끝났어."

프란시스코는 고개를 들고 미소지으며 대그니를 내려다보았다. 대그니는 그의 얼굴에 보호심이 어리는 것을 보고 자신이 절망을 드러냈음을 깨달았다.

"대그니, 그 생각은 하지 마. 나도 고통스러웠다는 건 핑계가 안 되니까. 이유야 어찌 되었건 나는 내가 무슨 짓을 하고 있는지 알았고, 너에게 지독한 상처를 줬어. 그걸 다 속죄하려면 몇 년이 걸릴 거야. 내가 말하지 않은 건……."

그것은 그의 포옹이 고백한 것임을 대그니는 알았다.

"그냥 잊어버려. 너에게 말해야 하는 모든 것 중에서 그게 마지막으로 할 말이니까."

하지만 그의 눈과 미소가, 그리고 대그니의 손목을 잡은 손이 그의 의지에 반해 그것을 말하고 있었다.

"너는 너무나 많은 고통을 겪었고, 그 상처가 다 아물려면 알고 이해해야 할 게 아주 많아. 지금 중요한 건 이제 네가 고통에서 벗어날 수 있게 되었다는 사실이야. 이제 우리 둘 다 약탈자들에게서 벗어나 그들의 손길이 미치지 못하는 곳에 있게 됐어."

대그니는 조용하고 쓸쓸한 목소리로 말했다. "내가 여기 온 이유가 그거야. 이해하기 위해서. 하지만 그게 안 돼. 약탈자들에게 세상을 넘겨주고 그들의 지배 아래 산다는 것이 끔찍하게 잘못된 일 같아. 나는 포기할 수도, 세상으로 돌아갈 수도 없어. 일 없이 존재할 수도, 노예처럼 일할 수도 없어. 나는 포기만 하지 않는다면 어떤 싸움이든 의미가 있다고 생각하며 살아왔어. 그들과 맞서 싸워야 할 때 우리가 포기하는 게 옳은 일이라는 확신이 안 생겨. 하지만 싸울 방법이 없어. 떠나는 것도 굴복이고, 남는 것도 굴복이야. 이제 어떤 게 옳은지도 모르겠어."

"대그니, 너의 전제가 맞는지 확인해봐. 모순은 존재하지 않으니까."

"하지만 나는 답을 못 찾겠어. 네가 하는 일을 비난할 수는 없지만 공포스러워. 감탄스러운 동시에 공포스러워. 단코니아 가문의 후예인 네가, 기적의 손을 가졌던 모든 조상을 능가할 수 있는 네가 그 비길 데 없는 능력을 파괴에 쓰다니. 그리고 나도…… 대륙횡단철도가 정치 건달들 손에서 무너져가고 있는데 자갈이나 깔고 지붕이나 얹고 있어. 너와 나는 세상의 운명을 결정하는 사람들이야. 우리가 세상을 이 지경에 이르도록 방치했다면 그건 우리 잘못인 게 분명해. 하지만 나는 우리가 무엇을 잘못한 것인지 도저히 모르겠어."

"그래, 대그니, 그건 우리 잘못이었어."

"우리의 노력이 부족했기 때문일까?"

"너무 열심히 일했기 때문이지. 그러면서도 너무 적게 요구했고."

"그게 무슨 뜻이야?"

"우리는 세상에 정당한 대가를 요구하지 않았어. 우리가 받을 최고의 보상이 최악의 인간들에게 돌아가는 것을 용납했고. 잘못은 이미 수세기 전에 저질러졌어. 세바스티안 단코니아, 냇 태거트 같은 세상 전체를 벌어먹인 이들이 세상 사람들에게 감사 인사를 받지 못한 게 문제였지. 이제 어떤 것이 옳은 건지도 모르겠다고? 대그니, 이건 물질적인 것을 차지하기 위한 싸움이 아니야. 도덕적 위기야. 세상이 직면한 최대이자 최후의 도덕적 위기. 우리 시대는 악의 세기의 절정기야. 우리는 그 악을 영원히 종식시켜야만 해. 그렇지 못하면 우리, 정신을 지닌 인간은 멸망할 거야. 그건 우리 잘못이었어. 우리는 세상의 부를 생산했지만 적들로 하여금 세상의 도덕률을 정하게 했어."

"하지만 우리는 그들의 도덕률을 받아들인 적이 없어. 우리는 우리의 기준에 따라 살았어."

"그래. 그리고 그 대가를 치렀지! 물질로, 정신으로. 적들은 자격도 없으면서 돈을 받았고, 우리는 마땅히 누려야 할 명예를 누리지 못했어. 바로 **그게** 우리의 잘못이었어. 기꺼이 대가를 치른 것. 우리는 인류를 살아 있게 해줬지만 사람들이 우리를 경멸하고 우리의 파괴자를 숭배하는 걸 용납했어. 사람들이 무능과 잔인무도함을, 남의 것을 약탈해서 베푸는 자들을 숭배하는 걸 허용했어. 우리는 죄가 아닌 미덕의 대가로 벌을 받음으로써 우리의 도덕률을 배반하고 그들의 도덕률이 활개치게 만들었어. 대그니, 그들의 도덕률은 유괴범들의 것이야. 그들은 너의 미덕에 대한 사랑을 인질로 삼지. 그들은 네가 일하고 생산하기 위해서라면 무엇이든 견딘다는 사실을 알고 있어. 너는 성취는 인간에게 최고의 도덕적 목적이고, 인간은 성취 없인 존재할 수 없으며, 미덕에 대한 사랑은 곧 삶에 대한 사랑이란 것을 아니까. 그들은 네가 어떤 짐이라도 짊어질 것이라고 믿고 있어. 네가 사랑하는 것을 위해서라면 어떤 수고도 마다하지 않을 것이라고. 대그니, 너의 적들은 너의 힘을 이용해서 너를 파괴하고 있어. 너의 관용과 인내심이 그들의 유일한 수단이지. 너의 정직과 성실함이 그들의 무기이고. 그들은 그 사실을 아는데 너는 그걸 몰라. 그들이 두려워하는 건 네가 그 사실을 알게 되는 날이지. 너는 그들에 대해 알아야 해. 그러기 전에는 그들로부터 자유로울 수 없어. 그들의 정체를 알게 되는 날 너는 의분에 차서 태거트 대륙횡단철도가 그들에게 이용되지 못하도록 박살을 내버릴 거야!"

"철도를 그들에게 넘겨주다니! 그걸 포기하다니…… 태거트 대륙횡단철도를…… 내게 철도는…… 살아 있는 사람과도 같은데……." 대그니가 신음처럼 내뱉었다.

"과거에는 그랬지만 이제는 아니야. 그들에게 넘겨줘. 어차피 그들에게는 아무 쓸모도 없을 테니까. 포기해버려. 우리에게는 필요 없으니까. 우리는 철도를 다시 만들 수 있으니까. 그들은 만들 수 없지. 우리는 철도 없이도 살아남을 수 있어. 그들은 그럴 수 없고."

"**우리가** 포기하고 단념하는 지경에까지 이르다니!"

"대그니, 우리는 인간정신을 말살하는 자들에게 '물질

주의자'라는 이름으로 불려왔지만 물질 그 자체는 별 가치나 의미가 없다는 사실을 아는 건 우리뿐이야. 우리가 물질의 가치와 의미를 만드니까. 우리는 훨씬 더 소중한 것을 되찾기 위해 잠시 물질적인 것들을 포기할 수 있어. 우리는 영혼이고, 철도나 구리 광산, 제철소, 유정 같은 것들은 육체라고 할 수 있으니까. 그것들은 심장처럼 밤낮으로 고동치며 살아 있는 실체들로 인간의 삶을 지탱해주는 기능을 수행하지. 단, 우리의 육체로 남아 있을 때만, 성취의 표현이자 보상이자 재산으로 남아 있을 때만. 우리 없이 그것들은 시체나 마찬가지이고, 그것들의 유일한 산물은 부나 음식이 아닌 독이 되지. 인간들을 하이에나 떼로 만드는 분열의 독. 대그니, 네 자신의 힘에 대해 알게 되면 네 주위에서 보이는 모순을 이해하게 될 거야. **너는** 물질적 소유물들에 의존할 필요가 없어. 그것들이 너에게 의존하니까. 네가 그것들을 만드니까. 너는 유일한 생산수단을 갖고 있어. 너는 어디에 있든 생산을 할 수 있어. 하지만 약탈자들은 그들 자신의 이론에 의하면 절박하고 영원하고 태생적인 필요를 지녔고, 물질에 완전히 종속되지. 그들의 말대로 받아들여. 그들은 철도와 공장, 광산, 모터가 필요하지만 그것들을 만들거나 운영할 능력이 없어. 네가 없다면 너의 철도가 그들에게 무슨 도움이 되겠어? 누가 그 철도를 살아 움직이게 했지? 누가 그 철도를 번번이 구해냈지? 네 오빠 제임스가? 누가 그를 먹여 살렸지? 누가 약탈자들을 먹여 살렸지? 누가 그들의 무기들을 만들어줬지? 누가 그들에게 너를 노예로 만드는 수단을 제공했지? 초라하고 하잘것없는 무능력자들이 천재의 산물들을 장악하는 어처구니없는 상황을 가능하게 한 게 누구지? 누가 너의 적들을 떠받쳐주고, 너를 옭아맨 쇠사슬을 만들고, 네 성취를 파괴했지?"

대그니는 벌떡 일어섰다. 그것은 소리 없는 외침과도 같았다. 프란시스코도 용수철처럼 튕겨져 일어나며 무자비하고 의기양양한 목소리로 계속 몰아붙였다.

"이제 알겠어? 대그니! 그들에게 철도의 시체를 넘겨줘. 녹슨 선로와 썩은 침목과 부서진 기관차들을. 하지만 네 정신은 넘겨주지 마! 네 정신은 넘겨주지 말라고! 세상의 운명이 그 결정에 달려 있어!"

"청취자 여러분."

라디오 교향곡이 갑자기 멈추더니 아나운서의 급박한 목소리가 흘러나왔다.

"잠시 정규 방송을 중단하고 속보를 전해드리겠습니다. 오늘 새벽 콜로라도 윈스턴 태거트 대륙횡단철도 간선에서 철도 역사상 가장 큰 재난이 발생, 태거트 터널이 붕괴되었습니다!"

대그니의 비명은 어두운 터널에서 마지막 순간에 메아

리친 비명처럼 들렸다. 그 소리는 뉴스가 끝날 때까지 그의 귓가에서 맴돌았다. 두 사람은 공포에 차서 오두막 안으로 뛰어들어갔다. 대그니의 시선은 라디오에, 프란시스코의 시선은 그녀의 얼굴에 꽂혔다.

"자세한 내용은 태거트 호화 열차 혜성특급의 기관사 조수 루크 빌의 증언에 따른 것입니다. 루크 빌은 오늘 아침 터널 서쪽 입구에서 의식을 잃은 상태로 발견되었으며, 이번 참사의 유일한 생존자인 것으로 보입니다. 샌프란시스코를 향해 서쪽으로 달리던 혜성특급은 안전수칙을 어기고 석탄을 때는 증기기관차로 터널에 진입했습니다. 로키산맥 정상을 관통하는 13킬로미터 길이의 태거트 터널은 철도 역사상 독보적인 공학적 성과로, 깨끗하고 매연 없는 디젤기관차 시대에 너새니얼 태거트의 손자에 의해 건설되었습니다. 태거트 터널의 환기 장치는 석탄을 때는 기관차의 짙은 연기와 증기에 맞게 설계되지 않았고, 그 지역의 철도원이라면 터널에 증기기관차를 진입시키면 승차한 모든 사람이 질식사할 위험이 크다는 사실을 알고 있었습니다. 그런데도 혜성특급은 터널 진입 명령을 받았습니다. 기관사 조수 루크 빌의 증언에 따르면 열차가 터널 안으로 5킬로미터쯤 진입했을 때부터 매연이 심각해지기 시작했다고 합니다. 기관사 조지프 스콧은 최대한 속도를 올리려고 했지만 낡은 기관차는 긴 열차를 매달고 오르막길을 달리기에는 역부족이었습니다. 점점 짙어져가는 매연 속에서 기관사와 조수는 새고 있는 증기 보일러들을 전력 가동시켜 속도를 가까스로 시속 65킬로미터로 높였습니다. 그런데 한 승객이 질식 상태에서 공황 상태에 빠져 비상 브레이크를 잡아당겼습니다. 열차가 급정거하면서 엔진 에어호스가 파열되었는지 열차는 다시 움직이지 않았습니다. 객차에서 비명이 터져 나왔습니다. 승객들이 창문을 깨기 시작했습니다. 기관사 조지프 스콧은 다시 시동을 걸기 위해 애썼지만 연기에 질식해 계기반 위로 엎어졌습니다. 기관사 조수는 기관차에서 뛰어내려 죽을힘을 다해 달렸습니다. 이윽고 터널 서쪽 입구가 보이는 지점에 이르렀을 때 뒤에서 폭발음이 들려왔고 그것이 그의 마지막 기억이었습니다. 나머지 이야기는 윈스턴 역 직원들로부터 들은 것입니다. 폭약을 잔뜩 싣고 서쪽으로 달리던 육군 화물 특별열차는 바로 앞에 혜성특급이 있다는 경고를 받지 못한 것으로 보입니다. 두 열차는 예정보다 운행이 지연되고 있었습니다. 터널의 신호 장치가 고장이 나서 화물 특별열차는 신호를 무시하고 달리라는 명령을 받은 것으로 보입니다. 터널 환기 장치의 잦은 고장으로 인해 터널 안에서 속도 제한을 무시하고 전속력으로 달리는 것이 기관사들의 암묵적인 관행이었다고 합니다. 현재까지 확인된 정보를 종합해보면, 혜성특급은 터널의 급커브 너머에서 정지해 있었던 듯합니다. 그때쯤 승객과 승무원 전원이 사망해 있었던 것으로 추정됩니다. 시속 128킬로미터로 급커브를 돌던 화물 특별열차의 기관사가 혜성특급 마지막 객차의 전망창을 제때 발견하기는 어려웠을 것으로 보입니다. 윈스턴 역을 떠날 때 그 전망창은 불이 환히 밝혀져 있었다고 합니다. 화물 특별열차는 혜성특급을 그대로 들이받았습니다. 특별열차 화물의 폭발로 8킬로미터 밖 농가 유리창이 깨지고, 터널 일부가 붕괴되어 구조대가 사고 지점 5킬로미터 내로 접근할 수 없는 상황입니다. 생존자 발견이나 태거트 터널 재건설은 기대하기 힘들 것으로 보입니다."

대그니는 미동도 하지 않고 서 있었다. 그녀는 오두막의 방이 아니라 콜로라도의 사고 현장을 보고 있는 듯했다. 그러더니 경기라도 일으키듯 갑자기 움직였다. 그녀는 몽유병자처럼 오직 한 가지 생각에만 골몰한 채 홱 돌아서서 핸드백을 집어 들고 문을 향해 달려나갔다.

"대그니! 돌아가지 마!" 프란시스코가 외쳤다.

거대한 콜로라도 산맥이 가로막고 있는 것처럼 대그니의 귀에는 그의 절규가 들리지 않았다. 프란시스코는 그녀를 쫓아가 양 팔꿈치를 잡고 외쳤다.

"돌아가지 마! 대그니! 네가 신성하게 여기는 것들을 생각해! 돌아가지 마!"

대그니는 그가 누구인지도 모르는 듯했다. 물리적인 힘으로라면 프란시스코는 어렵지 않게 그녀의 팔을 부러뜨릴 수도 있었다. 하지만 대그니가 사력을 다해 뿌리치자 그는 한순간 균형을 잃었다. 그리고 그가 다시 균형을 되찾았을 때 대그니는 벌써 언덕을 달려 내려가고 있었다. 그가 리어든의 제철소에서 경보 사이렌 소리를 듣고 내달렸듯이 그녀는 길가에 세워둔 자신의 차를 향해 달려가고 있었다.

◆

제임스 태거트는 증오로 잔뜩 웅크린 채 책상 위에 놓인 자신의 사직서를 노려보고 있었다. 자신의 적이 사직서 내용이 아니라 그것에 물질적 확정성을 부여한 종이와 잉크인 것만 같았다. 그는 생각과 말은 확정적이지 않은 것이라고 여기며 살아왔고, 물질적 형태는 그가 평생을 회피해 온 '책임'을 의미했다.

그는 아직 사직하기로 결정한 것은 아니었다. '만약을 위해' 사직서를 쓴 것이었다. 그에게 사직서는 보호의 한 형태였지만 아직 서명은 하지 않았고 그것은 보호에 대한 자신의 보호 장치였다. 그의 증오는 이런 상태로 오래 시간을 끌 수 없을 것 같은 기분을 느끼게 하는 정체 모를 대상을 향하고 있었다.

그는 오늘 아침 8시에 사고 소식을 들었고, 정오에 회사에 도착했다. 그의 본능이 이번에는 사무실에 나와 있어야만 한다고 경고했던 것이다.

그의 방패막이가 되어줄 사람들이 모두 사라졌다. 클리프턴 로시는 심장 상태가 좋지 않아 절대 안정을 요한다는 의사의 말로 바리케이드를 치고 숨었다. 다른 임원들도 마찬가지였다. 한 명은 지난밤에 보스턴으로 가버렸고, 또 한 명은 갑자기 부친이 아파서 이름 모를 병원에 입원하는 바람에 병상을 지키러 갔다고 했다. 수석 엔지니어의 집에서는 전화를 받지 않았다. 홍보 담당 부사장도 행방이 묘연했다.

제임스 태거트는 회사를 향해 차를 몰고 달리며 거리의 신문 가판대에서 검은 표제 글씨들을 보았다. 그리고 태거트 대륙횡단철도 건물 복도를 걸으며 누군가의 사무실에서 흘러나오는 라디오 소리도 들었다. 어두운 길모퉁이에서 들리는 비명과도 같은 목소리가 철도 국유화를 요구하고 있었다.

그는 회사 복도에서 사람들 눈에 띄려고 일부러 발소리를 크게 내면서도 사람들에게 붙잡혀 질문을 받지 않으려고 서둘러 걸었다. 자신의 방에 들어가서는 문을 걸어잠그고 비서에게 아무도 들이지 말고 전화도 연결하지 말라 하고 모든 방문객에게 바빠서 만날 수 없다 하라고 지시했다.

그러고는 완전한 공포에 휩싸여 책상에 앉아 있었다. 마치 지하방에 갇힌 기분이었고 다시는 자물쇠가 열리지 않을 것만 같았다. 한편으로는 도시 전체가 볼 수 있는 높은 곳에 전시되어 자물쇠가 영원히 열리지 않기를 바라고 있는 듯한 기분도 들었다. 그는 이곳에, 자신의 사무실에 있어야만 했다. 아무 하는 일 없이 앉아서 기다려야만 했다. 미지의 존재가 불시에 찾아와 그가 취할 행동을 결정해줄 때까지 기다려야 했다. 지금 그는 자신을 급습할 존재가 두려우면서도 한편으로는 아무도 오지 않을까 봐 겁이 났다.

비서실에서 연신 울려대는 전화벨 소리는 마치 도움을 청하는 외침 같았다. 제임스는 자신의 비서가 그 외침들을 모두 차단해줄 것이라는 생각에 악의적인 승리감을 느끼며 문을 바라보았다. 그의 비서는 다른 재주는 없어도 피하는 데는 전문가인 젊은이로, 도덕에 연연하지 않는 고무처럼 유연한 태도로 임무를 수행했다. 그 외침들은 콜로라도에서, 태거트 철도 전 지점에서, 이 태거트 빌딩 전 사무실에서 날아오는 것이었다. 하지만 그는 그 소리들을 듣지 않는 한 안전했다.

그의 감정들은 하나로 뭉쳐져서 단단하고 불투명한 응어리를 이루었고, 태거트 철도를 이끌어가는 사람들에 대한 생각은 그 응어리를 뚫지 못했다. 제임스에게 그들은 속여야 할 적에 불과했다. 이사진에 대한 생각은 조금 더 날카로운 공포로 다가왔지만, 사직서가 화재용 비상구 노릇을 해줄 것이고 이사진은 불 속에 갇히게 될 터였다. 워싱턴 사람들에 대한 생각이 가장 날카로운 공포를 불러일으켰다. 워싱턴에서 전화가 걸려오면 받을 수밖에 없었다. 고무처럼 유연한 그의 비서는 누구의 목소리가 들려오면 그의 명령을 무시하고 전화를 연결해야 하는지 알고 있었다. 하지만 워싱턴에서는 연락이 없었다.

이따금 발작처럼 찾아오는 공포에 입 안이 타 들어갔다. 그는 자신이 무엇을 두려워하는지 알지 못했다. 라디오에서 들은 위협은 아니었다. 그 으르렁거리는 외침을 듣고 그가 느낀 것은 고급 양복이나 오찬 연설처럼 자신의 지위에 따르는 의무적인 공포였다. 그 공포의 이면에는 바퀴벌레처럼 재빠르고 은밀한 작은 희망이 숨어 있었다. 그 위협이 현실이 된다면 모든 문제가 한꺼번에 해결될 터였다. 결정을 내리지 않아도 되고, 사직서에 서명하지 않아도 되고…… 더 이상 태거트 대륙횡단철도의 사장 노릇을 하지 않아도 될 터였다. 자신뿐만 아니라 그 누구도…….

그는 책상을 내려다보며 시선과 마음의 초점을 흐릿하게 유지했다. 마치 안개의 늪에서 빠져나가지 않으려고 애쓰는 듯했다. 존재하는 모든 것이 정체성을 지닌다면, 제임스는 어떤 것의 정체성을 부인해 존재하지 못하게 만들 수도 있었다.

그는 콜로라도 사고를 검토하지 않았다. 사고 원인을 밝혀내려고도, 결과를 예측하려고도 하지 않았다. 아무 생각도 하지 않았다. 감정의 응어리가 가슴을 짓누르며 의식을 꽉 채우고 있어서 생각의 책임에서 자유로울 수 있었다. 그 응어리는 증오였다. 그의 유일한 응답이며, 유일한 현실인 증오. 대상도, 원인도, 시작도, 끝도 없는 증오. 우주에 대한 그의 요구이자 명분, 권리, 절대인 증오.

정적 속에서 요란하게 전화벨 소리가 이어졌다. 제임스는 도움을 청하는 그 절규들이 자신이 아니라 그가 형상을 훔쳐온 어떤 존재를 향하고 있다는 것을 알았다. 그 절규들이 지금 그에게서 그 형상을 떼어내고 있었다. 그는 전화벨이 소리가 아니라 자신의 두개골에 가해지는 난도질로 느껴졌다. 증오의 대상이 전화벨 소리에 불려 나온 듯 형체를 갖추기 시작했다. 그의 가슴속 응어리가 폭발하면서 맹목적인 행동을 불러일으켰다.

제임스는 밖으로 뛰쳐나가 주위의 얼굴들을 무시하고 운행 담당 부사장실을 향해 돌진했다.

부사장실 문은 열려 있었고, 빈 책상 너머의 대형 유리창으로 하늘이 보였다. 제임스는 주위를 둘러보았다. 비서실 직원들과 유리 칸막이 속 에디 윌러스의 금발이 눈에 들어왔다. 그는 에디 윌러스에게 곧장 걸어가서 유리문을 열어젖히고 사무실 사람들이 다 보고 듣도록 요란하게 외쳤다.

"대그니 어디 있어?"

에디 윌러스는 천천히 몸을 일으키며 이 장면도 그가 지금까지 목격한 유례없는 일들 가운데 하나인 것처럼 의무적인 눈길로 바라보았다. 그는 아무 대답도 하지 않았다.

"어디 있어?"

"말할 수 없어요."

"이 고집 센 애송아, 지금 그럴 때가 아니야! 대그니가 어디 있는지 모르는 척해봐야 안 속아! 넌 다 알고 있고, 나한테 말하게 될 거야. 안 그러면 국민통합위원회에 고발해버릴 테니까! 거기 가서도 모른다고 잡아떼봐!"

에디가 놀라움이 섞인 목소리로 대답했다. "제임스, 나는 대그니가 어디 있는지 모른다고 말한 적 없어요. 나는 대그니가 있는 곳을 알아요. 하지만 말해줄 수 없어요."

제임스가 자신의 계산 착오를 깨닫고 날카롭고 무력하게 외쳤다.

"지금 네가 무슨 짓을 하고 있는지 알아?"

"물론 알죠."

"다시 말해봐."

제임스는 사무실에 있는 사람들을 가리키며 외쳤다.

"이 사람들이 다 듣게."

에디가 더 정확하고 분명하게 말했다. "대그니가 어디 있는지 알지만 말해줄 수 없어요."

"너 지금 이탈자를 돕고 부추기는 공범자라는 것을 실토하는 거야?"

"그렇게 부르고 싶다면요."

"그건 범죄야! 국가에 대한 범죄. 그걸 모르겠어?"

"몰라요."

"법에 어긋난다고!"

"그래요."

"이건 국가 비상사태야! 너는 사적인 비밀을 지킬 권리가 없어! 너는 지금 아주 중요한 정보를 감추고 있어! 나는 이 철도회사 사장이야! 그리고 나는 지금 명령하는 거야! 너는 내 명령을 거부할 수 없어! 이건 징역감이야! 알아들어?"

"네."

"그래도 거부할 거야?"

"네."

제임스 태거트는 오랜 훈련 덕에 주위 사람들을 안 보는 척하면서도 다 살필 수가 있었다. 직원들은 딱딱하고 닫힌 얼굴을 하고 있었고, 그것은 우호적인 표정이 아니었다. 에디 윌러스만 빼고 모두 절망적인 얼굴이었다. 태거트 대륙횡단철도의 '봉건 노예'만 절망에 물들지 않고 있었다. 그는 전혀 알고 싶지 않은 지식 분야를 대하는 학자 같은 생기 없는 성실한 눈길로 제임스 태거트를 바라보고 있었다.

"네가 반역자란 것을 모르겠어?" 제임스가 외쳤다.

에디가 조용히 물었다. "누구한테요?"

"국민들한테! 이탈자 편을 드는 건 반역이야! 경제적 반역이라고! 너의 가장 우선적인 의무는 국민들을 먹여 살리는 거야! 모든 공권력이 그렇게 말했어! 그걸 모르겠어? 그들이 널 어떻게 할지 모르겠어?"

"내가 그런 것에 전혀 신경 안 쓴다는 거 모르겠어요?"

"오, 그러셔? 국민통합위원회에 그대로 전하지! 여기 있는 사람들 모두가 증인이 되어줄 거고……."

"제임스, 증인 걱정은 마요. 이 사람들을 곤혹스럽게 만들지 말라고요. 내가 한 말을 다 글로 써서 서명해줄 테니 그걸 들고 가요."

제임스는 따귀라도 맞은 듯 길길이 날뛰었다.

"네까짓 게 뭔데 정부에 맞서는 거야? 일개 사무원 주제에 감히 국가정책을 심판하고 자기주장을 내세워? 국가가 네 의견이나 소망, 그 잘난 양심에 신경 쓸 시간이 있을 것 같아? 그러다 큰코다칠 거야. 너희 전부 다! 하찮은 사무원 주제에 세상 무서운 줄 모르고 자기 권리를 내세우며 까부는 버르장머리 없는 인간들! 지금은 냇 태거트의 시대가 아니란 걸 똑똑히 알게 될 거야!"

에디는 아무 말도 하지 않았다. 잠시 두 사람은 책상을 사이에 두고 서로를 바라보고 있었다. 제임스의 얼굴은 공포로 일그러져 있었지만 에디는 준엄하고 평온한 얼굴이었다. 제임스 태거트는 에디 윌러스의 존재를 지나칠 정도로 의식했지만 에디 윌러스에게는 제임스 태거트가 존재하지도 않는 것 같았다.

"국가가 너나 대그니가 무엇을 원하는지 신경 쓸 것 같아? 대그니는 돌아와야만 해! 그게 의무야! 돌아와서 일해야 해! 본인이 원하든 원하지 않든 우린 신경 안 써! 우리에게는 대그니가 **필요해!**" 제임스가 외쳤다.

"제임스, 그래요?"

에디 윌러스의 그 조용한 목소리에 제임스는 자기보호 본능에 따라 한 발 물러섰다. 하지만 에디는 다가오지 않았다. 그는 문명인다운 태도로 책상 뒤에 서 있었다. 에디가 말했다.

"당신은 대그니를 찾을 수 없을 거예요. 대그니는 돌아오지 않을 테니까. 그래서 나는 기뻐요. 당신이 아무리 간절하게 그녀를 원해도, 회사를 닫아도, 나를 감옥에 넣어도, 총살을 시켜도…… 나는 상관없어요. 나는 절대로 그녀가 있는 곳을 말해주지 않을 거예요. 나라가 망하는 한이 있어도 말 안 해요. 당신은 그녀를 못 찾아요. 당신은……."

출입문이 벌컥 열리는 소리에 그들은 고개를 홱 돌렸다. 대그니가 문간에 서 있었다.

그녀는 구겨진 면 원피스를 입고 있었고 장시간 운전을 해서 머리는 산발이었다. 그녀는 잠깐 걸음을 멈추고 그곳을 되찾기라도 하려는 듯 주위를 둘러보았는데 사람들을 알아보는 것 같지 않았고, 물건들이 제대로 있는지만 파악하는 듯했다. 그녀의 얼굴은 그들이 기억하는 얼굴이 아니었다. 나이가 들어 보였는데 주름살 때문이 아니라 다른 표정은 다 사라지고 무자비함만 노골적으로 드러나 있었기 때문이다.

모두 충격이나 놀라움에 앞서 안도의 한숨을 내쉬었다. 에디 윌러스만 빼고. 조금 전까지만 해도 혼자 침착했던 그는 힘없이 무너져 책상에 얼굴을 묻었다. 소리는 내지 않았지만 어깨를 들썩이는 것으로 보아 흐느끼는 게 분명했다.

대그니는 자신이 이곳에 있는 게 피할 수 없는 일이고 아무 설명도 필요치 않다는 듯, 아무에게도 알은체하거나 인사를 건네지 않았다. 그녀는 곧장 자신의 방으로 가다가 비서 책상을 지나며 무례하지도, 온화하지도 않은 사무적인 목소리로 말했다.

"에디 들어오라고 해요."

제임스 태거트가 제일 먼저 움직였다. 그는 대그니가 시야에서 사라지는 것이 두려운 듯 황급히 그녀를 따라가며 외쳤다.

"나도 어쩔 수 없었어!"

그러고는 다시 생기를 찾아 원래 모습으로 돌아가서 소리쳤다.

"**네** 잘못이야! 네가 그런 거야! 네가 책임져야 해! 네가 떠났으니까!"

그는 자신의 외침이 혹시 환청은 아닐까 생각했다. 대그니가 여전히 무표정했기 때문이다. 그녀는 그를 향해 돌아서기는 했지만 소리는 들려도 내용은 전달되지 않는 듯한 얼굴을 하고 있었다. 제임스는 순간적으로 자신이 존재하지 않는 듯한 기분을 느꼈다.

이윽고 대그니의 얼굴에 희미한 변화가 보였다. 인간의 존재를 지각하는 정도의 미약한 반응이었다. 하지만 그녀의 시선은 그를 지나쳐갔고 뒤돌아보니 에디 윌러스가 들어오고 있었다.

에디의 눈가에는 눈물자국이 남아 있었으나 굳이 감추려하지 않고 똑바로 서 있었다. 눈물 자체도, 눈물을 보인 것에 대한 당혹감이나 미안함도 대그니나 자신과 무관한 일이기라도 한 듯했다.

대그니가 말했다. "라이언에게 전화해서 내가 왔다고 전하고 나한테 전화 연결해줘."

라이언은 중부 지역 총책임자였다. 에디는 잠시 뜸을 들여 미리 경고를 해준 후 그녀처럼 침착하게 말했다.

"대그니, 라이언은 떠났어. 지난주에 그만뒀어."

그들은 주위의 가구들을 의식하지 못하는 것처럼 제임스를 의식하지 못하고 있었다. 대그니는 그에게 나가라는 말을 할 정도의 관심조차 보이지 않았다. 제임스는 마비 환자처럼 자신의 몸이 뜻대로 움직여줄지 확신이 서지 않아 온 힘을 끌어모아 조용히 빠져나갔다. 하지만 제일 우선적으로 해야 할 일이 무엇인지에 대한 확신은 있었다. 그는 사직서를 없애기 위해 서둘러 자신의 방으로 갔다.

대그니는 제임스가 나가는 것도 모르고 에디에게 시선을 고정하고 있었다.

"놀런드는 있어?" 그녀가 물었다.

"아니. 떠났어."

"앤드루스는?"

"떠났어."

"맥과이어는?"

"떠났어."

에디는 지금 대그니에게 꼭 필요한, 하지만 지난 한 달 동안 사표를 던지고 떠난 사람들의 명단을 조용히 읊었다. 대그니는 모두가 전사해서 누구 이름이 먼저 불리든 상관없는 전사자 명단을 듣고 있는 것처럼 놀라움도, 아무 감정도 보이지 않았다.

에디가 명단을 다 읊자 대그니는 그것에 대해서는 아무 말도 하지 않고 이렇게 물었다.

"오늘 아침 이후 어떤 조치가 취해졌지?"

"아무것도."

"아무것도?"

"대그니, 오늘 아침 이후 사환이라도 명령을 내렸다면 모두 그 명령에 따랐을 거야. 하지만 사환들조차도 오늘 앞에 나서면 과거와 현재, 미래의 모든 책임을 뒤집어쓰게 될 거란 걸 알고 있어. 책임 전가가 시작되면 말이야. 공연히 회사를 구하겠다고 나섰다가 한 지역도 채 구하기 전에 일자리만 잃게 되는 거지. 아무 조치도 없었어. 정지 상태야. 움직이고 있는 것은 어림짐작으로 움직이고 있을 뿐이야. 움직여야 할지 멈춰야 할지도 모르는 채 나선 거지. 일부 열차들은 역에 묶여 있고, 나머지는 콜로라도에 닿기 전에 정지 명령을 받길 기다리며 운행되고 있어. 그 지역 배차원의 결정에 달려 있지. 터미널 책임자가 오늘 대륙횡단 열차의 운행을 모두 취소했어. 오늘 밤의 혜성특급까지 포함해서. 샌프란시스코 책임자는 어떻게 하고 있는지 모르겠어. 구조반만 일하고 있지. 터널에서. 아직 사고열차 근처에는 접근하지도 못했지만. 아마 접근이 불가능할 거야."

"터미널 책임자한테 전화해서 지금 즉시 대륙횡단 열차들을 예정대로 운행시키라고 해. 오늘 밤의 혜성특급을 포함해서. 그리고 다시 들어와."

에디가 다시 들어왔을 때 대그니는 테이블에 펼쳐진 지도를 들여다보고 있었다. 에디는 그녀의 지시를 빠르게 메모했다.

"모든 서부행 열차를 네브래스카 주 커비에서 남쪽으로 돌려. 지선을 따라 헤이스팅스까지 내려간 다음 캔자스 웨스턴 철도로 로럴까지 내려가고, 오클라호마 주 재스퍼에서 애틀랜틱 서던 철도를 이용하는 거야. 애틀랜틱 서던 철도로 서쪽으로 달려 애리조나 주 플래그스태프까지 가서 플래그스태프-홈데일 노선을 타고 북쪽으로 달려 유타 주 엘긴까지 간 다음, 북쪽 미들랜드로 가 워새치 철도를 타고 북서쪽으로 달려 솔트레이크 시티까지 가는 거야. 워새치 철도는 폐쇄된 협궤 철도지. 그 철도를 사서 표준 철도로 넓혀. 워새치 철도 소유주가 불법매매라고 겁을 내면 가격을 두 배로 주고라도 사서 작업을 진행해. 캔자스 주 로럴과 오클라호마 주 재스퍼 사이 5킬로미터 구간과 유타 주 엘긴과 미들랜드 사이 9킬로미터 구간에는 선로가 없어. 선로를 깔아. 즉시 작업반을 투입시키고 그 지역 일손을 끌어모아. 법정 임금의 두 배든 세 배든 달라는 대로 주고. 3교대로 밤새 일하게 해. 레일은 콜로라도 주의 윈스턴과 실버스프링스, 유타 주의 리즈, 네바다 주의 벤슨에서 측선을 뜯어서 써. 그 지역 국민통합위원회 앞잡이가 와서 작업을 중단시키려고 하면 믿을 만한 현지인을 내세워 돈으로 매수하게 해. 경리부를 통하지 말고 나에게 직접 청구해. 내가 돈을 줄 테니까. 매수가 통하지 않으면 법령 10-289호에는 지방의 금지명령에 대한 항목이 없으니 작업을 중단시키고 싶으면 우리 본사에 금지명령을 내리고 **나를** 고소하라고 해."

"그게 사실이야?"

"그걸 내가 어떻게 알아? 그걸 누가 알겠어? 하지만 그들이 문제를 해결하고 어떤 결정을 내릴 때쯤에는 선로가 완성될 거야."

"알겠어."

"내가 명단을 검토해서 그 일을 맡길 만한 사람들을 알려줄게. 그들이 아직 남아 있을지 모르겠지만. 오늘 밤 출발하는 혜성특급이 네브래스카 주 커비에 도착할 즈음에는 선로가 완성될 거야. 원래 대륙횡단 일정보다 36시간이 더 소요되겠지만 그래도 대륙횡단 운행을 한다는 게 중요하지. 그리고 냇 태거트의 손자가 터널을 건설하기 전의 옛날 지도를 찾아서 나한테 갖다줘."

"뭐?"

에디는 목소리를 높이지는 않았지만 헐떡거리는 숨소리

에서 그가 피하고 싶어했던 감정이 드러났다. 대그니의 표정에는 변화가 없었으나 그의 마음을 이해한다는 듯 질책이 아닌 온화함이 깃든 목소리로 말했다.

"터널이 생기기 이전의 옛날 지도. 에디, 옛날로 돌아가는 거야. 그럴 수 있다는 희망을 갖자고. 우리는 터널을 다시 만들지는 않을 거야. 그건 불가능해. 하지만 로키 산맥을 넘는 옛날 길이 그대로 남아 있어. 그 길을 이용하면 돼. 레일과 사람 구하는 것이 문제인데, 특히 사람 구하기가 힘들 거야."

그녀의 분명하고 단조로운 목소리와 흔들림 없는 표정은 아무 감정도 드러내지 않았지만, 에디는 처음부터 그녀가 자신의 눈물을 보았고 무관심하게 지나치지 않았다는 것을 알 수 있었다. 그녀의 태도에는 그가 느낄 수는 있되 해석할 수 없는 무언가가 있었고 그에게 이렇게 말하는 듯했다. '나도 알아. 그리고 이해해. 우리가 살아 있고 자유롭게 느낄 수 있다면 나도 연민과 감사를 느끼겠지. 하지만 우리는 그렇지 못해. 안 그래, 에디? 우리는 달과 같은 죽은 행성에 있고, 계속 움직여야만 해. 공연히 멈춰서 감상에 젖었다가는 숨쉴 공기가 없다는 것을 발견하게 될 테니까.'

"오늘내일 중으로 준비작업을 끝내야 해. 나는 내일 밤 콜로라도로 출발할 거야." 대그니가 말했다.

"비행기로 가고 싶다면 다른 데서 빌려야 해. 전용기 수리가 아직 안 됐어. 부품을 못 구해서."

"아니, 기차로 갈 거야. 철도 상태를 살펴야 하니까. 내일 떠나는 혜성특급을 탈 거야."

2시간이 지난 후 연신 장거리 전화 통화를 하던 대그니가 처음으로 철도와 관계없는 질문을 불쑥 던졌다.

"그들이 행크 리어든에게 무슨 짓을 했지?"

에디는 자신도 모르게 시선을 피하다가 억지로 그녀를 똑바로 보며 대답했다. "그가 굴복했어. 마지막 순간에 선물 증서에 서명했어."

"아."

충격도 비난도 들어 있지 않은, 그저 사실을 받아들이는 구두점과도 같은 목소리였다.

"쿠엔틴 대니얼스한테서는 소식 있었어?"

"아니."

"나한테 편지나 메시지 보내지 않았어?"

"응."

에디는 그녀가 두려워하는 것이 무엇인지 짐작할 수 있었고 미처 보고하지 않은 일이 떠올랐다.

"대그니, 네가 떠난 후 전국적으로 또 다른 문제가 생겼고, 그 문제는 시간이 지날수록 더 심각해지고 있어. 5월 1일부터 시작된 문제인데, 서 있는 기차들이지."

"뭐라고?"

"기차들이 여기저기 측선에 방치되고 있어. 밤중에 승무원 전원이 기차를 버리고 떠나고 있어. 미리 경고를 해주는 것도 아니고 특별한 이유도 없이, 마치 전염병이 돌듯 갑자기 사라져버리는 거야. 다른 철도회사들도 마찬가지야. 그 현상에 대해 설명할 수 있는 사람은 아무도 없어. 하지만 모두 이해는 하는 것 같아. 법령 탓이지. 그게 철도원들의 저항방식이야. 묵묵히 견디다가 갑자기 더 이상 참을 수 없는 지경에 이르는 거지. 그걸 우리가 어쩌겠어?"

에디는 어깨를 으쓱한 뒤 덧붙였다. "젠장, 존 골트가 누구지?"

대그니는 생각에 잠겨서 고개를 끄덕였다. 놀라는 얼굴은 아니었다.

전화벨이 울리고 비서가 말했다. "부사장님, 워싱턴에서 웨슬리 마우치 씨 전화입니다."

갑자기 곤충이라도 날아든 듯 대그니의 입술이 경직되었다.

"오빠한테 온 전화 같은데."

"아닙니다. 부사장님께 온 전화입니다."

"좋아. 연결해요."

웨슬리 마우치가 칵테일파티 주인 같은 목소리로 떠들었다. "태거트 양, 건강을 되찾고 돌아왔다는 소식 듣고 얼마나 반가웠는지 모릅니다. 직접 환영 인사를 하고 싶어서 전화했어요. 건강을 생각하면 더 오래 휴식을 취해야 하는데 국가 비상사태 해결을 위해 휴가를 줄이고 달려와주다니, 당신의 애국심에 감사를 보냅니다. 이제부터 우리는 당신에게 적극 협조할 겁니다. 우리의 전폭적인 협조와 지원을 기대해도 좋습니다. 특혜가 필요하면 얼마든지 요청해요."

그가 중간중간 말을 끊고 대답을 기다렸지만 대그니는 잠자코 듣기만 했다. 그러다 그의 침묵이 길어지자 이렇게 말했다.

"웨더비 씨와 통화하게 해주시면 대단히 감사하겠습니다."

"아, 물론이죠. 언제든지…… 아…… 그러니까…… **지금** 말인가요?"

"네. 지금 당장요."

그는 무슨 뜻인지 알면서도 순순히 응했다.

"네, 태거트 양."

웨더비가 조심스런 목소리로 전화를 받았다.

"네, 태거트 양. 무엇을 도와드릴까요?"

"당신 상관한테 전하세요. 내가 다시 떠나는 걸 바라지 않는다면 나에게 연락하지 말라고요. 그쪽에서 나에게 하고 싶은 말은 **당신을** 통해 전달하라고 하세요. 나는 당신과는 이야기해도 그 사람과는 안 해요. 그 이유는 그가 행크 리어든에게 고용되어 있을 때 리어든에게 했던 짓 때문이라고 전하세요. 그 일을 다른 사람들은 다 잊었어도 나는 잊지 않았으니까."

"태거트 양, 언제라도 국가의 철도를 지원하는 게 내 의무죠."

웨더비는 방금 들은 말을 못 들은 것으로 하겠다는 듯 딴청을 피우더니 곧바로 구미가 동하는 목소리로 천천히 영악하게 물었다.

"그러니까 태거트 양, 모든 공식적인 문제를 오로지 **나하고만** 이야기하겠다는 뜻인가요? 그렇게 받아들여도 될까요?"

대그니는 짤막하고 거친 웃음소리를 냈다.

"좋아요. 나를 당신의 전유물 목록에 올리고 워싱턴에서 특별한 연줄로 써먹어도 좋아요. 하지만 그게 당신에게 어떤 도움이 될지 모르겠네요. 나는 그 게임에 끼지 않을 거고 특혜를 거래할 생각도 없으니까요. 지금부터 당신들의 법을 위반하기 시작할 거니까요. 나를 체포할 수 있으면 체포하세요."

"태거트 양, 당신은 법에 대해 낡은 사고방식을 가지고 있군요. 왜 법을 경직된 것으로 봅니까? 우리의 현대적인 법들은 유연하고 상황에 따라 얼마든지 해석이 달라질 수 있죠."

"그럼 지금 당장 유연해져보세요. 나도, 철도 대참사도 그렇지 못하니까."

대그니는 전화를 끊고 물건들을 평가하는 듯한 말투로 에디에게 말했다. "당분간은 우리를 귀찮게 하지 않을 거야."

그녀는 자신의 방에 생긴 변화들을 알아차리지 못하는 듯했다. 냇 태거트의 초상화가 사라지고, 새로 들여놓은 커피 탁자에는 로시 부사장이 방문객들을 위해 구비해놓은 요란한 인도주의 잡지들이 전시되어 있었다.

대그니는 반응이 아닌 기록을 위한 기계 같은 태도로 에디에게 지난 한 달 동안의 상황 보고를 들었다. 사고 원인에 대한 그의 의견도 들었다. 그리고 줄지어 허둥거리며 들어왔다가 나가는 사람들을 초연한 표정으로 바라보았다. 에디는 그녀가 모든 것에 무감각해졌다고 생각했다. 하지만 그녀는 방 안을 서성이며 선로작업에 필요한 자재 목록을 부르고 그것들을 불법적으로 구입할 수 있는 곳을 알려주다가 갑자기 걸음을 멈추고 커피 탁자 위의 잡지들을 보았다. 잡지들 표지에는 '새로운 사회적 양심', '혜택 받지 못한 사람들에 대한 우리의 의무', '필요냐 탐욕이냐' 따위의 글씨들이 박혀 있었다. 그녀는 에디가 일찍이 본 적 없는 사나운 태도로 팔을 휘둘러 탁자 위의 잡지들을 쓸어버렸다. 그러고는 그녀의 정신과 육체의 폭력 사이에는 아무 관련이 없는 듯 계속해서 숫자들을 불렀다.

오후 늦게 잠시 혼자만의 시간을 갖게 된 대그니는 행크 리어든에게 전화를 걸었다.

그녀는 리어든의 비서에게 자신의 이름을 말했고, 뒤이어 들려온 리어든의 목소리에서 그가 얼마나 급하게 수화기를 잡았는지 알 수 있었다.

"대그니?"

"안녕, 행크. 나 돌아왔어요."

"어디요?"

"내 사무실이에요."

잠시 침묵이 흐르는 동안 대그니는 그의 마음속에 있는 말들을 들을 수 있었다. 마침내 그가 말했다.

"당신을 위해 레일을 만들어내려면 당장 사람들을 매수해서 철광석을 확보해야겠군."

"네. 가능한 많이요. 꼭 리어든 금속이 아니어도 돼요."

그녀의 말이 잠시 끊겼다. 표시도 안 날 정도로 짧은 공백이었지만 이런 생각이 담겨 있었다. '강철 이전의 시대로 돌아가기 위해 리어든 금속 레일을 쓴다고? 어쩌면 철심박은 나무 레일의 시대로 돌아가는 것인지도 모르는데.'

그녀는 말을 이었다. "강철이면 돼요. 무게에 상관없이. 당신이 줄 수 있는 것이면 돼요."

"좋소. 대그니, 내가 그들에게 리어든 금속을 넘겨준 것을 알고 있소? 선물 증서에 서명했소."

"알아요."

"굴복하고 말았소."

"내가 무슨 자격으로 당신을 비난하겠어요? 나는 굴복 안 했나요?"

리어든이 아무 대답이 없자 대그니가 계속 말했다. "행크, 그들은 세상에 기차나 용광로가 남아 있든 말든 신경 안 써요. 우리는 신경 쓰고요. 그들은 그것들에 대한 우리의 사랑을 이용해서 우리를 속박하고 있어요. 우리는 단 하나의 바퀴라도 남아서 인간 지성의 증거로서 굴러갈 수 있는 한 계속 노력할 거예요. 우리는 그것이 물에 가라앉지 않고 떠 있도록 떠받칠 거예요. 물에 빠진 자식처럼 말이에요. 그리고 파도가 마지막 바퀴를, 마지막 이성을 삼킬 때 그것과 함께 물속으로 가라앉을 거예요. 나는 우리가 어떤 대가를 치르고 있는지 알아요. 하지만 이제 어떤 대가를 치르든 상관없어요."

"알고 있소."

"행크, 내 걱정은 하지 말아요. 내일 아침이면 괜찮아질 거예요."

"걱정 안 하오, 내 사랑. 오늘 밤에 봅시다."

고통도, 두려움도, 죄책감도 없는 얼굴

자신의 아파트 거실로 들어선 대그니는 그 고요함과 한 달 전 그대로의 모습에 안도감과 쓸쓸함을 함께 느꼈다. 고요함은 그곳이 자신의 소유이고 사생활이 지켜지고 있다는 환상을 주었고, 한 달 전 그대로의 모습은 지난 한 달 동안 일어난 사건들을 되돌릴 수 없는 것처럼 그 시간 또한 돌이킬 수 없음을 상기시켰다.

창밖은 아직 환했다. 아침까지 미루어도 되는 일들이 도저히 손에 잡히지 않아서 생각보다 일찍 사무실을 나왔다. 전에 없던 일이었다. 그리고 사무실보다 집이 더 편한 것도 전에 없던 일이었다.

그녀는 샤워를 했다. 샤워기의 물줄기를 맞으며 한참 동안 멍하니 서 있다가 지금 자신이 씻어내고 싶은 것은 시골길을 운전하고 오느라 온몸에 뒤집어쓴 먼지가 아니라 사무실의 느낌임을 깨닫고 황급히 샤워기에서 벗어났다.

옷을 입고 담배를 피워 물고 거실 창가에 서서 도시를 바라보았다. 오늘 아침 오두막 문간에서 시골 풍경을 바라보았던 것처럼.

그녀는 철도를 위해 1년만 더 일할 수 있다면 목숨이라도 바치겠노라고 말했다. 그리고 그녀는 철도로 돌아왔다. 하지만 그녀가 느끼는 것은 일의 기쁨이 아니었다. 결정을 내린 후의 냉정한 평온, 그리고 받아들이지 않은 고통의 고요함이었다.

구름이 하늘을 감싸고 안개처럼 내려와서 거리를 감싸는 모습이 마치 하늘이 도시를 삼켜버리는 듯했다. 대그니는 보이지 않는 바다를 가르는 긴 삼각형 모양의 맨해튼 섬 전체를 볼 수 있었다. 맨해튼 섬은 침몰하는 배의 이물 같았다. 높은 빌딩 몇 개가 아직 섬 위에 굴뚝처럼 솟아 있었지만 나머지는 청회색 소용돌이를 이룬 수증기와 허공 속으로 천천히 사라지고 있었다. 대그니는 그 모습을 보며 생각했다. '바닷속으로 가라앉은 도시 아틀란티스와 인간들의 모든 언어에 같은 전설과 같은 동경을 남기고 사라져 간 모든 왕국도 저렇게 사라졌지.'

대그니는 어느 봄날 밤, 어두운 뒷골목의 쓰러져가는 건물에 있는 존 골트 노선 사무실 책상에 엎드려서 느꼈던 그 기분에 젖었다. 영원히 닿지 못할 자신의 세계. 그녀는 이런 생각이 들었다. '당신이 누구든, 내가 평생 사랑했으면서도 찾지 못한 당신, 지평선 너머까지 뻗은 선로 끝에 존재할 것 같았던 당신, 나는 늘 도시의 거리에서 당신의 존재를 느꼈고 당신의 세계를 건설하고 싶었죠. 나를 계속 움직이게 한 것은 당신에 대한 사랑이었어요. 나의 사랑과 당신에게 닿고 싶은 희망, 당신 앞에 서게 되는 날 당신에게 가치 있는 존재가 되고 싶은 소망. 이제 나는 당신을 찾을 수 없다는 것을 알아요. 하지만 내게 남은 생은 여전히 당신의 것이고, 나는 당신의 이름으로 계속 나아갈 거예요. 설령 영원히 알 수 없는 이름이라고 해도. 나는 계속해서 당신을 섬길 거예요. 설령 영원히 이길 수 없다고 해도. 나는 계속 나아갈 거예요. 당신을 만나게 되는 날 당신에게 가치 있는 존재가 되기 위해. 설령 영원히 당신을 만나지 못한다고 해도.' 그녀는 절망을 받아들인 적은 없었지만 창가에 서서 안개에 갇힌 도시를 향해 그렇게 말했고, 그것은 짝사랑에 바치는 맹세였다.

초인종이 울렸다. 대그니는 무심한 놀라움을 느끼며 돌아서서 문을 열었다. 하지만 프란시스코 단코니아를 보자 그가 찾아올 것을 짐작했어야 했다는 것을 깨달았다. 그녀는 충격도, 반발심도 느끼지 않았고 확신에서 나오는 평온함만을 느꼈다. 그녀는 이미 선택이 끝났고 그것을 감출 의도가 없다는 듯 천천히 고개를 들어 그를 응시했다.

고통도, 두려움도, 죄책감도 없는 얼굴

프란시스코의 얼굴은 엄숙하고 차분했다. 행복한 표정은 사라졌지만 다시 바람둥이의 모습으로 돌아간 것은 아니었다. 그는 모든 가면을 벗고 솔직하고 절도 있고 목적의식에 찬 모습을 보였다. 한때 대그니가 그에게서 기대했던 '행위의 진정성'을 아는 남자의 모습이었다. 지금 이 순간 프란시스코는 그 어느 때보다 매력적이었고, 대그니는 그가 자신을 버린 것이 아니라 자신이 그를 버렸음을 깨닫고 놀라움에 빠졌다.

"대그니, 이제 그것에 대해 이야기할 수 있어?"

"원한다면. 들어와."

프란시스코는 처음 와본 그녀의 아파트 거실을 획 둘러보고는 다시 그녀에게 시선을 돌렸다. 그는 아까부터 그녀를 주의 깊게 지켜보고 있었다. 그녀의 조용하고 꾸밈없는 태도가 자신에게는 가장 나쁜 징조임을, 이제 다 타버린 재만 남아 있고 고통의 불씨조차 남아 있지 않음을 아는 듯했다.

"앉아, 프란시스코."

대그니는 그의 앞에 그대로 서 있었다. 자신은 감출 게 없음을 의식적으로 보여주려는 것 같았다. 자신의 지친 기색도, 오늘까지 치러온 대가도, 이제 어떤 대가를 치르든 상관없게 된 것도.

"네가 이미 선택을 했다면 이제 나로서는 막을 방법이

없겠지. 하지만 가능성이 조금이라도 남아 있다면 포기하지 않겠어." 프란시스코가 말했다.

대그니는 천천히 고개를 저었다.

"가능성 없어. 프란시스코, 그럴 필요 없잖아. 너는 이미 포기했잖아. 내가 철도와 함께 망하든 철도를 떠나든 너에게 무슨 차이가 있지?"

"나는 미래를 포기하진 않았어."

"무슨 미래?"

"약탈자들이 멸망하고 우리가 살아남는 날."

"태거트 대륙횡단철도가 약탈자들과 함께 멸망한다면 나도 그들과 운명을 같이할 거야."

프란시스코는 그녀의 얼굴에서 시선을 떼지 않았고 아무 대답도 하지 않았다.

대그니가 냉정하게 덧붙였다. "나는 철도 없이도 살 수 있을 줄 알았어. 하지만 그건 불가능해. 다시는 철도를 떠나지 않겠어. 프란시스코, 기억나? 예전에 우리는 이 세상에서 유일한 죄는 일을 잘하지 못하는 거라고 믿었어. 나는 아직도 그 믿음을 간직하고 있어."

그녀의 목소리에서 생기가 기지개를 켰다.

"나는 그들이 터널에 한 짓을 구경만 하고 있을 수 없어. 재난은 인간의 타고난 숙명이고 맞서 싸워야 할 대상이 아니라는 그들의 믿음을 나는 받아들일 수 없어. 프란시스코

우리는, 너와 나는 그런 믿음을 끔찍하게 여겼어! 나는 굴복을 받아들일 수 없어. 절망도, 포기도. 이 세상에 철도가 남아 있는 한 나는 철도를 떠나지 않을 거야."

"약탈자들의 세상을 지켜주려고?"

"나의 마지막 남은 세상 한 조각이라도 지키려고."

프란시스코가 천천히 말했다. "대그니, 나는 사람들이 자신의 일을 사랑하는 이유를 알아. 기차를 달리게 하는 일이 너에게 어떤 의미인지도 알고. 하지만 빈 기차를 달리게 할 순 없어. 대그니, 달리는 기차를 생각하면 뭐가 떠올라?"

대그니는 도시를 힐끗 바라보았다.

"그 사고로 목숨을 잃었을 수도 있지만 앞으로는 내가 그런 사고를 방지할 테니까 다음 사고는 피하게 될 유능한 사람. 타협하지 않는 정신과 끝없는 야망을 가진 사람. 자신의 삶을 사랑하는 사람. 우리도, 너와 나도 처음 시작할 때 그런 사람들이었어. 너는 그런 사람이 되기를 포기했지만 나는 그럴 수 없어."

프란시스코는 잠시 눈을 감고 경직된 미소를 지었다. 그것은 이해와 고통의 신음을 대신하는 미소였다. 그가 엄숙하고 부드러운 목소리로 물었다.

"아직도 철도를 운영해서 그런 사람을 위해 봉사할 수 있다고 생각해?"

"그래."

"좋아, 대그니. 말리지 않겠어. 네가 아직 그런 생각을 갖고 있는 한 아무도 너를 말릴 수 없고 말려서도 안 되지. 네가 하는 일이 그런 사람을 위하는 게 아니라 오히려 파멸시키는 것임을 깨닫게 되는 날 스스로 그만두겠지."

"프란시스코!" 놀라움과 절망의 외침이었다. "너도 알고 있군! 내가 말하는 그런 사람이 어떤 사람인지. 네 눈에도 그가 보이는군!"

"오, 그럼."

프란시스코는 거실의 한 지점을 응시하고 있었다. 마치 거기 실제로 사람이 존재하는 듯했다.

"왜 놀라는 거지? 우리도, 너와 나도 한때 그런 사람들이었다고 네 입으로 말했잖아. 지금도 마찬가지야. 하지만 우리 둘 중 하나는 그를 배반했지."

"그래. 우리 둘 중 하나는. 포기는 그를 위하는 길이 아니니까." 대그니가 준엄하게 말했다.

"그를 파멸시키는 자들과 타협하는 것도 그를 위하는 길이 아니지."

"나는 그들과 타협하는 게 아니야. 그들에게는 내가 필요해. 그들은 그걸 알고 있어. 그래서 내가 내거는 조건들을 받아들일 거야."

"그들은 너를 해쳐서 이익을 얻는 자들이야."

"나는 태거트 대륙횡단철도만 지킬 수 있으면 돼. 그들이 어떤 대가를 요구하든 무슨 상관이야? 그들은 그들이 원하는 것을 갖고 나는 철도를 갖는 거지."

프란시스코는 미소를 지었다.

"그렇게 생각해? 그들에게 네가 필요하다는 사실이 너를 보호해줄 거라고 생각해? 네가 그들이 원하는 것을 줄 수 있다고 생각해? 아니, 너는 그들이 진짜로 원하는 게 뭔지 스스로 깨달을 때까지는 그만두지 않겠지. 대그니, 우리는 어떤 것들은 신에게 속하고, 또 어떤 것들은 카이사르에게 속한다고 배웠어. 어쩌면 그들의 신은 그것을 허용할 수도 있지. 하지만 네가 말한 그 사람, 우리가 섬기는 그 사람은 그것을 허용하지 않아. 그는 둘로 나뉜 충성을, 너의 정신과 육체의 싸움을, 너의 가치와 행동 사이의 괴리를, 카이사르에 대한 찬사를 허용하지 않아. 그는 카이사르를 허용하지 않아."

대그니가 부드럽게 말했다. "지난 12년 동안 내가 네 앞에서 무릎 꿇고 용서를 구할 날이 오리란 생각은 꿈에도 하지 않았어. 그런데 그게 가능할 수도 있을 것 같아. 네가 옳다는 것을 깨닫게 되면 그렇게 할 거야. 하지만 그때까지는 아니야."

"그렇게 될 거야. 하지만 무릎은 꿇지 마."

프란시스코는 지금 앞에 서 있는 그녀를 보고 있는 듯했지만 마음의 눈으로는 그날이 왔을 때 그녀가 어떤 속죄와 굴복을 보일지 상상하고 있는 것 같았다. 대그니는 그의 얼굴 근육 몇 가닥이 긴장하는 것을 보고 그가 자신의 그런 마음을 들키고 싶지 않아서 시선을 돌리려고 애쓰고 있음을 알 수 있었다. 그녀는 그의 얼굴을 너무나도 잘 알고 있었다.

"대그니, 그때까지 우리는 적이란 것을 기억해둬. 이런 말은 하고 싶지 않지만 너는 천국의 문턱에 들어설 뻔했다가 다시 지상으로 돌아온 첫 번째 사람이야. 너는 너무 많은 것을 봐버렸기 때문에 똑똑히 알아둬야 해. 내 싸움의 대상은 네 오빠나 웨슬리 마우치가 아니라 바로 너야. 나는 너를 이겨야만 해. 나는 지금 네게 가장 소중한 모든 것을 파괴해야만 해. 네가 태거트 대륙횡단철도를 지키기 위해 애쓰는 동안 나는 그것을 파괴할 거야. 나에게 도움을 청하거나 돈을 요구할 생각은 하지 마. 그 이유는 너도 알 거야. 지금 네 입장에서는 나를 증오할 수도 있지. 아니 증오해야만 하지."

대그니는 고개를 살짝 들었다. 그녀의 자세에는 눈에 띄는 변화는 없었지만 자신의 몸을, 그리고 그것이 프란시스코에게 어떤 의미인지를 의식하고 잠시 여자로서 서 있었다. 또박또박 끊은 말에서만 도전적인 태도가 느껴졌다.

"그럼 너는 어떻게 되는데?"

프란시스코는 모든 것을 이해하는 눈빛을 보냈지만 대그니가 얻어내려는 고백에 대해서는 인정하지도, 부정하지도 않았다.

"그건 내 문제야." 그가 말했다.

대그니는 마음이 약해져서 이렇게 말했다. "나는 널 미워하지 않아. 몇 년 동안 미워하려고 애썼지만 앞으로는 절대 그러지 않을 거야. 우리가, 너나 내가 무엇을 하든."

하지만 그 말이 더 잔인하다는 것을 그녀 자신도 알고 있었다.

"알아."

프란시스코가 고통을 드러내지 않으려고 조용히 말했다. 하지만 그의 고통이 그녀에게 그대로 반사된 것처럼 생생하게 느껴졌다. 대그니는 자신에게서 그를 보호하고 싶은 간절한 마음으로 외쳤다.

"프란시스코! 어떻게 그런 짓을 할 수 있어?"

"사랑의 힘이지."

그의 눈은 '너에 대한'이라고 말하고 있었지만 입은 다르게 말했다.

"그 사람에 대한. 그 사고에서 죽지 않았고 앞으로도 절대 죽지 않을 그 사람."

대그니는 그 말을 존중하는 듯 잠시 가만히 서 있었다.

"네가 앞으로 겪게 될 일들을 피하게 해줄 수 있었으면 좋겠어."

프란시스코의 조용한 목소리는 '네가 동정해야 할 사람은 내가 아니라고' 말하는 듯했다.

"하지만 그럴 수가 없어. 우리 모두 자신의 발로 그 길을 가야 하니까. 하지만 같은 길이겠지."

"어디로 가는 길인데?"

프란시스코는 대답하지 않을 질문들의 문을 부드럽게 닫듯 미소지었다.

"아틀란티스."

"뭐라고?" 대그니가 깜짝 놀라서 물었다.

"생각 안 나? 영웅의 정신을 가진 사람들만 들어갈 수 있는 잃어버린 도시."

아침부터 막연한 불안감처럼 마음을 괴롭히던 수수께끼가 갑자기 풀린 듯했다. 그녀는 아틀란티스에 대해 알고 있었다. 하지만 그녀는 프란시스코의 운명과 개인적인 결정에 대해서만 생각했고, 그가 단독으로 행동하는 줄로만 알았다. 그녀는 자신의 앞에 더 큰 위험이, 정체를 알 수 없는 거대한 적이 버티고 있음을 직감했다.

"너도 그들 중 하나군, 그렇지?" 그녀가 천천히 말했다.

"그들이라니?"

"그때 켄 대너거의 사무실에 왔던 사람이 **너**였어?"

프란시스코는 미소지으며 대답했다. "아니."

하지만 그는 그게 무슨 소리인지 묻지 않았다.

"정말 파괴자가 존재하는 거야?"

"물론."

"그게 누군데?"

"너."

대그니는 어깨를 으쓱하고 굳어진 얼굴로 말했다. "세상을 등지고 떠난 사람들 말이야. 아직 살아 있는 거야, 죽은 거야?"

"죽었지. 너에게는. 하지만 제2의 르네상스가 도래할 거야. 나는 그걸 기다릴 거고."

"아니!"

그의 말에는 이중적인 의미가 숨어 있었고, 대그니의 격한 목소리는 그중 하나에 대한 개인적인 대답이었다.

"아니, 날 기다리지 마!"

"나는 언제나 널 기다릴 거야. 우리가, 너와 내가 무엇을 하든."

현관문을 열쇠로 따는 소리가 들렸다. 문이 열리고 행크 리어든이 들어왔다.

그는 문간에 잠시 서 있더니 열쇠를 주머니에 넣으며 천천히 거실로 들어왔다.

대그니는 그가 자신의 얼굴을 보기 전에 프란시스코의 얼굴을 보았음을 알 수 있었다. 리어든은 그녀를 흘낏 보앉으나 다시 프란시스코에게 시선을 돌렸다. 지금 그가 볼 수 있는 얼굴은 프란시스코의 얼굴뿐인 것처럼.

대그니는 프란시스코의 얼굴을 보기가 두려웠다. 그에게 시선을 돌리는 것이 힘에 부치는 물건을 옮기는 것만큼 힘들었다. 프란시스코는 단코니아 가문의 사람답게 몸에 밴 기계적인 매너로 자리에서 일어나 있었다. 리어든은 그의 얼굴에서 아무것도 읽을 수 없었다. 하지만 대그니는 자신이 두려워한 것보다 더 지독한 것을 보았다.

"여기서 뭐 하는 거요?" 리어든이 응접실에 들어온 하인을 대하는 듯한 말투로 물었다.

"나는 당신에게 똑같은 질문을 할 권리가 없는 것 같군요." 프란시스코가 말했다.

대그니는 그가 그런 분명하고 단조로운 목소리를 내기 위해 얼마나 큰 노력을 기울였는지 알 수 있었다. 그의 시선이 리어든의 오른손으로 자꾸만 갔는데 아직도 거기 열쇠가 있는 게 보이는 듯했다.

"그럼 대답하시오." 리어든이 말했다.

"행크, 묻고 싶은 게 있으면 나한테 물어요." 대그니가 말했다.

리어든은 그녀가 보이지도, 그녀의 말이 들리지도 않는 듯했다.

"대답하시오." 그가 다시 말했다.

"당신이 요구할 수 있는 대답은 한 가지 문제에 대한 것뿐이니, 내가 여기 있는 이유는 그게 아니라고 대답하겠습니다." 프란시스코가 말했다.

"당신이 여자의 집에 있는 이유는 한 가지 뿐이지. 어떤 여자건 간에. 지금 내가 당신의 말을 믿을 거라고 생각하오? 나는 그동안 당신이 한 말들도 믿을 수 없어."

"당신의 의심을 살 만한 이유를 제공한 것은 사실이지만 태거트 양에 대해서는 결백합니다."

"여기선 그런 가능성이 없다는 말은 할 필요 없소. 나도 알고 있으니까. 하지만 오늘 여기서 당신을 보았다는 것 자체가……."

"행크, 나를 나무라고 싶다면……."

대그니가 말을 꺼내자 리어든이 그녀에게 휙 돌아섰다.

"아, 아니, 대그니, 그게 아니오! 하지만 당신은 저 사람과 함께 있는 모습을 보여서는 안 되오. 저 사람과는 어떤 식으로도 상대해서는 안 되오. 당신은 저 사람을 몰라. 나는 알고 있고."

리어든은 프란시스코를 향해 말을 이었다. "당신이 노리는 게 뭐지? 대그니까지 당신이 정복한 여자들 명단에 넣어보겠다는 거요, 아니면……."

"아닙니다!"

자신도 모르게 터져 나온 그 외침은 뜨거운 진심을 담고 있었지만, 그 진심은 받아들여질 수 없었기에 부질없어 보였다.

"아니라고? 그럼 사업 때문에 온 거요? 혹시 덫이라도 놓고 있었소? 나한테 그랬던 것처럼? 이번에는 무슨 속임수를 쓸 생각이지?"

"내가 여기 온 목적은…… 사업 문제가 아닙니다."

"그럼 뭐요?"

"아직 나를 믿어줄 수 있다면, 배신은…… 아니라는 말만 하죠."

"당신이 아직도 내 앞에서 배신에 대해 이야기할 수 있다고 생각하시오?"

"언젠가는 대답하겠습니다. 지금은 대답할 수 없군요."

"그 일에 대해서는 생각하고 싶지 않겠지, 안 그렇소? 그 일이 있은 후부터 당신은 나를 피해왔으니까, 안 그런가? 여기서 나를 만나게 될 줄은 몰랐겠지? 나와 마주하고 싶지 않았겠지?"

하지만 그는 프란시스코가 당당히 자신을 마주하고 있음을 알았다. 요즘에는 그와 그렇게 마주하는 사람이 아무도 없었다. 프란시스코의 눈은 그의 눈을 똑바로 응시하고 있었고, 얼굴은 아무런 감정도, 방어나 호소도 없이 무엇이든 견디겠다는 의지를 나타내고 있었다. 그것은 그가 사랑했던, 그를 죄책감에서 해방시켜준 남자의 얼굴이었다.

리어든은 프란시스코의 그 얼굴이 다른 무엇보다, 대그니를 그리워하며 보낸 지난 한 달보다 더 자신의 마음을 끄는 것을 부정하려고 애썼다.

"감출 게 아무것도 없다면 자신을 변호해보시지? 여기 왜 온 거요? 그리고 나를 보고 왜 그렇게 놀란 거요?"

"행크, 그만!"

대그니는 그렇게 외치고는 움찔 물러났다. 지금 이 순간 가장 위험한 것은 감정의 폭발이었기 때문이다.

두 남자가 그녀를 돌아보았다.

"제발 내가 대답하게 해줘요." 프란시스코가 그녀에게 조용히 말했다.

"당신에게도 말한 적이 있지. 그를 다시는 만나고 싶지 않다고. 그런데 하필이면 여기서 만나다니. 당신과는 상관없지만 그는 대가를 치를 것이 있소." 리어든이 말했다.

"그게…… 당신 목적이라면, 이미 목적을 이루지 않았나요?" 프란시스코가 힘들게 말했다.

"아니, 왜 그러지?"

리어든은 얼굴이 굳어서 입술이 잘 움직이지 않았지만 목소리에는 냉소가 어려 있었다.

"이게 당신이 자비를 구하는 방식인가?"

프란시스코는 더 큰 힘을 끌어모은 후 대답했다. "그래요…… 당신이 그렇게 생각하고 싶다면."

"당신은 내 미래를 손에 쥐고 있을 때 내게 자비를 베풀었나?"

"당신이 나를 어떻게 생각하든 나는 아무 할 말이 없습니다. 하지만 그 일은 태거트 양과 무관하니…… 이제 그만 가도 될까요?"

"아니! 당신도 다른 겁쟁이들처럼 회피하고 싶은 거요? 도망치고 싶은 거요?"

"당신이 원한다면 언제 어디서든 다시 만나겠습니다. 하지만 태거트 양이 없는 자리였으면 좋겠습니다."

"왜지? 나는 그녀가 있는 자리였으면 좋겠는데. 여기는 당신이 올 권리가 없는 곳이니까. 이제 나는 당신으로부터 보호할 것이 남아 있지 않소. 당신은 약탈자들보다 더 많은 것을 빼앗아갔어. 당신은 손에 닿는 것은 모두 파괴해버렸어. 하지만 여기, 당신이 손댈 수 없는 것이 하나 있소."

리어든은 아무 감정 없는 프란시스코의 얼굴을 보며 그가 감정을 억제하기 위해 초인적인 힘을 발휘하고 있음을 알 수 있었다. 그리고 그 감정이 고통이며 자신은 고문관이 느끼는 희열과 유사한 감정에 사로잡혀 있다는 것도 알았다. 하지만 그는 자신이 고문하는 사람이 프란시스코인지 자신인지 구분할 수가 없었다.

"당신은 약탈자보다 더 나빠. 자신이 무엇을 배신하는지 잘 알면서도 배신하니까. 당신이 얼마나 타락한 동기를 지넜는지는 모르겠지만 당신 손이, 당신의 갈망과 악의가 닿을 수 없는 것들도 있다는 것을 알아두기 바라오."

"당신은 이제…… 나를 두려워할 필요가 없습니다."

"당신은 그녀에 대해 생각해서도, 그녀를 보거나 그녀에게 다가가서도 안 된다는 것을 알아두시오. 다른 사람이라면 몰라도 당신은 그녀 앞에 나타나서는 안 돼."

리어든은 자신이 아직 프란시스코에게 마음이 끌리고 있는 것에 분노해 그런 마음을 짓밟고 파괴하려고 안간힘을 쓰고 있었다.

"당신의 동기가 무엇이든 그녀는 당신의 손길이 닿지 않도록 보호받아야 하니까."

"그럼 내가 약속한다면……." 프란시스코는 말을 하다 멈추었다.

리어든이 낄낄거리며 말했다. "나는 당신의 약속이 어떤 건지 알지. 당신의 신념, 우정, 당신이 사랑한 유일한 여자를 걸고 한 맹세……."

리어든은 갑자기 말을 멈추었다. 세 사람 모두 그것이 무엇을 의미하는지 알고 있었다.

리어든은 프란시스코에게 한 걸음 다가가 대그니를 가리키며 전혀 그의 목소리 같지 않은 낮은 소리로 물었다. 그 목소리는 살아 있는 사람에게서 나오는 것 같지도, 살아 있는 사람을 향한 것 같지도 않았다.

"당신이 사랑하는 여자가 이 사람이오?"

프란시스코는 눈을 감았다.

"그에게 묻지 말아요!" 대그니가 외쳤다.

"당신이 사랑하는 여자가 이 사람이오?"

프란시스코는 대그니를 보며 대답했다. "네."

리어든의 손이 번쩍 올라가더니 프란시스코의 뺨을 갈겼다.

비명을 지른 것은 대그니였다. 그녀가 마치 자신이 뺨을 맞은 듯한 충격에서 벗어나 처음으로 본 것은 프란시스코의 두 손이었다. 단코니아 가문의 후예인 그가 뒤에 있던 테이블 가장자리를 꽉 잡고 있었는데, 그것은 자신의 몸을 지탱하기 위해서가 아니라 손이 움직이지 못하게 하기 위해서였다. 대그니는 그의 경직된 몸을 보았다. 그 몸은 너무나도 꼿꼿했지만 허리와 어깨의 각도가 약간 부자연스럽고 두 팔이 뒤로 기울어져 있어서 부러진 듯한 느낌을 주었다. 그는 움직이지 않으려는 노력이 스스로에게 폭력을 가하는 것처럼, 그가 억누르고 있는 행동이 온몸을 타고 흐르며 엄청난 고통을 주고 있는 것처럼 서 있었다. 대그니는 그의 경련하는 손가락들이 테이블을 더 단단히 잡으려고 애쓰는 모습을 보면서 테이블과 그의 뼈 중 어떤 것이 먼저 부러질지 모르겠다고 생각했다. 그녀는 그 두 가지 힘의 균형에 리어든의 목숨이 달려 있다는 것을 알았다.

고통도, 두려움도, 죄책감도 없는 얼굴

대그니는 시선을 들어 프란시스코의 얼굴을 보았다. 관자놀이 부분이 팽팽하고 두 뺨이 안쪽으로 꺼져서 평소보다 조금 더 수척한 느낌을 줄 뿐 고투하는 기색은 전혀 없었다. 가면을 벗은 그의 얼굴이 순수하고 어려 보였다. 대그니는 그의 눈에 있지도 않은 눈물을 보고 공포에 질렸다. 그의 빛나는 눈에는 물기가 없었다. 그의 눈은 리어든을 향하고 있었지만 리어든을 보고 있지 않았다. 방 안의 다른 존재를 보며 이렇게 말하는 듯했다. '이것이 네가 나에게 요구하는 거라면, 너는 이것을 받아들이고 나는 견뎌야겠지. 내가 네게 줄 수 있는 건 이것뿐이야. 하지만 이것이라도 줄 수 있는 게 자랑스러워.' 대그니는 그의 목에서 고동치는 동맥과 입가의 분홍빛 거품 한 방울, 헌신에 도취한 미소에 가까운 표정을 보며 지금 자신이 프란시스코 단코니아의 가장 위대한 성취를 목격하고 있음을 깨달았다.

대그니는 몸을 떨며 외치는 자신을 발견했다. 프란시스코가 맞는 것을 보고 내지른 비명의 메아리가 아직 희미하게 남아 있는 것으로 보아 시간이 얼마 지나지 않았음을 알 수 있었다. 그녀는 리어든에게 모질게 외치고 있었다.

"······**그에게서** 나를 보호한다고요? 당신보다 훨씬 먼저······."

"그만!" 프란시스코가 그녀에게 고개를 홱 젖히며 말했다.

그의 날카로운 목소리에는 억눌린 격정이 고스란히 담겨 있었고, 대그니는 그 명령에 복종해야 한다는 것을 알았다.

프란시스코는 그대로 서서 고개만 천천히 리어든에게로 돌렸다. 대그니는 프란시스코가 테이블을 잡고 있던 손을 놓고 자연스럽게 늘어뜨리고 있는 것을 보았다. 리어든을 향한 프란시스코의 얼굴에는 지친 표정밖에 남아 있지 않았지만, 리어든은 그가 자신을 얼마나 사랑했는지를 문득 깨달았다.

"당신이 아는 범위 내에서는, 당신이 옳습니다." 프란시스코가 조용히 말했다.

그러고는 대답을 기대하지도, 허용하지도 않는 듯 문을 향해 돌아섰다. 그는 대그니에게 정중히 고개 숙여 인사하고 리어든에게는 단순히 작별의 뜻을 전하듯 고개를 살짝 숙여 보였는데, 대그니에게는 그것이 수용의 몸짓으로 느껴졌다. 그리고 밖으로 나갔다.

리어든은 자신이 저지른 행동을 되돌릴 수만 있다면 목숨이라도 내놓을 수 있을 것 같은 심정으로 프란시스코의 뒷모습을 바라보았다.

이윽고 그가 다시 대그니에게 고개를 돌렸을 때 그의 얼굴은 진이 빠진 듯했고 솔직하고 정중했다. 아까 대그니가 하다 만 말에 대해 묻지는 않으면서도 그녀가 스스로 말해주길 기다리고 있는 듯했다.

대그니는 연민에 몸서리치다가 고개를 저었다. 그녀는 그 연민이 두 남자 중 누구를 향한 것인지조차 몰랐지만 도저히 말을 할 수가 없어서 연신 고개만 흔들었다. 세 사람 모두를 희생자로 삼은 엄청난 고통을 부정하려고 안간힘을 쓰는 것처럼.

"말해야 할 것이 있으면 말해요." 리어든이 억양 없는 목소리로 말했다.

대그니가 웃음 반, 신음 반의 소리를 냈다. 그녀는 의식적으로 날카롭고 모진 목소리로 외쳤는데, 그것은 앙갚음이 아니라 정의를 위해서였다.

"내 옛날 남자 이름을 알고 싶어했죠? 나와 잔 남자 말이에요. 내 첫 남자. 바로 프란시스코 단코니아였어요!"

대그니는 리어든의 넋이 나간 얼굴을 보고 자신이 그에게 얼마나 큰 충격을 주었는지 깨달았다. 그녀가 정의를 위해 그 말을 한 것이라면 목적은 이룬 셈이었다. 아까 리어든이 프란시스코의 뺨을 때린 것보다 그녀가 진실을 말한 것이 더 지독한 충격을 주었으니까.

대그니는 세 사람 모두를 위해 진실을 말해야만 했음을 알고 갑자기 평온해졌다. 그녀는 무력한 희생자의 절망감에서 벗어날 수 있었다. 이제 더 이상 희생자가 아닌 자신의 행동에 기꺼이 책임지는 투사가 되었으니까. 그녀는 리어든을 마주하고 서서 이제 자신이 공격을 당할 차례가 된 듯한 기분으로 그의 반응을 기다렸다.

대그니는 리어든이 어떤 고통을 견디고 있는지, 속으로 어떻게 무너지고 있는지 알지 못했다. 리어든은 그녀에게 경고가 될 만한 아무 내색도 하지 않은 채 거실 한가운데 서서 자신의 의식이 받아들이기를 거부하는 사실을 받아들이려 애쓰고 있는 듯해 보였다. 대그니는 그의 자세가 바뀌지 않았음을 깨달았다. 두 손마저도 아까부터 그랬던 것처럼 반쯤 오므린 채 늘어뜨리고 있었다. 대그니는 그 손에 피가 통하지 않는 게 느껴졌다. 그것은 그의 고통을 알 수 있는 유일한 단서였고 그가 아무것도, 자신의 몸의 존재조차도 느낄 힘이 없음을 알게 해주었다. 그녀는 연민이 사라지고 존경이 그 자리를 채우는 것을 느끼며 잠자코 기다렸다.

리어든의 시선이 그녀의 얼굴에서 천천히 아래로 움직여 그녀의 몸을 훑었다. 대그니는 지금 그가 어떤 고통을 선택했는지 알 수 있었다. 그것은 그가 그녀에게 숨길 수 없는 본능의 시선이기 때문이었다. 그는 열일곱 살 때의 그녀 모습을, 그녀가 그의 연적과 함께 있는 모습을, 그리고 이제 그녀와 자신이 하나가 될 모습을, 차마 견딜 수도 없고 거부할 수도 없는 그 모습을 보고 있었다. 대그니는 그의 얼굴에서 자제의 가면이 벗겨지는 것을 보았다. 하지만 리어든은 자신의 살아 있는 노골적인 얼굴이 그녀에게 보여지든 말든 상관하지 않았다. 그 얼굴에서 읽을 수 있는 것은 부분적으로 증오를 닮은 겉으로 드러나지 않는 격정뿐이기 때문이었다.

리어든이 대그니의 어깨를 잡았다. 대그니는 그가 자신을 죽이든 때려눕히든 다 받아들일 각오가 되어 있었지만 그는 그녀를 껴안고 때리는 것보다 더 난폭하게 입술을 덮쳤다.

대그니는 겁에 질려 몸을 뒤틀면서도 희열에 차서 양팔로 그를 껴안고 그의 입술에 뜨거운 혈기를 전했다. 그녀는 지금 이 순간보다 더 간절하게 그를 원했던 적이 없었다.

리어든이 그녀를 소파에 던졌고 대그니는 그의 고동치는 몸을 통해 그 행위의 의미를 알 수 있었다. 그것은 연적에 대한 승리이자 굴복의 행위였고, 연적에 대한 생각에 견딜 수 없이 난폭해진 소유의 행위였으며, 연적이 즐겼던 쾌락에 대한 증오를 자신의 격렬한 쾌락으로 바꾸는 행위였고, 그녀의 몸을 통해 연적을 정복하는 행위였다. 대그니는 리어든의 마음을 통해 프란시스코의 존재를 느꼈다. 그녀는 동시에 두 남자에게(그녀가 두 남자에게서 발견하고 숭배했던, 두 남자가 공통으로 지닌 것에, 그들 각자에 대한 그녀의 사랑을 둘 다에게 충실한 행위로 만들어준 그것에) 굴복하는 기분을 느꼈다. 대그니는 리어든에게 그 행위가 어떤 의미인지 알 수 있었다. 그것은 주위 세상에 대한, 세상 사람들의 타락한 숭배에 대한, 그동안 자신이 낭비한 긴 세월과 어둠 속의 투쟁에 대한 반항이었다. 폐허의 도시 위 높은 곳 어둑어둑한 공간에서 그녀와 단둘이 주장하고 간직하고 싶은 마지막 재산이었다.

격정의 시간이 지난 후 그들은 조용히 누워 있었다. 리어든은 대그니의 어깨에 얼굴을 묻고 있었다. 대그니의 머리 위 천장에서 멀리 있는 네온사인 불빛이 계속 희미하게 펄럭였다.

리어든이 대그니의 손을 살며시 끌어당겨 잠시 그녀의 손바닥을 자신의 입술에 댔다. 그의 손길이 어찌나 부드러운지 감촉보다 마음이 더 분명하게 느껴질 정도였다.

잠시 후 대그니가 일어나서 담배에 불을 붙인 뒤 그에게 내밀며 피우겠느냐는 뜻으로 손을 까딱했다. 리어든은 소파에 반쯤 늘어져 누운 채 고개를 끄덕였다. 대그니는 그의 입에 담배를 물리고 자신이 피울 담배에 불을 붙였. 둘 사이에는 평화가 감돌았고, 친밀하게 나누는 사소한 몸짓들이 그들이 서로에게 말하지 않고 있는 것들의 중요성을 강조하고 있었다. 대그니는 모든 것을 말했다고 생각했지만 받아들여지려면 기다려야 한다는 것을 알았다.

대그니는 리어든의 시선이 가끔 현관문으로 날아가 오래 머무는 것을 보았다. 그 문으로 나간 남자가 아직 거기서 있는 게 보이기라도 하는 듯했다. 리어든이 조용히 말했다.

"그는 언제라도 진실을 밝혀서 나를 이길 수도 있었어. 그런데 왜 그러지 않았을까?"

대그니는 두 손을 내밀고 어깨를 으쓱하며 무력한 슬픔을 표시했다. 둘 다 그 대답을 알고 있었다. 그녀가 물었다.

"당신에게 그는 큰 의미였군요, 그렇죠?"

"지금도 그렇소."

정적이 흐르는 가운데 그들의 손가락 끝에서 담뱃불 두 개가 천천히 움직이며 이따금 조그맣게 타오르고 재가 되어 부서지기도 했다. 초인종이 울렸다. 그들이 기다리는 사람일 리는 없었다. 대그니는 갑자기 화가 나서 이마를 찌푸리고는 문을 열러 갔다. 그리고 의례적인 환영의 미소를 머금고 정중히 인사하는 남자가 아파트 관리소 부소장임을 기억하는 데 약간의 시간이 걸렸다.

"안녕하십니까, 태거트 양. 돌아오셔서 무척 기쁩니다. 방금 출근해서 돌아오셨다는 소식 듣고 직접 인사하고 싶어서 올라왔습니다."

"고마워요."

대그니는 그를 안으로 들이지 않고 문을 막고 서 있었다. 부소장이 주머니에 손을 넣으며 말했다.

"태거트 양, 일주일 전쯤에 편지가 한 통 왔습니다. 중요한 편지 같은데 '본인 수취' 마크가 찍혀 있어서 회사로 보내서는 안 될 것 같고, 회사에서도 태거트 양이 계신 곳의 주소를 몰라서 저희 금고에 보관했다가 나중에 직접 전해 드리기로 했죠."

그가 내민 편지 봉투에는 '등기 속달 항공우편 본인 수취'라고 찍혀 있었고, 반송 주소는 '유타 주 애프턴, 유타 기술연구소, 쿠엔틴 대니얼스'였다.

"아…… 고마워요."

부소장은 그녀의 목소리가 속삭임에 가까워진 것을 느꼈다. 그것은 놀라서 헐떡거리는 소리를 예의에 맞게 위장한 것이었다. 부소장은 그녀가 필요 이상으로 오랫동안 발신자 이름을 보고 있는 것을 눈치채고 인사를 하고 떠났다.

대그니는 리어든을 향해 걸어가면서 편지 봉투를 찢어 거실 한가운데 멈추어 서서 편지를 읽었다. 얇은 종이에 타자를 친 것이라 리어든의 눈에 종이 뒷면에 비친 검은 직사각형 문단들이 보였고 편지를 읽는 대그니 얼굴도 보였다.

그녀가 편지를 다 읽어갈 즈음 리어든은 그녀의 다음 행동을 예측할 수 있었다. 그녀는 전화기로 달려갔고 거칠게 다이얼 돌리는 소리와 그녀의 떨리는 급박한 목소리가 들렸다.

"장거리 부탁해요…… 교환원, 유타 주 유타 기술연구소 연결해줘요!"

리어든이 다가가며 물었다. "무슨 일이오?"

대그니는 그를 보지도 않고 편지를 내밀었다. 그녀는 전화기에 시선을 박고 있었다. 그 시선으로 상대방의 응답을 끌어낼 수 있기라도 하듯.

편지에는 이렇게 쓰여 있었다.

태거트 양께

3주일 동안 치열하게 고민했습니다. 이러고 싶지는 않았습니다. 이 일로 당신이 얼마나 큰 충격을 받을지, 그리고 당신이 어떤 말들로 나를 설득하려고 할지 잘 알고 있습니다. 이미 그 말들로 나 자신을 설득해봤으니까요. 하지만 그만두겠다는 말을 전하기 위해 이 편지를 씁니다.

나는 법령 10-289호 아래에서는 일할 수 없습니다. 그 하수인들이 의도한 이유 때문은 아닙니다. 그들이 모든 과학 연구를 금한 것에 대해 당신이나 나는 전혀 개의치 않으며, 당신은 내가 연구를 계속하기를 원할 것입니다. 하지만 나는 그만두겠습니다. 더 이상 성공하고 싶지 않으니까요.

나를 노예로 여기는 세상에서 일하고 싶지 않습니

다. 사람들에게 가치 있는 존재가 되고 싶지 않습니다. 만일 모터를 다시 만드는 일에 성공한다고 하더라도 당신이 세상 사람들을 위해 그 모터를 쓰도록 허용하지 않을 것입니다. 내 정신의 산물이 그들의 편익을 위해 쓰이도록 하는 것은 내 양심이 허락하지 않으니까요.

우리가 성공하면 그들은 모터를 빼앗으려고 혈안이 될 것입니다. 우리, 당신과 나는 범죄자 신세가 되어 그들에게 언제 체포당할지 모르는 불안 속에서 살게 되겠죠. 다른 것은 다 받아들여도 절대 용납할 수 없는 것은 그들에게 어마어마한 이익을 가져다주면서도 그들에 의해 순교자가 되는 것입니다. 우리가 없었다면 그런 모터를 상상조차 하지 못했을 그런 사람들에 의해서요. 다른 것은 다 용서해도 그 생각만 하면 나는 이렇게 다짐합니다. '그들이 그런 짓을 할 수 있도록 하느니, 그런 짓을 하는 그들을 용서하느니 차라리 나도 그들 모두와 함께 굶어죽겠어!'

솔직히 말하면 그 모터의 비밀을 풀고 싶은 마음이 지금도 간절합니다. 그래서 내 개인적 즐거움을 위해 할 수 있는 데까지 연구를 계속할 생각입니다. 하지만 비밀을 푼다고 해도 나만의 비밀로 간직할 것입니다. 그 어떤 상업적 용도를 위해서도 내놓지 않을 것입니다. 따라서 이제 더 이상 당신 돈을 받을 수 없습니다.

상업주의는 멸시의 대상이니 세상 모든 사람이 내 결정을 진실로 반겨야겠죠. 사실 나는 나를 멸시하는 사람들을 돕는 것에 신물이 납니다.

내가 얼마나 버틸 수 있을지, 앞으로 무엇을 할지 지금으로서는 알 수 없습니다. 당분간은 이 연구소 경비 일을 계속할 작정입니다. 하지만 누가 내게 와서 경비 일을 그만두는 것은 법으로 금지되어 있다는 사실을 상기시킨다면 당장 그만둘 것입니다.

당신은 내게 최고의 기회를 주었습니다. 지금 나의 결정이 당신에게 고통스런 충격을 안겨주고 있다면 용서를 구해야겠지요. 당신은 나만큼 자신의 일을 사랑하는 분이니 내게 이 결정이 쉽지 않았다는 것을, 하지만 이렇게밖에 할 수 없었다는 것을 이해할 것입니다.

이런 편지를 쓰고 있자니 기분이 묘하군요. 죽으려는 것은 아니지만 세상을 포기하는 것이니 유서라도 쓰는 기분입니다. 내가 아는 모든 사람 중에서 뒤에 남기고 떠나는 것이 아쉬운 사람은 당신뿐이라는 말을 전하고 싶습니다.

쿠엔틴 대니얼스로부터

편지에서 시선을 거둔 리어든은 대그니가 수화기에 대고 말하는 소리를 들었다. 편지를 읽으면서도 간간이 들렸던 그녀의 목소리는 점점 더 절망에 가까워지고 있었다.

"교환원, 계속 연결해봐요!…… 제발, 계속 연결해봐요!"

"그에게 무슨 말을 할 수 있겠소? 설득할 말이 없는데." 리어든이 말했다.

"그와 말할 기회조차 없을 거예요! 그는 이미 떠났을 거예요. 벌써 일주일 전인데. 분명 그는 떠났어요. 그들이 데려갔어요."

"누가?"

"네, 교환원, 기다리겠어요. 계속 연결해봐요!"

"그가 전화를 받으면 무슨 말을 하려고?"

"계속 내 돈을 받아달라고 애원해야죠. 아무 조건 없이. 그래야 연구를 계속할 수 있으니까! 우리가 성공했을 때 아직 약탈자들이 세상을 지배하고 있다면 그 모터를 달라고도, 그 비밀을 알려달라고도 하지 않겠다고 약속할 거예요. 하지만 만일 우리가 약탈자들에게서 해방되어 있다면……." 대그니는 말을 끊었다.

"해방되어 있다면……."

"지금 내가 원하는 것은 그가 포기하고 사라지지 않는 것뿐이에요. 다른 사람들처럼. 나는 그들이 그를 데려가는 것을 원치 않아요. 벌써 늦어버렸다면…… 오, 하느님, 나는 그들이 그를 데려가는 것을 원치 않아요!…… 네, 교환원, 계속 연결해요!"

"그가 연구를 계속한다고 해도 우리에게 무슨 도움이 되겠소?"

"그냥 연구를 계속해달라는 부탁만 할 거예요. 어쩌면 우리는 영영 그 모터를 사용할 기회가 없을지도 모르죠. 하지만 나는 이 세상 어딘가에서 위대한 연구를 하고 있는 위대한 두뇌가 아직 존재하기를, 우리에게 미래의 가능성이 남아 있기를 바라요. 만일 그 모터를 **또다시** 포기한다면 우리의 미래는 스탄스빌처럼 될 수밖에 없어요."

"그래. 나도 알고 있소."

대그니는 수화기를 귀에 꼭 붙이고 팔을 떨지 않기 위해 힘을 주고 있었다. 그녀는 그렇게 기다렸고, 리어든은 정적 속에서 응답 없는 전화의 딸깍거리는 소리를 들었다. 대그니가 말했다.

"그는 떠났어요. 그들이 데려간 거예요. 그들에게는 일주일이면 충분하고도 남죠. 그들이 사람들을 데려갈 적기가 언제인지 어떻게 아는지는 모르겠지만 이것이." 그녀는 편지를 가리켰다. "이것이 적기를 나타내고 그들이 그것을 놓쳤을 리 없어요."

"누가?"

"파괴자의 앞잡이들."

"그들이 진짜 존재한다고 믿는 거요?"

"그래요."

"정말이오?"

"그래요. 그들 중 하나를 만났어요."

"누군데?"

"나중에 이야기할게요. 그들의 우두머리가 누구인지는 모르지만 곧 밝혀낼 거예요. 밝혀내고 말 거예요. 나는 절대 그들을……."

대그니는 헉 하고 신음을 토해냈다. 리어든은 그녀의 얼굴이 변하는 것을 보았고, 전화선 너머에서 수화기 드는 소리와 남자 목소리를 들었다.

"여보세요?"

"대니얼스! **당신**이에요? 살아 있는 거예요? 아직 거기 있어요?"

"그럼요. 태거트 양이신가요? 무슨 일이죠?"

"난…… 당신이 떠난 줄 알았어요."

"아, 죄송합니다. 이제야 전화벨 소리를 들었어요. 뒷마당에서 당근 좀 캐느라고."

"당근요?"

대그니는 안도감에 젖어 히스테릭하게 웃었다.

"뒷마당에 채소를 좀 심었거든요. 주차장이 있던 자리에. 태거트 양, 뉴욕에서 전화하는 건가요?"

"그래요. 방금 당신 편지를 받았어요. 방금. 그동안……

여기 없었거든요."

"아."

잠시 침묵이 흐른 뒤 대니얼스가 조용히 말했다. "태거트 양, 그 문제에 대해서는 정말로 더 이상 할 말이 없습니다."

"떠날 건가요?"

"아니요."

"떠날 계획도 없나요?"

"네. 어디로요?"

"연구소에 남을 생각인가요?"

"네."

"얼마나요? 무한정?"

"네. 지금으로서는요."

"누군가 당신한테 접근하지 않았나요?"

"무슨 일로요?"

"떠나는 문제로요."

"아니요. 누가요?"

"이봐요, 대니얼스, 전화로 당신 편지에 대한 이야기는 하지 않겠어요. 하지만 당신과 꼭 이야기해야 해요. 내가 그쪽으로 가겠어요. 가능한 빨리."

"태거트 양, 그러지 말아요. 공연히 헛고생할 필요 없습니다."

"나에게 기회를 줘요, 네? 마음을 바꾸겠다고 약속할 필요 없어요. 아무것도 약속할 필요 없어요. 내 말을 들어주기만 하면 돼요. 내가 그리로 가는 것은 내 결정이니 내가 책임지겠어요. 당신에게 꼭 하고 싶은 말이 있어요. 그 말을 할 수 있는 기회만 줘요."

"태거트 양, 그런 기회라면 얼마든지 줄 수 있습니다."

"당장 유타로 출발하겠어요. 오늘 밤에. 한 가지 약속해줄 게 있어요. 나를 기다려주겠다고 약속해줄 수 있어요? 내가 도착할 때까지 거기 있겠다고 약속해줄 수 있어요?"

"그야…… 물론이죠. 죽거나 내 능력 밖의 일이 발생하지 않는 한은요. 그런 일은 없을 거고요."

"죽지 않는 한, 무슨 일이 있어도 기다려줄 거죠?"

"물론입니다."

"기다리겠다고 약속해줄 수 있어요?"

"네, 태거트 양."

"고마워요. 나중에 봐요."

"네, 태거트 양."

대그니는 수화기를 놓았다가 바로 다시 들어 빠르게 다이얼을 돌렸다.

"에디?…… 혜성특급 좀 잡아놔……. 응, **오늘 밤에** 출발하는 거. 혜성특급에 내 객차 연결시키라 하고 지금 바로 내 아파트로 와."

그녀는 손목시계를 흘끗 보고 말했다. "8시 12분이야. 기차 시간에 맞추려면 1시간밖에 안 남았어. 기차를 오래 잡아둘 수는 없으니 짐 싸면서 이야기할게."

그녀는 전화를 끊고 리어든에게 고개를 돌렸다.

"오늘 밤에?" 리어든이 물었다.

"그래야만 해요."

"그렇군. 어차피 콜로라도에도 가봐야 하지 않소?"

"그래요. 원래 내일 밤에 떠날 계획이었어요. 하지만 사무실 일은 에디가 처리할 수 있으니까 지금 출발하는 게 낫겠어요. 유타까지 가려면 3일, 아니 이제 5일은 걸리겠네요. 기차로 가야 해요. 가면서 만날 사람들이 있어서. 그것도 미룰 수 없어요."

"콜로라도에 얼마나 있을 거요?"

"모르겠어요."

"거기 도착하면 연락주겠소? 오래 걸릴 것 같으면 내가 그리로 갈 테니까."

그것은 오늘 밤 그가 대그니에게 간절히 하고 싶었던, 오랜 기다림 끝에 드디어 오늘 밤 하러 온, 너무나도 하고 싶지만 오늘 밤에 해서는 안 되는 말들 중에서 유일하게 할 수 있었던 표현이었다.

대그니는 그의 엄숙한 목소리에서 그것이 자신의 고백

에 대한 그의 수용이고 굴복이며 용서임을 알 수 있었다. 그녀가 물었다.

"제철소를 비워도 돼요?"

"준비하려면 며칠 걸리겠지만 그럴 수 있소."

"행크, 일주일 후에 콜로라도에서 만나는 게 어때요? 당신은 전용기를 타고 오면 둘이 동시에 도착할 수 있을 거예요. 그리고 함께 돌아오는 거예요."

리어든은 대그니의 그 말에 자신에 대한 수용과 인정, 용서가 담겨 있음을 알 수 있었다.

"좋소…… 내 사랑."

◆

대그니는 침실을 돌아다니며 옷을 챙겨 서둘러 여행 가방을 싸면서 지시사항을 말했다. 리어든은 떠나고 에디 윌러스가 화장대에 앉아 그녀의 지시를 받아 적고 있었다. 에디는 화장대가 책상이고 침실이 사무실인 듯, 화장대 위의 향수병들과 분갑이 의식되지 않는 듯 평소와 다름없이 맹목적인 효율성을 보이며 일하고 있었다.

대그니가 여행 가방에 속옷을 던져 넣으며 말했다. "내가 시카고, 오마하, 플래그스태프, 애프턴에서 전화할게. 그 사이에 내게 연락할 일이 생기면 해당 역 교환원에게 전화해서 깃발로 기차를 세우게 해."

"혜성특급을?" 에디가 조심스럽게 물었다.

"젠장, 그래! 혜성특급을."

"알았어."

"무슨 일 생기면 바로 연락해."

"알았어. 하지만 연락할 일 없을 거야."

"우리는 해낼 수 있어. 장거리 전화로 연락하면서 일하면 돼. 그때처럼……." 대그니는 말을 끊었다.

"……존 골트 노선 건설 때처럼?" 그가 조용히 물었다.

두 사람의 시선이 마주쳤지만 더 이상 아무 말도 하지 않았다.

"아까 지시한 레일 까는 일은 어떻게 되어가고 있어?" 대그니가 물었다.

"진행 중이야. 네가 퇴근한 뒤 바로 캔자스 주 로럴과 오클라호마 주 재스퍼에서 땅고르기 작업이 시작되었다는 연락이 왔어. 레일도 실버스프링스에서 그 두 곳으로 이송 중이고. 레일은 아무 문제 없을 거야. 구하기가 제일 힘든 건……."

"사람들이지?"

"응. 책임자들. 서쪽 엘긴에서 미들랜드 구간이 문제야. 믿을 만한 사람들이 다 떠났어. 우리 철도에서든 어디서든 책임자 역할을 할 만한 사람을 찾을 수가 없어. 댄 콘웨이까지 접촉을 해봤지만……."

"댄 콘웨이?" 대그니가 일손을 멈추고 물었다.

"응. 그렇다니까. 그가 바로 그 지역에서 하루 8킬로미터씩 레일을 깔았던 거 기억나? 물론 그에게는 우리가 원수 같겠지만 지금 그게 무슨 상관이야? 그를 찾아냈어. 애리조나의 목장에 살고 있더군. 내가 직접 전화를 걸어서 제발 좀 살려달라고 애원했어. 하룻밤만 나와서 9킬로미터만 레일을 깔아달라고. 우리는 그 9킬로미터만 해결하면 되고, 그는 살아 있는 최고의 철도 건설자니까! 나는 그에게 자선 한 번 베푸는 셈치고 제발 도와달라고 부탁했어. 그는 내 마음을 이해하는 것 같았어. 화는 안 냈으니까. 그는 슬픈 목소리로 그럴 수 없다고 말했어. 무덤에 들어간 사람을 끌어내는 건 도리가 아니라고…… 그는 내게 행운을 빌어줬어. 진심인 것 같았어……. 그는 파괴자에게 당한 것 같지는 않았어. 스스로 무너진 것 같았어."

"그래. 알아."

에디는 대그니의 표정을 보고 얼른 마음을 다잡고 애써 자신 있는 목소리로 말했다. "결국 엘긴을 맡길 사람을 찾아냈어. 걱정 마. 네가 거기 도착하기 훨씬 전에 선로는 완성될 테니까."

대그니는 자신이 에디에게 걱정 말라는 말을 얼마나 자주 했는지, 지금 그가 얼마나 필사적으로 용기를 내어 그 말을 하고 있는지 생각하며 엷은 미소를 머금고 그를 흘끗 보았다. 에디는 그녀와 시선이 마주치자 그녀의 마음을 읽고 당혹스런 사과가 담긴 희미한 미소를 보냈다.

에디는 자신에게 화가 나서 메모지로 시선을 돌렸다. 그녀를 더 힘들게 하지 말자는 자신과의 다짐을 깼다는 생각이 들어서였다. 댄 콘웨이 이야기는 꺼내지 말았어야 했다. 공연히 절망만 느끼게 할 뿐이니까. 에디는 자신이 왜 이러나 싶었다. 이곳이 사무실이 아니라 대그니의 집이라는 이유만으로 정신이 흐트러지는 것은 용납할 수 없는 일이었다.

대그니가 계속해서 지시를 내렸고 에디는 메모지에 시선을 박고 이따금 짧은 메모를 했다. 그는 그녀를 보는 것을 스스로에게 허락하지 않았다.

대그니는 서두름 없이 정확하게 지시를 내리며 옷장 문을 열고 옷걸이에서 정장 한 벌을 꺼내 빠르게 개켰다. 에디는 시선을 들지 않고 소리로만, 민첩한 동작들의 소리와 침착한 목소리로만 그녀를 인식했다. 그는 지금 자신이 무엇이 문제인지 알았다. 그녀가 떠나는 게 싫었던 것이다. 재회한 지 얼마 되지도 않아 그녀를 다시 떠나보내는 게 싫었다. 하지만 콜로라도의 철도가 그녀를 얼마나 절실히 필요로 하는지 알면서 개인적인 외로움에 집착하는 것은 그가 지금까지 단 한 번도 저지른 적이 없는 불충이었다.

에디는 막연하고 쓸쓸한 죄의식을 느꼈다.

"혜성특급을 모든 지부에 정차시키고, 모든 지부장에게 보고 준비를 해놓으라고……."

문득 시선을 든 에디는 열린 옷장 안쪽에 남자 실내 가운이 걸려 있는 것을 보았다. 그 후로는 대그니의 말이 들리지 않았다. 진청색 가운 가슴주머니에 HR라는 흰색 머리글자가 박혀 있었다.

에디는 그 가운을 어디서 보았는지 기억했다. 웨인 포클랜드 호텔에서 아침 식탁에 마주 앉았던 남자가 입고 있었던 가운이었다. 그 남자가 추수감사절 날 밤 예고도 없이 대그니의 사무실에 찾아왔던 것도 기억났다. 진실을 알게 된 충격과 진즉 눈치챘어야 했다는 깨달음이 그의 마음에 지진을 일으켰다. '아니야!' 그는 속으로 그렇게 절규했고, 옷장 속 가운이 아니라 그 격렬한 절규가 그의 마음속 기둥들을 모두 무너뜨렸다. 그를 절규하게 만든 것은 진실을 발견한 충격이 아니라 그것을 통해 알게 된 자신의 마음이었다.

그는 오직 한 가지 생각에만 매달렸다. '내가 알아차린 것을, 그리고 그것이 내게 어떤 충격을 주었는지를 그녀에게 들켜선 안 돼.' 그는 너무 곤혹스러워서 육체적인 고문이라도 당하는 듯한 기분이었다. 그녀의 비밀을 알아챈데다 자신의 마음까지 드러내는, 그녀의 사생활을 이중으로 침해하는 실수를 저지를까 봐 두려워서였다. 그는 고개를 더 숙이고 손에 쥔 펜이 떨리는 것을 멈추게 하는 당면 목적에만 집중했다.

"……80킬로미터의 산악철도를 건설해야 하는데 지금 우리가 가지고 있는 자재에만 의존해야 해."

"뭐라고 했지? 못 들었어." 에디가 겨우 들리는 작은 소리로 물었다.

"모든 지부장에게 레일과 장비를 얼마나 보유하고 있는지 보고를 들어야 한다고 말했어."

"알았어."

"그들을 차례로 모두 만날 거야. 혜성특급의 내 객차로 오라고 해."

"알았어."

"그리고 기관사들한테 비공식적으로 지시해. 재량껏 시속 110, 130, 160킬로미터로 달려서 정차로 지연된 시간을 메꾸라고. 난…… 에디?"

"응. 알았어."

"에디, 왜 그래?"

그는 고개를 들고 그녀를 보면서 난생처음 거짓말을 해야만 했다.

"그, 그건…… 법을 어기는 게 걱정돼서."

"신경 쓸 것 없어. 이미 무법천지인 걸 모르겠어? 이제 무슨 짓을 해도 상관없어. 다 빠져나갈 수 있으니까. 그리고 지금 법을 정하는 건 우리야."

그녀가 준비를 마치자 에디는 그녀의 여행 가방을 들고 밖으로 나가 그녀와 함께 택시를 타고 태거트 터미널로 가서 혜성특급 맨 뒤에 있는 그녀의 객차까지 배웅했다. 그리고 플랫폼에 서서 기차가 출발하고 그녀가 탄 객차 뒤의 붉은 표시등이 천천히 자신을 지나쳐 터널의 긴 어둠 속으로 사라지는 것을 지켜보았다. 기차가 완전히 사라지자 그는 꿈을 잃어버린 듯한 기분을 느꼈다. 잃어버리기 전까지는 그 존재조차 몰랐던 꿈이었지만.

플랫폼에는 사람들이 거의 없었고 모두 선로나 천장 들보에 재난 표시라도 있는 듯 잔뜩 긴장한 채 움직이고 있었다. 에디는 안전한 세기가 지나고 사람들이 다시 기차 여행을 죽음과의 도박으로 여기고 있다고 무심히 생각했다.

저녁을 먹지 않은 사실이 생각났다. 식욕은 없었지만 태거트 터미널 지하 식당은 이제 자신의 아파트 같은 사무실보다 더 편안한 곳이었다. 그는 식당으로 걸어갔다. 달리 갈 곳이 없었다.

식당은 한산했지만 들어가면서 제일 먼저 눈에 띈 것이 어두운 구석 테이블에 혼자 앉아 있는 노동자의 담배에서 피어오르는 가느다란 연기였다.

에디는 쟁반에 무엇을 담았는지도 모른 채 노동자의 테

이블로 향했다.

"안녕하세요."

그는 인사를 건네고 테이블에 앉아 아무 말도 하지 않았다. 그는 앞에 놓인 포크와 나이프를 보며 그것들의 용도가 무엇인지 생각하다가 포크의 용도를 떠올리고 먹는 동작을 시도했지만 힘에 부쳤다. 잠시 후 고개를 드니 노동자가 자신을 주시하고 있었다.

에디가 말했다. "아니, 아니에요. 내겐 아무 문제 없어요……. 아, 그래요, 많은 일이 일어났죠. 하지만 이제 그게 무슨 상관이에요? …… 그래요, 그녀는 돌아왔어요…… 무슨 말을 더 해주기를 바라죠?…… 그녀가 돌아온 것을 어떻게 알았어요? 하기야 10분도 안 되어서 회사 전체에 소문이 퍼졌겠지…… 아니, 그녀가 돌아와서 기쁜지는 모르겠어요……. 물론 그녀는 철도를 구할 거예요. 앞으로 1년 혹은 한 달 동안은…… 내가 무슨 말을 해주길 원하죠?…… 아니, 그녀는 자신이 무엇을 믿고 있는지 말하지 않았어요. 자신의 생각이나 심정도 말하지 않았어요……. 그녀의 심정이 어떻겠어요? 그녀에게는 지옥이 따로 없죠. 그래요, 나도 마찬가지이고! 내가 지옥에 떨어진 건 내 탓이지만…… 아니, 아무것도 아니에요. 그 이야기는 못 해요. 생각조차 할 수 없어요. 이제 그만두어야 해요. 그녀에 대해 생각하는 걸. 그녀에 대해."

에디는 침묵을 지키며 늘 자신의 마음속을 꿰뚫어보는 듯한 노동자의 눈이 오늘 밤은 왜 불편하게 느껴지는지 의아하게 여겼다. 고개를 숙인 에디는 노동자의 접시 위에 남겨진 음식 사이에 담배꽁초가 여러 개 있는 것을 발견했다.

"당신도 무슨 문제가 있나요? 오늘 밤 여기 오래 앉아 있었던 것 같은데, 안 그래요?…… 나를요? 나를 왜 기다려요?…… 나는 당신이 나를 만나건 못 만나건 신경 쓰지 않는다고 생각했어요. 나뿐 아니라 다른 누구도. 당신은 너무나 완벽하게 보였고, 그래서 나는 당신과 이야기하는 게 좋았어요. 당신은 모든 것을 이해하고 또 그 무엇에도 상처받지 않을 것 같아서. 당신은 평생 단 한 번도 상처받은 적이 없는 사람 같아서 나까지 마음이 편안해졌어요. 마치…… 마치 세상에 고통이 존재하지 않는 것처럼……. 당신 얼굴이 뭐가 이상한지 알아요? 고통이나 두려움, 죄책감을 모르는 얼굴이에요……. 오늘 밤 너무 늦어서 미안해요. 그녀를 배웅하느라. 그녀가 방금 떠났어요. 혜성특급을 타고…… 네, 오늘 밤, 조금 전에…… 그래요, 떠났어요…… 갑작스러운 결정이었죠. 1시간 전에 내려진. 원래 내일 밤에 떠날 예정이었는데 예기치 못한 일이 생겨서 당장 떠나야 했어요……. 그래요, 콜로라도로 가는 거예요. 유타에 먼저 들렀다가. 쿠엔틴 대니얼스에게서 그만두겠다는 편지를 받았거든요. 그녀가 절대 포기할 수 없는 게 모터니까. 내가 지난번에 말한 모터 기억나죠? 그녀가 잔해를 발견했던……. 대니얼스? 지난 1년 동안 유타 기술연구소에서 그 모터의 비밀을 밝혀내 다시 만들기 위한 연구를 해온 물리학자죠. 왜 그런 눈으로 보죠?…… 그래요, 당신한테 그에 관한 이야기는 안 했어요. 비밀이니까. 그녀가 사적으로 진행하는 비밀 연구이니까. 어차피 당신의 관심을 끌 만한 일도 아니고…… 그가 그만두었으니까 이제 이야기해도 되겠죠……. 그래요, 그는 그만두는 이유를 말했어요. 자신을 노예로 여기는 세상에 자신의 정신의 산물을 내놓을 생각이 없다고. 세상 사람들에게 어마어마한 이익을 주고 그 대가로 그들에 의해 순교자가 될 수는 없다고…… 아니, 왜 웃는 거죠?…… 그만해요, 알아들어요? 왜 그렇게 웃는 거죠?…… 모든 비밀? 그게 무슨 뜻이죠? 모든 비밀이라뇨? 그는 그 모터에 대한 모든 비밀을 밝혀내지는 못했지만 연구가 잘 진행되고 있는 것 같았어요. 성공 가능성이 높았죠. 하지만 이제 끝났어요. 그녀는 연구를 계속해달라고 그를 붙잡고 애원하려고 달려가고 있지만 내가 보기에는 소용없어요. 그들은 일단 그만두면 다시는 돌아오지 않으니까. 그들 중 아무도…… 아, 나도 더 이상 신경 안 써요. 그동안 너무나 많은 것들을 잃어서 이제 이골이 났으니까……. 아니, 내가 받아들일 수 없는 것은 대니얼스 문제가 아니에요. 아니, 그만둡시다. 그것에 대해서는 묻지 말아요. 지금 온 세상이 무너져가고 있고, 그녀는 세상을 구하기 위해 분투하고 있는데 난, 난 여기 앉아서 그녀를 비난하고 있어요. 나는 알 권리도 없는 일에 대해…… 아니! 그녀는 비난받을 짓을 한 게 없어요. 전혀. 게다가 그것은 철도와 관계도 없고…… 내 말 신경 쓸 거 없어요. 사실이 아니니까. 내가 비난하고 있는 것은 그녀가 아니라 나 자신이니까……. 이봐요, 나는 당신이 나처럼 태거트 대륙횡단철도를 사랑한다는 것을 알아요. 당신에게도 태거트 대륙횡단철도가 개인적으로 특별한 존재라는 것을. 그래서 당신은 내가 태거트 대륙횡단철도에 대해 이야기하는 것을 좋아했죠. 하지만 그 일은, 오늘 내가 알게 된 그 일은 철도와 아무 관련이 없어요. 당신에게는 중요한 일이 아니에요. 신경 쓰지 말아요…… 내가 그녀에 대해 몰랐던 사실일 뿐이니까……. 나는 그녀와 함께 자랐어요. 그녀를 다 안다고 생각했죠. 하지만 아니었어요……. 내가 무엇을 기대했던 건지 모르겠어요. 그녀에게 사생활이 아예 없다고 생각했던 것 같아요. 내게 그녀는 사람이 아니고…… 여자도 아니었어요. 철도였죠. 그리고 감히 그녀를 다른 눈으로 볼 수 있는 사람이 있으리라고는 생각지도 못했어요……. 그러다 꼴좋게 당한 거죠. 신경 쓰지 말아요…… 신경 쓰지 말라고 했잖아요! 왜 이렇게 꼬치꼬치 캐묻죠? 그녀의 사생활일 뿐인데. 당신이 무슨 상관이죠?…… 제발 좀 그만두라니까요! 내가 말해 줄 수 없다는 것을 모르겠어요?…… 아무 일 없었어요. 나는 아무 문제도 없다고요. 다만…… 아, 내가 왜 거짓말을 하는 거지? 당신에게는 거짓말을 못 하는데. 당신은 늘 모든 것을 꿰뚫어보는 것 같아서 당신을 속이는 것은 나 자신을 속이는 것보다 더 어려운데!…… 나는 **자신을** 속여 왔어요. 그녀에 대한 내 감정을 몰랐어요. 그녀가 철도라고? 나는 지독한 위선자예요. 그녀가 내게 그저 철도와 같은 존재라면 이렇게까지 충격을 받지는 않았겠죠. 그를 죽이고 싶은 생각까지 들지는 않았겠죠!…… 오늘 왜 그래요? 왜 그런 눈으로 보는 거죠?…… 아, 우리 모두 왜 이러는 걸까요? 왜 모두에게 불행만 남은 걸까요? 우리가 왜 이렇게 고통받아야 하죠? 우리는 고통받기 위해 태어난 게 아닌데. 나는 모든 인간이 행복하기 위해 태어났다고 생각해요. 우리가 지금 뭐 하는 거죠? 우리는 무엇을 잃은 거죠? 1년 전이었다면 나는 그녀가 자신이 원하는 것을 발견했다고 그녀를 비난하지는 않았을 거예요. 하지만 이제 나는 그들이, 두 사람 다 운이 다했다는 것을 알아요. 나도 그렇고 모든 사람도 마찬가지죠. 그리고 내게 남은 건 그녀뿐이에요……. 살아 있다는 것은 너무나 위대한 것이었어요. 너무나도 멋진 기회이고. 나는 삶을 사랑한다는 것을 몰랐어요. 그것이 우리의, 그녀와 나와 당신의 사랑이란 것을 몰랐어요. 하지만 세상은 무너져가고 있고, 우리는 그것을 막을 수가 없어요. 우리는 왜 스스로를 파괴하고 있는 걸까요?!…… 누가 우리에게 그 진실을 말해줄까요? 누가 우리를 구원해줄까요? 아, 존 골트가 누구죠?!…… 아니, 소용없어요. 이제 상관없으니까. 내가 왜 무엇을 느껴야만 하죠? 어차피 종말이 얼마 남지 않았는데. 그녀가 무엇을 하건 왜 신경 써야 하죠? 그녀가 행크 리어든과 자는 것을 왜 신경 써야 하죠?…… 아니, 왜 그래요? 가지 말아요! 어디 가요?"

달러 표시

 대그니는 기차 창가 자리에 고개를 뒤로 젖히고 앉아 있었다. 이대로 영원히 움직이고 싶지 않았다.
 차창 밖으로 전신주들이 줄달음쳐 지나갔지만 기차는 갈색 대초원과 적갈색을 띤 잿빛 구름 사이 허공에 묻힌 듯했다. 석양이라는 상처도 없이 하늘이 황혼빛으로 물드는 모습이 마치 빈혈에 걸린 몸뚱이가 마지막 남은 피와 빛을 잃어가고 있는 것처럼 보였다. 기차도 지는 해에 이끌려 조용히 지구에서 사라지듯 서쪽으로 달리고 있었다. 대그니는 그것에 저항하고 싶은 마음이 전혀 없는 듯 조용히 앉아 있었다.
 그녀는 기차 바퀴 소리를 듣고 싶지 않았다. 규칙적인 바퀴 소리가 네 번째에 어김없이 커졌다. 세 번의 덜컹거림은 급하게 우르르 도망치는 소리처럼, 네 번째의 큰 덜컹거림은 냉혹한 목적을 가지고 뒤쫓는 적의 발소리처럼 들렸다.

대그니는 이런 경험은 처음이었다. 그녀는 대초원을 보며 두려움에 사로잡혔고, 철도가 거대한 허공에 놓인 한 가닥 약한 실처럼, 끊어지기 직전의 너덜너덜해진 신경줄처럼 느껴졌다. 스스로를 기차의 동력으로 여기며 살아왔던 그녀였기에, 마치 어린아이나 미개인처럼 제발 이 기차가 멈추지 않고 계속 움직여 제시간에 목적지에 도착하기를 기도하게 되리라고는 상상조차 하지 못했다. 그것은 의지에 따른 행동이 아니라 미지의 대상에게 매달리는 것이니까.

대그니는 지난 한 달 동안 일어난 변화에 대해 생각했다. 그녀는 역무원들의 얼굴에서 그 변화를 똑똑히 목격했다. 선로 노동자, 전철수, 조차원 할 것 없이 어느 역에서든 그녀를 보면 그녀가 누구인지 안다는 것을 자랑스러워하며 환하게 웃어주던 그들이 이제는 경계하는 듯한 굳은 얼굴로 무표정하게 쳐다보다가 고개를 돌려버렸다. 그녀는 그들에게 이렇게 외치고 싶었다. "당신들에게 그런 짓을 한 건 내가 아니에요!" 하지만 자신이 그것을 받아들였으니 그들이 자신을 증오할 권리가 있다는 것을, 자신은 노예이자 노예를 부리는 사람이고 이 나라의 모든 사람이 그러니 이제 사람들이 서로에 대해 느낄 수 있는 감정은 증오뿐이라는 것을 상기했다.

그녀는 이틀 동안 차창 밖 도시들을 바라보면서 위안을 얻을 수 있었다. 공장과 다리, 네온사인, 주택 지붕을 찍어 누르고 있는 광고판들. 혼잡하고 매연에 찌들고, 활기 넘치는 동부 공업지대의 중심지들.

하지만 기차는 이제 도시들을 지나 네브래스카 대초원으로 돌진해 들어갔고, 차량 연결 장치들의 달가거리는 소리가 마치 기차가 오한에 떨고 있는 듯한 느낌을 주었다. 대그니는 황폐한 들판에 외롭게 서 있는 폐가들을 보았다. 수세대 전 동부에서 용솟음쳤던 에너지의 흔적이 일부나마 아직 남아 있었다. 대그니는 차창 밖으로 작은 마을의 불빛들이 나타났다 사라지면서 어둠이 더 짙어지는 것을 보며 흠칫 놀랐다. 그녀는 몸을 움직여 불을 켤 생각도 하지 않은 채 꼼짝도 않고 앉아서 간간이 나타나는 마을들을 바라보았다. 그녀의 얼굴을 스쳐 지나가는 불빛이 짧은 인사 같았다.

대그니는 차창 밖으로 지나가는 소박한 건물들의 벽과 검댕이 묻은 지붕, 가느다란 굴뚝, 그리고 물탱크에 쓰인 글씨들을 보았다. 레이놀즈 농기구, 메이시 시멘트, 퀸런 & 존스 압축 알팔파, 크로퍼드 매트리스, 벤저민 와일리 곡물과 사료 등. 텅 빈 검은 하늘을 향해 솟은 깃발 같은 그 글씨들은 활동과 노력과 용기와 희망의 움직임 없는 형상으로, 한때 자유로이 성취할 수 있었던 인간들이 얼마나 많은 것을 이루었는지 나타내는 기념비였다. 대그니는 드문드문 흩어져 있는 집들과 작은 가게, 전깃불이 밝혀진 모습이 마치 황무지라는 검은 종이에 십자 모양으로 빛의 획을 그어놓은 듯한 넓은 거리들을 보았다. 그리고 그 사이에 있는 폐허가 된 마을들, 무너져가는 굴뚝을 이고 있는 뼈대만 남은 공장들, 유리창이 깨진 죽은 가게들, 전선이 너덜거리는 기울어진 전신주들도 보았다. 그러다 갑자기 차창이 환해지면서 요즘에는 보기 드문 주유소가 나타났다. 그 주유소는 검은 하늘 아래에서 유리와 금속으로 이루어진 빛나는 흰 섬처럼 보였다. 그리고 길모퉁이에 걸린 아이스크림콘 모양의 조명등과 그 아래 주차된 고물 자동차도 보였다. 운전석에는 청년이 타고 있고 여자가 차에서 내리고 있었는데, 그녀의 흰 원피스가 여름 바람에 펄럭였다. 대그니는 그 젊은 남녀를 보고 몸서리치며 생각했다. '나는 당신들을 볼 수가 없어. 난 당신들에게 그 젊음과 이 밤, 그 자동차, 당신들이 25센트를 내고 사려는 아이스크림콘을 주기 위해 어떤 대가를 치러야 하는지 아니까.' 마을 끝자락에 푸르스름한 불빛이 층층이 밝혀진 건물이 서 있었다. 그녀가 사랑하는 공장 불빛이었고 창문들에 기계의 실루엣이 보였다. 어두운 지붕 위에는 광고판이 서 있었다. 대그니는 갑자기 고개를 떨구고 몸을 떨며 밤을 향해, 자신을 향해, 모든 살아 있는 존재의 인간적인 것을 향해 소리 없이 외쳤다. '이대로 무너져서는 안 돼!……이대로 무너져서는 안 돼!……'

그녀는 벌떡 일어나 불을 켰다. 이런 상태가 자신에게 얼마나 위험한지 알고 있었기에 그녀는 이성을 되찾으려고 안간힘을 썼다. 마을의 불빛들은 지나가고 차창은 이제 검은 직사각형이 되어 있었다. 정적 속에서 기차 바퀴의 네 번째 덜컹거림이 규칙적으로 이어졌다. 서두름도 멈춤도 없는 적의 발소리.

대그니는 생동하는 모습을 보고 싶은 마음이 너무나 간절해서 자신의 객차가 아닌 식당칸에서 저녁을 먹기로 했다. 그녀의 외로움을 강조하고 조롱하듯 하나의 목소리가 떠올랐다. "하지만 빈 기차를 달리게 할 수는 없어." 그녀는 신경 쓰지 말라고 자신에게 화를 내며 객차 문을 향해 서둘러 걸어갔다.

그녀는 객차 밖 연결 통로에서 들리는 목소리에 깜짝 놀랐다. 문을 여니 호통치는 소리가 더 크게 들렸다.

"내려, 이 빌어먹을 놈아!"

늙은 부랑자가 그녀의 객차 밖 연결 통로 한구석에 숨어든 것이었다. 부랑자는 일어설 기력도 없고 잡혀도 상관없다는 듯한 자세로 바닥에 앉아 있었다. 그는 차장을 주시하고는 있었지만 아무 반응도 보이지 않았다. 선로 상태가 좋지 않은 구간으로 접어들면서 기차 속도가 느려졌다. 차장은 승강구를 열고 찬바람이 몰아치는 검은 허공을 가리키며 명령했다.

"얼른! 네 발로 안 내리면 머리부터 거꾸로 떨어지게 걷어차버릴 테니까!"

부랑자의 얼굴에는 놀라움도, 반항도, 분노도, 희망도 없었다. 그는 인간의 행동에 대한 판단력을 잃은 지 오래된 듯했다. 그는 벽에 박힌 대갈못들을 잡고 순순히 일어났다. 그는 대그니를 흘끗 쳐다보고는 그녀가 생명 없는 기차 부속품이라도 되는 듯 시선을 돌렸다. 그는 자신의 존재조차 의식하지 못하는 듯했고, 차장의 명령에 따르는 것이 죽음을 의미하는데도 무심히 명령에 따르려는 것처럼 보였다.

대그니는 차장을 흘끗 보았다. 고통과 오랫동안 억눌러온 분노에서 나온 맹목적인, 아무나 처음 걸리는 사람에게 폭발시킬 악의밖에 보이지 않았다. 두 남자는 서로에게 더이상 인간이 아니었다.

부랑자의 옷은 누덕누덕 세심하게 기워져 있었고, 얼마나 오래 입었는지 뻣뻣하고 반들반들해서 접으면 유리처럼 부서질 것 같았다. 하지만 셔츠 칼라를 보니 세탁을 자주 해서 하얗게 탈색되어 있었고, 아직 형태 비슷한 것을 유지하고 있었다. 힘겹게 몸을 일으킨 그는 인가도 없이 황야만 끝도 없이 펼쳐진 어둠 속을 무심히 바라보았다. 기차에서 뛰어내려 만신창이가 되어도 사람 눈에 띄어 구조될 희망이 없어 보였지만 그의 태도는 침착해 보였다. 그는 꼬질꼬질한 작은 보따리를 단단히 틀어쥐었는데 뛰어내릴 때 보따리를 놓치지 않는 것에만 신경 쓰는 듯했다.

부랑자의 깨끗이 세탁한 셔츠 칼라와 마지막 재산을 지키려는 태도, 강한 소유의식이 대그니의 마음을 움직였다. 그녀는 속에서 뜨거운 감정이 소용돌이치며 솟구치는 것을 느꼈다.

"잠깐." 그녀가 말했다.

두 남자가 그녀를 돌아보았다.

"저 사람을 내 객차에 초대하겠어요."

그녀는 차장에게 그렇게 말한 뒤 부랑자에게 객차 문을 열어주었다.

"들어와요."

부랑자는 차장의 명령에 복종했던 것처럼 멍하니 그녀의 초대에 응했다. 그는 보따리를 들고 객차 한가운데 서서 주의 깊으면서도 반응 없는 눈으로 주위를 둘러보았다.

"앉아요." 대그니가 말했다.

부랑자는 자리에 앉아 다음 명령을 기다리듯 대그니를 바라보았다. 그의 태도에서는 위엄이 엿보였고 자신은 아무런 요구도, 애원도, 질문도 할 것이 없으며 무엇이든 받아들여야 하는 처지임을 솔직하게 인정하는 정직함도 느껴졌다.

그는 오십 대 초반쯤 되어 보였고, 골격과 헐렁한 옷이 한때는 근육질이었음을 말해주었다. 생기 없는 무심한 눈은 한때 지성이 번득였음을 완벽하게 감추지는 못했고, 비참한 삶의 기록이라고 할 수 있는 주름살도 그 얼굴이 한때 정직한 사람 특유의 온화함을 지니고 있었음을 완전히 지우지는 못했다.

"마지막으로 먹은 게 언제죠?" 대그니가 물었다.

"어제요."

부랑자는 그렇게 말하고 덧붙였다. "아마도."

대그니는 벨을 눌러 사환에게 식사 2인분을 객차로 가져오라고 지시했다. 부랑자는 조용히 그녀를 지켜보고 있다가 사환이 나가자 자신이 할 수 있는 유일한 보답을 했다.

"부인께 폐를 끼치고 싶지 않습니다."

대그니가 미소지으며 물었다. "무슨 폐요?"

"철도 재벌과 함께 여행 중이시죠?"

"아니, 혼자예요."

"그럼 철도 재벌의 부인이신가요?"

"아니에요."

"아."

그는 대그니에게 수치스런 고백을 강요한 게 미안해서

억지로 존경 비슷한 표정을 지으려고 애썼다. 대그니는 그 모습을 보고 웃음을 터뜨렸다.

"아니, 그것도 아니에요. 내 자신이 철도 재벌이라고 할 수 있어요. 내 이름은 대그니 태거트고, 이 철도회사에서 일해요."

"아…… 당신에 대해 들어본 것 같습니다. 옛날에."

그에게 '옛날'이 언제를 의미하는지, 한 달인지 1년인지, 그가 모든 것을 포기한 후 얼마나 세월이 흘렀는지 알 수가 없었다. 그는 옛날이었다면 그녀를 존경하는 인물로 여겼을 것이라고 생각하는 듯한 눈으로 그녀를 바라보았다.

"철도를 운영하던 분이셨죠."

"네, 그랬어요." 대그니가 대답했다.

부랑자는 대그니가 자신을 돕기로 결정한 것에 대해서는 놀라움을 나타내지 않았다. 잔혹한 세월에 시달려 무언가를 이해하고, 믿고, 기대하려는 노력조차 포기하고 사는 듯했다.

"기차에 언제 탔어요?" 대그니가 물었다.

"지난 역에서요. 이 객차 문이 잠겨 있지 않았어요."

부랑자는 그렇게 대답하고 덧붙였다. "전용 객차라 아침까지 발각되지 않을지도 모른다고 생각했죠."

"어디로 가는 건가요?"

"모르겠습니다."

부랑자는 그 대답이 지나치게 동정에 호소하는 것처럼 생각되었는지 덧붙였다. "일자리를 얻을 수 있을 만한 곳을 찾아 계속 가볼 생각이었습니다."

정처 없음이라는 짐을 대그니에게 떠맡기지 않고 스스로 지려는 태도가 그의 깨끗한 셔츠 칼라와 어울렸다.

"무슨 일자리를 찾는데요?"

"요즘 자기가 원하는 일자리를 찾는 사람은 없습니다. 일만 할 수 있으면 되는 거죠." 부랑자가 냉정하게 말했다.

"어떤 곳을 찾고 있었죠?"

"아…… 글쎄요…… 공장들이 있는 곳이겠죠."

"그럼 방향이 잘못되지 않았나요? 공장들은 동부에 있는데."

"아니요." 부랑자가 자신 있게 말했다.

"동부에는 사람이 너무 많습니다. 공장에 대한 감시도 심하고요. 사람도 적고 감시도 덜한 곳이 더 나을 겁니다."

"아, 도망 중인가요? 법을 피해 도망치고 있나요?"

"옛날 기준으로는 아니지만 지금 기준으로는 그렇다고 봐야죠. 나는 일하고 싶습니다."

"그게 무슨 뜻이죠?"

"동부에는 일자리가 없습니다. 일자리가 있어도 아무에게나 줄 수 없고요. 잘못하면 감옥에 갈 수도 있으니까. 감시가 심하거든요. 국민통합위원회를 통하지 않고는 일을 얻을 수 없습니다. 국민통합위원회에는 일자리를 얻으려고 줄을 서서 기다리는 그들의 친구들이 있고요. 그 친구들은 백만장자의 친척들보다 더 많죠. 나는 아무 연줄도 없어요."

"마지막으로 일한 곳이 어디죠?"

"6개월 동안 전국을 떠돌며 일하고 있습니다. 아니, 6개월이 아니라 1년 가까이 됐을 거예요. 더 이상은 말할 게 없습니다. 대부분 날품팔이였으니까. 농장 날품팔이. 하지만 이제 그마저도 힘들어졌죠. 농장주들이 우리 같은 사람들을 어떤 눈으로 보는지 압니다. 그들은 굶주리는 사람을 보고 싶어하지 않지만, 그들 자신도 얼마 안 있으면 굶주릴 처지죠. 그들은 우리에게 줄 일거리도 없고, 먹을 것도 없어요. 가지고 있는 건 세금으로 다 뺏기고 강도까지 들끓으니까. 전국을 떠도는 무리들 말이에요. 이탈자들이라고 불리는."

"서부는 나을 거라고 생각하나요?"

"아니요."

"그럼 왜 가는 거죠?"

"그곳은 가보지 않았으니까요. 갈 곳이 거기밖에 안 남았으니까요. 계속 움직여야 하니까요."

부랑자는 갑자기 말을 덧붙였다. "그래봐야 소용없겠지만요. 하지만 동부에 그대로 있으면 어느 집 담벼락 밑에 앉아서 죽기를 기다리는 수밖에 없어요. 어차피 이제는 죽는 게 두렵지도 않지만. 차라리 죽는 편이 훨씬 쉽겠죠. 하지만 아무 노력도 해보지 않고 앉아서 죽기만 기다리는 것은 죄라는 생각이 들어서요."

대그니는 타인의 복지에 대해 걱정하는 상투적인 구호를 외치며 자신이 대단히 도덕적인 존재인 양 우쭐대는 대학물 먹은 기생충들이 문득 떠올랐다. 부랑자의 마지막 말은 그녀가 들어본 가장 도덕적인 발언이었지만, 부랑자는 그런 사실도 모른 채 지치고 무감각한 목소리로 단순하고 무미건조하게 말했다.

"어디 출신이에요?" 대그니가 물었다.

"위스콘신요." 부랑자가 대답했다.

웨이터가 음식을 가져왔다. 웨이터는 그 상황에 놀라는 기색을 보이지 않고 정중히 테이블을 차리고 의자 두 개를 놓았다.

대그니는 테이블을 보면서 생각했다. 사람들이 몇 달러의 비용으로 여행객에게 식사와 함께 빳빳한 냅킨과 달그락거리는 얼음 조각 같은 것들을 제공할 시간과 정성을 가질 수 있는 세상의 멋진 모습은 생명의 유지가 범죄가 아니고 식사가 죽음과의 경주가 아니던 시절의 유물이라고. 그 유물은 정글 가장자리에 있는 흰 주유소처럼 곧 사라질 것이라고.

달러 표시

그녀는 아까 기차 바닥에서 일어설 힘도 없었던 부랑자가 자기 앞에 차려진 것들의 의미를 존중하는 마음은 잃지 않고 있는 것을 보았다. 그는 음식에 달려들지 않고 애써 천천히 대그니와 보조를 맞추어 떨리는 손으로 냅킨을 펴고 포크를 들었다. 아무리 비참한 신세가 되었어도 그것이 인간다운 태도임을 아직 잊지 않은 것처럼.

웨이터가 나간 뒤 대그니가 물었다. "무슨 일을 했었죠…… 옛날에? 공장에서 일했죠?"

"네."

"어떤 업종이었죠?"

"숙련된 선반공이었습니다."

"마지막으로 그 일을 한 곳이 어디였죠?"

"콜로라도요. 해먼드 자동차에서 일했습니다."

"아……!"

"왜 그러시죠?"

"아, 아무것도 아니에요. 거기서 오래 일했나요?"

"아니요, 겨우 2주일 일했죠."

"왜요?"

"사실 거기 들어가려고 콜로라도에서 1년이나 기다렸습니다. 해먼드 자동차에도 구직자들이 줄을 서 있었지만, 그 회사는 친구들만 뽑거나 연공서열을 중시하지 않고 경력을 봤죠. 나는 경력이 좋았어요. 하지만 그 회사에 들어간 지 2주일 만에 로렌스 해먼드가 은퇴하고 사라졌죠. 그래서 공장 문을 닫았고요. 나중에 시민위원회에서 공장을 다시 열고 나를 불렀어요. 하지만 겨우 5일밖에 나가지 못했어요. 즉시 정리해고가 시작됐고 연공서열이 낮은 사람들 순이었죠. 그래서 나는 떠날 수밖에 없었어요. 결국 시민위원회도 석 달밖에 못 갔다고 하더군요. 그 뒤로 공장은 영원히 문을 닫았고요."

"그 전에는 어디서 일했죠?"

"동부의 주들은 다 거쳤습니다. 하지만 한두 달 이상 일했던 곳이 없죠. 공장들이 계속 문을 닫아서요."

"당신이 일했던 모든 곳에서 그런 일이 일어났나요?"

부랑자는 그녀의 질문을 이해하는 듯 흘끗 쳐다보았다.

"아닙니다."

대그니는 그의 목소리에 처음으로 자부심이 희미하게 어리는 것을 놓치지 않았다.

"첫 직장에서는 20년을 일했죠. 작업반장으로 승진하면서 하는 일은 달라졌지만요. 그게 12년 전 일입니다. 하지만 사장이 죽고 자식들이 공장을 물려받아 운영하다가 쫄딱 망했죠. 그때도 사정이 안 좋았지만 그 후로 모든 것이 점점 더 빠른 속도로 무너져가기 시작했어요. 그 후로 보이는 것마다 금이 가고 무너지는 것 같았죠. 처음에는 한두 주만 그럴 줄 알았어요. 많은 사람이 콜로라도 주는 괜찮을 거라고 생각했죠. 하지만 콜로라도도 무너지고 말았어요. 눈길 닿는 곳마다 기계들이 멈추고, 공장들이 문을 닫고 있었죠."

그는 자신의 눈에만 보이는 공포스런 장면이라도 보고 있는 듯 속삭이는 소리로 천천히 덧붙였다. "**모터들이······ 멈추고······ 있었어요.**"

그러고는 다시 목소리를 높였다. "젠장, 존 골트가······." 그는 말꼬리를 흐렸다.

"······누구냐고요?" 대그니가 물었다.

"네. 나는 그 말을 좋아하지 않아요."

그가 머릿속의 장면을 떨쳐내려는 듯 고개를 저으며 말했다.

"나도 그래요. 사람들이 왜 그런 말을 하는지, 누가 시작했는지 알았으면 좋겠어요."

"바로 그겁니다. 내가 두려워하는 게 바로 그거예요. 그걸 시작한 사람이 나인지도 모릅니다."

"**뭐라고요?**"

"나와 6,000명의 사람들. 우리가 시작한 건지도 모릅니다. 아마 그럴 겁니다. 우리가 틀렸기를 바라요."

"그게 무슨 소리죠?"

"내가 20년 동안 일한 그 공장에서 사건이 벌어졌습니다. 늙은 사장이 죽고 자식들이 공장을 물려받았을 때였어요. 아들 둘과 딸 하나였는데, 공장에 새로운 운영 계획을 도입했죠. 그들은 그 계획을 투표에 부쳤고 모두가, 거의 모두가 찬성했습니다. 우리는 몰랐으니까요. 우리는 그게 좋은 거라고 생각했으니까요. 아니, 좋은 거라고 생각해야 한다고 믿었으니까요. 그 계획은 공장의 모든 사람이 능력에 따라 일하되 필요에 따라 급여를 받는 것이었습니다. 우리는…… 왜 그러십니까? 왜 그런 눈으로 보시죠?"

"그 공장 이름이 뭐였죠?" 대그니가 겨우 들리는 작은 소리로 물었다.

"20세기 모터요. 위스콘신 스탄스빌에 있는."

"계속해요."

"우리 모두가, 그 공장에서 일하는 6,000명이 모여서 투표로 그 계획에 찬성했습니다. 스탄스 가문의 새 경영자들은 그 계획에 관해 긴 연설을 했고, 그 내용이 명확하지 않은데도 아무도 질문을 하지 않았어요. 그 계획이 어떤 결과를 낳을지 아무도 몰랐지만 모두 옆 사람은 알 거라고 생각한 거죠. 설령 의심을 품은 사람이 있었다고 해도 죄책감에 입을 다물 수밖에 없었어요. 그 계획에 반대하는 사람은 짐승만도 못한 유아살해범 같은 인간으로 여겨졌으니까요. 그들은 그 계획이 고귀한 이상을 이루게 해줄 거라고 말했어요. 우리야 그 말을 곧이곧대로 믿을 수밖에 없었죠. 평생 가정에서, 학교에서, 교회에서, 신문에서, 영화에서, 연설에서 그런 말을 들어왔으니까요. 그게 옳고 정당하다고 배워왔으니까요. 그러니까 우리가 그때 집회에서 그런 결정을 한 것은 당연한 일이었는지도 모르죠. 어쨌거나 우리는 투표로 그 계획에 찬성했고, 그 대가를 톡톡히 치렀어요. 4년 동안 20세기 모터에서 그 계획을 실행에 옮긴 우리는 전과자들이라고 할 수 있죠. 지옥을 한마디로 뭐라고 정의할 수 있을까요? 악, 노골적인 악이 아닐까요? 그때 우리가 목격하고 도운 것이 바로 그런 악이었어요. 우리 모두 저주받은 존재들이고 영원히 용서받지 못할 겁니다…….

그 계획이 어떻게 실행되고 사람들을 어떻게 만들었는지 아세요? 그건 깨진 독에 물 붓기였어요. 물을 붓는 속도보다 빠져나가는 속도가 더 빨랐고, 물을 부을수록 깨진 구멍은 더 커져갔죠. 사람들은 열심히 일할수록 더 큰 요구에 시달려야 했어요. 주당 작업 시간이 40시간에서 48시간으로, 그 다음에는 56시간으로 늘어났죠. 자신이 아닌 이웃을 위해서. 이웃의 저녁식사, 그 아내의 수술, 그 아이의 홍역, 그 어머니의 휠체어, 그 삼촌의 셔츠, 그 조카의 학비, 옆집 아기, 태어날 아기 등등 주위 사람들을 위해서. 날마다 해뜰 때부터 해질 때까지 뼈빠지게 일해서 남의 기저귀부터 틀니까지 책임져야 했죠. 죽도록 땀 흘려 일한 대가가 다른 사람들의 기쁨뿐이었어요. 그렇게 평생 쉬지도 못하고 희망도 없이 끝도 없이 일해야 했죠……. 능력에 따라 일하고 필요에 따라 가져간다…….

그들은 우리 모두가 하나의 큰 가족이고, 모든 것을 함께한다고 했어요. 하지만 모두가 하루 10시간씩 서서 용접 작업을 하고, 모두 함께 복통이 생길 수는 없죠. 능력은 어떻게 정하고 누구의 필요가 우선일까요? 모두 하나로 섞어놓으면 개인의 필요를 스스로 결정하도록 허용할 수가 없습니다. 안 그런가요? 그걸 허용하면 요트가 필요하다고 주장할 수도 있으니까요. 그리고 필요성의 판단 기준이 본인의 감정이라면 얼마든지 필요성을 입증할 수도 있고요. 못 할 게 뭡니까? 내가 과로로 병원에 실려갈 정도로 일해서 세상의 모든 건달과 벌거벗은 미개인까지 차를 갖게 해줄 때까지 나 자신은 차를 가질 권리가 없는 구조라면, 내가 아직 쓰러지지 않고 버틸 능력이 있는 한 요트를 요구하는 사람이 왜 없겠습니까? 아니라고요? 그럴 수는 없다고요? 자기 집 거실을 새로 칠할 때까지 나는 커피에 크림을 넣을 수 없다고 주장하는 사람은요?…… 뭐 어쨌든 아무도 자신의 필요나 능력을 판단할 수 없다는 결정이 내려졌습니다. 우리는 그것도 **투표에** 부쳤죠. 네, 우리는 1년에 두 번 공개 집회에서 그것을 투표로 정했습니다. 달리 무슨 방법이 있겠습니까? 그런 집회에서 무슨 일이 벌어질 것 같으세요? 우리는 첫 집회에서 우리 모두가 거지로 전락했다는 사실을 알게 됐죠. 징징 짜며 구걸하는 타락한 거지. 아무도 자신의 노동의 정당한 대가를 요구할 수 없었으니까요. 우리의 노동은 개인의 것이 아니라 '가족'의 것이니 개인에게 그 대가를 지불하지 않아도 되고, 오직 '필요'에 의해서만 권리 주장을 할 수 있었으니까요. 그래서 우리는 대중 앞에서 거지처럼 구걸해야 했어요. '가족'의 적선을 바라며 속옷이 누더기가 됐다느니, 아내가 코감기에 걸렸다느니 온갖 궁상맞은 이야기를 늘어놓았죠. 그 세계에서는 노동이 아니라 불행이 돈이 되니까. 그래서 결국 그 집회는 6,000명의 거지 떼가 형제보다 **자신의** 필요가 더 절실하다고 주장하는 불행 경연장이 되어버렸죠. 그럴 수밖에 없지 않습니까? 거기서 어떤 사람들이 수치심에 입을 다물고 어떤 사람들이 횡재를 맞았는지 아세요?

하지만 그게 전부가 아니었죠. 우리가 그 집회에서 알게 된 사실이 하나 더 있었어요. 그 첫 반년 동안 공장의 생산량이 40퍼센트나 떨어졌는데, '능력만큼' 일하지 않는 사람들이 있다는 결론이 내려진 겁니다. 그게 누구일까요? 그걸 어떻게 알아낼 수 있을까요? '가족'은 그것도 투표로 결정했어요. 어떤 사람이 가장 유능한지 투표로 결정하고 그들에게 다음 반년 동안 날마다 야근을 시켰죠. 야근 수당도 주지 않고요. 왜냐하면 급여는 노동이 아니라 필요에 따라 주어졌으니까요.

그 뒤로 어떻게 됐는지, 인간이었던 우리가 어떤 존재로 변해갔는지 굳이 이야기할 필요가 있을까요? 우리는 자신의 능력을 숨기고 일손을 늦추면서 옆의 동료보다 일을 더 빨리, 더 잘하지 않기 위해 매처럼 날카로운 눈으로 주위를 감시했죠. 우리가 달리 어쩔 수 있겠습니까? '가족'을 위해 최선을 다하면 감사나 보상이 아니라 벌을 받게 되는데. 불성실하거나 무능한 인간들이 불량품을 만들어 회사에 손실을 끼치면 일 잘하는 사람들이 야근을 하고 일요일까지 반납해가며 그걸 메워야 했죠. 그래서 우리는 무능해지기 위해 최선을 다했습니다.

고귀한 이상과 뜨거운 열정을 지닌 청년이 한 명 있었어요. 학교는 다니지 못했지만 머리는 비상한 청년이었죠. 첫해에 그는 수천 시간을 절약할 수 있는 작업 공정을 고안해냈어요. 그는 '가족'에게 그 작업 공정을 제공했고, 아무 대가도 요구하지 않았어요. 사실 대가를 요구할 수도 없었지만 그는 개의치 않았죠. 그는 이상을 위해서라고 말했어요. 하지만 집회에서 유능한 인재로 뽑혀 야근이라는 벌을 받게 되자 입을 다물어버렸어요. 머리도 쓰지 않고요. 물론 그는 다음 해부터 아무 아이디어도 내지 않았죠.

서로 일을 더 잘하기 위해 겨뤄야 하는 자유기업체제의 경쟁에 대해 뭐라고들 비난하죠? 사악하다고 하죠? 그런 비난을 하는 사람들은 서로 일을 더 못하기 위해 경쟁하는 우리들을 봤어야 합니다. 사람을 망가뜨리는 데는 최선을 다하지 **않는** 것이 목표인, 그래서 날마다 일을 못하기 위해 애써야 하는 상황에 밀어넣는 게 가장 확실한 방법이죠. 그것은 술독에 **빠**지거나 일 없이 노는 것, 먹고살기 위해 강도짓을 하는 것보다 더 **빠**른 방법이죠. 하지만 우리는 무능한 체하며 살 수밖에 없었어요. 유능하다고 의심받는 것이 제일 두려웠으니까요. 그때 우리에게 능력은 영원히 청산할 수 없는 빚 같았죠. 게다가 일할 이유도 없었어요. 일을 하건 안 하건 기본 수당은 나왔으니까. 그들은 그것을 '주거와 식사 수당'이라고 불렀죠. 아무리 노력해도 그 이상은 받기가 어려웠어요. 다음 해에 옷 한 벌 사 입을 계획조차 세울 수가 없었죠. '가족' 중에 누가 다리가 부러지거나 수술을 받게 되거나 아기를 낳게 되면 '의복 수당'이 안 나올 수도 있었으니까. 모두가 새 옷을 마련할 만한 돈이 안 된다면 내 옷도 못 사게 되는 거고요.

아들을 대학에 보내려고 평생 열심히 일한 사람이 있었어요. 그 아들은 계획이 시행된 지 2년째 되는 해에 고등학교를 졸업했는데 '가족'이 대학 등록금을 주지 않았어요. 모두의 아들들을 대학에 보낼 만한 돈이 마련되기 전에는 그 아들을 대학에 보내줄 수 없다면서요. 그리고 모두의 아들들을 고등학교에 보내는 게 우선인데 그럴 돈도 충분치 않다고요. 그 아버지는 이듬해 술집에서 사소한 일로

시비가 붙어 칼싸움을 하다가 죽고 말았어요. 언제부터인가 우리 주위에서 그런 싸움이 끊이지 않았죠.

그리고 가족도 없이 혼자 사는 늙은 홀아비가 있었는데, 그의 유일한 취미는 레코드판 수집이었어요. 그에게는 그것이 삶의 전부였을 겁니다. 그는 새로 나온 클래식 레코드판을 사기 위해 식사까지 걸렀죠. 하지만 '가족'은 그에게 레코드판 살 돈을 주지 않았어요. '개인적인 사치'라고 하면서요. 그런데 바로 그 집회에서 밀리 부시라는 못생긴 여덟 살짜리 여자아이에게 뻐드렁니를 교정할 돈을 주기로 결정했어요. 이를 교정하지 않으면 그 불쌍한 아이는 열등감을 갖게 될 거라고 사내 심리 상담사가 말했거든요. 그 후로 음악을 사랑하는 늙은 홀아비는 술독에 빠지고 말았습니다. 정신이 멀쩡한 모습을 더 이상 볼 수가 없었죠. 어느 날 밤, 그는 술에 취해 비틀거리며 길을 가다가 밀리 부시를 보자 주먹을 날려 그 아이의 이를 몽땅 부러뜨려버렸어요. 몽땅.

사실 우리 모두가 술에 의지했어요. 정도가 심한 사람들도, 그렇지 않은 사람들도 있었지만요. 술값을 어떻게 마련했느냐는 질문은 하지 마세요. 건전한 즐거움이 모두 금지되면 타락한 즐거움에 빠질 방법을 찾게 마련이니까요. 클래식 음반이나 낚시 도구를 사기 위해 친구의 돈을 훔치거나 밤에 식품점에 침입하지는 않아도 술에 취해 세상을 잊기 위해서라면…… 그런 짓을 할 수 있죠. 낚시 도구? 사냥총? 카메라? 취미? 그 누구도 '여가 활동 수당'은 받을 수 없었어요. '가족'이 제일 먼저 버린 것이 '여가 활동'이었으니까. 누군가 우리에게 뭔가를 포기하라고 요구할 때 그게 우리에게 즐거움을 주는 것이라면 그 요구를 거부하기가 부끄럽지 않나요? '담배 수당'까지도 삭감돼서 우리는 한 달에 두 갑밖에 피울 수 없었죠. 그 돈이 아기들 우유 기금으로 들어가야 한다는 이유였어요. 생산량이 떨어지지 않고 계속 오르는 건 아기뿐이었죠. 사람들이 달리 할 일도 없는데다 육아는 개인이 아닌 '가족'의 부담이라 양육비 걱정을 할 필요가 없었으니까요. 사실 봉급을 올려 받아 생활고에서 벗어나는 가장 좋은 방법은 '육아 수당'을 받는 것이었어요. 아니면 중병에 걸리거나.

그 모든 것이 어떤 결과를 초래했는지 아는 데는 오랜 시간이 걸리지 않았어요. 정직하게 살고자 하는 사람은 모든 것을 포기해야만 했죠. 그 어떤 즐거움도 누릴 수가 없었어요. 하다못해 5센트짜리 담배 한 개비, 껌 하나도 즐기지 못했죠. 그 5센트를 자신보다 더 절실히 필요로 하는 사람이 있을지도 모른다는 생각에서요. 음식을 먹을 때도 수치심에 시달려야만 했어요. 그 음식값을 벌기 위해 지친 몸으로 야근까지 해야만 했던 사람들에게 미안하고, 그 음식이 정당한 자기 소유가 아니라는 생각이 들어서요. 그는 차라리 속이는 자보다는 속는 자가, 남의 피를 빨아먹는 자보다는 피를 빨리는 자가 되고 싶어했죠. 그는 결혼도 안 하고 집에 있는 자신의 가족을 돕지도 않았어요. 큰 '가족'에게 짐이 되지 않으려고요. 책임감이란 것을 가진 사람이라면 결혼해서 아이를 낳을 수가 없었죠. 아무 계획도 세울 수 없고, 아무 약속도 할 수 없고, 아무것도 믿고 의지할 수 없는 세상이었으니까. 하지만 무능하고 무책임한 인간들은 제 세상을 만난 듯 활개를 쳤어요. 그들은 대책 없이 아이를 낳고 결혼도 하지 않은 여자에게 임신을 시켰죠. 전국의 불쌍한 친척들을 끌어모으고 혼전 임신한 누이를 불러왔지요. '장애 수당'을 받으려고 의사가 일일이 다 밝혀낼 수 없을 정도로 많은 병을 꾸며대기도 했어요. 일부러 옷, 가구, 집을 못 쓰게 만들기도 했고요. 염병할, '가족'이 다 새로 사줄 텐데 뭐가 걱정이겠어요! 그들은 우리가 상상도 하지 못할 정도로 '필요'를 잘 만들어냈어요. 그들은 그 방면에 특별한 재능이 있었고, 사실 그것이 **그들이** 보인 유일한 능력이었어요.

맙소사! 우리가 무엇을 발견했는지 아세요? 그들이 **도덕률**이라고 부르는 법에 따라 살아야만 하며, 그 법을 지키는 사람들이 오히려 벌을 받게 된다는 사실이었죠. 그 법을 실천하기 위해 애쓸수록 더 많은 고통을 받게 되고, 그 법을 어길수록 더 많은 보상을 얻는다는 사실. 우리의 정직성은 다른 사람의 부정직성의 도구가 되어버렸죠. 부정직한 사람들은 원하는 것을 갖고, 정직한 사람들이 그 대가를 치렀어요. 부정직한 사람들은 얻고, 정직한 사람들은 잃었죠. 그런 법 아래에서 인간이 얼마나 오래 선한 마음을 유지할 수 있을까요? 처음에는 우리 대부분이 착하고 정직한 사람들이었어요. 사기꾼은 많지 않았죠. 우리는 유능한 일꾼들이었고 미국 최고의 회사에서 일하는 것을 긍지로 여겼어요. 죽은 스탄스 사장이 최고 인재만 뽑았거든요. 하지만 새 계획이 도입되고 1년 만에 정직한 사람은 한 명도 찾아볼 수 없게 되었어요. **그게** 바로 악이었죠. 목사들이 신도들을 겁줄 때 들먹이는 지옥 같은 악. 살아서 보게 되리라고는 생각지도 못했던 악. 그 계획은 단지 몇 명의 사기꾼들을 부추기기만 한 것이 아니라 착하고 정직한 사람들을 사기꾼으로 만들었어요. 그런데도 도덕적 이상이라고 불렸죠!

그런 상황에서 우리가 무엇을 위해 일하고 싶겠습니까? 형제애? 어떤 형제들이요? 우리 주위에 득실거리는 백수 건달들과 거지들? 그들이 사기꾼이든 그냥 무능력자든, 일할 의지가 없는 것이든 능력이 없는 것이든 우리에게 무슨 차이가 있겠어요? 우리가 평생 그들의 무능에(그것이 진짜든 속임수든) 매여 살아야 한다면 사는 재미를 느낄 수 있겠어요? 우리는 그들의 능력을 알 수도 없고, 그들의 필요를 통제할 수도 없어요. 우리가 아는 것은 자신이 마치 병원이나 가축 수용소 같은 곳에서 무거운 짐을 잔뜩 짊어지고 맹목적으로 분투하는 짐승이라는 사실이죠. 무능과 재난, 질병에만 맞추어진 곳에 누군가의 필요를 만족시키기 위해 수용된 짐승.

형제애라고요? 우리는 그때 난생처음 형제를 증오하게 됐습니다. 그들이 먹는 음식, 그들이 누리는 즐거움, 그들의 새 셔츠, 그들 아내의 모자, 가족 소풍, 집단장이 우리의 증오를 샀죠. 그것들은 우리에게서 빼앗은 거니까. 우리의 결핍과 굶주림을 대가로 얻은 것이니까. 우리는 서로를 감시하기 시작했습니다. 거짓으로 필요를 꾸며대는 사람들이 있으면 다음 집회에서 그들의 '수당'을 깎으려고요. 어느 누군가가 일요일에 자기 가족에게 칠면조를 몰래 팔았다고 밀고하는 사람들도 생겨났습니다. 자기는 도박을 해서 딴 돈으로 그 칠면조를 샀으면서요. 그리고 모두 서로의 인생에 간섭하기 시작했습니다. 가정불화를 조장하고, 다른 사람의 친척을 쫓아내려고 했죠. 누가 여자를 사귀면 그의 인생을 비참하게 만들었어요. 약혼도 많이 깼어요. 우리는 누가 결혼하는 것을 원치 않았어요. 우리가 먹여 살려야 할 사람이 늘어나는 게 싫어서요.

예전에는 누가 아기를 가지면 축복해주고 그 사람이 형편이 좋지 않으면 돈을 모아 병원비를 보태주었죠. 하지만 이제 아기가 태어나면 우리는 몇 주 동안 그 부모와 말도 안 했어요. 우리에게 아기는 농부에게 메뚜기 같은 존재였으니까요. 예전에 우리는 가족 중에 중병에 걸린 사람이 있으면 당연히 도와줬어요. 그런데 이제 어떻게 됐느냐 하면, 한 가지 예를 들어드리죠. 우리와 15년을 함께 일한 동료 어머니의 경우예요. 그 노부인은 쾌활하고 현명하고 친절한 분이었고, 우리 모두의 이름을 알고 있었죠. 우리 모두 그분을 좋아했어요. 그런데 어느 날 그분이 지하실 계단에서 떨어져 엉덩이뼈가 부러졌어요. 우리는 그 나이에 그것이 어떤 의미인지 알고 있었어요. 사내 진료실 의사가 시내에 있는 병원에서 장기간 비싼 치료를 받아야 한다고 했어요. 그 노부인은 시내 병원으로 떠나기 전날 밤 세상을 떠났는데 끝내 사인이 밝혀지지 않았어요. 아니요, 살해된 것인지는 모르겠어요. 아무도 그 이야기는 하지 않았으니까. 모두 그 일에 대해서는 입을 다물었어요. 내가 아는 것은 나도 다른 사람들처럼 그분이 죽기를 바랐다는 사실뿐이에요. 그래서 지금까지도 그 일을 잊을 수가 없고요! 신이여, 우리를 용서하소서! 그것이 바로 그 계획이 표방한 형제애고, 안전이고, 풍요였어요!

그런 끔찍한 일이 전파되어야 할 이유가 있었을까요? 그것을 통해 이득을 얻는 사람이 있었을까요? 있었습니다. 공장을 상속받은 스탄스 가의 자녀들. 그들이 재산을 포기하고 공장을 우리에게 선물로 넘겨주지 않았느냐는 말은 하지 마세요. 우리도 그것에 속았으니까요. 네, 그들이 공장을 포기한 것은 맞습니다. 하지만 이득은 본인이 무엇을 추구하느냐에 달려 있죠. 스탄스 가의 자녀들이 추구한 것은 돈으로 살 수 있는 것이 아니었습니다. 그것에 비하면 돈은 너무나도 깨끗하고 순수한 거죠.

막내 에릭 스탄스는 뭔가를 추구할 배포조차 없는 의지박약자였어요. 그는 홍보 담당 이사로 선출되었는데, 할 일도 없는데다 부하 직원까지 있어서 사무실을 지킬 필요도 없었죠. 그의 봉급은, 아니 '봉급'이란 말은 없어졌으니 투표로 정한 자선금이라고 해야겠군요. 그가 받은 자선금은 나보다 10배쯤 많았으니 꽤 괜찮기는 했지만 그 정도로 부자가 될 수는 없었죠. 에릭은 돈에 관심이 없었어요. 돈을 관리할 줄도 몰랐고요. 그는 우리 사이에 끼어서 자기가 얼마나 다정하고 민주적인 사람인지 보여주는 데 시간을 다 보냈어요. 그는 사랑받기를 원했던 것 같아요. 우리에게 공장을 선물했다는 사실을 계속 상기시키는 방법을 통해서요. 우리는 그를 견딜 수가 없었어요.

제럴드 스탄스는 생산 담당 이사였어요. 우리는 그가 자선금으로 얼마를 챙겼는지 전혀 몰랐어요. 그것을 계산하려면 회계사 군단이 필요하고, 자선금이 직간접적으로 그의 사무실로 흘러들어간 경로를 밝혀내려면 엔지니어 군단이 매달려야 했으니까요. 그 돈은 제럴드 개인이 아니라 회사 경비로 들어간다고 했어요. 그에게는 차가 세 대, 비서가 네 명, 전화가 다섯 대였고, 세금을 내는 그 어떤 재벌도 할 수 없는 샴페인과 캐비아 파티를 열었죠. 그는 아버지가 생애 마지막 2년 동안 낸 수익보다 더 많은 돈을 한 해에 썼어요. 그의 사무실에는 우리 공장과 고귀한 계획에 대해 소개하며 그의 사진을 크게 싣고 그를 위대한 사회 개혁가라고 칭송하는 기사들이 가득한 잡지가 45킬로그램이나 쌓여 있었어요. 우리가 무게를 달아봤다니까요. 제럴드는 밤에 정장을 입고 5센트짜리 동전만한 다이아몬드 커프스단추를 번쩍거리며 시가 재를 사방에 날리면서 공장에 나타나는 것을 좋아했죠. 내세울 건 돈밖에 없는 천박한 부자도 꼴불견이지만 그래도 그런 사람은 돈이 자기 것임을 숨기지 않죠. 그를 부러워하든 말든 그건 우리 자유고요. 대개는 부러워하지 않죠. 그런데 제럴드 스탄스 같은 작자는 자기는 물질적 부에는 관심이 없고 오로지 '가족'을 위해 봉사하며, 모든 풍요는 자신을 위한 것이 아니라 우리와 공공선을 위한 것이라고, 대중의 눈에 우리 회사와 우리의 고귀한 계획이 근사하게 보여야 하기 때문이라고 떠들고 다녔죠. 그럴 때 우리는 인간에게 느껴본 적 없는 지독한 증오에 치를 떨게 됩니다.

하지만 그의 누이 아이비는 더 나빴어요. 그녀는 진짜로 물질적인 부에 관심이 없었죠. 그녀가 받는 자선금은 우리보다 많지 않았고, 자신이 얼마나 이기적이지 않은지 보여주려고 낡고 굽이 낮은 신발과 셔츠를 입고 다녔어요. 그녀는 분배 담당 이사였어요. 우리의 필요를 담당했으니 우리의 목줄을 쥐고 있었다고 할 수 있죠. 물론 분배는 투표로, 대중의 목소리로 결정하도록 되어 있었어요. 하지만 6,000명의 목소리가 악을 쓰며 아무 기준도, 조리도 없이 결정을 내리려 하고, 도무지 규칙이란 게 없어서 아무 요구나 할 수 있지만 권리는 없고, 모두가 자신을 제외한 모든 사람의 인생을 지배할 힘을 갖고 있다보니 결국 대중의 목소리는 바로 아이비 스탄스가 되어버렸어요. 2년이 지났을 무렵 우리는 '생산효율과 시간 절약'이라는 명목하에 '가족 집회'라는 겉치레를 포기했어요. 집회가 열리면 열흘씩 갔으니까요. 그리고 필요에 관한 모든 탄원서는 스탄스 양의 사무실로 보냈어요. 아니, 보낸 게 아니죠. 탄원자가 직접 그녀 앞에서 탄원서를 읽어야 했으니까요. 그녀는 분배 명단을 만들어서 45분쯤 걸리는 집회에서 그 내용을 발표하고 우리에게 찬반 투표를 하게 했어요. 우리는 찬성표를 던졌죠. 10분간의 토론과 이의 제기 시간이 주어졌지만 아무도 이의를 제기하지 않았어요. 그래서는 안 된다는 것을 알았으니까요. 사람의 가치를 정하는 어떤 기준도 없이 공장의 수입을 수천 명의 사람들에게 나눠줄 수 없는 노릇이고 그녀의 기준은 바로 아첨이었죠. 그녀가 이기심이 없다고요? 그녀의 아버지가 그 많은 재산을 갖고서도 가장 천한 청소부에게도 감히 할 수 없었던 말을 그녀는 최고 기술자들과 그 아내들에게 거침없이 해댔어요. 그녀의 엷은 눈동자는 흐리멍덩하고 차갑고 생기가 없었는데, 기본 수당밖에 받지 못하는 사람들 명단에 자기 이름이 오른 것을 알고 이의를 제기하는 사람을 볼 때 그 눈동자가 번득이는 것을 보면 완전한 악이 저런 것이구나 하고 느낄 수 있었죠. 그것을 보면 '능력에 따라 일하고 필요에 따라 받는다'는 슬로건을 외치는 사람들의 진짜 동기를 알 수 있었죠.

그 속에 숨겨진 비밀을 알려드리죠. 처음에 나는 학식과 교양을 갖춘 유명인들이 어떻게 그런 엄청난 실수를 저지르고 그런 지독한 일을 정당한 것인 양 전도할 수 있는지 이해할 수가 없었어요. 그들이 전도한 것을 실행에 옮기면 어떤 일이 벌어질 지 5분만 생각해도 알 수 있을 테니까요. 이제 나는 그들이 실수로 그런 짓을 저지른 게 아니라는 것을 알아요. 그런 엄청난 실수는 모르고 저지를 수 있는 것이 아니니까요. 사람들이 실현 가능성도 없는 사악한 광기에 맹목적으로 빠져드는 것은 말하고 싶지 않은 이유가 있기 때문입니다. 우리 역시 첫 집회에서 그 계획에 찬성표를 던졌을 때 그렇게 무지하지는 않았죠. 우리는 그들의 감상적이고 허황된 선동에 속아 넘어가서 찬성표를 던진 게 아닙니다. 다른 이유가 있었죠. 그들의 선동이 우리의 이웃들에게, 그리고 우리 자신에게 그 이유를 숨길 수 있도록 도와준 겁니다. 그들의 선동은 우리가 인정하기조차 부끄러워하는 것을 미덕으로 위장할 기회를 준 것이죠. 우리 모두 그 계획을 통해 자기보다 유능한 사람들의 몫을 빼앗고 싶은 속셈이 있었던 겁니다. 자기보다 더 부유하고 똑똑한 사람이 없다고 생각할 만큼 부유하고 똑똑한 사람은 없었고, 그 계획을 통해 자기보다 나은 사람들의 몫을 챙길 수 있다고 생각한 거죠. 하지만 자기보다 위에 있는 사람들의 것을 공짜로 얻을 생각만 했지 밑에 있는 사람들 역시 공짜 몫을 챙기리란 점은 간과한 겁니다. 자기가 위에 있는 사람들의 피를 빨아먹고 싶어하듯 밑에 있는 사람들도 마찬가지일 것이란 사실을요. 자신의 필요에 따라 윗사람의 리무진을 가질 수 있다고 생각한 노동자는 세상의 모든 거지와 부랑자들이 자신의 아이스박스가 필요하다고 아우성칠 줄 몰랐던 거죠. 그 계획에 찬성표를 던진 우리의 진짜 동기는 **그것**이었습니다. 그것이 진실이었죠. 하지만 우리는 그것에 대해 생각하고 싶지 않았습니다. 그래서 목청이 터지도록 공공선을 부르짖은 것이고요.

우린 요구한 것을 얻었습니다. 그리고 우리가 요구한 것의 정체를 깨닫게 되었을 때는 이미 너무 늦어버렸죠. 우리는 덫에 걸렸고 갈 곳이 없었습니다. 최고 인재들은 계획이 실행된 첫 주에 공장을 떠났죠. 우리는 최고의 엔지니어와 공장장, 작업반장, 그리고 가장 숙련된 노동자들을 잃은 거죠. 자존감을 지닌 사람은 남을 위해 돈을 벌기를 거부했습니다. 몇몇 유능한 사람들이 버텨보려고 애썼지만 오래가지는 못했죠. 전염병 소굴에서 도망치듯 계속해서 사람들이 떠났고, 결국 필요를 외치는 무능력자들만 남게 됐습니다.

쓸 만한 사람들이 더러 남기는 했는데 그곳에서 오랫동안 일한 사람들이었어요. 예전에는 아무도 20세기 모터를 떠나지 않았으니까요. 회사의 몰락을 믿을 수 없어서이기도 했고요. 그리고 얼마쯤 지나자 다른 회사에서 받아주지 않아서 그냥 남아 있을 수밖에 없었습니다. 괜찮은 회사에서는 우리와 어떤 식의 거래도 하지 않으려고 했는데, 그들을 비난할 수는 없는 노릇이었어요. 우리가 거래하던 작은 가게들도 모두 스탠스빌을 서둘러 떠났어요. 술집, 도박장, 쓰레기 같은 물건을 터무니없이 비싼 가격에 파는 사기꾼들밖에 남지 않았죠. 우리가 받는 자선금은 갈수록 줄어드는데 생활비는 계속 올라갔어요. 필요를 주장하는 사람들 명단은 늘어가고 그 필요를 만족시켜줄 사람들 명단은 줄어갔죠. 수입은 갈수록 주는데 그것을 나눠 가지려는 사람들은 늘어만 갔어요. 예전에는 20세기 모터 상표가 금에 찍힌 캐럿 표시처럼 여겨졌었죠. 스탠스 가 자녀들이 도대체 무슨 생각을 갖고 있었던 건지 모르겠어요. 그들에게 생각이란 게 있었다면 말입니다. 모든 사회 개혁가들과 미개인들처럼 그 상표가 주술적인 힘이라도 지니고 있어서 아버지 시대에 그랬던 것처럼 자신들에게도 계속 부를 가져다줄 거라고 생각했던 것 같아요. 우리가 납품 기한도 맞추지 못하고 불량품만 만든다는 것을 고객들이 알게 되자 그 마법의 상표는 오히려 역효과를 내기 시작했죠. 그들이 20세기 모터 상표가 찍힌 모터를 외면하기 시작한 겁니다. 결국 남은 고객은 모터값을 지불하지 않는 사람들뿐이었어요. 그런데도 자신의 유명세에 도취한 제럴드 스탠스는 우리의 모터를 주문하는 사업가들은 우리 모터가 훌륭해서가 아니라 우리가 그들의 주문을 간절히 **필요로 하기** 때문이라고 떠들고 다니며 도덕적 우월감을 과시했어요.

그쯤 되자 마을 얼간이도 학자들이 수세대 동안 모른 척해온 진실을 깨닫게 되었죠. 우리가 만든 불량 모터 때문에 발전기가 멈춘 발전소에 우리의 필요가 무슨 도움이 되겠어요? 전기가 나간 수술대에 누운 환자에게는요? 공중에서 모터가 고장난 비행기에 탄 승객들에게는요? 그 발전소 사장과 병원 의사, 비행기 제조업자가 우리 모터를 품질이 아닌 우리의 필요 때문에 샀다면 과연 그것이 바르고 도덕적이고 좋은 일일까요?

그런데도 학자들과 지도자들, 사상가들은 그런 도덕률을 전 세계로 전파시키려고 했습니다. 주민들 모두가 서로 알고 지내는 작은 마을에서도 그런 결과가 나왔는데, 세계적인 범위에서는 어떻겠습니까? 우리가 전 세계의 온갖 재난과 꾀병들에 얽매어 일하고 살아가야 한다면 과연 어떨까요? 어딘가에서 누군가가 실패하면 우리가 대신 만회해야 한다면? 나아질 가망도 없이 노예처럼 일만 하고 의식주와 즐거움이 세상 어딘가에서 일어나는 사기, 기아, 전염병에 좌우되어야 한다면? 캄보디아인들이 배를 채우고 파타고니아인들이 대학교육을 받을 수 있을 때까지 봉급 인상이 불가능하다면? 세상에 태어난 모든 인간이 쥐고 있는 백지수표를 위해 죽도록 일하고 또 일해야 한다면? 그들의 얼굴도 모르고, 어떤 필요들을 가졌는지도 모르며, 그들의 능력은 어떻고 태도는 어떤지 알 수도 없고 따질 권리도 없으면서요. 그리고 우리의 꿈과 땀으로 이룬 결실이 누구의 배를 채울 것인지 결정하는 사람은 아이비와 제럴드 같은 인간들이죠. **그것이** 우리가 받아들여야 할 도덕률입니까? **그것이** 도덕적 이상일까요?

우리는 그것을 시도했고 교훈을 얻었습니다. 첫 집회부터 마지막 집회까지 우리의 고통은 4년 동안 이어졌고, 당연한 결과를 맞이했습니다. 파산한 거죠. 마지막 집회 때 아이비 스탠스만 끝까지 진실을 외면하더군요. 그녀는 고

약한 짧은 연설을 했는데 그 계획이 실패한 것은 다른 지역에서 받아들이지 않았기 때문이라고, 이기적이고 탐욕스러운 세상에서 단 한 마을만 참여해서는 성공할 수가 없다고, 그 계획은 고귀한 이상이지만 인간의 본성이 거기에 미치지 못한다고 주장했죠. 우리 모두 조용히 앉아 있는데 계획 시행 첫해에 우리에게 유용한 아이디어를 제공했다가 벌을 받은 청년이 벌떡 일어나더니 단상에 있는 아이비 스탄스에게 똑바로 걸어갔어요. 그러고는 말없이 그녀 얼굴에 침을 뱉었죠. 그것이 그 고귀한 계획과 20세기 모터의 최후였습니다."

그는 그동안의 무거운 짐을 벗듯 갑자기 침묵을 깨고 모든 것을 털어놓았다. 대그니는 그것이 자신에 대한 경의의 표시임을 알았다. 그는 인간적인 가치나 희망에 무감각해져서 그녀의 친절에 아무 반응도 보이지 않았지만 그래도 마음이 움직여 고백을 하게 된 것이었다. 불의에 저항하는 길고 절망적인 외침이 오랜 세월 억눌려 있다가 정의에 대한 호소가 부질없지 않을 사람을 처음 만나자 밖으로 터져 나온 것이었다. 그가 포기하고자 했던 삶이 그에게 꼭 필요한 두 가지, 즉 음식과 이성적인 존재와의 만남을 통해 다시 의미를 가지게 된 듯했다.

"그런데 존 골트 이야기는 뭐죠?" 대그니가 물었다.

"아⋯⋯ 아, 네⋯⋯."

그가 기억을 더듬었다.

"사람들이 그 질문을 하기 시작한 이유에 대해 말해주려고 했잖아요."

"네······."

그는 오랫동안 연구했으나 여전히 그 의미를 알 수 없는 장면을 회상하듯 허공을 응시했고, 얼굴에는 의문과 공포가 어렸다.

"사람들이 이야기하는 존 골트가 누구인지 말해주려고 했잖아요. 만일 존 골트라는 인물이 존재했다면."

"그런 인물이 존재하지 않았으면 좋겠습니다. 차라리 그것이 우연의 일치일 뿐이고, '존 골트가 누구냐'는 질문이 아무 의미 없는 말이었으면 좋겠습니다."

"뭔가 있군요. 뭐죠?"

"그건······ 20세기 모터공장에서의 첫 집회 때 있었던 일입니다. 어쩌면 그게 시작이었을 수도 있고 아닐 수도 있죠. 모르겠습니다······. 그 집회는 12년 전 어느 봄날 밤에 열렸습니다. 우리 6,000명은 회사에서 제일 큰 창고에 서까래 높이까지 층층이 만들어놓은 자리에 모여 앉아 있었죠. 새로운 계획에 대한 투표를 막 끝낸 뒤 모두 신경이 날카로워져서 양심이 찔리는 깡패들처럼 시끄럽게 떠들고, 대중의 승리에 환호하고, 미지의 적들을 위협하고 싸우고 싶어 안달을 했습니다. 강렬한 백색 조명 아래에서 우리는 거칠어졌고, 흉악하고 위험한 폭도가 되었죠. 의장인 제럴드 스탠스가 장내 질서 유지를 위해 연신 의사봉을 두드려 좀 잠잠해지기는 했지만 냄비의 물이 출렁이듯 술렁거렸어요. '지금은 인류 역사상 매우 중대한 순간입니다! 이제 아무도 이곳을 떠날 수 없다는 것을 명심하세요. 우리는 이 자리에서 만장일치로 받아들인 도덕률에 따라 서로에게 속하게 되었으니까요!' 제럴드 스탠스가 소란스러운 대중에게 외쳤어요. 그러자 한 남자가 벌떡 일어나며 말했어요. '나는 아닙니다.' 그는 젊은 엔지니어였는데, 그에 대해서 잘 아는 사람이 없었죠. 늘 혼자였으니까요. 그가 일어서자 장내는 찬물을 끼얹은 듯 조용해졌어요. 고개를 꼿꼿이 든 그의 당당한 모습 때문이었죠. 그는 키가 크고 호리호리해서 우리 중에서 둘만 달려들어도 쉽게 목을 부러뜨릴 수 있었지만 그때 우리가 느낀 것은 두려움이었어요. 그는 자신이 옳다는 것을 아는 사람처럼 서 있었죠. '내가 이걸 끝장낼 겁니다. 영원히.' 그가 말했어요. 분명하고 아무 감정 없는 목소리였죠. 그는 그 말만 하고 밖으로 나갔어요. 강렬한 조명을 받으며 서두르지 않는 걸음걸이로, 아무에게도 시선을 주지 않고요. 그리고 아무도 그를 잡지 않았어요. 제럴드 스탠스가 별안간 그의 등 뒤에 대고 외쳤어요. '어떻게?' 그러자 그는 돌아서서 대답했어요. '세상의 모든 모터를 정지시키겠소.' 그러고는 나가버렸죠. 그 후로 다시는 그를 볼 수 없었고요. 그에 대한 소식도 들을 수 없었죠. 하지만 몇 년이 흐른 뒤, 수세기 동안 산처럼 굳건히 서 있던 큰 공장들의 불빛이 하나씩 꺼져가고, 공장 문이 닫히고, 컨베이어벨트가 멈추고, 도로에서 자동차의 물결이 썰물처럼 빠져나가고, 정체 모를 조용한 힘이 세상의 발전기들을 멈춰 세워서 세상이 영혼 없는 육체처럼 무너져가자 우리는 그에 대해 묻기 시작했어요. 집회에서 그의 말을 들었던 우리는 서로에게 묻기 시작한 거죠. 우리는 그가 약속을 지켰다고 생각하기 시작했어요. 우리가 외면하려 했던 진실을 직시한 그는 우리가 자초한 응보요, 보복자요, 우리가 거부한 정의의 사도였죠. 우리는 그의 저주를 받았고, 그의 심판에서 벗어날 수 없으며, 그에게서 도망칠 수 없다고 생각하기 시작했어요. 더 끔찍한 것은 그가 우리를 뒤쫓고 있는 것이 아니라 우리가 갑자기 그를 찾기 시작했고 그가 흔적도 없이 사라졌다는 사실이었어요. 우리는 그 어디에서도 그에 대한 답을 찾을 수 없었어요. 우리는 그가 어떤 무시무시한 힘으로 자신이 약속한 일을 할 수 있었는지 궁금했어요. 하지만 그 답을 찾을 수 없었죠. 우리는 아무도 설명할 수 없는 붕괴를 목격할 때마다, 타격을 입을 때마다, 희망을 잃을 때마다, 온 세상을 뒤덮은 죽음의 잿빛 안개에 갇혀 있는 기분을 느낄 때마다 그에 대해 생각했어요. 존 골트에 대해 묻는 우리의 절규를 들은 세상 사람들은 그 물음의 의미를 알지 못했지만 그렇게 절규하는 우리의 심정은 너무나도 잘 이해했던 것 같습니다. 그들 역시 세상에서 뭔가가 사라졌음을 느꼈으니까요. 아마 그래서 모두 희망이 없다고 느낄 때마다 그 말을 하기 시작한 것 같습니다. 나는 내 예감이 틀리기를, 보복자가 의도적으로 인류를 종말로 몰아가고 있는 것이 아니기를 바랍니다. 하지만 사람들이 그 질문을 하는 것을 들을 때마다 두려움을 느낍니다. 세상의 모터를 정지시키겠다고 말한 사람이 생각나서요. 그의 이름이 존 골트였습니다."

◆

대그니는 달라진 바퀴 소리에 잠이 깼다. 갑작스런 삐걱거림과 짤막하고 날카로운 딱딱 소리가 섞인 불규칙한 바퀴 소리는 마치 히스테릭한 웃음소리 같았고, 그 소리에 맞추어 객차가 발작적으로 흔들렸다. 대그니는 손목시계를 확인하지 않고도 캔자스 웨스턴 철도를 달리고 있으며, 네브래스카 주 커비에서 남쪽으로 긴 우회가 시작되었음을 알 수 있었다.

기차는 반쯤 비어 있었다. 터널 참사 후 첫 혜성특급을 타고 대륙을 횡단할 용기를 낸 사람들이 거의 없었다. 대그니는 부랑자에게 침실을 내주고 혼자서 그의 이야기를 되새겨보았다. 그 이야기에 대해 생각도 해보고 내일 그에게 물어볼 것들도 정리하고 싶었다. 하지만 그녀의 마음은 얼어붙은 듯 정지된 상태에서 마치 구경꾼처럼 그저 그 이야기를 바라보고만 있었다. 그녀는 더 이상 묻지 않아도 그 이야기의 의미를 알 것 같았고, 그것에서 도망쳐야만 할 것 같았다. '움직여.' 그 말이 그녀의 마음속에서 급박하게 울려퍼지고 있었다. '움직여.' 마치 움직임 그 자체가 목적이 된 듯했다. 중대하고 절대적이고 운명적인 목적.

얕은 잠 속에서 바퀴 소리가 커져가는 긴장감과 경주를 벌였다. 그녀는 까닭 없는 공포에 시달리듯 연신 잠에서 깨어 어둠 속에 똑바로 앉아서 멍하니 생각했다. '뭐지?' 그러고는 안도하며 자신에게 말했다. '우리는 움직이고 있어…… 우리는 아직 움직이고 있어…….'

대그니는 바퀴 소리를 들으며 캔자스 웨스턴 철도 상태가 예상보다 심각하다고 생각했다. 그녀를 실은 기차는 이제 유타에서 수백 킬로미터 떨어진 곳을 달리고 있었다. 그녀는 간선을 달릴 때 기차에서 내려 태거트 대륙횡단철도의 모든 문제를 외면하고 비행기로 쿠엔틴 대니얼스에게 곧장 날아가고 싶은 간절한 욕구를 느꼈다. 하지만 쓸쓸한 의지력으로 기차에 남았다.

그녀는 어둠 속에 누워 바퀴 소리를 들으며 대니얼스와

그의 모터만이 등불처럼 자신을 앞으로 이끌고 있다고 생각했다. 이제 그 모터가 무슨 소용이 있을까? 그녀는 그 물음에 대답할 수 없었다. 서둘러 그에게 가야 한다는 절박함을 느끼는 이유는 무엇일까? 그 물음에도 대답할 수 없었다. 이제 그녀에게 남은 목표는 제시간에 그가 있는 곳에 도착해야 한다는 것뿐이었다. 그녀는 그 목표에만 매달려 아무런 질문도 하지 않았다. 사실 그녀는 진짜 답을 알고 있었다. 그 모터는 기차들을 움직이기 위해서가 아니라 그녀 자신을 계속 움직이게 하기 위해 필요했다.

이제 바퀴 소리는 뒤엉킨 쇳소리가 되어 네 번째 덜컹거림을 들을 수가 없었다. 그녀와 경주를 벌이는 적의 발소리는 들리지 않았고 겁에 질려 우르르 도망치는 소리만 들렸다. 그녀는 마음을 다잡았다. '나는 제시간에 그곳에 도착할 거야. 적보다 먼저 도착할 거야. 그래서 모터를 구할 거야. 적이 그 모터만은 정지시키지 못하게 할 거야……그 모터만은……' 그러다 갑작스런 요동에 베개에서 머리가 툭 떨어지며 잠에서 깼다. 기차 바퀴가 멈춘 것이다.

대그니는 잠시 그대로 누워 주위의 기묘한 정적의 정체를 파악하려고 애썼다. 그것은 존재하지 않는 것의 감각적 이미지를 만들어내려는 불가능한 시도처럼 느껴졌다. 감지 가능한 실체의 속성들은 전혀 없었고 그것들의 부재만 존재했다. 기차에 그녀 혼자 있는 듯 아무 소리도 없었고,

그곳이 기차가 아닌 건물 속 방인 듯 움직임도 없었으며, 그곳이 기차도, 방도 아닌 텅 빈 공간인 것처럼 빛도 없었다. 더 이상 재난이 일어날 수 없는 상태인 것처럼 폭력이나 물리적 재난의 표시도 없었다.

대그니는 그 정적의 정체를 깨달은 순간 용수철처럼 튕겨져 일어났다. 저항의 외침처럼 즉각적이고 격한 동작이었다. 그녀가 창문 덮개를 올리는 소리가 날카로운 칼날처럼 정적을 갈랐다. 창밖에는 이름 모를 초원만 펼쳐져 있을 뿐 아무것도 보이지 않았다. 강한 바람이 구름을 흩어놓으면서 달빛 한 줄기가 비쳤으나 그 빛이 닿은 초원은 그 빛의 출발지인 하늘처럼 죽어 있는 듯했다.

대그니는 손으로 더듬어 전등 스위치를 켜고 사환을 호출하는 벨을 눌렀다. 전등이 들어오면서 그녀는 이성의 세계로 돌아갈 수 있었다. 손목시계를 보니 자정에서 몇 분이 지나 있었다. 대그니는 뒤창을 보았다. 직선으로 뻗은 선로와 바닥에 놓인 붉은 등이 보였다. 그 등은 기차가 정지해 있음을 알려서 추돌 사고를 방지하기 위한 것으로, 지정된 거리에 놓여 있었다. 대그니는 그것을 보자 안심이 되었다.

그녀는 사환을 호출하는 벨을 다시 누르고 기다렸다. 그러다 객차 연결 통로로 가서 승강구를 열고 밖으로 고개를 내밀어 기차를 살폈다. 점점 가늘어지는 긴 강철 띠처럼 보이는 기차에 불 켜진 창들이 몇 개 있었지만 사람의 모습이나 인기척은 없었다. 그녀는 승강구를 쾅 닫고 돌아와서 침착하고 신속한 동작으로 옷을 입기 시작했다.

사환은 끝내 오지 않았다. 대그니는 황급히 다음 객차로 건너가며 두려움도, 불안감도, 절망도 없이 그저 급박함만을 느꼈다.

다음 객차의 사환 자리는 비어 있었다. 그 다음 객차도 마찬가지였다. 그녀는 서둘러 좁은 복도를 내려갔지만 아무도 만날 수 없었다. 객실 문 몇 개가 열려 있었고, 승객들은 무언가를 기다리듯 옷을 다 차려입거나 반만 입은 채 조용히 앉아 있었다. 그들은 대그니가 황급히 지나가는 모습을 몰래 흘낏거렸는데 마치 그녀가 무엇을 하러 가는지 아는 듯했다. 누군가 나타나서 그들이 회피하고 있는 문제에 직접 부딪혀주기를 기대하고 있었던 듯했다. 대그니는 죽은 기차의 척추를 따라 달려가며 불 켜진 객실과 열린 문, 그리고 텅 빈 복도의 묘한 조합을 느꼈다. 아무도 복도로 나오는 사람이 없었다. 아무도 먼저 질문을 던지고 싶어하지 않았다.

대그니는 혜성특급의 하나뿐인 일반석 객차를 지났다. 일부 승객들은 녹초가 되어 뒤틀린 자세로 자고 있었고, 나머지는 잠이 깼으면서도 조용히 웅크리고 있었다. 그 모습은 상대의 공격을 피할 생각도 없이 수동적으로 기다리고 있는 동물들 같았다.

대그니는 일반석 객차 연결 통로에서 멈추어 섰다. 승강구를 열고 호기심 어린 눈으로 바깥 어둠 속을 살피며 기차에서 내리려고 하는 남자를 발견한 것이다. 남자가 그녀의 발소리를 듣고 고개를 돌렸다. 대그니는 그의 얼굴을 알아보았다. 그녀가 제안한 자리를 거절했던 오언 켈로그였다.

"켈로그!"

대그니가 외쳤다. 그녀의 목소리에서 터져나온 웃음소리는 사막에서 사람을 보았을 때 내지르는 안도의 외침과도 같았다.

"안녕하십니까, 부사장님. 여기 타신 줄은 몰랐습니다."

켈로그가 뜻밖의 기쁨과 아쉬움이 담긴 놀란 얼굴로 미소지으며 대답했다.

"이리 와요. 기차가 버려진 것 같아요."

대그니는 켈로그가 아직 태거트 대륙횡단철도 직원인 것처럼 명령했다.

"맞습니다."

켈로그는 그렇게 말하고 즉각 그녀의 명령에 따랐다. 아무 설명도 필요하지 않았다. 그들은 무언의 이해 속에서 임무 수행에 나섰다. 기차에 탄 수백 명의 사람 중에서 그들 둘이 대표로 나서는 것이 당연하게 느껴졌다.

"기차가 얼마 동안 서 있었는지 알아요?" 대그니는 켈로그와 함께 서둘러 다음 객차로 가면서 물었다.

"아니요. 잠에서 깨니 기차가 서 있었습니다." 켈로그가 대답했다.

기차 맨 앞까지 가보았지만 사환도, 웨이터도, 제동수도, 차장도 보이지 않았다. 두 사람은 가끔 서로를 쳐다보았지만 아무 말도 하지 않았다. 그들은 승무원들이 노예생활에 저항해 기차를 버리고 갑자기 사라진다는 이야기를 들어 알고 있었다.

그들은 기차 맨 앞 칸에서 내렸다. 주위의 움직이는 것이라고는 그들의 얼굴에 닿는 바람뿐이었다. 그들은 신속하게 기관차에 올랐다. 기관차 전조등이 잘못한 사람을 가리키는 팔처럼 밤의 허공 속으로 뻗어 있었다. 기관실은 비어 있었다.

그 충격적인 장면을 보자 대그니의 입에서 절망적인 승리의 외침이 터져 나왔다.

"잘들 한 거야! 그들은 인간이었어!"

그런 후 대그니는 이방인의 외침을 들은 듯 흠칫 놀라 입을 다물었다. 켈로그가 엷은 미소를 지으며 흥미롭게 그녀를 바라보고 있었다.

그 기관차는 낡은 증기기관차였는데, 그나마 상태가 제일 좋은 기관차를 혜성특급에 연결한 것이었다. 화로 속

불은 재로 덮여 있었고, 증기압력계 바늘은 내려가 있었다. 그리고 거대한 앞 유리창으로 보이는 전조등 불빛을 받은 침목의 띠는 그들을 향해 달려와야 하는데 마치 생명이 다한 듯 사다리처럼 조용히 누워 있었다.

대그니는 운행일지를 찾아 마지막 승무원들의 이름을 확인했다. 기관사는 팻 로건이었다. 그녀는 천천히 고개를 떨구며 눈을 감았다. 초록빛이 도는 푸른색 레일 위를 처음 달렸던 때가 떠올랐다. 팻 로건도 마지막 운행을 하면서 조용히 그때를 추억했을 것임이 분명했다.

"부사장님?" 오언 켈로그가 조용히 불렀다.

대그니는 얼른 고개를 들었다.

"그래요…… 일단."

그녀의 목소리에는 결의를 나타내는 금속성 빛깔밖에는 아무 색깔도 없었다.

"전화가 있는 곳으로 가서 다른 승무원들을 불러야 해요."

그러고는 손목시계를 확인한 뒤 덧붙였다. "열차가 달린 속도로 볼 때 우리는 오클라호마 주 경계선에서 130킬로미터쯤 떨어진 지점에 있을 거예요. 여기서 제일 가까운 지부는 브래드쇼일 거예요. 거기까지는 50킬로미터쯤 떨어져 있을 거고."

"우리를 따라오는 태거트 기차가 있나요?"

"다음 기차는 253호 대륙횡단 화물열차예요. 하지만 시간에 맞춰 달리고 있다고 해도 새벽 7시쯤 되어야 올 거예요. 지연되기 쉽고."

"7시간 동안 화물열차 **하나밖에** 없다고요?"

켈로그가 한때 자부심을 가지고 일했던 위대한 철도회사에 대한 충성심에서 자신도 모르게 격분해서 말했다.

대그니가 짧게 미소를 지었다.

"지금 우리의 대륙횡단 운행 실정은 당신이 일하던 시절과 달라요."

켈로그는 천천히 고개를 끄덕였다.

"오늘 밤 이곳을 지나는 캔자스 웨스턴 철도회사의 기차는 없겠지요?

"지금은 기억나지 않지만 아마 없을 거예요."

켈로그는 선로변의 전신주들을 보며 말했다. "캔자스 웨스턴 철도회사 사람들이 철도 비상전화를 제대로 관리하고 있기를 바랄 뿐입니다."

"선로 상태로 보아 그럴 가능성이 없다는 뜻이군요. 그래도 시도는 해봐야죠."

"네."

대그니는 돌아서서 가려다가 멈추어 섰다. 부질없는 소리란 것을 알면서도 자신도 모르게 말이 튀어나왔다.

"승무원들이 우리를 보호하기 위해 기차 뒤에 저 붉은

등불을 설치한 게 제일 받아들이기 힘드네요. 그들은……
인간의 생명을 소중히 여겼어요. 이 나라는 그들의 생명에
신경도 쓰지 않았는데."

켈로그는 의도적으로 강조하듯 그녀를 흘끗 쳐다보고는
엄숙하게 말했다. "네, 부사장님."

그들은 기관차 승강 계단을 내려오다가 승객들 한 무리
가 선로변에 모여 있고, 사람들이 기차에서 내려 그들과
합류하고 있는 모습을 보았다. 조용히 앉아서 기다리고만
있던 승객들이 누군가 나서서 책임을 떠맡은 것을 본능적
으로 알아채고 이제 살아 있다는 것을 보여줘도 안전하다
는 판단을 내린 것이었다.

대그니가 다가가자 그들은 일제히 기대에 찬 눈빛으로
그녀를 바라보았다. 기괴하리만큼 창백한 달빛이 그들 얼
굴의 특징들을 모두 지우고 단 하나의 공통점을 부각시켰
다. 그것은 상대를 조심스럽게 평가하는 두려움과 애원,
보류된 무례함이 섞인 표정이었다.

"승객들의 대변인이 되고 싶은 분 있나요?" 대그니가
물었다.

모두 서로 쳐다보기만 할 뿐 아무도 대답하지 않았다.

"좋습니다. 여러분은 말하지 않아도 됩니다. 나는 이 철
도회사 운행 담당 부사장 대그니 태거트입니다."

승객들의 무리에서 안도의 술렁거림이 일었다.

"내가 말하겠습니다. 우리는 승무원들이 버리고 떠난 기차에 타고 있습니다. 사고는 없었습니다. 기관차도 이상이 없고요. 하지만 기차를 운행할 사람이 없습니다. 신문에서 '서 있는 기차'라고 부르는 경우죠. 여러분 모두 그 의미를 알고 그 이유도 알 겁니다. 어쩌면 여러분은 오늘 밤 여러분을 버리고 떠난 승무원들보다 훨씬 먼저 그 이유를 알고 있었는지도 모릅니다. 법은 그들이 기차를 버리는 걸 금지했습니다. 하지만 지금은 그런 사실이 여러분에게 도움이 될 수 없습니다."

한 여자가 히스테리를 부리며 날카롭게 외쳤다. "이제 우리는 어쩌죠?"

대그니는 말을 멈추고 그 여자를 쳐다보았다. 그 여자는 거대한 허공을 마주하기 싫어서 사람들 틈으로 파고들었다. 평원이 달빛 속으로, 빌려온 허약한 에너지의 죽은 인광 속으로 사라져가고 있었다. 그 여자는 나이트가운 위에 코트를 걸쳤는데 벌어진 코트 자락 사이로 얇은 나이트가운 속의 배를 내밀고 있었다. 어차피 인간은 추악한 존재이며, 그것을 감출 생각도 없다는 듯한 뻔뻔한 태도였다. 대그니는 말을 계속해야만 한다는 사실이 유감스러웠다.

대그니는 분명하고 달빛처럼 차가운 목소리로 말을 이었다. "나는 철도를 따라 내려가서 전화를 찾겠습니다. 철도에는 8킬로미터 간격으로 비상전화가 설치되어 있습니다. 다른 승무원들을 이리로 보내달라고 하겠습니다. 시간이 좀 걸릴 겁니다. 여러분은 기차에 승차해서 질서를 유지해주시기 바랍니다."

"강도 떼는 어쩌고요?" 다른 여자가 초조한 목소리로 물었다.

"맞습니다. 동행자가 있는 게 낫겠군요. 함께 가주실 분 계신가요?" 대그니가 말했다.

대그니는 그 여자의 질문을 잘못 이해한 것이었고, 아무도 대답이 없었다. 사람들은 대그니에게도, 서로에게도 눈길을 주지 않았다. 그곳에 눈은 없었고 달빛에 빛나는 촉촉한 타원들만 존재했다. 대그니는 그들이 타인의 자기희생을 요구하고 그 혜택을 받는 새 시대의 인간들이라는 생각이 들었다. 그녀는 그들의 침묵에 담긴 분노가 놀라웠다. 그들은 자신들을 이런 처지에 놓이게 한 그녀에게 분노하고 있었다. 대그니는 전에 없이 잔인한 기분에 휩싸여 의식적으로 침묵을 지켰다.

오언 켈로그도 기다리고 있었다. 하지만 그는 승객이 아닌 대그니를 바라보고 있었다. 그는 승객 중에는 대그니와 동행하겠다고 나설 사람이 없다는 확신이 들자 조용히 말했다.

"부사장님, 물론 제가 함께 가겠습니다."

"고마워요."

"우린 어쩌고요?" 초조해하는 여자가 물었다.

대그니는 그녀를 보면서 회사 중역의 형식적이고 단조로운 목소리로 대답했다. "강도 떼가 서 있는 기차를 공격한 사례는 없었습니다. 유감스럽게도."

"여기가 어디요?"

지나치게 비싼 코트를 입은, 지나치게 얼굴이 늘어진 거구의 남자가 물었다. 하인을 둘 자격이 없는 사람이 하인을 대하는 목소리였다.

"어느 주 어느 지역이오?"

"모릅니다." 대그니가 대답했다.

"여기 얼마나 오래 있어야 하는 거요?" 다른 남자가 채무자에게 위압당한 채권자의 목소리로 물었다.

"모릅니다."

"샌프란시스코에는 언제 도착하는 거요?" 또 다른 남자가 용의자를 취조하는 보안관처럼 물었다.

"모릅니다."

이제 보호자가 나타나 안심해도 된다는 것을 확신한 승객들의 마음속에서 마치 어두운 오븐에서 밤 껍질이 터지듯 요구와 분노가 폭발했다.

한 여자가 앞으로 튀어나와 대그니의 얼굴에 대고 외쳤다. "이건 말이 안 돼요! 당신은 이런 일이 벌어지게 할 권리가 없어요! 난 어딘지도 모르는 곳에서 무작정 기다리고

만 있을 수 없어요! 빨리 대책을 세워요!"

"입 다물어요. 안 그러면 기차 문을 모두 잠가버리고 여기 그대로 내버려둘 테니까." 대그니가 말했다.

"당신은 그럴 수 없어요! 대중을 상대하는 공공운송업자니까! 당신은 나를 차별 대우할 권리가 없어요! 국민통합위원회에 고발하겠어요!"

"내가 당신을 그 위원회에 데려다줄 기차를 제공한다면요."

대그니는 그렇게 말하고 돌아섰다.

켈로그는 대그니를 바라보고 있었고, 그의 시선은 그녀의 말을 강조하는 밑줄과도 같았다. 그리고 그 강조는 승객들이 아닌 대그니 자신을 위한 것이었다.

"가서 손전등 좀 찾아와요. 나는 핸드백을 챙겨올 테니. 그 다음에 출발하죠." 대그니가 말했다.

침묵 속에 늘어서 있는 객차의 행렬을 지나 비상전화를 찾아 나선 그들은 한 사람이 기차에서 내려 허둥지둥 달려오는 것을 보았다. 대그니가 구해준 부랑자였다.

"문제가 생겼습니까?"

부랑자가 그들 앞에 멈추어 서며 물었다.

"승무원들이 떠났어요."

"아, 그럼 어쩌죠?"

"지부에 전화하려고요."

"혼자 가시면 안 됩니다. 요즘 같은 때는요. 내가 같이 가는 게 좋겠습니다."

대그니는 미소지었다.

"고마워요. 하지만 괜찮을 거예요. 여기 켈로그 씨가 동행하니까. 그런데 당신 이름이 뭐죠?"

"제프 앨런입니다."

"앨런, 철도회사에서 일한 적 있나요?"

"아니요."

"그럼 지금부터 일하는 거예요. 당신은 부차장인 동시에 운행 담당 부사장 대행이에요. 당신이 할 일은 내가 없는 동안 기차를 맡아서 질서를 유지하고, 승객들이 겁에 질린 소 떼처럼 우르르 도망치지 못하게 하는 거예요. 그들에게 내가 당신을 그 자리에 임명했다고 말해요. 증거는 없어도 돼요. 그들은 복종을 명령하는 사람에게 복종하게 되어 있으니까."

"네, 알겠습니다." 부랑자가 알아들었다는 듯 단호히 대답했다.

대그니는 주머니에 돈이 있으면 자신감이 생긴다는 사실을 상기하고 핸드백에서 100달러짜리 지폐 한 장을 꺼내 그의 손에 쥐어주었다.

"봉급을 미리 주는 거예요."

"네."

대그니가 다시 걸음을 옮기자 그가 뒤에서 불렀다.

"태거트 양?"

대그니가 돌아서며 대답했다. "네?"

"고맙습니다."

대그니는 미소지으며 작별 인사로 손을 들어 보이고 다시 걸음을 옮겼다.

"누구입니까?" 켈로그가 물었다.

"무임승차했다가 붙잡힌 부랑자예요."

"그럼 잘 해낼 겁니다."

"그래요."

그들은 묵묵히 기관차를 지나 전조등이 비치는 방향으로 걸어갔다. 처음에는 뒤에서 비추는 강렬한 조명을 받으며 침목 위를 걸으니 정상적인 철도의 세계에 있는 듯 편안했다. 그러다 대그니는 발밑에서 천천히 약해져가는 빛을 보며 그 빛을 붙잡으려고 애쓰는 자신을 발견했다. 그리고 마침내 침목 위를 비추는 희미한 빛이 달빛뿐임을 깨달았다. 그녀는 자신도 모르게 몸서리를 치며 뒤를 돌아보았다. 전조등은 여전히 뒤에 있었지만 착각을 일으킬 정도로 가까우면서도 엄연히 다른 궤도에 속해 있는 투명한 은빛 행성처럼 보였다.

오언 켈로그는 말없이 그녀 옆에서 걷고 있었다. 대그니는 그와 마음이 통한다고 확신했다.

"오 맙소사, 그가 그랬을 리가 없어요! 그랬을 리가 없어요."

대그니가 갑자기 외쳤다. 그녀는 자신의 생각이 말로 표현되었다는 것을 의식하지 못하고 있었다.

"누구 말입니까?"

"너새니얼 태거트. 그가 저 승객들 같은 사람들과 함께 일했을 리가 없어요. 저런 사람들을 위해 열차를 운행했을 리가 없어요. 저런 사람들을 고용했을 리가 없어요. 저런 사람들을 고객으로든 직원으로든 이용했을 리가 없어요."

켈로그가 미소지으며 말했다. "그분이 저런 사람들을 이용해서 부를 이루었을 리가 없다는 뜻이죠?"

대그니는 고개를 끄덕였다. 그녀는 사랑과 고통, 분노로 가늘게 떨리는 목소리로 말했다.

"사람들은 그가 타인의 능력을 가로막고 그들에게는 아무 기회도 남겨주지 않으면서 성공했다고 떠들어댔어요. 그리고…… 인간의 무능이 그에게는 이로운 것이었다고…… 하지만 그는…… 그가 사람들에게 요구한 것은 복종이 아니었어요."

켈로그가 묘하게 준엄한 목소리로 말했다. "그분이 인류 역사상 짧은 기간 동안 문명 세계에서 노예제도를 몰아냈던 존재방식을 대표한다는 것만 기억하세요. 그분 적들의 본질을 보고 혼란스러울 때마다 그것을 기억하세요."

"혹시 아이비 스탄스라는 여자에 대해 들어본 적이 있나요?"

"아, 네."

"오늘 밤 승객들이 연출한 광경. 그녀가 바로 그런 광경을 즐겼을 거란 생각이 자꾸 들어요. 그녀는 그런 것을 추구했을 거예요. 하지만 우리는, 당신과 나는 그런 것과 더불어 살 수 없어요. 안 그래요? 아무도 그런 것과 더불어 살 수 없어요. 그것은 불가능해요."

"아이비 스탄스의 목적을 삶이라고 생각할 수 있을까요?"

초원 가장자리에서 떠도는 빛이라고도, 안개라고도, 구름이라고도 할 수 없는 작은 뭉치들처럼 대그니의 의식 가장자리에 손에 잡힐 듯하면서도 잡히지 않는 미지의 형체가 떠올랐다.

대그니는 아무 말도 하지 않았다. 정적 속에서 침목 위를 빠르게 걸어가는 두 사람의 발소리가 규칙적으로 이어졌다.

그동안 켈로그를 신이 보낸 동지로만 여기고 자세히 관찰할 여유를 갖지 못했던 대그니는 이제야 비로소 그를 눈여겨 살펴보았다. 그의 얼굴은 예전에 그녀가 마음에 들어했던 분명하고 굳건한 모습이었다. 하지만 그때보다 더 평온하고 차분해 보였다. 옷은 몹시 낡아 있었다. 그는 가죽 재킷을 입고 있었는데, 어둠 속에서도 알아볼 수 있을 정도로 온통 낡아 있었다.

"태거트 대륙횡단철도를 떠난 후 무슨 일을 했어요?" 대그니가 물었다.

"많은 일을 했죠."

"지금은 어디서 일해요?"

"특별 임무를 수행 중입니다."

"어떤 종류의?"

"모든 종류죠."

"철도회사에서 일하는 건 아니죠?"

"네."

그 짤막한 대답이 마치 웅변과도 같은 효과를 냈다. 대그니가 왜 그런 질문을 했는지 알고 있는 듯했다.

"켈로그, 이제 태거트 철도에는 뛰어난 인재가 단 한 사람도 남아 있지 않아요. 당신이 원하는 자리, 원하는 조건, 원하는 액수를 제공한다면…… 다시 돌아와주겠어요?"

"아니요."

"아까 당신은 우리의 운송량이 심각하게 줄어든 걸 알고 충격을 받았죠. 우리가 인재들을 잃으면서 얼마나 큰 타격을 입었는지 당신은 상상도 하지 못할 거예요. 사흘 전만 해도 임시 철도 8킬로미터를 건설할 인력을 구하느라 얼마나 힘들었는지 몰라요. 로키 산맥을 지나는 80킬로미터 철도를 건설해야 해요. 그런데 방법이 없어요. 하지만 꼭 해야만 해요. 인력을 구하느라 전국을 이 잡듯 뒤졌지만 성과가 없었어요. 그런데 우연히 여기서, 일반석 객차에서 당신을 만난 거예요. 당신 같은 사람을 구할 수 있다면 회사 절반이라도 떼어줄 수 있는데. 내가 당신을 왜 놓아줄 수 없는지 이해하겠어요? 당신 마음대로 골라요. 지역 총책임자 자리를 줄까요? 아니면 내 보좌관 자리?"

"아닙니다."

"당신은 아직 생계를 위해 일하고 있어요. 그렇지 않은가요?"

"그렇습니다."

"벌이가 풍족한 것 같지도 않고."

"제게 필요한 만큼은 벌고 있습니다. 다른 사람의 필요는 알 바 아니고요."

"왜 태거트 대륙횡단철도에서는 일하지 않겠다는 거죠?"

"제가 원하는 일을 주지 않을 테니까요."

"내가요?" 대그니가 우뚝 멈추어 서며 말했다.

"맙소사, 켈로그! 아까 내가 한 말 못 알아들었어요? 당신이 원하는 자리를 주겠다고요!"

"좋습니다. 선로 순시원요."

"뭐라고요?"

"철도 보선공. 기관실 청소부요."

켈로그는 대그니의 표정을 보고 미소지으며 덧붙였다.
"안 된다고요? 제가 그럴 거라고 했잖습니까."
"일용직을 원한다는 건가요?"
"그런 일은 언제라도 환영입니다."
"더 나은 일은 싫고요?"
"그렇습니다. 더 나은 일은 싫습니다."
"그런 일을 할 사람은 넘치지만 더 나은 일을 할 사람은 없다는 걸 모르겠어요?"
"알고 있습니다. **부사장님도** 아시나요?"
"내게 필요한 것은 당신의······."
"정신이죠? 제 정신은 더 이상 쓰실 수 없습니다."
켈로그를 바라보는 대그니의 얼굴이 점점 굳어졌다.
"당신도 그들 중 한 사람이군요. 그렇죠?" 마침내 그녀가 물었다.
"그들이라니요?"
대그니는 어깨만 으쓱하고 계속 걸었다.
"언제까지 **공공운송업자**로 남아 있을 겁니까?"
"나는 당신이 추종하는 그 인간들에게 세상을 넘겨주지 않을 거예요."
"아까 부사장님이 **그 여자에게** 한 대답이 훨씬 더 현실성이 있군요."
한동안 침묵 속에서 걷다가 대그니가 물었다. "왜 오늘 밤 내 곁에 있어준 거죠? 왜 나를 돕는 거죠?"

켈로그는 쉽게, 거의 쾌활하기까지 한 목소리로 대답했다. "그 기차 승객 중에서 저보다 간절히 목적지에 무사히 도착하기를 원하는 사람은 없으니까요. 기차가 다시 출발하면 저보다 큰 이득을 볼 사람이 없으니까요. 저는 무언가가 필요하면 손놓고 앉아서 요구만 하지는 않습니다. 부사장님이 구하고 싶어하는 세상의 사람들처럼요."

"그래요? 모든 기차가 멈춰버린다면 어떻게 할 건데요?"

"중요한 여행은 기차로 하지 않겠죠."

"목적지가 어디죠?"

"서부요."

"'특별 임무'를 수행하러?"

"아니요. 친구들과 한 달 동안 휴가를 즐기려고요."

"휴가? 그게 그렇게 중요한가요?"

"세상 그 무엇보다 중요합니다."

3킬로미터쯤 걸어가자 선로변 기둥에 작은 회색 상자가 달려 있는 것이 보였다. 비상전화였다. 상자는 비바람에 시달려 옆으로 기울어져 있었다. 대그니는 상자를 열어젖혔다. 그곳에서 전화기가, 친근하고 안도감을 주는 물체가 켈로그의 손전등 불빛을 받아 반짝였다. 하지만 대그니는 수화기를 귀에 대는 순간, 그리고 켈로그는 그녀가 손가락으로 수화기 고리를 거칠게 눌러대는 것을 보고 전화가 먹통이라는 것을 깨달았다.

대그니는 말없이 켈로그에게 수화기를 건넸다. 그녀가 손전등을 비추고 켈로그는 재빨리 전화기를 살펴본 후 벽에서 떼어내어 전화선을 확인했다.

"전화선은 괜찮습니다. 전류가 흐르고 있어요. 전화기 고장입니다. 다음 전화는 될 수도 있습니다."

켈로그는 그렇게 말한 뒤 덧붙였다. "다음 전화는 8킬로미터 떨어진 곳에 있습니다."

"가요." 대그니가 말했다.

저 멀리서 기차의 전조등이 아직도 보였지만 이제 행성이 아니라 희미하게 반짝이는 작은 별처럼 보였다. 앞쪽에는 선로가 푸르스름한 공간 속으로 끝도 없이 뻗어 있었다.

대그니는 자신이 그동안 전조등을 얼마나 자주 돌아보았는지 깨달았다. 전조등이 보이는 한 구명 밧줄에 안전하게 묶여 있는 듯한 기분을 느낄 수 있었던 것이다. 그런데 이제 구명 밧줄을 끊고 이 행성에서 벗어나 우주로 뛰어들어야만 했다. 켈로그도 멈추어 서서 전조등을 바라보고 있었다.

두 사람은 시선을 교환했지만 아무 말도 하지 않았다. 대그니의 신발에 자갈 밟히는 소리가 정적 속에서 폭죽처럼 터졌다. 켈로그가 전화기를 일부러 사납게 걷어찼다. 전화기가 도랑으로 굴러 떨어지는 요란한 소리가 허공에

울려 퍼졌다.

"빌어먹을 자식."

켈로그가 목소리를 높이지 않고 격한 증오를 내보였다.

"일하고 싶은 **마음도** 없이 **필요를** 내세워 월급만 받아먹었을 거예요. 아무도 그에게 비상전화를 잘 관리하라고 요구할 권리도 없었을 테고."

"가죠." 대그니가 말했다.

"피곤하시면 좀 쉬세요."

"난 괜찮아요. 피곤할 시간이 없어요."

"그게 우리의 큰 잘못이죠. 우리는 쉬어야만 합니다. 언젠가는."

대그니는 짧게 웃고는 그 말에 대한 대답으로 발을 힘차게 내디뎠다. 두 사람은 계속 걸어갔다.

침목 위를 걷는 것도 힘들었지만 선로변을 따라 걷는 것이 더 힘들었다. 액체도 아니고 고체도 아닌 부드럽고 저항력 없는 물질 같은 모래 반 먼지 반의 흙에 발이 푹푹 빠졌다. 그들은 다시 침목 위를 걸었다. 마치 강 한가운데서 통나무를 밟고 가는 듯했다.

대그니는 갑자기 8킬로미터가 멀게만 느껴졌고, 50킬로미터쯤 떨어진 브래드쇼 지부에는 도저히 닿을 수 없을 듯한 기분이 들었다. 대양에서 대양까지 펼쳐진 철도와 빛의 망이 끊어진 전선 한 가닥에, 녹슨 전화기의 끊어진 선에 달려 있는 듯했다. 그녀는 생각했다. '아니야. 그보다 훨씬 강하고 훨씬 섬세한 것에 달려 있어. 사람들의 정신에 달려 있어. 전선과 기차, 일자리, 그들 자신, 그들 행동의 존재는 피할 수 없는 절대적인 것임을 아는 사람들의 정신. 그 정신들이 사라지자 2,000톤 무게의 기차가 내 두 다리의 근육에 달려 있게 된 거야.'

'피곤?' 대그니는 힘들게 걷는 것도 하나의 가치라고 생각했다. 자신과 켈로그를 둘러싼 고요 속의 한 조각 현실이라고 생각했다. 그 노력은 하나의 구체적인 체험이었다. 그것은 고통으로, 다른 것일 수가 없었다. 빛도 어둠도 아닌 공간, 무너지지도 저항하지도 않는 흙, 움직이는 것도 정지한 것도 아닌 안개 속에서는. 두 사람이 느끼는 피로가 그들이 움직이고 있다는 유일한 증거였다. 그들 주위의 허공에서는 그들이 앞으로 나아가고 있음을 나타내주는 그 어떤 변화도 찾을 수 없었다. 대그니는 인류가 이루어야 할 이상은 우주의 소멸이라는 주장을 들을 때마다 어이없고 한심하기만 했었는데, **바로 이런 곳이** 그 이상이 실현된 세계였다.

선로변에 초록 신호등이 나타났다. 신호등은 그들에게 길잡이가 되어주었지만 부유하는 소멸의 한가운데에서는 도무지 어울리지 않았고, 그들을 안심시키지 못했다. 소멸한 뒤에도 빛은 남아 있는 별처럼 이미 오래전에 사라진 세계에서 온 듯한 그 초록 불빛은, 아무것도 움직이지 않는 세계에서 움직임을 권하는 진행 신호를 보내고 있었다. 대그니는 이런 생각이 들었다. '움직이는 실체가 없어도 움직임이 존재한다고 주장한 철학자가 누구였지? 여긴 **그 철학자의** 세계이기도 하군.'

대그니는 점점 더 힘겹게 나아가고 있는 자신을 발견했다. 그녀는 압력이 아닌 흡인력에 저항하고 있는 듯했다. 켈로그를 흘끗 보니 그도 폭풍에 맞서는 사람처럼 걷고 있었다. 대그니는 자신들이 현실의 유일한 생존자인 것처럼 느껴졌다. 폭풍이 아닌 그것보다 훨씬 지독한 것, 비존재와 맞서 싸우는 외로운 두 사람.

얼마 후 켈로그가 뒤를 돌아보았고 대그니도 그를 따라 뒤를 바라보았다. 이제 전조등이 보이지 않았다.

그들은 멈추지 않았다. 켈로그는 앞을 똑바로 보면서 무심코 주머니에 손을 넣었다. 대그니는 그것이 무의식적인 동작임을 확신했다. 켈로그가 담뱃갑을 꺼내 그녀에게 내밀었다.

대그니는 담배 한 개비를 빼려다가 갑자기 켈로그의 손목을 잡고 담뱃갑을 빼앗았다. 아무 장식도 없는 흰 담뱃갑에 달러 표시만 하나 찍혀 있었다.

"손전등 줘요!"

대그니가 걸음을 멈추며 명령했다.

켈로그는 걸음을 멈추고 순순히 대그니의 손에 들린 담뱃갑에 손전등을 비추었다. 대그니는 얼핏 그의 얼굴을 보았는데 조금 놀라고 몹시 재미있어하는 표정이었다.

담뱃갑에는 상표 이름도, 주소도 없이 금빛 달러 표시만 찍혀 있었다. 담배에도 같은 표시가 있었다.

"이거 어디서 났어요?" 대그니가 물었다.

켈로그가 미소지으며 대답했다. "그걸 물어보실 정도라면 제가 대답해주지 않으리란 것을 아실 텐데요."

"이것이 뭔가를 나타낸다는 걸 알아요."

"달러 표시요? 엄청나게 많은 것을 나타내죠. 만화에서는 뚱뚱하고 돼지 같은 인물의 조끼에 달러 표시를 그려 사기꾼, 악당임을 나타냅니다. 달러 표시는 악의 분명한 상징이죠. 달러는 자유국가의 화폐로서 성취, 성공, 능력, 창의력을 상징하지만 바로 그런 이유로 불명예의 상징이 됩니다. 행크 리어든 같은 인물의 이마에 찍혀 저주의 표시가 됩니다. 그런데 달러 표시가 어디서 유래했는지 아세요? 미합중국(United States)의 머리글자죠."

켈로그는 손전등을 껐지만 걸음은 떼지 않았다. 대그니는 그의 얼굴에 쓰디쓴 미소가 어리는 것을 보았다.

"인류 역사상 국가 이름의 머리글자를 타락의 상징으로 사용한 나라는 미국뿐이라는 사실을 아시나요? 스스로에게 그 이유를 물어보세요. 그런 짓을 한 나라가 얼마나 오래 생존할 수 있을 것이며, 누구의 도덕 기준이 미국을 파멸시키고 있는지도 물어보시고요. 미국은 역사상 유일하게 약탈이 아닌 생산으로, 무력이 아닌 거래로 부를 이룰 수 있었던 나라이며 돈이 정신, 일, 삶, 행복에 대한 권리의 상징이었습니다. 그런데 이제 돈이 악이 되고 비난받는 이유가 되었다면, 돈을 추구하고 만들어내는 우리는 세상의 비난을 받을 수밖에 없겠죠. 달러 표시를 이마에 당당히 달고 우리의 고귀함의 상징으로, 우리가 기꺼이 생을 바치고 목숨까지도 바칠 수 있는 상징으로 삼아야죠."

켈로그는 담뱃갑을 향해 손을 내밀었다. 대그니는 담뱃갑을 뺏기지 않으려는 듯 꽉 쥐었다가 포기하고 그의 손바닥에 올려놓았다. 켈로그는 그녀에게 담배 한 개비를 권했다. 그 의미를 강조하듯 느린 동작이었다. 대그니는 담배를 받아서 입에 물었다. 켈로그도 한 개비를 꺼내 입에 물고 성냥불을 켜서 그녀와 자신의 담배에 불을 붙였다. 두 사람은 다시 걸음을 옮겼다.

그들은 달빛과 소용돌이치는 안개로 이루어진 광막한 공간에서 썩어서 맥없이 꺼지는 침묵 위를 걸었고, 그들의 손에서 살아 있는 불꽃 두 개가 그들의 얼굴을 비추었다.

대그니는 달러 표시가 찍힌 담배는 이 세상 어디에서도 만들어지지 않았다고 알려준 가판대 노인이 한 말이 떠올랐다. "불, 사람 손에 길들여진 위험한 힘…… 사람은 생각을 할 때 마음속에 불꽃 하나가 타오릅니다. 그러므로 빨갛게 타는 담뱃불을 들고 생각에 잠기는 건 잘 어울리는 일이지요."

"누가 이 담배를 만드는지 말해줬으면 좋겠어요." 대그니가 희망 없는 목소리로 애원했다.

켈로그는 사람 좋은 너털웃음을 터뜨렸다.

"이 정도만 말씀드리죠. 제 친구가 판매용으로 만들었습니다. 하지만 그는 공공운송업자가 아니라 친구들에게만 팝니다."

"그걸 나한테 팔겠어요?"

"살 형편이 안 되실 것 같은데요. 하지만 좋습니다. 원하신다면 팔죠."

"얼만데요?"

"5센트요."

"5센트?" 대그니가 어리둥절해서 되물었다.

"5센트요."

켈로그는 그렇게 대답하고 덧붙였다. "금화로."

대그니는 걸음을 멈추고 그를 쳐다보았다.

"금화로?"

"네."

"환율이 어떻게 되죠? 우리 돈으로 치면 얼마죠?"

"**환율** 같은 건 없습니다. 웨슬리 마우치의 법령을 유일한 가치 기준으로 삼는 사람들은 아무리 많은 돈을 내도 이 담배를 살 수 없습니다."

"알겠어요."

켈로그는 주머니에서 담뱃갑을 꺼내 대그니에게 주었다.

"그냥 드리겠습니다. 부사장님은 이 담배를 가질 자격이 있고, 또 우리와 같은 목적으로 이 담배를 원하시니까요."

"무슨 목적 말인가요?"

"이 담배는 실의에 빠지거나 유배자의 고독을 느낄 때 우리의 진정한 조국을 생각나게 해주니까요."

"고마워요." 대그니가 말했다.

켈로그는 담뱃갑을 주머니에 넣는 그녀의 손이 떨리는 것을 보았다.

다음 목적지가 얼마 남지 않았을 때 그들은 걸음을 옮길 힘밖에 남아 있지 않아서 오래도록 침묵을 지키고 있었다. 저 멀리서 불빛 하나가 보였는데 별빛이라기에는 지평선에 너무 낮게 걸려 있는데다가 지나치게 밝았다. 그들은 그 불빛을 주시하며 묵묵히 걷다가 마침내 그것이 텅 빈 초원 한가운데에서 눈부시게 빛나고 있는 등대 불빛임을 확신했다.

"저게 뭐죠?" 대그니가 물었다.

"모르겠습니다. 제가 보기에는……."

"아니." 대그니가 황급히 말을 잘랐다. "그럴 리가 없어요. 이 근처에 있을 리가 없어요."

그녀는 아까부터 희망이 고개를 드는 것을 느꼈지만 켈로그의 입을 통해 그 희망을 듣고 싶지 않았다. 그 희망을 덥석 받아들일 수 없었던 것이다.

8킬로미터 되는 지점에 비상전화가 있었다. 그곳에서 남쪽으로 1킬로미터도 안 되는 곳에서 등대의 차가운 불빛이 맹렬히 타오르고 있었다.

전화가 되었다. 수화기를 들자 생물체의 숨소리 같은 윙 소리가 들렸다. 이어서 느릿한 목소리가 전화를 받았다.

"브래드쇼의 제섭입니다." 졸린 목소리였다.

"대그니 태거트예요. 여기는……."

"누구라고요?"

"태거트 대륙횡단철도 대그니 태거트고, 여기는……."

"아…… 아, 네…… 알겠습니다…… 그런데요?"

"여기는 당신네 철도 83번 비상전화예요. 혜성특급이 여기서 11킬로미터 북쪽에 멈춰 서 있어요. 승무원들이 기차를 버리고 떠났어요."

잠시 침묵이 흘렀다.

"그런데 나보고 어쩌라고요?"

이번에는 대그니가 침묵을 지켰다. 그 말이 믿어지지가 않았던 것이다.

"당신 야간 배차원인가요?"

"네."

"그럼 즉시 승무원들을 보내줘요."

"여객열차 승무원 전원을요?"

"물론이에요."

"지금요?"

"그래요."

다시 침묵이 흘렀다.

"규정에는 그런 내용이 없는데요."

"배차장 바꿔요." 대그니가 숨이 막힐 것 같은 기분을 느끼며 말했다.

"휴가 중인데요."

"그럼 지부장 바꿔요."

"며칠 로럴에 가 있는데요."

"그럼 아무나 책임자 바꿔요."

"내가 책임자인데요."

대그니는 애써 인내심을 발휘하며 천천히 말했다. "지금 초원 한복판에 열차가, 특급열차가 꼼짝 못 하고 서 있다고요. 알아들어요?"

"네. 하지만 뭘 어떻게 해야 하는지 내가 어떻게 압니까? 규정에는 그런 내용이 없는데. 사고가 났으면 구조차를 보내겠지만 사고가 아니면…… 구조차는 필요 없잖아요, 안 그래요?"

"그래요. 구조차는 필요 없어요. 사람들이 필요해요. 알겠어요? 기관차를 운행할 살아 있는 사람들."

"규정에는 승무원 없는 열차에 대한 내용이 없습니다. 열차 없는 승무원에 대한 내용도 없고. 한밤중에 승무원을 호출해서 어딘가에 있는 열차로 보내라는 내용도 없어요. 그런 경우는 들어본 적이 없어요."

"지금 듣고 있잖아요. 당신이 뭘 해야 하는지 모르겠어요?"

"내가 누군데 그걸 압니까?"

"당신 임무는 기차들이 계속 움직이게 하는 것이란 건 알아요?"

"내 임무는 규정에 따르는 것입니다. 규정에도 없는데 승무원을 내보냈다가 무슨 꼴을 당하라고요! 엄연히 국민통합위원회와 그들이 정한 규정이 있는데 내가 뭐라고 책임을 집니까?"

"선로에 기차를 저대로 세워놓으면 어떻게 될까요?"

"그건 내 잘못이 아니죠. 난 그 문제와 아무 상관 없어요. 그들도 나를 탓할 수 없어요. 나도 어쩔 수 없으니까."

"당신은 우리를 도와야 해요."

"아무도 내게 그런 지시를 내리지 않았습니다."

"**내가** 그러라고 하잖아요!"

"당신이 그런 지시를 내릴 수 있는지 내가 어떻게 압니까? 우리는 태거트 열차에 승무원을 제공할 의무가 없어요. 당신네 열차는 당신네 승무원들로 운행해야죠. 우리는 그렇게 지시받았어요."

"하지만 이건 비상사태예요!"

"나는 비상사태에 관해 지시받은 게 없어요."

대그니는 잠시 마음을 가라앉혀야 했다. 켈로그가 재미있다는 듯 쓴웃음을 지으며 쳐다보고 있었다. 대그니가 다시 수화기에 대고 말했다.

"이봐요. 혜성특급이 벌써 3시간 전에 브래드쇼에 도착했어야 했다는 거 알아요?"

"아, 그럼요. 하지만 아무도 그걸 갖고 문제삼지 않을 겁니다. 요즘은 정시에 도착하는 기차가 없으니까."

"그럼 우리 기차가 영원히 당신네 철도를 막고 있게 내버려둘 작정이에요?"

"다음 기차가 로럴발 북행 4호 여객열차인데 오전 8시 37분에 올 겁니다. 그때까지는 괜찮아요. 그때쯤에는 주간 배차원이 나올 거니까 그 사람하고 이야기하세요."

"이 멍청아! 이건 **혜성특급**이라고!"

"그게 나랑 무슨 상관입니까? 여긴 태거트 대륙횡단철도가 아니에요. 당신네는 돈 좀 낸다고 바라는 게 너무 많아요. 당신들은 우리에게 골칫덩이일 뿐이에요. 중요하지도 않은 사람들을 위해 수당도 못 챙기면서 시간 외 근무를 해야 하니."

그는 푸념 어린 무례한 목소리로 말을 이었다. "당신도 나한테 그런 식으로 말하면 안 돼요. 당신이 사람들에게 그런 식으로 말할 수 있었던 시대는 지났으니까."

대그니는 자신이 지금까지 써먹은 적 없는 방법을 동원해야만 말을 듣는 사람이 있을 것이라고는 생각도 하지 못했다. 그런 사람은 태거트 대륙횡단철도에서 아예 고용하지도 않았고, 그런 사람과 상대해야 했던 적도 없었으니까.

"내가 누군지 알아요?"

그녀가 위협조의 차갑고 고압적인 목소리로 물었다. 그 방법은 효과가 있었다.

"저…… 알 것 같습니다." 상대가 대답했다.

"지금 당장 승무원을 보내지 않으면 내가 브래드쇼에 도착해서 1시간 안에 당신은 실직자가 될 거예요. 거기까지 가는 데 얼마 안 걸리니 빨리 서두르는 게 좋을 거예요."

"네, 알겠습니다."

"여객열차 승무원 전원을 소집해서 로럴까지만 우리를 데려다주게 해요. 거기서 우리 승무원들과 교대할 테니까."

"네, 알겠습니다. 당신이 지시를 내렸다고 본부에 말씀해주시겠습니까?"

"알았어요."

"책임도 당신이 진다고요."

"그래요."

잠시 침묵이 흐른 뒤 그가 무력하게 물었다. "그런데 승무원들을 어떻게 호출하죠? 거의 다 전화가 없는데."

"호출 담당자 있어요?"

"네, 하지만 아침이나 되어야 나올 겁니다."

"지금 거기 누구 다른 사람 없어요?"

"기관차고에 청소부가 있습니다."

"**그 사람을** 보내서 승무원들을 호출해요."

"네, 알겠습니다. 전화 끊지 말고 기다리세요."

대그니는 전화 상자 옆면에 기대어 기다렸다. 켈로그가 미소짓고 있었다.

"철도를, 대륙횡단철도를 **그런 식으로** 운행하려는 건가요?" 켈로그가 물었다.

대그니는 어깨를 으쓱했다.

그녀는 등대 불빛에서 눈을 뗄 수가 없었다. 너무나도 가깝고 쉽게 닿을 수 있을 듯해 보였다. 애써 억누른 생각이 맹렬히 몸부림치며 그녀의 마음을 뒤흔들었다. '인류에 새로운 에너지원을 제공할 수 있는 사람, 기존의 모든 모터를 무용지물로 만들 모터를 연구하고 있는 사람…… 그와 몇 시간 안에 만나 이야기를 나눌 수 있다…… 단 몇 시간 안에…… 그에게 서둘러 달려갈 필요가 없다면? 그게 내가 원하는 것이다. 내가 원하는 전부이다……. 나의 일?

무엇이 나의 일인가? 내 정신을 최대한 활용하는 것인가, 아니면 평생 이대로 살면서 야간 배차원 노릇도 제대로 하지 못하는 인간의 생각을 대신해주는 것인가? 나는 애초에 왜 일을 하기로 결심했을까? 출발점인 록데일 역 야간 교환원으로 남기 위해서? 아니, 그보다 못한 처지가 되는 거지. 그때 나는 록데일 역 야간 교환원으로서 지금의 브래드쇼 야간 배차원보다 일을 더 잘했으니까. 결국 출발점보다 못한 곳에서 끝나야 하는 것인가?…… 서두를 이유가 없다고? **내가** 이유이다……. 세상 사람들에게 기차는 필요해도 그 모터는 필요 없다고? **나에게** 그 모터가 필요하다……. 내 임무는 어쩔 거냐고? 누구를 위한 임무이지?'

한참 만에 다시 수화기를 든 야간 배차원이 부루퉁하니 말했다. "청소부가 승무원들을 불러올 수 있다고는 하는데 그래 봐야 소용없어요. 승무원들을 거기까지 어떻게 보내요? 기관차가 없는데."

"기관차가 없다고요?"

"네. 한 대는 지부장님이 로럴로 타고 갔고, 나머지는 몇 주째 정비 중이에요. 입환기관차는 오늘 새벽에 탈선해서 내일 오후나 되어야 쓸 수 있고요."

"아까 보내려고 했던 구조차는요?"

"아, 북쪽에 가 있습니다. 어제 거기서 사고가 있었거든요. 아직 돌아오지 않았습니다."

"디젤차는요?"

"그런 건 없습니다. 이 근방에는요."

"궤도 모터카는 있어요?"

"네, 있습니다."

"그럼 궤도 모터카로 보내요."

"아…… 네, 알겠습니다."

"오는 길에 83번 전화에서 켈로그 씨와 나를 태우라고 해요." 대그니는 등대를 보며 말했다.

"네, 알겠습니다."

"로럴의 태거트 열차장한테 전화해서 혜성특급 연착 사실을 알리고 상황을 알려줘요."

대그니는 주머니에 손을 넣어 담뱃갑을 움켜쥐었다.

"저기…… 여기서 1킬로미터쯤 떨어진 곳에 있는 등대는 뭐죠?"

"거기서요? 아, 플래그십 항공사 비상 착륙장일 겁니다."

"그렇군요…… 이제 됐어요. 즉시 승무원들을 출발시켜요. 83번 전화에서 켈로그 씨를 태우라고 하고."

"네, 알겠습니다."

대그니는 전화를 끊었다. 켈로그는 빙글거리고 있었다.

"비행장 맞죠?" 그가 물었다.

"그래요."

그녀는 주머니 속 담뱃갑을 움켜쥔 채 등대를 바라보

앉다.

"그들이 **켈로그 씨**를 태우러 오나요?"

대그니는 그에게로 돌아섰다. 자신이 무의식중에 어떤 결정을 내렸는지 비로소 깨달은 것이다.

"아니, 아니, 여기 당신 혼자 버려두겠다는 뜻이 아니었어요. 단지, 나도 서부에 아주 중요한 볼일이 있어서 급히 가야 하니 비행기를 탈까 생각했던 거였어요. 하지만 그럴 수는 없죠. 꼭 그래야 할 필요도 없고."

"가요." 켈로그가 비행장을 향해 걸음을 옮기며 말했다.

"하지만 난……."

"저 멍청이들을 돌보는 것보다 더 급한 일이 있다면…… 망설이지 말고 가세요."

"세상 무엇보다 급한 일이기는 하죠." 대그니가 속삭이듯 말했다.

"제가 대신 남아서 혜성특급을 로럴의 태거트 열차장에게 인계하겠습니다."

"고마워요…… 당신이 원한다면……. 나는 당신을 버리고 떠나는 게 아니에요."

"압니다."

"왜 이렇게 열심히 나를 도와주는 거죠?"

"단 한 번이라도 **자신이** 원하는 것을 하는 기분이 어떤 것인지 알게 해주고 싶어서요."

"비행장에 비행기가 있을 가능성이 별로 없어요."

"아마 있을 겁니다."

비행장에는 비행기 두 대가 있었다. 하나는 사고로 반쯤 숯덩이가 되어 고철 값어치도 없었고, 다른 하나는 전국에서 수요자가 줄을 이었지만 아무도 구할 수 없었던 최신형 드와이트 샌더스 단엽기였다.

졸린 얼굴의 땅딸한 청년이 혼자 비행장을 지키고 있었다. 말투에서 대학 냄새가 살짝 풍기기는 했지만 브래드쇼 야간 배차원과 똑같은 멍청이였다. 그는 그 두 비행기에 대해 아는 게 없다고, 1년 전 이곳에 처음 근무하게 되었을 때부터 있었던 것들이라고 말했다. 그는 그 비행기들에 대해 아무것도 묻지 않았고, 다른 사람들도 마찬가지라고 했다. 거대한 항공사가 서서히 붕괴하고 멀리 떨어진 본사가 조용히 해체되면서 샌더스 단엽기는 잊혔던 것이다……. 전국에서 이런 보물들이 잊히고 있는 것처럼……. 20세기 모터공장에서 그 모터가 쓰레기더미에 버려지고 공장 인수자들이 그것을 보고도 가치를 알아보지 못한 것처럼…….

비행장 직원에게는 샌더스 비행기를 계속 그곳에 두어야 하는지 아닌지에 대한 규정은 없었다. 그래서 그가 결정을 내리게 한 것은 두 방문객의 무뚝뚝하고 자신만만한 태도와 철도회사 부사장 대그니 태거트의 신용, 워싱턴과 관련된 듯한 느낌을 주는 은밀한 긴급 임무에 대한 짤막한 암시, 그가 이름도 들어보지 못한 뉴욕 본사 최고 간부들과의 합의에 대한 언급, 샌더스 비행기 반환 예치금으로 대그니 태거트가 서명한 1만 5,000달러짜리 수표, 그에게 사례금 조로 준 200달러 수표였다.

비행장 직원은 비행기에 연료를 넣고 꼼꼼히 점검한 후 국내 공항 지도도 찾아왔다. 대그니는 유타 주 애프턴 외곽 비행장이 아직 존재하는 것으로 표시된 것을 확인했다. 그녀는 긴장 상태로 바삐 움직이느라 감상에 젖을 틈이 없었지만 비행장 직원이 투광 조명을 밝힌 후 비행기에 오르기 전 잠시 멈추어 텅 빈 하늘을, 그리고 오언 켈로그를 바라보았다. 칠흑 같은 밤에 눈부시게 강렬한 조명이 이룬 시멘트 섬에 홀로 결연히 서 있는 그를 보자 지금 더 큰 모험을 걸고 있고, 더 쓸쓸한 공허감에 맞서고 있는 사람이 그인지 자신인지 모르겠다는 생각이 들었다.

대그니가 말했다. "혹시 나에게 무슨 일이 생기면 내 사무실의 에디 윌러스에게 내가 약속한 대로 제프 앨런에게 일자리를 주라고 전해주겠어요?"

"그러죠……. 그게 전부인가요? 무슨 일이 생길 경우 부탁할 일이?"

대그니는 잠시 생각한 후 놀라움과 슬픔이 어린 미소를 지었다.

"그래요, 그게 전부인 것 같아요……. 행크 리어든에게도 무슨 일이 있었는지 말해주고 내가 그렇게 해달라고 부탁했다고 전해줘요."

"알겠습니다."

대그니는 고개를 들고 단호히 말했다. "하지만 아무 일도 없을 거예요. 로럴에 도착하면 콜로라도 윈스턴 역에 전화해서 내가 내일 정오까지 갈 거라고 전해줘요."

"네, 알겠습니다."

대그니는 악수를 청하고 싶었지만 왠지 적절하지 않게 느껴졌다. 그때 문득 켈로그가 유배자의 고독에 대해 한 말이 떠올랐다. 그녀는 주머니에서 담뱃갑을 꺼내 원래 그의 것이었던 담배 한 개비를 권했다. 켈로그가 그녀 마음을 이해한다는 듯 미소를 보냈다. 그가 두 사람의 담배에 불을 붙이기 위해 켠 작은 성냥불은 가장 긴 악수가 되었다.

대그니는 비행기에 올랐다. 그 후로 그녀의 의식은 분리된 순간과 동작들이 아니라 마치 음표가 하나의 곡을 이루듯 그 각각의 것들이 이어진 하나의 시간, 하나의 동작, 하나의 실체가 되었다. 그녀가 시동 장치에 손을 가져갔고…… 모터가 산사태처럼 요란한 굉음을 내며 그녀를 과거의 시간으로부터 단절시켰고…… 프로펠러가 허공을 가르며 요동치는 반짝이는 공기 속으로 사라졌고…… 비행기가 활주로를 향해 출발했고…… 잠시 주춤했다가……

앞으로 돌진하더니…… 길고 위태로운 질주가 이어졌다. 점점 더 맹렬한 속도를 내 추진력을 얻는 직선 질주, 하나의 목표를 향한 직선 질주…… 부지불식간에 땅에서 벗어난 비행기는 직선을 유지하며 공중으로 단순하게, 자연스럽게 날아올랐다.

대그니는 발밑에서 선로변 전선들이 휙휙 지나가는 것을 보았다. 세상에서 멀어지면서 그녀의 발목을 잡고 있던 세상의 무게도 함께 사라지는 듯했다. 마치 지구가 죄수의 발목에 채워진 쇠공 같았고, 그녀는 무거운 쇠공을 질질 끌고 다니다가 해방된 것만 같았다. 새로운 깨달음의 충격에 취한 그녀의 몸이 이리저리 흔들렸고 비행기도 그녀와 함께 흔들렸다. 밑에 있는 지구도 비행기를 따라 흔들렸다. 그녀는 이제 자신의 삶이 자신에게 달려 있고, 더 이상 싸우고 설명하고 가르치고 애원할 필요 없이 마음대로 보고 생각하고 행동할 수 있게 되었음을 깨달았다. 그녀가 공중을 선회하며 높이 올라갈수록 세상은 커다란 검은 판처럼 평평해지며 점점 더 커져갔다. 마지막으로 아래를 내려다보니 비행장 불빛들은 꺼지고 등대만 남아 있었다. 그것이 마치 어둠 속에서 마지막 작별 인사를 하는 켈로그의 담뱃불 같았다.

이제 계기반 불빛과 창문 너머에 펼쳐진 별빛들만 보였다. 그녀에게 의지가 되어주는 것은 엔진 소리와 그 비행기를 만들어낸 사람들의 정신뿐이었다. 하지만 어느 곳에 있다고 해도 달리 의지가 될 것은 없으리란 생각이 들었다.

그녀는 콜로라도를 대각선으로 가로질러 북서쪽으로 날아가고 있었다. 험준한 산맥이 끝도 없이 이어진 가장 위험한 항로였지만 가장 짧은 길인데다 고도만 잘 유지하면 안전했으며, 사실 브래드쇼 야간 배차원보다 더 위험한 산은 없었다.

하늘 가득한 별들이 거품처럼 부풀어오르며 전진 없는 소용돌이를 이루고 있었다. 이따금 땅에서 타오르는 불빛이 하늘의 정적(靜的)인 푸른빛을 모두 합친 것보다 더 밝아보였다. 하지만 지상의 불빛은 재 같은 검음과 납골당 같은 푸름 사이에서 홀로 위태로운 자리를 지키려고 애쓰며 그녀에게 인사를 보내고 사라졌다.

허공에서 희미한 강줄기가 천천히 나타났다. 강줄기는 오래도록 시야에 남아 그녀에게로 조금씩 다가오는 듯했다. 그 모습은 땅의 피부 아래에서 인광을 발하는 정맥 같았다. 피가 없는 가냘픈 정맥.

대초원에 금화 한 줌을 뿌려놓은 듯한 마을의 불빛이 보였다. 전기를 먹고 타오르는 그 강렬한 불빛들은 별들만큼 멀어 보였고 지금은 도저히 닿을 수 없을 듯했다. 그 불빛들을 밝힌 에너지, 황량한 초원지대에 발전소를 만든 힘은 사라졌고, 대그니는 그것을 되찾을 방법을 알지 못했다.

그녀는 초원의 불빛들을 내려다보며 생각했다. '저 불빛들은 나의 별이었어. 나를 위로 이끌어준 목표이고, 등대이며, 열망이었지. 사람들이 하늘의 별을 보며 느끼는 것을 나는 거리의 전구들을 보며 느꼈어. 별들은 우리와 수백만 년이나 멀리 떨어져 있어서 행동의 의무를 강요하지 않고 무익하게 반짝이기만 할 뿐이야.' 그녀가 도달하고 싶었던 정상은 저 아래에 있는 세상이었다. 그녀는 자신이 어쩌다 세상을 잃게 되었는지, 누가 세상을 죄수의 쇠공으로 전락시켰는지, 누가 위대한 세상을 불가능하게 만들었는지 궁금했다. 하지만 그녀는 마을이 지나가고 그녀 앞에 나타난 콜로라도의 산맥을 주시해야 했다.

계기반의 작은 눈금이 비행기의 고도가 높아지고 있음을 나타냈다. 그녀를 둘러싼 금속판 조종석을 진동시키는 엔진 소리가, 진지한 노력을 기울일 때의 심장박동 같은 그 소리가 그녀를 높은 산봉우리 위를 날게 하는 힘을 느끼게 해주었다. 이제 세상은 이리저리 흔들리는 뒤틀린 조각품처럼 보였고, 이따금 비행기에 닿으려고 갑작스럽게 분출하는 폭발물의 형상이 되기도 했다. 그 분출은 그녀의 정면에서 우윳빛 별들 사이를 가르는 시커먼 균열의 형태로 나타났고, 그 균열은 점점 더 커졌다. 대그니는 비행기와 일심동체가 되어 그녀를 아래로 끌어당기는 보이지 않는 흡인력에 대항하고, 비행기를 뒤집어 그녀를 하늘로 굴러 떨어지게 하려는 돌풍과 맞서 싸웠다. 마치 한 방울의 물보라도 치명적인 위협이 될 수 있는 얼어붙은 대양과 맞서 싸우는 듯한 기분이었다.

산들이 움츠러들고 안개 가득한 골짜기 위를 날게 되자 휴식을 취할 수 있었다. 안개가 더 높이 차오르며 세상을 삼켜버렸고, 그녀는 엔진 소리만 아니면 공중에 정지해 있는 듯한 기분을 느꼈다.

그러나 그녀는 굳이 땅을 내려다볼 필요가 없었다. 계기판이 그녀의 시력이기 때문이었다. 계기판은 그녀를 바른 길로 인도해주는 최고 정신들이 농축된 시력이었다. 그녀는 이런 생각이 들었다. '나는 그들의 농축된 시력을 읽기만 하면 된다. 그들, 시력의 제공자들은 어떤 대가를 받았을까? 농축 우유부터 농축된 음악, 정밀기계의 농축된 시력에 이르기까지, 그들이 세상에 제공하지 않은 것은 무엇이고, 그 대가로 받은 것은 무엇일까? 지금 그들은 어디에 있을까? 드와이트 샌더스는 어디 있을까? 그 모터를 발명한 사람은 어디 있을까?'

안개가 걷히면서 갑자기 시야가 깨끗해졌고 바위산에서 불빛 한 점이 보였다. 그것은 전깃불이 아니었다. 세상의 어둠 속에서 홀로 타오르는 불꽃이었다. 대그니는 자신이 어디에 있으며, 그 불꽃의 정체가 무엇인지 알고 있었다. 그것은 와이엇의 횃불이었다.

그녀는 목적지에 가까워지고 있었다. 그녀 뒤쪽으로 태거트 터널이 뚫린 산봉우리들이 있었다. 콜로라도의 험준한 산들이 긴 내리막을 이루며 유타 주의 더 평평한 땅으로 이어지고 있었다. 그녀는 땅에 더 가깝게 날았다.

별들이 사라져가면서 하늘이 더욱 어두워졌지만 동쪽 구름층에 가느다란 금들이 생기기 시작했다. 그 금들은 처음에는 실처럼 보이다가 다음에는 희미한 반사체가 되었고, 그 다음에는 아직 분홍은 아니지만 더 이상 푸른빛은 아닌 직선 띠로 변했는데, 다가오는 빛의 색, 일출의 첫 암시였다. 그 띠들은 나타났다 사라지기를 반복하며 서서히 선명해지고 넓어져갔다. 그 모습은 마치 약속을 이행하기 위해 애쓰는 것 같았다. 대그니는 마음속에서 울려 퍼지는 음악을 들었다. 그녀가 여간해서는 떠올리고 싶어하지 않는 곡이었다. 핼리의 〈5번 협주곡〉이 아니라 〈4번 협주곡〉, 머나먼 목표를 향한 고통스런 사투의 외침.

멀리 애프턴 공항이 보였다. 공항은 처음에는 섬광들로 이루어진 사각형으로 보였지만 그 섬광들은 이내 강렬한 햇살이 되었다. 마침 이륙하려는 비행기가 있어서 그녀는 기다려야 했다. 그녀는 비행장 위의 어둠 속을 선회하며 그 비행기의 은빛 동체가 흰빛 속에서 불사조처럼 직선으로 날아 빛의 꼬리를 달고 동쪽으로 사라지는 모습을 보았다.

대그니는 방금 이륙한 비행기를 대신해 강렬한 빛의 깔

때기 속으로 낙하했다. 시멘트 바닥이 그녀를 향해 달려들었고 바퀴가 제때 땅을 짚어 충돌을 막았다. 그녀의 길었던 일련의 동작이 마무리되고 비행기는 자동차처럼 안전하게 길들여져서 활주로를 미끄러지듯 달렸다.

그곳은 아직 애프턴에 남아 있는 몇 개 회사를 위한 작은 사설 비행장이었다. 비행장 직원이 황급히 달려왔다. 대그니는 비행기가 멈추자마자 서둘러 내렸다. 초조해서 단 몇 분도 지체할 수 없었던 것이다.

"지금 즉시 기술연구소로 가는 차를 구할 수 있을까요?" 그녀가 물었다.

비행장 직원이 어리둥절한 표정으로 그녀를 보았다.

"그야, 가능하긴 한데…… 거긴 왜 가시려고요? 아무도 없는데."

"쿠엔틴 대니얼스 씨가 거기 있어요."

비행장 직원은 고개를 저으며 엄지손가락을 들어 동쪽 하늘에서 멀어져가는 비행기의 미등을 가리켰다.

"저 비행기에 대니얼스 씨가 타고 있습니다."

"뭐라고요?"

"방금 떠났습니다."

"떠나요? 왜요?"

"2, 3시간 전에 데리러 온 남자와 함께 떠났습니다."

"어떤 남자요?"

"모릅니다. 처음 본 사람이었으니까. 그런데 이야! 그 남자, 멋진 배처럼 생겼더라고요!"

대그니는 조종석으로 돌아와 활주로를 질주해 하늘로 날아올랐다. 그녀의 비행기는 동쪽 하늘로 반짝이며 사라져가는 빨강과 초록 불빛을 추격하는 총알 같았다.

그녀는 계속 중얼거렸다. "오, 아냐. 그건 안 돼! 그건 안 돼! 그건 안 돼! 그건 안 돼!"

대그니는 조종간을 포기할 수 없는 적이라도 되는 듯 꽉 쥐었다. '절대 안 돼…… 이번에는 파괴자를 직접 만나겠어…… 그가 누구인지, 또 어디로 사라지는지 알아내겠어…… 그 모터는 안 돼…… 파괴자가 그의 비밀 세계의 어둠 속으로 그 모터를 가져가게 둘 수는 없어…… 이번에는 도망칠 수 없을 거야…….' 그녀의 마음속에서 그 말들이 도화선을 타고 연속적으로 폭발했다.

동쪽에서 한 줄기 빛이 떠올랐는데 땅에서 올라온 듯한 그 빛줄기는 오래 참았다가 내쉬는 숨결 같았다. 그 위의 짙푸른 상공에서는 낯선 자의 비행기가 색깔을 바꾸며 홀로 빛을 발하고 있었다. 그 빛은 어둠 속에서 박자를 맞추는 진자의 추처럼 흔들렸다.

멀리 낯선 자의 비행기 빛이 땅에 가까워지자 대그니는 그것이 지평선 아래로 떨어져 시야에서 사라지지 않도록 속도를 좀더 높였다. 빛이 다시 하늘로 올라왔다. 낯선 자의 비행기는 남동쪽을 향하고 있었고, 대그니는 그 뒤를 따라 일출 속으로 들어갔다.

하늘은 얼음의 투명한 초록빛에서 엷은 금빛으로 물들었고 금빛은 분홍빛 호수에 녹아들었다. 그녀가 지상에서 처음으로 본 잊고 있던 아침의 색이었다. 청회색 구름이 갈가리 찢어져 사라져갔다. 대그니는 낯선 자의 비행기에서 시선을 떼지 않고 있었다. 그 시선이 자신의 비행기를 끄는 견인줄이라도 되는 것처럼. 이제 작은 검은 십자가 모양이 된 낯선 자의 비행기는 빛나는 하늘에서 작아져가는 체크 표시 같았다.

대그니는 구름이 사라진 것이 아니라 땅 가장자리에 응결되어 있음을 깨달았다. 그리고 낯선 자의 비행기는 콜로라도 산지를 향하고 있었다. 다시 한 번 보이지 않는 폭풍과 맞서 싸우게 된 것이다. 그녀는 아무 감정 없이 그 사실을 받아들였다. 자신의 비행기나 몸이 다시 그런 싸움을 견딜 수 있을지 고민하지도 않았다. 움직일 수 있는 한 그녀의 세상의 마지막 희망을 가지고 도망치는 저 작은 점을 쫓아갈 작정이었다. 그녀는 증오와 분노, 죽음을 불사한 싸움의 충동이 남긴 공허함만을 느꼈다. 그 증오와 분노, 싸움의 충동은 하나로 합쳐져 얼음처럼 차가운 결의가 되었다. 그 낯선 자를 따라가겠다는 결의, 그가 누구든, 자신을 어디로 데려가든 끝까지 따라가서……. 그녀의 공허함

밑바닥에는 목숨까지 바치겠다는 각오가 숨어 있었다. 그 자의 목숨을 먼저 빼앗을 수만 있다면.

아래에서는 푸르스름한 안개 속에서 산들이 빙글빙글 돌고, 앞에서는 울퉁불퉁한 산봉우리들이 치명적인 푸른 빛의 흐릿한 형상으로 불쑥불쑥 나타났다. 그 와중에도 그녀의 몸은 자동항법장치가 달린 기계처럼 비행기를 조종하고 있었다. 대그니는 낯선 자의 비행기와 거리가 좁혀졌음을 깨달았다. 낯선 자는 위험한 길로 들어서면서 속도를 줄인 반면 그녀는 위험도 의식하지 못한 채 비행기가 계속 날아가게 하는 데만 집중하고 있었다. 그녀의 입가에 미소 같은 것이 살짝 스쳤다. 그녀는 낯선 자가 자신을 대신해 비행기를 조종하고 있다고 생각했다. 그녀가 몽유병자처럼 놀라운 솜씨로 그를 추격할 수 있도록 해준 것은 바로 그였다.

낯선 자의 조종에 반응하듯 그녀의 고도계 바늘이 천천히 올라갔다. 그녀는 위로 위로 올라가며 언제쯤 자신의 호흡과 프로펠러가 멎을까 생각했다. 낯선 자는 태양을 가로막고 있는 동남쪽의 가장 높은 산들을 향해 가고 있었다.

햇살이 처음 닿은 것은 그의 비행기였다. 동체에서 흰 불길이 번쩍 일더니 두 날개에서 광선이 뻗어 나왔다. 그 다음 햇살이 닿은 것은 산봉우리였다. 햇살이 산봉우리의 갈라진 틈의 쌓인 눈에 닿더니 화강암 비탈을 따라 내려가며 바위턱 위에 날카로운 그림자를 드리우고 산에 살아 있는 형상을 부여했다.

그들은 아무도 살지 않고 살 수도 없으며 인간이 두 발로도, 비행기로도 닿을 수 없는 콜로라도의 가장 험준한 산맥 위를 날고 있었다. 160킬로미터 반경 내에서는 착륙이 불가능했다. 대그니는 연료계를 흘끗 보았다. 30분 정도 비행할 수 있는 연료밖에 남아 있지 않았다. 낯선 자가 또 다른 더 높은 산봉우리를 향해 날아갔다. 대그니는 그가 왜 항공로가 아닌 길을 택했는지 궁금했다. 그녀는 그 산봉우리가 자신의 뒤에 있었으면 좋겠다고 생각했다. 도저히 그 산봉우리를 넘을 수 있을 것 같지 않았다.

낯선 자의 비행기가 갑자기 속도를 늦추었다. 그리고 고도를 높여야 할 지점에서 오히려 하강하기 시작했다. 화강암 장벽이 그의 앞길을 가로막고 그를 향해 달려들었으나 그는 아래로 미끄러져 내려갔다. 비행기가 멈추거나 요동치지 않는 것으로 보아 고장은 아닌 듯했고, 조종사의 의도대로 자연스럽게 움직이고 있는 것 같았다. 갑자기 비행기 날개에 햇살이 번쩍하고 비치더니 비행기가 긴 커브를 그리며 비스듬히 날았다. 비행기 동체에서 빛의 조각들이 물방울처럼 떨어져 내렸다. 비행기는 착륙할 수 있으리라고는 상상도 할 수 없는 곳에서 착륙 준비를 하듯 커다란 소용돌이를 그리며 선회했다.

대그니는 그 광경을 설명할 수는 없었지만 자신의 눈을 의심하지는 않았으며 낯선 자의 비행기가 다시 위로 올라와 정상 궤도를 되찾기를 기다렸다. 하지만 비행기는 자연스럽게 선회하며 그녀의 눈에 보이지도 않고 생각하기도 끔찍한 바닥을 향해 계속 하강했다. 낯선 자의 비행기와 그녀 사이에는 부러진 틀니 같은 화강암 절벽들이 버티고 있어서 그가 향하고 있는 바닥을 볼 수가 없었다. 그것은 자살행위처럼 보이지는 않았지만 자살행위가 분명했다.

대그니는 그 비행기 날개에 잠시 햇살이 비치는 것을 보았다. 다음 순간, 가슴을 내밀고 양팔을 뻗어 침착하게 다이빙하는 사람처럼 비행기가 쑥 내려가더니 바위 능선 뒤로 사라졌다.

대그니는 그렇게 간단하고 조용하게 끔찍한 참사가 벌어질 수 있다는 것이 믿어지지 않았다. 그녀는 비행기가 다시 나타나기를 기다리다 그 비행기가 떨어진 지점으로 날아가보았다. 그곳은 화강암 벽으로 둥그렇게 둘러싸인 골짜기였다.

대그니는 골짜기 아래를 내려다보았다. 착륙할 만한 곳이 없었다. 비행기도 보이지 않았다.

골짜기 바닥은 지각 변동으로 인해 난도질당한 채 그대로 굳은 듯한 모습이었다. 바위들이 다닥다닥 붙어 있고 큰 바위들이 위태롭게 서 있었으며, 시커먼 균열이 길게

가 있고 뒤틀린 소나무 몇 그루가 반쯤 누운 채 자라고 있었다. 손수건만한 평지도 없었다. 비행기가 숨을 곳도 없었다. 비행기 잔해도 보이지 않았다.

대그니는 골짜기 위를 선회하며 조금 더 내려가보았다. 빛이 요술을 부려 골짜기 바닥이 다른 곳보다 더 선명하게 보이는 듯했다. 그녀는 그곳에 비행기가 없다는 것을 확인할 수 있었지만 그래도 믿기지가 않았다.

그녀는 조금 더 내려갔다. 그녀는 주위를 둘러보다가 순간적으로 겁에 질렸다. 조용한 여름 아침이었고, 그녀는 다른 비행기가 감히 접근할 수 없는 로키 산맥 한가운데에 혼자 남아 있었다. 연료는 다 떨어져가고 있는 채, 늘 그랬듯이 감쪽같이 사라져버린 파괴자를 잡기 위해 아예 존재하지도 않았던 듯한 비행기를 찾고 있었다. 그녀는 파괴자의 환상을 쫓아 이곳까지 온 것인지도 몰랐다. 하지만 그녀는 이내 고개를 저으며 입을 꽉 다물고 아래로 더 내려갔다.

그녀는 쿠엔틴 대니얼스의 두뇌라는 무한한 가치를 지닌 소중한 보물을 포기할 수는 없었다. 아직 그가 저 골짜기 아래 살아 있고, 그를 구해낼 수도 있었다. 그녀는 화강암 벽 안으로 들어와 있었다. 공간이 너무 좁아서 매우 위험했지만 그녀는 계속 선회하며 하강했다. 그녀의 목숨은 그녀의 두 눈에 달려 있었다. 그녀의 두 눈은 한편으로는 골짜기 바닥을 훑으면서, 다른 한편으로는 금방이라도 그녀의 비행기 날개를 부러뜨릴 것만 같은 화강암 벽을 주시하느라 예리하게 번득였다.

그녀는 위험을 그 일의 일부로만 인식하고 있었다. 위험은 이제 그녀에게 개인적인 의미를 지니지 못했다. 지금 그녀는 즐거움에 가까운 흥분을 느끼고 있었다. 그것은 패배한 싸움의 마지막 몸부림이었다. 그녀는 파괴자를 향해, 그녀가 떠나온 세상과 지난 세월, 기나긴 패배의 과정을 향해 마음속으로 절규했다. '안 돼!…… 안 돼!…… 안 돼!……'

그녀는 계기판을 흘끗 보고는 그대로 얼어붙어서 숨만 헐떡거렸다. 마지막으로 확인했을 때의 고도가 3,300미터였는데 이제 3,000미터였다. 그런데도 골짜기 바닥과의 거리는 변함이 없었다. 조금도 가까워져 있지 않았다. 처음 보았을 때와 똑같이 멀게만 보였다.

대그니는 콜로라도의 이 지역에서는 2,400미터가 지표면을 의미한다는 것을 알고 있었다. 그녀는 자신이 얼마나 내려왔는지 의식하지 못하고 있었다. 위에서는 너무나도 선명하고 가깝게 보이던 바닥이 이제 너무나도 희미하고 멀게 보인다는 사실도 깨닫지 못하고 있었다. 바다의 바위들은 조금 전 위에서 보았던 크기 그대로였고, 그림자의 위치도 그대로였으며, 바닥을 비추던 기괴한 빛도 그대로였다.

대그니는 고도계가 고장이 났다고 생각하며 계속 하강했다. 고도계 바늘은 계속 내려가고 화강암 벽은 계속 올라가고 있었다. 골짜기를 둘러싼 산들이 높아지고 산봉우리들이 하늘에 가까워졌지만 골짜기 바닥은 변함이 없었다. 마치 영원히 바닥에 닿을 수 없는 우물 속을 내려가고 있는 듯했다. 고도계 바늘이 2,900미터⋯⋯ 2,800미터⋯⋯ 2,700미터⋯⋯ 2,600미터로 계속 떨어졌다.

어디서 왔는지 모를 빛이 그녀를 비추었다. 마치 비행기 안과 밖의 공기가 갑자기 소리 없는 충돌을 일으키며 눈부신 차가운 빛을 발하는 듯했다. 대그니는 그 충격으로 몸이 뒤로 쏠리면서 조종간을 잡은 손으로 눈을 가렸다. 그녀가 다시 조종간을 잡았을 때 빛은 사라졌지만 비행기가 빙글빙글 돌고 있었다. 주위가 고요해지면서 비행기 프로펠러가 멈추었다. 시동이 꺼진 것이었다.

그녀는 위로 올라가려고 애썼지만 비행기는 계속 하강하고 있었고, 그녀의 얼굴을 향해 날아오는 것은 울퉁불퉁한 바위 바닥이 아니라 비길 데 없이 아름다운 초록의 풀밭이었다.

그녀는 나머지 것을 볼 시간이 없었다. 그 상황에 대해 생각해볼 시간도 없었다. 비행기의 회전을 멈출 시간도 없었다. 땅이 초록 천장처럼 그녀의 머리 위로 무서운 기세로 달려들고 있었다.

대그니는 반은 조종석에 앉고 반은 바닥에 무릎을 꿇은 채 조종간에 매달려 망가진 추처럼 흔들리고 있었다. 초록 들판이 그녀를 중심으로 빙글빙글 돌면서 다가오는 동안 그녀는 동체 착륙을 유도하느라 안간힘을 썼다. 그녀의 공간과 시간은 점점 사라져갔고 그녀는 성공할 수 있을지 여부도 알지 못하면서 두 팔로 조종간을 잡아당겼다. 존재가 완전하고 격렬한 순수성에 이른 그 짧은 순간, 그녀는 늘 그녀의 것이었던 특별한 존재감을 느꼈다. 그 순간 그녀는 온 마음으로 재난을 거부하고 삶을, 비길 데 없는 가치를 지닌 자신을 사랑하며, 자신이 살아남을 것이라는 자랑스러운 확신에 젖었다.

그리고 자신에게 달려드는 땅에 대한 응답으로 그녀는 평소에 싫어하던 패배와 절망, 도움을 청하는 애원의 소리를 내질렀다. 그것은 운명에 대한 조롱이자 반항의 외침이었다.

"젠장! 존 골트가 누구지?"

아틀라스 2

1판 1쇄 발행일 2013년 12월 9일
1판 5쇄 발행일 2025년 9월 15일

지은이 에인 랜드
옮긴이 민승남

발행인 김학원
발행처 (주)휴머니스트출판그룹
출판등록 제313-2007-000007호(2007년 1월 5일)
주소 (03991) 서울시 마포구 동교로23길 76(연남동)
전화 02-335-4422 **팩스** 02-334-3427
저자·독자 서비스 humanist@humanistbooks.com
홈페이지 www.humanistbooks.com
유튜브 youtube.com/user/humanistma
인스타그램 @humanist_insta

편집주간 황서현 **편집** 정다이 전두현 박민영 **디자인** 김태형
조판 홍영사 **용지** 화인페이퍼 **인쇄** 청아디앤피 **제본** 정민문화사

ⓒ 휴머니스트, 2013

ISBN 978-89-5862-667-1 04840
    978-89-5862-669-5 (세트)

- 이 책은 저작권법에 따라 보호받는 저작물이므로 무단 전재와 무단 복제를 금합니다.
- 이 책의 전부 또는 일부를 이용하려면 반드시 저자와 (주)휴머니스트출판그룹의 동의를 받아야 합니다.